"Francine Rivers es una de las novelistas m... ...or es un libro cautivante. Sus vívidas imágenes literarias del amor seductor y perdonador de Dios estremecieron mi corazón."

PATSY CLAIRMONT
Autora de Sportin' A "Tude" [Mi Actitud]

"Los eternos temas bíblicos de la entrega a Dios, el perdón y el amor incondicional son bellamente retratados en esta novela imponente que cobra vida a través de personajes inolvidables."

STEVE ARTERBURN
New Life Clinics, Laguna Beach, California

"Al revelar en detalle el amor de Dios y su poder transformador en la vida de Ángela, Francine Rivers toma con habilidad una historia bíblica y la hace relevante para el día de hoy. La historia se vuelve real. La recomiendo mucho como una lectura agradable y provechosa."

BEVERLY LAHAYE
Fundadora y Presidenta de Concerned Women for America y autora del éxito de ventas Spirit-Controlled Women [La Mujer Sujeta al Espíritu]

"En pocas palabras, *Amor Redentor* es la obra de ficción más poderosa que leerás en tu vida. Empapada en las Escrituras y llena de gracia, es una obra magistral que va más allá de la alegoría para tocar al lector en el nivel más profundo, en el que nace la fe. Miguel Oseas es el héroe consumado; Ángela representa a cualquier mujer que ha vivido sin amor. No puedes leer este libro sin ser transformado por él."

LIZ CURTIS HIGGS
Autora de The Parable of the Lily [La Parábola del Lirio], *Louisville, KY*

"Una de las cosas más importantes que hago como escritora es leer . . . en cantidad. Algunos libros me enseñan; otros me entretienen; otros me estremecen, llevándome a mundos lejanos. *Amor Redentor*, de Francine Rivers, logra todo eso y mucho más. Mi corazón y mi alma fueron profundamente conmovidos a medida que tomaba conciencia nuevamente de las lecciones representadas a través de la historia de Oseas y de Gómer, de Miguel y de Ángela. Quizás este sea el libro más conmovedor que leas este año, o en tu vida."

ANGELA ELWELL HUNT
Comunicaciones Angela Hunt, Seminole, Florida

"Otra gran historia de Francine Rivers. ¡Hombres y mujeres la aclaman! ¿Es un libro de vaqueros o una novela romántica? No es lo que realmente importa. ¡La historia te intrigará! Varones: vuelvan a descubrir la alegría y la importancia del honor. Mujeres: afirmen su verdadero valor. Descubran juntos a un Dios de amor redentor. ¡Una maravillosa obra de ficción que puede ser verdadera para ti!"

DON PAPE
Agente literario de Alive Communications, Inc.

Amor Redentor

UNA NOVELA

FRANCINE
RIVERS

Tyndale House Publishers, Inc., Carol Stream, Illinois

Visite la apasionante página de Tyndale Español en Internet: www.tyndaleespanol.com

TYNDALE y la pluma del logotipo de Tyndale son marcas registradas de Tyndale House Publishers, Inc.

Amor Redentor: Una Novela

Diseño por Jennifer Ghionzoli

Traducción al español: Adriana Powell y Omar Cabral

Edición del español: Mafalda E. Novella

Publicado en 1997 como *Redeeming Love: A Novel* por Multnomah Publishers, Inc.
ISBN-10: 1-59052-513-2 ; ISBN-13: 978-1-59052-513-5.

Library of Congress Cataloging-in-Publication Data

Rivers, Francine, date.
  [Redeeming love. Spanish]
  Amor redentor : una novela / Francine Rivers.
    p. cm.
  ISBN-13: 978-1-4143-1727-4 (sc : alk. paper)
  ISBN-10: 1-4143-1727-1 (sc : alk. paper) 1. Prostitutes—Fiction. 2. Frontier and pioneer life—Fiction. 3. San Francisco (Calif.)—Fiction. I. Title.
  PS3568.I83165R5818 2007
  813'.54—dc22
                                        2007036090

Impreso en los Estados Unidos de América

13
7

A los que sufren y anhelan.

RECONOCIMIENTOS

Con agradecimiento especial a mi editora, Karen Ball, por creer en este libro y por su ayuda en redimirlo para el lector cristiano.

"Aquel de ustedes que esté libre de pecado,
que tire la primera piedra."

JESÚS, JUAN 8:7

Hija de la Oscuridad

Prólogo

El príncipe de la oscuridad es un caballero.

Shakespeare

Nueva Inglaterra, 1835

Alejandro Stafford era tal cual Mamá lo había dicho. Era alto y moreno, y Sara nunca había visto a nadie tan hermoso. Hasta con sus polvorientas ropas de montar y el cabello húmedo de transpiración, era como esos príncipes de los cuentos que Mamá le contaba. El corazón de Sara latía con orgullo y un gozo salvaje. Ninguno de los otros padres que hubiera visto se comparaba con él.

Cuando él la miró con esos ojos oscuros, su corazón cantó. Ella estaba usando su mejor vestido azul y un delantal blanco, y Mamá le había trenzado el cabello con moños rosados y azules. ¿Le gustaba a Papá cómo lucía ella? Mamá había dicho que el azul era su color favorito, pero ¿por qué no sonreía él? ¿Estaba poniéndose inquieta? Mamá le había dicho que se pusiera derecha, que se mantuviera en silencio y que se comportara como una dama. Dijo que a él le agradaría eso. Pero no parecía contento para nada.

—¿Acaso no es hermosa, Alejandro? —dijo Mamá. Su voz sonaba extraña, tensa, como si se estuviera ahogando—. ¿No es la niñita más bonita que jamás hayas visto?

Sara vio la molestia en los ojos oscuros de Papá. No parecía feliz sino enojado, como Mamá cuando Sara hablaba mucho o hacía demasiadas preguntas.

—Apenas unos minutos —pidió Mamá rápidamente. Con demasiada rapidez. ¿Tenía miedo? ¿Por qué—? Eso es todo lo que pido, Alejandro. Por favor. Será muy importante para ella.

Alejandro Stafford bajó la mirada hacia la niña. Apretaba fuertemente la boca y la estudiaba en silencio. Sara quedaba tan quieta como podía. Esa mañana se había mirado en el espejo durante mucho tiempo y sabía lo que él estaba viendo. Tenía la barbilla y la nariz de su padre, el cabello rubio y la piel clara de su madre. Sus ojos también eran como los de su mamá, aunque parecían más azules. Sara quería que Papá pensara que era bonita y levantó la mirada hacia él esperanzadamente. Pero la mirada de él no era amable.

"¿El azul lo elegiste a propósito, Marisol?" Las palabras de Papá sobresaltaron a Sara. Sonaban frías y airadas. "¿Para realzar el color de sus ojos?"

Sara no pudo evitarlo, miró a su madre —y su corazón se derrumbó. El rostro de Mamá estaba lleno de dolor. Alejandro miró hacia el vestíbulo.

"¡Claudia!" llamó.

—No está aquí —dijo Mamá en voz baja, manteniendo su cabeza en alto—. Le di el día libre.

Los ojos de Papá parecieron ensombrecerse más aún.

—¿Eso hiciste? Bien, ahora eso te pone en un aprieto, ¿verdad, querida?

Mamá se puso tensa, se mordió el labio y miró a Sara. ¿Qué estaba mal? se preguntaba Sara con tristeza. ¿Papá no estaba feliz de verla? Ella había estado muy entusiasmada porque finalmente iba a poder encontrarse con él, al menos por un momento. . . .

—¿Qué quieres que haga? —Las palabras de Mamá iban dirigidas directamente hacia Papá, por lo tanto Sara permaneció en silencio, expectante.

—Mándala que se marche. Ella sabrá cómo encontrar a Claudia, me imagino.

A Mamá le aparecieron unas manchas rosadas en las mejillas. —¿Qué quieres decir, Alejandro? ¿Qué recibo a otros en tu ausencia?

Sara dejó de sonreír, confundida; se hablaban con tanta frialdad. Ninguno de los dos la miraba. ¿Se habían olvidado que estaba allí? ¿Qué era lo que estaba mal? Mamá estaba perturbada. ¿Por qué Papá se mostraba tan enojado porque Claudia no estaba en la casa?

Sara los miró, mordiéndose el labio. Acercándose, tironeó del abrigo de su padre.

—Papá . . .

—No me llames así.

Sara parpadeó, asustada y confundida por esa reacción. Él *era* su papá. Mamá así lo había dicho. Le traía regalos cada vez que venía y Mamá se los entregaba. Tal vez estaba enojado porque ella nunca se los había agradecido.

—Quiero agradecerte los regalos que . . .

—Espera, Sara —le dijo su madre rápidamente—. Ahora no, querida.

Papá le lanzó una mirada terrible.

—Déjala hablar. Es lo que querías, ¿no? ¿Por qué la haces callar ahora, Marisol?

Mamá se acercó y puso su mano sobre el hombro de Sara, que pudo sentir cómo le temblaban los dedos, pero ahora Papá se había inclinado hacia Sara, sonriendo.

"¿Cuáles regalos?" le preguntó.

Él era muy apuesto, tal como Mamá le había contado. Estaba orgullosa de tener un padre así.

—Dime, pequeña.

—Me encantan los caramelos que me traes —dijo Sara, sintiéndose orgullosa y emocionada de captar su atención—. Pero el regalo que más me gusta es el cisne de cristal.

Volvió a sonreír con la alegría de que Papá la escuchara con tanta atención. Él también le sonrió, aunque Sara no estaba segura de que le gustara esa sonrisa. Fue breve y tensa.

—Ya lo creo —dijo y se enderezó. Miró a Mamá—. Estoy tan complacido de saber lo mucho que significan mis regalos.

Sara levantó la mirada hacia su padre, conmovida por su aprobación.

—Lo puse en la repisa de mi ventana. El sol brilla a través de él y hace que los colores bailen en la pared. ¿Te gustaría verlo? —Le tomó la mano. Cuando él la retiró de un tirón, ella parpadeó, herida, sin entender.

Mamá se mordió el labio y tendió una mano hacia Papá; luego, de repente, se detuvo. Volvía a parecer asustada. Sara los miró a ambos, esforzándose por entender. ¿Qué había hecho de malo? ¿Papá no estaba contento de que a ella le gustaran sus regalos?

—Así que le das mis regalos a la niña —dijo Papá—. Es bueno saber cuánto significan para ti.

Sara se mordió el labio por la frialdad en la voz de Papá, pero antes de que pudiera hablar, Mamá le tocó suavemente el hombro.

—Querida, sé una buena niña y ve a jugar afuera.

Sara miró hacia arriba, afligida. ¿Había hecho algo malo?

—¿No puedo quedarme? No hablaré.

Mamá no podía responder. Sus ojos estaban húmedos y miraba a Papá. Alejandro se inclinó hacia Sara.

—Quiero que vayas a jugar afuera —le dijo en voz baja—. Quiero hablar a solas con tu mamá. —Le sonrió y le dio una palmadita en la mejilla.

Sara sonrió encantada. Papá la había tocado; no estaba enojado en absoluto. ¡Él la amaba! Era como Mamá le había dicho.

—¿Puedo volver cuando hayan terminado de conversar?

Papá se puso tenso.

—Tu madre te buscará cuando haya terminado. Ahora, márchate, como se te ordenó.

—Sí, Papá. —Sara quería quedarse, pero más quería complacer a su padre.

Salió del salón, brincando a través de la cocina hacia la puerta posterior. Juntó algunas margaritas de las que crecían en el cantero del jardín junto a la puerta y se dirigió al enrejado de rosas. Arrancando los pétalos, decía: "Me quiere, no me quiere, me quiere, no me quiere. . . ." Al llegar a la esquina, guardó silencio. No quería molestar a Mamá y a Papá. Lo único que deseaba era estar cerca de ellos.

Sara soñaba. A lo mejor Papá la subiría sobre sus hombros. Se preguntaba si la sacaría a dar un paseo en su gran caballo negro. Tendría que cambiarse de vestido, desde luego. Él no querría que se ensuciara. Deseaba que le hubiera permitido sentarse en su regazo mientras él conversaba con Mamá. Eso le hubiera gustado mucho y no los habría molestado.

La ventana de la sala estaba abierta y pudo oír las voces. A Mamá le encantaba que el perfume de las rosas llenara la sala. Sara decidió sentarse y escuchar a sus padres. De esa manera podría saber en qué momento quería Papá que volviera. Si se quedaba muy quietecita, no los molestaría y lo único que Mamá tendría que hacer sería asomarse y decir su nombre.

—¿Qué esperabas que hiciera, Alejandro? Nunca pasas un minuto con ella. ¿Qué iba a decirle? ¿Que a su padre no le interesa? ¿Que él desearía que ella nunca hubiera nacido?

Sara se partió los labios. *¡Niégalo, Papá, niégalo!*

—Traje ese cisne de Europa para *ti* y tú lo malgastas en una niña que no tiene noción de su valor. ¿Le diste las perlas también? ¿Qué pasó con la caja de música? ¡Supongo que también la tiene ella!

Las margaritas temblaron en las manos de Sara. Se sentó en el suelo, sin importarle su hermoso vestido. El latido salvaje y feliz de su corazón se desaceleró. En su interior todo parecía descender como en una espiral con cada palabra que escuchaba.

—Alejandro, por favor, no veo nada de malo en ello. Quise facilitar las cosas. Esta mañana me preguntó si ya tenía suficiente edad como para conocerte. Me lo pregunta cada vez que sabe que vendrás. ¿Cómo podía volver a decirle que no? No tuve valor para hacerlo. Ella no comprende tu abandono, ni yo.

—Tú sabes lo que siento por ella.

—¿Cómo puedes saber lo que sientes? Ni siquiera la conoces. Es una niña hermosa. Es inteligente, encantadora y no le teme a nada. Se parece a ti en tantas cosas. Ella es una *persona*, Alejandro. No puedes ignorarla para siempre. Es tu hija. . . .

—Ya tengo suficientes hijos con mi esposa. Hijos legítimos. Te dije que no quería otro.

—¿Cómo puedes decir eso? ¿Cómo es posible que no ames a alguien de tu propia sangre?

—Desde el principio te dije lo que pensaba, Marisol, pero no me escuchaste. Nunca tendría que haber nacido, pero tú quisiste hacerlo a tu manera.

—¿Crees que yo quería quedar embarazada? ¿Crees que yo me propuse tenerla?

—Me lo he preguntado a menudo. Especialmente cuando te sugerí una manera para salir de esta situación y te negaste. El médico al que te envié habría solucionado todo este embrollo. Él te habría librado del asunto.

—No podía hacerlo, Alejandro. ¿Cómo podías esperar que matara a mi propio bebé que aún no había nacido? ¿No lo entiendes? Es un pecado mortal.

—Has perdido demasiado tiempo en la iglesia —dijo él burlonamente—. ¿Alguna vez se te ocurrió pensar que no tendrías los problemas que tienes ahora si te hubieras deshecho de ella de la manera que te dije? Hubiera sido fácil. Pero fuiste débil.

—¡Yo la quería! —dijo ella descorazonada—. Era una parte de ti, Alejandro, y una parte mía. Yo la quería, aun si tú no deseabas tenerla. . . .

—¿Es ese el verdadero motivo?

—Me estás lastimando, Alejandro.

Sara se estremeció mientras algo se hacía añicos en su interior.

—¿Ese es el verdadero motivo, Marisol? ¿O la tuviste porque pensabas que el tener un hijo mío te daría un poder sobre mí que de otra manera no tendrías?

—¡No puedes pensar eso! —Ahora Mamá estaba llorando—. Pero es lo que crees, ¿no? Eres un tonto, Alejandro. ¡Ay, qué he hecho! ¡Dejé todo por ti! Mi familia, mis amigos, mi amor propio, todo aquello en lo que creía, todas mis esperanzas . . .

—Yo te compré esta casa. Te doy más dinero del que necesitas.

—¿Te das una idea de lo que es para mí caminar por las calles de este pueblo? —dijo Mamá, levantando la voz—. Tú vas y vienes cuándo y cómo te place. Y saben quién eres tú y qué soy yo. Nadie me mira. Nadie me habla. Sara también lo siente. Una vez me preguntó al respecto y le contesté que éramos diferentes a los demás. No sabía qué más decirle. —Se le quebró la voz—. Es probable que vaya al infierno por haberme convertido en esto.

—Estoy harto de tu sentimiento de culpa y de escuchar hablar de esa niña. Estás arruinando todo lo que hay entre nosotros. ¿Recuerdas lo felices que éramos? Jamás discutíamos. Ansiaba el momento de venir aquí, para estar contigo.

—No . . .

—¿Y cuánto tiempo he podido estar hoy contigo? ¿El suficiente? Lo gastaste todo en ella. Te dije lo que pasaría, ¿no? ¡Ojalá ella nunca hubiera nacido!

Mamá gritó un insulto terrible. Se escuchó un estrépito. Aterrorizada, Sara se puso de pie y corrió. Atravesó los rosales, cruzó el jardín y entró al sendero que conducía a la fuente. Corrió hasta que no pudo más. Jadeante, con sus mejillas ardiendo, se dejó caer en la hierba alta; sus hombros se sacudían por los sollozos y su rostro estaba surcado por las lágrimas. Escuchó que un caballo galopaba hacia ella. Se arrastró hacia un lugar donde pudiera esconderse mejor y divisó en la distancia a su padre, que se alejaba en su gran caballo negro. Hundió la cabeza y se acurrucó llorando, esperando que Mamá viniera a buscarla.

Pero Mamá no vino ni la llamó. Después de un rato, Sara caminó de regreso a la cabaña y se sentó junto a los viñedos en flor, esperando un rato más. Cuando Mamá llegó, Sara se había secado las lágrimas y había quitado el polvo de su hermoso vestido. Todavía temblaba por lo que había escuchado.

Mamá estaba muy pálida; tenía los ojos apagados y enrojecidos. Había una marca azul en el costado de su rostro que había intentado cubrir con maquillaje. Le sonrió, pero no era una sonrisa como las que solía tener.

—¿Dónde has estado, querida? Hace rato que estoy buscándote. —Sara sabía que no era verdad. Había estado esperándola. Mamá lamió su pañuelo de encaje y limpió una mancha en la mejilla de Sara—. Tu padre tuvo que salir de prisa por negocios.

—¿Volverá? —Sara tenía miedo. No quería verlo nunca más. Él había lastimado a Mamá y la había hecho llorar.

—Tal vez no por un largo tiempo. Habrá que esperar. Él es un hombre muy importante y ocupado. —Sara no dijo nada y su mamá la levantó, apretándola contra su pecho—. Todo está bien, cariño. ¿Sabes qué haremos? Volveremos a la cabaña y nos cambiaremos de ropa. Luego prepararemos un picnic e iremos al riachuelo. ¿Te gustaría eso?

Sara asintió y pasó sus brazos alrededor del cuello de Mamá. Le temblaba la boca y trató de no llorar. Si lo hacía, Mamá podría adivinar que había estado escuchando a escondidas y ella también se enojaría.

Mamá la abrazó con fuerza, ocultando su rostro en el cabello de Sara. "Nos arreglaremos. Ya lo verás, cariño. Podremos. *Sí, podremos.*"

Alejandro no regresó, y Mamá adelgazó y se puso pálida. Se quedaba en cama hasta tarde y cuando se levantaba no deseaba hacer las prolongadas caminatas que hacía antes. Cuando sonreía, sus ojos ya no se le iluminaban. Claudia decía que necesitaba comer más. Claudia decía muchas cosas, sin tener cuidado de que Sara estuviera cerca y pudiera escucharla.

—Todavía le envía dinero, señorita Marisol. Eso es algo.

—No me interesa el dinero. —A Mamá se le humedecían los ojos—. Nunca me importó.

—Le importaría si no lo tuviera.

La niña trataba de levantarle el ánimo llevándole ramos de flores. Encontraba piedras bonitas, las lavaba y se las entregaba como obsequio. Mamá siempre le sonreía y agradecía, pero no había brillo en su mirada. Sara cantaba las canciones que Mamá le había enseñado, tristes baladas irlandesas y algunos cánticos religiosos en latín.

—Mamá, ¿por qué ya no cantas? —le preguntó Sara, trepándose a la cama junto a ella y colocando su muñeca entre las mantas arrugadas—. Te sentirás mejor si cantas.

Mamá peinaba lentamente su largo cabello rubio. —No tengo muchas ganas de cantar, querida. Mamá tiene muchas cosas en la cabeza en este momento.

Sara sentía una pesadez que crecía en su interior. Todo era culpa de ella. Su culpa. Si ella no hubiera nacido, Mamá sería feliz. —¿Volverá Alejandro, Mamá?

Mamá la miró, pero a Sara ya no le importó. Ya nunca volvería a decirle Papá. Había lastimado a Mamá y la había puesto triste. Desde que él se había ido, Mamá apenas le prestaba atención. Sara había escuchado a Mamá diciéndole a Claudia que el amor no era una bendición sino una maldición.

Sara miró el rostro de Mamá y se le encogió el corazón. Se veía tan triste.

Otra vez sus pensamientos estaban muy lejos y Sara sabía que estaba pensando en *él*. Mamá deseaba que él regresara. Por las noches, Mamá lloraba porque él no volvía. Mamá apretaba su rostro contra la almohada, pero Sara podía oír sus sollozos.

Se mordió el labio y bajó la cabeza, jugando distraídamente con su muñeca.

—¿Qué pasaría si me enfermara y muriera, Mamá?

—No te enfermarás —respondió Mamá, mirándola. Le sonrió—. Eres demasiado pequeña y sana como para morir.

Sara observaba cómo su madre se cepillaba el cabello. Era como un rayo de sol cayendo sobre sus pálidos hombros. Mamá era tan hermosa. ¿Cómo podía no amarla Alejandro? —Pero si me ocurriera, ¿él volvería y se quedaría contigo?

Mamá se quedó callada. Se dio vuelta y miró a Sara, y la mirada de horror en sus ojos la asustó. No debería haber dicho eso. Tal vez ahora Mamá adivinaría que ella los había escuchado discutir. . . .

—Ni siquiera lo pienses, Sara.

—Pero . . .

—¡No! No vuelvas a preguntarme algo así. ¿Entiendes?

Mamá nunca antes le había levantado la voz y Sara sintió que le temblaba el mentón. —Sí, Mamá.

—Nunca más —dijo Mamá con dulzura—. Prométemelo. Nada de esto tiene que ver contigo, Sara. —Mamá se acercó para abrazarla y la acarició tiernamente—. Te amo, Sara. ¡Te amo tanto! Te amo más que a nadie en todo el mundo.

Excepto a él, pensó Sara. *Excepto a Alejandro Stafford.* ¿Qué pasaría si él volvía? ¿Qué sucedería si obligaba a Mamá a elegir? ¿Qué haría Mamá entonces?

Con miedo, Sara se aferró a su madre y rogó que él se mantuviera lejos.

Un hombre joven llegó para ver a Mamá.

Sara vio que su madre hablaba con él mientras ella jugaba con su muñeca al lado de la chimenea. Las únicas personas que venían a la cabaña eran el señor Pennyrod, que traía la leña, y Roberto. A Roberto le gustaba Claudia. Trabajaba en el mercado y hacía bromas hablando de filetes o suculentas piernas de cordero. Claudia se reía de él, pero a Sara no le parecía gracioso. Usaba un delantal blanco sucio y manchado de sangre.

El joven le dio una carta a Mamá, pero ella no la abrió. Le sirvió té y le dio las gracias. Él no dijo mucho más después de eso, a excepción de hablar sobre el clima y lo bonito que estaba el jardín de Mamá. Dijo que era un largo viaje desde la ciudad. Mamá le convidó galletas dulces.

Era evidente que algo andaba mal. Mamá estaba sentada demasiado erguida y hablaba suavemente.

—Es una niña bonita —dijo el hombre y le sonrió. Sara volvió a mirar hacia abajo, avergonzada y temerosa de que Mamá la echara de la habitación porque el hombre se había dado cuenta de que ella estaba allí.

—Sí, lo es. Gracias.

—Se parece a usted. Hermosa como el amanecer.

Mamá le sonrió a Sara. —Sara, ¿por qué no vas afuera y cortas algunas flores para la mesa?

Sara tomó su muñeca y salió sin decir una palabra; quería complacer a su mamá. Tomó un cuchillo afilado del cajón de la cocina y salió al jardín florido. Las que más le gustaban a Mamá eran las rosas. Sara agregó amapolas, margaritas y malvones, hasta llenar su canasta de mimbre.

Cuando volvió a entrar, el muchacho se había marchado. La carta estaba abierta sobre la falda de Mamá. Los ojos le brillaban y sus mejillas habían tomado un agradable color. Sonrió mientras plegaba la carta y la escondía en la manga de su vestido. Se puso de pie y se acercó a Sara, levantándola y haciéndola dar vueltas alegremente.

—Gracias por traer las flores, querida. —Y le dio un beso. Cuando Mamá la bajó, Sara dejó la canasta sobre la mesa.

—Me encantan las flores —agregó Mamá—. Son hermosas, ¿verdad? ¿Por qué no las arreglas ahora? Yo tengo que buscar algo en la cocina. ¡Ay, Sara! Es un día hermoso, maravilloso, ¿no te parece?

Era un día lamentable, pensó Sara, mientras la miraba alejarse. Se sentía aterrorizada. Bajó con cuidado el gran florero, lo llevó afuera y tiró las flores marchitas en el abono. Bombeó agua fresca y la vertió dentro del florero. Se salpicó el vestido mientras volvía a ponerlo en la mesa. No les cortó los tallos ni les quitó las hojas. No le importaba cómo lucieran y sabía que Mamá ni siquiera se daría cuenta.

Alejandro Stafford estaba de regreso.

Mamá volvió al salón con Claudia.

"Ay, querida, tengo la noticia más maravillosa. Claudia irá a la playa esta semana y quiere llevarte con ella. ¿No es magnífico?"

El corazón de Sara latía con fuerza y rapidez.

—¿No es dulce de su parte? —prosiguió Mamá entusiasmada—. Tiene un amigo que administra una posada y al que le caen bien las niñitas.

La sonrisa de Claudia era tensa y fría. Sara miró a su madre.

—No quiero ir, Mamá. Quiero quedarme contigo.

Sabía que Mamá la estaba sacando del medio porque su padre no la quería. Tal vez Mamá tampoco la quisiera.

—Tonterías —rió Mamá—. Este es el único lugar que conoces y necesitas ver algo del mundo. Te gustará el mar, Sara. Es precioso, y puedes sentarte en la arena a escuchar el sonido de las olas. Puedes hacer castillos y juntar caracoles. Ya verás cuando la espuma te haga cosquillas en la punta de los pies.

Mamá parecía viva otra vez. Sara sabía que era por la carta. Alejandro debía haberle escrito a Mamá que iría a visitarla. Ella no querría otra escena como la anterior, así que lo que estaba haciendo era sacarla de allí. Observó el rostro efusivo de su madre con el alma encogida.

"Ahora, querida, prepárate para viajar."

Sara la vio guardar y empacar cosas en un bolso tejido. Mamá no veía la hora de deshacerse de ella. —¿Dónde está tu muñeca? —le preguntó, buscando alrededor—. Querrás llevarla contigo.

—No.

—¿Por qué no? Nunca estás sin tu muñeca.

—Ella quiere quedarse en casa contigo.

Mamá frunció el ceño, pero no le hizo caso ni cambió de parecer.

Claudia volvió para buscar a Sara y juntas caminaron las dieciséis cuadras hasta el pueblo. Claudia compró los pasajes en el mismo momento en que llegó la diligencia. El conductor se encargó de los bolsos; Claudia y Sara subieron al coche. Cuando la criada subió, se sentó frente a ella y le sonrió. Sus ojos castaños estaban llenos de brillo. "Vamos a vivir una aventura, Sara."

Sara quería saltar del vehículo y correr a casa para estar con Mamá, pero ella la enviaría otra vez con Claudia. Cuando los caballos se pusieron en marcha, Sara se apoyó en la ventanilla, dejando que su mirada se perdiera en la distancia a medida que las casas familiares se alejaban. La diligencia traqueteó sobre el puente y siguió viaje por un camino arbolado. Muy pronto, Sara perdió de vista todo lo que le era familiar y se reclinó contra su asiento. Cuanto más se alejaban, más desolada se sentía.

"Nos alojaremos en el hotel Los Cuatro Vientos," dijo Claudia, complacida de que Sara pareciera dispuesta a mantenerse en silencio. Probablemente había esperado que la niña hiciera un alboroto. Tal vez lo habría hecho, si creyera que eso haría cambiar de parecer a Mamá. Jamás se había alejado de ella más que unas pocas horas. Pero Sara sabía que eso no cambiaría las cosas. Alejandro Stafford estaba llegando, así que ella tenía que irse. Se sentó, callada y solemne.

"Tienen buena comida y las habitaciones son decentes," le decía Claudia. "Y estaremos cerca del mar. Puedes pasear por un caminito cubierto de hierba y llegar a los acantilados. Las olas golpean contra las rocas. Es un sonido maravilloso y el aroma del aire salado es lo mejor que hay."

Lo mejor que hay . . .

A Sara le gustaba su casa y el jardín florido que había detrás de la cabaña. Le gustaba sentarse junto al manantial con Mamá, con los pies desnudos colgando en el agua del riachuelo.

Luchando por contener sus lágrimas, volvió a mirar por la ventanilla. Le picaban los ojos y la garganta se le puso áspera por el polvillo del camino. Las horas pasaron lentamente; el fuerte golpeteo de los cascos de los caballos le hacía doler la cabeza. Estaba cansada, tan cansada que apenas podía mantener los ojos abiertos, pero cada vez que los cerraba, el coche se sacudía o se ladeaba abruptamente y se despertaba asustada.

El cochero detuvo la diligencia una vez para cambiar de caballos y hacer algunos arreglos menores. Claudia llevó a Sara a la letrina. Cuando Sara salió, no encontró a Claudia por ninguna parte. Corrió hacia la diligencia, luego a los establos y por último al camino, llamando a Claudia a gritos.

—¡Basta de gritar! Santo cielo, ¿de qué se trata todo este alboroto? —dijo Claudia, dándose prisa por llegar hasta ella—. Cualquiera pensaría que eres un pollo sin cabeza por la manera en que estabas corriendo. . . .

—¿Dónde estabas? —reclamó Sara, con las lágrimas corriéndole por las mejillas—. ¡Mamá dijo que teníamos que estar juntas!

Claudia arqueó las cejas. —Bueno, discúlpeme, su señoría, pero estaba tomando una cerveza. —Se inclinó hacia la niña y le tomó la mano, llevándola de regreso al edificio de la estación.

La esposa del gerente de la estación estaba de pie en la entrada, secándose las manos. —¡Qué niñita preciosa! —dijo, sonriéndole a Sara—. ¿Tienes hambre, encanto? Queda tiempo para una cazuela de estofado de carne.

Sara bajó la mirada, tímida bajo el escrutinio de la mujer. —No gracias, señora.

—Y es bien educada, también —dijo la señora.

—Date prisa, Sara —le dijo Claudia, dándole un codazo para que entrara.

La señora le dio una palmadita en la espalda, acompañándola a una mesa. —Tienes que ponerle un poco de carne a tus huesos, cariño. Dale una oportunidad a mi estofado. Dicen que soy una de las mejores cocineras del recorrido.

Claudia se sentó y alzó su jarra de cerveza nuevamente. —Tienes que comer algo antes de que nos vayamos.

—No tengo hambre.

Claudia se inclinó hacia delante. —No me importa si tienes hambre o no —le dijo en voz baja—. Harás lo que yo te diga. El cochero dijo que pasaremos otra media hora aquí antes de partir y tardaremos otras tres o cuatro horas hasta llegar a la costa. Después no quiero escucharte lloriqueando de hambre. Esta es tu última oportunidad de comer algo hasta Los Cuatro Vientos.

Sara miró a Claudia, luchando para no llorar. Claudia suspiró pesadamente; luego se acercó a ella y la palmeó con torpeza. "Come un poco, Sara," le dijo. Obediente, Sara tomó la cuchara y empezó a comer. Mamá había dicho que el viaje se había preparado para ella, pero hasta Claudia actuaba como si la niña fuera una molestia. Era evidente que Mamá la había enviado para deshacerse de ella.

Cuando el coche volvió a partir Sara permaneció callada. Se sentó junto a la ventanilla y miró hacia fuera, con las manos cruzadas sobre la falda y la espalda erguida. Claudia pareció agradecer el silencio y se durmió. Al despertarse, le sonrió a Sara.

"¿Hueles la brisa del mar?" le preguntó. Sara estaba sentada en la misma posición que cuando Claudia se había quedado dormida, pero el rostro polvoriento de la pequeña estaba atravesado por las líneas blancas de las lágrimas que no había podido contener. Claudia la miró con pena y luego se dio vuelta para ver por la ventanilla.

Llegaron al hotel Los Cuatro Vientos poco después del atardecer. Sara se aferró a la mano de Claudia mientras el conductor bajaba sus bolsos. Sara oyó un rugido, como el de un monstruo, y se asustó. —¿Qué es ese ruido, Claudia?

—Es el mar chocando contra las rocas. Majestuoso, ¿no?

Sara pensó que era el sonido más aterrador que había escuchado en su vida. El viento aullaba entre los árboles como una bestia salvaje en busca de una presa, y cuando se abrió la puerta del hotel Los Cuatro Vientos, ella escuchó risotadas y gritos masculinos. Sara se retrajo bruscamente y no quería entrar.

"Cuidado," le dijo Claudia, empujándola hacia delante. "Toma tu bolso; yo tengo que llevar el mío."

Sara arrastró su bolso hasta el borde de la puerta. Claudia empujó la puerta con el hombro para abrirla y entró; Sara la siguió, pegada a ella. Claudia miró alrededor de la sala y sonrió. Sara siguió su mirada y vio a un hombre en la barra, pulseando con un marinero musculoso. Un hombre corpulento servía cerveza y de inmediato divisó a Claudia. Se inclinó para darle un codazo al hombre que estaba pulseando y señaló a Claudia con su cabeza. El hombre giró un poco la cabeza, y el marinero, sacando ventaja de su falta de atención, le dobló el brazo contra la barra y dio un grito de triunfo. Sara observó aterrorizada cómo el hombre derrotado se enderezaba rápidamente y golpeaba al marinero en el ojo derecho, haciéndolo caer al piso.

Claudia se rió. Parecía haberse olvidado de Sara, que ahora se escondía detrás de sus faldas. Sara lloriqueó en voz baja cuando el hombre de la barra caminó hasta Claudia y le dio un sonoro beso, ante el griterío de los demás hombres de la sala. Cuando dejó de de mirar a Claudia para quedarse boquiabierto observando a Sara, esta creyó que se desmayaría de miedo. Él levantó las cejas. —¿Una bastarda? Por lo linda que es, te habrás trabado amistad con un tipo guapo.

En un momento Claudia recuperó el aliento y se dio cuenta de qué estaba hablando él. —Ay, no. No, Mario, no es mía. Es la hija de la señora para la que trabajo.

—¿Qué está haciendo aquí contigo?

—Es una historia larga y triste que ahora preferiría olvidar.

Mario asintió y le dio una palmadita en la mejilla. —¿Qué te parece la vida de campo? —le preguntó a Claudia sonriendo, pero a Sara no le pareció una sonrisa agradable.

Claudia sacudió la cabeza. —Es tan buena como lo esperaba.

Él se rió y levantó el bolso de Claudia. —Por eso estás de regreso en Los Cuatro Vientos, ¿no? —También tomó el bolso de Sara y sonrió descaradamente, soltando una risotada cuando ella se alejó de él como si se tratara del mismo diablo.

Sara jamás había visto a alguien como Mario. Era enorme y tenía el cabello negro y la barba recortada. Le recordaba a las historias de piratas que Mamá le contaba. Tenía la voz fuerte y profunda y miraba a Claudia como si fuera a comérsela. A ella parecía no importarle. Claudia no le prestaba atención a Sara y cruzó la sala. Sara la siguió, demasiado asustada como para quedarse atrás. Todos la miraban.

—¡Oye, Muñón, sírvele a nuestra Claudia una jarra de cerveza! —le gritó Mario al tabernero canoso que la había recibido guiñándole el ojo y sonriendo. Mario aferró a Sara por la cintura y la levantó bien alto, dejándola caer pesadamente sobre la barra—. Y un poco de vino rebajado con agua para esta pollita paliducha. —Le acarició la chaqueta de terciopelo—. Tu mamá debe ser rica, ¿verdad?

—Su papá es rico —dijo Claudia—. Y es un hombre casado.

—¡Ah! —Mario le devolvió una gran sonrisa burlona—. Así que así son las cosas. Creí que tenías un trabajo respetable.

—Es respetable. Nadie me mira por encima del hombro.

—¿Saben que trabajaste cinco años como moza en un bar antes de que te vinieran ganas de mejorar tu estilo de vida? —Deslizó su mano por el brazo de Claudia—. Sin mencionar tus trabajitos extra . . .

Claudia le echó una mirada a Sara y luego se quitó de encima la mano de él. —Marisol lo sabe. No es de las que miran despectivamente a los demás. Me agrada.

—¿Se le parece esta pobre criatura?

—Es su vivo retrato.

Mario le dio a Sara una palmadita en la mejilla. —Ojos azules como violetas y el cabello como el de un ángel. Tu madre debe ser tremendamente hermosa si se parece a ti. Me gustaría verla.

Claudia se puso tensa y Sara pensó que se había enojado. Deseaba que Mario la dejara en paz, pero él seguía frotándole la mejilla. Sara quería alejarse todo lo posible de este hombre terrible, con su barba negra, sus ojos oscuros y su sonrisa cruel.

—Déjala en paz, Mario. Ya está bastante asustada como para que tú la molestes. Es la primera vez que está lejos de su mamá.

Él se rió. —Realmente está blanca como un papel. Vamos, chiquilla. Soy inofensivo. Bebe. —Empujó el vaso de vino con agua hacia ella—. ¡Eso es! Un poco de esto y no tendrás miedo de nada. —Volvió a reírse cuando Sara hizo una mueca de disgusto—. ¿Estará acostumbrada a algo mejor?

—No está acostumbrada a nada —dijo Claudia y ahora Sara estaba segura de que se había enojado. A Claudia no le gustaba que Mario le prestara tanta atención a Sara. Miró a la niña, visiblemente fastidiada por la forma en que reaccionaba ante el hombre—. No seas tan cobarde. No está haciendo más que un poco de escándalo. —El viejo Muñón y los otros en el bar se rieron, incluso Mario.

Sara quería bajar de un salto y huir de las voces fuertes, de la risa y de los ojos mirones. Emitió un sollozo de alivio cuando Claudia se estiró para levantarla y bajarla al suelo. La tomó de la mano, llevándola a una mesa. Sara se mordió el labio al ver que Mario las seguía. Retiró una silla y se sentó. Cada vez que se vaciaban los vasos, él ordenaba más. Hacía bromas y Claudia se reía mucho. En un momento quiso tocarla por debajo de la mesa y Claudia lo apartó. Pero ella sonreía y hablaba cada vez más. Su voz sonaba graciosa, como si las palabras le salieran todas juntas.

Afuera estaba lloviendo y las ramas de los árboles rozaban contra las ventanas. Sara estaba cansada; los párpados le pesaban tanto que apenas podía mantenerlos abiertos.

Mario volvió a levantar su jarra. "La chiquilla está por dormirse."

Claudia le tocó la cabeza a Sara. "Crúzate de brazos sobre la mesa y duerme un poco." Sara hizo lo que le dijo, deseando que pudieran irse. Obviamente, Claudia no estaba lista para hacerlo. Parecía estar pasándola muy bien, y siguió mirando a Mario y sonriendo de una manera que Sara nunca le había visto.

—¿Por qué tuviste que traerla a Los Cuatro Vientos? —dijo Mario. Sara mantuvo los ojos cerrados, fingiendo estar dormida.

—Porque su mamá está recibiendo a su fino papá y los dos querían sacarla del medio. —Las palabras de Claudia eran frías—. No hagas eso.

—¿No? —Él rió en voz baja—. Sabes que has venido para eso. ¿Qué les pasa a los campesinos de tu pueblo?

—Nada. Hay uno que quiere que me case con él.

—Vayamos arriba y charlemos sobre por qué volviste aquí.

—¿Y qué se supone que haga con ella? ¡Me enojé tanto cuando Marisol me la encargó!

Las lágrimas se avivaron en los ojos a Sara y se le cerró la garganta. ¿Ya nadie la quería?

—Me parece que será fácil conseguir que alguien se encargue de esta cosita. Alguien tiene que quererla.

—Es lo que le he dicho a Marisol, pero dice que no. Ella confía en mí. Lo único que tiene, cuando no viene su hombre, es a esta niña. Casi lo único que Marisol sabe hacer es mostrarse bonita y tener lindas flores.

—Creí que dijiste que te caía bien.

—Me cae bastante bien, pero cada vez que Su Majestad decide llamar, ¡adivina quién se tiene que hacer cargo de su bastarda! Es agotador tener que cargar con una niña, especialmente con una que no es tuya.

Mario lanzó una carcajada. —Bueno, ¿por qué no nos la sacamos pronto de encima? A lo mejor su mamá y su papá lo consideren como un favor. Tal vez hasta te den un premio.

El corazón de Sara latía con fuerza.

—Eso no es gracioso, Mario. —Claudia lanzó un suspiró pesado, mostrando su enojo—. Mejor la despierto y la llevo a la cama. Ha tenido un largo día. —Le dio un ligero empujón a Sara y la niña miró hacia arriba aliviada. Claudia la tomó de la mano—. Vamos. Nos vamos a la cama ahora. Despídete del señor Mario.

Él sonrió alegremente. —Las acompañaré hasta arriba, señoritas.

Cuando Claudia abrió la puerta de su antigua habitación, Mario la mantuvo entreabierta y entró. Sara miró a Claudia alarmada.

—¿Qué estás haciendo? —murmuró Claudia acaloradamente—. No puedes entrar aquí conmigo. Ella le contará a su madre y me quedaré sin trabajo.

—Yo me encargaré de eso. —Mario se agachó y le pellizcó la barbilla a Sara—. Si tú le cuentas a alguien que estoy en este cuarto con Claudia, yo te arranco tu pequeña lengua rosadita. ¿Entiendes? —Sara le creyó y asintió con la cabeza. Él apenas sonrió y la soltó. Ella salió corriendo hacia un rincón y se puso en cuclillas, temblando y sintiéndose descompuesta—. ¿Ves? vociferó Mario—. No hay de qué preocuparse. No le dirá una palabra a nadie sobre nosotros.

Claudia lo miró asombrada. Parecía molesta y Sara deseó que le dijera a Mario que se marchara.

—Eso fue muy cruel —dijo, mirando a Sara—. Él no lo dijo de verdad, preciosa. Te estaba haciendo una broma. No creas lo que te dice.

—Mejor que lo creas, niña. No estaba bromeando. —Mario atrajo a Claudia hacia él—. ¿Cruel? Cruel es que me rechaces cuando sabes que lo único que quiero es estar contigo.

Ella lo empujó. Él volvió a aferrarla y ella lo esquivó, pero hasta Sara podía darse cuenta de que había hecho un mínimo esfuerzo. ¿Cómo podía permitir Claudia que ese hombre se le acercara?

—Te conozco, Claudia. —Mario mostraba una media sonrisa y le brillaban los ojos—. ¿Para qué hiciste semejante viaje hasta Los Cuatro Vientos? ¿Solamente para volver a ver el mar?

—Lo llevo en la sangre tanto como tú.

Mario la atrapó y le dio un beso. Claudia luchó, intentando alejarlo, pero él la sostenía con fuerza. Cuando ella se relajó, volvió a provocarla diciéndole, —Llevas más que eso en las venas.

—Mario, no. Ella está mirando. . . .

—¿Y qué?

Él volvió a besarla y esta vez ella forcejeó con él. Sara permaneció sentada, helada de miedo. Quizás las mataría a las dos.

—¡No! —dijo Claudia enfurecida—. Vete de aquí. No puedo hacerlo. Se supone que tengo que *cuidarla*.

Él soltó una carcajada. —No sabía que te importaban tanto tus obligaciones. —La soltó, pero a Sara le pareció que Claudia no se alegraba por eso. Parecía que se iba a poner a llorar. Mario sonrió y se volvió hacia Sara—. Ven, chiquilla.

—¿Qué estás haciendo, Mario? —preguntó Claudia cuando Sara se escabulló para huir de él.

—Sacándola del medio. No le pasará nada si se queda un rato sentada en el corredor. Y no digas que no. Te conozco demasiado bien. Además, estará justo del otro lado de la puerta. Nadie la molestará. —Mario arrastró una manta y una almohada de la cama y le hizo una seña a Sara—. No me obligues a que vaya a buscarte.

Sara no se atrevió a desobedecer. Siguió a Mario hasta el pasillo, mirando cómo él arrojaba la frazada y la almohada al oscuro corredor. Algo grande corrió por el vestíbulo y se escondió en las sombras. Ella lo miró con los ojos muy abiertos.

"Siéntate ahí mismo y no te muevas. Si no te quedas tranquila, te buscaré y te llevaré al mar y te convertiré en comida para los cangrejos, ¿entendiste?"

La boca de Sara estaba seca y no pudo hacer que le saliera ninguna palabra. Sólo asintió con la cabeza.

Claudia salió hacia la puerta. —Mario, no puedo dejarla aquí afuera. Vi una rata.

—Es demasiado pequeña para que las ratas la molesten. Estará bien. —Le palmeó la mejilla—. ¿Verdad? Te quedarás aquí afuera hasta que Claudia venga a buscarte. No te muevas de este lugar hasta que ella te busque.

—S-s-sí, señor —tartamudeó la niña, con la voz ahogada en su garganta.

—¿Lo ves? —Se irguió él y dándose vuelta hacia Claudia la empujó a la habitación, cerrando firmemente la puerta detrás de ellos.

Sara escuchó que Mario hablaba y Claudia lanzaba risitas. Después escuchó otros ruidos y tuvo miedo. Ella quería huir de los ruidos que hacían, pero se acordó de lo que Mario le había dicho que le haría si se movía de ahí. Muerta de miedo, se tapó la cabeza con la manta sucia y se apretó las orejas con las manos.

De pronto, el silencio se hizo pesado. Sara miró furtivamente a lo largo del pasillo. Sintió que unos ojos la observaban. ¿Y si la rata volvía? El corazón le latía como un tambor; todo el cuerpo se movía a su ritmo. Escuchó unos rasguños y encogió las piernas fuertemente contra su cuerpo, observando en la oscuridad, aterrorizada por lo que se escondía allí.

La puerta hizo un chasquido al abrirse y ella dio un salto. Mario salió. Ella se apretujó, esperando que no la viera. No lo hizo. Se había olvidado de que ella existía. Ni siquiera la miró al caminar por el pasillo y bajar las escaleras. Ahora Claudia vendría a buscarla. Claudia la sacaría de este oscuro pasillo.

Los minutos pasaron; luego una hora y otra.

Claudia no vino a buscarla. Sara esperó enroscada en la manta y apretándose contra la pared, como había esperado a Mamá ese día que Alejandro había venido a verla.

A Claudia le dolía la cabeza cuando se despertó con la luz del sol dándole en el rostro. Había bebido demasiada cerveza la noche anterior y sentía la lengua hinchada. Extendió la mano, pero Mario se había ido. Así era él. No iba a preocuparse por eso ahora. Después de lo de esa noche, no podía negar que la amaba. Necesitaba un café. Se levantó, se lavó la cara y se vistió. Cuando abrió la puerta, vio a la niña encogida en el frío corredor, sus ojos azules con grandes ojeras oscuras.

"¡Ay!" exclamó Claudia débilmente. Había olvidado por completo su responsabilidad. El miedo y la culpa la asaltaron. ¿Qué pasaría si Marisol descubría que ella había dejado a su hija en un pasillo frío durante toda una noche? Levantó a Sara y la llevó dentro de la habitación. Tenía sus manitos frías como el hielo y estaba muy pálida.

—No se lo cuentes a tu mamá —le dijo llorosa—. Será tu culpa si ella me despide. —Se enojó por estar en una situación tan precaria, que su puesto dependiera del silencio de una niña—. ¿Por qué no viniste anoche a la cama, como se suponía que tenías que hacer? Mario te dijo que volvieras aquí cuando se fuera.

—No, no lo hizo. Él dijo que no me moviera hasta que tú vinieras a buscarme —suspiró Sara, empezando a llorar ante el enojo de Claudia.

—¡No mientas! ¡Yo lo escuché! ¡No fue eso lo que dijo!

Sara lloró más aún, confundida y asustada. —Lo siento, Claudia. Lo siento. Perdóname. —Los ojos de la niñita estaban agrandados y enrojecidos—. Por favor, no se lo digas a Mario. No dejes que me saque del medio o que me dé como alimento para los cangrejos, como me dijo.

—¡Cállate! Deja de llorar —le dijo Claudia, calmándola—. Llorar no mejorará las cosas. ¿Alguna vez le ha servido de algo a tu mamá? —Llena de remordimientos, tomó a Sara y la abrazó—. No se lo contaremos a nadie. Será un secreto entre nosotras dos.

Mario no volvió a Los Cuatro Vientos y esa noche Claudia se emborrachó. Acostó temprano a Sara y regresó al bar, esperando que él volviera más tarde. Pero no lo hizo. Ella se quedó un poco más, divirtiéndose con otros hombres y fingiendo que no le importaba. Luego se llevó una botella de ron a su cuarto. Sara estaba sentada en la cama, completamente despierta y con los ojos bien abiertos.

Claudia quería conversar, quería desahogar el mal humor que tenía por culpa de Mario. Lo odiaba porque había vuelto a romperle el corazón. Le había permitido que lo hiciera demasiadas veces en el pasado. ¿Cuándo aprendería a decirle que no? ¿Por qué había vuelto aquí? Debería haber sabido qué iba a suceder; lo mismo que sucedía siempre.

"Voy a decirte la pura verdad, pequeña. Escúchame bien." Bebió un largo sorbo y se tragó sus lágrimas y su miseria, dando rienda suelta a la amargura y al enojo. "Lo único que quieren los hombres es usarte. Cuando les das tu corazón, lo hacen pedazos." Bebió un poco más y siguió hablando con dificultad. "No les importa nada. Mira a tu elegante papá. ¿Acaso le importa tu madre? No."

Sara se escondió debajo de las mantas y se tapó los oídos. "Así que la princesita no quiere escuchar la triste verdad. En fin, peor para ella." Furiosa, Claudia le quitó las mantas a tirones. Cuando Sara se alejó gateando, Claudia le sujetó las piernas y la arrastró nuevamente hacia la cama.

"¡Siéntate y escúchame!" reprendió a la niña, sacudiéndola. Sara apretó los ojos para mantenerlos cerrados y volteó la cara. "¡Mírame!" Claudia estaba furiosa y no se quedaría satisfecha hasta que la obedeciera.

Sara la miró con los ojos desorbitados de miedo. Temblaba violentamente. Claudia la soltó. "Tu mamá me dijo que te cuidara bien. Pues te cuidaré bien. Voy a decirte toda la verdad. Y tú escucharás y aprenderás." La soltó y Sara se sentó muy quieta.

Claudia fulminó a la niñita con la mirada; se dejó caer en la silla junto a la ventana y bebió otro trago de ron. Señaló con el índice, tratando de mantener la mano firme. "A tu elegante papá no le importa nadie y aún menos tú. Y de tu madre, lo único que le importa es lo que ella está dispuesta a darle. Y ella le da todo. Él aparece cuando le da la gana, la usa y luego se va en su caballo a su elegante casa en la ciudad, con su esposa aristocrática y sus hijos bien educados. ¿Y tu madre? Ella vive esperando la próxima vez que volverá a verlo."

Observó que Sara retrocedía lentamente hasta quedar fuertemente adherida a la pared descascarada, como si eso pudiera protegerla. Nada podía proteger a una mujer de la fría dureza de los hechos. Claudia se rió tristemente y sacudió la cabeza.

"Es tan dulce y estúpida. Lo espera y se arroja a besarle los pies cada vez que él vuelve. ¿Sabes por qué estuvo alejado durante tanto tiempo? Por tu culpa. No puede soportar la imagen de su propia descendencia. Tu mamá llora y suplica, ¿y de qué le ha servido? Tarde o temprano, él se va a cansar de ella y la va a tirar a la basura. Y a ti junto con ella. Es lo único de lo que puedes estar segura."

Ahora Sara estaba llorando y secándose las lágrimas de sus mejillas.

"Nadie se preocupa por nadie en este mundo," dijo Claudia, sintiéndose más triste y huraña a cada instante. "Todos usamos a otros de una u otra manera. Para sentirnos bien, para sentirnos mal. Para no sentir nada. Los más afortunados saben hacerlo bien. Como Mario. Como tu papá rico. El resto sólo conseguimos lo que podemos."

A Claudia le costaba pensar con claridad. Quería seguir hablando, pero los párpados le pesaban tanto que no podía mantenerlos abiertos. Se hundió un poco más en su silla y apoyó el mentón en su pecho.

Lo único que necesitaba era descansar un minuto. Nada más. Así todo estaría mejor. . . .

Sara observó cómo Claudia seguía hablando entre dientes, hundiéndose más y más en la silla, hasta que se quedó dormida. Durmió ruidosamente, babeando de costado con la boca abierta.

Sara se sentó en la cama arrugada, temiendo y preguntándose si Claudia tenía razón. En lo profundo de su ser, algo le dijo que sí la tenía. Si ella le hubiera importado a su padre, ¿habría deseado que muriera? Si le importara a su madre, ¿la habría enviado tan lejos?

La pura verdad. ¿Cuál era la pura verdad?

Se fueron a la mañana siguiente. Sara ni siquiera le dio un vistazo al mar.

Cuando llegaron a casa, Mamá fingió que todo estaba bien, pero Sara sabía que había ocurrido algo terriblemente malo. Había cajas por todas partes y Mamá estaba empacando sus cosas.

"Iremos a visitar a tu abuela y a tu abuelo," le dijo Mamá en un tono vivaz, pero su mirada se veía apagada y muerta. "No te conocen." Mamá le dijo a Claudia que lamentaba tener que despedirla y ella le respondió que no era problema. Al fin de cuentas, había decidido casarse con Roberto, el carnicero. Mamá le dijo que esperaba que fuera muy feliz y Claudia se marchó.

Sara se despertó a mitad de la noche. Mamá no estaba en la cama, pero podía escucharla. Siguió el sonido de la voz afligida de su madre y llegó hasta el salón. La ventana estaba abierta y se acercó a mirar. ¿Qué estaba haciendo Mamá afuera en el medio de la noche?

La luz de la luna flotaba sobre el jardín florido y Sara vio a su madre arrodillada, vestida con su delgado camisón blanco. Estaba arrancando todas las flores. Un puñado tras otro, tiraba de las plantas y las arrojaba en todas direcciones, llorando y hablando sola. Levantó un cuchillo y volvió a caer de rodillas, junto a sus amados rosales. Los cortó a todos de raíz, hasta el último.

Se echó hacia atrás y sollozó, meciéndose hacia delante y hacia atrás, una y otra vez, con el cuchillo todavía en la mano.

Sara se encogió sobre el suelo, escondida en la oscuridad del salón, cubriéndose la cabeza con las manos.

Al día siguiente, viajaron en una diligencia y pasaron la noche en una posada. Mamá hablaba muy poco y Sara mantenía su muñeca fuertemente presionada contra su pecho. Había una sola cama en la habitación y Sara durmió feliz en los brazos de su madre. Cuando se despertó por la mañana, Mamá estaba sentada junto a la ventana, haciendo correr entre sus dedos las cuentas del rosario mientras rezaba. Sara escuchaba, sin entender, mientras su madre repetía las mismas frases una y otra vez.

"Perdóname, Jesús. Es mi culpa. Mea culpa, mea culpa . . ."

Viajaron todo el día en otro carruaje y llegaron a un pueblo. Mamá estaba tensa y pálida. Le cepilló el cabello a Sara y le enderezó el sombrero. La tomó de la mano y caminaron largo rato hasta que llegaron a una calle arbolada.

Mamá llegó a una cerca blanca y se detuvo en la puerta.

"Por favor, Señor, por favor, haz que me perdonen," susurró. "Por favor, Dios."

Sara miró la casa que tenía ante ella. No era mucho más grande que la cabaña, pero tenía un bonito porche y macetas con flores en los alféizares de las ventanas. Había visillos en todas las ventanas. A Sara le gustó mucho.

Al llegar a la puerta, Mamá respiró profundamente y golpeó. Una mujer abrió la puerta. Era pequeña, canosa y llevaba un vestido cubierto por un delantal. Miró una y otra vez a Mamá y los ojos se le llenaron de lágrimas.

—Ay, ay —decía—. Ay . . .

—He vuelto, Madre —dijo Mamá—. Por favor, déjame volver a casa.

—No es tan fácil. Tú sabes que no es tan fácil.

—No tengo otro lugar adonde ir.

La señora miró a Sara. —No tengo que preguntarte si es tu hija —dijo, con una sonrisa triste—. Es hermosa.

—Por favor, Madre.

La señora abrió la puerta y las dejó entrar a una pequeña habitación llena de libros. —Espera aquí, hablaré con tu padre —dijo, y se fue. Mamá se paseó, retorciéndose las manos. Hizo una pausa por un momento y cerró los ojos; sus labios se movían. La señora regresó con el rostro blanco y endurecido, y las mejillas húmedas. "No," le dijo. Una palabra. Eso fue todo. No.

Mamá dio un paso hacia la puerta y la señora la detuvo. —Él solamente dirá cosas que te lastimarán más.

—¿Más? ¿Cómo podría lastimarme más, Madre?

—Marisol, por favor, no . . .

—Le suplicaré. Me arrodillaré. Le diré que tenía razón. Sí, él tenía razón.

—No resultará. Dijo que para él, su hija está muerta.

Mamá se adelantó igual. —¡No estoy muerta! —La señora hizo un gesto para que Sara se quedara en la sala. Caminó apresuradamente detrás de Mamá, cerrando la puerta tras de sí. Sara esperó, escuchando las voces distantes.

Luego de un rato, Mamá regresó. Tenía el rostro pálido, pero ya no lloraba.

"Vámonos, querida," le dijo en un tono apagado. "Nos vamos."

"Marisol," dijo la señora. "Ay, Marisol . . ." Puso algo en su mano. "Es todo lo que tengo."

Mamá no dijo nada. Una voz masculina vino desde otra habitación; era una voz enojada, exigente. "Tengo que irme," agregó la señora. Mamá asintió y se dio media vuelta.

Al llegar al final de la calle arbolada, Marisol abrió la mano y miró el dinero que su madre había puesto en ella. Emitió una risa suave y entrecortada. Después de un momento, tomó a Sara de la mano y siguió caminando, con las lágrimas corriendo por sus mejillas.

Mamá vendió su anillo de rubí y sus perlas. Ella y Sara vivieron en una posada hasta que el dinero se terminó. Mamá vendió su cajita de música y durante un tiempo vivieron bastante cómodas en una pensión barata. Por último, le pidió a Sara que le devolviera su cisne de cristal y con el dinero que consiguieron por él vivieron un largo tiempo en un hotel venido a menos, hasta que Mamá encontró una choza cercana a los muelles de Nueva York.

Finalmente, Sara conoció el mar. En él flotaba la basura, pero de todas maneras le gustó mucho.

A veces, bajaba y se sentaba en el muelle; le gustaba el olor de la sal y ver los barcos que llegaban repletos de cargamento. Le agradaba el sonido del agua chocando suavemente contra las columnas del muelle y el de las gaviotas que sobrevolaban la costa.

En los muelles había hombres toscos y marineros que venían de todo el mundo. Algunos visitaban su casa y Mamá le pedía a Sara que esperara afuera hasta que se hubieran ido. Nunca se quedaban demasiado tiempo. A veces, le pellizcaban la mejilla y le decían que volverían cuando ella fuera un poco más grande. Algunos decían que ella era más bonita que Mamá, pero Sara sabía que eso no era verdad.

No le agradaban. Mamá se reía cuando venían y actuaba como si estuviera feliz de verlos. Pero cuando se marchaban, lloraba y bebía whisky hasta que se quedaba dormida en la cama desarreglada que había junto a la ventana.

A sus siete años, Sara se preguntaba si, en parte, Claudia no había tenido razón acerca de la pura verdad.

Entonces, vino a vivir con ellas el tío Ramón y las cosas mejoraron. Ya no venían tantos hombres de visita, aunque sí lo hacían cuando al tío Ramón no le quedaban monedas que tintinearan en sus bolsillos. Era grande y aburrido; Mamá lo trataba con cariño. Dormían juntos en la cama al lado de la ventana y Sara tenía un colchón en el piso.

"No es brillante," decía Mamá, "pero tiene un buen corazón y trata de mantenernos. Son tiempos difíciles, querida, y a veces no puede. Él necesita que Mamá lo ayude."

Otras veces, lo único que él quería era sentarse afuera, emborracharse y cantar canciones sobre mujeres.

Cuando llovía, Ramón se iba calle abajo a la taberna para estar con sus amigos. Mamá bebía y se quedaba dormida. Para matar el tiempo, Sara buscaba latas y las lavaba hasta que brillaban como la plata. Las colocaba debajo de las goteras del techo. Luego se sentaba en el silencio de la choza mientras la lluvia caía con fuerza y escuchaba la música que producían las gotas al saltar dentro de las latas.

Claudia también había tenido razón acerca del llanto. Llorar no hacía bien.

Mamá lloraba de tal manera que Sara quería poder taparse los oídos y jamás volver a escucharla. Y todo el llanto de Mamá no cambiaba nada.

Cuando los otros niños se burlaban de Sara e insultaban a su madre, la niña los miraba sin abrir la boca. Lo que comentaban era verdad; no se podía discutir. Cuando sentía que las lágrimas le venían, tan calientes que pensaba que iban a quemarla, Sara se las tragaba cada vez más adentro, hasta que se convirtieron en una pequeña piedra en su pecho. Aprendió a mirar de frente a los que la atormentaban, con una sonrisa de fría arrogancia y desdén. Aprendió a aparentar que nada de lo que ellos dijeran podía tocarla. Y a veces se convencía de que era así.

Un invierno, cuando Sara tenía ocho años, Mamá se enfermó. No quiso que la viera un médico; decía que lo único que necesitaba era descansar. Pero seguía empeorando y su respiración era más forzada. "Cuida a mi niñita, Ramón," le pidió Mamá. Y sonrió como acostumbraba a hacerlo hacía mucho tiempo.

Murió en la mañana, con el primer rayo de sol en su rostro y las cuentas del rosario en sus blancas manos. Ramón lloró violentamente, pero Sara no tenía lágrimas. Dentro de ella, la pesadez parecía demasiado grande para poder soportarla. Cuando Ramón salió por un rato de la choza, Sara se acostó en la cama con su madre y la rodeó con sus brazos.

Mamá estaba fría y tiesa; Sara quería darle calor. Sentía los ojos arenosos y calientes. Los cerró y gimió una y otra vez, "Despierta, Mamá, despierta. Por favor, despierta." Al darse cuenta de que no lo hacía, Sara no pudo contener las lágrimas. "Quiero irme contigo; llévame a mí también. Dios, por favor, quiero ir con mi mamá." Lloró hasta quedar exhausta y recién se despertó cuando Ramón la levantó de la cama. Había unos hombres con él.

Sara vio que tenían la intención de llevarse a Mamá y les gritó que la dejaran en paz. Ramón la abrazó con fuerza, casi ahogándola con el olor de su apestosa camisa, mientras los demás comenzaban a envolver a Mamá con una sábana. Sara se quedó callada al ver lo que hacían. Ramón la dejó en libertad y ella se sentó en el piso duro y no se movió.

Los hombres hablaban como si ella no estuviera ahí. Tal vez ya no lo estaba. Tal vez ella era diferente, como decía Mamá.

—Apuesto a que Marisol fue realmente bonita alguna vez —dijo uno, mientras empezaba a coser el sudario que cubría el rostro de Mamá.

—Lo mejor para ella es estar muerta —dijo Ramón, volviendo a llorar—. Al menos ahora no es infeliz. Es libre.

Libre, pensó Sara. *Libre de mí. Si yo no hubiera nacido, Mamá viviría en una linda cabaña en el campo, con flores por todas partes, y sería feliz. Estaría viva.*

"Esperen un momento," dijo uno de los hombres, y tomó el rosario de los dedos de Mamá y lo dejó caer en la falda de Sara. "Apuesto a que ella hubiera querido que tú lo tuvieras, encanto." Terminó de dar las puntadas mientras Sara hacía correr las cuentas con sus dedos fríos y miró a la nada.

Todos se fueron, Mamá con ellos. Sara se sentó un largo rato en soledad, preguntándose si Ramón cumpliría su promesa de cuidarla. Cuando llegó la noche y él no regresó, bajó a los muelles y tiró el rosario a la barcaza de la basura. "¿Para qué sirves tú?" le gritó al cielo.

No llegó respuesta.

Recordó que Mamá había ido a la capilla grande para hablar con el hombre de negro. Él habló por largo tiempo y Mamá lo escuchó con la cabeza inclinada mientras las lágrimas corrían por sus mejillas. Mamá nunca volvió allí, pero a veces pasaba las cuentas del rosario con sus dedos delgados mientras la lluvia caía contra la ventana.

"¿Para qué sirves?" volvió a gritar Sara. "¡Dime!" Un marinero, al pasar, la miró de forma extraña.

Ramón no volvió durante los dos días siguientes y cuando lo hizo, estaba tan borracho que no la recordaba. Ella se sentó de piernas cruzadas con la espalda hacia el fuego, contemplándolo. Estaba sensiblero; las lágrimas le caían por las mejillas barbudas. Cada vez que levantaba por el cuello la botella casi vacía, ella observaba cómo se le movía la nuez de Adán. Después de un rato, se desplomó y comenzó a roncar; el resto del whisky se escurrió por las grietas del piso. Sara lo cubrió con la frazada y se sentó junto a él. "No pasa nada, Ramón. Yo te cuidaré ahora." Ella no podía hacerlo como Mamá, pero encontraría la manera.

La lluvia martilleaba contra la ventana. Colocó las latas y se aisló de todo excepto del sonido de las gotas cayendo en ellas, produciendo música en el cuarto frío y desolado.

Estaba contenta, se dijo a sí misma, realmente contenta. Nadie vendría a llamar a la puerta, ya no los molestarían más.

A la mañana siguiente, atormentado por la culpa, Ramón volvió a llorar. "Tengo que cumplir la promesa que le hice a Marisol; de otro modo, no descansará en paz." Mantuvo la cabeza entre sus manos y la miró fijamente con los ojos tristes inyectados en sangre. "¿Qué voy a hacer contigo, niña? Necesito un trago." Buscó en las repisas y lo único que encontró fue una lata de porotos. La abrió y comió la mitad, dejándole a ella la otra parte. "Saldré un rato a pensar las cosas. Tengo que hablar con unos amigos. Tal vez puedan ayudarnos."

Sara se acostó en la cama y presionó la almohada de Mamá contra su rostro, consolándose con el perfume persistente de su madre. Esperó que Ramón regresara. Con el paso de las horas, empezó a temblar y sintió un profundo temor.

Hacía frío; estaba nevando. Encendió el fuego y comió los porotos. Tiritando de frío, arrastró una de las frazadas de la cama y se envolvió con ella. Se sentó tan cerca de la chimenea como pudo.

El sol estaba cayendo y el silencio era como de muerte. Todo empezó a detenerse gradualmente dentro de ella y pensó que si cerraba los ojos y se relajaba, podría dejar de respirar y morirse. Intentó concentrarse en eso, pero escuchó la voz de un hombre hablando con entusiasmo. Era Ramón.

"Te gustará, lo juro. Es una buena niña. Se parece a Marisol. Es bonita. Realmente linda. E inteligente."

Se tranquilizó cuando él abrió la puerta. No estaba borracho; tan sólo un poco pasado de copas. Le brillaban los ojos de alegría. Había vuelto a sonreír por primera vez en semanas. "Todo va a estar bien ahora, niña," le dijo y dejó ingresar al otro hombre en la choza.

El desconocido era fornido como los estibadores del muelle y tenía la mirada dura. La miró y ella retrocedió. "Ponte de pie," le dijo Ramón, ayudándola. "Este caballero viene a conocerte. Trabaja para un hombre que quiere adoptar a una niñita."

Sara no sabía de qué hablaba Ramón, pero sí sabía que no le gustaba el hombre que había venido con él. El desconocido se le acercó y ella trató de ocultarse detrás de Ramón, pero este la mantuvo frente a él. El hombre tomó la barbilla de la niña y le levantó el rostro, girándolo de un lado a otro para estudiarla. Cuando la soltó, tomó un puñado de su cabello rubio y lo frotó entre sus dedos.

"Linda," dijo y sonrió. "Linda de verdad. Esta le gustará."

A ella le latió aceleradamente el corazón. Levantó la mirada hacia Ramón, pero él no parecía darse cuenta de que algo estaba mal.

—Se parece a su madre —dijo Ramón y se le quebró la voz.

—Está flaca y sucia.

—Somos pobres —justificó Ramón patéticamente.

Sacando algunos billetes de su bolsillo, el hombre separó dos de ellos y se los entregó a Ramón. —Lávala y consigue algo de ropa decente. Luego, llévala aquí. —Le dio una dirección y se fue.

Ramón gritó de alegría. "Las cosas están mejorando para ti, niña," le dijo sonriendo, tomándola del brazo. "¿Acaso no le prometí a tu mamá que te cuidaría bien?" La tomó de la mano y la llevó caminando a otra choza a varias cuadras de allí. Una mujer vestida con una bata delgada atendió a su llamado. Su cabello castaño rizado caía sobre los hombros pálidos y tenía ojeras debajo de sus ojos color avellana.

—Necesito que me ayudes, Estela. —Luego de explicarle todo, ella frunció el ceño y se mordió el labio inferior.

—¿Estás seguro de esto, Ramón? No estabas borracho, ¿verdad? De alguna manera no me parece correcto. ¿No te dio un nombre, o algo?

—No se lo pedí, pero conozco a la persona para la que trabaja. Raúl me lo dijo. El caballero que quiere adoptarla tiene tanto dinero como un rey y una carrera política en ascenso.

—Y entonces ¿por qué está buscando en los muelles una hija para adoptar?

—No me importa. Es la mejor opción que tiene y yo le hice una promesa a Marisol. —Su voz temblaba a causa de las lágrimas.

Estela lo miró con pena. —No llores, Ramón. Yo haré que la niña luzca realmente bonita. Ve a tomarte algún trago y regresa más tarde. La tendré preparada. —Él se fue y Estela hurgó en su guardarropa hasta que encontró algo suave y rosado. "Vuelvo enseguida," dijo, y tomó un balde para llenarlo de agua. Cuando regresó, calentó un poco de agua en una olla. "Ahora, lávate bien. A ningún hombre le gusta una chica sucia." Sara hizo lo que le dijo, mientras el miedo crecía dentro de ella.

Estela le lavó el cabello con el resto del agua. "Tienes el cabello más hermoso que he visto. Es como un rayo de sol. Y también tienes unos ojos azules preciosos."

La mujer le acomodó el vestido rosado y le hizo una trenza, atándosela con moños azules. Sara recordó a Mamá haciendo lo mismo cuando vivían en la casa de campo. ¿O acaso lo había soñado? Estela puso maquillaje en las pálidas mejillas de Sara y en sus labios y se los frotó con suavidad. "Estás muy pálida. No tengas miedo, tesoro. ¿Quién le haría daño a un angelito tan dulce como tú?"

Ramón volvió al día siguiente, borracho y sin monedas en los bolsillos. Tenía los ojos muy abiertos y en blanco, llenos de dolor y confusión. —Hola, niña. Supongo que estás preparada, ¿eh?

Sara lo abrazó fuertemente. —No me abandones, Ramón. Quiero quedarme contigo. Sé tú mi padre.

—¿Sí? ¿Y qué voy a hacer con una niña, eh? —Logró soltarse de Sara y la miró con una sonrisa triste—. Ya tengo suficientes problemas.

—No tendrás que hacer nada. Yo puedo cuidarme sola y puedo cuidarte a ti.

—¿Cómo vas a hacer eso? No tienes edad suficiente para ganar dinero. ¿Robarás, como yo? No. Te mudarás con don Forrado de Dinero y vivirás la buena vida. Ahora, vamos.

Caminaron durante largo tiempo. Estaba haciéndose de noche. Sara le temía a las sombras y se aferraba con fuerza a la mano de Ramón. Pasaron por locales llenos de música ruidosa, gritos y canciones. Bajaron por calles arboladas y llenas de casas, casonas elegantes como nunca antes había visto. Las ventanas iluminadas parecían grandes ojos ardientes que la seguían a cada paso que daba. Sara no era de este lugar y ellos lo sabían y querían que se fuera. Temblorosa, se mantuvo pegada a Ramón, mientras él iba pidiendo orientación a otros hombres, mostrándoles el papel arrugado.

A Sara le dolían las piernas y le gruñía el estómago. Ramón se detuvo y levantó la vista hacia una gran casa, flanqueada por otras similares. "¿No es este un lugar magnífico?" Miró la mansión con gran respeto.

No tenía flores. Era de piedra. Fría. Oscura. Sara estaba demasiado cansada como para que le importaran ese tipo de cosas y se sentó al pie de la escalinata, sintiéndose miserable, deseando regresar a la choza junto a los muelles y al aroma del mar que llegaba con la marea.

"Vamos, niña. Un par de escalones más y estarás en casa," le dijo Ramón, levantándola. Sara miró con temor los grandes leones dorados del portal de la entrada. Ramón tomó el aro que colgaba de sus fauces abiertas y lo hizo sonar contra la puerta. "Qué extravagante," comentó.

Un hombre de traje oscuro abrió la puerta y le dirigió una mirada desdeñosa a Ramón. Este le entregó el papel antes de que pudiera cerrarle la puerta en la cara. El hombre lo estudió, abriendo luego la puerta lo suficiente para que pudieran pasar. "Por aquí," dijo con frialdad.

Adentro estaba cálido y había un aroma encantador. Ante Sara se abrió una amplia sala, en la que se extendía una gloriosa alfombra florida sobre un piso de madera brillante. En el techo había luces que brillaban como joyas. Jamás había visto algo tan fino. *El cielo debe ser como esto,* pensó asombrada.

Una mujer de cabello colorado, ojos negros y boca muy pintada vino a recibirlos. Tenía puesto un hermoso vestido negro con abalorios azabache que pendían sobre los hombros y mostraba un generoso escote. Bajó los ojos hacia Sara y frunció levemente el ceño. Le lanzó una mirada rápida a Ramón y volvió a mirar a Sara con más amabilidad. Se inclinó y le tendió la mano.

—Me llamo Sandra. ¿Cuál es tu nombre, encanto?

Sara se limitó a mirarla y se ocultó detrás de Ramón.

—Es tímida —dijo Ramón, disculpándose—. Excúsela.

Sandra se irguió y lo miró duramente. —¿Está seguro de que sabe lo que está haciendo, señor?

—Claro que lo sé. Vaya lugar que tiene aquí, señora. No se compara al tugurio donde estábamos viviendo.

—Escaleras arriba, a su derecha —le dijo Sandra con una voz apagada—. La primera puerta a su izquierda. Espere allí. —Antes de que Ramón diera dos pasos, reaccionó y lo detuvo—. A menos que sea inteligente y me haga caso. . . . Váyanse ahora. Llévesela a casa.

—¿Por qué querría hacer eso?

—Después de esta noche, no volverá a verla.

Él se encogió de hombros. —De todas maneras, no es mía. ¿Él está aquí? Me refiero al gran hombre.

—Llegará pronto y usted mantendrá la boca cerrada, si es que tiene algo en la cabeza.

Ramón se dirigió hacia la escalera. Sara quería salir corriendo hacia la puerta, pero él la tenía firmemente agarrada de la mano. Ella miró hacia atrás y vio que la mujer vestida de negro la observaba. La mirada en su rostro era de aflicción.

En el cuarto que había escaleras arriba todo era grande: la cómoda alta de caoba, la chimenea de ladrillos colorados, el escritorio de teca, la cama de hierro. En una esquina había un lavabo de mármol blanco, junto a un toallero de metal pulido, tan fino que realmente parecía de oro. Todas las lámparas tenían abalorios de piedras y las cortinas eran de color rojo vivo. Estaban cerradas para que nadie pudiera ver hacia el interior. Ni hacia afuera.

"Siéntate allí y descansa, niña," dijo Ramón, palmeándole la espalda y señalando un sillón de orejas. Era exactamente igual al que tenía Mamá en la casa de campo. De pronto, el corazón de Sara comenzó a acelerarse. ¿Podría ser el mismo?

¿Qué pasaba si su padre se había arrepentido? ¿Y si todo este tiempo había estado buscándola a ella y a Mamá, y había descubierto dónde estaban y lo que había ocurrido? ¿Qué si se había arrepentido de todas las cosas terribles que había dicho y la quería, después de todo? Su corazón latía cada vez más rápido hasta que la colmaron la esperanza y los sueños nacidos de la desesperación y el temor.

Ramón se dirigió a una mesa cerca de la ventana. "Mira esto." Hizo correr sus dedos cariñosamente sobre una colección de botellas de cristal. Le quitó la tapa a una y olió el líquido ámbar que había dentro. "Ay, mi . . ." Con un suspiro la llevó hasta sus labios y la vertió. Bebiéndose la mitad del contenido, se limpió la boca con el dorso de la manga. "Es lo más cerca que he estado del paraíso." Le quitó la tapa a otra botella y vertió un poco dentro de la que había bebido. Las levantó para comprobar si estaban iguales, luego las bajó cuidadosamente y colocó las tapas en su lugar.

Ramón abrió el armario y lo revisó, guardándose algo en el bolsillo. Después se dirigió al escritorio y también lo revisó y se guardó algunas cosas más.

Sara escuchó una risa apenas audible. Sus ojos se le cerraban y recostó su cabeza sobre una de las orejas del sillón. ¿Cuándo vendría su padre? Ramón volvió a las botellas de vidrio y bebió de otras dos.

"¿Disfrutando de mi brandy?" dijo una voz profunda y grave.

Sorprendida, Sara miró hacia arriba. Miró con el corazón encogido. No era su padre, en lo más mínimo. Era un señor desconocido, alto y moreno. Los ojos le brillaban y Sara pensó que nunca había visto un rostro tan frío, ni tan guapo. Estaba vestido de negro y llevaba un sombrero elegante.

Ramón colocó la tapa en la licorera de cristal y la puso nuevamente en la bandeja de plata.

"No he probado algo tan exquisito en mucho tiempo," dijo. Sara se dio cuenta de cómo se le empalidecía el rostro mientras el hombre lo miraba con esos ojos extraños. Ramón se aclaró la garganta y se movió de lugar. Parecía nervioso.

El hombre se sacó el sombrero y lo apoyó sobre el escritorio. Luego se quitó los guantes y los metió dentro del sombrero.

Sara estaba tan fascinada por el hombre que al principio no se dio cuenta del otro que estaba detrás de él. Parpadeó sorprendida. Era el mismo hombre que había venido a los muelles y la había inspeccionado. Volvió a apretarse contra el sillón. El segundo hombre estaba observando a Ramón y sus ojos le recordaron las ratas que habían en el callejón detrás de la choza. Miró al caballero distinguido y lo encontró observándola con una sonrisa leve. Por alguna razón, esa sonrisa no logró que se sintiera mejor. La hizo estremecer. ¿Por qué estaba mirándola de esa forma, como si estuviera hambriento y ella fuera algo que él quisiera comer?

—¿Cómo se llama? —preguntó sin quitarle los ojos de encima.

Ramón abrió un poco la boca y pareció quedar mudo. —No lo sé. —Le brindó una risa intranquila y aturdida, notablemente alcoholizado.

—¿Cómo le decía su madre? —preguntó el hombre lacónicamente.

—"Querida" . . . pero usted puede llamarla como quiera.

El hombre le dedicó una risa corta y falta de humor, y descartó a Ramón con una mirada de desprecio. Estudió a Sara cuidadosamente. Estaba asustada, tan asustada que no pudo moverse cuando el hombre caminó hacia ella. Al detenerse, él volvió a sonreír; sus ojos brillaban de una forma extraña. Sacó un fajo de billetes del bolsillo de su pantalón y quitó el sujetapapeles de oro que los sostenía. Contó algunos y se los dio a Ramón sin siquiera dirigirle la mirada.

Ramón los tomó ávidamente, volviendo a contarlos antes de guardarlos en su bolsillo.

"Gracias, señor. Dios mío, cuando el viejo Raúl me dijo que era usted quien buscaba una hija, no pude creer la suerte de esta chica. Ella no ha tenido mucho hasta ahora, créame." Siguió con su parloteo, diciendo dos veces el nombre del caballero, demasiado borracho y estúpido como para darse cuenta de que la expresión en el rostro del hombre había cambiado.

Pero Sara lo vio.

Estaba furioso —más que eso. Parecía . . . Sara volvió a estremecerse. No estaba segura de qué se trataba, pero no era algo bueno. Miró a Ramón, sintiendo que el pánico crecía dentro de ella. Él siguió divagando, tratando de adular y engatusar al hombre que seguía de pie ante ella, sin darse cuenta de la sutil señal que estaban cruzando el caballero y el hombre parado detrás de Ramón. Un grito brotó en la garganta de Sara, pero no pudo soltarlo. No lo logró. Su voz estaba congelada de terror, como el resto de su cuerpo. Observaba atemorizada mientras Ramón seguía hablando. No dejó de hacerlo hasta que la cuerda negra pasó alrededor de su cuello. Los ojos se le salieron de las órbitas. Sofocado, arañó su propio cuello, lastimándose hasta sangrar con sus uñas sucias.

Sara se escapó del sillón y corrió hacia la puerta. Giró y tironeó de la manija, tratando de huir, pero la puerta no se abrió. Escuchó que Ramón se ahogaba, dando patadas y peleando mientras hacía esfuerzos por liberarse. Sara golpeó con sus puños la puerta de madera y gritó.

Una mano dura le tapó la boca y la tironeó para alejarla de la puerta. Ella dio algunos puntapiés y golpes intentando luchar, pero no logró nada. El cuerpo del hombre era una roca; él le aferró los brazos y se los apretó fuertemente con una mano, causándole dolor, mientras que con la otra le mantenía la boca tapada.

Ramón estaba quieto.

—Llévatelo —dijo el hombre que la sujetaba, y por un instante pudo

ver a Ramón en el piso, con la cuerda negra todavía alrededor del cuello y
el rostro grotescamente distorsionado. El hombre que había ido a la choza
soltó la cuerda y volvió a guardársela en el bolsillo. Levantó a Ramón y se
lo cargó al hombro.

—Pensarán que estaba borracho.

—Antes de arrojarlo al río, revísale los bolsillos y recupera todo lo que
me haya robado —dijo la voz fría.

—Sí, señor.

Sara escuchó que la puerta se abría y se cerraba.

Cuando el hombre la soltó, ella corrió al rincón más alejado de la habitación y se encogió, llena de miedo. Él permaneció de pie en medio del cuarto,
mirándola durante un largo tiempo. Luego fue hasta el lavabo de mármol
y vertió agua dentro de la palangana de porcelana. Mojó un trapo blanco y
caminó hacia la niña. Ella se encogió todo lo que pudo. Él se agachó y tomó
el mentón de la pequeña.

"Eres demasiado bonita para maquillarte," le dijo y comenzó a limpiarle
la cara.

Ella se estremeció por su contacto. Miró el lugar en el que Ramón había
caído. El hombre volvió a enderezarle el mentón.

"No creo que ese patán borracho haya sido tu padre. No te pareces a él
en nada y en tus ojos hay inteligencia." Terminó de lavarle el rubor de las
mejillas y de la boca y tironeó de sus ropas. "Mírame, pequeñita."

Cuando Sara obedeció, el corazón le latió con fuerza hasta que todo su
cuerpo tembló de terror.

El hombre mantuvo con firmeza el rostro de la niña para que no pudiera
apartar la mirada. "Mientras que hagas exactamente lo que yo te diga, vamos
a llevarnos bien." Le sonrió ligeramente y le acarició las mejillas, con un
brillo extraño en los ojos. "¿Cómo te llamas?"

Ella no podía contestar.

Él le tocaba el cabello, el cuello, el brazo. "No importa. Creo que voy
a llamarte Ángela." Estirándose, la tomó de la mano. "Ahora, ven, Ángela.
Tengo cosas para enseñarte." La levantó y la sentó sobre la cama grande. "Tú
puedes llamarme Duque, cuando recuperes la lengua." Se sacó el abrigo de
seda. "Lo harás. Y pronto." Volvió a sonreír y se quitó la corbata, desabro-
chándose lentamente la camisa.

Y por la mañana, Sara supo que Claudia le había dicho la pura verdad de
todas las cosas.

Desafío

Uno

Pero la fuerza sola, aunque nacida de las Musas,
Es como un ángel caído: árboles arrancados,
Oscuridad, y gusanos, y sudarios, y sepulcro
La deleitan; porque se alimenta de los abrojos
Y espinas de la vida; olvidando el gran propósito
De la poesía, que debiera ser una amiga
Que alivie las preocupaciones y eleve los pensamientos del hombre.

KEATS

CALIFORNIA, 1850

Ángela tiró de la cortina de lona hacia atrás para mirar afuera, hacia la calle llena de lodo. El aire frío de la tarde la estremeció; estaba cargado con el hedor del desencanto.

Pair-a-Dice se encontraba ubicado en la veta principal de California. Era el peor lugar que podría haber imaginado, una villa miseria de sueños dorados hechos de velas podridas de barcos abandonados; un campamento habitado por marginados y aristócratas, por los desplazados y los desposeídos, por los anteriormente privilegiados y ahora perdidos. Los bares con techo de lona y los salones de apuestas se alineaban en calles miserables gobernadas por la depravación descarada, la codicia, la soledad y las grandes ilusiones. Pair-a-Dice era el júbilo descontrolado. Unía la oscura desesperación con el temor y el repugnante sabor a fracaso.

Ángela vio en una de las esquinas a un hombre con una sonrisa cínica, predicando la salvación, mientras en la otra, su hermano, con el sombrero en la mano, despojaba a los abandonados de la mano de Dios. A donde dirigiera la mirada había hombres desesperados, exiliados de sus hogares y de sus familias, buscando escapar del purgatorio fraguado por sus propias esperanzas desmoronadas.

Esos mismos tontos la llamaban prostituta y buscaban consuelo donde era más seguro encontrarlo que en ninguna otra parte —en ella. Pagaban fortunas por sus favores —cuatro onzas de polvo de oro— entregados por adelantado a la Duquesa, madama del Palacio, el burdel de campaña donde

3

vivía. Cualquier visitante que pagara podía tener a Ángela durante media hora. El escaso porcentaje que ella recibía era guardado bajo llave y custodiado por un hombre que odiaba a las mujeres, al que llamaban Magowan. En cuanto al resto, esos tristes desdichados que carecían de dinero para probar sus encantos permanecían de rodillas en el mar de lodo llamado la Calle Principal, esperando tener la oportunidad de echarle un vistazo al "Ángel." Cada mes le parecía un año en este sitio, no apto para otra cosa que los negocios. ¿Cuándo acabaría esto? ¿Cómo había llegado aquí, a este horrible lugar de mugre y sueños destrozados?

"No más, por ahora," dijo la Duquesa, acompañando a algunos hombres hasta la puerta. "Sé que han estado esperando, pero Ángela está cansada y ustedes seguramente querrán lo mejor de ella." Los hombres se quejaban y amenazaban, suplicaban y negociaban, pero la Duquesa sabía cuándo Ángela había llegado al límite de su resistencia. "Necesita descansar. Vuelvan esta noche. Los tragos son invitación de la casa."

Aliviada de que se hubieran marchado, Ángela dejó caer la cortina de campaña y se dio vuelta para acostarse en la cama desarreglada. Miró desolada el techo de lona. La Duquesa había anunciado esa mañana durante el desayuno que el nuevo edificio estaba casi terminado y que las chicas se mudarían al día siguiente. Ángela estaba ansiosa por tener cuatro paredes que la rodearan. Al menos de esa manera el viento frío de la noche no soplaría sobre ella a través de las grietas en la lona podrida. Cuando pagó el pasaje de un bergantín rumbo a California, no se había detenido a pensar cuánto significaban cuatro paredes. En aquel momento, lo único en que pensó fue en escapar. Sólo había visto la oportunidad de ser libre. El espejismo se desvaneció muy pronto cuando llegó a la pasarela y se dio cuenta de que era una de las tres mujeres en un barco de ciento veinte hombres jóvenes y vigorosos, que sólo tenían en mente vivir una aventura. Inmediatamente, las dos prostitutas de mirada dura se pusieron a trabajar, pero Ángela intentó quedarse en su camarote. Al cabo de quince días, vio claramente que tenía apenas dos alternativas —volver a ser una prostituta o ser violada. Y de todas maneras, ¿qué más daba? ¿Qué otra cosa conocía? Además, era posible que se forrara los bolsillos de oro, como las otras. Quizás, sólo quizás, con el suficiente dinero, podría comprar su libertad.

Sobrevivió a los mares tempestuosos, al sabor asqueroso del puchero de mariscos y a la sopa de bacalao y vegetales, a los cuartos apretujados y a la falta de dignidad y decencia, con la esperanza de ganar suficiente dinero antes de llegar a las costas de California para poder empezar una vida nueva. Entonces, en medio del entusiasmo de llegar a tierra, recibió el golpe final.

Las otras dos prostitutas le dieron una paliza en su camarote. Cuando recuperó la consciencia, ellas habían desembarcado con el dinero que le habían robado y todas sus pertenencias. Lo único que le habían dejado era la ropa que tenía puesta. Lo peor fue que ningún marinero se molestó en llevarla hasta tierra firme.

Golpeada y entumecida por la confusión, estuvo dos días acurrucada en la proa del barco hasta que llegaron los mendigos. Cuando terminaron de sacar lo que querían del barco abandonado y de ella, la llevaron al muelle. Llovía fuerte y, mientras peleaban y se repartían el botín, ella simplemente se marchó.

Vagó durante varios días, ocultando su rostro debajo de una manta sucia que le había dado uno de los hombres. Estaba hambrienta, tenía frío y se sentía resignada. La libertad era un sueño.

Se ganó la vida trabajando en la plaza Portsmouth hasta que la Duquesa, una mujer que ya no estaba en el apogeo de su belleza, pero dotada de una mente hábil para los negocios, la encontró y le habló por primera vez del país del oro.

"Tengo otras cuatro chicas —una francesita de París, una geisha y dos chicas que parecen recién salidas de un barco de papas de Irlanda. Necesitan comer un poco para engordar. Ah, pero ahora, *tú*. La primera vez que te vi, pensé, '*Aquí* hay una chica que puede enriquecerse si se la maneja adecuadamente.' Allá, en los campamentos de buscadores de oro, una chica con tu belleza podría hacer una fortuna. Esos mineros jóvenes sacarán el oro del arroyo y se pelearán entre sí para ponerlo en tus manos."

Con el acuerdo de que Ángela le cedería 80 por ciento de sus ganancias, la Duquesa prometió que la protegería de todo peligro. "Y me ocuparé de que tengas los mejores vestidos, la mejor comida y alojamiento a tu disposición."

La ironía le pareció graciosa. Ángela había huido del Duque y había caído en manos de la Duquesa. Así era su suerte.

A pesar de su aparente bondad, la Duquesa era una tirana codiciosa. Ángela sabía que cobraba sobornos para arreglar los sorteos, pero ni una pizca de ese polvo de oro iba a parar a las billeteras de las chicas. De acuerdo al trato original, se repartían las propinas que los clientes dejaban por los servicios bien realizados. Cierta vez, Mai Ling, la geisha china vendida como esclava, intentó esconder su oro y la Duquesa le encargó a Magowan, el de la sonrisa cruel y las manos grandes como jamones, que tuviera una "charla" con ella.

Ángela odiaba su vida, a la Duquesa y a Magowan. Odiaba su desdichado desamparo. Pero sobre todas las cosas, odiaba a los hombres por su incesante búsqueda de placer. Les entregaba su cuerpo, pero ni una partícula más. Tal vez no hubiera nada más. No lo sabía. Y eso no parecía importarle a ninguno de ellos. Lo único que veían era su belleza, un velo inmaculado que envolvía un corazón helado, y quedaban cautivados. Miraban dentro de sus ojos de ángel y se perdían en ellos.

Ella no se dejaba engañar por sus interminables declaraciones de amor. La querían de la misma manera que querían el oro de los arroyos. La deseaban con lujuria. Se peleaban por tener la oportunidad de estar con ella. Se esmeraban, forcejeaban y se arrebataban, y todo lo que lograban lo gastaban sin pensar y sin cuidado. Pagaban para ser esclavizados. Ella les daba lo que creían que era el cielo, pero eso los arrojaba al infierno.

¿Qué más daba? A ella no le quedaba nada. Y tampoco le importaba. Aún más fuerte que el odio que la dominaba era el agotamiento que le secaba el alma. A la edad de dieciocho años, estaba cansada de vivir y de resignarse ante el hecho de que nada cambiaría. Hasta se preguntaba por qué había nacido. Para esto, suponía. Tómalo o déjalo. La pura verdad. Y la única manera de dejarlo era suicidarse. Cada vez que se había enfrentado a la realidad, en cada oportunidad que había tenido, le había faltado coraje.

Su única amiga era una prostituta vieja y vencida llamada Fortunata, que estaba engordando notablemente por su afición al whisky. Fortunata no sabía de dónde era Ángela, dónde había estado o qué le había sucedido para ser lo que era. Las otras prostitutas pensaban que era invulnerable. Todas se hacían preguntas sobre ella, pero nunca se las expresaban. Desde el primer momento, Ángela había dejado perfectamente claro que el pasado era un terreno sagrado sobre el que nadie podía caminar. Excepto Fortunata, la estúpida y borracha Fortunata, a quien Ángela le guardaba cierto cariño.

Fortunata pasaba su tiempo libre entre copas.

—Tienes que tener planes, Ángela. Tienes que guardar alguna esperanza en este mundo.

—¿Esperanza en qué?

—Sin esperanza no podrás soportarlo.

—Puedo hacerlo.

—¿Cómo?

—No miro atrás, no miro hacia el futuro.

—¿Qué pasa con el *presente*? Tienes que pensar en el presente, Ángela.

Ángela sonrió débilmente y peinó su largo cabello dorado. —El presente no existe.

Ella camina en la belleza, como la noche
De clima despejado y cielos estrellados;
Y lo mejor del brillo y de la oscuridad
Se encuentra en su aspecto y en sus ojos.

BYRON

Miguel Oseas estaba descargando cajones de verduras de la parte posterior de su carro tirado a caballo cuando vio a una mujer joven y hermosa caminando por la calle. Iba vestida de negro, como una viuda, y a su lado tenía un hombre corpulento de mirada severa que llevaba un arma en la cintura. A lo largo de la Calle Principal, todos los hombres suspendían lo que estaban haciendo, se sacaban el sombrero y la miraban. Ella no le dirigía la palabra a ninguno; no miraba a los costados. Se movía con una gracia simple y fluida, con los hombros rectos y la cabeza en alto.

Miguel no pudo quitarle los ojos de encima. A medida que ella se acercaba, el corazón le latía más fuerte. Deseaba que lo mirara, pero ella no lo hizo. Se le escapó un suspiro cuando pasó junto a él, aunque no se había dado cuenta de que estaba conteniendo la respiración.

Esta es, amado.

Miguel sintió una ráfaga de adrenalina mezclada con alegría. *¡Señor, Señor!*

—Es impresionante, ¿no? —le dijo José Hochschild. El musculoso comerciante extendió una bolsa de papas sobre su hombro y sonrió—. Esa es Ángela. La chica más bonita al oeste de las Rocosas y la más bonita al este, también. —Subió la escalera hacia su tienda.

Miguel se cargó al hombro un barril de manzanas. —¿Qué sabes de ella?

—No más que cualquiera, supongo. Que da unas largas caminatas; es un hábito que tiene. Todos los lunes, miércoles y viernes a esta misma hora.

—Hizo un gesto con la cabeza hacia los hombres apostados a lo largo de la calle—. Todos vienen a verla.

—¿Quién es el que la acompaña? —Se le cruzó un pensamiento deprimente—. ¿Su esposo?

—¿Esposo? —Se rió—. Más bien es un guardaespaldas. Se llama Magowan. Se encarga de que nadie la moleste. Nadie se le acerca a un metro a menos que haya pagado su cuota.

Miguel frunció un poco el ceño y volvió a salir. Permaneció de pie en la parte posterior de la carreta, buscándola con la mirada. La mujer lo había cautivado profundamente. Había una dignidad solemne y trágica en ella. Mientras el corpulento tendero cargaba otro cajón, Miguel hizo la pregunta que le quemaba. —¿Cómo puedo conocerla, José?

Hochschild sonrió con tristeza. —Tienes que ponerte en la fila. La Duquesa maneja un sorteo para decidir quién tendrá el privilegio de ver a Ángela.

—¿Qué Duquesa?

—La Duquesa de aquel lugar. —Señaló con su cabeza hacia el otro lado de la calle—. La dueña del Palacio, el burdel más grande de Pair-a-Dice.

Miguel sintió como si le hubiera dado una patada en lo profundo del estómago. Miró fijamente a Hochschild, pero este ni se dio cuenta porque estaba descargando un barril de zanahorias. Miguel cargó otro barril de manzanas.

Dios, ¿acaso he entendido mal? Esta no puede ser la elegida para mí.

—Alguna que otra vez puse la onza de oro para que mi nombre estuviera en el sombrero —le contó José por encima del hombro—. Eso fue antes de descubrir que se necesita más que eso para que tu nombre esté realmente dentro del sombrero correcto.

Miguel dejó caer el barril con fuerza. —¿Es una mujer de la "vida alegre"? ¿Una chica como ella? —No quería creerlo.

—Es más que una mujer de la vida alegre, Miguel. Ángela es algo realmente fino, por lo que he escuchado. Está especialmente entrenada. Pero a mí no me alcanza para averiguarlo por mis propios medios. Cuando necesito, yo visito a Priscila. Es limpia, hace las cosas sencillas y fáciles y no te cuesta el oro tan difícil de ganar.

Miguel necesitaba un poco de aire. Volvió a salir. Incapaz de contenerse, dio otro vistazo hacia la calle por donde caminaba la delicada muchacha de negro. Regresaba por el otro lado de la calle y nuevamente pasó junto a él. Esta vez, su reacción fue más intensa, más difícil de controlar.

Hochschild descargó un cajón de nabos. —Pareces un toro al que acaban de clavarle una banderilla en la cabeza. —Sonrió con ironía—. O tal vez hayas estado demasiado tiempo recluido allá en tu granja.

—Hagamos las cuentas —dijo Miguel lacónicamente y se dirigió hacia adentro con el último cajón. Necesitaba volver a poner sus pensamientos en los negocios y alejarlos de ella.

—Tendrás suficiente dinero para conocerla una vez que ajustemos cuentas —dijo Hochschild—. Más que suficiente. —Vació el cajón y lo dejó a un lado antes de colocar la balanza en el mostrador—. Las verduras frescas aquí valen una fortuna. Estos jóvenes caballeros remontan el arroyo y sobreviven alimentándose con harina, agua y carne salada. Entonces vienen al pueblo con las encías hinchadas y sangrantes y las piernas inflamadas por el escorbuto y creen que necesitan un médico. Lo único que necesitan es una alimentación decente y un poco de sentido común. Veamos qué tenemos aquí. Dos barriles de manzanas, dos cajones de nabos y zanahorias, seis cajones de calabazas y nueve kilos de carne de ciervo.

Miguel le dijo cuánto quería que le pagara por la carga.

—¿Qué? ¡Me estás robando!

Miguel apenas sonrió. No era ingenuo. Se había pasado la mayor parte de '48 y '49 separando el oro en los arroyos y sabía lo que necesitaban los hombres. Era verdad, la comida era sólo una parte de ello, pero era la parte que él podía proveer.

—Tú duplicarás esa suma.

Hochschild abrió la caja de seguridad que tenía detrás del mostrador y extrajo dos bolsas de polvo de oro. Deslizó una hacia Miguel y midió una parte de la otra en una bolsa escondida. Volvió a lanzar la bolsa más grande dentro de la caja de seguridad, la cerró de un puntapié y giró la manija.

Miguel vació el polvo en un monedero que él había diseñado. Hochschild lo observó con una mueca. —Ahí tienes lo suficiente como para un buen momento. ¿Quieres conocer a Ángela? Tienes que ir calle abajo y convencer a la Duquesa con una parte de ese dinero. Te hará pasar de inmediato.

Ángela. Hasta el nombre lo conmovía. —No en esta oportunidad.

José vio la rigidez en su mandíbula y asintió con la cabeza. Miguel Oseas era un hombre tranquilo, pero no era tonto o blando. Algo en su mirada hacía que los hombres lo trataran con respeto. No era sólo su altura o la fuerza en su cuerpo, aunque ambas eran bastante impresionantes. Era la clara firmeza en su mirada. Él sabía lo que quería, aunque el resto del mundo no lo supiera. A José le agradaba y había visto el efecto que Ángela le había provocado, pero si Miguel no quería hablar de eso, él lo respetaría. —¿Qué te propones hacer con todo ese polvo de oro?

—Compraré un par de cabezas de ganado.

—¡Bien! —aprobó Hochschild—. Haz que crezcan rápido. La carne de ternera tiene mejor precio que las verduras.

Mientras se alejaba del pueblo, Miguel pasó con su carro por el burdel. Era grande y lujoso. El lugar desbordaba de hombres, la mayoría jóvenes; algunos estaban pasados de whisky y otros tenían las mejillas sonrosadas. Casi todos estaban borrachos o camino a estarlo. Algunos eran bulliciosos e inventaban canciones subidas de tono, una más grosera que la otra.

Y ella vive ahí, pensaba Miguel, *en una de esas habitaciones, con una cama y nada más.* Chasqueó las riendas sobre sus caballos y siguió adelante, con el ceño fuertemente arrugado.

No pudo dejar de pensar en ella por el resto de aquel día, en su camino de regreso desde Pair-a-Dice hasta el valle donde vivía. En su imaginación la veía caminar calle arriba por esa avenida llena de lodo, una muchacha delgada, vestida de negro, con un rostro hermoso y pálido, duro como una piedra. ¿De dónde había salido?

"Ángela," dijo, saboreando el sonido de su nombre en su lengua. Probándolo, nada más. Y supo, tal como lo había dicho, que su espera había terminado.

"Señor," dijo con pesar, "esto no es precisamente lo que tenía en mente."

Pero de todas maneras, supo que se casaría con esa chica.

Tres

Puedo soportar mi propia desesperación, pero no la esperanza de otro.

WILLIAM WALSH

Ángela se lavó, se puso una bata limpia de seda azul y se sentó a los pies de la cama a esperar el siguiente llamado a la puerta. Uno más y podría considerarla una buena noche. Podía escuchar la risa de Fortunata en la otra habitación. Cuando estaba borracha, Fortunata era toda risa y diversión, lo cual sucedía la mayor parte del tiempo. La mujer podía perderse dentro de una botella de whisky.

Una vez Ángela había tratado de beber con ella para ver si también lograba soltarse. Fortunata llenaba los vasos y ella intentó seguirla. Poco después, sintió la cabeza y el estómago revueltos. Fortunata le sostenía el orinal y se reía mostrando comprensión. Dijo que algunas personas podían tolerar el whisky y otras no, y, al parecer, Ángela era de las que no podían. La llevó de regreso a su cuarto y le dijo que durmiera.

Esa noche, cuando el primer hombre vino a tocar a su puerta, Ángela le gritó en palabras poco amables que se fuera. Enojado, el hombre buscó a la Duquesa y le dijo que quería que le devolviera su oro. La Duquesa subió las escaleras, le dio un vistazo a Ángela y mandó a buscar a Magowan.

A Ángela no le gustaba Magowan, pero nunca le había tenido miedo. Jamás la había molestado. Él estaba siempre a su lado cuando ella salía a caminar. No decía nada, no hacía nada. Sólo se aseguraba de que nadie se le acercara fuera del Palacio. Ella sabía que no era tanto por protegerla sino para cuidar los intereses de la Duquesa. Él estaba ahí para asegurarse de que ella regresara.

Mai Ling nunca comentó lo que Magowan le había hecho cuando lo enviaron a su habitación, pero Ángela veía la expresión de temor en los ojos

11

oscuros de la china cada vez que él andaba cerca. Lo único que tenía que hacer era sonreírle para que la chica se pusiera pálida y rompiera en llanto. Ángela se burlaba para sí; se necesitaban más que palabras para que ella sintiera miedo ante cualquier hombre.

Esa noche, cuando Magowan entró, Ángela sólo fue consciente de la silueta oscura que se arrimó cerca de ella.

"No conseguirás lo que vale tu dinero," dijo ella. Enfocó la mirada. "Ah, eres tú. Vete de aquí. Hoy no saldré a caminar."

Él ordenó que llenaran la bañera. Tan pronto como se fueron los dos sirvientes, volvió a inclinarse sobre ella, sonriendo con perfidia.

—Yo sabía que tarde o temprano tú y yo tendríamos una charla —dijo, agarrándola. Ella forcejeó, espabilándose de la borrachera, pero él la levantó y la metió en el agua helada. Con la respiración entrecortada, ella trató de salir, pero él le asió la cabeza y se la hundió en el agua. Aterrorizada por el peso férreo de su mano, intentó luchar. Cuando sus pulmones ardieron necesitando aire y estuvo a punto de perder el conocimiento, él la tironeó hacia arriba—. ¿Es suficiente?

—Suficiente —dijo ella con voz áspera, respirando desesperadamente.

Él volvió a sumergirla. Ella corcoveó y pateó, lanzando arañazos para escaparse. Cuando volvió a subirla, se sofocó y vomitó. Él rió y ella supo que estaba disfrutándolo. Se puso delante de ella con los pies separados y volvió a tomarla de la cabeza. Sintió un arrebato irracional de furia y lo golpeó de lleno con el puño. Él cayó de rodillas gimiendo, y ella rápidamente se alejó de su alcance.

Cuando volvió a perseguirla, ella gritó. La agarró. Ella rasguñó y dio patadas, jadeando fuertemente. Él tenía una mano sobre su cuello cuando la puerta se abrió de golpe y la Duquesa entró a la habitación. Dio un portazo detrás de sí y les gritó a los dos que se detuvieran.

Magowan obedeció, pero le dirigió a Ángela una mirada malévola. —Te mataré. Lo juro.

—¡Basta! —dijo furiosa la Duquesa—. Escuché sus gritos desde la escalera. Si los hombres la oyeran, ¿qué crees tú que harían?

—Lo colgarían —dijo Ángela, cruzándose de piernas y riéndose de él.

La Duquesa la abofeteó. Ángela retrocedió horrorizada. —No digas una palabra más, Ángela —le advirtió la Duquesa. Poniéndose de pie, volvió a mirar a Magowan—. Te dije que le sacaras la borrachera, Bruno, y que tuvieras una conversación con ella. Eso es todo lo que quería que hicieras. ¿Entiendes? —Tiró de la soga de la campana.

Los tres esperaron en un silencio palpitante. La bofetada había acallado a Ángela. Ella sabía que la Duquesa apenas podía sujetar las riendas de su demonio. También sabía, después de mirarlo, que otro tonto arrebato de su parte podría hacerlo perder los estribos.

Cuando alguien golpeó la puerta discretamente, la Duquesa la abrió lo suficiente como para ordenar café fuerte y pan. Cerró la puerta, cruzó la habitación y se sentó en el sillón de respaldo recto. —Te mandé a hacer algo muy simple, Bruno. Haz solamente lo que yo te diga y nada más —dijo la Duquesa—. Ángela tiene razón. Los hombres te colgarían.

—Necesita una buena lección —dijo Magowan, con sus ojos negros fijos en Ángela. Toda su bravuconada se había evaporado. Ángela había visto que algo oscuro y maligno brillaba en la mirada de Magowan. Reconoció esa mirada. De vez en cuando la había visto en el rostro de otro hombre. Antes, nunca había tomado en serio a Bruno, pero sin duda era de temer. También sabía que ese miedo era lo último que ella podía mostrar. Eso le haría hervir la sangre hasta un punto que la Duquesa no podría detenerlo. Así que permaneció callada y quieta, como un ratón en su hueco.

La Duquesa la miró durante un rato bastante largo.

—Te vas a portar bien ahora, ¿no, Ángela?

Ángela se incorporó lentamente y le devolvió la mirada con unos ojos serios y mordaces. —Sí, madama. —Se estremeció de frío.

"Dale una sábana antes de que agarre un resfrío."

Magowan quitó una de la cama y se la arrojó. Se envolvió con el raso como si fuera un traje real, sin atreverse a mirarlo. Una sensación de furia indefensa y de temor la devoraban.

"Ven aquí, Ángela," dijo la Duquesa.

Ángela levantó la cabeza y la miró. Como no se movió con la suficiente rapidez, Magowan le tomó un mechón de cabello rubio y tiró de él. Ella apretó los dientes, negándole al matón la satisfacción de verla llorar. "Cuando ella te diga que hagas algo, lo haces," le gruñó, empujándola.

Ángela cayó de rodillas delante de la Duquesa.

La mujer le acarició el cabello, y esta calculada ternura después de la brutalidad de Magowan desarmó el poco orgullo que le quedaba. "Cuando llegue la bandeja, Ángela, cómete el pan y bebe hasta la última gota de café. Bruno se quedará para ver que lo hagas. En cuanto hayas terminado, él se irá. Quiero que estés lista para trabajar dentro de dos horas."

La Duquesa se puso de pie y fue hacia la puerta. Volvió a mirar atrás.

—Bruno, no le hagas ninguna otra marca. Es nuestra mejor chica.

—Ni una marca —repitió él fríamente.

Él mantuvo su palabra. No la tocó, pero le habló y lo que le dijo hizo que a Ángela se le helara la sangre. Se apresuró a ingerir el café y el pan, sabiendo que cuanto antes lo hiciera, más pronto se iría él.

"Ya te tendré, Ángela. Dentro de una semana o dentro de un mes, sacarás de quicio a la Duquesa o reclamarás demasiado. Y entonces ella te entregará a mí en una bandeja de plata."

Se portó bien desde esa noche y Magowan no la molestó. Pero él estaba esperando y ella lo sabía. Se negaba a darle la satisfacción que Mai Ling le había dado. Siempre le sonreía con falsedad cuando él entraba en el cuarto. Mientras hiciera lo que le decían, la Duquesa estaría feliz y Bruno Magowan no podría hacer nada.

Pero el encierro la oprimía más cada día. La presión dentro de ella iba en aumento y el esfuerzo por mantener su aparente calma agotaba sus fuerzas.

Uno más esta noche y podré dormir, pensó. Extendió las manos y las miró. Estaban temblando. Toda ella temblaba, de los pies a la cabeza. Sabía que estaba perdiendo el control. Demasiado fingir durante demasiado tiempo. Sacudió la cabeza. Lo único que necesitaba era dormir bien una noche y al día siguiente estaría todo bien. *Sólo uno más,* pensó y esperaba que fuera rápido.

Escuchó el llamado y se levantó para contestar. Abriendo la puerta, aceptó al hombre que estaba de pie afuera. Era más alto y de más edad que la mayoría, y bien formado. Fuera de eso, no notó nada especial en él. Pero sintió . . . ¿qué cosa? Una rara inquietud. Un aumento en su temblor. Casi no podía controlar sus nervios. Bajó la cabeza y respiró lentamente, apretando la extraña sensación con cada gramo de voluntad que le quedaba.

Uno más y tendré la noche libre.

❦

A pesar de sus veintiséis años, Miguel se sentía como un muchacho inexperto de pie en el umbral de la puerta abierta, frente a Ángela, bajo la tenue luz de la lámpara del pasillo del burdel. Apenas podía respirar; el corazón le latía demasiado aprisa. La muchacha era mucho más hermosa de lo que él recordaba y más pequeña. Su cuerpo delgado se dejaba entrever claramente bajo la bata de raso azul y él trató de no mirarla más abajo de sus hombros.

Ella dio un paso al lado para que él pudiera entrar en el cuarto. Lo único que Miguel vio fue su cama. Estaba tendida, pero a él le vinieron visiones espontáneas y lo pusieron nervioso. Se dio vuelta para mirarla. Ella sonrió un poco. Fue una sonrisa mundana, seductora. Ella sabía todo lo que él tenía en mente, hasta lo que él no deseaba. "¿Qué le gustaría hacer, señor?"

El tono de su voz era bajo, suave y sorprendentemente culto, pero fue tan directa que lo tomó por sorpresa. Ella no podría haber dicho otra cosa para que él tomara plena conciencia de lo que hacía para ganarse la vida, o de su poderosa atracción física hacia ella.

Cuando Miguel entró al cuarto, Ángela cerró la puerta y se apoyó en ella. Esperó que le contestara mientras hacía una rápida evaluación. Su inquietud disminuyó. No era tan distinto a los demás. Sólo un poco mayor, sus hombros un poco más anchos. No era un muchacho, pero parecía incómodo, muy incómodo. A lo mejor tenía una esposa en algún lugar y estaba sintiéndose culpable. Quizás su madre era una buena cristiana y se preguntaba qué pensaría de que él fuera a buscar a una prostituta. Este tipo no se quedaría mucho tiempo. Eso era bueno. Cuanto menos tiempo, mejor.

Miguel no sabía qué decir. Había estado pensando en verla durante todo el día y ahora que estaba aquí, en su cuarto, se había quedado mudo, con el corazón en la garganta. Era muy hermosa y parecía distraída. *Señor, ¿y ahora qué? Ni siquiera puedo pensar más allá de lo que siento.* Ella caminó hacia él, atrayendo con cada movimiento la atención hacia su cuerpo.

Ángela le tocó el pecho y lo sintió contener la respiración. Se movió alrededor de él, sonriendo. —No necesita ser tímido conmigo, señor. Dígame qué quiere.

Él la miró. —A usted.

—Soy toda suya.

Miguel la vio cruzar la habitación hacia un lavabo. Ángela. El nombre era adecuado para lo que parecía —una muñeca de porcelana con ojos azules, con la tez pálida y el cabello dorado. Quizás el mármol la describía mejor. La porcelana se hace añicos. Ella parecía demasiado fuerte para eso, dura; él se sentía dolido de mirarla. ¿Por qué? No había esperado sentir eso. Se había preocupado demasiado por superar el deseo que sabía que ella le provocaría. *Dios, dame fuerzas para resistir su seducción.*

Ella vertió agua en un tazón de porcelana y tomó una barra de jabón. Cada cosa que hacía estaba llena de encanto y de provocación. "¿Por qué no se acerca para que yo lo lave?"

Él podía sentir el calor que le corría por todo el cuerpo, la mayor parte iba dirigida a su rostro. Tosió y sintió como si el cuello de la camisa estuviera sofocándolo.

Ella rió suavemente. —Prometo que no le dolerá.

—No es necesario, señorita. No estoy aquí por sexo.

—No. Seguramente ha venido para leer la Biblia.

—He venido a conversar con usted.

Ángela apretó los dientes. Ocultando su irritación, le dirigió una mirada audaz. Él se movió inquietamente bajo esa mirada. Ella sonrió. —¿Está seguro de que quiere conversar?

—Estoy seguro.

Parecía completamente convencido. Con un suspiro, ella se dio vuelta y se secó las manos. —Lo que usted quiera, señor. —Se sentó en la cama y se cruzó de piernas.

Miguel sabía lo que ella estaba haciendo. Luchó contra el súbito deseo de recoger el claro mensaje que ella le enviaba. Cuanto más tiempo se quedaba callado, su mente reproducía más imágenes y por la mirada en sus ojos, ella lo sabía. ¿Estaba burlándose de él? Ni qué dudarlo.

—¿Usted vive en este cuarto cuando no está trabajando?

—Sí. —Ella inclinó la cabeza—. ¿Dónde pensó que viviría? ¿En una cabañita blanca al final de un camino, en alguna parte? —Sonrió para darle mayor efecto a sus palabras. Odiaba a los hombres que hacían preguntas y que investigaban.

Miguel estudió su entorno. No había artículos personales a la vista, ni cuadros en las paredes; no había adornos en la pequeña mesa ubicada en un rincón del cuarto. Tampoco había ropa femenina tirada. Todo se veía ordenado, limpio, austero. Un armario modesto, una mesa, una lámpara a querosene, un lavabo de mármol con una jarra de porcelana amarilla y una silla de respaldo recto era todo el mobiliario. Y la cama en la que estaba sentada.

Tomó la silla del rincón, la puso frente a ella y se sentó. Su bata de raso se había abierto un poco. Sabía que estaba jugando con él. Ella movía el pie despreocupadamente, como un péndulo, sesenta segundos para un minuto, treinta minutos para llegar a la media hora. Era todo el tiempo que él tenía.

Señor, necesitaría un millón de años para llegar a esta mujer. ¿Estás seguro de que es ella la que escogiste para mí?

Sus ojos eran azules e insondables. No podía leer nada en ellos. Ella era una pared, un océano infinito, un cielo nocturno nublado que no le permitía ver su propia mano frente a él. Vio sólo lo que ella quería que viera.

—Usted dijo que quería hablar, señor. Así que, hable.

Miguel sintió tristeza. —No debería haber venido a usted de esta manera. Debería haber encontrado alguna otra.

—¿Qué otra manera hay?

¿Cómo hacerle comprender que era diferente a todos los otros hombres que se acercaban a ella, aunque hubiera llegado de la misma manera? Oro. Había escuchado a José y se había presentado a la Duquesa, y entonces esa mujer le había dicho que Ángela era una mercancía, una mercancía fina, preciosa y bien guardada. Primero pague, después hablará. Pagar le había parecido la forma más fácil y directa de llegar a ella. No le había importado el precio. Pero ahora se daba cuenta de que el camino más fácil no era el mejor.

Tendría que haber encontrado otra manera, otro lugar. Ella estaba demasiado dispuesta a trabajar y nada dispuesta a escuchar. Y él se estaba distrayendo con mucha facilidad.

—¿Cuántos años tiene?

Ella sonrió un poco. —Muchos, soy realmente mayor.

Calculó que tenía razón. Ella no hablaba de años. Él dudaba mucho que algo pudiera sorprenderla. Parecía preparada para cualquier cosa. Aun así, sintió algo más hacia ella, de la misma manera que cuando la vio por primera vez. Había otro estrato debajo del que ella estaba mostrando en ese momento. *Señor, ¿cómo llego hasta ahí?*

—¿Cuántos años tiene *usted*? —le preguntó ella, devolviéndole la pregunta.

—Veintiséis.

—Viejo para ser un minero. La mayoría tiene dieciocho o diecinueve. No he visto muchos hombres de verdad, últimamente.

Esa falta de sutileza lo puso sobre terreno más firme.

—¿Por qué el nombre Ángela? ¿Es por su aspecto? ¿O es su nombre verdadero?

Ángela apretó un poco los labios. Lo único que le había quedado era su nombre y nunca le había dicho a nadie cuál era, ni siquiera al Duque. La única persona que la había llamado por su nombre había sido Mamá. Y Mamá estaba muerta.

—Llámeme como le guste, señor. Da igual. —El hecho de que él no quisiera aquello por lo que había pagado no quería decir que ella fuera a darle otra cosa.

Miguel la estudió. —Creo que Mara le queda bien.

—¿Es alguien que conoce del lugar de donde viene?

—No. Quiere decir amarga.

Ella lo miró y entonces se quedó inmóvil. ¿Qué juego era este? —¿Eso es lo que piensa? —Levantó un hombro con indiferencia—. Bueno, supongo que Mara es un nombre tan bueno como cualquier otro. —Volvió a balancear su pie hacia delante y hacia atrás, marcando el tiempo. ¿Cuánto tiempo llevaba él ahí? ¿Cuánto tiempo más tendría que soportarlo?

Él insistió. —¿De dónde viene?

—De aquí y de allá.

Él sonrió levemente ante la reticencia amable y sensual. —¿Algún aquí y allá en particular?

—Sólo aquí y allá —respondió ella. Dejó de mover el pie y se inclinó hacia delante—. ¿Qué me dice de usted, señor? ¿Cómo se llama? ¿Es de algún lugar en particular? ¿Tiene alguna esposa en alguna parte? ¿Tiene miedo de hacer lo que realmente desea?

Le apuntaba todos los cañones, pero en lugar de acobardarse, se relajó. Esta chica era más real que la que lo había saludado al abrir la puerta. —Miguel Oseas —dijo—. Vivo en un valle al sudeste de aquí; no estoy casado, pero pronto lo estaré.

Ella frunció el ceño, incómoda por la forma en que él estaba mirándola. Su intensidad la ponía nerviosa. —¿Qué clase de nombre es Oseas?

La sonrisa de él se volvió irónica. —Profético.

¿Estaba divirtiéndose a costa de ella? —¿Está por decirme mi futuro?

—Usted se casará conmigo y yo la sacaré de aquí.

Ella se rió. —Bien, es mi tercera propuesta matrimonial de hoy. Estoy tan halagada. —Sacudiendo la cabeza, Ángela volvió a inclinarse hacia delante, con una sonrisa fría y cínica. ¿Pensaría él que era original en la forma de acercarse? ¿Lo consideraría *necesario*—? ¿Cuándo le gustaría que yo empiece a hacer mi parte, señor?

—Después de tener el anillo en su dedo. En este momento, quiero conocerla un poco mejor.

Lo odió por hacerle interminable el juego. La pérdida de tiempo, la hipocresía, las mentiras interminables. Había sido una larga noche y ella no estaba de humor como para seguirle el juego. —¿Qué puedo decirle? Lo que hago es lo que soy. Todo lo que tiene que hacer es decirme cómo quiere que yo sea. Pero sea rápido. Su tiempo está por terminar.

Miguel vio que había hecho un buen lío de este primer encuentro. ¿Qué esperaba? ¿Venir aquí, hablar francamente y salir con ella del brazo? Parecía dispuesta a echarlo. Estaba furioso consigo mismo por haber sido tan ingenuo. —Eso no es amor, Mara, y yo no he venido a usarla.

La constante profundidad de sus palabras y ese nombre, Mara, provocaron todavía más su ira. —¿No? —Ella inclinó su barbilla—. Bueno, creo que entiendo. —Se puso de pie. Él estaba sentado y ella se acercó, acariciándole el cabello con sus manos suaves. Pudo sentir la tensión en él y se deleitó en ello.

"Déjeme adivinar, señor. Usted quiere conocerme. Usted quiere descubrir qué pienso y qué siento. Y, sobre todo, quiere saber cómo una chica linda como yo se metió en un negocio como este."

Miguel cerró los ojos y apretó los dientes, tratando de bloquear el efecto que ese contacto tenía sobre él.

—Haga lo que tiene pensado hacer, señor.

Miguel la alejó con firmeza. —Vine para hablar con usted.

Ella lo estudió, entrecerrando los ojos. Cerró su bata de un tirón y ajustó las cintas de raso. Todavía se sentía expuesta a su escrutinio. —Entonces vino en busca de la chica equivocada. Usted quiere saber lo que puede tener y yo se lo diré. —Y lo hizo, explícitamente. Él no se ruborizó esta vez. Ni siquiera reaccionó.

—Quiero conocerla a *usted*, no lo que usted puede hacer —respondió con brusquedad.

—Si quiere mantener una conversación, vaya al bar.

Él se puso de pie. —Venga conmigo y sea mi esposa.

Ella lanzó una carcajada cruel. —Si quiere una esposa, pídala por correo, o espere el próximo tren que cruce a este lado de las montañas.

Él se le acercó. —Puedo darle una buena vida. No me importa cómo llegó hasta aquí o dónde estuvo antes. Venga conmigo ahora.

Ella sonrió burlonamente. —¿Para qué? ¿Más de lo mismo? Mire, ya lo he oído todo de otros cien tipos. Usted me vio, se enamoró y ahora ya no puede vivir sin mí. Usted puede darme una vida maravillosa. ¡Qué tontería!

—Puedo hacerlo.

—Todo se reduce a lo mismo.

—No, no es así.

—Según mi manera de verlo, sí. Media hora es tiempo más que suficiente para que cualquiera me tenga, señor.

—¿Está diciéndome que esta es la vida que quiere?

—¿Qué tiene que ver el *querer* con todo esto? Esta *es* mi vida.

—No tiene por qué serlo. Si tuviera la oportunidad, ¿qué elegiría?

—¿De usted? Nada.

—De la vida.

Dentro de ella se instaló la desolación. *¿De la vida?* ¿De qué estaba hablando? Se sentía maltratada por sus preguntas y se defendió con una sonrisa distante y fría. Extendió su brazo en un semicírculo y mostró su habitación sencilla y su austero mobiliario. —Tengo aquí todo lo que necesito.

—Tiene un techo, comida y ropas elegantes.

—Y trabajo —agregó tensa—. Por favor, no se olvide él mi trabajo. Soy realmente buena en él.

—Lo odia.

Por un momento, ella se quedó callada, cautelosa. —Usted me conoció en una de mis malas noches. —Ángela se dirigió hacia la ventana. Fingiendo mirar afuera, cerró los ojos y luchó para mantener el control. ¿Qué le pasaba esta noche? ¿Qué tenía este hombre que la conmovía? Prefería la insensibilidad a este principio de emoción. La esperanza era un tormento; la esperanza era el enemigo. Y este hombre era una espina clavada en su costado.

Miguel se colocó detrás de ella y le puso las manos sobre los hombros. La sintió tensa. —Venga a casa conmigo —le pidió suavemente—. Sea mi esposa.

Ángela le quitó las manos de sus hombros, enojada, y se alejó de él. —No, gracias.

—¿Por qué no?

—Porque no quiero irme, esa es la razón. ¿No es un motivo suficientemente bueno?

—Si no viene conmigo, al menos permita que me acerque un poco más.

Al fin. Aquí vamos. —Seis pasos para lograrlo, señor. Lo único que tiene que hacer es colocar un pie delante del otro.

—No estoy hablando de pasos, Mara.

Todos sus sentimientos se desaceleraron dentro de ella y cayeron en espiral, como si estuvieran escurriéndose por un hoyo negro bajo sus pies. —Ángela —le dijo—, mi nombre es Ángela. ¿Lo ha entendido? *¡Ángela!* Y usted está malgastando mi tiempo y su dinero.

—No estoy malgastando nada.

Ella volvió a sentarse en la cama y dejó escapar un soplido. Inclinando la cabeza a un costado, levantó la mirada hacia él. —Sabe, señor, la mayoría de los hombres son bastante sinceros cuando vienen. Pagan, consiguen lo que quieren y se van. Pero también hay unos pocos como usted. No les gusta ser como los demás. Me dicen cuánto les importo y qué tiene de malo mi vida y cómo pueden arreglarla. —Su boca se arqueó sarcásticamente—. Pero con el tiempo, lo superan y se concentran en lo que realmente vienen a buscar.

Miguel tomó aire. Ella no medía sus palabras. Bien. Él también podría hablar directamente. —Sólo tengo que mirarla para ser consciente de mi cuerpo. Usted sabe bastante bien cómo alimentar la fragilidad. Sí, la *deseo*, pero se equivoca respecto a cuánto y por cuánto tiempo.

Ella se inquietó aún más. —No debería sentirse tan mal. Los hombres son así, eso es todo.

—Palabrería.

—¿Ahora usted va a decirme cómo son los hombres? Es algo que yo conozco bien, señor. *Hombres.*

—Usted no sabe nada de mí.

—A todos les gusta pensar que son diferentes a los demás. Que son mejores que los otros. —Ángela le dio unas palmaditas a la cama—. Venga aquí y le mostraré cuánto se parece a los otros. ¿O acaso tiene miedo de que yo tenga razón?

Él sonrió con amabilidad. —Estaría más cómoda si yo estuviera en esa cama, ¿verdad? —Él se acercó y se sentó en la silla, sin desconcentrarse. Se inclinó hacia ella, con las manos apretadas entre sus rodillas—. No estoy diciendo que yo sea mejor que los otros hombres que vienen a usted. Simplemente que yo quiero más.

—¿Por ejemplo?

—Todo. Quiero lo que usted ni siquiera sabe que puede dar.

—Algunos esperan mucho más por un par de gramos más de oro.

—Escuche lo que yo tengo para ofrecerle.

—No veo que lo que tenga para ofrecerme sea muy distinto a lo que ya tengo. —Alguien llamó a la puerta con dos golpes secos.

Ángela se sintió aliviada y no se molestó en ocultarlo. Sonriendo con afectación, se encogió de hombros. —Bien, ya tuvo su media hora de conversación, ¿no? —Se puso de pie y pasó junto a él. Tomó el sombrero colgado en el gancho junto a la puerta y se lo entregó—. Es hora de irse.

Él lució desilusionado, pero no derrotado. —Volveré.

—Como guste.

Miguel tocó su rostro. —Cambie de parecer. Venga conmigo ahora mismo. Será mejor que todo esto.

El corazón de Ángela se aceleró. Parecía estar hablando en serio. Pero Juan también había parecido sincero. Juancito, con su encanto y su palabra fácil. Cuando todo fue dicho y hecho, resultó que lo único que él había querido era quitarle algo al Duque y usarlo. Lo único que ella había querido era huir. Ambos habían fracasado, y el terrible costo de todo aquello había sido demasiado alto.

Ángela quería que el granjero se marchara. —Mejor gaste su oro en otra parte. Lo que sea que esté buscando, yo no lo tengo. Pruebe con Magui. Ella es la filósofa. —Comenzó a abrir la puerta.

Miguel apoyó la palma de su mano contra la puerta. —Usted tiene todo lo que busco. No me habría sentido así la primera vez que la vi. No estaría tan seguro en este momento.

—Su media hora terminó.

Miguel se dio cuenta de que ella no iba a escucharlo. No esta vez, al menos. —Regresaré. Lo único que le pido es media hora honesta de su tiempo.

Ella le abrió la puerta. —Cinco minutos, señor, y saldrá corriendo como si hubiera visto al diablo.

Cuatro

No hago el bien que quiero, sino el mal que no quiero.

ROMANOS 7:19

Oseas volvió a la noche siguiente y a la siguiente. Cada vez que Ángela lo veía, crecía su malestar. Él hablaba y ella sentía que la desesperación la sacudía. Sabía que no debía creerle nada a nadie. ¿Acaso no lo había aprendido a las malas? La esperanza era un sueño, e intentar alcanzarla había convertido su vida en una pesadilla. No permitiría que la envolvieran nuevamente con palabras y promesas. No dejaría que ningún hombre la convenciera de que existía algo mejor que lo que ella tenía.

Aun así, no podía disipar la tensión que surgía cada vez que abría la puerta y encontraba a ese hombre de pie en el umbral. Nunca se acostaba con ella. Lo único que hacía era pintar imágenes verbales de libertad que resucitaban la antigua y dolorosa ansia que había sentido en su niñez. Era un ansia que nunca había muerto. Pero cada vez que había escapado para encontrar la respuesta, el desastre se había abalanzado sobre ella. Aun así, había seguido intentándolo. Las ansias la habían llevado a huir del Duque y había terminado en este lugar sucio y apestoso.

Finalmente había aprendido la lección. Nada había mejorado. Las cosas iban de mal en peor. Lo más sabio era adaptarse, aceptarlo y *sobrevivir*.

¿Por qué este hombre no podía meterse en la cabeza que ella no iría a ninguna parte con él, ni con nadie? ¿Por qué no se daba por vencido y la dejaba en paz?

Él siguió viniendo una y otra vez, volviéndola loca. No era suave y encantador como Juancito. No usaba la fuerza como el Duque. No era como los otros cientos de tipos que pagaban y jugueteaban. No era como ningún otro que ella hubiera conocido. Eso era lo que menos le gustaba. No podía meter a Miguel Oseas en ningún molde conocido.

Cada vez que él se marchaba, trataba de sacárselo de la cabeza, pero algo en él la inquietaba. Se descubría pensando en él en los momentos más extraños y tenía que obligarse a pensar en cualquier otra cosa. Cuando lo lograba, otros pensamientos volvían a recordárselo.

—¿Quién era el hombre que estaba contigo anoche? —preguntó Rebeca durante la cena.

Ángela contuvo su fastidio y siguió poniéndole mantequilla al pan. —¿Cuál? —preguntó y le dio un vistazo a la pelirroja pechugona.

—El grandote, el guapo. ¿Quién más?

Ángela le dio un mordisco a su pan, deseando disfrutar en paz de su plato de pastas y guiso de ciervo, sin que le preguntaran quién entraba y quién salía de su cuarto. ¿A quién le importaba cómo fuera cada uno de ellos? Después de un tiempo, todos se parecían entre sí.

—¡Vamos, Ángela! —dijo Rebeca con impaciencia. —Como si no te importara. El que estuvo contigo anoche, el último que salió. Lo vi en el pasillo cuando subía las escaleras. Metro ochenta, cabello oscuro, ojos azules, espalda ancha. Cada centímetro de él es enjuto y recio. Camina como un soldado. Cuando me sonrió, sentí que temblaba hasta la punta de mis pies.

Fortunata dejó de lado el guiso para beber de su botella de vino tinto. —Si un enano sarnoso de Nantucket te sonriera, también sentirías que te tiembla todo hasta la punta de los pies.

—Bébete tu vino. No estaba hablando contigo —le dijo Rebeca despectivamente. No tenía paciencia para los insultos cándidos de Fortunata. Volvió a concentrarse en Ángela—. No puedes hacerte la que no sabes de quién estoy hablando. Sólo que no tienes ganas de decirme una palabra.

Ángela la fulminó con la mirada. —No sé nada. Lo único que quisiera es disfrutar de mi comida, si no te importa.

Teresa se rió. —¿Por qué no querría guardárselo para ella? —dijo, con un marcado acento británico—. A lo mejor Ángela finalmente conoció a un hombre que le gusta. —Las demás también rieron.

—A lo mejor, no quiere que la molesten, como dice —la defendió Fortunata.

Rebeca suspiró. —Ángela, ten un poco de compasión. En el último mes sólo me han tocado muchachos inexpertos. Para variar, me gustaría recibir a un verdadero hombre.

Teresa apartó su plato. —Si viniera a mi cuarto un tipo como él, cerraría la puerta con llave y lo mantendría allí.

Ángela se sirvió un vaso de leche y deseó que la dejaran en paz.

—Es el segundo vaso que bebes —le dijo René desde un extremo de la mesa—. La Duquesa dijo un vaso para cada una porque es muy cara, ¡y tú estás tomando dos!

Fortunata sonrió afectadamente. —Le dije antes de la cena que podía tomar mi ración de leche si ella me daba su porción de vino.

—¡No es justo! —lloriqueó René—. A mí me gusta la leche tanto como a Ángela. Siempre consigue lo que quiere.

Fortunata sonrió. —Si tomas otro vaso de leche, engordarás todavía más en la cintura.

Como habían empezado a reñir, Ángela tuvo ganas de gritar e irse de la mesa. La cabeza le palpitaba. Hasta las provocaciones interminables de Fortunata la irritaban y Rebeca no se daría por vencida en cuanto al desdichado hombre en cuestión.

—Debe haber hecho buen dinero para poder venir a tu cuarto tres veces en las últimas noches. ¿Cómo se llama? No te hagas la que no te importa.

Lo único que Ángela quería era que la dejaran en paz. —No es un minero, es un granjero.

—¿Un granjero?—rió Teresa—. ¿A quién estás tratando de engañar, querida? Él no es un granjero. Los granjeros parecen estúpidos, como la tierra que aran.

—Dijo que era granjero. No quiere decir que lo sea.

—¿Cómo se llama? —volvió a preguntar Rebeca.

—No lo recuerdo. —¿Acaso el hombre tenía que fastidiarla aun cuando no estaba cerca?

—¡Ah, sí que te acuerdas! —Rebeca ahora estaba enojada.

Ángela arrojó su servilleta. —Mira, no pregunto nombres. No me interesa quiénes sean. Yo les doy lo que quieren y se van. Eso es todo.

—¿Por qué sigue viniendo?

—No lo sé y no me importa.

Fortunata se sirvió otro vaso de vino. —Rebeca, lo que pasa es que estás celosa de que él no vaya a tu cuarto.

Rebeca le echó una mirada fulminante. —¿Por qué no cierras la boca? Sigue bebiendo así y la Duquesa te echará con una patada en el trasero.

Sin inmutarse, Fortunata se rió. —Es aún un trasero bastante bonito.

—Si no hubiera escasez de mujeres, nadie se molestaría en llamar a tu puerta en lo más mínimo —le dijo Teresa despectivamente.

Fortunata estaba entrando en calor para la batalla. —Yo soy mejor borracha de lo que cualquiera de ustedes es estando sobria.

Ángela ignoró los insultos que se lanzaban unas a otras, aliviada de que la dejaran en paz. Pero ahora, *él* volvía a estar en su mente.

Magui estaba sentada al lado de Ángela y no había dicho nada durante toda la charla. Ahora la miraba a Ángela mientras revolvía con la cuchara un preciado terrón de azúcar dentro de su taza de café negro. —Entonces, ¿cómo es ese hombre encantador, Ángela? ¿Es inteligente?

Ángela le dirigió una mirada severa. —Invítalo a tu cuarto y descúbrelo por ti misma.

Magui arqueó las cejas y se reclinó sonriendo. —¿En serio? Puede que lo haga, con todo el revuelo que ha causado aquí entre nuestras amigas. —La observó—. ¿Realmente no te molestaría?

—¿Por qué habría de molestarme?

—¡Yo lo vi primero! —gritó Rebeca.

Fortunata se rió. —Primero tendrás que dormirlo de un golpe y hacer que alguien lo arrastre a tu habitación.

—A la Duquesa no le gustará —dijo René, con expresión mordaz—. Sabes que los hombres pagan más por Ángela, aunque no veo por qué.

—Porque aun molida se ve mejor que tú en tu mejor día —graznó Fortunata.

René le arrojó un tenedor, que Fortunata esquivó fácilmente y fue a dar contra la pared.

—Por favor, tranquilízate, Fortunata —le pidió Ángela, con la certeza de que entraría Magowan. Fortunata nunca se detenía a pensar cuando estaba bebiendo.

—Así que realmente no te importa —dijo Rebeca.

—Pueden tenerlo con mi bendición —respondió Ángela. Ya no quería que él siguiera molestándola. Él la deseaba. Ella podía sentir que su cuerpo irradiaba ese deseo, pero nunca hacía nada al respecto. Hablaba; hacía preguntas; esperaba, pero ella no sabía qué. Estaba cansada de inventar mentiras para dejarlo contento. Él se limitaba a repetir la misma pregunta de manera diferente. No se daba por vencido. Cada vez que venía estaba más decidido. La última vez, Magowan había venido dos veces a golpear la puerta, gritándole que era mejor que se vistiera y saliera si no quería tener problemas. Oseas ni siquiera se había desabotonado la camisa.

Y repitió lo mismo que decía siempre antes de irse. —Ven conmigo. Cásate conmigo.

—Ya te he dicho tres veces que no. ¿No lo entiendes? No. No. ¡No!

—No eres feliz aquí.

—No seré más feliz contigo.

—¿Cómo lo sabes?

—Lo *sé*.

—Ponte algo con lo que puedas viajar y ven conmigo. Ahora. No lo pienses demasiado. Simplemente hazlo.

—Puede que Magowan tenga algo que decir al respecto. —Pero se daba cuenta de que Magowan no lo impresionaba en absoluto. Se preguntó entonces cómo sería marcharse con un hombre como este, que parecía no temerle a nada. Pero tampoco el Duque le temía a nada y ella sabía cómo había sido vivir con un hombre así.

—Por última vez, *no* —le dijo firmemente y tomó el picaporte.

Él le sujetó la muñeca. —¿Qué te retiene aquí?

Ella liberó su muñeca. —Me *gusta*. —Tiró de la puerta y la dejó abierta—. Ahora, ¡lárgate!

—Te veré mañana —dijo él y salió.

Ángela cerró de un golpe la puerta y se apoyó en ella. Siempre le dolía la cabeza cuando Oseas se iba. Esa noche, se sentó al borde de la cama y se apretó los dedos contra las sienes tratando de aliviar el dolor.

Ese mismo dolor la acosaba ahora. Un dolor que empeoraba en la medida que las preguntas de Oseas resonaban en su cabeza. ¿Qué la retenía allí? ¿Por qué simplemente no se marchaba?

Cerró los puños. Primero tendría que lograr que la Duquesa le diera el oro que le pertenecía, y sabía que no había manera de que se lo entregara de una sola vez. Se lo daría por partes, suficiente como para unos pocos lujos, pero no tanto como para vivir. La Duquesa no podía permitirse semejante generosidad.

¿Y qué pasaba si Ángela tenía suficiente dinero como para marcharse? Podía resultar que le ocurriera lo mismo que en el barco o al final del viaje, cuando había sido golpeada y abandonada hasta que la habían encontrado esos vagabundos. Aquellos pocos días en San Francisco habían sido lo más parecido al infierno. Había tenido frío, hambre y había temido morirse. Y había llegado a pensar en su vida con el Duque con verdadera nostalgia. El Duque, nada menos.

La dominaba la desesperación. *No puedo irme. Sin alguien como la Duquesa, o como Magowan, me harán pedazos.*

No quería correr el riesgo de marcharse con Miguel Oseas. Era además un completo desconocido.

Miguel estaba quedándose sin oro y sin tiempo. No sabía de qué modo comunicarse con esa mujer. Podía ver cómo se retraía desde el momento en que abría la puerta. Él hablaba y ella miraba al vacío y fingía escucharlo, pero sabía que no era así. Sólo esperaba que se cumpliera la media hora para tener el placer de decirle que se fuera.

Tengo suficiente oro como para un intento más, Señor. ¡Haz que escuche!

Mientras subía las escaleras, repasando mentalmente qué cosas le diría esta vez, cuando se topó con una pelirroja. Retrocedió con una disculpa, avergonzado. Ella posó una mano sobre el brazo de él y le sonrió. —No te molestes en ir con Ángela esta noche. Ella dijo que yo te gustaría más.

La miró con atención. —¿Qué más dijo Ángela?

—Que lo consideraría un favor el que la libráramos de ti.

Él apretó los dientes y la apartó de su camino. —Gracias por decírmelo. —Siguió adelante y llegó frente a la puerta de Ángela, tratando de controlar su ira. *Jesús, ¿escuchaste? ¿Qué hago de nuevo aquí? Lo he intentado. Tú sabes que lo hice. Ella no quiere lo que estoy ofreciéndole. ¿Qué se supone que haga? ¿Sacarla de aquí arrastrándola de los cabellos?*

Dio dos golpes secos a la puerta; el sonido resonó con fuerza a lo largo del corredor sombrío. Ella abrió la puerta, lo miró brevemente y dijo, —Ah, eres tú de nuevo.

—Sí, soy yo de nuevo. —Entró a la habitación y cerró la puerta de golpe tras él.

Ella frunció el ceño. Cualquier hombre enojado podía ser impredecible y peligroso. Este en particular podía causarle mucho daño sin demasiado esfuerzo.

—No estoy llegando a ninguna parte contigo, ¿verdad?

—No es mi culpa que estés malgastando tu oro —dijo ella con tranquilidad—. Te lo advertí la primera noche, ¿recuerdas? —Se sentó al borde de la cama—. No te he engañado.

—Tengo que regresar al valle y ocuparme del trabajo.

—Yo no te detengo.

El rostro de él estaba pálido y rígido. —No quiero dejarte en este lugar abandonado de la mano de Dios.

Ella parpadeó ante su arrebato. —No es asunto tuyo.

—Se ha convertido en asunto mío desde el momento en que te vi. —Ella comenzó a mover el pie graciosamente adelante y atrás, adelante y atrás, marcando el paso del tiempo. Parecía dormida con los ojos abiertos. Se mantenía en control. Sus bellos ojos azules no revelaban nada.

—¿Tienes ganas de volver a charlar? —Se tapó la boca para bostezar y suspiró—. Adelante, soy toda oídos.

—¿Te provoco sueño?

Ella escuchó el nerviosismo en su voz y supo que estaba cansándolo. Bien. Quizás un poco más y se libraría de él para siempre. —He tenido un día largo y difícil —se frotó la cintura—, y esta charla sí que se vuelve aburrida después de un tiempo.

A él se le acabó la paciencia. —Te sentirías mejor si me acostara contigo, ¿verdad?

—Por lo menos podrías irte con la sensación de que finalmente lograste algo a cambio de tu oro.

El corazón de Miguel latía rápido y fuerte. Caminó hacia la ventana, temblando de ira y de deseo. Corriendo la cortina, miró hacia afuera. —¿Te gusta el paisaje que tienes desde aquí, Ángela? Barro, construcciones amontonadas y tiendas, hombres borrachos cantando en los bares, todos luchando para sobrevivir.

Ángela. Era la primera vez que la llamaba de esa manera. Por algún motivo, le dolió. Sabía que finalmente estaba cansándolo. Esperó el final. Él diría lo suyo, tomaría lo que quería y se iría. Ese sería el final de la historia. Todo lo que ella tenía que hacer era asegurarse de que él no se llevara una parte de ella.

—¿O la planta baja? —dijo él burlonamente—. Tal vez eso te gusta más. —Dejó caer la cortina y la miró a los ojos—. ¿Te da una sensación de poder tenerme aquí rogando cada noche?

—Yo no te pido que vengas.

—No, no lo haces, ¿verdad? No pides nada en absoluto. Tú no necesitas nada. No quieres nada. No sientes nada. Lo que quieres es que vaya a la habitación de la pelirroja. ¿No es eso? Esa a la que le dijiste que te librara de mí.

Así que era esto. Su orgullo estaba herido. —Lo único que quería era que te fueras del pueblo con una sonrisa en el rostro.

—¿Quieres verme sonreír? Di mi nombre.

—¿Cuál es? Lo olvidé.

Él la levantó de la cama. —Miguel. Miguel Oseas. —Perdiendo el control, le tomó la cara entre las manos.

Miguel.

Al sentir su piel, Miguel se olvidó de por qué estaba allí y la besó.

"Por fin." Ella se estrechó contra él, encendiéndolo. Sus manos se movían y él se dio cuenta que si no la detenía, perdería, no sólo la batalla, sino toda la guerra.

Cuando le desabotonó la camisa y deslizó su mano, él se echó bruscamente hacia atrás.

"Jesús," exclamó él. "*¡Jesús!*"

Aturdida, ella levantó la mirada hacia él. De pronto, comprendió todo.

—¿Cómo te las has arreglado hasta la edad de veintiséis años sin haber estado con una mujer?

Él abrió los ojos. —Tomé la decisión de esperar hasta que apareciera la adecuada.

—¿Y tú crees realmente que yo soy esa mujer? —Se burló de él—. ¡Pobre tonto!

Finalmente lo había cansado.

Jesús, me equivoqué. Esta no puede ser la que me habías preparado.

Podía pasar el resto de su vida tratando de hacerla comprender. Quería asirla, sacudirla, decirle cualquier tipo de barbaridades y lo único que ella hacía era mirarlo con esa sonrisa en el rostro, como si finalmente lo hubiera descubierto. Lo había clasificado y puesto en un estante.

Miguel perdió los estribos. "Si esto es lo que quieres, que así sea." Dio un portazo y llegó al vestíbulo dando trancos. Bajó la escalera, cruzó el salón, dio un golpe a la puerta vaivén para abrirse paso y se marchó. Siguió caminando, deseando que el aire nocturno lo enfriara.

Miguel . . .

¡Olvídalo! ¡Olvídate de que te pedí una esposa! No la necesito tanto.

Miguel . . .

Seguiré siendo célibe.

Miguel, amado.

Siguió caminando. *Dios, ¿por qué ella? Contéstame eso. ¿Por qué no una chica de buena educación, virgen hasta su noche de bodas? ¿Por qué no una viuda temerosa de Dios? Señor, envíame una mujer sencilla, amable y fuerte, alguien que quiera trabajar a mi lado en los campos, arando, sembrando y cosechando. Alguien a quien no le importe tener sucias las uñas, pero tenga limpia el alma. Alguien que me dé hijos o que ya los tenga, si no está en tus planes que yo tenga mis propios hijos. ¿Por qué me pides que me case con una ramera?*

Esta es la mujer que he elegido para ti.

Miguel se detuvo, furioso. "¡No soy un profeta!" le gritó al cielo que estaba oscureciéndose. "No soy uno de tus santos. ¡Soy sólo un hombre común!"

Regresa y consigue a Ángela.

"¡No funcionará! Te equivocas esta vez."

Regresa.

"Ella es buena para el sexo, estoy seguro. Me dará mucho de eso, pero nada más. ¿Quieres que vuelva por eso? Jamás lograré otra cosa de ella que no sea media hora miserable de su tiempo. Subí a ese cuarto con esperanzas y salí de allí derrotado. ¿Dónde está tu victoria? No le interesa volver a verme. Sólo quiere que me vaya con las otras como un . . . un . . . no, Señor. ¡No! No soy sólo otro ser sin rostro en la larga fila de hombres de su vida. ¡No puede ser que esto era lo que tenías en mente!" Levantó el puño. "¡Y no es lo que te pedí!"

Se pasó las manos por el cabello. "Me lo dijo claramente. Puedo poseerla de la manera que yo quiera. Excepto su corazón. ¡Sólo soy un hombre, Señor! ¿Sabes cómo me hace sentir?"

Comenzó a llover. Una lluvia fría y torrencial.

Miguel permaneció en el camino oscuro y barroso, a dos kilómetros del pueblo, mientras la lluvia le corría por el rostro. Cerró los ojos. "Gracias," dijo con dureza. "Muchas gracias." La sangre caliente y furiosa corría a toda velocidad por sus venas. "Si esta es tu manera de tranquilizarme, no está funcionando muy bien."

Haz mi voluntad, amado. Yo te levanté de ese pozo desolado, te saqué de la ciénaga y te puse de pie sobre una roca. Regresa a buscar a Ángela.

Miguel se protegía con su ira como si fuera un escudo. "¡No lo haré! Lo último que *yo* quiero o necesito es una mujer que no sienta nada." Empezó a caminar de nuevo, esta vez hacia el establo, donde estaban su carreta y sus caballos.

—Mal clima para viajar, señor —le dijo el empleado del establo—. Se aproxima una tormenta.

—Me da lo mismo; estoy harto de este lugar.

—Usted y muchos otros.

Miguel tenía que pasar por el Palacio para salir del pueblo. Las risas de los borrachos y la música del piano rechinaban. Ni siquiera miró a la ventana de la habitación de la planta alta al pasar. ¿Por qué habría de hacerlo? Probablemente ella estaría trabajando. Tan pronto como volviera al valle y se olvidara de esa mujer infernal, se sentiría mejor.

Y la próxima vez que orara pidiéndole al Señor que le enviara una mujer con la cual compartir su vida, sería mucho más específico sobre la clase de mujer que quería.

Ángela estaba de pie junto a la ventana cuando vio pasar a Miguel Oseas. Sabía que era él, aun con los hombros encorvados para protegerse del chaparrón. Esperó que él mirara hacia arriba, pero no lo hizo. Lo observó hasta perderlo de vista.

Bien, finalmente había logrado deshacerse de él. Era lo que había querido desde el principio.

Entonces, ¿por qué se sentía tan desolada? ¿No estaba contenta de haberse librado de él? Ya no volvería a sentarse en su cuarto, hablando y hablando sin parar hasta que ella creyera que iba a enloquecer.

Finalmente la había llamado Ángela. ¡Ángela! Levantó su mano temblorosa y la apoyó contra el vidrio. El frío penetró hacia su palma y su brazo. Presionó su frente contra la hoja de la ventana y escuchó el caer de la lluvia. Su sonido le trajo recuerdos de la choza junto a los muelles y de su madre muerta, tiesa y con una sonrisa.

¡Oh, Dios! Me estoy sofocando. Me estoy muriendo.

Empezó a temblar y dejó que la cortina volviera a su lugar. Quizás esa fuera la única salida. La muerte. Si muriera, nadie podría volver a usarla.

Se sentó en la cama y encogió las piernas hasta que las rodillas le tocaron el pecho. Apretando la cabeza contra ellas, se meció. ¿Por qué tuvo que aparecer él? Ella había llegado a aceptar las cosas como eran; había logrado arreglárselas. ¿Por qué vino a destruir su calma interior? Apretó sus puños. No podía librarse de la visión de Miguel Oseas alejándose en la lluvia.

Tuvo el desagradable sentimiento de haber desperdiciado su última oportunidad.

Cinco

*La muerte está delante de mí hoy. La deseo, como un hombre anhela
su casa después de haber pasado muchos años en cautiverio.*
Papiro del Antiguo Egipto

La tormenta duró días. La lluvia golpeaba los vidrios como lágrimas, arrastrando la arenilla y dejando ver imágenes acuosas del mundo exterior. Ángela trabajaba, dormía y miraba afuera hacia las chozas, las construcciones destartaladas y las tiendas de lona, iluminadas por miles de faroles hasta el amanecer. No había nada verde. Sólo gris y marrón.

Enrique estaría sirviendo el desayuno en este momento, pero ella no tenía hambre, ni ganas de sentarse con las demás a escuchar sus riñas y quejas.

La lluvia llegó más fuerte y rápida, y con ella llegaron los recuerdos. En las tardes de lluvia, ella solía jugar un juego con su madre. Cuando llovía, la choza se volvía demasiado fría para cualquiera que no tuviera que estar allí. Los hombres se mantenían alejados, calentándose en alguna taberna cómoda, y Ramón se quedaba con ellas. Mamá sentaba a Sara sobre su regazo y se envolvían con una manta. Sara se volvía loca de alegría porque tenía a Mamá para ella sola. Observaban cómo las grandes gotas tocaban el cristal de la ventana y crecían hasta resbalar y formar un río en el marco. Mamá le contaba acerca de cuando ella era niña. Sólo las cosas felices, los buenos tiempos. Mamá nunca hablaba de haber sido rechazada por su padre. Jamás hablaba de Alejandro Stafford. Pero siempre que estaba callada, Sara sabía que Mamá estaba recordando y que todo volvía a dolerle. Mamá la abrazaba fuerte, la mecía y le tarareaba canciones. "Las cosas serán distintas para ti, querida," le decía y la besaba. "Las cosas serán distintas para ti, ya lo verás."

Y Ángela lo había visto.

Dejó de pensar en su pasado. Dejó que la cortina volviera a su lugar y se sentó frente a la pequeña mesa cubierta de encaje. Empujó los recuerdos y los escondió. Era mejor sentir la nada vacía que el dolor.

Oseas no volvería. No esta vez. Cerró fuertemente los ojos, su pequeña mano en un puño sobre su regazo. ¿Por qué pensaba en él, en realidad? *"Ven conmigo y sé mi esposa."* Seguro, hasta que se cansara de ella y se la entregara a algún otro. Como el Duque. Como Juancito. La vida nunca cambia.

Se acostó en la cama y se cubrió el rostro con la sábana de raso. Recordó a los hombres cosiendo el sudario sobre el rostro de su madre rígidamente sonriente y se sintió vacía por dentro. Toda esperanza que alguna vez hubiera tenido se había agotado. No le quedaba nada que la mantuviera en pie. Estaba derrumbándose.

"Lo haré por mí misma," le dijo al silencio que la rodeaba y casi pudo escuchar al Duque riéndose. *Seguro que puedes, Ángela. Como la última vez.*

Alguien llamó a la puerta, interrumpiendo bruscamente sus recuerdos. "¿Puedo entrar, Ángela?"

Ángela recibió a Fortunata. Le recordaba a Mamá, salvo por el hecho de que Fortunata bebía para ser feliz. Mamá bebía para olvidar. No estaba borracha en ese momento, pero traía una botella y dos vasos.

—Has estado escondiéndote últimamente —dijo, sentándose en la cama con ella—. ¿Estás bien? No estás enferma, o algo por el estilo, ¿verdad?

—Estoy bien —dijo Ángela.

—No desayunaste con nosotras. —Fortunata dejó la botella y los vasos en la mesa.

—No tenía hambre.

—Tampoco estás durmiendo bien. Tienes ojeras. Estás triste, ¿verdad? —Fortunata le acarició suavemente la cabellera—. Bueno, nos pasa a todas, hasta a una vieja ramera como yo. —Le agradaba Ángela y se preocupaba por ella. Ángela era tan joven y tan dura. Necesitaba aprender a reírse un poco de las cartas con las que le había tocado jugar. Era hermosa y eso siempre le vendría bien para esta profesión. A Fortunata le gustaba mirarla. Ángela era una flor exótica en este huerto lleno de malas hierbas, algo especial. Por esa misma causa a las otras no les agradaba Ángela. Y porque no se mezclaba con ellas. Era dueña de sí misma.

Fortunata era la única que podía acercarse, pero había reglas. Podía hablar de cualquier cosa, menos de los hombres y de Dios. Nunca se detuvo a pensar por qué. Simplemente estaba agradecida de que Ángela le permitiera ser su amiga.

Ángela estaba especialmente callada hoy; su rostro encantador estaba pálido y demacrado.

—Traje una botella y dos vasos. ¿Quieres intentarlo otra vez? Quizás no resulte tan malo esta vez. Iremos más despacio.

—No. —Ángela se estremeció.

—¿Estás segura de que no estás enferma?

—En cierto modo, supongo. —Estaba harta de vivir—. Estaba pensando en mi madre.

Era la primera mención a algo perteneciente a su pasado y Fortunata se sentía honrada de que se lo confiara, aunque fuera una pizca. Entre las chicas era un gran misterio de dónde había venido Ángela. —No sabía que habías tenido una madre.

Ángela sonrió cáusticamente. —Tal vez no la tuve, realmente. Tal vez sea sólo mi imaginación.

—Sabes que no lo dije en ese sentido.

—Lo sé. —Ángela miró hacia el techo—. Es sólo que a veces realmente me lo pregunto. —¿Había existido alguna vez una casa de campo rodeada de flores y el aroma de las rosas que el viento llevaba hasta la ventana del salón? ¿Su madre realmente había reído, cantado y corrido con ella a través de las praderas?

Fortunata le tocó la frente. —Tienes fiebre.

—Me duele la cabeza. Ya se me pasará.

—¿Por cuánto tiempo lo has tenido?

—Desde el momento en que el granjero empezó a molestarme.

—¿Ha vuelto?

—No.

—Creo que estaba enamorado de ti. ¿Te lamentas de no haberte ido con él?

Ángela se sintió tensa. —No. Es sólo un hombre, como todos los demás.

—¿Quieres que te deje a solas?

Ángela tomó la mano de Fortunata y la sostuvo con fuerza. —No. —No quería estar sola. No cuando había estado pensando en el pasado y no parecía poder apartarlo. No cuando lo único que tenía en mente era la muerte. Era la lluvia, constante y castigadora. Estaba volviéndose loca.

Estuvieron sentadas en silencio un largo rato. Fortunata se sirvió un trago. La tensión se encrespaba dentro de Ángela mientras recordaba a Mamá bebiendo para olvidar. Recordaba la aflicción, la culpa y el sollozo

interminable de su madre. Recordaba a Claudia, borracha y amargada, enojada con la vida y contándole la pura verdad de los hombres.

Fortunata no era como Mamá ni como Claudia. Era graciosa y desinhi-
bida y le gustaba hablar. Las palabras conocidas fluían como un bálsamo. Si
Ángela pudiera escuchar la historia de Fortunata, tal vez lograría olvidar su
propia historia.

—Mi mamá me dejó cuando yo tenía cinco años —dijo Fortunata—.
¿Te conté todo eso?

—Cuéntamelo de nuevo.

—Mi tía me acogió. Era una dama elegante. Se llamaba señorita Priscila
Lantry. Renunció a casarse con un joven muy fino porque su padre estaba
enfermo y la necesitaba. Cuidó del viejo avaro durante quince años, hasta
que él murió. No había llegado a enfriarse el cuerpo del viejo cuando mi
amorosa madre me abandonó en la entrada de su casa, con una nota que
decía, "Esta es Berta." Y la había firmado, "Silvia." —Se rió.

—A la tía Priscila no le gustó mucho la idea de tener que criar a una niña,
especialmente el despojo de su hermana descarriada. En el barrio, todos pensaban que ella era una santa por cuidar de mí. —Se sirvió otro vaso de whisky—.
Dijo que iba a asegurarse de que yo creciera adecuadamente, no como mi
madre. Si no usaba el látigo conmigo al menos dos veces por día, sentía como
que no estaba cumpliendo con su deber. "Quien te quiere, te castiga."

Fortunata dejó caer pesadamente la botella en la mesa de noche y se quitó
el cabello oscuro de su cara enrojecida.

—Ella bebía. No como yo. Ella hacía todo correctamente. Bebía de a sorbos. Y no bebidas baratas. Madeira, buena Madeira. Empezaba en la mañana,
un sorbo por aquí, un sorbo por allá. Parecía oro líquido en sus bonitas copas
de cristal. Era tan suave y dulce cuando los vecinos venían a visitarnos.
—Soltó una risita—. Decían que tenía un ceceo encantador. . . .

Suspiró e hizo un remolino con el líquido ámbar de su vaso. —La mujer
más malvada que he conocido. Más mala que la Duquesa. Tan pronto
como se iban las visitas en sus carruajes elegantes, se la agarraba conmigo.
—Comenzó a imitar la elegante tonada sureña—. "No hiciste una reverencia cuando entró la señora Abernathy. Tomaste dos bizcochos de la bandeja,
cuando yo te había dicho que te sirvieras uno. El maestro dijo que ayer no
hiciste tu tarea de aritmética."

Fortunata se bebió la mitad del whisky. —Entonces me hacía sentar hasta
que ella encontrara el látigo adecuado, que cortaba de un sauce llorón. Tenía
que ser tan ancho como su dedo índice.

Levantó el vaso de whisky hacia la lámpara y miró a través de él antes de beberlo.

—Una tarde fue a tomar el té con la esposa del pastor. Iban a discutir mi matrícula en una academia para señoritas. Mientras se alejaban, yo talé el árbol. Este dio contra el techo y cayó justo en medio de su elegante sala. Hizo pedazos toda la cristalería fina. Y yo me escapé antes de que regresara.

Se rió suavemente. —A veces pienso que me habría gustado quedarme lo suficiente como para verle la cara cuando volvió a casa. —Levantó el vaso vacío y lo observó—. Y a veces me gustaría poder regresar y decirle que lo lamento. —Tomó su botella y se puso de pie, con la mirada perdida—. Mejor me voy a la cama y tomo mi siesta de embellecimiento.

Ángela le tomó la mano. —Fortunata, trata de no beber tanto. La Duquesa ha estado hablando de echarte a patadas si no te moderas con la bebida.

—No te preocupes por mí, Ángela —le contestó Fortunata, sonriendo tristemente—. Escuché que hay una mujer por cada veinte hombres allá afuera. Las posibilidades juegan definitivamente a mi favor. Cuídate. Magowan te odia.

—Ese Magowan vale menos que el estiércol de caballo.

—Es verdad, pero la Duquesa lo toma en cuenta y él ha estado contándole que tú estás perezosa e insolente. Sólo cuídate. Por favor.

A Ángela no le importaba. ¿Qué más daba? Los hombres seguirían pagando para acostarse con ella, hasta que consiguieran una mujer decente. Y entonces la tratarían como solían tratar a Mamá. Fingirían no conocerla al cruzársela por la calle. Las buenas mujeres se harían a un lado al pasar junto a ella y sus hijos la mirarían torpemente, preguntando quién era ella, y los callarían de una cachetada. Ella tendría que seguir trabajando —después del anochecer, desde luego— hasta que ya no fuera bonita o estuviera demasiado enferma para ser atractiva.

Si tan sólo pudiera ser como uno de esos montañeses que se iban a las tierras vírgenes y allí se quedaban, cazando su alimento y construyendo sus propios refugios, sin tener que volver a responder jamás a ningún otro ser viviente. Vivir en paz, eso debía ser el paraíso.

Se levantó y fue hasta el lavabo. Vertió agua y se lavó la cara, pero el frío no le trajo alivio. Mantuvo la toalla sobre sus ojos por un buen rato. Luego se sentó frente a la pequeña mesa junto a la ventana y miró a través de la cortina. Vio una carreta vacía abajo en la calle y pensó en Oseas. ¿Por qué tenía que pensar en él ahora?

¿Qué habría pasado si me hubiera ido con él? ¿Habrían sido diferentes las cosas?

Recordó la época en que había escapado con un hombre. A los catorce años, todavía era muy inexperta como para reconocer las ambiciones de Juancito. Él estaba buscando una fuente de ingresos y ella quería dejar al Duque. Ninguno de los dos logró lo que quería. Apretó fuertemente los ojos ante el horror de lo que el Duque hizo cuando los hizo traer de regreso. Pobre Juancito.

Ella había estado bien antes de que llegara el granjero. Él era como Juancito. Ofrecía esperanza como anzuelo. Pintaba imágenes de libertad y se las prometía. Bueno, ella había dejado de creer en las mentiras. Había dejado de creer en la libertad. Había dejado de soñar con ella . . . hasta que llegó Oseas y ahora no podía sacárselo de su mente.

Se aferró a la cortina. *Tengo que salir de aquí.* Ni siquiera le importaba a dónde. Cualquier otro sitio sería mejor.

Hasta el momento había ganado suficiente oro para construir una pequeña casa propia y dejar de trabajar durante un tiempo. Lo único que necesitaba era el valor de bajar y reclamárselo a la Duquesa. Comprendía el riesgo, pero ya no parecía importarle.

Pedro, el cantinero, estaba secando y apilando vasitos para tragos cuando ella bajó la escalera. —Buen día, señorita Ángela. ¿Quiere salir a dar su caminata? ¿Quiere que vea si encuentro a Bruno?

Su coraje tambaleó. —No.

—¿Tiene hambre? Enrique acaba de preparar algo para la Duquesa.

Tal vez la comida calmara su desasosiego. Ella asintió y él dejó los vasos, saliendo por la parte posterior del bar. Al regresar, le dijo, "Enrique le traerá algo en un minuto."

El francés menudo y moreno trajo una bandeja y destapó un plato de papas fritas y tocino. El café estaba tibio. Pidió disculpas y dijo que los suministros estaban escasos. De todas maneras, Ángela no lograba comer. Lo intentó, pero la comida se le atascó en la garganta. Tomó el café de a sorbos y trató de ahogar su temor, pero estaba ahí, como un nudo dentro de su pecho.

Pedro la observaba.

—¿Pasa algo malo, Ángela?

—No, nada malo. —Era mejor que completara su plan. Haciendo a un lado su plato, se levantó.

Las habitaciones de la Duquesa estaban en el primer piso, detrás del casino. Ángela se detuvo frente a la pesada puerta de roble; le transpiraban las manos. Se las secó en la falda, respiró profundamente y tocó.

—¿Quién es?

—Ángela.

—Entra.

La Duquesa estaba maquillándose delicadamente los labios y Ángela vio los restos de una tortilla de huevos y queso en su plato de porcelana Dresden. Un huevo costaba dos dólares y era muy difícil conseguir queso, sin que importara cuánto se pagara. Ni recordaba la última vez que había comido un huevo. La gorda embustera. El temor disminuyó mientras que su resentimiento creció.

La Duquesa sonrió. —¿Por qué no estás durmiendo? Te ves fatal. ¿Estás preocupada por algo?

—Me has hecho trabajar duramente.

—Tonterías. Tienes un mal día otra vez. —Alisó el raso suelto de su bata. Poco lograba esconder los rollos que tenía alrededor de la cintura. Tenía las mejillas regordetas y se le estaba formando un segundo mentón. Un moño rosa le sostenía detrás el cabello canoso. Era obscena.

—Siéntate, querida. Puedo ver que tienes algo desagradable en mente. Bruno me dijo que no bajaste a desayunar. ¿Te gustaría comer algo ahora? —Con actitud magnánima, la Duquesa movió la mano de manera indolente hacia una canasta de pastelitos.

—Quiero mi oro.

La Duquesa no pareció sorprendida en absoluto. Se rió y se inclinó hacia delante para servirse más café. Le agregó crema. Ángela se preguntaba dónde la habría conseguido y cuánto habría costado. La Duquesa levantó la taza elegante y bebió un sorbo mientras la estudiaba por encima de la montura de sus lentes.

—¿Por qué lo quieres? —le preguntó, como si fuera por simple curiosidad.

—Porque me pertenece.

La Duquesa le dirigió una mirada suave y divertida de tolerancia maternal. —Sírvete un poco de café y hablemos de ello.

—No quiero ningún café y no quiero hablar de ello. Quiero mi oro y lo quiero ahora.

La Duquesa inclinó levemente la cabeza. —Podrías pedirlo con un poco más de amabilidad. ¿Tuviste algún cliente molesto anoche? —Cuando Ángela no contestó, los ojos de la Duquesa se estrecharon. Volvió a dejar la taza en su platillo—. ¿Por qué necesitas tu oro, Ángela? ¿Qué hay para comprar por aquí? ¿Más alhajas? —Su expresión era divertida nuevamente, pero su mirada expresaba una advertencia—. Dime lo que quieres y me ocuparé de que lo tengas. A menos que sea algo completamente imposible, por supuesto.

Como los huevos y la crema. Como la libertad. —Quiero tener una casa propia pequeña —dijo Ángela.

El rostro de la Duquesa cambió, ensombreciéndose. —Entonces, ¿quieres iniciar tu propio negocio? ¿Estás volviéndote ambiciosa, mi querida?

—No tendrás competencia de mi parte, te lo aseguro. Estaré a cientos de kilómetros de aquí. Nada más quiero irme. Quiero estar en paz.

La Duquesa suspiró y le dirigió una mirada compasiva. —Ángela, todas pasamos por esas ideas ridículas. Puedes creerme. No puedes renunciar. Es demasiado tarde. —Se inclinó hacia delante y volvió a bajar la taza y el plato—. Yo te cuido bien, ¿cierto? Si tienes quejas razonables, desde luego que las escucharé, pero no puedo dejar que te vayas. Esta es una región salvaje. No estarás a salvo fuera de aquí y por tu cuenta. Pueden pasarte toda clase de cosas terribles siendo una chica hermosa como eres. —Los ojos le brillaban—. Necesitas a alguien que te cuide.

Ángela inclinó un poco el mentón. —Puedo contratar un guardaespaldas.

La Duquesa rió débilmente. —¿Alguien como Bruno? No creo que le agrades como yo.

—Podría casarme.

—¿Casarte? —Se rió—. ¿Tú? Ah, ¡mira quién habla!

—Me lo han propuesto.

—Estoy segura de que te lo han propuesto. Hasta a tu amiguita borracha Fortunata se lo han propuesto, pero también ella ha sido lo suficientemente inteligente como para darse cuenta de que jamás resultaría. Un hombre no quiere una prostituta por esposa. Los hombres dicen toda clase de cosas cuando se sienten solos y se mueren de ganas por una mujer y no hay nadie alrededor. Ah, pero entran en razón muy rápido. Además, no te gustaría.

—Por lo menos trabajaría para un solo hombre.

La Duquesa sonrió. —¿Cómo podría gustarte lavar los calzoncillos de un hombre, cocinarle y limpiar su orinal? ¿Cómo podría gustarte hacer todo eso y luego tener que darle todo lo que te pida, además? ¿Cómo podría agradarte eso? O quizás se te ocurre que él te permitiría estar todo el día tendida y tener sirvientes que se encarguen de todo. En otro lugar, podrías haber conseguido eso. Pero no aquí, en California, y ciertamente no ahora. Sería más inteligente de tu parte que te quedaras donde estás.

Ángela estaba en silencio.

La Duquesa torció la boca. —El problema es que te crees demasiada cosa, Ángela. —Sacudió la cabeza—. Ustedes chicas a veces me hacen sentir como si estuviera lidiando con niñas mimadas. Muy bien, mi querida. Vayamos al grano de esta visita, ¿te parece? ¿Cuánto más quieres, 30 por ciento?

—Quiero lo que gané. Ahora.

La Duquesa suspiró pesadamente. —Muy bien, entonces, si así tiene que ser. Pero tendrás que esperar, porque estuve haciendo inversiones a tu favor.

Ángela permanecía muy quieta; la frustración y la furia iban en aumento. Se apretó las manos. —Retíralo de donde lo hayas invertido. Sé que en tu caja de caudales tienes suficiente oro como para hacer las cuentas ahora. —Señaló hacia la bandeja—. Tienes suficiente como para comprarte huevos, queso y crema. —Ahuecó las manos indicando un tamaño—. Lo único que quiero es una bolsa así de grande. Uno de los hombres que me enviaste la otra noche es contador e hizo algunos cálculos para mí.

La Duquesa le echó una mirada fulminante. —Tú, mi querida, estás hablando como una tonta desagradecida. —Mostraba su dignidad herida—. Estás olvidando todo lo que hago por ti. Los costos no son los mismos que cuando comenzamos esta pequeña operación comercial. Todo ha aumentado. Tu ropa cuesta una fortuna. El raso y el encaje no son comunes en un pueblo minero, tú lo sabes. Tu comida cuesta aún más. ¡Y este edificio no fue construido de manera gratuita!

El resentimiento y la amargura de Ángela habían logrado disolver el temor y el pensamiento racional. —¿Está mi nombre en el título?

La Duquesa se detuvo. —¿Qué dijiste?

—Me escuchaste. ¿Aparece mi nombre en el título? —Ángela estaba de pie, fuera de control—. Tienes crema para tu café, huevos y queso en tu desayuno. Te vistes con raso y encajes. Hasta bebes en porcelana china. —Levantó una taza y la estrelló contra la pared—. ¿A cuántos hombres he *servido* para que tú puedas llenarte como un cerdo y vestirte como la grotesca imitación de una reina? ¿Duquesa de dónde? ¿Duquesa de qué? ¡No eres más que una ramera vieja y gorda a la cual ya ningún hombre desea!

El rostro de la Duquesa estaba blanco de ira.

El corazón de Ángela latía cada vez más fuerte. La odiaba. —Ya no cobras cuatro onzas de oro por mi tiempo. ¿Cuál es la tarifa ahora? ¿Seis onzas? ¿Ocho? Debo haber ganado lo suficiente como para ser libre de este lugar.

—¿Y si no lo ganaste? —preguntó la Duquesa con mucha calma.

Ángela elevó bruscamente su mentón. —Bueno, con inteligencia podría arreglarme muy bien por mi cuenta.

La Duquesa se calmó completamente. —Una chica inteligente jamás consideraría hablarme de esa manera.

Ángela percibió el peligro y se dio cuenta de lo que había hecho. Se encogió lentamente, con el corazón en la boca.

La Duquesa se acercó y le tocó el cabello. —Después de todo lo que hice por ti —dijo con gravedad—. Ya no recuerdas tus primeras semanas en San Francisco, ¿o sí? —Ahuecó su mano contra el mentón de Ángela y lo levantó—. La primera vez que te vi, todavía tenías las marcas de una paliza bastante seria. Estabas viviendo en una choza miserable y estabas casi muerta de hambre. —Sus dedos la apretaron dolorosamente—. Te recogí del barro y te convertí en algo. Aquí eres una princesa. —La soltó.

—¿Una princesa de qué? —dijo Ángela desoladoramente.

—Eres tan ingrata. Creo que Bruno tiene razón sobre ti. Te has estropeado con el trato especial.

Ángela estaba temblando por dentro. Su furia irracional se había evaporado. Tomó la mano de la Duquesa y la presionó contra su mejilla fría. —Por favor, no puedo soportar más de esto. Tengo que salir de aquí.

—Tal vez necesites un cambio —dijo la Duquesa, acariciándole el cabello—. Déjame pensarlo. Ve arriba y descansa. Más tarde hablaremos.

Ángela hizo lo que le dijo. Se sentó al borde de la cama y esperó. Cuando Magowan entró sin llamar, Ángela tuvo su respuesta. Se puso de pie y retrocedió alejándose mientras él cerraba la puerta silenciosamente.

"La Duquesa dijo que tenías muchas cosas para decirle hace un rato. Bueno, palomita, ahora es mi turno de tener una pequeña conversación. Cuando haya terminado, serás tan obediente como Mai Ling. Voy a disfrutarlo. Esperé este momento durante mucho, mucho tiempo. Y tú lo sabes, ¿no?"

Ángela miró a la ventana cerrada y luego a la puerta trabada.

"No lograrás librarte de mí." Él se quitó el abrigo negro.

La mente de Ángela recordó en un instante al hombre alto vestido con un traje negro. Se le apareció con la repentina claridad de que no había escapatoria, no para ella. Nunca la había habido; jamás la habría. Cada vez que lo había intentado, volvía a ser atrapada, peor que antes.

"No te preocupes, no te dejaré marcas visibles. Y esta noche estarás trabajando, te sientas capaz de hacerlo o no."

La invadió una furia desesperada. Recordaba cada cosa que le habían hecho desde que era una niña en la choza de los muelles hasta ahora, en este cuarto. Las cosas nunca mejorarían. No podía esperar otra cosa de la vida. El mundo estaba lleno de Duques y Duquesas y Magowans y hombres que venían a hacer fila al otro lado de su puerta. Siempre habría alguien que la esclavizaría y la usaría, alguien que sacaría provecho de su carne y de su sangre.

Había una sola salida.

Tal vez siempre había sabido que era el único camino. Podía sentirlo como una presencia viva en la habitación, una fuerza permanente detrás de ella, oscura, que la llamaba por señales. Y ella por fin estaba lista para abrazarla. Unas pocas palabras bien apuntadas y Magowan se ocuparía de terminarlo todo. Al fin sería libre, libre para siempre.

Magowan frunció el ceño ante la mirada que había en sus ojos, pero a ella no le importó. Ya no tenía miedo. Ella estaba sonriéndole traviesamente.

—¿Qué pasa contigo? —Los ojos de Ángela brillaban, ardientes y salvajes, y empezó a reírse—. ¿De qué te ríes?

—De ti, grandote. La mascota de la Duquesa. —Ella se rió más de la mirada pasmada en su rostro. Su risa aumentó, sonando extraña y brillante en sus propios oídos. Todo era tan gracioso, tan increíblemente gracioso. ¿Por qué no se había dado cuenta antes? Su vida era una enorme broma. Aun cuando Magowan se acercó, no pudo dejar de reírse. Ni con el primer puñetazo, ni el segundo. Ni siquiera al tercero.

Después del cuarto puñetazo, lo único que Ángela escuchaba era a la bestia que rugía en sus oídos.

Seis

Para tenerte y respetarte desde ahora en adelante,
mejore o empeore tu suerte, en riqueza y en pobreza,
en enfermedad como en salud, para amarte y cuidarte,
hasta que la muerte nos separe.

El Libro de Oración Común

Miguel no podía sacarse a Ángela de la cabeza. Trataba de concentrarse en su trabajo y, en lugar de eso, se descubría pensando en ella. ¿Por qué lo seguía devorando? ¿Por qué tenía este presentimiento de que algo estaba mal? Trabajaba cada día hasta muy tarde y entonces se sentaba delante del fuego, atormentado por los pensamientos sobre ella. Veía su rostro en las llamas, llamándolo para atormentarlo, sin duda. ¿Pero acaso no era esto el infierno?

Recordaba el halo trágico en torno a ella cuando se cruzaron el primer día y también recordó lo dura de corazón que era. Juró que la olvidaría y, sin embargo, cuando se acostaba Ángela rondaba sus sueños. No podía escapar de ella. Bailaba delante de él, como Salomé ante el rey Herodes. Se estiraba para alcanzarla y ella retrocedía, atormentándolo. *Me deseas, ¿verdad, Miguel? Entonces, vuelve. Vuelve.*

En pocos días, los sueños se convirtieron en pesadillas. Ella huía de algo. Él corría tras ella, gritándole que se detuviera, pero ella seguía hasta llegar a una cornisa. Entonces, miraba atrás, hacia él, con el viento agitando su cabello dorado sobre el rostro.

¡Mara, espera!

Ella se alejaba, abría los brazos y desaparecía.

¡No! Miguel se despertó sobresaltado con el cuerpo bañado en transpiración, el pecho agitado. El corazón le palpitaba tan aprisa que todo el cuerpo se le estremecía. Se pasó las manos temblorosas por el cabello. "Jesús," murmuró en la oscuridad. "Jesús, libérame de esto. ¿Por qué me persigue de esta manera?"

Se levantó y abrió la puerta, apoyándose pesadamente contra el marco. Estaba lloviendo otra vez. Cansado, cerró los ojos. Hacía varios días que no oraba. "Sería un tonto si volviera," se dijo en voz alta. "Un tonto." Miró afuera, a la oscuridad; el cielo lloraba nuevamente. "Pero eso es lo que tú quieres, ¿no es así, Señor? Y no me dejarás en paz hasta que lo haga."

Suspiró pesadamente y se frotó la nuca. "No veo cuál será el beneficio, pero regresaré, Señor. No me gusta mucho, pero haré lo que tú quieres." Cuando finalmente volvió a la cama, durmió profundamente y sin soñar por primera vez en muchos días.

En la mañana, el cielo estaba limpio. Miguel cargó la carreta y ató a los animales.

Esa noche, bien tarde, cuando entró a Pair-a-Dice, miró hacia la ventana de Ángela. Las cortinas estaban cerradas. Un músculo le tensionó la mandíbula y un dolor fuerte le apretó el estómago. Probablemente ella estaba trabajando.

Señor, dijiste que haga tu voluntad y lo estoy intentando con esfuerzo. ¿Tiene que dolerme de esta manera? Necesito una mujer y he esperado a la que tú elegiste. ¿Por qué me diste esta? ¿Por qué estoy de vuelta en este campamento, mirando hacia su ventana con el corazón en la garganta? Yo no le intereso en lo más mínimo.

Con los hombros encorvados se dirigió a la Calle Principal para encargarse del negocio en la mercantil. Necesitaba el oro para subir las escaleras del Palacio. Cuando se detuvo frente a la tienda de Hochschild, saltó de su carreta y en unos pocos pasos largos subió los escalones. Había una nota pegada en la ventana. *Cerrado.* Miguel golpeó con fuerza, de todas maneras. Desde adentro, Hochschild gritó una sarta de insultos que hubieran espantado a un marinero con experiencia. Cuando abrió la puerta, su enojo se desvaneció.

—¡Miguel! ¿Dónde has estado? Me faltó de todo durante varias semanas y no aparecías. —Sin afeitarse, borracho, con el faldón de la camisa colgándole, José salió a mirar la carreta—. Una carga completa. Gracias al cielo. No me importa si viene agusanada y podrida. Me quedaré con todo lo que trajiste.

—Tú eres la clase de tipos con los que me gusta hacer negocios —dijo Miguel, apenas sonriendo. Apiló los cajones y los llevó de a dos por vez—. Te ves terrible. ¿Has estado enfermo?

José rió. —Demasiado alcohol. ¿Estás apurado? ¿Puedes quedarte un rato a charlar?

—Esta vez no.

—¿Planeas gastarte todo lo que te dé en el Palacio otra vez? Es una de las aflicciones del hombre, ¿verdad? La necesidad de una mujer.

Miguel tensó la mandíbula. —¿Cómo sabes tanto acerca de mis asuntos personales?

—No fue muy difícil, cuando vi que te quedabas cuatro días más en el pueblo, la última vez. —Hochschild le dirigió una mirada a Miguel, silbó bajo y cambió de tema—. Han descubierto oro unos cinco kilómetros río arriba. Con todo ese polvo dorado por venir, puedo aumentar mis precios.

Miguel dejó caer el último cajón contra el mostrador. Era probable que el precio de Ángela también hubiera aumentado.

Hochschild le pagó. Se rascó la barba canosa. Miguel solía ser sociable, pero hoy parecía completamente cerrado. —¿Ya compraste el ganado?

—Todavía no. —Había invertido en cortejar a Ángela todo el dinero conseguido con esfuerzo. Guardó el pago en su cinturón.

—El rumor es que Ángela no trabajará durante un tiempo —dijo José.

Bastó con escuchar su nombre. Miguel sintió como si lo hubieran golpeado en el pecho. —¿Se ganó un descanso?

José levantó las cejas. El comentario no era propio de Miguel. Debía haberle llegado fuerte y estar muy dolido. Moviendo la cabeza, hizo una mueca. —Olvida que te la mencioné.

Siguió a Miguel hasta afuera y lo vio saltar a su carreta. —El miércoles pasado llegó un pastor. Si tienes pensado escucharlo, está predicando en el Salón Pepita de Oro.

Miguel estaba pensando en Ángela. Tomó las riendas. —Te veré en un par de semanas.

—Mejor haz descansar un poco a los caballos. Da la impresión que los has esforzado mucho para llegar hasta aquí.

—Me dirijo al establo en este momento. —Tocó la punta de su sombrero y se alejó por la Calle Principal. Esta noche tendría que sobornar y argumentar para ver a Ángela. Dejó los dos caballos exhaustos y la carreta con McPherson y regresó al centro del pueblo para alquilar un cuarto en el hotel que estaba al otro lado del Palacio. Por primera vez en su vida, Miguel deseaba emborracharse. En lugar de hacerlo, salió a dar una larga caminata. Necesitaba tiempo para controlar sus emociones y pensar detenidamente en lo que le diría a Ángela.

Regresó al atardecer, sin haber logrado ordenar sus pensamientos. Había una multitud reunida en el Salón Pepita de Oro, escuchando al nuevo predicador que gritaba que estos eran los tiempos finales del Apocalipsis. Miguel se quedó al borde de la multitud. Una vez más dirigió la mirada hacia el cuarto de Ángela. Alguien se movió adentro, entre las sombras.

Ahora debía subir y hacer su arreglo con la Duquesa. El corazón le palpitaba rápidamente y comenzó a sudar. Esperaría un poco más.

Alguien le tocó la espalda y cuando se dio vuelta vio a una mujer vieja mirándolo con los ojos inyectados en sangre. Tenía el cabello negro rizado y llevaba puesto un vestido escotado de color verde chillón.

—Soy Fortunata, amiga de Ángela —dijo ella; estaba borracha y pronunciaba las palabras con dificultad—. Lo vi desde el otro lado de la calle. —Señaló el Palacio—. Es usted, ¿verdad? ¿El que ha estado pidiéndole a Ángela que se fuera con él?

La ira lo atravesó como un incendio. —¿Qué más le dijo?

—No se enoje, señor. Solamente vaya y vuelva a pedírselo.

—¿Ella le pidió que viniera? —Se preguntó si estaría allí arriba riéndose de él detrás de la cortina.

—No. —La mujer sacudió la cabeza con brusquedad—. Ángela nunca pide nada. —Los ojos se le llenaron de lágrimas y se limpió la nariz con su chal—. Ni siquiera sabe que estoy hablando con usted.

—Gracias, Fortunata, pero la última vez que la vi, ella sólo deseaba que me fuera y era evidente que no quería verme nunca más.

Fortunata levantó la mirada hacia él. —Llévesela de aquí, señor. Aunque ya no le interese a usted, aunque ella no quiera. Sólo sáquela de aquí.

Súbitamente alarmado, Miguel la tomó del brazo en el momento que ella se volvía para irse. —¿Qué problema tiene? ¿Está usted tratando de decirme algo?

Fortunata volvió a limpiarse la nariz. —No puedo decir nada más. Tengo que volver antes de que la Duquesa se dé cuenta de mi ausencia. —Cruzó la calle, pero en lugar de entrar por el frente, se deslizó por la parte posterior.

Miguel dirigió sus ojos hacia la ventana de Ángela. Algo estaba mal. Muy mal. Cruzó la calle a trancos y atravesó las puertas de vaivén. A excepción de un par de hombres que jugaban a las cartas y bebían, el lugar estaba casi desierto. El guardaespaldas no estaba al pie de la escalera para detenerlo. El vestíbulo estaba a oscuras y en silencio. Demasiado silencioso. Un hombre salió de la habitación de Ángela y la Duquesa iba con él. Ella fue la primera en ver a Miguel.

—¿Qué está haciendo usted aquí arriba? ¡No se permite subir a nadie hasta que hayan arreglado conmigo!

—Quiero ver a Ángela.

—Hoy no trabaja.

Vio el maletín negro en la mano del hombre. —¿Qué problema tiene?

—Ninguno —respondió la Duquesa de manera tajante—. Ángela está tomándose unos días de descanso. Ahora, salga de aquí. —Ella trató de cerrarle el paso, pero Miguel la apartó y entró en la habitación.

La Duquesa le aferró el brazo. —¡Aléjese de ella! ¡Doctor, deténgalo!

El doctor le lanzó una mirada fría. —No, señora, no lo haré.

Miguel llegó a la cama y la vio. —Oh, Dios mío . . .

—Fue Magowan —dijo el doctor en voz baja, de pie detrás de Miguel.

—¡No fue mi culpa! —dijo la Duquesa, retrocediendo de miedo por la manera en que la miró Miguel—. ¡No tengo nada que ver!

—Es cierto —dijo el doctor—. Si la Duquesa no hubiera intervenido en el momento en que lo hizo, es probable que el hombre la hubiera matado.

—*Ahora*, ¿saldrá de aquí y la dejará en paz? —dijo la Duquesa.

—Me iré, está bien —respondió Miguel—. Y me la llevo conmigo.

Ángela se despertó cuando sintió que alguien la tocaba. La Duquesa protestaba. Ángela deseaba morir. No quería volver a sentir nada, nunca más, pero había alguien ahí, tan cerca que ella podía sentir la tibieza de su aliento. "Te llevaré a casa conmigo," dijo la voz suave.

—Quieres llevártela a casa, bien. Es tuya —dijo la Duquesa—. Pero primero tendrás que pagar.

—Mujer, ¿no tiene decencia? —Era la voz del otro hombre—. La chica será afortunada si puede vivir. . . .

—Ah, vivirá, ¡y no me mire con desprecio! Yo *conozco* a Ángela. Vivirá. Y él no puede llevársela a cambio de nada. Puedo decirle algo más. Ella se lo buscó. La bruja sabía exactamente lo que hacía. Empujó a Bruno hasta el límite de su paciencia. No ha causado más que problemas desde el día en que la saqué del barro en San Francisco.

—Usted tendrá su oro —dijo la voz que Ángela había escuchado desde la oscuridad. Pero ahora era dura. Airada—. Pero retírese de aquí antes de que haga algo de lo que tenga que arrepentirme.

La puerta se cerró de un golpe. A Ángela le estalló la cabeza por el dolor y gimió. Podía escuchar que había dos hombres que hablaban. Uno de ellos le dijo, "Quiero que nos casemos antes de marcharnos juntos."

¿Casarse con ella? Ángela dejó escapar una risa llorosa.

Alguien le tomó la mano. Al principio pensó que había sido Fortunata, pero la mano de ella era suave y pequeña. Esta otra era grande y firme, la piel era áspera y callosa. —Solamente di que sí.

Aceptaría casarse con el mismísimo diablo si con ello lograra salir del Palacio. —¿Por qué no? —logró decir.

Se dejó llevar por un mar de dolor y de voces apagadas. La habitación estaba llena de voces. Fortunata estaba allí, y el doctor, y el otro hombre cuya voz le eran tan familiar, aunque no podía identificarla. Sintió que alguien le deslizaba un anillo en el dedo. Le levantaron la cabeza con delicadeza y le dieron algo para beber.

Fortunata la tomó de la mano. "Están acondicionando su carreta para que pueda llevarte a casa con él. El láudano que has tomado te hará dormir todo el camino." Sintió que Fortunata le tocaba el pelo. "Ahora eres una señora casada, Ángela. Él traía un anillo de bodas colgado de una cadena en su cuello. Dijo que era de su madre. Su *madre*, Ángela. Puso el anillo de bodas de su madre en tu dedo. ¿Puedes oírme, tesoro?"

Ángela quería preguntar con quién se había casado, pero, ¿qué importaba? El dolor iba desvaneciéndose de a pocos. Estaba tan cansada. A lo mejor, después de todo moriría. Entonces, todo habría terminado.

Escuchó el tintineo de una botella contra una copa. Fortunata estaba bebiendo otra vez. Ángela podía escucharla llorar. Le apretó débilmente la mano. Fortunata sollozó en voz baja. "Ángela," le acarició el cabello, "¿qué le dijiste para que Bruno te hiciera esto? ¿Es que *querías* que te matara? ¿Realmente es tan mala la vida?" Siguió acariciándole el cabello. "Resiste, Ángela. ¡No te rindas!"

Ángela se hundió en la comodidad de las sombras mientras Fortunata divagaba. "Te extrañaré, Ángela. Cuando vivas allá en tu cabaña rodeada de rosales, acuérdate de mí de vez en cuando, ¿sí? Acuérdate de tu vieja amiga, Fortunata."

Siete

Estoy muriendo de sed junto a la fuente.

CHARLES D'ORLÉANS

Ángela despertó lentamente al maravilloso aroma de la buena cocina. Trató de sentarse, pero jadeó de dolor. "Con cuidado," le dijo una voz masculina, y un brazo fuerte se deslizó debajo de sus hombros, levantándola con suavidad. Sintió que le colocaba algo atrás que soportara el peso de su espalda y de su cabeza. "Se te pasará el mareo."

Sus ojos estaban hinchados, casi cerrados, y apenas si podía ver a ese hombre que usaba botas altas, pantalones de faena y una camisa roja. Estaba inclinado sobre el fuego y revolvía una gran olla de hierro.

La claridad de la mañana fluía a través de la ventana frente a ella. La luz le lastimó los ojos. Estaba en una cabaña no mucho más grande que su cuarto del Palacio. El piso era de tablas de madera; la chimenea estaba construida con piedras de colores. Además de la cama, pudo entrever las formas borrosas de una mesa, cuatro estantes atiborrados, una silla de mimbre, una cómoda y un gran baúl negro con mantas apiladas en la parte superior.

El hombre volvió y se sentó al borde de la cama. "¿Te sientes bien como para comer algo, Mara?"

Mara.

Se paralizó. Comenzó a recordar por retazos . . . Magowan golpeándola, las voces alrededor de ella, alguien preguntándole . . .

El corazón le latió con fuerza en el pecho. Se tocó los dedos; en uno de ellos había un anillo. El palpitar en su cabeza empeoró. Maldijo en voz baja. De todos los hombres del mundo, tuvo que ser *él*.

"Es guiso de ciervo. Debes estar hambrienta."

Quiso indicarle dónde ponerlo, pero un golpe de dolor a lo largo de su mandíbula se lo impidió. Oseas se levantó y se acercó al fuego. Cuando regresó, tenía un plato hondo y una cuchara. Ella vio que tenía la intención de darle de comer. Soltó un insulto y trató de apartar la cara, pero hasta ese simple movimiento resultó demasiado.

"Me alegro de que te sientas mejor," dijo él lacónicamente. Ella apretó los labios y se negó a comer. Su estómago traicionero rugió. "Dale de comer al lobo que tienes en el estómago, Mara. Así podrás intentar pelearte con el que crees que es tu enemigo."

Ángela se rindió. Estaba muriéndose de hambre. Los trozos de carne y vegetales que él le daba en la boca con la cuchara eran mejores que cualquier cosa que Enrique hubiera cocinado. El palpitar de su cabeza comenzó a disminuir. La mandíbula le dolía horriblemente y tenía el brazo en una especie de colgador.

—Tienes un hombro dislocado —dijo Miguel—. Cuatro costillas quebradas, la clavícula astillada y una conmoción cerebral. El médico no sabía si tendrías heridas internas.

La transpiración le caía a ambos lados de las sienes por el doloroso esfuerzo de mantenerse sentada. Habló con lentitud, sofocándose. —Así que finalmente te quedaste conmigo. Qué afortunado eres. ¿Este es mi *hogar*?

—Sí.

—¿Cómo llegué aquí?

—En mi carreta. José me ayudó a preparar una litera para que pudiera sacarte del Palacio.

Ella miró el modesto anillo que tenía en su dedo. Se apretó la mano. —¿A qué distancia estoy de Pair-a-Dice?

—A una vida.

—En kilómetros.

—A cuarenta y ocho kilómetros. Estamos al noroeste de Nueva Helvetia. —Volvió a ofrecerle una cucharada—. Trata de comer un poco más. Necesitas recuperar un poco de peso.

—¿No tengo suficiente carne en mis huesos para satisfacerte?

Miguel no le contestó.

Ángela no podía determinar si lo había ofendido o no con su sarcasmo. Tardíamente se le ocurrió que podía hacerlo enojar y este no era el mejor momento para hacerlo. Ingirió más sopa y trató de no mostrar su temor. Él volvió a la olla y llenó el plato. Se sentó junto a una mesa pequeña y comió.

—¿Cuánto tiempo he estado aquí? —preguntó ella.

—Tres días.

—¿Tres *días*?

—La mayor parte del tiempo has estado delirando. La fiebre cesó ayer en la tarde. ¿Puedes recordar algo?

—No. —Tampoco lo intentó—. Supongo que tengo que darte las gracias por salvarme la vida —dijo con amargura. Él seguía comiendo en silencio—. Entonces, ¿qué hará conmigo, señor?

—¿Qué quieres decir?

—¿Qué quieres de mí?

—Nada, por ahora.

—Sólo dilo, ¿de acuerdo?

Él la miró y ella se sintió intranquila ante su calma. Cuando se puso de pie y vino hacia ella, el corazón le latió fuertemente. —No te lastimaré, Mara —dijo él con dulzura—. Te amo.

No era la primera vez que un hombre le decía que la amaba. —Me siento halagada —dijo ella con ironía. Él se quedó callado y ella apretó la frazada en su puño—. Por cierto, mi nombre no es Mara. Es *Ángela*. Debes retener bien el nombre si vas a poner un anillo en mi dedo.

—Dijiste que podía llamarte de la manera que yo quisiera.

Los hombres la habían llamado por otros nombres que no eran Ángela. Algunos eran agradables. Algunos no tanto. Pero no quería que este hombre la llamara de ninguna otra forma que no fuera Ángela. Era con ella que se había casado. Ángela. Y Ángela era todo lo que él iba a obtener.

—El nombre Mara proviene de la Biblia —dijo él—. Está en el libro de Rut.

—Y, como lector de la Biblia, te parece que Ángela no es un buen nombre para mí.

—Lo bueno no tiene nada que ver con esto. Ángela no es tu verdadero nombre.

—Yo soy Ángela.

El rostro de Miguel se endureció. —Ángela era una prostituta en Pair-a-Dice y ya no existe más.

—Nada es distinto ahora de lo que siempre ha sido, cualquiera sea el nombre que decidas ponerme.

Miguel se sentó al borde de la cama. —Es completamente diferente —le dijo—. Ahora eres mi esposa.

Ella temblaba por la debilidad, pero contraatacó. —¿Realmente crees que eso hará alguna diferencia? ¿De qué manera? Tú pagaste por mí, como siempre hiciste.

—Me pareció que pagarle a la Duquesa sería la forma más rápida de librarme de ella. No pensé que te molestaría.

—Oh, no me molesta. —La cabeza le palpitaba.

—Es mejor que vuelvas a acostarte.

No tuvo fuerzas para protestar cuando él puso su brazo alrededor de ella y le retiró el almohadón que tenía en la espalda. Ella sintió su mano endurecida por los callos y tibia contra su piel desnuda mientras le sostenía la espalda.

—No te la quites —le dijo y volvió a subirle la manta.

Trató de observar el rostro de Miguel pero no pudo. —Espero que no te moleste esperar. No estoy en condiciones de mostrar ningún tipo de gratitud en este momento.

—Soy un hombre paciente. —Ella percibió una sonrisa en su respuesta. Pasó ligeramente la punta de sus dedos por la frente húmeda de Ángela. —No tendrías que haber estado tanto tiempo sentada. No tienes fuerzas para más que unos minutos por vez. —Ella quiso discutir, pero sabía que era inútil. Era evidente que estaba sufriendo mucho—. ¿Qué te duele más?

—Nada que quiera que toques. —Cerró los ojos, deseando poder morir para que el dolor terminara. Cuando él le tocó las sienes, ella tomó aire.

—Relájate. —Sus caricias no eran exploratorias ni íntimas y ella se relajó—. Mi nombre es Miguel. Miguel Oseas. Por si no te acuerdas.

—No me acordaba —mintió.

—Miguel, no es muy difícil de recordar.

—Si así lo quieres.

Él rió suavemente. Ella sabía que lo había vencido aquella última noche en el burdel. ¿Por qué la había sacado de Pair-a-Dice? Cuando lo vio salir por la puerta de su cuarto, pensó que no volvería a verlo. ¿Por qué había regresado, entonces? ¿Qué uso podía darle en estas condiciones?

—Estás poniéndote tensa otra vez. Relaja los músculos de la frente —dijo él—. Vamos, Mara. Piensa en eso.

—¿Por qué volviste?

—Dios me envió.

Estaba loco. Eso era. Completamente loco.

—Trata de no pensar tanto. Hay un ruiseñor, afuera, en la ventana. Escúchalo.

Sus manos la tocaban con suavidad. Ella hizo lo que le dijo y el dolor disminuyó. Él le habló suavemente y ella sintió sueño. Había escuchado toda clase de voces masculinas, pero ninguna como esta. Profunda, tranquila, cariñosa.

Estaba cansada, quería morirse y dormir para siempre. Apenas podía mantener los ojos abiertos. —Es mejor que tú y Dios no esperen demasiado de mí —dijo Ángela entre dientes.

—Yo quiero todo.

—¡Qué letanía! —Podía esperar todo lo que quisiera y también podía pedirlo. Pero sólo recibiría lo que quedaba de ella. Nada. Nada en absoluto.

Ocho

*El insolente busca sabiduría
y no la halla.*

PROVERBIOS 14:6

A Ángela no le importaba si alguna vez volvía a levantarse o no. Una quieta oscuridad yacía pesadamente en ella. Había ideado una manera de acabar con su vida miserable, había buscado la ocasión en un momento desesperado y había vuelto a fracasar. En lugar de encontrar la paz que ansiaba, encontró dolor. En lugar de ser libre, había sido esclavizada por otro hombre.

¿Por qué no podía hacer nada bien? ¿Por qué todos sus planes salían mal?

Oseas era el hombre al que más hubiera querido evitar y ahora él era su dueño. No tenía fuerzas para luchar contra él. Lo peor era que dependía de él para la comida, el agua, el refugio . . . todo. Su total dependencia de él la empujaba a la amargura. Era inexperta en eso. Y lo odiaba aún más por ese motivo.

Si Oseas hubiera sido un hombre común, ella habría sabido cómo enfrentarlo, pero no lo era. Nada de lo que ella decía lo molestaba. Era una pared de granito. No podía herirlo. Su firme tranquilidad la enervaba. Había algo en él que no alcanzaba a entender. Una vez dijo que había aprendido mucho acerca de ella durante su fiebre, pero no dijo qué. Y estaba preocupada por ese "todo" que él esperaba de ella. Cada vez que despertaba, él estaba ahí. Lo único que quería era que la dejara en paz.

Ángela sentía que una trampa iba encerrándola. Esta vez no estaba en una lujosa casa de piedra, ni en una tienda podrida hecha con velas de barco, ni en un burdel de dos pisos; pero de todas maneras era una trampa y este lunático tenía la llave.

¿Qué quería de ella? ¿Y por qué sentía que él era más peligroso que todos los hombres que había conocido?

Después de una semana, Miguel la dejó sola en la cabaña por unas pocas horas mientras él iba a trabajar. Ella no sabía de qué se ocupaba, ni se lo preguntó. No le importaba. Se sentía aliviada de que él no estuviera rondándola todo el tiempo, secándole la frente o dándole cucharadas de sopa. Quería estar sola. Quería *pensar* y no podía hacerlo cuando él estaba cerca.

La tranquilidad que había ansiado se convirtió en soledad y lo único que hizo fue pensar. Llovía y escuchó el golpeteo en el techo . . . y con el golpeteo vinieron las visiones de la choza en los muelles, de Mamá y de Ramón. Al pensar en Ramón, terminó recordando al Duque y, con este, a todo el resto. Pensó que se volvería loca. Tal vez también comenzaría a pensar en Dios, como este loco que le había puesto el anillo de bodas de su madre en el dedo.

¿Por qué lo había hecho? ¿Por qué se había *casado* con ella?

De repente, él estaba allí, en la entrada, grande, fuerte, tranquilo y mirándola de esa forma. Quería ignorarlo, pero él llenaba la cabaña con su presencia. Aunque lo único que hiciera fuera sentarse en silencio delante del fuego leyendo el mismo libro gastado, él ocupaba todo el espacio. Y ella estaba siendo absorbida por él. Incluso cuando cerraba los ojos podía verlo ahí. Él estaba sentado en una silla delante del fuego, dentro de su cabeza.

No lo comprendía ahora más de lo que lo había comprendido en el burdel, pero de alguna manera, él había cambiado. Era distinto. Por algún motivo, no conversaba mucho. De hecho, lo hacía muy poco. Sonreía y le preguntaba cómo se sentía o si necesitaba algo y luego se ocupaba de sus asuntos, cualesquiera que estos fueran. Día tras día lo veía ponerse el sombrero y sabía que volvería a dejarla sola.

—Señor —le dijo, decidida a no llamarlo jamás por su nombre—, ¿por qué me trajo a este lugar si va a dejarme sola en esta cabaña?

—Estoy dándote tiempo para pensar.

—¿Pensar en qué?

—En lo que necesites pensar. Te levantarás cuando estés lista. —Tomó su sombrero del gancho colgado junto a la puerta y se fue.

La luz del sol matutino entraba a través de la ventana abierta. El fuego ardía en la chimenea. Tenía el estómago lleno y estaba abrigada. Debería estar satisfecha. Debería ser capaz de relajarse y no pensar en nada. La soledad debía ser suficiente.

¿Cuál era el problema con ella?

Tal vez era el silencio. Estaba acostumbrada a que los ruidos la atacaran de todas partes. Hombres llamando a la puerta, hombres diciéndole qué querían, o qué debía hacer; hombres gritando, hombres cantando, hombres insultando en el bar de la planta baja. A veces partían sillas contra las paredes y hacían añicos los vidrios. Y siempre estaba la Duquesa diciéndole cuán agradecida debía estar. O Magowan avisándole a algún hombre que su tiempo había terminado y que si no se subía los pantalones y salía, lo lamentaría.

Pero nunca había tenido este silencio, esta quietud que sonaba en sus oídos.

Se quejó.

"Hay miles de sonidos," dijo Oseas. "Simplemente presta atención."

Sin tener otra cosa en qué ocuparse, lo hizo. Y él tenía razón. El silencio cambiaba y escuchaba que los sonidos se abrían paso. Como la lluvia, cuando ella ponía las latas en la pequeña choza oscura. Comenzó a distinguir voces en el coro que la rodeaba. Un grillo vivía debajo de la cama; había una rana al otro lado de la ventana. Una multitud de compañeros plumíferos entraban y salían —petirrojos, gorriones y cuervos ruidosos.

Finalmente, Ángela pudo ponerse de pie.

Cuando buscó algo con qué vestirse, no encontró nada. Hasta el momento no había reparado en que nada en la cabaña le pertenecía. Ninguna de sus cosas estaba allí. ¿Dónde estaban? ¿Acaso él no había pensado en traerlas? ¿Qué se suponía que ella podría usar? ¿Un saco de papas?

Al parecer él tenía pocas cosas. En la pequeña cómoda sólo había unos calzoncillos largos gastados, un par de pantalones de faena y algunas medias gruesas, todo demasiado grande para ella. En un rincón había un baúl viejo y estropeado, pero ella estaba demasiado cansada como para abrirlo y hurgar dentro de él. Desnuda y demasiado débil como para arrastrar la manta fuera de la cama para cubrir su cuerpo, se reclinó en el marco de la ventana y tomó aire fresco.

Media docena de pajaritos revoloteaban de una rama a la otra en un gran árbol. Un pájaro más grande se pavoneaba y picoteaba el piso a no más de dos metros de la cabaña. Se mostraba tan engreído que la hizo sonreír. Una suave brisa se metió en la casa y, con ella, un aroma tan delicioso que casi podía saborearlo. La pradera cercana a la cabaña de Mamá olía así. Cerró los ojos y lo disfrutó.

Abrió los ojos nuevamente y observó la extensión de tierra. "Ay, Mamá," suspiró con la garganta apretada. La debilidad subió sigilosa por su columna vertebral y las costillas comenzaron a dolerle nuevamente. Temblaba y se sentía cada vez más mareada.

Miguel entró y cuando la vio desnuda junto a la ventana abierta, sin decir una palabra fue a buscar una frazada de la cama. La envolvió y ella se arqueó bajo su peso. La levantó cuidadosamente.

—¿Cuánto tiempo has estado levantada?

—No tanto como para que me vuelvas a meter en la cama. —Él la tenía en sus brazos como a una niña, su tibieza la inundaba. Olía a tierra y a sol—. Puedes bajarme ahora. Pero no en la cama. He pasado toda mi vida en ella y estoy harta.

Miguel sonrió. Ella no iba a hacer nada a medias, inclusive el volver a estar de pie. La sentó en la silla delante del fuego y agregó otro leño al fuego.

El dolor le punzaba los costados. Apretó los brazos de la silla, sintiendo cada lugar donde Magowan había dado un puntapié o una trompada. No había dejado muchos lugares sin golpear. Ella se tocó el rostro con cautela y frunció el ceño. —¿Tienes un espejo?

Miguel tomó la lata brillante que usaba para afeitarse y se la dio. Se miró, horrorizada. Después de un largo rato, se lo devolvió y él lo puso nuevamente en el estante.

—¿Cuál fue mi precio?

—Todo lo que tenía.

Ella rió débilmente. —Señor, usted es un tonto. —¿Cómo podía mirarla estando ella así?

—No es un daño permanente.

—¿No? Bueno, por lo menos no me quedé sin dientes. Eso es algo.

—No me casé contigo por tu belleza.

—Por supuesto que no lo hiciste por eso. Te casaste conmigo por mi encantadora personalidad. ¿O *Dios* te dijo que lo hicieras?

—Quizás le pareció que los cuernos de tu cabeza podrían caber en los huecos de la mía.

Ángela apoyó la cabeza en el respaldar. —Yo sabía que estabas loco desde el primer momento que te vi. —Se sintió cansada y pensó que estaría más cómoda acostada de espaldas en ese colchón de paja. Tal vez podía ponerse sola de pie, pero si daba un paso, volvería a partirse la nariz contra el piso de tablas.

Miguel se acercó a ella y la levantó delicadamente, ignorando sus protestas.

—Señor, le dije que todavía no quiero acostarme.

—Está bien. Siéntate en la cama.

—¿Qué pasó con todas mis cosas?

—Las olvidé. Además, lo que tenías ya no te iba a servir. La esposa de un granjero no usa raso y encaje.

—No, supongo que corre desnuda de un lado al otro por los sembradíos de frijoles y zanahorias.

Él mostró una ancha sonrisa; la broma le iluminó la mirada. —Eso podría ser interesante.

Ángela pudo darse cuenta de por qué Rebeca había estado tan enamorada de él, pero a ella no le importaba que fuera guapo. El Duque era un hombre apuesto, una persona encantadora y carismática. —Mira —dijo Ángela con firmeza—, quiero empezar a ponerme de pie por mis propios medios, con algo de ropa puesta.

—Te daré lo que necesites cuando sea necesario.

—Lo necesito *ahora*.

Miguel torció la boca. —Me parece que sí —respondió con una calma tensa. Fue hasta el baúl y lo abrió. Sacó un paquete de ropa y se lo dio—. Tendrás que usar esto durante un tiempo.

Ángela lo desató con curiosidad. Era un chal usado. En su interior, había dos faldas de gabardina gruesa, una de color marrón desteñido, otra negra; dos blusas —una que probablemente había sido blanca, pero ahora estaba casi amarilla— y la otra tenía flores azules y rosa, descoloridas. Ambas se abotonaban hasta el mentón y las mangas le quedaban largas. Había dos capotas que hacían juego con las blusas. Plegados dentro de ellas había dos enaguas, dos medias largas de mujer y medias de lana negras zurcidas. Por último, encontró un par de zapatos negros con botones hasta los tobillos.

Lo miró con irónica sorpresa. —Te estaré eternamente agradecida por este regalo.

—Sé que no son exactamente del estilo de ropa que usabas, pero creo que sentirás que te quedan mejor que cualquier otra ropa que te hayas puesto.

—Lo intentaré y te tomaré la palabra al respecto. —Pasó los dedos por la falda de gabardina.

Él sonrió. —En una semana o dos, estarás lista para encargarte de un par de quehaceres domésticos.

Ella levantó la cabeza, pero él ya estaba en camino hacia la puerta. ¿Quehaceres domésticos? ¿Qué tareas tenía él en mente? ¿Ordeñar las vacas? ¿Cocinar? Tal vez él esperaba que ella cortara la leña y la cargara hasta la chimenea, además del agua del riachuelo. ¡Y sus ropas! Querría que se las lavara y planchara. ¡Qué gracioso! Ella era buena en una cosa y sólo en esa. Él se iba a llevar una verdadera sorpresa cuando ella comenzara a hacer los *quehaceres domésticos.*

Él regresó con los brazos cargados de leña.

—Señor, no tengo ni la menor idea de lo que hace la esposa de un granjero.

Miguel apiló prolijamente la leña. —No esperaba que lo supieras.

—Entonces, ¿qué tareas tienes en mente?

—Cocinar, lavar, planchar, cuidar el jardín.

—Acabo de decir que . . .

—Eres inteligente. Aprenderás. —Puso otro tronco en el fuego—. No harás nada pesado hasta que estés en condiciones, lo cual no será antes de un mes, por lo menos.

¿Pesado? ¿Qué quería decir? Decidió usar otra estrategia. Su boca formó una sonrisa bien ensayada. —¿Qué pasa con mis otras obligaciones como esposa?

Miguel le devolvió la mirada. —Cuando para ti signifique algo más que trabajar, consumaremos el matrimonio.

Se sorprendió por su franqueza. ¿Dónde estaba el granjero que se sonrojaba y daba un salto cuando ella lo tocaba? Nerviosa, se sintió enojada. —Está bien, señor. Haré lo que tienes en mente. Te pagaré cada hora, cada día desde que empezaste a cuidarme.

—Y cuando decidas que hemos ajustado las cuentas, te irás. ¿No es así?

—Regresaré a Pair-a-Dice y recuperaré lo que la Duquesa me debe.

—No, no lo harás —dijo él, con calma.

—Sí, lo haré. —Ella conseguiría el dinero de la Duquesa, aun si tenía que sacarlo de la vieja caja fuerte. Luego contrataría a alguien para que le construyera una cabaña como esta, lo suficientemente alejada de una ciudad como para no escuchar el ruido ni oler la podredumbre, pero cerca como para poder comprar los suministros que necesitara. Se compraría un rifle, un rifle grande, y muchas balas, y si algún hombre venía a tocarle la puerta, dispararía, a menos que necesitara algo de dinero. En ese caso, tendría que dejarlo entrar para hacer su negocio primero. Pero si tenía cuidado y era inteligente, podría vivir un largo tiempo de lo que ya había ganado. Lo deseaba con ansias. Nunca había vivido sola y sería el paraíso.

Estuviste sola durante una semana, se burló una vocecita dentro de ella, *y te sentiste miserable, ¿te acuerdas? Admítelo, estar sola no es para nada el paraíso. No cuando tienes tantos demonios que te acompañan.*

—Quizás haya pagado mucho polvo de oro por mí, señor, pero no es mi dueño.

Miguel la analizó con paciencia. Era pequeña y débil, pero poseía una voluntad de hierro que se mostraba a través de sus desafiantes ojos azules y de la firmeza con la que se dominaba a sí misma. Ella creía que tenía lo suficiente como para vencerlo. Se equivocaba. Él estaba cumpliendo la voluntad de Dios, y tenía sus propios planes, planes que seguirían adelante. Pero ya había dicho todo lo que estaba dispuesto a decir por el momento. Ahora ella tenía que pensarlo.

—Tienes razón —le dijo él—. No soy tu dueño, pero no te escaparás de esto.

Comieron en los lados opuestos del cuarto, ella en la cama con el plato sobre su regazo y él sentado a la mesa. El único sonido que se escuchaba era el crepitar del fuego.

Ángela dejó el plato en la mesa que había al lado de la cama. Temblaba violentamente, pero aun así, estaba decidida a no acostarse. Lo estudió. Tarde o temprano lo entendería. ¿Acaso no era un hombre? No podía ser tan complejo. Lo desarmaría, pieza por pieza.

"Todos tienen debilidades, cariño," le había dicho Sandra. "Lo único que tienes que hacer es interpretar sus mensajes y descubrir qué quieren de ti. Mientras los tengas contentos, estarás bien. De otra manera, se vuelven viles."

Como el Duque cuando estaba enojado. Ángela había aprendido todo acerca del Duque después de la primera noche. A él le gustaba el poder. Quería obediencia inmediata. No tenía que gustarle lo que él quería hacer, lo importante era hacerlo y con una sonrisa. La indecisión merecía una mirada fría y dura; la protesta, una bofetada; el desafío, la fuerza bruta. Al huir, se había ganado el colmo de su ira. Hasta que él se cansó de tenerla en forma exclusiva, había aprendido a hacer algo fundamental —fingir. No importaba lo que ella sintiera, no importaba el miedo, la repulsión o el odio, debía fingir que le gustaba lo que los hombres pedían y pagaban para que hiciera. Y si no podía fingir que le gustaba, tenía que fingir que no le importaba. Se había vuelto una experta en eso.

Sandra era comprensiva, pero tenía sus propias reglas.

"Tuviste mala suerte cuando ese borracho estúpido te trajo aquí. Aunque tal vez no. Considerando que tu mamá también era una prostituta, es poco probable que los jóvenes decentes te quisieran, aunque fueras muy bonita. De todas maneras, así son las cosas, Ángela. Y aquí te quedarás."

Sandra le había tomado el mentón, obligándola a mirar hacia arriba. "Y no quiero ver esa mirada en tus ojos a partir de hoy. Cualquier cosa que sientas, aprende a guardártela. ¿Entiendes? Todas nosotras tenemos nuestras propias historias tristes para contar, algunas peores que la tuya. Tú aprende a interpretar al hombre, a darle lo que haya pagado para recibir, que se vaya con una sonrisa de satisfacción. Si haces eso, te trataré como la mamá que perdiste. Si no lo haces, el tiempo que pasaste con el Duque te parecerá el paraíso."

Sandra resultó ser una mujer de palabra y Ángela aprendió todo lo que necesitaba sobre los hombres. Algunos sabían lo que querían; algunos sólo creían saberlo. Algunos decían una cosa cuando querían decir otra. Algunos tenían valor. La mayoría tenían agallas. De la manera que fuera, todo se reducía a lo mismo. Sacrificaban su dinero por una parte de ella. Al comienzo, un maldito pedazo tras otro. Después de un tiempo, gota a gota. La única diferencia consistía en si deslizaban silenciosamente el dinero bajo la ropa interior de raso tirada a los pies de su cama, o si se lo entregaban en la mano y la miraban directo a los ojos.

Miró a Miguel Oseas. ¿Qué clase de hombre sería él?

Mientras revisaba la ropa usada, jugueteó con su labio. Quizás quería tener aquello que había comprado envuelto en tela rústica, para no mirarlo en detalle. Tal vez no quería verla tal como era. Sin luz, por favor, y déjate el anillo puesto para que podamos hacer de cuenta que es correcto. Así no tendré que pensar que lo que estoy haciendo es *inmoral*. Ella podía fingir que era virgen para él. Hasta podría mostrarse agradecida, si era necesario. Ah, sí, muchas gracias por salvarme. Ella podía interpretar cualquier papel, siempre y cuando supiera que se trataba de algo temporal.

Jesús. Dios. Estoy cansada de fingir. Estoy harta de vivir de esta manera. ¿Por qué no puedo simplemente cerrar los ojos y morirme?

—He tenido suficiente —dijo ella, apoyando el plato en la mesa del lado. Más que suficiente.

Miguel había estado observándola. —No tendrás más de lo que puedas soportar.

Ángela le devolvió la mirada y supo que él no se refería a las tareas domésticas. —¿Y qué hay de ti? ¿Crees que puedes manejar lo que yo voy a darte?

—Pruébame.

Ángela lo observó comer su cena. No estaba preocupado por nada. Cada centímetro de él expresaba que sabía quién era, aun si ella no lo reconocía.

Y ella sabía que si no se recuperaba y escapaba pronto, él terminaría desarmándola pieza por pieza.

A la mañana siguiente, Ángela se vistió tan pronto como Miguel salió por la puerta. Se deslizó dentro de la enagua y se ató las cintas deshilachadas. La tela era gruesa y no transparentaba nada; la cubría completamente. Jamás había usado algo tan simple, tan agradable . . . tan económico.

¿Quién había usado esta ropa antes que ella? ¿Qué le había ocurrido? A juzgar por su ropa, la mujer había sido remilgada y trabajadora, la misma clase de mujeres que daban la espalda cuando Mamá pasaba caminando.

Ángela encontró el calzador en la bota izquierda y se puso los zapatos. Le quedaron bastante bien. Miguel entró y ella lo miró. Levantó una ceja.

—Creí que habías dicho que nunca te habías casado.

—Esas cosas eran de mi hermana, Telma. Ella y su esposo, Pablo, vinieron al oeste conmigo. Ella murió de fiebre en el Río Verde. —Le dolió recordar el entierro de Telma en medio de la carretera oeste. Había pasado cada carreta de la caravana sobre su tumba, de manera que no quedaba rastro. Él y Pablo no querían que fuera desenterrada por los indios ni por los animales.

Todavía no podía superar el hecho de haber enterrado así a su amada hermanita, sin una lápida o una cruz que la identificara. Telma merecía algo mejor.

—¿Qué le pasó a su esposo, también murió?

Él se quitó el abrigo. —Vive al final del próximo valle. Está lavando oro en el Yuba. Nunca estuvo apegado a algo por mucho tiempo. —El amor a Telma lo había mantenido en la buena senda durante un tiempo, pero cuando ella murió, él volvió a descontrolarse.

Ángela sonrió friamente. —Así que tu cuñado es otro de los tantos que saquea los arroyos de California y todo lo que halla a su paso.

Miguel se dio vuelta y la miró.

Ángela sintió esa mirada y sospechó lo que él se preguntaba. —Si es un hombre y está en el Yuba, probablemente haya ido al Palacio. —Había supuesto lo correcto. Levantando los hombros, lanzó una puñalada más profunda—. No podría decirte si él ha venido a mi cuarto. Descríbelo. Tal vez lo recuerde.

Sus palabras eran duras y frías, pero Miguel no se dejaba engañar. Estaba tratando de deshacerse de él con crueldad. Él se preguntaba por qué.

El silencio de él la ponía nerviosa. —No tiene que preocuparte si él me conoce o no. Me iré antes de que venga por aquí.

—Estarás conmigo, que es donde perteneces.

Ella sonrió con frialdad. —Tarde o temprano llegará un tren lleno de vírgenes, todas muy respetables, con sus faldas de gabardina gastada y sucias de tierra. Entonces tú recobrarás el sentido común. Precisamente cuando tengas que decir, "Te presento a mi mujer. La saqué de un burdel de Pair-a-Dice en '51."

—No me importará quién venga. Yo me casé contigo.

—Bien, eso es bastante fácil de rectificar. —Se sacó el anillo del dedo—. ¿Ves? Ya no estamos casados. —Se lo ofreció en la palma de su mano—. Así de fácil.

Miguel buscó su rostro. ¿Acaso ella creía que era así de fácil? ¿Nada más que sacarse el anillo y el matrimonio quedaba anulado e invalidado y que todo volvía a ser como antes? —Ahí es donde te equivocas, Mara. Seguiremos casados, uses o no el anillo. Pero quiero que te quedes con él.

Ella frunció un poco el ceño e hizo lo que él le dijo. Volvió a ponerse el anillo. —Fortunata dijo que era de tu madre.

—Así es.

Ella dejó que las manos cayeran a sus costados. —Cuando lo quieras de vuelta, sólo dímelo.

—No lo haré.

Apoyó sus manos en su regazo y lo miró con indolencia. —Lo que quiera, señor.

Eso le llegó. —Odio esa frase. Lo que quiera. Como si estuvieras ofreciéndome café. —Lo que quiera. Le había ofrecido su cuerpo de la misma manera—. Mejor dejemos algo en claro. Me casé para estar contigo en las buenas y en las malas y hasta que la muerte nos separe. Hice votos delante de Dios cuando me casé contigo y nunca los romperé.

Ángela creía saber todo sobre Dios. Haz todo bien, o te aplastará como una cucaracha. Ese era Dios. Ella vio la oscuridad en los ojos de Oseas y no dijo nada.

Mamá había creído en Dios. Mamá había tenido fe. Ella se había entregado por completo. Nuestro Padre que está en los cielos estaba en el mismo reino que Alejandro Stafford. Ángela no era tan tonta como para entregarse por completo a nadie, mucho menos a *él*. Y si este hombre suponía que podía obligarla a . . . hacía mucho que había aprendido que aquello en lo que no crees, no puede lastimarte.

—¿No recuerdas nada de la boda? —preguntó Miguel, arrancándola de sus horribles pensamientos.

—Recuerdo a un hombre vestido de negro que hablaba cerca de mí con una voz más apagada que la de Jesús.

—Tú dijiste que sí. ¿No lo recuerdas?

—No dije que sí. Dije "¿Por qué no?"

—Es suficiente.

Nueve

Carguen con mi yugo y aprendan de mí,
pues yo soy apacible y humilde de corazón.

JESÚS, MATEO 11:29

Lo único que Ángela pudo hacer en los primeros días que salió de la cama fue vestirse. Después de una semana, se aventuró a salir. A Miguel le dio una extraña punzada verla vestida con la ropa de Telma. No podrían haber sido más diferentes: Telma era dulce y compasiva, simple y abierta; Mara era fría e indiferente, compleja y cerrada. Telma era morena y musculosa; Mara era rubia y delgada.

Miguel no se engañó con la idea de que había salido porque estaba sola y quería su compañía. Simplemente se sentía cansada de estar encerrada en una cabaña. Estaba aburrida.

Pero Ángela se sentía sola, y por ese motivo estaba nerviosa y a la defensiva cuando él se acercó. Después de todo, ella no quería que él tuviera pensamientos equivocados. —¿Cuándo tengo que empezar a arar los campos? —preguntó secamente.

—En el otoño.

Le dirigió una mirada penetrante.

Miguel se rió y le sacó el cabello de los hombros. —¿Estás preparada para dar una pequeña caminata?

—¿Hasta dónde?

—Hasta que pidas que paremos. —Él la tomó de la mano, tratando de que no le molestara el hecho de que ella la dejara caer como un pez muerto. Resistencia pasiva. Le mostró el granero y el galpón donde estaban las herramientas. La llevó al puente de troncos que había sobre el arroyo en el que planeaba construir un lugar ventilado para almacenar carne y productos lácteos, cuando pudiera comprar una vaca. La llevó a caminar por el sendero al pequeño granero y le mostró los dos caballos de tiro. Le señaló los campos que había arado y sembrado y luego la llevó hasta las praderas abiertas—. Salí hacia el oeste con ocho bueyes y terminé con los dos que ves allí.

—¿Qué pasó con el resto?

—Los indios robaron uno y los otros cinco fueron muriendo. Fue difícil continuar —dijo—. Los animales no fueron los únicos que murieron en la Depresión de Humboldt. —Miguel la miró y vio lo pálida que estaba. Ella se secó la transpiración de la frente con la palma de su mano. Le preguntó si quería regresar. Ella respondió que no. Sin embargo, él emprendió el regreso. Estaba agotada y era demasiado terca para reconocerlo.

Señor, ¿siempre será así de testaruda?

En el camino de regreso a la cabaña, Miguel le mostró el lugar donde quería plantar un viñedo. —Nos sentaremos debajo de él en los días calurosos. Nada huele mejor que las uvas maduras al sol. Agregaremos una habitación, una cocina y pondremos un porche del lado oeste, para que podamos sentarnos al atardecer a ver la puesta del sol y la salida de las estrellas. En las tardes calurosas de verano, beberemos sidra de manzana y veremos crecer el maíz. Y a nuestros hijos, algún día, si Dios quiere.

A ella se le apretó el estómago. —Tienes pensado suficiente trabajo como para mucho tiempo.

Miguel le levantó el mentón y la miró directo a los ojos. —Nos llevará una vida, Mara.

Ella retiró su mentón con brusquedad. —No me incluya en sus esperanzas, señor. Tengo mis propios planes y tú no estás en ellos. —El resto del camino lo hizo en silencio.

La caminata había sido buena para ella, pero estaba exhausta. Aun así, no quería estar adentro. Arrastró su silla fuera de la casa para poder sentarse al aire libre. Quería sentir el calor del sol sobre su rostro. Quería oler el aire fresco. La suave brisa del atardecer jugaba con su cabello y podía oler la tierra fuerte y rica. Se le aflojaron los músculos y cerró los ojos.

Miguel volvió de su trabajo y la encontró dormida. Ni las oscuras magulladuras alrededor de sus ojos y en el mentón arruinaban su semblante pacífico. Él tomó uno de sus rizos y lo acarició con sus dedos. Era una seda. Ella se movió un poco. Miró la delicada forma de su garganta y observó allí su pulso estable. Ansiaba inclinarse hacia ella y besarle el cuello. Quería respirar su aroma.

Señor, la amo, ¿pero será siempre así? ¿Superaré alguna vez este dolor?

Ángela se despertó. Abrió los ojos y se sobresaltó de ver a Oseas de pie junto a ella. El sol estaba detrás de él y ella no podía ver su rostro ni adivinar lo que él estaba pensando. Ella echó hacia atrás su cabello y apartó la mirada.
—¿Cuánto tiempo he estado sentada aquí?

—Te veías tranquila. Disculpa si te desperté. Tienes un poco de color en las mejillas.

Ella se las tocó y sintió la tibieza. —Agrega rojo al negro y al azul.

—¿Tienes hambre?

Sí. Estaba hambrienta. —Convendría que me enseñaras a cocinar. —Hizo un gesto de dolor mientras se levantaba y lo siguió adentro. Necesitaba aprender a cocinar para cuando tuviera su propia casa.

—Lo primero que tienes que hacer es encender un buen fuego. —Él echó los carbones al brasero y le agregó más leña. Salió con el balde y volvió con un pedazo de ciervo conservado en sal. Lo cortó en pedazos y los arrojó dentro del agua hirviendo. Ángela podía oler las hierbas fuertes mientras él las frotaba con las palmas de sus manos y las arrojaba al agua burbujeante.

—Lo dejaremos cocinar un rato. Ven afuera conmigo. —Tomó una canasta y ella lo siguió al huerto. Agachándose, le mostró cómo decidir cuáles zanahorias y cebollas estaban en condiciones de ser cortadas. Arrancó una planta madura de papas. Ella no quería reconocer que estaba asombrada. Si cualquiera le preguntaba, ella hubiera dicho que las papas venían de Irlanda. Una sola planta que había arrancado tenía suficientes papas para varios días.

Mientras Ángela se incorporaba, vio a Oseas agachado a unos centímetros de allí, arrancando plantas y arrojándolas a un lado. El recuerdo desgarrador de Mamá en el jardín a la luz de la luna le heló la sangre. —¿Por qué estás destrozando tu jardín?

Miguel levantó la vista al oír su tono de voz. Ella tenía el rostro blanco y demacrado. Se puso de pie y se limpió las manos en los pantalones. —Estoy arrancando la mala hierba. Está ahogando al resto. No tuve tiempo de ocuparme antes. Una de las cosas que te pediré que hagas es que te encargues del jardín. Cuando estés lista.

Levantó la canasta y señaló las colinas con un ademán. —Hay otras cosas comestibles que crecen silvestres. La achicoria, la mostaza y la lechuga. Te enseñaré a buscarlas. A un kilómetro de distancia, río abajo, hay zarzamoras. Maduran hacia el final del verano. Hay arándanos un kilómetro colina arriba. También tenemos manzanas y nueces. —Él le alcanzó la canasta—. Puedes lavar estas verduras en el riachuelo.

Ella hizo lo que él le había pedido y regresó a la cabaña. Miguel le mostró cómo pelarlas y cortarlas y dejó que ella lo hiciera. La carne estaba hirviendo en la olla que había sobre el fuego y él tomó un gancho de hierro para moverla a un lado. —Revuélvela de vez en cuando. Iré a ver los animales.

No parecía que el estofado estuviera hirviendo lo suficiente, así que Ángela volvió a deslizar la olla sobre el fuego. Entonces hirvió tan rápido que ella volvió a retirarla. Dudó, revolviendo y moviendo la olla una y otra vez. El calor y el esfuerzo la dejaron exhausta. Se peinó los mechones húmedos de cabello, sacándoselos de la frente. Le dolían los ojos a causa del humo.

Miguel entró con un balde de agua. Lo dejó caer, salpicando el piso. —¡Cuidado! —Tomó su brazo y de un tirón la apartó del fuego.

—¿Qué estás haciendo?

—Tu blusa está humeando. Un minuto más y te habrías prendido en fuego.

—¡Tenía que mantenerme lo más cerca para revolver el estofado! —La tapa de la olla se sacudía; la comida se rebalsaba sobre los carbones encendidos. Sin pensarlo, asió la manija. Gritó, insultó y volvió a tirar el gancho.

—¡Despacio! —le advirtió Miguel, pero ella no estaba de humor para escucharlo. Tiró demasiado fuerte y la olla se desenganchó de la barra, la que cayó, volcando su contenido. El fuego silbó y chisporroteó. Una nube de humo se levantó y llenó la cabaña con el olor horrible a estofado quemado.

¡Ni siquiera esto podía hacer bien! Ángela tiró el gancho de hierro dentro del fuego encima del desastre y se sentó en el sillón de mimbre. Inclinándose hacia delante, sostuvo sus costillas doloridas.

Miguel abrió las dos ventanas y la puerta, y el humo comenzó a disiparse.

Con los dientes apretados, Ángela observó un pedazo de ciervo ardiendo en las llamas. —Su cena está lista, señor.

Él trató de no sonreír. —La próxima vez lo harás mejor.

Ella le dirigió una mirada. —No sé nada de cocina. No distingo un cardo de una zanahoria y si me dejas detrás de tu arado, no tendrás una sola línea recta donde puedas sembrar. —Se puso de pie—. Tú quieres que yo trabaje. Bien. Lo haré. De la única manera que conozco. Aquí mismo —dijo, señalando la cama—. Ahora, si quiere, señor. Si la cama no te satisface, puede ser en el piso, en el establo o cualquier otro lugar donde te agrade. ¡Cualquier cosa que quieras, házmelo saber!

Él suspiró. —Era sólo un poco de estofado, Mara.

Ella ardía de frustración. —¿Cómo me eligió un santo como tú? ¿Estás probando tu fe? ¿Se trata de eso? —Pasó al lado de él y salió.

Quería correr muy lejos pero no podía. Cada paso que daba le dolía. A duras penas pudo caminar hasta el campo y tuvo que detenerse para recuperar el aliento. Él la había apartado de un tirón para alejarla del fuego y se sentía adolorida. Pero el dolor físico no tenía comparación con su propio disgusto y su humillación. ¡Era una estúpida! ¡No sabía nada! ¿Cómo iba a poder arreglársela sola si no era capaz de preparar una comida? Ni siquiera sabía encender un fuego. No sabía nada de lo que necesitaba para sobrevivir.

Aprenderás.

"Oh, no. ¡No lo haré! No pediré *su* ayuda. No voy a deberle nada." Apretó el puño de su mano quemada. "Yo no le pedí que volviera. ¡No le pedí nada de·esto!"

Bajó hacia el riachuelo para remojarse la mano y rumiar sus quejas.

Diez

Por eso, ahora voy a seducirla: me la llevaré al desierto
y le hablaré con ternura. Allí le devolveré sus viñedos,
y convertiré el valle de la Desgracia en el paso de la Esperanza.

OSEAS 2:14-15

El desorden del brasero estaba limpio cuando Ángela regresó, pero Oseas se había ido. Esperaba sentir alivio ante su ausencia, pero no fue así. En lugar de eso, hubo un vacío en su interior que la hizo sentir como si flotara en la nada. ¿Estaría él afuera pensando en algún castigo apropiado para sus arrebatos?

Sin duda pensaría que era una tonta. Apostaba que la hermana habría sabido cómo hacer un fuego, cocinar una comida exquisita, arar un campo y hacer cualquier otra cosa necesaria. Era probable que a cincuenta metros reconociera cada planta silvestre del Atlántico al Pacífico. Probablemente hubiera sido capaz de oler a los animales de caza, dispararles y prepararlos.

Desanimada, Ángela se sentó en el piso delante de la chimenea y miró el fogón estéril. *Mi vida es como eso —un agujero vacío, frío e inútil en la pared.* Era estúpida y torpe. Ah, pero era *hermosa*. Se tocó el rostro. O lo había sido.

Se levantó. Tenía que *hacer* algo. Lo que fuera. Necesitaba luz y calor. Muy a menudo había observado a Oseas hacer el fuego. Tal vez pudiera hacerlo por sí misma. Tomó astillas de madera y las apiló; después colocó la leña y las ramas pequeñas. Tomó el pedernal y el acero, pero a pesar de la firmeza con que lo intentó, apenas pudo encender una chispa.

Miguel se quedó observándola desde la puerta. Había salido antes a buscarla y la había visto sentada junto al arroyo, tan desanimada que ni siquiera se había dado cuenta de que él estaba ahí. Él se había quedado cerca, cuidándola hasta que ella había deambulado de regreso a la casa. Podría haber sido invisible. Estaba tan enfrascada en sí misma, en su miseria y en sus propios pensamientos oscuros, que estaba ciega a todo lo demás. Especialmente a él.

Ángela maldijo y se tapó los ojos.

Miguel le apoyó ligeramente la mano en el cabello y la sintió dar un salto.

—Déjame que te muestre cómo hacerlo. —Se agachó al lado de ella y extendió la mano. Ella le entregó las herramientas—. En primer lugar, no pretendas hacerlo perfecto la primera vez. Requiere práctica. —Como hacer estofado, hubiera querido decir. Como vivir un estilo de vida diferente.

Ángela lo observó preparar la leña y encender el pedernal. Una chispa se encendió y él la sopló suavemente hasta que los recortes echaron humo y comenzaron a arder. Agregó troncos pequeños y luego ramas más grandes. En pocos minutos, el fuego estaba en marcha.

Miguel se reclinó hacia atrás, con los antebrazos descansando sobre sus rodillas. Se proponía disfrutar del fuego y de la cercanía de Mara, pero ella tenía otras ideas. Tomó el atizador y lo golpeó contra las ramas, desparramándo la leña y las astillas. Aplastó hasta la última brasa.

Arrodillada cerca de él, Ángela preparó el fuego de la manera que Miguel le había enseñado. Estaba haciéndolo bastante bien. Luego golpeó la piedra y el acero. Hizo una chispa, pero no encendió. Volvió a intentarlo, más resuelta, y falló. La mano quemada le dolía terriblemente, pero tomó las herramientas con tanta determinación que las palmas comenzaron a transpirarle. Con cada fracaso, el pecho le ardía más, hasta que el dolor fue tan continuo, tan profundo y paralizante, que se echó hacia atrás sobre sus talones.

—No puedo, ¿de qué sirve intentarlo?

Miguel sufría por ella. Jamás había llorado, ni siquiera cuando volaba de fiebre. Y sí que necesitaba hacerlo. —Déjalo, Mara.

—Está bien. —Ángela puso el pedernal y el acero entre los dos—. Hazlo tú.

—No es eso lo que quiero decir. Lo has intentado con todas tus fuerzas. Quieres que te salga todo bien, pero eso es imposible.

—No sé de qué estás hablando. Lo único que quiero es encender un fuego.

—Ni siquiera hablamos el mismo lenguaje —le dijo él secamente. Era igual que hablarle en inglés a una chica de California de habla hispana—. Peleas contra mí cuando no es necesario que lo hagas.

Ella se negaba a mirarlo. —Prepáralo otra vez, para que yo pueda ver qué fue lo que hice mal.

Él hizo lo que le pedía. Ella lo observó de cerca y vio que no había hecho nada mal. ¿Por qué no había podido encenderlo ella? La chimenea estaba llena de luz resplandeciente y él lo había hecho todo en pocos minutos. Ella no había podido comenzar el fuego y en cambio el de él se mantendría toda la noche.

Ángela se puso de pie abruptamente y dio un paso atrás. Odiaba su eficiencia, despreciaba su calma. Quería destruir ambas cosas y tenía sólo un arma que sabía cómo usar.

Se estiró sinuosamente, consciente de la mirada de él sobre ella. "Supongo que con el tiempo lo lograré," dijo y se sentó sobre la cama. "Me duelen los hombros. ¿Me darías unos masajes como lo hiciste anteriormente?"

Miguel hizo lo que le pedía. Masajeó la tensión de sus músculos, incrementando la propia. "Eso se siente bien," dijo ella, y el tono sensual de su voz hizo que el pulso de él se acelerara. Su cabello se deslizó hacia atrás; era como seda sobre sus manos curtidas. Cuando puso una rodilla sobre la cama, ella le apoyó la mano sobre el muslo.

Así que de esto se trata, pensó con tristeza. Vio que no podía hacer un fuego en la chimenea, por lo tanto decidió encender uno en él. No le había tomado mucho tiempo hacerlo. Él se echó hacia atrás.

Ángela sintió su retraimiento y continuó. Deslizó sus brazos alrededor de la cintura de él, presionando su cuerpo contra el de él. "Sé que necesito alguien que me cuide y me alegro de que tú hayas vuelto a buscarme."

¡Jesús, dame fuerzas! Miguel cerró los ojos. Cuando las manos de Ángela se movieron, él la tomó de las muñecas y desarmó su abrazo por completo.

Cuando se dio vuelta, Ángela estaba lista. Ella sabía cómo hacer su papel. Se sabía todas las palabras de memoria. Palabras suaves, susurrantes . . . calculadas para romperle el corazón, para hacerle sentir que su rechazo la había lastimado. Remover culpa en su interior mientras la sangre le hervía. Darle argumentos y excusas para rendirse. Esa última noche en el burdel ya lo había debilitado. Era un cordero listo para el matadero.

Ángela insistió, desconectando sus emociones y usando sólo la mente. Tomó la cabeza de él y lo besó. Miguel metió sus dedos en el cabello de ella y respondió al beso.

Ella usó las armas que tenía para librar una batalla contra él. No sabía nada sobre encender fuegos o cocinar estofados, pero de esto, lo sabía todo.

Él se escapó del abrazo, y la tomó por los hombros. "Eres implacable," le dijo, decidido a no rendirse.

Ángela lo miró fijamente y se dio cuenta de que no lo había engañado. Él sabía exactamente qué estaba haciendo ella y por qué. Trató de soltarse, pero él no se lo permitió. —No tiene que ser de la manera que conoces.

—¡Suéltame! —Luchaba frenéticamente. Miguel vio que estaba lastimándose y la liberó. Ella se alejó de él todo lo que pudo.

—¿Eso te hizo sentir mejor?

—¡*Sí!* —susurró ella, mintiendo entre dientes.

—Que Dios me ayude.

Ella había querido que él se sintiera más que físicamente incómodo. Había intentado aniquilarlo. Quería verlo retorciéndose como una lombriz en un anzuelo. Se dejó caer pesadamente en la silla de mimbre, con el cuello tensionado, y miró fijamente hacia delante.

Miguel la miró con tristeza. Su silencio le gritaba blasfemias. Ella sintió que había perdido, pero ¿admitiría que él había ganado? Él salió de la habitación. *¿Habrá alguna manera de quebrar a esta mujer, Señor? ¿O esto es lo que puedo esperar para el resto de mi vida? Jesús, ella no juega limpio.*

Ella pelea contigo de la única manera que conoce.

Miguel bajó hacia el riachuelo y se arrodilló para arrojarse agua fría al rostro. Se quedó arrodillado durante un largo tiempo. Luego se dirigió al granero a buscar la bañera de metal.

Cuando entró, Ángela se mantuvo dándole la espalda. Él puso el recipiente frente al fuego. Ella lo miró a él, a la bañera y luego apartó nuevamente la mirada, sin decir nada. ¿Lo había hecho sentir sucio? ¿Necesitaría ahora un baño para purificarse de ella? Él pasó la siguiente hora trayendo agua del pozo y calentándola en la gran olla negra colgada sobre el fuego. Arrojó una barra de jabón dentro del agua.

"Saldré a dar una caminata," le dijo él y se fue.

Sorprendida, fue hasta la puerta y la abrió. Él siguió alejándose hasta que lo perdió de vista entre los árboles. Cerró la puerta frunciendo el ceño. Se quitó la ropa y entró en la bañera. Se frotó vigorosamente el cabello y el cuerpo, vertió agua caliente para enjuagarse y luego salió. Quería terminar antes de que él volviera. Él había dejado una toalla sobre el respaldo de la silla y ella se frotó la piel y se envolvió la cabeza. Se vistió con rapidez. Se sentó delante del fuego nuevamente y desenrolló la toalla. Su cabello era una maraña y trató de desenredárselo con los dedos.

Oseas tardó más de una hora en regresar.

Cuando la puerta finalmente se abrió, levantó la mirada hacia él. Su cabello oscuro estaba húmedo. Supuso que se había bañado en el arroyo helado y sintió una punzada de culpa y de duda. Él se movía inquieto de un lado al otro dentro de la cabaña. Ella seguía pasándose los dedos por el cabello, consciente de cada movimiento de él. Miguel abrió el baúl y lo cerró de un golpe. Al pasar rápidamente al lado de ella, dejó caer un cepillo en su regazo. Ella lo levantó y lo miró. Se le cerró la garganta. Lo miró y lentamente comenzó a peinarse. Él se mantuvo de pie con la cadera apoyada en la mesa y observándola. Ella no sabía qué estaría pensado él. No sabía qué decir.

—No vuelvas a hacerme eso —le dijo él.

Estaba pálido y ella sintió que algo se revolvía en su interior. —No lo haré —respondió ella, y decía la verdad.

Miguel se sentó en la silla de mimbre delante del fuego con las manos relajadas entre las rodillas. Miró las llamas por un rato largo. —Supongo que tuve una buena muestra de lo que te ha tocado vivir.

Ángela miró hacia arriba sorprendida. —¿Qué quieres decir?

Él la miró. —No es agradable ser usado. Cualquiera sea el motivo.

Algo se retorció en su interior. Mantuvo el cepillo sobre su regazo y se quedó mirándolo. —No sé qué estoy haciendo aquí con un hombre como tú.

—Desde el momento que te vi, supe que iba a casarme contigo.

—Así me lo dijiste. —Ella inclinó la cabeza—. Mire, señor. Déjame explicarte algunos hechos de la vida. Un granjero que ha estado solo durante mucho tiempo llega al pueblo. Podrías haber visto una yegua que pasaba y pensar que ella era la elegida para ti.

—Fue tu rostro joven y frío como una piedra —dijo Miguel. Le dirigió una sonrisa triste—. Y después lo demás. —La recorrió con su mirada—. Estabas vestida de negro como una viuda y Magowan iba contigo. Supongo que para controlar que no escaparas.

Ella no dijo nada durante un largo rato. Cerró los ojos y trató de no pensar en nada, pero era como un hedor asqueroso que permanecía en la habitación. No podía deshacerse de él. Estaba ahí, bajo el olor a limpio del jabón que él le había dado para que usara. La suciedad estaba dentro de ella, corriendo por su sangre.

—¿Recuerdas cuando me preguntaste qué clase de nombre era Oseas y yo te respondí que era profético? —Ella comenzó a peinarse lentamente el cabello otra vez, pero Miguel sabía que esta vez estaba escuchándolo—. Oseas era un profeta. Dios le dijo que se casara con una prostituta.

Ella lo miró con una sonrisa burlona. —¿Dios te dijo que te casaras conmigo?

—Sí, lo hizo.

Ella reaccionó con desdén. —¿Él te habla personalmente?

—Él les habla a todos personalmente, pero la mayoría de las personas no se toma la molestia de escucharlo.

Era mejor burlarse de él. —Disculpa que te haya interrumpido; estabas contándome una historia. ¿Qué sucedió después? ¿El profeta se casó con la prostituta?

—Sí, dedujo que Dios debía tener un motivo, un buen motivo.

Probablemente el mismo que él tenía. —Este Oseas, ¿sacó el pecado que había dentro de ella? Supongo que se habrá arrastrado a sus pies y se los habrá besado por salvar su alma.

—No, ella volvió a la prostitución.

Se le revolvió el estómago. Miró hacia arriba y buscó su rostro. Él, a su vez, la miró, solemne, controlado, enigmático. —Así que después de todo Dios no es tan poderoso, ¿verdad? —dijo ella en voz baja.

—Dios le dijo que fuera y la trajera de vuelta.

Frunció levemente el ceño. —¿Lo hizo?

—Sí.

—¿Solamente porque Dios se lo dijo? —Ningún hombre haría eso.

—Sí, y lo hizo porque la amaba.

Ella se levantó y fue hacia la ventana para mirar hacia afuera, al cielo oscurecido. —¿Amor? No, no creo que ese haya sido el motivo. Era su orgullo. El viejo profeta simplemente no quería reconocer que él no podía retenerla por sí mismo.

—El orgullo aleja al hombre, Mara. Fue lo que me alejó de ti la última noche en Pair-a-Dice. —Él debería haber escuchado al Señor y haber regresado en ese momento. Debería haberla arrastrado fuera de ahí sin que importara cuánto pataleara y gritara.

Ángela lo miró por encima del hombro. —Entonces, ¿ella se quedó con el profeta después de eso?

—No, volvió a dejarlo. Él tuvo que comprarla de su esclavitud otra vez.

No le gustaba mucho la historia. —¿Y se quedó esa vez?

—No, siguió yéndose. Hasta tuvo hijos con otros hombres.

Sintió que el pecho le pesaba. Poniéndose a la defensiva, se burló de él. —Y finalmente, la lapidó —dijo lacónicamente, destilando sarcasmo—. ¿No fue así? La envió a donde ella pertenecía. —Él no contestó y ella volvió a darle la espalda—. ¿Adónde quiere llegar, señor? Dilo ya.

—Algún día tendrás que elegir.

No dijo nada más y ella se preguntó si ese sería el final del tema. Apretó los dientes. No iba a preguntarle si la ramera se había quedado con ese profeta o si finalmente él había renunciado a ella.

Miguel se levantó, abrió un frasco de arvejas y las colocó en una olla. En pocos instantes ya estaban calientes y las sirvió. —Siéntate y cena conmigo, Mara.

Ella se sentó a la mesa con él. Cuando él inclinó la cabeza y oró, en su interior surgió rápidamente el enojo. Tratando de ignorarlo, comenzó a comer. Cuando él la miró, ella le devolvió una sonrisa apretada y desafiante. —¿Sabes lo que pienso? —le dijo—. Creo que Dios hizo que te casaras conmigo para castigarte por algún pecado muy grande que cometiste en el pasado. ¿Ha sido lujurioso con muchas mujeres, señor?

—Siento ese ataque en algunas ocasiones —dijo, mirándola con una sonrisa triste. Terminó su comida en silencio.

Ella envidiaba su paz y autocontrol. Cuando él terminó, ella tomó su plato y lo juntó con el de ella. —Ya que tú cocinaste, yo lavaré los platos. —No le gustaba la oscuridad, pero era mejor que quedarse en la cabaña con él. Podía llegar a contarle otra de sus historias despreciables. Una realmente buena esta vez, algo sobre un leproso o alguien con llagas supurantes.

Cuando terminó de lavar los platos, se sentó junto al riachuelo durante un rato. Todo volvía a dolerle y sabía que había intentado demasiado ese día, pero con sólo escuchar el agua, sus nervios inquietos se calmaron.

"¿Qué estoy haciendo aquí?" se preguntó a sí misma. "¿Qué estoy haciendo aquí con *él*?"

Una brisa suave susurró entre las hojas de los arbustos y ella podría haber jurado que había escuchado una voz suave. Se dio vuelta, pero no había nadie allí. Con un escalofrío, caminó rápidamente de regreso y vio a Oseas recostado contra el marco de la puerta, esperándola. Tenía las manos en los bolsillos. Lo esquivó, entró a la cabaña y guardó los platos. Estaba cansada y quería irse a la cama.

Sacándose la ropa, se deslizó rápidamente debajo del acolchado. Entonces se quedó acostada, pensando en esa mujer que había vuelto a prostituirse. Tal vez tenía a una Duquesa que le había retenido su dinero. Quizás el profeta la había vuelto un poco loca, de la misma manera que este granjero estaba haciéndolo con ella. Tal vez lo único que quiso fue que la dejaran en paz. ¿Acaso el profeta pensó eso alguna vez?

Ángela se puso rígida cuando Oseas se deslizó dentro de la cama, junto a ella. Y sólo podía culparse a sí misma. Dales a probar un beso y querrán toda la comida. Bien, cuanto más rápido terminara, más rápido podría dormirse.

Se sentó, acomodándose impacientemente el pelo sobre sus hombros, y bajó la mirada hacia él con desagradable resolución.

—No.

Se sorprendió ante la mirada de impaciencia que le dirigió él. —¿No?

—No.

—Mire, señor. No puedo leerte la mente. Tienes que decirme lo que quieres.

—Quiero dormir en mi propia cama, con mi esposa a mi lado. —Tomando un mechón de su pelo, lo acarició con suavidad—. Eso es *todo* lo que quiero.

Ángela volvió a acostarse, perpleja. Pensó que él cambiaría de parecer. Después de un largo rato, su respiración se hizo más profunda. Giró cuidadosamente la cabeza y lo miró a la luz de la chimenea. *Estaba dormido.* Estudió su perfil relajado por un largo momento y entonces se apartó de él.

Ángela trató de dejar espacio entre ambos cuerpos, pero Miguel Oseas llenaba la cama del mismo modo que llenaba la cabaña.

De la misma manera que estaba empezando a llenar su vida.

Once

En medio del viaje de nuestra vida,
llegué a mí mismo en un bosque oscuro.

DANTE

Ángela gimió cuando el Duque se inclinó sobre ella. Él rió suavemente. "¿Crees que puedes escaparte del Alfa y la Omega?"

Alguien la llamaba desde muy lejos, pero el Duque siguió ahogando la voz calmada y suave. "Creíste que estar a seis mil cuatrocientos kilómetros era suficientemente lejos, pero aquí estoy."

Hizo el esfuerzo por alejarse de él, tratando de escuchar quién estaba llamándola.

El Duque volvió a retenerla. "Tú me perteneces. Ah, sí. Siempre, y lo sabes. Soy el único al que siempre pertenecerás." Su aliento olía a los clavos de olor que masticaba después de fumar sus puros. "Sé lo que estás pensando, Ángela. Puedo leer tu mente. ¿Acaso no lo hice siempre? Por mucho que lo desees, nunca moriré. Hasta cuando deje de existir, seguiré con vida. Soy eterno."

Ella luchó contra él, pero no era una sustancia que pudiera alejar de sí. Era una sombra que la cubría, volviendo a poseerla y arrastrándola a un pozo oscuro y profundo. Ella sintió su cuerpo absorbiéndolo mientras caía. Estaba entrándole por cada poro, hasta que la oscuridad estuvo dentro de ella y le rasgó la carne. "¡No, no!"

"Mara. *¡Mara!*"

Se despertó abruptamente, con su boca abierta en un grito silencioso. —Mara —dijo Miguel suavemente, sentándose al borde de la cama. Ella trató de calmar el temblor mientras él le sacaba el cabello del rostro—. Tuviste pesadillas. ¿Con qué soñabas?

Su voz amable y su contacto lograron que se relajara un poco. Se quitó de encima la mano de él. —No puedo recordarlo —mintió, con el Duque grabado con fuego en su mente. ¿Estaría él buscándola después de tanto tiempo? Sabía la respuesta y sintió frío. Todavía podía ver su rostro. Era como si hubiera huido de él el día anterior y no un año atrás. Algún día la encontraría. Y cuando lo hiciera . . .

No podía soportar ese pensamiento. No se atrevía a volver a dormir. La pesadilla volvería a comenzar y tomaría el curso que siempre había tenido.

—Mara, cuéntame de qué tienes miedo.

—De nada —dijo ella firmemente—. Sólo déjame en paz.

Miguel le apoyó la mano en el pecho y sus músculos se tensaron. —Si tu corazón late más fuerte se te saldrá del pecho.

—¿Deseas que piense en otra cosa?

Miguel quitó su mano. —Existe algo más que el sexo entre nosotros.

—No hay nada en absoluto. —Ella le dio la espalda.

Miguel quitó de un tirón las colchas que la cubrían. —Te mostraré qué más hay.

—¡Dije que me dejaras en paz! —Enfurecida por su pesadilla y por estar con él, volvió a jalar las mantas.

Miguel le arrancó las frazadas. Lanzándolas bruscamente, las amontonó sobre el baúl en el rincón. —¡Levántate! Lo harás, te guste o no.

Ángela tuvo miedo de él cuando vio que se agrandaba ante ella. Pudo sentirlo tratando de dominarse.

—Daremos una pequeña caminata —dijo él.

—¿Ahora? ¿En medio de la noche? —Hacía frío y estaba oscuro. Ella jadeó cuando él la levantó y la puso de pie.

Subió sus pantalones y le dijo. —Puedes ir vestida o desnuda. Para mí es lo mismo.

A ella no le gustaban las sombras de la cabaña y no saldría por esa puerta a la oscuridad de la noche. —No iré a ninguna parte. Me quedaré aquí.

Se dirigió hacia la manta, pero él la tomó del brazo y la hizo girar. Cuando ella se acobardó y levantó su brazo protegiéndose para evitar un golpe, el enojo de Miguel se evaporó. ¿Eso era lo que ella esperaba de él, aun después de todo este tiempo? "Jamás te lastimaría." Tomó la manta y la envolvió con ella. Encontró sus zapatos y se los alcanzó. Ella no los tomó. "Puedes ponértelos o ir descalza. Es tu elección. Pero vendrás conmigo."

Ángela tomó sus zapatos.

—¿De qué tienes miedo realmente, Mara? ¿Por qué no vamos al grano con eso?

Ella arrojó el calzador a un lado y se irguió. —No tengo miedo de nada, y menos de un agricultor como tú.

Él abrió la puerta. —Andando, entonces, si eres tan valiente.

Pudo llegar hasta el granero, pero él la tomó firmemente de la mano y la condujo hacia los bosques. —¿Adónde me estás llevando? —Ella despreció el temblor en su propia voz.

—Cuando lleguemos ahí lo verás. —Él siguió caminando y arrastrándola consigo.

Ángela apenas podía ver otra cosa que no fueran las sombras. Eran amenazadoras y oscuras; algunas se movían. Recordó a Ramón apurándola en medio de aquella noche oscura tanto tiempo atrás y tuvo miedo. Su corazón latió más rápido. —Quiero volver. —Tropezó con algo y estuvo a punto de caer.

Miguel la sostuvo y la calmó. —Sólo una vez. Trata de confiar en mí, ¿es posible? ¿He hecho alguna cosa que te lastime?

—¿Que confíe en ti? ¿Por qué debería hacer eso? Estás loco por sacarme hasta aquí en medio de la noche. *Llévame de regreso.* —Ella temblaba y no podía parar.

—No hasta que veas lo que tengo que mostrarte.

—¿Incluso si tienes que arrastrarme?

—A menos que prefieras ir cargada en mi hombro.

Ella se libró la mano de un sacudón. —Sigue adelante.

—De acuerdo —le respondió él. Ángela dio un giro para regresar pero no logró ver la cabaña ni el granero entre los árboles. Cuando volvió a darse vuelta, tampoco pudo ver a Oseas y se llenó de miedo—. Espera —gritó—. ¡Espera!

Miguel la tomó de la mano. —Aquí estoy. —Sintió que temblaba y la tomó en sus brazos—. No voy a dejarte aquí en la oscuridad. —Le levantó el mentón y la besó suavemente—. ¿Cuándo entenderás que te amo?

Ángela puso sus brazos alrededor de él y lo estrechó con fuerza. —Si me amas, volvamos. Podemos estar abrigados y cómodos en la cama. Haré lo que quieras.

—No —respondió él bruscamente, haciéndole frente—. Ven conmigo.

Ella intentó detenerlo. —Espera, por favor. Está bien. Tengo miedo de la oscuridad. Estar aquí afuera me recuerda . . . —Se detuvo.

—¿A qué?

—Algo que pasó cuando era una niña. —Él esperó y ella se mordió el labio. No quería hablar de Ramón o de lo que le había sucedido. No quería pensar en el horror de aquella noche—. Por favor, volvamos.

Miguel le peinó el cabello con sus dedos y le inclinó la cabeza hacia atrás para poder ver la luz de la luna sobre su rostro. Ella tenía miedo, tanto miedo que no podía ocultarlo.

—Yo también tengo miedo, Mara. No de la oscuridad, no del pasado, sino de ti y de cómo me haces sentir cuando te toco. Usas mi deseo por ti como un arma. Lo que yo siento es un don. Sé lo que quiero, pero cuando me aprietas contra tu cuerpo, lo único que puedo sentir es tu cuerpo y mi necesidad. Me haces temblar.

—Entonces, llévame a la cabaña . . .

—No me escuchas. No entiendes nada. *No puedo* llevarte de regreso. No vas a lograrlo a tu manera. Será a mi manera o nada. —Miguel le tomó la mano—. Ahora, vamos. —Caminó a través de los bosques oscuros. La mano de ella transpiraba, pero ya no la dejaba caer como un pez muerto. Iba bien agarrada, como si su vida dependiera de él.

Ángela escuchó sonidos en alguna parte, un repique y zumbido constante que venían desde todas las direcciones y le penetraban el oído. Era un silencio tan absoluto que parecía gritar. Ella quería regresar a la cabaña, lejos de las cosas negras que se movían alrededor de ella. Demonios alados, observando y sonriendo burlones. Este era el mundo del Duque.

Estaba fría y débil hasta el agotamiento. —¿Cuánto falta?

Miguel la levantó en sus brazos y la cargó. —Ya casi llegamos. —Los bosques habían quedado detrás de ellos, la luna en lo alto hacía que las laderas de las colinas fueran de un gris plata fantasmal—. Sólo hasta la cima de esa colina.

Cuando llegó a la cima, la bajó nuevamente al suelo y ella miró alrededor, confundida. No había nada. Solamente más colinas y luego, a la distancia, las montañas.

Miguel observó que la brisa nocturna hacía que su cabello claro danzara a la luz de la luna. Ella se acurrucó dentro de la manta y le devolvió la mirada.
—Aquí no hay nada.

—Todo lo que importa está aquí.

—Todo este camino para nada. —No sabía qué esperaba encontrar. Un monumento. Algo. Se sentó, exhausta y temblando por el frío aire nocturno. La manta no era suficiente. Diez mantas no alcanzarían. El frío estaba dentro de ella. ¿Qué pretendía al arrastrarla hasta esta colina, en medio de la noche—? ¿Qué tiene esto de especial?

Miguel se sentó detrás de ella. Puso sus fuertes piernas a ambos costados de ella y la retuvo contra él. —Nada más, espera.

Quiso resistir su abrazo, pero tenía demasiado frío para luchar contra él.
—¿Esperar qué?

El puso sus brazos alrededor de ella, abrazándola. —El amanecer.

—Podría haber esperado eso en la cabaña.

Él rió contra su cabello. Haciéndolo a un lado, la besó en el cuello. —No entenderás hasta no verlo desde aquí. —Acarició con la nariz la piel suave detrás de su oreja. Ella se estremeció suavemente—. Duerme un poco, si quieres. —La acercó más a él—. Te despertaré cuando llegue el momento.

Ella no tenía sueño después de la larga caminata. —¿Haces este tipo de cosas muy a menudo?

—No tan seguido.

Estaban nuevamente en silencio, pero se sentía cómoda. Podía sentir el calor del cuerpo de Miguel. Sintió el peso de su brazo alrededor de ella y su robustez al apoyarse contra su pecho. Miró las estrellas, pequeñas joyas en el terciopelo negro. Nunca las había visto de esta manera, tan cerca que sentía que podía alcanzarlas y tocar cada punto de luz brillante. La noche era tan hermosa. Nunca la habría visto así desde una ventana. Y el olor —denso, húmedo, terroso. Hasta los sonidos que la rodeaban se convirtieron en una especie de música, como los pájaros y los insectos, como la lluvia que caía dentro de las latas de aluminio en la choza opaca del muelle. Entonces, la oscuridad se iluminó.

Comenzó lentamente, apenas perceptible. Las estrellas se hicieron cada vez más pequeñas y la negrura se suavizó. Ella se puso de pie, aferrándose a la manta que la rodeaba y observando. Detrás de ella todavía estaba oscuro, pero enfrente había una luz pálida y amarillenta que se iba volviendo brillante, rayos dorados con vetas rojas y anaranjadas. Ella había visto amaneceres antes, desde el interior de una casa y detrás de las ventanas, pero nunca como este, con la brisa fresca en su rostro y la naturaleza rodeándola por todas partes. Jamás había visto algo tan bello.

La luz de la mañana se derramó lentamente sobre las montañas, a través del valle hasta la cabaña y los bosques que había detrás, y sobre la ladera de la colina. Sintió las fuertes manos de Oseas sobre sus hombros.

"Mara, esta es la vida que quiero darte."

La luz matinal del sol era tan brillante que le lastimaba los ojos, encegueciéndola más que la oscuridad. Sintió sus labios sobre su cabello. "Esto es lo que estoy ofreciéndote." Sentía su aliento cálido sobre su piel. "Quiero llenar tu vida de color y tibieza. Quiero llenarla de luz." La rodeó con sus brazos y la atrajo hacia su cuerpo. "Dame una oportunidad."

Ángela sintió que una pesadez crecía en su interior. Él le decía palabras bonitas, pero las palabras no eran la vida. La vida no era tan simple, tan sencilla. Era enmarañada y retorcida desde el nacimiento. No podía borrar los últimos diez años, ni los ocho anteriores a que Ramón la llevara por las calles al burdel y la dejara allí para que el Duque la arruinara para siempre. Había empezado mucho antes de eso.

Era culpable de haber nacido.

Su padre había querido eliminarla del vientre de su madre y arrojarla a la basura. Su propio padre. Y Mamá lo habría hecho, si hubiera sabido que al desafiarlo lo perdería. Todos esos años de sollozos interminables le habían enseñado eso a Ángela.

No, ni cien amaneceres como este, ni mil de ellos, cambiarían la realidad. La verdad estaba presente para siempre, como le había dicho el Duque en el sueño. No se puede escapar de ella. No importa cuánto uno lo intente, no se puede huir de la verdad.

Su boca se torció en una sonrisa triste y le dolió el alma. Tal vez este hombre fuera todo lo que aparentaba. Tal vez cada palabra que pronunciaba era sincera; pero ella sabía algo que él desconocía. Nunca sería de la manera que él quería. Eso sencillamente no podía ocurrir. Era un soñador. Quería lo imposible. El amanecer también llegaría para él y despertaría.

Ángela no quería estar cerca de él cuando eso sucediera.

Doce

Miguel sintió el cambio en Ángela a partir de esa noche, pero no era un cambio que lo hiciera feliz. Ella se retraía y se mantenía a distancia. Aunque los moretones habían desaparecido y sus costillas habían sanado, todavía se mostraba herida. No dejaba que él se acercara. Había recuperado el peso que perdió luego de la salvaje paliza de Magowan. Se fortaleció físicamente, pero Miguel percibía en ella una vulnerabilidad más profunda. Le encargaba tareas con la intención de que tuviera un propósito y de esa manera la palidez del burdel y de la cabaña desaparecieran. Pero aun así, no había brillo en sus ojos.

La mayoría de los hombres habrían estado satisfechos de tener una esposa tan maleable y disciplinada. Pero Miguel no. No se había casado para tener una esclava. Quería una esposa como parte de su vida, como parte de su ser.

Cada noche era una prueba. Él se acostaba junto a ella y respiraba su perfume hasta que la cabeza le daba vueltas. Ella había dejado en claro que él podía usar su cuerpo cómo y cuando lo deseara. Todas las noches lo miraba mientras se sacaba la ropa. La pregunta en su mirada hacía que se le secara la boca, pero nunca se rindió. Él oraba, esperando que el corazón de ella se ablandara.

Las pesadillas de Ángela continuaron. Con frecuencia se despertaba temblando, con el cuerpo empapado de transpiración. Cuando lo hacía, ni siquiera permitía que la tocara. Solamente después de que volvía a dormirse podía él abrazarla sin dificultad y protegerla. Entonces ella se relajaba y en lo profundo de su ser sabía que estaba a salvo con él.

Pero le daba poca satisfacción cuando las necesidades naturales de su cuerpo se volvían más fuertes cuanto más tiempo pasaban juntos. En su mente creaba imágenes de ellos haciendo el amor como estaba escrito en los Cantares de Salomón. Casi sentía sus brazos alrededor de él y saboreaba sus besos dulces como la miel. Entonces él salía de su ensueño, sintiéndose más frustrado y desolado que nunca.

Bueno, él podía poseerla en un instante si lo quisiera. Ella lo complacería. Sería una experta. Y sabía que, mientras él volcaba en ella sus esperanzas, ella estaría contando las vigas del techo o repasando las tareas para el día siguiente, o cualquier otra cosa que lo alejara de él. No lo miraría a los ojos ni le importaría que él estuviera muriéndose de amor por ella.

El recuerdo estaba grabado en la mente de Miguel —Ángela sentada al borde de la cama en el Palacio, moviendo el pie adelante y atrás como un péndulo. Ahora sería igual si él se rendía a su deseo físico. Sería Ángela, no Mara, esperando para que él terminara, para poder arrojarlo al olvido junto a todos los otros que habían usado su cuerpo.

Dios, ¿qué hago? Estoy volviéndome loco. Me pides demasiado. ¿O soy yo el que pide demasiado de ella?

La respuesta seguía siendo la misma. **Espera.**

Por sobre todas las cosas, a Miguel lo consumía la necesidad de escucharla pronunciar su nombre. *Solamente una vez, Jesús. Dios, por favor. Sólo una vez.* ¡Miguel! El reconocimiento de su existencia. La mayor parte del tiempo actuaba como si él no existiera. Él quería ser algo más que alguien caminando por la periferia de su alma, alguien que ella estaba convencida la pisotearía y la usaría. Para Ángela *amor* era una palabra cargada de inmundicia.

¿Cómo se supone que le enseñe lo que es realmente el amor, si se interponen mis instintos? Señor, ¿qué estoy haciendo mal? Está más distante ahora que en Pair-a-Dice.

Ten paciencia, amado.

La frustración de Miguel creció y comenzó a pensar en su padre, que argumentaba que todas las mujeres quieren ser dominadas.

Miguel no lo había creído en ese entonces y no lo creía ahora, pero casi deseaba poder hacerlo. De haber creído en esa mentira, su vida con Ángela habría sido más fácil. Cada vez que ella lo esquivaba, él pensaba en su padre. Cada vez que ella se aproximaba a él mientras dormían, sabía lo que su padre opinaría sobre su celibato autoimpuesto.

Escuchaba otra voz, oscura y poderosa y tan vieja como el tiempo.

¿Cuándo vas a actuar como un hombre? Procede y tómala. ¿Por qué te contienes? Tómala. Es tuya, ¿no? Actúa como un hombre.

Disfruta de su cuerpo si no puedes obtener otra cosa de ella. ¿Qué estás esperando?

Miguel luchaba contra la voz que había en su mente. No quería escucharla, pero estaba ahí, presionándolo en los momentos en que estaba más vulnerable.

Hasta cuando oraba de rodillas, podía escucharla burlándose de él.

Con el tiempo, Ángela comenzó a inquietarse. Algo estaba trabajando dentro de ella, algo lento, insidioso y amenazante. Le gustaba la vida en esta cabañita. Se sentía cómoda y segura, excepto por Miguel Oseas. No le gustaban las emociones que habían comenzado a despertar en ella, los sentimientos que roían su determinación. No le gustaba que él no encajara en ningún molde que conocía; que mantuviera su palabra, que no la usara, que la tratara de un modo diferente a lo que había sido tratada antes.

Jamás se enojaba cuando ella cometía errores. La halagaba y la alentaba. Compartía con ella sus propios errores con un sentido del humor que hacía que se sintiera menos molesta por su propia incompetencia. La alentaba con la esperanza de que aprendería y hacía que se sintiera orgullosa cuando lo lograba. Ahora podía hacer un fuego. Podía preparar una comida. Podía identificar las plantas comestibles de las hierbas malas. Incluso estaba aprendiendo a escuchar las historias que le leía cada noche, aunque no creyera en ninguna de ellas.

Cuanto antes me aleje de él, mejor.

Ella tenía que ocuparse de un asunto inconcluso en Pair-a-Dice. Además, ella podría tener una casita propia como esta cuando consiguiera el oro que había ganado. Y no tendría que vivir con ningún hombre.

Ángela había calculado mentalmente cuánto tiempo y dinero había invertido Oseas en cuidarla y en entrenarla para su independencia. Tenía la intención de devolverle cada hora y cada atención antes de marcharse.

Cuidaba el jardín. Cocinaba, barría, lavaba, planchaba y remendaba. Cuando él limpiaba el establo, ella buscaba una pala para ayudarlo. Cuando él cortaba leña para el invierno, ella se llenaba los brazos y la apilaba ordenadamente contra el granero.

Cuatro meses más tarde, su piel estaba bronceada, su espalda fuerte y sus manos, ásperas. Se miraba en la lata pulida y veía que su rostro había vuelto a la normalidad. Hasta su nariz había sanado y vuelto a su lugar. Era hora de hacer planes para regresar.

—¿Crees que esos vegetales que estuve cultivando para ti valdrán una bolsa de oro allá en Pair-a-Dice? —le preguntó una noche a Miguel durante la cena.

—Probablemente más —respondió Miguel—. Tendremos lo suficiente como para comprar un par de cabezas de ganado.

Ella asintió, indebidamente complacida ante esa idea. Tal vez podría comprar una vaca y tendrían leche. A lo mejor podía enseñarle a hacer queso. Ángela frunció el ceño. ¿En qué estaba pensando ella? ¿Qué le interesaba a ella si él compraba una docena de vacas? Ella tenía que regresar y arreglar las cosas en Pair-a-Dice. Bajó los ojos y comió despacio. Llegaría el día en que ella podría sacarse el anillo de su madre y olvidarse completamente de él.

Ángela lavó los platos y planchó mientras Miguel leía la Biblia en voz alta. En realidad no lo escuchaba mientras empujaba la plancha hasta que se enfriaba. Volvió a apoyarla en la parrilla. Había vivido aquí con este hombre durante meses. Había trabajado como una esclava; nunca había trabajado tanto en el Palacio. Se miró las manos. Tenía las uñas partidas, cortas y las manos estaban callosas. ¿Qué le diría la Duquesa al respecto? Volvió a levantar la plancha.

Trataba de hacer planes, pero los pensamientos se le fueron al jardín, a los pichones que había en un nido junto a la ventana de la habitación, a la voz profunda y serena de Miguel Oseas mientras leía. *¿Qué me está pasando? ¿Por qué estoy sintiendo esta pesadez de nuevo? Pensé que había desaparecido.*

No se irá hasta que regreses a Pair-a-Dice y consigas lo que te debe la Duquesa.

Sí, debía ser eso. Hasta que regresara a Pair-a-Dice, todo estaría en suspenso. La vieja bruja la había estafado. Ángela no podía permitir que se saliera con la suya.

Además, razonaba Ángela, debía sentirse aliviada de que su tiempo con este granjero hubiera concluido. Pero no lo sentía. Se sentía de la misma manera que la noche en que lo vio marcharse de Pair-a-Dice, como si la hubieran perforado y la vida se le estuviera escapando, poco a poco, en un lento goteo rojo que manchaba la tierra a sus pies.

Tienes que regresar, Ángela. Debes hacerlo. Nunca serás libre si no lo haces. Vas a conseguir tu dinero. Tendrás mucho y serás libre. Siempre puedes construir una cabaña como esta y será toda tuya. No tendrás que compartirla con un hombre que espera demasiado de ti. Él espera lo que ni siquiera tienes, lo que jamás has tenido. Además, está loco orándole a un dios que no existe

ni se interesa por ti y leyendo un libro de mitos como si fuera la respuesta para todo.

Se mordía el labio mientras trabajaba. Apoyó la plancha en la parrilla para volver a calentarla. —¿Cuándo volveremos a Pair-a-Dice a buscar provisiones? —Cincuenta kilómetros eran una larga caminata.

Miguel dejó de leer y la miró. —No volveré a Pair-a-Dice.

—¿Nunca más? ¿Pero por qué? Creí que le vendías tus productos al judío ese de la Calle Principal.

—José. Se llama José Hochschild. Y sí, lo hacía. He decidido que es mejor no volver. Él ya lo sabe. Hay otros lugares. Marysville. Sacramento. . . .

—Por lo menos debes volver a recuperar tu dinero.

—¿Qué dinero?

—El oro que pagaste por mí.

Él apretó la boca. —Eso no me importa.

Ella lo miró. —Debería importarte. ¿No te importa haber sido estafado? —Ella volvió a planchar.

Miguel la observó y se dio cuenta de que ella quería regresar. Incluso después de todo ese tiempo con él, ella ansiaba su vida en Pair-a-Dice. El cuerpo se le acaloró y se puso tenso. Ella siguió planchando como si no sucediera nada malo. Quería sacudirla y hacerla entrar en razón.

¿Puede hacerlo, Señor? ¿Puede? Dios, ¿acaso no la he conmovido en absoluto? ¿Le he exigido trabajar demasiado? ¿O es sólo que está aburrida de este estilo tranquilo de vida? Jesús, ¿qué debo hacer? ¿Atarla como a un perro?

Se le ocurrió algo para mantener los pensamientos de ella alejados de Pair-a-Dice durante un rato. Era un truco mezquino y bajo, pero el resultado la mantendría en la finca durante un par de semanas más. Tal vez entonces entraría en razón.

—Tengo un trabajo para que hagas mañana —le dijo—. Si estás dispuesta.

Ella había estado pensando en marcharse al día siguiente, pero era un largo camino y ni siquiera sabía por dónde ir. Dudaba que él le indicara la dirección correcta. ¿Qué se suponía que hiciera? ¿Preguntarle a su dios? —¿De qué se trata? —le preguntó lacónicamente.

—Hay un nogal en la pradera. Las nueces se han caído. Me gustaría que fueras y las juntaras. En el granero hay un morral. Puedes ponerlas en el jardín para que se sequen.

—Bien —le contestó—. Lo que quieras.

Él apretó los dientes. Otra vez con eso. *Lo que quieras.* Si ella llegaba a decir otra palabra, él iba a probar la teoría de su padre. —Iré a mirar a los animales. —En realidad salió para calmarse.

Se dirigió airadamente hacia el corral. "¿Cómo me comunico con esta mujer?" dijo entre dientes. "¿Qué quieres de mí? ¿Se suponía que yo tenía que traerla aquí y darle tiempo para que sanara, descansara y luego volviera a aquel lugar? ¿La voluntad de quién se está haciendo aquí?"

Ya parecía no escuchar más la vocecita tranquila.

Esa noche se sentía peor que nunca. Estuvo a punto de seguir los deseos de su cuerpo en lugar de los dictados de su mente y de su corazón, pero sabía qué se esperaba de él. Se levantó y volvió al riachuelo. El agua fría ayudó, pero no existía cura para lo que lo afligía.

¿Por qué me haces esto, Señor? ¿Por qué me diste esta mujer tan testaruda y exasperante? Me está trastornando.

Ángela se dio cuenta cuando él dejó la cama. Se preguntó a dónde iría. Extrañaba su calor. Cuando volvió, ella fingió estar dormida, pero en lugar de volver a la cama con ella, se sentó en la silla de mimbre delante del fuego. ¿En qué estaría pensando? ¿En el ganado? ¿En la cosecha?

Él estaba dormido en la silla cuando ella se despertó por la mañana. Ángela se quitó la vieja camisa y juntó su ropa. Cuando se dio vuelta y lo vio mirándola, se dio cuenta qué era lo que estaba mal. Había visto esa mirada en los hombres lo suficiente como para saber su significado. ¿Era eso lo que lo afligía? Bien, ¿por qué no lo había dicho?

Ella se irguió, bajando lentamente los brazos para que él pudiera mirarla. Le dirigió su antigua sonrisa.

A Miguel se le contrajo un músculo de la mejilla. Se puso de pie, tomó su sombrero del gancho junto a la puerta y salió.

Ella frunció el ceño, perpleja.

Ángela preparó el desayuno y esperó que él volviera. Cuando lo hizo, se lo comió sin decir una palabra. Nunca antes lo había visto de tan mal humor. La miró con gesto sombrío. —¿Ya decidiste si vas a recoger las nueces?

Ella levantó las cejas. —Las recogeré. No sabía que estuvieras tan apurado. —Se levantó y salió hacia el granero a buscar el morral. Le llevó varias horas llenarlo. Lo arrastró lleno de regreso y volcó las nueces. Sacudió el bolso, orgullosa de su trabajo.

Miguel estaba partiendo unos troncos. Hizo una pausa, se secó la frente con la mano e inclinó la cabeza hacia la pila. —¿Eso es todo?

La sonrisa de ella se desvaneció. —¿No es suficiente?

—Pensé que había más.

Ella se puso tensa. —¿Quieres decir que quieres *todas* las nueces?

—Sí.

Ella volvió con los labios apretados. "Tal vez sea medio ardilla," murmuró en voz baja. Tal vez pensaría venderlas, junto con las verduras y el ciervo ahumado. Terca y enojada, siguió haciéndolo hasta la hora del almuerzo. *Que se las arregle con el almuerzo. Si quiere nueces, tendrá nueces.*

Cerca del atardecer, ella volcó la última bolsa en el granero. Su espalda era todo dolor. —Revolví entre las hojas y no pude encontrar más —le dijo. Deseaba un baño largo y caliente, pero la sola idea de cargar un balde de agua la hizo desistir.

Él sonrió. —Tenemos lo suficiente aquí como para compartir con los vecinos.

¿Compartir? —No sabía que tuviéramos vecinos —dijo ella furiosa, sacándose un mechón díscolo de cabello de su boca. Ella no había hecho todo este trabajo para un puñado de desconocidos. Que ellos recogieran sus propias nueces.

¿Qué te importa, Ángela? No estarás aquí.

—Voy a lavarme y prepararé la cena —dijo ella, y se dirigió al riachuelo.

—Hazlo —le dijo Miguel. Sonrió ampliamente y metió la horquilla nuevamente en el heno. Empezó a silbar.

Media hora después, Mara irrumpió en la casa.

—¡Mira esto! —Le tendió las manos para que viera las palmas y los dedos ennegrecidos—. Probé con jabón y probé con grasa. Me las he frotado con arena. ¿Cómo me saco esta cosa?

—Es la tintura de las cáscaras.

—¿Quieres decir que me *quedarán* así?

—Durante un par de semanas.

Sus ojos azules se empequeñecieron. —¿Sabías que esto sucedería?

Él sonrió levemente y lanzó heno al establo.

—¿Por qué no me lo dijiste?

Miguel apoyó la horquilla. —No me lo preguntaste.

Ella apretó los puños manchados y enrojeció de ira. Ya no parecía indiferente ni distante. Él agregó leña al fuego que ya estaba ardiendo. —Todavía hay que pelar y secar las nueces antes de que podamos embolsarlas. Luego tendrás todo el invierno para partirlas.

Vio cómo le subía el calor al rostro; estaba a punto de explotar. —¡Lo hiciste a propósito!

Él estaba esforzándose por mantener la calma, así que se quedó callado.

—¿Cómo se supone que regrese ahora con las manos así? —Podía escuchar a la Duquesa riéndose de ella por sus manos teñidas de color excremento. Podía imaginar los comentarios.

La boca de Miguel se torció irónicamente. —Sabes, Mara, si realmente estuvieras lista para volver a Pair-a-Dice, ya lo hubieras hecho hace semanas.

Ella se ruborizó, lo cual la puso más furiosa. No se había sonrojado en años. —¿Por qué esto? —le exigió acaloradamente—. ¡Ya has recuperado el dinero que pagaste por mí!

Él metió la horquilla en la pila de heno. —Todavía no he obtenido nada de usted, señora. Nada que valga la pena.

La furia la cegó. —¡Tal vez no seas lo suficientemente hombre como para hacerlo de la manera normal! —Se dio vuelta y salió del granero, insultándolo entre dientes.

La furia de Miguel estalló. La alcanzó y la hizo girar para que lo mirara. —No murmures entre dientes, Mara. ¡Vamos! Dímelo a la cara. Saquemos a la superficie tus verdaderos sentimientos.

Tironeó para liberarse de él. Lo insultó a gritos; sabía montones de insultos. Percibió su ira y levantó su mentón de golpe, desafiándolo. —Adelante, golpéame. ¡Quizás eso te haga hombre!

—¡Ni hablar! Pero eso es lo que quieres, ¿verdad? Otra paliza. Más golpes duros. —Tenía miedo de las emociones que estaban surgiéndole, la oleada de sangre caliente que casi lo hizo responder a su desafío. La fuerza de su ira lo hacía temblar—. ¡Es lo único que conoces y eres demasiado orgullosa como para averiguar si existe alguna otra cosa en el mundo!

—¡No me hagas reír! ¿Tú crees que eres distinto a los demás? Me harté de este lugar. Te he devuelto hora por hora. Con mi trabajo has recuperado el valor de tu oro.

—¡Tonterías! Te vas porque tienes miedo, porque está empezando a *gustarte* estar aquí. —Ella intentó pegarle, pero él le detuvo la mano. Volvió a intentarlo y él le agarró la muñeca—. ¡Al fin tengo toda tu atención! —Le soltó la muñeca—. Al menos me estás mirando *a mí,* en vez de mirar hacia la *nada.*

Ángela dio media vuelta y caminó a través del jardín. Entró a la cabaña y cerró la puerta de un golpe. Miguel esperaba que arrojara algo a través de la ventana, pero no lo hizo.

El corazón de él latía como una locomotora. Resopló y se pasó los dedos por el cabello. De ahora en adelante, sería una guerra declarada. Bien, que así fuera. Cualquier cosa era mejor que la apatía. Regresó a su trabajo.

Cuando entró a la casa, Mara parecía estar bastante calmada. Lo miró y le dirigió una sonrisa dulce mientras le servía guiso en un plato hondo y lo colocaba en la mesa para él. Lo probó con cautela y se dio cuenta de que tenía suficiente sal como para encurtirlo. Los bizcochos tenían arena y cuando miró dentro de su taza de café, vio media docena de moscas flotando en la superficie. Se rió y arrojó el café por la puerta. ¿Qué más le había cocinado?

—¿Por qué no discutimos lo que te molesta realmente?

Ángela puso las manos sobre la mesa. —Sólo tengo una cosa para decir. No voy a quedarme aquí contigo para siempre. —Él la miró con esa sonrisa débil y enigmática en su rostro, que le daba ganas de golpearlo con un palo—. No me quedaré —volvió a decir.

—Viviremos un día a la vez, mi amor. —Tomó un frasco de arvejas del armario y lo abrió. Los ojos de ella ardían tanto como para freír un bistec. Él se apoyó contra la mesa y comió la comida fría.

Ella le dirigió una mirada. —No soy de este lugar y lo sabes.

—¿De dónde crees que eres? ¿Del burdel?

—Es mi elección, ¿no?

—Todavía ni te has dado cuenta de que tienes una alternativa. Crees que ese es el único lugar al que puedes ir, ¡al que te lleva directo al infierno!

—Yo sé lo que quiero.

—Entonces, ¿te molestaría decírmelo?

—¡Quiero salir de aquí! —Se levantó y salió, demasiado enojada y frustrada como para mirarlo.

Miguel dejó el recipiente y se apoyó en la puerta. —No te creo.

—Lo *sé*, pero lo que yo quiera no es asunto tuyo. —Él se rió, pero no porque le pareciera divertido. Ella lo miró con sus ojos brillantes bajo la luz de la luna—. ¿Qué te proponías cuando me trajiste aquí?

Miguel no contestó por un largo rato. Se preguntaba si podría hacerla entender, si podría decirlo con palabras. —Quiero que me ames —le dijo, y vio la burla en su cara—. Quiero que confíes tanto en mí como para permitirme que te ame y quiero que te quedes aquí conmigo para que construyamos una vida juntos. Eso es lo que quiero.

El enojo de Ángela se desvaneció ante su sinceridad. —Señor, ¿no puede entender que eso es imposible?

—Todo es posible.

—No tienes idea de quién soy y de lo diferente que soy a la idea que te has fabricado en tu cabeza.

—Entonces cuéntame.

Adelante, Ángela, cuéntale. Él jamás podría siquiera suponer las cosas que le habían hecho a ella, o que ella había hecho. Ah, ella podía contarle. Prepara el arma. Ambos cañones. A quemarropa. Directo a su corazón. Aniquilación. Eso le daría punto final a todo. ¿Qué la detenía?

Miguel salió. —Mara —dijo. Su voz amable era como sal para sus heridas.

—Mi nombre no es Mara. Es Ángela. *Ángela.*

—No, no lo es. Y te llamaré por lo que veo. Mara, amargada por la vida; Tirsá, mi amada, que aviva mi fuego hasta que siento que me derrito. —Se dirigió a ella—. No puedes seguir huyendo. ¿No lo ves? —Se detuvo delante de ella—. Quédate aquí. Quédate conmigo. Juntos haremos que las cosas funcionen. —La tocó—. Te amo.

—¿Sabes cuántas veces he escuchado esas palabras anteriormente? "Te amo, Ángela. Eres una cosita tan preciosa." "Te amo, cariño." "Ay, nena, te amo cuando haces eso." "Di que me amas, Ángela. Dilo para que te crea." "Mientras hagas lo que te digo, te amaré, Ángela." Te amo, te amo, te amo. ¡Estoy *harta* de escucharlo!

Lo miró con furia, pero la expresión en el rostro de él la desarmó. Ella se cerró. *No pienses, no sientas nada. Te destruirá si lo haces.* Trató de concentrarse en alguna otra cosa.

El cielo de la noche estaba claro, lleno de estrellas, y había una luna tan grande que parecía un enorme ojo plateado mirando fijamente hacia abajo. Su mente y emociones todavía hervían. Trató de reunir sus defensas, pero se habían dispersado. Deseaba estar en la cima de esa colina, viendo otra vez la salida del sol. Recordó sus palabras. *"Mara, esta es la vida que quiero darte."* ¿A quién estaba tomándole el pelo? Ella sabía que eso jamás podría suceder, aunque él no lo supiera.

Sus ojos ardían. —Quiero volver a Pair-a-Dice lo antes posible.

—¿Me estoy acercando demasiado?

Ella se dio vuelta. —¡No voy a quedarme aquí contigo! —Intentó calmarse y razonar con él—. Mire, señor, si supiera la mitad de las cosas que hice, me llevaría a Pair-a-Dice rápidamente. . . .

—Ponme a prueba. Adelante y comprueba si hace alguna diferencia.

Ángela sintió temor ante la idea de hacerlo. Había abierto la caja de Pandora y no podría volver a cerrarla. Los recuerdos horribles y grotescos se levantaron de la muerte. Su padre. Mamá muerta, aferrando su rosario. Ramón con la cuerda al cuello porque se había enterado que el Duque no era el ciudadano moral e íntegro que el público creía que era. El Duque violándola una y otra vez. Las docenas de hombres en los años siguientes. Y el hambre, el infinito y doloroso hambre dentro de ella.

Miguel podía ver su rostro blanco a la luz de la luna. No sabía lo que ella estaba pensando, pero sabía que su pasado la atormentaba. Extendió la mano para tocar su mejilla. —Desearía poder abrir tu mente y entrar en ella contigo. —Quizás juntos podrían resistir la oscuridad que estaba tratando de tragarla por completo. Él quería abrazarla, pero ella ya se había apartado. *Dios, ¿cómo puedo rescatarla?*

Ángela levantó la mirada hacia él y vio el brillo húmedo en sus ojos. El impacto la recorrió. —¿Estás llorando? ¿Por mí? —preguntó débilmente.

—¿No crees que lo merezcas?

Algo dentro de ella se rompió. Se encerró en su interior para escapar del sentimiento, pero de todos modos estaba allí, creciendo con el leve contacto de la mano de él sobre su hombro, con cada palabra delicada que decía. Sentía que podía desangrarse. ¿Eso era lo que quería este hombre? ¿Que se desangrara por él?

—Háblame, Amanda —le susurró—. Habla conmigo.

—¿Amanda? ¿Qué se supone que quiera decir ese nombre?

—No lo sé, pero suena como un nombre suave y cariñoso. —Él sonrió—. Me imaginé que lo preferirías antes que Mara.

Era un hombre extraño, de modales extraños. ¿En que se habían convertido sus defensas? ¿Dónde estaba su desafío y su ira, su determinación? —¿Qué quiere escuchar, señor? —dijo ella, intentando sonar entretenida y fracasando. ¿Qué podía contarle ella a un hombre como él, qué pudiera llegar a entender?

—Lo que sea. Todo.

Ella sacudió su cabeza. —Nada. Jamás.

Miguel le tomó el rostro con ternura. —Entonces sólo dime qué sientes en este momento.

—Dolor —dijo antes de poder pensarlo mejor. Le apartó las manos y volvió a la cabaña.

Tenía frío y estaba desesperada por recuperar el calor. Se arrodilló delante del fuego, pero ni siquiera su calor podía penetrar en ella. Hubiera podido acostarse sobre las brasas y aun así no lograría derretir el frío que la invadía.

Huye de él, Ángela. Huye ahora. . . .

Quédate, amada.

Las voces luchaban en su cabeza, llegando hasta su alma.

Miguel entró y se sentó junto a ella en el piso, observando en silencio mientras ella recogía sus rodillas y las apoyaba contra el pecho. Sabía que estaba tratando de ahuyentarlo otra vez. Pero él no se lo permitiría esta vez.

—Entrégame tu dolor —le dijo.

Ángela lo miró sorprendida. Ella estaba en un páramo con este hombre. Estaba desesperada por encontrar un camino familiar, algún paisaje conocido que la alejara de allí. No podía recordar la última vez que se había sentido a punto de llorar. Y no tenía lágrimas; ya no. Oseas la desconcertaba.

—He hecho muchas cosas para ti, excepto lo único que sé hacer bien. —Ella buscó sus ojos—. ¿Por qué? —La expresión de él cambió y ella sintió cierta ternura por él. Era vulnerable y lo extraño fue que ella no sintió deseos de atacarlo—. ¿Tienes miedo? ¿Eso es lo que te frena? ¿Crees que me burlaré de ti porque no has estado antes con una mujer?

Miguel tomó un mechón de su cabello y lo frotó entre sus dedos. ¿Dónde estaban ahora todas sus respuestas racionales? —Supongo que lo he pensado. Pero más que eso, necesito saber por qué.

—¿Por qué, qué? —preguntó ella sin comprender.

—Por qué querrías hacer el amor conmigo.

—¿Por qué? —Jamás lograría entender a este hombre. Todos los hombres que había conocido esperaban que ella les agradeciera, tanto si le habían regalado una caja de dulces o un ramo de flores. Este hombre la había mantenido viva y la había cuidado hasta que sanó. Le había enseñado cosas que le servirían para vivir sola. Y ahora quería saber por qué ella le ofrecía su cuerpo. —¿Te serviría si lo hago por gratitud?

—No. No dependía de mí que vivieras o murieras. Eso fue por cuenta del Señor.

Ángela apartó su cabeza. —No me hables de tu dios. Él no fue a buscarme. *Tú* lo hiciste. —Ella puso su cabeza contra sus rodillas levantadas y no dijo nada más.

Miguel comenzó a hablar, pero la voz lo detuvo.

Miguel, todo tiene su tiempo.

Él suspiró, haciendo caso del mensaje. Ella no estaba lista para escuchar el por qué y de qué modo. Sería irritante, no un bálsamo. Y por ese motivo, mantuvo silencio.

Señor, por favor, guíame.

El fuego crujía y Ángela comenzó a relajarse escuchando esos sonidos tranquilizadores. —Quería morirme —dijo—. Estaba deseando hacerlo y en el momento en que pensé que lo estaba logrando, apareciste tú.

—¿Todavía quieres morirte?

—No, pero tampoco sé por qué quiero vivir. —El acoso de las emociones terminó. Ella giró un poco su cabeza y volvió a mirarlo—. Quizás tenga algo que ver contigo. No sé nada más.

El gozo dio un salto dentro de Miguel, pero sólo por un instante. Se la veía herida, no feliz; no se mostraba segura sino confundida. Quería tocarla pero tenía miedo que ella lo interpretara de manera equivocada.

Apacienta a mi cordero.

Si la toco ahora, Señor . . .

Consuela a tu esposa.

Miguel le tomó la mano. Ella se puso tensa, pero no la soltó. Él le dio vuelta a la mano sobre la suya, de manera que su gran mano cubrió la de ella.

—Estamos juntos en esto, Amanda.

—No te entiendo —dijo Ángela.

—Lo sé, pero dame tiempo y lo comprenderás.

—No, creo que nunca podré. No sé qué quieres de mí. Tú dices todo y no tomas nada. Veo la forma en que me miras, pero nunca me has tratado como una esposa.

Miguel giró el anillo dorado en su dedo. Era su esposa. Era hora de que hiciera algo al respecto. Si ella no conocía la diferencia entre tener sexo y hacer el amor, él tendría que enseñársela. *Oh Dios, tengo miedo, miedo de la profundidad de mi deseo físico.* Sobre todo, tenía miedo de no saber cómo satisfacerla.

¡Señor, ayúdame!

Ángela lo observó mirando el anillo de su mano. —¿Quieres que te lo devuelva?

—No. —Entretejió sus dedos con los de ella y le sonrió—. Soy tan nuevo como tú en esto de estar casado. —La calma se apoderó de él y comprendió que todo estaría bien.

Ángela miró en otra dirección. Los hombres casados venían a ella infinidad de veces y ella sabía lo que opinaban del matrimonio. Sus esposas no los comprendían. Se habían casado por conveniencia y para tener hijos. Estaban aburridos de la misma mujer y necesitaban un pequeño cambio, como tener un bistec para cenar en lugar de guiso, pescado en vez de pollo. La mayoría decía que a su esposa no le gustaba el sexo. ¿Pensarían que a ella sí?

—Lo que yo sé del matrimonio no es muy alentador, señor.

—Tal vez no. —Miguel le besó la mano—. Pero yo creo que el matrimonio es un contrato entre un hombre y una mujer para construir juntos una vida. Es una promesa de amarse mutuamente sin que importe lo que ocurra.

—Tú sabes lo que soy. ¿Por qué me harías a mí una promesa como esa?

—Yo sé lo que tú *eras*.

Ella sintió una punzada en su interior. —No aprenderás nunca, ¿verdad?

Inclinándose sobre ella, Miguel levantó su rostro y la besó. Ella no lo apartó, pero tampoco se sintió conmovida. *Señor, me vendría bien un poco de ayuda.* Se estremeció mientras pasaba sus dedos por su cabello y volvió a besarla.

Él vacilaba tanto que Ángela se relajó. Ella podía manejar la situación. Podía manejarlo de la manera adecuada. Hasta podía ayudarlo.

Miguel se retrajo. No permitiría que su deseo se descontrolara. No quería abrazarse al sexo y perder de vista al amor, aunque ella se sintiera más cómoda con eso.

—A mi manera, no a la tuya, ¿lo recuerdas? —Se puso de pie.

Ángela lo observó confundida. —¿Qué sabes de eso?

—Tendremos que esperar y veremos.

—¿Por qué te haces las cosas difíciles? Todo se reduce a una sola cosa. No se trata de a *mi* manera o a la *tuya*. Sólo será de la manera que es.

Ella estaba hablando del acto sexual y él no sabía cómo mostrarle que este había sido diseñado para celebrar al amor.

Lo único que vio Ángela fue su determinación. Se puso de pie lentamente y se acercó a él. "Si tiene que ser a tu manera, bien. Será a tu manera, en el principio."

Miguel la miró a los ojos y no vio dureza en ella. Tampoco encontró comprensión. No sabía a cuál de sus impulsos seguir. Estaba fuertemente presionado por su naturaleza física. ¡Ella era tan hermosa!

"Déjame ayudarte," dijo ella, y le tomó la mano.

Miguel se sentó en la silla de mimbre con el corazón en la garganta, mientras ella se arrodillaba delante de él y le quitaba las botas. Perdía el control rápidamente. Se puso de pie y se apartó de ella. Se desabotonó la camisa y se la quitó. Mientras se desvestía, Miguel pensaba en Adán en el Jardín del Edén. ¿Cómo se habría sentido la primera vez que Eva se acercó a él? ¿Muerto de miedo, pero desbordando vida?

Cuando Miguel se dio vuelta, su esposa estaba de pie desnuda delante del fuego, esperándolo. Era imponente, como debió haber sido Eva. Miguel se acercó a ella maravillado.

Oh, Señor, es tan perfecta, como ninguna otra criatura en el mundo. Mi compañera. La levantó en sus brazos y la besó.

Mientras se tendía a su lado en la cama matrimonial, se admiró de cómo encajaba ella con él, carne con carne, moldeada para él. "Oh, Jesús," suspiró, atemorizado por el regalo.

Ángela sintió que él temblaba violentamente y se dio cuenta de que era debido a su prolongado y autoimpuesto celibato. Extrañamente, no se sintió repelida por eso. En cambio, tuvo una extraña sensación de simpatía. Hizo a un lado esos sentimientos y los sacó de su mente . . . se sorprendió cuando él se incorporó y buscó su mirada, con los ojos tan cargados de emoción que ella prefirió dar vuelta la cara.

Piensa en tu dinero en Pair-a-Dice, Ángela. Piensa en volver y sacárselo a la Duquesa. Piensa en tener algo propio. Piensa en ser libre. No pienses en este hombre. Eso había dado resultado en el pasado. ¿Por qué ahora no? **Vamos, Ángela. ¿Recuerdas cómo solías bloquear tus pensamientos? Ya lo has hecho antes. Hazlo otra vez. No pienses. No sientas. Representa tu papel. Él nunca se dará cuenta.**

Pero Miguel no era como los otros hombres y él sí se daba cuenta. No necesitaba llegar a la muerte para entender que ella lo había llevado hasta el límite del cielo y le había cerrado la puerta en la cara.

—Mi amor —le dijo, dando vuelta el rostro de ella hacia él—. ¿Por qué no permites que me acerque a ti?

Ella intentó reírse. —¿Qué más cerca quieres estar? —Ella percibía por sus poros lo diferente que era este hombre y buscó protegerse de él.

Miguel vio la indiferencia en sus ojos azules y eso le partió el corazón. —Sigues dejándome afuera. Tirsá, quédate conmigo.

—¿Ahora es Tirsá?

Oh, Jesús, ayúdame. —¡Deja de huir de mí!

Ángela quería gritar, "¡No huyo de *ti*! ¡De *esto*! Huyo de esta codiciosa, mecánica y egoísta búsqueda de placer. El de ellos, el tuyo, nunca el mío. . . ." Pero no lo hizo. En lugar de eso, lo desafió furiosa.

—¿Por qué tenemos que hablar? —Ella luchaba, pero él era inflexible. ¿Por qué tenía que seguir importunándola y entrometiéndose en sus pensamientos, rompiendo su concentración? Él seguía confundiendo sus sentimientos, revolviéndolos sobre el fuego. La tomó, la miró a los ojos y se dio cuenta que ella y algo en lo profundo de su ser había cambiado.

Ella sintió más pánico y cerró los ojos.

—Mírame, amor mío.

—No, por favor.

—¿No qué? ¿Que no te ame, que no sea parte de ti? Yo *soy* una parte tuya.

—¿En este sentido?

—En todo sentido.

—No —dijo ella, resistiéndose.

—¡Sí! —dijo con suavidad—. Puede ser hermoso. No es lo mismo que te han enseñado. Es una bendición. Oh, mi amor, di mi nombre. . . .

¿Cómo se le ocurría a él que esto pudiera ser otra cosa que vulgar y repugnante? Ella sabía todo lo que había que saber al respecto. ¿Acaso el Duque no se lo había enseñado? ¿No lo habían hecho los demás? Así que este granjero quería saber cómo era realmente. Bien, ella se lo mostraría.

—*No.* —Sus indicaciones contradictorias la confundieron.

—¿No quieres que te complazca?

—¿Quieres complacerme? Di mi nombre. —Su aliento se mezcló con el de ella—. Dijiste que no te negarías a nada de lo que te pidiera. ¿Recuerdas? Quiero que digas mi nombre. Cualquier cosa, dijiste. ¿Cumplirás tu palabra? ¡*Dilo!*

—Miguel —dijo mecánicamente.

Le tomó el rostro. —Mírame, dilo otra vez.

—Miguel. —¿Estaba satisfecho ahora? Ella esperó su sonrisa triunfante, pero en lugar de eso vio sus ojos cariñosos y escuchó su tierna voz.

—Sigue diciéndolo. . . .

Cuando terminó, él la mantuvo cerca, diciéndole cuánto la amaba y el placer que hallaba en ella. Ya no estaba indeciso, para nada inseguro, y con su creciente seguridad, las dudas se multiplicaron en ella.

Una emoción desconocida e inoportuna se abrió paso en lo profundo de Ángela. Lo que era frío y tenso empezó a suavizarse y a distenderse. Mientras eso sucedía, surgió la voz oscura.

Aléjate de este hombre, Ángela. ¡Tienes que salir de aquí! Sálvate a ti misma y huye. ¡Huye!

Trece

*Pero si esperamos lo que todavía no tenemos,
en la espera mostramos nuestra constancia.*

ROMANOS 8 : 25

Cuando Miguel salió a cumplir con sus quehaceres matinales, Ángela se dirigió a la colina que llevaba al camino. El sendero apenas visible que Miguel había trazado con la carreta durante su viaje a los mercados de los campamentos era difícil de seguir. En un camino menos transitado, Ángela pronto se extravió. Todo le parecía tan poco familiar que estaba desconcertada. ¿Seguía caminando en la dirección correcta, o había dado una vuelta completa y estaba otra vez cerca de la finca de Oseas, de donde había partido?

El cielo iba oscureciéndose con nubes pesadas y densas que se cerraban. Ángela se ciñó aún más el chal al cuerpo, pero la tela delgada no logró protegerla del frío del aire.

Se encaminó hacia las montañas, razonando que Pair-a-Dice estaba por allá en alguna parte, y que yendo en aquella dirección tenía más posibilidades de llegar a su destino. Además, caminando hacia el este, se alejaría de Miguel Oseas. Cuanto más lejos estuviera de él, mejor.

Las cosas habían cambiado entre ellos. Y no porque él hubiera tenido sexo con ella. Era algo más, algo más profundo y elemental, algo que iba más allá de su entendimiento. No estaba segura de qué se trataba, pero sabía que si quería recuperar su vida como propia, tenía que alejarse de él. *Ahora.*

Pero, ¿dónde estaba el camino hacia la libertad? Lo buscó en vano.

Vio un riachuelo y, sedienta, fue hacia él. Dejándose caer de rodillas, juntó el agua con las manos y bebió intensamente. Mirando a su alrededor, se preguntó si sería el mismo arroyo que atravesaba la propiedad de Miguel.

Si lo era, seguramente podía cruzarlo y subir esa colina que la llevaría de regreso al camino.

El arroyo parecía poco profundo y la corriente estaba tranquila. Había olvidado traer el calzador. Fastidiada, manipuló sus zapatos hasta que pudo sacárselos. Se levantó la falda, la ató adelante y guardó los zapatos entre los pliegues para mantenerlos a salvo antes de meterse en el agua.

Las rocas golpeaban sus pies delicados y el agua estaba tan congelada que le dolía. Aunque había escogido cuidadosamente su camino, resbaló en una roca musgosa y dejó caer un zapato. Profiriendo insultos, lo recogió y volvió a resbalarse; esta vez cayó al agua. Luchó por ponerse de pie rápidamente, pero ya estaba empapada. Lo peor era que los dos zapatos flotaban corriente abajo. Se sacó el chal y lo arrojó a hacia la orilla.

Un zapato se llenó de agua y se hundió. Ángela lo recuperó con facilidad y se lo ató en la cintura. El otro zapato se había metido entre las ramas de un árbol caído. Caminó pesadamente dentro del agua hacia él.

La corriente se hizo más profunda y la arrastró, pero ella sabía que no podía ir descalza a Pair-a-Dice. Tenía que conseguir ese zapato. Decidida a recuperarlo, se subió la falda y caminó para acercarse a él.

Cuando de pronto el río se hizo más profundo, se aferró a una rama y se agachó para alcanzar el zapato. Sus dedos lo rozaron una vez, pero la rama se rompió. Gritando, se deslizó hacia abajo y el agua le tapó la cabeza.

La corriente la arrastró, golpeándola y arrojándola al hueco que había debajo del árbol. Aferrándose al tronco, jaló hacia arriba e hizo un gran esfuerzo por respirar. Su falda quedó atrapada. Con todas sus fuerzas, se asió al árbol caído. Luego alcanzó una rama que había cerca. Los espinos de zarzamora le cortaron la palma de las manos, pero se mantuvo aferrada y se arrastró hacia la orilla firme, derrumbándose allí. Temblaba violentamente por el susto y por el frío.

Enojada, arrojó piedras al zapato hasta soltarlo y este flotó con la corriente. Se enredó entre los juncos, no lejos de allí, donde no le fue difícil recuperarlo.

Fría, agotada y sintiéndose miserable, se puso los zapatos empapados y subió la colina, segura de encontrar el camino.

No lo logró.

Empezó a llover; al principio, unas pocas gotas, luego más, aplastándole el cabello sobre la cabeza y atravesándole la camisa. Helada, entumecida y agotada hasta el dolor, Ángela se sentó y se tomó la cabeza con las manos.

¿De qué servía lo que estaba haciendo? ¿Y qué haría si llegaba al camino? Ella no podría caminar todos esos kilómetros. Nunca lo lograría. Ya estaba exhausta, dolorida y hambrienta y ni siquiera podía encontrar el rumbo.

¿Quién andaría por ahí para darle un aventón de regreso a Pair-a-Dice? ¿Qué pasaría si era alguien como Magowan?

La atormentaban los recuerdos de la chimenea encendida de Miguel, del acolchado cálido y la comida. No había tenido en cuenta traer algo para comer. Tenía el estómago hecho un nudo por el hambre.

Desanimada pero resuelta, se puso de pie y siguió adelante.

Después de andar otro kilómetro, los pies le dolían tanto que se sacó los zapatos y los puso a buen recaudo en cada bolsillo de su falda. No se dio cuenta en qué momento se le cayeron.

Cuando Miguel entró a desayunar y vio que Ángela se había ido, ensilló su caballo y salió a buscarla. Se culpó a sí mismo por no haberlo previsto. Había percibido la mirada en sus ojos la noche anterior, al pedirle que dijera su nombre. Había derrumbado sus defensas por un breve instante y eso no le había gustado.

Fue por el camino hasta donde ella lo había dejado y luego siguió las huellas hasta el arroyo. Encontró el chal de Telma. Divisó las marcas de un zapato en la orilla y siguió el rastro hasta la colina.

Empezó a llover. Miguel estaba preocupado. Ella podía estar empapada, congelada y probablemente tuviera miedo. Era claro que ella no sabía dónde estaba o hacia dónde estaba yendo.

Encontró los zapatos. "Señor, está perdiendo el camino." Galopó hacia la cima de la colina y la buscó. Pudo verla a la distancia, caminando a través de un prado silvestre. Ahuecó las manos para llamarla. "¡Mara!"

Ella se detuvo y se dio vuelta. Incluso a esa distancia, él podía dar fe de que por la postura de sus hombros y de su cabeza inclinada, ella había decidido abandonarlo. Cabalgó lentamente hacia ella. Cuando estuvo a unos cien metros, desmontó y caminó. El rostro de Ángela estaba sucio y su blusa, hecha jirones. Vio manchas de sangre en su falda. Se contuvo por la expresión en sus ojos.

—Me marcho —dijo ella.

—¿Descalza?

—Si así tiene que ser. . . .

—Hablémoslo. —Cuando él puso la mano debajo de su codo, ella lo tiró hacia atrás bruscamente y le dio una bofetada.

Miguel tropezó y dio un paso atrás, asombrado. Se limpió la sangre de la boca y la miró. —¿Por qué hiciste eso?

—Dije que me voy. Puedes arrastrarme de vuelta y volveré a irme. Por más que a tu cabezota dura le cueste mucho entenderlo.

Miguel permaneció en silencio. Su enojo se encendió más que sus mejillas, pero sabía que cualquier cosa que dijera ahora, luego la lamentaría.

—¿Me escuchas, Miguel? Este es un país libre. No puedes obligarme a que me quede. —Él seguía sin decir nada—. ¡No soy tu propiedad, no importa cuánto le hayas pagado a la Duquesa!

Paciencia, dijo Dios. Bien, la paciencia se le estaba agotando. Miguel se limpió la sangre del labio. —Te llevaré hasta el camino. —Se dirigió hacia su caballo.

Ángela se quedó parada con la boca entreabierta. Él se dio vuelta para mirarla. Ella levantó el mentón, pero no se movió. —¿Quieres que te acerque o no? —le preguntó Miguel.

Ella caminó hacia él. —Así que finalmente entraste en razón.

La subió a la montura y la ubicó delante de él. Cuando llegó al camino, tomó su brazo y la ayudó a bajar del caballo. Ella permaneció de pie mirándolo, desconcertada. Él desató la cantimplora y se la arrojó. Ella la atrapó contra su pecho. Él sacó los zapatos del bolsillo de su abrigo y se los tiró a los pies.

"Ese es el camino a Pair-a-Dice," dijo él. "Son cincuenta kilómetros, todo el camino en subida, y Magowan y la Duquesa están esperándote al final de él." Hizo un gesto con la cabeza hacia el otro lado. "Ese es el camino a casa. Dos kilómetros cuesta abajo; fuego, comida y yo. Pero es mejor que entiendas algo en este instante: si regresas, volveremos a empezar donde lo dejamos anoche y seguiremos jugando según mis reglas."

La dejó sola en el camino.

❧

Ya era de noche cuando Mara abrió la puerta de la cabaña. Miguel la miró por encima de lo que estaba leyendo, pero no dijo nada. Se quedó parada por un instante, pálida, tensa y cubierta del polvo del camino. Entró con la boca apretada.

"Esperaré a la primavera," dijo amargamente y dejó caer la cantimplora vacía en la mesa. Se desplomó en un taburete como si le doliera cada músculo del cuerpo, pero era demasiado terca como para buscar el calor del fuego.

Por la expresión de su rostro, estaba esperando que él se burlara de ella.

Miguel se levantó y sirvió guiso de la olla de hierro. Tomó un pastelito de la sartén. Colocando ambas cosas ante ella, sonrió con tristeza. Cuando ella miró hacia arriba, una pequeña arruga cruzó su frente.

Ella comió, obviamente muerta de hambre. Él le sirvió café. Ella lo bebió de a sorbos, mientras lo veía llenar una palangana con agua caliente. Cuando él apoyó el codo sobre la mesa y la miró, ella bajó la cabeza y volvió a comer la cena.

"Siéntate acá," le dijo cuando terminó. Estaba tan cansada que apenas podía pararse, pero hizo lo que él le dijo. Él se arrodilló y colocó la palangana con agua a sus pies y le quitó los zapatos.

Todo el camino de regreso lo había imaginado regodeándose y burlándose, restregándole su orgullo herido. En lugar de ello, se arrodilló y lavó sus pies sucios y ampollados. Con un nudo en la garganta, miró abajo su cabeza oscura y luchó con los sentimientos que surgían en ella. Esperaba que desaparecieran, pero eso no sucedió. Siguieron allí, creciendo y lastimándola aún más.

Sus manos eran tan agradables y él, tan cuidadoso. Cuando sus pies estuvieron limpios, masajeó las partes que le dolían. Arrojó afuera el agua sucia y volvió a llenar el recipiente, poniéndolo cerca de Ángela. Le tomó las manos y también se las lavó. Besó sus palmas manchadas y rasguñadas, y las untó con un bálsamo. Luego las envolvió con unos vendajes tibios.

Y yo lo golpeé. Yo lo hice sangrar. . . .

Ángela retrocedió, avergonzada. Cuando él levantó la cabeza, ella lo miró a los ojos. Eran azules, como el cielo claro en primavera. Nunca antes lo había notado. —¿Por qué haces esto por mí? —le preguntó con aspereza—. ¿Por qué?

—Porque, para algunos de nosotros, dos kilómetros pueden ser más que cincuenta. —Frotó el polvo y peinó el enredo del cabello de Ángela, la desvistió y la metió a la cama. Desnudándose, se acostó junto a ella. No dijo ni preguntó nada.

Ella quería explicarle. Quería decir que estaba arrepentida. Pero las palabras no salieron. Se atascaron en su pecho como rocas, pesándole más y más en su interior.

No quiero sentir esto. No puedo permitirme sentir de esta manera. No lo puedo soportar.

Miguel se dio vuelta de lado y apoyó la cabeza sobre su mano. Le acarició el cabello sobre las sienes. Ella estaba de regreso en su pequeña cabaña y se veía más perdida que nunca. Su cuerpo era como el hielo. Él la acercó para darle calor.

Ángela no se movió cuando la besó. Si quería sexo, podía tenerlo. Todo lo que quisiera. Cualquier cosa. Al menos esta noche.

"Trata de dormir," le dijo. "Estás en casa y a salvo."

En casa. Ella suspiró prolongada y estremecedoramente y cerró los ojos. Ella no tenía hogar. Su cabeza descansó sobre el pecho de él y el latido firme de su corazón la calmó. Se quedó así por un largo rato, pero a pesar de su cansancio, el sueño no venía. Se apartó y permaneció acostada de espalda mirando el techo.

—¿Quieres hablar de eso? —le preguntó Miguel.

—¿Sobre qué?

—Porqué te fuiste.

—No lo sé.

Miguel siguió con su dedo el contorno de su rostro. —Sí, lo sabes.

Ella tragó con dificultad, luchando con emociones que ni siquiera podía identificar. —No sé cómo decirlo con palabras.

Él enroscó un mechón de su cabello claro alrededor de su dedo y tiró suavemente de él. —Cuando te hice pronunciar mi nombre, no pudiste fingir que entre nosotros no estaba pasando nada, ¿verdad? ¿Fue así? Yo quería llegar dentro de ti, dentro de tu corazón —le dijo con voz ronca—. ¿Lo logré?

—Un poco.

—Bien. —Dibujó en su rostro con el dedo otra vez—. La mujer es una pared o una puerta, mi amor.

Ella rió con el rostro sombrío y lo miró. —Entonces supongo que yo soy una puerta por la que han entrado un millar de hombres.

—No, tú eres una pared. Una pared de piedra, de un metro veinte de espesor y treinta metros de altura. Yo no puedo cruzarte, pero sigo intentándolo. —La besó—. Necesito ayuda, Tirsá. —Los labios de ella se suavizaron y ella le tocó el cabello. Excitado, él retrocedió. Sabía cuán cansada estaba ella.

—Date vuelta —le dijo y ella lo hizo. Él la envolvió con su cuerpo y la rodeó con sus brazos. Frotó sus labios contra el cabello de Ángela—. Duerme. —Ella suspiró aliviada. En pocos minutos más, el cansancio la doblegó.

Descansó en la seguridad de los brazos de Miguel y soñó con una pared alta y ancha. Él estaba allí, debajo de ella, plantando viñedos. Tan pronto como tocaban la tierra, crecían, extendiendo su vida por todas partes y metiendo sus zarcillos entre las piedras. La muralla se estaba viniendo abajo.

Miguel seguía acostado en la oscuridad, completamente despierto. Tendría que renunciar a la esperanza de romper sus barreras. *¿Pero cómo llego hasta ella, Señor? ¡Dime cómo!*

Cerró los ojos y durmió apaciblemente, olvidando al enemigo que estaba suelto. La batalla aún no había sido ganada.

Pablo estaba en camino.

Catorce

No juzguen a nadie, para que nadie los juzgue a ustedes.
Porque tal como juzguen se les juzgará,
y con la medida que midan a otros, se les medirá a ustedes.

JESÚS; MATEO 7:1-2

Pablo arrojó sus herramientas y permaneció en la ladera. Vio a Miguel tra-bajando en el campo y ahuecó las manos sobre la boca para gritarle. Miguel dejó la pala para encontrarse con él a mitad de camino hacia la colina. Se abrazaron. Pablo casi llorisqueó al sentir esos brazos fuertes y seguros.

—Ay, qué contento estoy de verte, Miguel —le dijo; su voz carraspeó de fatiga y emoción. El alivio era tan grande que tuvo que contener las lágrimas. Se apartó y se frotó la cara tímidamente. No se había afeitado en semanas y tenía el cabello muy largo. Tampoco se había cambiado la ropa durante un mes—. Debo parecer . . . —Sonrió triste—. Fue terrible. —Trabajar duro por poco o por nada, la bebida para olvidar, las mujeres para recordar y las peleas sólo para mantenerse vivo.

Miguel le puso la mano en el hombro. —Te verás mucho mejor después de que te hayas lavado y hayas comido bien. —Pablo estaba demasiado can-sado como para protestar cuando Miguel subió la colina y puso al hombro su equipaje—. ¿Cómo estuvo la cosa en el Yuba?

Pablo hizo una mueca. —Deprimente y *frío*.

—¿Encontraste lo que estabas buscando?

—Si hay oro en esas colinas, yo nunca lo vi. Lo que encontré apenas sir-vió para mantener el cuerpo y el alma juntos. —Miró hacia su parcela en el confín del valle y pensó en Telma. Los últimos días habían estado llenos de recuerdos de ella y de cómo juntos habían soñado con venir a California y construir un lugar propio. Perderla fue lo que lo llevó al país del oro. Cada vez que pensaba en ella, sentía que el dolor volvía a golpearlo.

Oh, Telma, ¿por qué tuviste que morir?

Sus ojos ardieron y, contra su voluntad, volvieron a llenarse de lágrimas. ¡La necesitaba tanto! Ya no sabía lo que hacía. Al morir ella, su vida había perdido significado.

—¿Has vuelto a casa para quedarte? —le preguntó Miguel.

Con temor de que su voz lo traicionara, Pablo se aclaró la garganta. —Todavía no lo sé —admitió monótonamente—. Sólo estoy agotado. —Tenía los huesos demasiado cansados para pensar en qué haría al día siguiente—. No habría sobrevivido al invierno en las montañas. No estaba siquiera seguro de poder llegar a casa. —Ahora que había llegado, volvía a sentir el antiguo dolor. Gracias a Dios, podía pasar el invierno con Miguel. Ansiaba las largas horas de conversación inteligente. De lo único que hablaban los hombres en los arroyos era del oro y de las mujeres. Miguel charlaba sobre muchas cosas, cosas grandes que llenaban la cabeza de un hombre y le daban esperanza.

Había ido a los arroyos con la idea de hacer su fortuna rápidamente. Miguel había ido con él, pero sólo se había quedado unos pocos meses. "Esto no es lo que quiero de la vida," dijo, e intentó que Pablo regresara a la finca. Pablo se quedó por orgullo. El frío, la desilusión y el hambre lo trajeron de regreso. No el hambre de comida o de riquezas, sino un hambre espiritual, más profundo.

Miguel le puso la mano en el hombro. —Me alegro de que estés en casa. —Sonrió complacido—. Los campos están para ser cosechados, hermano, y hay pocos hombres para trabajar.

Miguel siempre simplificaba las cosas. Pablo sonrió con ironía. —Gracias. —Caminó a su lado—. Aquello no fue nada de lo que esperaba.

—¿No existe la olla de oro al final del arco iris?

—No existe siquiera el arco iris. —Ya estaba sintiéndose mejor. Se quedaría. Era mejor partir la tierra que partirse la espalda. Era mejor limpiar el establo que estar en el agua helada tratando de encontrar unas pocas motas de oro en una sartén oxidada. La vida tranquila y simple de granjero era lo único que necesitaba por ahora. La monotonía y la rutina diaria. Ver algo que creciera de la tierra, en lugar de extraerlo de ella.

—¿Ocurrió algo por aquí mientras estuve ausente? —Pudo ver que Miguel había construido algunas cosas y había limpiado otra parte de la tierra.

—Me casé.

Pablo se detuvo en seco y lo miró. Dijo una palabrota. —No puede ser.

—Tan pronto como lo dijo se dio cuenta de lo mal que había sonado—. Discúlpame, pero no he visto a una mujer decente desde que llegamos aquí. —Vio una mirada extraña en el rostro de Miguel y trató de enmendarlo—. Debe ser algo especial si te has casado con ella. —Miguel siempre había dicho que esperaría a la adecuada.

Pablo quería alegrarse por él, pero no lo lograba. Estaba celoso. Todo este tiempo de regreso, había ansiado sentarse frente al fuego y charlar con Miguel, y ahora Miguel tenía una esposa. Qué mala suerte.

Necesitaba consejos de Miguel. Necesitaba su amistad. Su cuñado tenía una manera de escuchar y entender cosas sin necesidad de contárselas. Podía traer claridad a los momentos más duros, un sentimiento de que todo resultaría de la manera debida y definitiva. Miguel provocaba esperanza, y Dios sabía cuánto necesitaba él la esperanza en este momento. Había deseado volver a casa y encontrar todo igual.

Las mujeres habían perseguido a Miguel desde siempre. ¿Por qué había tenido que atraparlo una precisamente ahora? —Casado —murmuró Pablo.

—Sí, casado.

—Felicidades.

—Gracias. Se te escucha realmente feliz al respecto.

Pablo hizo una mueca de dolor. —Ah, Miguel. Tú sabes que soy egoísta. —Volvieron a emprender la marcha—. De todas maneras, ¿cómo te las arreglaste para encontrarla?

—Tuve suerte.

—Entonces, cuéntame de ella. ¿Cómo es?

Miguel señaló con la cabeza hacia la cabaña. —Ven a conocerla.

—Oh, no. No con esta facha —dijo Pablo—. Con sólo mirarme pensará que el vecindario deja mucho que desear. De todas maneras, ¿cómo se llama?

—Amanda.

—Amanda, simpático. —Sonrió con picardía—. ¿Es bonita, Miguel?

—Es hermosa.

Podía ser la mujer más sencilla, pero si Miguel la amaba, la vería hermosa. Pablo no quiso emitir ningún juicio hasta verla. —Permíteme que me reponga esta noche —le pidió—. Estoy muerto de cansancio y me gustaría conocer a tu esposa cuando esté en condiciones.

Miguel le trajo una frazada, jabón y una muda de ropa. Pablo estab demasiado cansado como para estar de pie. Y lo único que pudo hacer f reclinarse contra la pared con las piernas extendidas. Miguel regresó con la comida caliente. —Deberías comer algo, viejo. Estás piel y huesos.

Pablo sonrió débilmente. —¿Le avisaste que había un mendigo asqueroso en el granero?

—No me preguntó. —Apartó un poco de heno—. Métete dentro de este hueco con la frazada y por esta noche tendrás suficiente abrigo.

—Será el paraíso después de tantos meses de dormir en el piso duro. —Era el primer techo que tenía sobre su cabeza en semanas. Saboreó el guiso y levantó las cejas—. Conseguiste una buena cocinera. Dale las gracias por mí, ¿sí? —Engulló el resto y se desplomó en el heno—. Estoy cansado. Creo que nunca estuve tan cansado. —Ya no podía mantener los ojos abiertos. Lo último que vio fue a Miguel inclinándose sobre él para taparlo con una manta gruesa. Toda la tensión que había cargado durante meses se disipó.

Pablo se despertó por el relincho de un caballo. Cuando se levantó, estaba entumecido y dolorido. Se desperezó y caminó hasta la puerta del granero. Miguel estaba cavando un hueco para el poste de una cerca. Se apoyó sobre la pared, observándolo durante un rato largo. Luego regresó al heno y tomó la ropa que le había prestado.

Se bañó en el riachuelo para no ofender a la esposa de Miguel. Se afeitó la barba. Arremangándose la camisa de lana roja de Miguel, fue a ayudarlo. Miguel dejó de trabajar y se apoyó sobre su pala. —Me preguntaba cuándo despertarías. Has dormido dos días seguidos.

Pablo sonrió ampliamente. —Sólo para que se vea que colar oro es un trabajo más duro que levantar cercas.

Miguel se rió. —Entremos a la casa. Amanda ya debe tener el desayuno preparado.

Pablo estaba empezando a desear que hubiera una mujer por ahí. Esperaba a alguien como Telma junto a la chimenea, tranquila y dulce, afable y devota. Entró detrás de Miguel, ansioso por conocerla. Una mujer delgada estaba parada delante del fuego, dándoles la espalda. Usaba una camisa exactamente igual a la que había usado Telma al caminar la ruta del Oregón. El mismo turón, también. Qué extraño. Él frunció un poco el ceño. Ella se inclinó la olla de cocinar y pronto notó que tenía una linda silueta. Cuando rezó, tomó nota de su cintura pequeña y una larga trenza gruesa y asta ahí, todo iba bien.

, Pablo está aquí."

Cuando ella se dio vuelta, él sintió que el estómago se le iba a los pies. La miró incrédulo, pero ella estaba allí, devolviéndole la mirada, aquella prostituta inalcanzable de Pair-a-Dice. Pablo miró a Miguel y lo vio sonriendo como si ella fuera el sol, la luna y todas las estrellas del cielo.

"Pablo, te presento a mi esposa, Amanda."

Pablo la miró y no supo qué hacer o qué decir. Miguel estaba parado junto a él, esperando, y sabía que si no decía algo amable muy rápido, las cosas irían de mal en peor. Pablo logró una sonrisa forzada. "Disculpe que me haya quedado pasmado ante usted, señora. Miguel dijo que usted era hermosa." Y lo era, como Salomé, Dalila y Jezabel.

¿Qué hacía Miguel casado con una mujer como esta? ¿Sabía que era una prostituta? No podía saberlo. Jamás había puesto un pie en un burdel en toda su vida. Nunca había tenido una mujer. No es que le hubieran faltado oportunidades. Contra todos los razonamientos e instintos naturales, Miguel se había propuesto esperar a la elegida. Y ahora, miren lo que había logrado a cambio de toda su pureza. *¡Ángela!*

¿Qué historia le habría inventado la arpía? ¿Qué iba a hacer él al respecto? ¿Debía decírselo a Miguel ahora?

Miguel lo miraba extrañado.

Ángela sonrió. No fue una sonrisa amigable. Sus ojos azules eran preciosos, pero se habían vuelto mortalmente fríos. Sabía que la había reconocido y estaba dejándole saber que no le importaba. Y si a ella no le importaba, estaba claro que no se había casado con Miguel por amor.

Él le devolvió la sonrisa. Más frío que ella. *¿Cómo hiciste para clavarle las uñas a él?*

En la mirada de él sintió que el mundo la juzgaba y comenzaban a arrojarle piedras. Sonrió con una mueca. Entendía a este hombre. Probablemente nunca había tenido suficiente oro como para subir las escaleras. "¿Café, caballeros?"

Miguel los miró a ambos y frunció el ceño. "Siéntate, Pablo."

Pablo tomó asiento y trató de no mirarla. El silencio se puso tenso. ¿Qué podía decir?

Miguel se inclinó hacia atrás un poco. "Ahora que has descansado, puedes contarnos un poco sobre el Yuba."

Pablo habló por desesperación. Ángela le sirvió un plato de cereales y una taza de café. Se lo agradeció, tenso. Era hermosa, una diosa de alabastro —*demasiado* hermosa, fría y mancillada.

No se sentó con ellos ni habló. Pablo supuso que ella sabría más sobre el

Yuba que él. Solamente los hombres con los mejores descubrimientos de oro habrían podido darse el lujo de pagar por sus servicios. ¿Qué estaba haciendo ella aquí? ¿Qué mentiritas dulces habría susurrado al oído de Miguel? ¿Qué pasaría cuando él supiera la verdad? ¿La echaría? Era lo que merecía.

Pablo preguntó acerca de la granja y Miguel se encargó de la charla durante un rato. Necesitaba pensar, al menos intentarlo. Le robó algunas miradas a Ángela. ¿Cómo era posible que Miguel no lo supiera? ¿Cómo no sospechaba? ¿Qué estaba haciendo una mujer tan bella en el país del oro? Cualquier hombre sensato se daría cuenta.

Sin embargo, una mirada a un par de ojos celestes como los de ella y cualquier hombre podría perderse. Miguel no era un mujeriego. Era honesto y cariñoso. Ella podía haberle dicho cualquier cosa, y él se la habría creído. Una chica como ella haría carne picada con él. *Tengo que contarle la verdad. Pero, ¿cómo? ¿cuándo?*

Miguel se levantó para servirse más café y Pablo la miró. Ella le devolvió la mirada, con el mentón inclinado levemente. Sus ojos azules se burlaban de él. Estaba tan segura de sí que él casi soltó la verdad ahí mismo, pero las palabras se le quedaron atascadas en la garganta cuando vio la cara de Miguel.

Ángela sacó el chal del gancho junto a la puerta. "Voy a buscar un poco de agua," dijo, levantando el balde. "Estoy segura de que ustedes dos tendrán muchas cosas de qué hablar." Miró directamente a Pablo antes de salir.

Eso lo golpeó como un puñetazo en el rostro. *Ni siquiera le importa si se lo digo.*

Miguel lo miraba solemnemente. —¿En qué estás pensando, Pablo?

No pudo hacer que le salieran las palabras. Le dio una risa ronca y trató de recuperar sus antiguos modales burlones, pero tampoco pudo hacer eso.

—Disculpa, pero ella me dejó sin aliento. ¿Cómo la conociste?

—Fue por intervención divina.

¿Divina? Miguel estaba en el agujero negro del Seol y ni siquiera lo sabía. Había perdido la cabeza por un demonio rubio de ojos azules y figura escultural, que induciría a cualquier hombre al pecado y a la muerte.

Miguel se puso de pie. —Ven afuera que te mostraré lo que estuve haciendo desde que te fuiste a buscar fortuna.

Pablo vio a Ángela lavando su ropa. Qué detalle amable. ¿Pensaría que haciéndole un favor lo mantendría callado? No parecía su estilo. Quizás él no pudiera contarle la verdad a Miguel, pero con seguridad que no iba a perdonarla así de fácil.

—Permíteme sólo un minuto con tu esposa, ¿sí, Miguel? He quedado muy mal mirándola de la manera que lo hice. Me gustaría agradecerle el desayuno y por haber lavado mi ropa.

—Hazlo. Y ven a buscarme al riachuelo. Estoy construyendo un invernadero. Puedes ayudarme.

—Iré en un minuto. —Pablo se dirigió a Ángela. La miró de arriba abajo otra vez y no se equivocó. Ella estaba usando la ropa de Telma. Se sintió completamente furioso. ¿Cómo pudo dársela Miguel? Se acercó en el momento cuando ella terminaba de sacudir sus gastados calzoncillos largos. Él esperaba que se diera vuelta, pero no lo hizo. Sabía que él estaba ahí; estaba seguro de eso. Sólo que estaba ignorándolo.

—Hola, Ángela —dijo, pensando que con eso la provocaría. Ella se dio vuelta, pero su expresión era fría y dueña de sí misma—. *Ángela* —repitió—. Ese es tu verdadero nombre, ¿no? No Amanda. Corrígeme si me equivoco.

—Supongo que me descubrió, ¿no es así? —Ella colocó sus calzoncillos largos sobre la soga que Miguel le había tendido—. ¿Debería acordarme de usted?

Qué pendenciera descarada. —Supongo que los rostros empiezan a confundirse en su trabajo.

—Y todo lo demás. —Ella volvió a mirarlo y se rió—. ¿Tuvo mala suerte en los arroyos, señor?

Ella era peor de lo que esperaba. —¿Él sabe quién eres y qué eres?

—¿Por qué no se lo pregunta?

—¿Ni siquiera te molesta qué pasará cuando se entere?

—¿Cree que se caerá a pedazos?

—¿Cómo hizo alguien como tú para que mordiera el anzuelo?

—Me ató como a un ganso y me trajo en su carreta.

—Un cuento chino. —Su mirada indiferente lo enfureció—. ¿Qué crees que hará él si le digo que te he visto antes, en un burdel en Pair-a-Dice?

—No lo sé. ¿Qué cree usted que hará? ¿Apedrearme?

—Estás muy segura de tenerlo dominado, ¿verdad?

Ella levantó la canasta vacía y la apoyó sobre su cintura. —Cuéntele lo que quiera, señor. Me da igual. —Y se alejó caminando.

Camino a encontrarse con Miguel, Pablo decidió contárselo, pero cuando llegó a él, no pudo hacerlo. Se pasó todo el día trabajando a su lado pero no pudo reunir el valor. Cuando volvieron a la casa, Pablo rehusó cenar. Dijo que estaba demasiado cansado para comer. En cambio, fue al granero y comió lo último que le quedaba de carne salada. No quería sentarse a la misma mesa que ella. No podía simular satisfacción porque su mejor amigo se hubiera casado con una ramera mentirosa. Empacó todas sus cosas, las cargó al hombro y se dirigió a su lugar, al final del valle.

Parado junto a la puerta abierta de la cabaña, Miguel lo vio partir. Se frotó la nuca y entró a la casa.

Ángela miró a Miguel y sintió que la tensión nuevamente crecía en su interior. Se sentó en la silla de mimbre que él había hecho para ella y lo vio cerrar la puerta y venir a sentarse delante del fuego. Él levantó sus botas y empezó a untarlas con cera de abejas para impermeabilizarlas. No la miró. No tenía mucho de qué hablar esa noche y no había traído la Biblia para leer. Claramente, se había olvidado de la última noche. —Estás intrigado, ¿verdad?—dijo ella—. ¿Por qué simplemente no preguntas?

—No quiero saberlo.

—Por supuesto que no —dijo ella con frialdad. Tenía la garganta seca y áspera—. Te lo diré, de todas maneras, sólo para aclarar las cosas. No me acuerdo de él, pero eso no significa nada en mi trabajo. Ni siquiera te recordaba a ti, aun después de un par de visitas. —Ella apartó la mirada.

Miguel sabía que esa no era toda la verdad, pero no por eso le dolía menos. —No mientas, Amanda. ¿No puedes meterte en la cabeza que te amo? Ahora eres mi esposa. Cualquier cosa que haya pasado antes quedó en el pasado. Déjala ahí.

El período de calma había terminado. La tormenta se cernía con furia sobre ellos.

—Hace dos semanas, querías que te contara todo acerca de mí. ¿Todavía quieres saber *todo*?

—*¡Déjalo ahí!*

Ella se puso de pie. Dándole la espalda, pasó una mano temblorosa por el mantel. —Todavía no lo entiendes, ¿no? Incluso si yo quisiera que las cosas funcionaran, otros no dejarían que eso sucediera. Como tu elegante e íntegro cuñado. —Sonrió secamente y miró hacia la pared—. ¿Viste su rostro cuando me reconoció?

—Lamento que te haya herido.

Ella se dio vuelta y lo miró.

—¿Eso es lo que piensas? —Soltó una risa breve—. Él no puede lastimarme. Y tampoco tú. —No iba a darles la oportunidad.

Pablo pasó el día limpiando su cabaña y pensando qué hacer en cuanto a Ángela. Tenía que volver y contarle a Miguel acerca de ella. No podía permanecer callado. Miguel tenía todo el derecho de enterarse del engaño. Una vez que conociera todos los hechos, haría lo correcto y la echaría. Como un gato, ella caería de pie.

Podrían anular el matrimonio. Probablemente no había sido aprobado por un párroco, así que ni siquiera tendría validez. Miguel podría dejar atrás esta mala experiencia. En los trenes que llegaban a California seguramente iba a encontrar otra mujer, una que lo hiciera olvidarse de Ángela.

Miguel vino a visitarlo y cortó leña con él. Hablaron, pero no de la manera en que lo habían hecho anteriormente. Pablo tenía demasiadas cosas en la mente y Miguel estaba extrañamente pensativo. "Ven a cenar con nosotros," le dijo Miguel antes de irse, pero Pablo no podía soportar la idea de cenar con Ángela en la misma mesa.

Miguel parecía molesto. —Has herido los sentimientos de Amanda.

Pablo casi se rió en su cara. ¿Herir sus sentimientos? ¿Los de una ramera curtida? Era improbable, pero sabía exactamente lo que ella estaba haciendo. Estaba metiendo una cuña entre él y Miguel. Estaba decidida a destruir su amistad. Bien, si quería jugar fuerte . . . —Los visitaré mañana.

Ángela estaba afuera golpeando las frazadas cuando él llegó. Se detuvo y lo miró de frente. No perdió tiempo en arrojarle el guante en la cara. —Está trabajando en el riachuelo construyendo el invernadero. ¿Por qué no lo sueltas todo antes de que te consuma?

—Apuestas a que no lo haré, ¿verdad?

—Sé que lo harás. Casi no puedes aguantarte.

—¿Lo amas? —se burló—. ¿Crees que podrías hacerlo feliz? Tarde o temprano se dará cuenta de lo que realmente eres.

Los nudillos de ella se pusieron blancos sobre el palo. Encogiéndose de hombros, se apartó.

—No te importa nada, ¿no?

—¿Debería? —Empezó a golpear la frazada nuevamente.

Pablo quería agarrarla y darle vuelta para poder golpear de un puñetazo su rostro arrogante. —Te lo estás buscando. —Se marchó rumbo al arroyo.

Toda la rigidez en ella desapareció al ver que se marchaba. Se sentó en un tronco, negándose a reconocer los sentimientos que la recorrían.

—Llegaste justo a tiempo —le dijo Miguel, enderezándose y secándose la transpiración de la frente con el dorso de su brazo—. Dame una mano con estas tablas, por favor.

Pablo lo ayudó a colocar el tronco perforado en un extremo. —Miguel, tengo que hablarte de algo —le dijo con un gruñido, mientras el tronco caía de un golpe. Miguel le dirigió una mirada oscura que no pudo descifrar. El calor de su propia rabia hizo que se precipitara——. No tiene nada que ver con el Yuba, o la razón por la que no me quedé. Tiene que ver con otra cosa. Tiene que ver con tu esposa.

Miguel se incorporó lentamente y lo miró. —¿Por qué crees que tienes algo que decir?

—Porque tienes que saberlo. —Todavía podía ver su rostro arrogante——. Miguel, ella no es lo que tú crees.

—Ella es exactamente lo que yo creo que es y es *mi esposa*. —Volvió a agacharse para seguir con lo que estaba haciendo.

Seguramente le había llenado la cabeza el día anterior. Enfurecido, Pablo bajó de un golpe el siguiente tronco. Miró a través del jardín hacia donde estaba ella. La vio parada en la puerta de la cabaña de Miguel, con la ropa de Telma. Quería ir allá y arrancársela. Quería golpearla y echarla fuera del valle. Miguel, nada menos que él, había sido engañado. Miguel, con sus altos ideales y firmeza de carácter. Miguel, con su pureza. Era inconcebible. Era obsceno.

—No voy a dejarlo como está. No puedo. —Miguel ni siquiera lo miraba. Pablo lo agarró del brazo——. Escúchame. Antes de que fuera tu esposa, era una prostituta. Se llama Ángela, no Amanda. Trabajaba en un burdel de Pair-a-Dice. Era la mujer de la vida alegre más cara del pueblo.

—Quítame la mano del brazo, Pablo.

Pablo lo hizo. —¿No vas a decir nada? —Nunca había visto tan enojado a Miguel.

—Lo sé todo.

Pablo lo miró asombrado. —¿Lo *sabes*?

—Sí. —Miguel se inclinó a buscar otro tronco——. Toma el otro extremo, por favor.

Pablo lo hizo sin pensar. —¿Lo supiste antes o después de ponerle el anillo en el dedo? —le preguntó cínicamente.

—Antes.

Pablo dejó caer el tronco en su lugar. —¿Y así y todo te casaste?

Miguel se incorporó. —Aun así me casé con ella, y volvería a casarme si tuviera que hacerlo. —Una respuesta simple, dicha con calma y en voz baja, pero con la mirada encendida de ira.

Pablo sintió como si lo hubiera golpeado duramente. —Estás enamorado de ella. Miguel, te ha engañado. —Tenía que intentar razonar con él——. Eso pasa. No has visto una mujer en meses y cuando lo haces, tiene unos preciosos ojos azules y un cuerpo impresionante y pierdes la cabeza por ella. Así que disfrútala un tiempo, pero no trates de convencerte de que será una esposa decente. Una vez que ha sido prostituta, siempre será una prostituta.

Miguel apretó fuertemente las mandíbulas. Eran las mismas palabras que cuando Ángela hablaba de sí misma. —Deja de juzgarla.

—¡No seas tonto!

—Basta, Pablo. No la conoces.

Él se rió ante ese comentario. —No tengo necesidad. Sé lo suficiente. Eres tú el que no sabe. ¿Cuánta experiencia has tenido con mujeres como ella? Tú ves todo y a todos según tus principios, pero el mundo no es así. Ella no vale el dolor que te causará. ¡Escúchame, Miguel! ¿Quieres que la mujer que ha estado con cientos de hombres sea la madre de tus hijos?

Miguel lo miró. ¿Esto era lo que Ángela había soportado toda su vida? ¿La condenación y el odio ciego? —Creo que es mejor que te detengas ahora mismo —le dijo firmemente.

Pero Pablo no lo hizo. —¿Qué dirían tus parientes si la conocieran? ¿Estarían de acuerdo? ¿Qué pasará con los vecinos, cuando empiecen a venir? Personas *buenas*. *Decentes*. ¿Qué pensarán cuando descubran que tu preciosa esposa fue una prostituta muy cotizada?

Los ojos de Miguel se oscurecieron. —Sé lo que *yo* pienso y lo que Dios piensa y eso es lo único que importa. Tal vez deberías ordenar tu propia vida antes de cuestionar la de ella.

Pablo lo miró, estudiándolo. Miguel nunca antes había usado ese tono de reproche con él y le dolió. ¿Acaso no se daba cuenta que sólo intentaba ayudarlo? ¿Que sólo quería evitar que una mujer que no valía nada lo destruyera? —Eres como un hermano para mí —dijo profundamente—. Me viste en los peores momentos de mi vida. ¡No quiero verte destruido por una bruja odiosa que te tenga tan enredado en sus brazos como para no darte cuenta de que vas camino al desastre!

Un músculo se tensó en la mandíbula de Miguel. —¡Ya has hablado suficiente!

Pero lo único que Pablo podía ver era a la prostituta vestida con las ropas de su amada Telma. —Miguel, ¡ella no es otra cosa que *estiércol*! —Ni siquiera vio venir el puño. No supo ni qué había sucedido. El dolor se extendió por su mandíbula y quedó tendido de espalda, Miguel parado arriba de él con los puños apretados y el rostro furioso.

Miguel lo sujetó de la camisa y lo puso de pie, sacudiéndolo como una muñeca de trapo. —Si me quieres como dices, tienes que quererla a ella también. Ella es una parte de mí. ¿Entiendes? Es parte de mi carne y de mi vida. Cuando hablas en contra de ella, hablas en mi contra también. Cuando la hieres a ella, me hieres a *mí*. ¿Entiendes?

—Miguel . . .

—*¿Lo entiendes?*

Era la primera vez en su vida que Pablo había sentido miedo de su cuñado.

—Lo entiendo.

—Bien —dijo Miguel y lo soltó. Se alejó dándole la espalda, tratando de controlar su enojo.

Pablo se frotó el mentón golpeado. Ella era la causa de esta discordia entre ellos. Era culpa de ella. *Entendí muy bien, Miguel. Mejor que tú.*

Miguel se frotó la nuca y lo miró. —Lamento haberte golpeado. —Dejó escapar un suspiro y continuó—, Necesito ayuda, no problemas. Ella está sufriendo de una manera que ni siquiera puedes empezar a entender. —Cerró los puños con el rostro atormentado y los ojos llenos de lágrimas—. La amo. La amo tanto que podría morir por ella.

—Lo lamento.

—No lo lamentes. *¡Guarda silencio!*

Y Pablo se mantuvo callado mientras trabajaban, pero su mente estaba a los gritos. Iba a ayudar a Miguel de la mejor forma que conocía. La expulsaría. Encontraría la manera. Cuanto antes, mejor. Ya lo haría.

Miguel rompió la tensión. —Tendrás que ir al pueblo y proveerte de suministros para el invierno. No tengo tantos como para compartir contigo.

—No tengo nada de oro.

—Yo tengo un poco ahorrado. Te lo doy. Puedes usar mis caballos y mi carreta.

Pablo se sintió avergonzado. Pero, ¿por qué habría de estarlo? Sólo trataba de evitar que Miguel resultara herido. Miguel era un hombre inteligente. Entraría en razón. El gran problema que tenía era pasar por alto los defectos en el carácter de los demás. Miraba a una ramera y creía que era alguien digno de amor.

Pablo estaba furioso. Esa mujer se interponía entre ellos. Les estaba causando peleas. Tenía que pensar una manera de hacer salir a Ángela de la cómoda madriguera y mandarla de vuelta a donde pertenecía. Y tenía que hacerlo antes de que le rompiera el corazón en pedazos a Miguel.

Colocaron la última tabla en su lugar. Las paredes estaban listas. Miguel dijo que podía arreglárselas solo para hacer el techo. Puso su mano sobre el hombro de Pablo y le agradeció su ayuda, pero la tensión entre ellos era fuerte.

—Es mejor que mañana vayas a Pair-a-Dice. Dile a José que arreglaremos cuentas con él en un par de semanas. Él te dará todo lo que necesites.

—Gracias. —Pair-a-Dice. Tal vez pudiera averiguar algo más sobre Ángela y su debilidad cuando llegara allí. La Duquesa querría a su mejor chica de vuelta y siempre podría mandar por ella a ese gigante descomunal que la vigilaba como a las joyas de la corona.

Cuando Miguel entró al atardecer, Ángela no preguntó qué le había dicho Pablo. Sirvió la cena en la mesa y se sentó con él, con la espalda rígida y la cabeza levantada. Él aún no había dicho nada. Probablemente estaba reflexionando sobre el asunto, examinando y sopesando. Así que lo dejó.

Dentro de ella había vuelto la pesadez, pero fingió que no le importaba. *Él* no importaba. Cuando Miguel la miró, ella volteó su mentón y lo miró de lleno. *Siga adelante y dígame lo que tenga en mente, señor. No me importa.*

Miguel puso las manos sobre las suyas.

El dolor se aferró a su corazón y, de un tirón, quitó sus manos de las de él. No podía mirarlo. Sacó la servilleta de la mesa y la sacudió suavemente antes de colocarla meticulosamente sobre su regazo. Cuando volvió a levantar la cabeza, él estaba mirándola. Sus ojos, ah, sus ojos.

—No me mires así. Ya te lo he dicho. No me importa lo que piense de mí y puede decir lo que quiera. Tiene toda la razón del mundo. Tú lo sabías. Es lo de menos. No es el primer hombre que me mira con desprecio y no será el último. —Recordó a Mamá caminando por la calle y a todos los hombres que habían venido a la choza que pasaban al lado de ella como si no la conocieran.

—Podría creerte si no estuvieras tan enojada.

Ángela dio un respingo. —No estoy enojada. ¿Por qué tendría que estarlo? —No tenía apetito, pero de todas maneras se obligó a comer para que él no le hiciera un cuestionamiento. Ella lavó los platos. Miguel echó otro leño al fuego.

—Pablo se irá un par de días. Necesita provisiones. Mañana vendrá a buscar los caballos y la carreta.

Ángela levantó un poco la cabeza, pensativa. Volcó agua en el recipiente y lavó los platos. Miguel no la devolvería a donde ella pertenecía, pero sabía que Pablo sí lo haría por el solo hecho de salvar al pobre Miguel.

Algo la estrujó fuertemente en su interior ante la idea de abandonar a Miguel.

En cambio, se obligó a pensar en la satisfacción que sentiría al enfrentar a la Duquesa y reclamarle su dinero. Podría conseguir la ayuda del camarero, si la necesitaba. Era tan grande como Magowan y tenía suficiente práctica con los puños. En cuanto tuviera el dinero en sus manos, sería libre. ¡*Libre!*

Le dolía el pecho y se lo presionó con la mano.

Miguel se acercó a ella esa noche y ella no se resistió. Pocos minutos después se retrajo temblando, bañado en transpiración. Apenas podía recuperar la respiración. —¿Qué estás tratando de hacer?

—Ser buena contigo —le contestó ella, y usó todo lo que sabía para darle el placer que él merecía.

Pablo vino al amanecer a buscar la carreta y los caballos. Miguel lo ayudó a atar la yunta. Le dio oro en polvo y una carta para José Hochschild. —Te buscaré en cuatro o cinco días.

—Vi un ciervo mientras venía, uno grande.

—Gracias —dijo Miguel. Tan pronto como Pablo se marchó, regresó a la cabaña y bajó el arma del estante que estaba sobre la chimenea. "Pablo vio un ciervo en el camino. Veré si puedo procurarnos un poco más de carne para el invierno."

Ángela se había preguntado toda la noche cómo se las arreglaría para irse sin que Miguel se diera cuenta. Ahora tenía la respuesta. Esperó a que él estuviera fuera de su vista y se sacó el anillo del dedo. Lo puso sobre la Biblia, donde sabía que lo encontraría. Tomó el chal y lo colocó sobre sus hombros y se apuró en salir.

La carreta no podía estar demasiado lejos. Se levantó la falda y corrió para alcanzarlo. Pablo escuchó su llamado. Tiró de las riendas y esperó, preguntándose qué querría. Probablemente iba a pedirle que le trajera algo para ella con el dinero de Miguel. O quizás le rogaría que dejara las cosas en paz. Bien, déjala. No le serviría de mucho.

Ángela llegó hasta él acalorada y sin aliento. —Necesito que me lleves a Pair-a-Dice.

Disimuló su sorpresa con una carcajada seca. —Así que estás escapándote de él.

Ella sonrió burlonamente. —¿Esperabas que me quedara?

—Sube —dijo él, sin siquiera extenderle la mano para ayudarla.

—Gracias —contestó Ángela y se trepó al asiento de la carreta con él.

Pablo había pasado la mayor parte de la noche anterior preguntándose qué hacer con la sucia esposa de Miguel y ahora ella le había resuelto el problema.

No había pensado que ella se iría tan fácilmente. Sin soborno. Sin amenazas. Se iba por su propia voluntad. Agitó las riendas y partieron.

Pablo la miró mientras ella se cubría el rostro con el chal de Telma. Hubiera querido arrancárselo. —¿Cómo crees que se va a sentir Miguel cuando descubra que te has ido?

Ella miró hacia delante. —Se sobrepondrá.

—No te importan demasiado sus sentimientos, ¿verdad? —Ella no respondió. Él volvió a mirarla directamente—. Tienes razón. Él te superará. En algunos años, California estará lleno de chicas adecuadas como para que él pueda elegir. Las mujeres siempre han andado detrás de él.

Ella alejó su mirada hacia los bosques como si no le importara. Pablo quería herirla tanto como para que sangrara de la misma forma que lo haría Miguel cuando descubriera que ella lo había abandonado sin una mirada de despedida. ¿Acaso él no se lo había advertido? Pero ella debía tener algún sentimiento. Era lo que correspondía.

Él sintió curiosidad. —¿Por qué te decidiste a dejarlo?

—No hubo ninguna razón en particular.

—Me imaginé que te habías aburrido de la vida tranquila que lleva Miguel. ¿O es el hecho de tener todo el tiempo al mismo hombre? —Ella no respondió. Ahora Miguel se daría cuenta de que él tenía razón sobre ella. Con el tiempo aceptaría el error que había cometido. Las mujeres lo amaban. Además de ser apuesto, combinaba fuerza y ternura de una manera que las atraía como moscas. Si era inteligente él volvería a casarse y no tendría que esperar demasiado. La próxima sería, sin duda, mejor que esta.

—La Duquesa estará encantada de recuperarte. Escuché que tú le aportabas una fortuna a sus arcas. Nunca dijo a dónde te habías marchado.

Ángela levantó un poco la cabeza y le dirigió una sonrisa fingida. —No te molestes en tener una conversación amable conmigo.

Él sonrió con frialdad. Así que, de cierta manera, estaba molestándola. Escarbó un poco más adentro. —Supongo que en tu negocio hablar no es tan importante, ¿verdad?

Ángela sintió que la furia surgía dentro de ella. Cerdo mojigato. Si no fuera porque eran muchos los kilómetros en subida hacia Pair-a-Dice, se habría bajado de la carreta y los habría hecho caminando, pero no era tan tonta como para pensar que lo lograría. Que la fastidiara todo lo que quisiera. Podía tolerar un día de camino al lado de un imbécil hipócrita. Pensaría en su oro. En su propia cabañita en el bosque. Pensaría en no tener que volver a ver otro hombre como él en su vida.

A Pablo no le gustaba que alguien lo ignorara, especialmente una mujer como ella. ¿Quién se creía que era? Chasqueó las riendas y aumentó la velocidad. Pasó por cada pozo del camino, haciéndola saltar y sacudiéndola. Ella tenía que agarrarse bien fuerte del asiento para mantener el equilibrio y no caerse. Él disfrutaba verla incómoda. Ella apretó fuertemente los labios, pero no se quejó. Pablo mantuvo la velocidad hasta que los caballos se cansaron y tuvo que reducirla.

"¿Te sientes mejor ahora?" dijo ella, burlándose.

Cada kilómetro que avanzaban, la detestaba más.

Cuando el sol estaba sobre sus cabezas, él salió del camino y saltó de la carreta. Desató los caballos y los dejó pastar. Luego se metió a trancos al bosque. Cuando regresó, vio que ella se dirigía al otro lado del bosque. Se movía como si le doliera algo.

Su alforja estaba debajo del asiento delantero. Dentro de ella tenía una manzana, carne salada y una lata de porotos. Comió todo con gusto. Ella lo miró una vez cuando regresó y fue a sentarse a la sombra de un pino. Él arrancó un trozo de carne con los dientes y lo masticó mientras la examinaba. Se veía cansada y acalorada. Probablemente tendría hambre. Mala suerte. Tendría que haber pensado en traerse algo.

Pablo abrió su cantimplora y bebió profundamente, tapándola de nuevo al terminar. La miró y frunció el ceño. Se puso de pie enojado y se acercó a ella. Balanceando la cantimplora delante de ella, le preguntó. —¿Quieres un trago? Di por favor, si quieres un poco.

—Por favor —dijo ella con calma.

Él le arrojó la cantimplora al regazo. La destapó, la limpió y bebió. Cuando terminó, volvió a limpiarla, la tapó y se la devolvió. "Gracias," dijo. Sus ojos azules no demostraban nada.

Pablo volvió a sentarse bajo el árbol y terminó de comer su carne salada. Enfurecido, comenzó con la manzana. Cuando llegó a la mitad, la miró. —¿Tienes hambre?

—Sí —dijo ella, sin mirarlo esta vez.

Él le arrojó lo que quedaba. Se levantó y fue a atar los caballos a la carreta. Cuando se dio vuelta para mirarla, ella estaba quitando las espinas y el polvo de la media manzana antes de morderla. Su dignidad fría y silenciosa lo incomodaba.

"¡Vamos!" Se sentó a esperarla impaciente.

Hizo un gesto de dolor al sentarse al lado de él en la carreta. —¿Cómo conociste a Miguel? —le preguntó y chasqueó las riendas para arrancar.

—Vino al Palacio.

—¡No me hagas reír! Miguel no pisaría un lugar tan hediondo como ese. No bebe ni juega y seguro que jamás se ha acostado con prostitutas.

Ella sonrió, burlándose. —Entonces, ¿cómo piensa que sucedió, señor?

—Me imagino que una chica con tus dones habrá ideado algo. Probablemente lo conociste en la tienda y le dijiste que tu familia murió camino al oeste y que estabas completamente sola en este mundo.

Ella se rió de él. —Bueno, señor, ya no tiene que preguntarse más cosas. Ahora que me fui, puede tener a Miguel para usted solo durante todo el invierno.

Los nudillos se le pusieron blancos sobre las riendas. ¿Es que ella estaba haciendo alguna clase de insinuación asquerosa? ¿Dudaba de su masculinidad? Tirando de las riendas, sacó la carreta del camino y se detuvo.

Ella se puso tensa, cautelosa. —¿Por qué se detiene?

—Me debes algo por el viaje.

Ella se mantuvo en calma. —¿Qué tiene en mente?

—¿Qué tienes para dar? —Quería tratarla mal—. Supongo que piensas que cuando alguien te hace un favor, no le debes nada, ¿verdad? —Ella apartó la mirada. Él la tomó fuertemente del brazo y ella volvió a mirarlo con el rostro pálido. Él la miró a sus cínicos ojos azules—. Bueno, tú me debes algo por este viaje. —La soltó abruptamente.

Ella no se apartó esta vez. Sólo se quedó mirándolo, con el rostro tranquilo e inexpresivo.

—Sabes, nunca he podido subir las escaleras en el Palacio —le dijo, punzándola más profundamente. Desató la cinta de cuero que sujetaba el cabello de Ángela—. Nunca tuve suficiente dinero para poner mi nombre en el sombrero. —Lo soltó de un tirón—. Solía preguntarme cómo sería entrar en el santuario íntimo de *Ángela*.

—Y ahora quieres conocerlo por usted mismo.

Pablo quería humillarla. —Tal vez.

Ángela sintió el serpenteo en su interior, algo que descendía como el agua bajando en el resumidero. Se había olvidado de que todo costaba algo. Soltó la respiración e inclinó un poco la cabeza. —Bien, quizás podamos terminar esto. —Ella se bajó del asiento de la carreta.

Pablo la miró fijamente. Saltó del otro lado y vino a pararse frente a ella. Estaba pálida y cansada, y él no estaba seguro de si quería engañarlo o no. ¿Creía ella que podría caminar cincuenta kilómetros? No iba a darle la oportunidad de cambiar de parecer y regresar. —¿Qué piensas hacer?

—Lo que usted quiera, señor. —Se sacó el chal y cubrió su lado del asiento—. ¿Y bien? —le dijo, burlándose de él.

¿Pensaba ella acaso que no podría? Furioso, la agarró del brazo y la empujó unos pasos fuera del camino, hacia las sombras del matorral. Fue tosco y rápido, con el único deseo de herirla y degradarla. Ella no emitió ni un sonido.

"¿No tardaste mucho en volver a los viejos tiempos, verdad?" Bajó la mirada hacia ella con disgusto.

Ángela se levantó lentamente, sacándose las hojas de la falda y del cabello.

Pablo estaba lleno de odio. "Ni siquiera te molesta, ¿no? Tienes la moral de una serpiente."

Ella levantó lentamente la cabeza y mostró una sonrisa fría y muerta.

Incómodo, Pablo volvió al carro dando pasos largos. No veía el momento de que terminara este viaje.

Ángela podía sentir que el temblor había comenzado. Se ató la blusa y se la abotonó, metiéndola dentro de la falda. El temblor empeoró. Se metió entre los árboles, donde Pablo no pudiera verla y cayó de rodillas. La transpiración le cubrió la frente. Se sintió completamente helada. Cerrando los ojos, luchó contra sus náuseas. *No pienses, Ángela. No tiene importancia si no se la das. Finge que esto no sucedió.*

Sus dedos se enterraron dolorosamente en la corteza del árbol y vomitó. El frío pasó y el temblor se detuvo cuando se puso de pie. Se quedó parada un largo rato, esperando calmarse.

"¡Apúrate!" le gritó Pablo. "Quiero llegar allá antes de que sea de noche."

Con la cabeza en alto, regresó al camino.

Pablo la miró desde el asiento de la carreta.

—¿Sabes, Ángela? Tú estás sobrevaluada. No vales más que cincuenta centavos.

Algo explotó dentro de ella. —¿Y cuánto vales tú?

Los ojos de Pablo se estrecharon. —¿Qué quieres decir?

Ella se acercó y arrebató el chal del lado de la carreta. —Yo *sé* lo que soy. Nunca fingí ser otra cosa. Ni una vez. ¡Jamás! —Puso su mano sobre el borde del asiento de la carreta—. Y acá estás tú, tomando prestado el carro y los caballos y el oro de Miguel y usando a su esposa. —Ella se rió de él—. ¿Y qué te consideras? *Su hermano.*

Su rostro se puso colorado y luego volvió a palidecer. Apretó los puños y la miró como si quisiera matarla. —Debería dejarte aquí. Debería dejar que caminaras hasta llegar al pueblo.

Calmada ahora, completamente controlada, Ángela subió al asiento de la carreta y se sentó junto a él. Sonrió y se alisó la falda. —Ahora no puedes, ¿verdad? Te pagué.

No volvieron a hablar por el resto del camino.

Temor

Quince

Entonces Pedro, llegándose á él, dijo: Señor, ¿cuántas veces perdonaré á mi hermano que pecare contra mí? ¿hasta siete?
Jesús le dice: No te digo hasta siete, mas aun hasta setenta veces siete.

MATEO 18:21-22

El Palacio había desaparecido.

Ángela seguía temblando bajo la nieve que caía, embarrada hasta los tobillos y mirando fijamente los escombros ennegrecidos de lo que había quedado. Miró alrededor y vio que las calles estaban silenciosas y casi desiertas. Varias construcciones estaban parcialmente derribadas, las tablas y las tejas ya habían sido cargadas en las carretas. ¿Qué estaba pasando?

Al otro lado de la calle había un salón abierto. Por lo menos, el Dólar de Plata seguía trabajando. Ella recordaba al dueño, Manuel. Siempre subía las escaleras. Cuando Ángela atravesó las puertas de vaivén, unos pocos hombres adentro dejaron de conversar y la miraron fijamente. Manuel estaba en la barra.

—¿Pero qué es esto? ¡Si es Ángela! —Sonrió de oreja a oreja—. No te había reconocido con esos harapos. ¡Máximo! Tráele una frazada a la dama. Está mojada y medio congelada. ¡Caballeros, miren quién ha vuelto! Señorita, es una alegría verla. ¿Dónde has estado, cariño? Se dijo que te habías casado con un granjero. —Se rió como si se tratara de una gran broma.

Manuel hablaba a los gritos y Ángela quería que cerrara la boca.

—¿Qué pasó con el Palacio? —preguntó en voz baja, tratando de controlar el temblor que sentía dentro suyo.

—Se incendió.

—Ya veo, ¿cuándo?

—Hace un par de semanas. Fue el último momento entretenido que tuvimos por aquí. El pueblo está muriendo, por si no te diste cuenta. El oro que queda por estos lugares es demasiado difícil de sacar. Dentro de un par de meses, Pair-a-Dice estará completamente muerto. Yo tendré que moverme según las vetas que encuentren o quebrar, como ya han hecho algunos. Hochschild vio lo que se venía y desarmó su tienda hace dos semanas. Ahora está en Sacramento, forrándose de oro.

Ella trató de calmar su impaciencia y recuperar la esperanza que se desvanecía. —¿Dónde está la Duquesa?

—¿La Duquesa? Ah, se marchó. Se fue enseguida después del incendio. A Sacramento, San Francisco. No sé exactamente adónde. A algún lugar más grande que este, puedes apostarlo.

Ángela sintió que se le hundía el corazón en la medida que sus planes se desintegraban. Máximo le dio una frazada y se envolvió con ella para entrar en calor. Manuel siguió hablando. —No le quedó ni un dedal donde escupir después de que Magowan le prendió fuego al lugar, con ella adentro. El fuego mató a dos de las chicas.

Lo miró horrorizada. —¿Cuáles de ellas?

—Mai Ling, esa florcita divina. Voy a extrañarla.

—¿Cuál fue la otra chica?

—La alcohólica. ¿Cómo se llamaba? No lo recuerdo. De todas maneras, las dos quedaron atrapadas arriba cuando empezó el fuego. Nadie pudo sacarlas. Podías escucharlas gritar. Tuve pesadillas durante varios días después.

Ay, Fortunata. ¿Qué voy a hacer sin ti?

—Magowan trató de escapar —dijo Manuel—. Estaba a ocho kilómetros de aquí cuando lo atrapamos. Lo trajimos de vuelta y lo colgamos ahí, en la Calle Principal. Lo izamos como una bandera. Tardó un largo rato en morir. Era un hombre muy malvado. . . .

Ángela salió de la barra y se sentó en una mesa. Necesitaba estar sola y controlar sus emociones.

Manuel se acercó con una botella y dos vasos. Se sentó y le sirvió whisky. "Te ves miserable, cariño." Se sirvió otro vaso para él. Sus ojos eran brillantes y oscuros cuando la analizó. "No tienes de qué preocuparte, Ángela. Arriba tengo una habitación de más." Miró alrededor a los hombres. "Podrías volver a tu trabajo en menos de cinco minutos si estás de acuerdo." Se acercó más. "Lo único que tenemos que hacer es arreglar el porcentaje de la división. ¿Qué te parece sesenta para mí y cuarenta para ti? Tendrás cuarto, comida, ropas, todo lo que quieras. Yo te cuidaré bien."

El temblor volvió a comenzar dentro de ella. Ángela tomó el vaso de whisky con ambas manos y miró tristemente el líquido ámbar. Todas sus posibilidades se habían esfumado. No tenía oro, no tenía otras ropas que las que vestía, ni comida, ni un lugar donde quedarse. Estaba otra vez en el mismo lugar donde había comenzado en San Francisco, excepto que ahora era invierno y estaba nevando.

Jamás tendré mi cabaña.

Manuel se inclinó hacia delante. "¿Qué dices, Ángela?"

Lo miró y sonrió con amargura. Él sabía que ella no podía decir que no. *Nunca seré libre.*

—Bueno, ¿qué dices? —Él le acariciaba el brazo con sus dedos.

—Cincuenta y cincuenta, y ellos me pagan a mí —contestó ella—, o no hay negocio.

Manuel se hizo hacia atrás, arqueando las cejas. La estudió por un largo rato y luego se rió. Tragándose el whisky, asintió con la cabeza. —Es bastante razonable. Con la garantía de que todo lo que yo quiera de ti será gratis. Después de todo, es mi lugar, ¿no? —Él esperó y cuando ella no se lo discutió, sonrió—. Ahora mismo, cariño. —Se puso de pie—. ¡Oye, Máximo! Cúbreme, voy a mostrarle a Ángela su nuevo alojamiento.

—¿Se quedará? —gritó un hombre como si la Navidad finalmente hubiera llegado.

—Ella se queda. —Manuel sonrió.

—¡Soy el siguiente! ¿Cuánto?

Manuel dijo un precio.

Ángela bebió el vaso de whisky. Estremeciéndose, se puso de pie, a la vez que Manuel le retiraba la silla. *Nada cambiará jamás.* El corazón le latía más lento mientras subía las escaleras. Cuando llegó a la parte de arriba, ya no podía sentir que el corazón le latiera en lo más mínimo. No podía sentir nada.

Debería haberme quedado con Miguel. ¿Por qué no me quedé con Miguel?

Nunca hubiera funcionado, Ángela. Ni en un millón de años.

Funcionó durante un tiempo.

Hasta que el mundo se enteró. El mundo no tiene piedad, Ángela. Tú lo sabes. Era un sueño inútil. Lo dejaste antes de que él se cansara. Ahora estás de vuelta en el lugar adonde perteneces, haciendo aquello para lo cual naciste.

¿Qué importaba todo eso? Era demasiado tarde para pensar en supuestos. Era demasiado tarde para pensar en los por qué. Era demasiado tarde para pensar en cualquier cosa.

Manuel quería todo.

Cuando él se fue, Ángela salió de la cama. Apagó la lámpara de un soplido. Sentándose en el rincón oscuro, flexionó las rodillas, las subió contra su pecho y se meció a sí misma. El dolor que había comenzado cuando Pablo apareció en el valle afloró, se expandió y la consumió. Tenía los ojos cerrados y no emitía ningún sonido, pero la habitación estaba llena de los gritos del silencio.

Los días pasaban de prisa. Nada había cambiado. En lugar de la Duquesa, Ángela ahora tenía a Manuel; en lugar de Magowan, estaba Máximo, que era más dócil. Su cuarto era más pequeño y la ropa era menos ostentosa. La comida era tolerable y abundante. Los hombres seguían siendo los mismos.

Ángela se sentó en la cama con las piernas cruzadas, balanceando adelante y atrás el pie mientras un minero joven se desvestía. El cabello todavía estaba húmedo y alisado y olía fuertemente a jabón barato. Él no tenía demasiado para hablar, lo cual estaba bien, porque ella no quería escuchar. No estaría demasiado tiempo. Reprimiendo sus emociones, desconectando su mente, se puso a trabajar.

La puerta se abrió estrepitosamente y alguien arrastró al hombre joven hacia atrás. Ángela tomó aire con fuerza al reconocer el rostro del hombre que apareció. "¡Miguel!" Se incorporó. *Ay, Miguel . . .*

El joven cayó contra el piso de un golpe. Se puso de pie. "¿Qué está haciendo?" Transpirando, arremetió contra él. Miguel lo golpeó y lo lanzó contra la pared. Lo levantó y lo hizo volar a través de la puerta abierta, chocó y cayó contra la pared exterior. Miguel tomó las cosas del minero y se las tiró encima. Cerró la puerta de un puntapié y se dio vuelta.

Ángela estaba tan aliviada de verlo que quería caer a sus pies, pero al ver su mirada se retrajo.

"Vístete." Sin esperar que ella se moviera, comenzó a levantar las ropas desparramadas y se las arrojó. *"¡Ahora!"*

Con el corazón golpeando como un tambor, buscó a tientas su ropa pensando frenéticamente en una manera de escapar de él. Antes de que estuviera completamente vestida, él la arrancó de la cama, abrió la puerta y la empujó hacia el pasillo. Ni siquiera la dejó ponerse los zapatos.

Manuel venía por el pasillo. —¿Qué cree que está haciendo? Le dije que esperara abajo. Ese hombre ya ha pagado. Usted debe esperar su turno.

—Salga de mi camino.

Manuel separó las piernas y cerró los puños. —¿Piensa que puede dominarme?

Ángela había visto antes a Manuel en acción y sabía que Miguel no era un contrincante para él. —Miguel, por favor . . . —Miguel la empujó bruscamente a un lado y lo enfrentó.

Manuel lo atacó, pero Miguel se movió tan rápido que lo derribó antes de que se diera cuenta de que lo había golpeado. Miguel la agarró de la muñeca y se la apretó nuevamente. Antes de llegar a las escaleras, Manuel los había alcanzado. Asió el brazo de Ángela y tiró de él con tanta fuerza que ella gritó de dolor. Miguel la soltó y ella cayó contra la pared. Manuel volvió a atacarlo y esta vez Miguel lo mandó directamente escaleras abajo.

Cuando Miguel se inclinó sobre ella, Ángela se apartó de él. "¡Levántate!" bramó él. Ella no se atrevió a desobedecer. La tomó del brazo y la empujó delante de él. "Sigue caminando y no te detengas."

Máximo lo embistió cuando llegaron al final de la escalera. Miguel usó el impulso del hombre para levantarlo y empujarlo contra una mesa de póker. Dos hombres lo atacaron y él la sacó del medio antes de que lo golpearan. Los tres fueron a dar contra una mesa de juego. Fichas, cartas y hombres, todos esparcidos. Dos más ingresaron en la gresca.

"¡Deténganse!" gritó ella, segura de que lo matarían. Frenética, buscó algo para usarlo como arma, pero Miguel no estaba tan vencido. Se sacó a uno de los hombres de un puntapié y se incorporó. Ella lo miraba fijamente, boquiabierta, mientras él peleaba. Miguel se mantenía firme, pegando con fuerza y rapidez, mientras los otros hombres lo atacaban. Dio un giro, levantó un pie y se lo dio de lleno a uno en el rostro. Ella jamás había visto a alguien pelear como lo hacía él. Parecía como si lo hubiera hecho toda su vida, en lugar de arar los campos y sembrar maíz. Pegaba fuerte y directo, y los tipos a los que había golpeado todavía estaban tendidos en el suelo. Después de unos minutos, los hombres ya no parecían tan ansiosos por atacarlo.

Miguel seguía en guardia, con los ojos echando chispas. "Vengan," los provocó, desafiante. "¿Quién más quiere interponerse entre mi esposa y yo? *¡Vamos!*"

Ninguno se movió.

Pateando una mesa volteada para quitarla de su paso, Miguel cruzó a trancos para llegar hasta Ángela. No se parecía en nada al hombre que había conocido en el valle. "¡Te dije que siguieras caminando!" La tomó del brazo y la arrastró hacia la puerta.

Su carreta estaba estacionada afuera. Miguel la tomó de la cintura y la lanzó hacia el asiento. No tuvo tiempo de pensar en escapar. Él ya estaba a su lado y tomando las riendas, las chasqueó. Ella se aferró desesperadamente al costado del asiento. Anduvieron a un ritmo enloquecido. No disminuyó la carrera hasta que estuvieron a varios kilómetros de Pair-a-Dice y cuando lo hizo, fue para encargarse de los caballos, no de ella.

Ángela tenía miedo hasta de mirarlo. Temía decir una palabra. Nunca antes lo había visto así, ni siquiera esa vez que había perdido los estribos en el granero. Este no era el hombre tranquilo y paciente que ella creía conocer. Era un desconocido empecinado en vengarse. Recordó al Duque encendiendo su puro y empezó a transpirar.

Miguel se limpió la sangre del labio. —Explícamelo, Ángela. Dime por qué.

Ángela. Había una nota de muerte en el nombre. —Déjame que baje de este carro.

—Tú vienes a casa conmigo.

—¿Para que puedas matarme?

—Jesús, ¿la estás escuchando? ¿Por qué me diste esta mujer estúpida y terca?

—*¡Déjame en libertad!*

—¡Ni en broma! No te escaparás de esto. Tenemos algunas cosas que resolver.

Su mirada estaba tan llena de violencia que ella dio un salto. Cayó pesadamente y rodó. Recobrando la respiración, se puso de pie y corrió.

Miguel tiró fuertemente las riendas hacia atrás y viró el carro fuera del camino. Saltó y corrió detrás de ella. "¡Ángela!" Podía escuchar los pasos de ella huyendo dentro del bosque. "Está haciéndose de noche. ¡Deja de correr antes de que te rompas el cuello!"

Ella no se detuvo. Tropezó con una raíz y cayó con tanta fuerza que se quedó sin aire. Estaba tendida jadeando en el suelo y podía escuchar a Miguel atrás, cerca. Caminaba rápido, apartando las ramas a su paso, hasta que la vio.

Ángela se esforzó por ponerse de pie y huyó de él, aterrorizada, sin hacer caso de las ramas que le golpeaban el rostro. Miguel le cerró el paso y la agarró de los hombros. Ella tropezó y ambos cayeron juntos. Él giró su cuerpo para caer primero y trató de sostenerla. Ella pataleaba y se retorcía, luchando por librarse. Sujetándola de espalda, la inmovilizó. Cuando ella trató de arañarle la cara, le tomó las muñecas y las mantuvo contra el suelo.

"¡Ya es suficiente!"

Ella yacía jadeando, con los ojos muy abiertos. Cuando él recobró la respiración, la jaló hacia arriba para que se pusiera de pie. En cuanto se aflojó, ella trató de correr de nuevo. La atrapó otra vez y recibió un golpe. Estuvo a punto de golpearla como respuesta, pero sabía que si lo hacía una vez, no podría detenerse. La soltó, pero cada vez que ella trataba de huir, volvía a agarrarla. Finalmente ella lo atacó dándole bofetadas, golpeándolo y pateándolo. Él bloqueaba sus trompadas sin responderlas.

Cuando ella dejó de hacerlo, Miguel la atrajo hacia sí y la abrazó con fuerza. Todo su cuerpo temblaba violentamente. Él podía sentir que el temor irradiaba de ella. Y con razón. Su furia lo había asustado a sí mismo. Si la hubiese golpeado una vez, la habría matado.

Casi se había vuelto loco cuando ella lo abandonó.

Buscó a pie hasta que encontró las huellas del carro y se dio cuenta de lo que había ocurrido. Ella se había ido con Pablo. Estaba regresando a Pair-a-Dice. Él volvió a casa, herido y enojado con los dos. El largo tiempo de espera que precedió al regreso de Pablo fue lo más cercano al infierno que había vivido. ¿Por qué Pablo había hecho eso? ¿Por qué no la había enviado de regreso a casa en lugar de llevarla con él?

Pero Miguel lo sabía.

Pablo trajo el carro y los caballos de regreso. Le dijo que Hochschild se había mudado a Sacramento y que por eso había tardado tanto. Estaba muy claro que no iba a dar ninguna información sobre Amanda. Miguel se lo preguntó directamente. Pablo tenía poco y nada para contar excepto que sí, la había llevado de vuelta a Pair-a-Dice.

"Fue idea de ella irse. Yo no se lo sugerí," le dijo Pablo, pálido y asustado. Lo que más impresionó a Miguel fue la culpa en el rostro de Pablo. No tuvo que preguntarle nada más. Se dio cuenta de lo que había sucedido en el camino. O en Pair-a-Dice.

—Miguel, lo siento. Juro que no fue mi culpa. Yo traté de decirte que ella era . . .

—Sal de mi vista, Pablo. Vete a tu casa y quédate allí. —Y así lo hizo.

Miguel estuvo a punto de no ir a buscarla después de eso. Se merecía que le ocurriera cualquier cosa. Ella se fue buscando eso, ¿no? Miguel lloró. La maldijo. La había amado y ella lo había traicionado. De la misma manera que podría haberle clavado un puñal en los intestinos y retorcerlo.

Pero en la noche, en la oscuridad, él recordaba esos días en que había estado tan enferma y que le había dejado echar un vistazo dentro de su alma. Había dicho muchas cosas en sus delirios, trazando imágenes de toda la desdicha de su vida. ¿Acaso conocía algo mejor? Recordó la reacción de Pablo frente a ella y la furia de Ángela. Había conocido su dolor, aunque ella lo negara rotundamente. Tenía que ir y traerla de regreso. Ella era su esposa.

Hasta que la muerte nos separe.

Se preparó para encontrarse con cualquier cosa en Pair-a-Dice, pero cuando entró a ese cuarto y vio por sí mismo lo que ella estaba haciendo, casi perdió la razón por completo. Si no hubiera visto sus ojos, o escuchado la manera en que ella dijo su nombre, los habría matado a ambos. Pero había visto y había escuchado por un instante breve y vulnerable, y se había dado cuenta de lo qué ella realmente sintió. Alivio. Un alivio tan profundo que lo detuvo.

Pero eso no quería decir que la reacción instintiva ante su traición no estuviera ahí dentro todavía, hirviendo, apenas por debajo de la superficie.

Miguel se estremeció. —Vamos —le dijo firmemente—. Nos vamos a casa. —Le tomó la mano y se puso en marcha atravesando el bosque.

Ángela quería resistirse, pero tenía miedo. ¿Qué iba a hacerle ahora? Con este temperamento, ¿podía ser tan brutal como el Duque? —¿Por qué viniste a buscarme?

—Porque eres mi esposa.

—¡Dejé el anillo sobre la mesa! No lo robé.

—Eso no cambia nada. Todavía estamos casados.

—Y tú simplemente podrías haberlo olvidado.

Él se detuvo y la miró, fulminándola. —En mi libro, es un compromiso para toda la vida, señora. No es un acuerdo que se anula cuando las cosas se ponen difíciles.

Ella examinó confundida su rostro. —Aun cuando me hayas encontrado . . . —Él empezó a caminar otra vez, tironeando de ella para que lo siguiera. No lo entendía. No lo entendía en absoluto—. ¿Por qué?

—Porque *te amo* —respondió con voz ronca. Le dio vuelta, poniéndola delante de él; tenía la mirada atormentada—. Así de simple, Amanda. Te amo. ¿Cuándo vas a entender lo que significa eso?

Se le hizo un nudo en la garganta y dejó caer su cabeza.

Caminaron en silencio el resto del trayecto. Él la levantó hacia el asiento de la carreta. Se hizo a un lado cuando él subió para sentarse junto a ella. Lo miró con tristeza. —Esa clase de amor tuyo no me hace sentir bien.

—¿Es tu clase de amor mejor? —Ella apartó la mirada. Él desató las riendas—. En este momento el amor no tiene nada que ver con los sentimientos —dijo severamente—. No me malinterpretes. Soy tan humano como cualquier tipo. *Siento* perfectamente. En este momento siento lo suficiente y mucho que no desearía sentir. —Sacudió la cabeza; su rostro estaba tenso por el dolor y la ira—. Cuando entré a ese cuarto, sentí ganas de matarte, pero no lo hice. En este momento siento ganas de hacerte entrar en razón a golpes, pero no lo haré. —La miró con sus ojos oscuros—. Y no importa cuánto duela, cuánto quiera herirte yo en respuesta a lo que has hecho, no voy a hacerlo. —Chasqueó las riendas y se puso en camino.

Ángela trató de tragarse sus sentimientos, pero estos seguían surgiendo, sofocándola. Apretó los puños, combatiéndolos. —Tú sabías lo que era yo. Lo *sabías*. —Ella quería que él comprendiera—. Miguel, es lo único que he sido siempre. Lo que siempre seré.

—Eso es puro estiércol. ¿Cuándo vas a dejar de revolcarte en ello?

Ella apartó la mirada, hundiendo los hombros. —Simplemente no entiendes. Nunca será como tú quieres que sea. ¡No puede ser! Incluso si alguna vez hubo alguna posibilidad, ahora ya ha desaparecido. ¿No lo ves?

Los ojos de él atravesaron los suyos. —¿Estás hablando de Pablo?

—¿Él te contó?

—No tuvo que hacerlo. Lo tenía escrito en la cara.

Ángela no se defendió ni dio explicaciones. Tenía los hombros caídos y miraba fijamente hacia delante.

Miguel vio que se había echado toda la culpa a sí misma, pero ella y Pablo tendrían que cargar con eso. Y él también. Volvió a mirar el camino y estuvo silencioso por un largo rato. —¿Por qué volviste? No lo entiendo.

Ella cerró los ojos, buscando una razón suficientemente buena. No pudo hallar ninguna y tragó saliva. —Para conseguir mi oro —dijo desolada. Admitirlo la hizo sentir pequeña y vacía.

—¿Para qué?

—Quiero una pequeña cabaña en el bosque.

—Ya tienes una.

Apenas pudo hablar cuando tragó el nudo de dolor en su pecho. Lo apretó con sus manos. —Quiero ser libre, Miguel. Una vez en la vida. *¡Libre!* —Se le quebró la voz. Se mordió el labio y se agarró del lado del asiento de la carreta con tanta fuerza que la madera se incrustó en sus manos.

El rostro de Miguel se suavizó. La ira se desvaneció, pero no así la pena. —Eres libre. Sólo que todavía no lo sabes.

Fue un largo y silencioso viaje de regreso al valle.

Dieciséis

La mente tiene su propio lugar,
y en sí misma puede hacer un cielo del infierno, un infierno del cielo.

Milton

Miguel no podía sacárselo de la cabeza. Ella no había pedido disculpas. No había dado excusas. Simplemente se había sentado, muda, con la espalda recta, la cabeza en alto y las manos apretadas sobre su regazo, como si fuera a entrar en batalla en lugar de entrar a su hogar. ¿Preferiría ella rechazar el regalo y vivir en una oscuridad eterna en lugar de abrirle su mente y su corazón a él? ¿Su orgullo era lo único que importaba?

Él no lo comprendía.

Ángela se mantuvo en un silencio atormentado. Luchaba contra las emociones que aparecían precipitadamente, el remordimiento, la culpa, la confusión. Se convirtieron en una masa sólida, un bulto endurecido que le crecía en la garganta y en el pecho, como un cáncer desparramando dolor a cada miembro. Tenía miedo. La esperanza que creía muerta hacía mucho tiempo había resucitado. Había olvidado la pequeña luz que a veces parpadeaba en su interior cuando era niña. Algo la encendía y la llama crecía hasta que el Duque la aplastaba.

Ahora, ella intentaba aplastarla con la lógica.

Nada volvería a ser igual. Cualquier cosa que hubiera podido crecer entre Miguel y ella había sido arruinada. Ella lo sabía. Desde el momento en que Pablo la había usado, ella había desperdiciado su última oportunidad.

Me lo hice a mí misma. Me lo hice a mí misma. Mea culpa. Mea culpa.

Las palabras de su madre la perseguían como fantasmas, recuerdos insoportables de una vida que había perdido. ¿Por qué estaba sintiendo otra vez esta pequeña luz cuando ella sabía que al final sería destruida? Como siempre lo había sido. La esperanza era cruel. Era sólo el aroma a comida frente a una niña hambrienta. Sin leche. Sin carne.

Ay, Dios, no puedo tener esperanza. No puedo. Si lo hago, no sobreviviré.

Pero estaba ahí —una chispa pequeña brillando en la oscuridad.

Mientras llegaban al valle con las primeras luces, Ángela sintió que el calor del sol iba aumentando sobre sus hombros y recordó la noche que Miguel la había arrastrado con él para mirar el amanecer. *"Esta es la vida que quiero darte."* En ese momento, ella no había entendido lo que él le ofrecía. No lo comprendió hasta que subió la escalera del salón Dólar de Plata y volvió a vender su alma a la esclavitud.

Es demasiado tarde, Ángela.

Entonces ¿por qué está trayéndome de regreso? ¿Por qué simplemente no me dejó en Pair-a-Dice?

El Duque también te llevó de regreso, ¿no recuerdas? Varias veces.

Siempre había visto castigo justo en los ojos oscuros del Duque. Él la había hecho sufrir. Aun así, había sido más fácil aceptar lo que le hacía a ella que ver el sufrimiento que infligía en los que se atrevían a ayudarla. Como Juancito, antes de que el Duque lo despachara para siempre.

Pero Miguel no era como el Duque. Ella jamás había visto ese brillo de crueldad calculada en sus ojos. Nunca lo había sentido en sus manos.

Hay un precio para todo, Ángela. Lo sabes. Siempre lo has sabido.

¿Qué monto le exigiría él por haberla sacado del infierno? ¿Qué precio por salvarla de su propia locura?

Se estremeció.

Miguel viró la carreta alrededor del jardín frente a la cabaña y ató las riendas. Ángela comenzó a descender, pero él le sujetó la muñeca con sus manos. "Quédate aquí." Su voz era pesada y ella se sentó en silencio esperando sus órdenes. Cuando él dio la vuelta para ayudarla a bajar, cerró los ojos, temerosa de mirarlo. La bajó al suelo suavemente.

"Ve adentro de la casa," le dijo. "Cuidaré a los caballos."

Ángela empujó la puerta de la cabaña y sintió que todo su ser era invadido por una sensación de alivio. *Estoy en casa.*

¿Por cuánto tiempo, Ángela? El suficiente como para hacerte sufrir antes de que te eche nuevamente.

No podía permitirse pensar en eso ahora. Entró y observó los cambios a su alrededor. Todo era tan familiar, tan sencillo, tan querido. La mesa rústica, las sillas de mimbre delante del fuego, la cama hecha con la madera de una carreta, las mantas gastadas que había hecho su hermana. Ángela se ocupó de hacer un fuego y tender la cama.

Levantó una camisa de lana roja y la apretó contra su rostro para inhalar el olor del cuerpo de Miguel. Él era la tierra, el cielo y el viento. Contuvo la respiración.

¿Qué hice? ¿Por qué lo desperdicié?

Las palabras de Pablo le vinieron a la mente. *No vales más que cincuenta centavos.* Era verdad. Ella era una prostituta y lo sería siempre. No había tardado ni un día en volver a caer en sus viejos hábitos.

Temblando, dobló cuidadosamente la camisa y la guardó en un cajón. Tenía que detener esos pensamientos. Tenía que arreglárselas, como ya lo había hecho antes. ¿Pero cómo podría ahora? ¿Cómo lo haría?

Su mente buscó respuestas con desesperación, pero no se le ocurrió ninguna. *Haré lo que quiera por el tiempo que se le ocurra si deja que me quede. Con tal de que me acepte.*

Aunque no tenía apetito, sabía que Miguel tendría hambre cuando entrara. Preparó el desayuno con sumo cuidado. Mientras cocinaba el cereal, barrió el polvo y sacó el hollín de la chimenea. Pasó una hora, luego otra. Y Miguel no regresaba.

¿Qué estaba pensando? ¿Su enojo iría en aumento? ¿Habría cambiado de parecer? ¿La echaría ahora? ¿A dónde iría si eso ocurría?

Los recuerdos del Duque le revolvieron el estómago.

Él no es como el Duque.

Todos los hombres son como el Duque cuando los traicionan.

Su mente daba vueltas como un pájaro en busca de carroña. Sus defensas se despertaron y levantaron armas contra Miguel. Nadie lo había obligado a buscarla. Si él estaba herido por lo que había visto, sólo podía culparse a sí mismo. No era culpa de ella que él entrara en el momento en que lo hizo. No tenía la culpa de que él volviera en absoluto. ¿Por qué no la había dejado en paz después de todo? Ella nunca había tratado de engañarlo. ¿Qué esperaba? Él sabía desde el comienzo lo que estaba llevando. Sabía lo que ella era.

¿Qué soy yo? gritó su mente. *¿Quién soy? Ya no tengo ni siquiera un nombre propio. ¿Quedará aunque sea una partecita de Sara?*

No podía dejar de ver los ojos de él y la pesadez caliente de su propio corazón era insoportable.

Finalmente, no aguantó más y salió a buscarlo. No estaba en el campo, aunque los caballos estaban pastando. No lo veía por ninguna parte. Por último, entró silenciosamente en el granero y lo vio. Estaba sentado con la cabeza apoyada entre ambas manos y sollozaba. A verlo su corazón dio un vuelco y el alivio que buscaba se volvió una carga aún más pesada.

Lo he lastimado. De la misma manera podría haber tomado un cuchillo y apuñalarlo en el corazón. Hubiera sido mejor que Magowan me matara. Mejor no haber siquiera nacido.

Abrazándose a sí misma, volvió a la cabaña y cayó de rodillas delante del fuego. Era su culpa. Las preguntas la desbordaban. Si nunca hubiese dejado al Duque; si no se hubiera subido a ese bergantín; si no se hubiera vendido a cada persona que pasaba en las calles embarradas de San Francisco, o no se hubiera ido con la Duquesa; si hubiera ignorado a Pablo; si se hubiera quedado aquí y nunca se hubiera ido; si no hubiera vuelto a Pair-a-Dice ni subido esa escalera con Manuel. *Si, si, si* . . . La interminable y retorcida espiral hacia abajo.

Pero hice todo eso. Y ahora es demasiado tarde y Miguel se sienta a llorar, mientras yo no derramo una lágrima por nada.

Se abrazó a sí misma y se acunó hacia delante y atrás.

"¿Por qué nací? ¿Por qué?" Miró fijamente sus manos. "¿Para esto?" Las podía sentir cubiertas por la mugre de su oficio. Todo su cuerpo estaba corrompido, por dentro y por fuera. Miguel la había sacado del abismo y le había ofrecido una oportunidad y ella la había desperdiciado. Después volvió, y nuevamente la sacó de su cama manchada para llevarla a su casa y, fiel a su propia estupidez, se había pasado toda la mañana limpiando la casa y ni por un momento había pensado en limpiarse a sí misma.

Buscó frenéticamente el jabón y corrió hacia el riachuelo. Se sacó la ropa, y arrojándola a un lado despreocupadamente, se metió al agua. El aire y el agua helada golpearon su carne, pero no le importó. Lo único que quería era estar limpia, tan limpia como alguna vez pudiera haberlo estado.

Tal vez como en el momento mismo en que fue concebida.

∽↔∼

Miguel se levantó y colgó las correas. Salió del granero y caminó lentamente de regreso a la cabaña. ¿En qué podía convertirse un matrimonio tan manchado por el engaño sexual?

En primer lugar, ella nunca me amó. ¿Por qué debería esperar que me fuera leal? Nunca me prometió lealtad. Yo la obligué a decir sus votos. Jamás dijo una palabra sobre estar arrepentida, Señor. Ni una palabra en cincuenta kilómetros. ¿He cometido un error? ¿Fue tu voz lo que escuché, o fue mi propia carne? ¿Por qué estás haciéndome esto?

Debería haberla dejado en Pair-a-Dice.

Ella es tu esposa.

Sí, pero no sé si puedo perdonarla.

La visión de ella en la cama con otro hombre estaba grabada con fuego en su mente. No podía sacársela de la cabeza.

Yo la amaba, Señor. La amaba tanto como para dar la vida por ella y me hizo esto. Tal vez ella esté más allá de la redención. ¿Cómo puedes perdonar a alguien que no quiere ser perdonado?

¿Qué quiere ella, Miguel?

"Libertad. Ella quiere la libertad."

La cabaña estaba ordenada; había un fuego acogedor ardiendo. Estaba la mesa puesta y su desayuno listo. Sólo faltaba Ángela. Miguel blasfemó por primera vez en años. "¡Que se vaya! No me importa. Estoy harto de luchar." Con torpeza sacó la olla del fuego. "¿Cuántas veces se supone que tenga que ir detrás de ella y traerla de vuelta?"

Se sentó un rato en su silla de mimbre, pero su ira seguía creciendo. Volvería a buscarla y esta vez le diría unas cuantas verdades. Le diría que si tanto quería marcharse, hasta la llevaría de regreso. Dio un portazo al salir de la cabaña, se quedó parado afuera con los brazos a la cintura, preguntándose hacia dónde había partido esta vez. Exploró el horizonte y con asombro, la vio desnuda en el riachuelo.

Caminó a grandes zancadas hacia ella. —¿Qué estás haciendo? Si querías darte un baño, ¿por qué no llevaste agua a la casa y la calentaste?

En un repentino y poco usual acto de modestia, ella le dio la espalda, tratando de esconderse de él. —Vete.

Se sacó la chaqueta. —Sal de ahí; pescarás una neumonía. Si tanto quieres bañarte, yo te llevaré el agua.

—¡Vete! —gritó, arrodillándose y encorvándose.

—¡No seas tonta! —Se metió al agua, la agarró y la puso de pie. Tenía los puños llenos de gravilla. Sus pechos y vientre estaban ásperos de tanto frotarse—. ¿Qué te estás haciendo?

—Tengo que lavarme. No me diste la oportunidad de . . .

—Ya te has lavado lo suficiente. —Trató de envolverla con su chaqueta, pero ella se la arrancó.

—Todavía no estoy limpia, Miguel. Sólo vete y déjame en paz.

Miguel la agarró bruscamente. —¿Habrás terminado para cuando te arranques la piel en pedazos? ¿Cuándo estés sangrando? ¿Eso quieres? ¿Crees que haciéndolo estarás más *limpia*? —La soltó, con miedo de lastimarla—. No funciona de esa manera —dijo con los dientes apretados.

Ella pestañeó y se sentó lentamente, con el agua helada arremolinándose alrededor de la cintura. —No, supongo que no —dijo en voz baja. El pelo húmedo enmarañado le caía suelto sobre su pálido rostro y sobre sus hombros.

—Vuelve adentro —le dijo y la ayudó a levantase. Esta vez ella salió sin resistirse, tropezando hasta llegar a la orilla. Cuando se agachó para buscar su ropa, la llevó con él sin que se vistiera. La empujó un poco dentro de la cabaña y cerró la puerta de un golpe. Arrancó una frazada de la cama y se la arrojó. "Siéntate junto al fuego."

Ángela envolvió sus hombros con la frazada y se sentó. No levantó la cabeza.

Echándole un vistazo, Miguel le sirvió una taza de café. "Bebe esto." Ella hizo lo que él le ordenó. —Tendrás suerte si no te enfermas. ¿Qué pretendes? ¿Hacer que *yo* me sienta culpable de que hayas vuelto a la prostitución? ¿Hacerme sentir culpable de haberte arrastrado fuera de ese burdel otra vez?

—No —respondió en voz baja.

Él no quería compadecerse de ella. Deseaba sacudirla hasta que se le cayeran los dientes. Quería matarla.

Podría. Dios, ¡podría matarla y estar muy contento por ello!

Setenta veces siete.

No quiero escucharte. Estoy harto de hacerlo. Pides demasiado. Duele. ¿No entiendes? ¿No sabes lo que me hizo?

Setenta veces siete.

Le ardían los ojos por las lágrimas, el corazón le latía como un tambor. Ella se veía como una niñita empapada. Debajo de sus ojos azules tenía ojeras oscuras. *Que sufra. Se lo merece.* Tenía una marca en el cuello que lo trastornaba. Se puso una mano para taparla y apartó la mirada de él. Casi podía verla encogiéndose. Quizás le quedaba un resto de conciencia. Quizás sí sentía un poco de vergüenza. Ah, pero se le acabaría muy pronto y estaría lista para volver a hacerlo jirones.

No puedo evitar lo que siento, Señor. Yo creí que ella podía amarme, tal vez. . . .

¿Cómo tú me has amado?

No es lo mismo. ¡Tú eres Dios! Yo sólo soy un hombre.

—No deberías haberme buscado —dijo ella con un tono apagado—. Nunca tendrías que haberte acercado a mí.

—Así es. Cúlpame a mí. —Tal vez ella tenía razón. Se sintió harto. Apretando la mano, la miró—. Hice votos y me mantendré fiel a ellos sin importar cuánto me pesen en este momento.

Ella lo miró con ojos desolados. —No tienes que hacerlo. —Sacudió la cabeza.

—Funcionará. Haré que funcione. —*¿Acaso no lo prometiste, Señor? ¿O yo estaba imaginándolo? ¿Ella tenía razón en todo y esto fue solamente atracción sexual?*

—Simplemente te estás engañando a ti mismo —dijo Ángela—. Es que no entiendes. Yo no debería haber nacido.

Él rió burlonamente. —Autocompasión. Estás ahogándote en ella, ¿no? Eres una tonta ciega, Ángela. No puedes ver lo que tienes delante.

Tú tampoco.

Ella miraba el fuego. —No soy ciega. He tenido los ojos abiertos toda mi vida. ¿Crees que no sé lo que estoy diciendo? ¿No crees que sea verdad? Escuché a mi propio padre decir que yo debía haber sido abortada. —Se le quebró la voz. Recuperó el control y prosiguió con más calma—. ¿Cómo puede entender un hombre como tú? Mi padre estaba casado. Ya tenía demasiados hijos. Le dijo a mi mamá que ella sólo quería que yo naciera para poder retenerlo. Nunca supe si eso era verdad. Él se la sacó de encima. No la quiso más. Por mi culpa, dejó de amarla. Por mi culpa.

Siguió hablando con una voz tranquila, agonizante. —Los padres de mi mamá eran personas decentes que vivían en un buen lugar. No quisieron aceptarla, no con una hija ilegítima. Hasta su iglesia le dio la espalda. —La manta cayó abierta y Miguel observó detenidamente las marcas coloradas en su piel. Había marcas rojas en las partes donde ella se había lastimado.

Jesús, ¿por qué me estás haciendo esto?

Era más fácil refugiarse en su propia ira que mirar el interior de su alma torturada.

—Terminamos en los muelles. —Continuó su relato, impasible ahora—. Ella se hizo prostituta. Cuando los hombres se iban, bebía para dormir mientras Ramón salía por ahí y se bebía el dinero. Ya no era tan bonita. Murió cuando yo tenía ocho años. —Ella lo miró—. Sonriendo. —Torció la boca—. Así que ya ves. *Es verdad.* Yo no debería haber nacido. Todo fue un terrible error desde el principio.

Miguel se sentó pesadamente, con las lágrimas al borde de los ojos, pero no por sí mismo esta vez. —¿Y qué ocurrió contigo entonces?

Ella inclinó la cabeza y apretó las manos con fuerza. No lo miró. Hubo un silencio largo y pesado antes de que ella volviera a hablar en voz baja. —Ramón me vendió a un burdel. El Duque tenía debilidad por las niñitas.

Miguel cerró los ojos.

Ella levantó la mirada hacia él. Desde luego que él sentía repulsión. ¿Qué hombre no sentiría eso de imaginar a una niñita fornicando con un adulto?

—Eso fue sólo el comienzo —dijo con voz apagada, agachando la cabeza, incapaz de mirarlo—. No puedes ni darte una idea de lo que vino a partir de ahí. Las cosas que me hicieron. Las cosas que *yo hice*. —No le aclaró que era cuestión de supervivencia. ¿Qué importaba? Ella había elegido obedecer.

Él la miró a través de sus lágrimas. —Tú crees que tienes la culpa de todo, ¿verdad?

—¿Quién más? ¿Mamá? Ella amaba a mi padre. Me amaba a mí. Ella amaba a *Dios*. El amor no le dio nada bueno. ¿Cómo puedo echarle la culpa de nada, Miguel? ¿Debería culpar a Ramón? No era más que un pobre y tonto borracho que creyó que estaba haciendo lo mejor para mí. Ellos lo mataron. Ahí mismo, en la habitación, delante de mí, porque sabía demasiado. —Sacudió la cabeza. El no tenía que saber todo.

—Tú no eres la culpable, Amanda.

Amanda, ay, Dios. —¿Cómo puedes seguir llamándome así?

—Porque ahora lo eres.

—¿Cuándo lo entenderás? —gritó frustrada—. No importa quién te haga algo malo. No puedes fingir que no ha sucedido. —Se aferró a la frazada que tenía alrededor, abrazándose—. Cargas todo dentro de ti. Lo que ha pásado, es lo que yo soy. Tú mismo lo dijiste y tienes razón. No puedo limpiarlo. No puedo ser pura. Podría desgarrarme la piel. Podría desangrarme y nada sería distinto. Es como un hedor apestoso del que no puedo deshacerme, no importa cuánto lo intente. Y lo he intentado, Miguel. Lo hice, te lo juro. He peleado y he huido. Quise morirme. Casi lo logré con Magowan. Casi. ¿No lo ves? Nada importa. Nada cambió las cosas. Soy una prostituta y para eso he nacido.

—¡Es una mentira!

—No, no lo es. No lo es.

Él se inclinó hacia ella, pero ella se retrajo, aferrándose con más fuerza a la frazada y apartando la mirada. —Amanda, lo resolveremos —le dijo—. Lo lograremos. Yo hice un pacto contigo.

—No, no lo haremos. Sólo envíame de regreso. —Cuando él negó con la cabeza, ella le suplicó—. *Por favor.* No pertenezco a este lugar. Búscate otra persona.

—¿Mejor que tú, quieres decir?

Su rostro estaba blanco como un papel, su dolor era fuerte y cruel.

—Sí.

Miguel se estiró para ponerle la mano en el hombro, pero ella se apartó. Ahora sabía por qué, y el hecho de que ella pensara que era tan impura que él ni siquiera debía tocarla lo desgarraba hasta la médula.

—¿Tú crees que yo soy un santo? —le preguntó con voz ronca. Apenas unos momentos atrás había rechazado a Dios y al amor, y había deseado matar a su propia esposa. ¿Cuál era la diferencia de matar con sus manos o con los pensamientos? Su naturaleza carnal se había deleitado con los pensamientos de castigo, hasta lo había deseado.

Se puso de rodillas y la tomó de los hombros.

—Yo tendría que haber ido corriendo a Pair-a-Dice —le dijo gravemente—. No debería haber esperado que Pablo volviera con la cola entre las patas.

Ella levantó la cabeza y lo miró directamente a los ojos, deseando terminar rápidamente, de una vez por todas.

—Le di sexo sólo para pagarle el viaje.

Esas palabras lo golpearon duramente, pero no renunció a ella. Miguel le levantó el mentón. —Mírame, Amanda. Nunca te dejaré. Jamás. Nos pertenecemos el uno al otro.

—Eres un tonto, Miguel Oseas. Un pobre y ciego tonto. —Se estremeció violentamente.

Miguel se levantó para buscarle una frazada seca. Cuando se dio vuelta, los ojos de ella estaban sobre él, llenos de temor. —¿Qué ocurre? —dijo él, frunciendo el ceño—. ¿Crees que quiero lastimarte?

Ella cerró fuertemente los ojos. —Tú quieres lo que no tengo. No puedo amarte. Incluso si fuera capaz, no lo haría.

Él se agachó, le sacó la frazada húmeda y la cubrió con la seca. —¿Por qué no?

—Porque me pasé los primeros ocho años de mi vida viendo a mi madre hacer penitencia por amar a un hombre.

Él le inclinó el mentón. —Era el hombre equivocado —le dijo con firmeza—. Yo no soy el hombre equivocado, Amanda. —Él se puso de pie y hurgó en su bolsillo. Arrodillándose delante de ella, buscó debajo de la manta y encontró su mano. Deslizó el anillo de boda de su madre otra vez en su dedo—. Sólo para mantener la forma. —Le acarició tiernamente la mejilla y sonrió.

Ella dejó caer su cabeza y guardó la mano debajo de los pesados pliegues de lana. La apretó contra sus pechos y sintió cada rasguño y moretón que se había provocado, pero el sentimiento que estaba floreciendo dentro de ella era mucho peor.

La chispa estaba convirtiéndose en un fuego.

Miguel tomó un trapo y le secó el cabello. Cuando terminó, la acercó a él y la acunó en sus brazos. "Carne de mi carne," susurró contra su cabello. "Sangre de mi sangre."

Ángela cerró fuertemente los ojos. El deseo que sentía por ella disminuiría con el tiempo. Dejaría de amarla de la misma manera que su padre había dejado de amar a Mamá. Y si se permitía amar a Miguel de la forma que Mamá había amado a Alejandro Stafford, él le rompería el corazón.

No quiero llorar hasta quedarme dormida en una cama arrugada y beber hasta morir.

Miguel sintió su temblor. —No puedo dejarte ir sin amputarme la mitad de mí mismo —le dijo—. Tú ya eres parte de mí. —Le pasó los labios por la sien—. Empezaremos de nuevo. Dejaremos atrás lo que ha sucedido.

—¿Cómo podemos hacer eso? Lo que pasó, pasó. Está todo dentro de mí, como tallado en la roca.

—Entonces lo desenterraremos y lo enterraremos definitivamente, para siempre.

Ella le dedicó una risa triste y forzada. —Tendrás que enterrarme a *mí*.

El corazón de Miguel se iluminó. —Muy bien —dijo—. Te bautizaremos. —No sólo con agua, sino con el Espíritu, si ella lo permitía alguna vez. Le besó el cabello y la abrazó. Era irónico lo cercano a ella que se sentía ahora, más cerca que nunca. Le acarició el cabello hacia atrás—. Hace mucho tiempo, aprendí que es muy poco lo que controlamos de este mundo, Amanda. No nos pertenece. Está fuera de nuestras manos. Cosas como el nacimiento, o ser vendida para la prostitución a los ocho años. Lo único que podemos cambiar es la manera de pensar y la manera de vivir.

Ella dejó escapar un suspiro estremecido. —Y tú has decidido mantenerme contigo durante un tiempo.

—No durante un tiempo. Para siempre. Espero que tú cambies de parecer para quedarte. —Le acarició tiernamente la piel—. Cualquier cosa que otra persona te haya dicho o hecho, ahora está en ti tomar la decisión. Tú puedes *elegir* confiar en mí.

Ella examinó dudosa su rostro. —¿Así de simple?

—Sí, así de simple. Un día a la vez.

Lo estudió por un momento y luego asintió con la cabeza. La vida había sido demasiado insoportable como para no intentarlo a la manera de Miguel.

Acariciándole el mentón con el pulgar, la besó en la boca. Los labios de ella se suavizaron debajo de los suyos y se aferró a la parte delantera de la camisa de él. Cuando retiró su boca, Ángela apoyó su mejilla contra su pecho. Sintió que su cuerpo se relajaba completamente contra él.

Miguel cerró los ojos. *Señor, perdóname. Tú dijiste que fuera a buscarla y yo dejé que el orgullo se interpusiera en mi camino. Tú dijiste que ella me necesitaba y yo no te creí. Me dijiste que la amara y yo creí que sería fácil. Ayúdame. Abre mi corazón y mi mente para que pueda amarla como tú me has amado.*

El fuego crepitaba suavemente y un calor constante creció dentro de Miguel mientras abrazaba a su joven esposa. En cierto momento, en el lapso de un suspiro estremecedor, dejó de pensar en ella como Ángela, la ramera que había amado y que lo había engañado, y la vio como la niña sin nombre que había sido destruida y que todavía estaba perdida.

Diecisiete

Ustedes mismos son nuestra carta . . . escrita no con tinta
sino con el Espíritu del Dios viviente;
no en tablas de piedra sino en tablas de carne, en los corazones.

2 Corintios 3 : 2 - 3

Perdón era una palabra en un idioma extranjero. Gracia inconcebible. Ángela quería compensar lo que había hecho y buscó hacerlo mediante el trabajo. Mamá nunca había sido perdonada, ni siquiera después de miles de Ave Marías y Padre Nuestros. Entonces, ¿cómo era posible que Ángela fuera perdonada con sólo pedirlo?

Ella trabajaba para reconciliarse con Miguel. Cuando terminaba sus tareas domésticas, lo buscaba afuera y le preguntaba qué más podía hacer. Si él araba, ella caminaba detrás de él y levantaba las piedras, llevándolas a la cerca que estaban haciendo detrás del campo. Cuando él taló algún árbol, ella astillaba las ramas con un hacha, las apilaba, las ataba en haces y las guardaba dentro del granero para secarlas. Cuando él cortaba leña, ella la agrupaba. Hasta usó una pala para ayudarlo a cavar las raíces.

Él nunca le pedía que hiciera nada, por lo tanto, ella buscaba cosas que hacer por él.

Cuando llegaba el atardecer estaba exhausta, pero no podía permitirse descansar. La inactividad la hacía sentir culpable. En lugar de complacerlo, se encontró con que él se retraía cada día más de ella. Estaba callado, vigilante, pensativo. ¿Estaría arrepintiéndose ya de su impulso de traerla de regreso?

Una noche, ella luchaba contra su agotamiento mientras él leía. Su voz era profunda, rica y ella se adormeció, exhausta, haciendo el esfuerzo de mantener los ojos abiertos. Él cerró el libro y lo apoyó sobre la repisa.

—Estás trabajando demasiado.

Ella se sentó más erguida y miró la ropa que estaba remendando. Las manos le temblaban. —Todavía no estoy acostumbrada a esta clase de trabajo.

—Tienes suficiente para hacer y no tienes por qué hacerte cargo de la mitad de lo que yo hago. Te caes del sueño.

—Supongo que no soy muy buena compañía.

Cuando Miguel le puso la mano en el hombro, sintió su mueca de dolor. —Estás dolorida por haber arrastrado esas rocas ayer y esta mañana estuviste paleando abono en el establo.

—Lo necesito para el jardín.

—¡Dímelo y yo me encargaré de eso!

—Pero tú dijiste que el jardín era mi responsabilidad.

Era inútil hablar con ella. Estaba decidida a hacer penitencia. —Saldré a caminar un rato. Vete a la cama.

Subió a la colina y se sentó con los antebrazos descansando sobre sus rodillas. "¿Y ahora qué hago?" Nada era igual que antes. Era como si ambos caminaran juntos, sin tocarse nunca, sin hablar. Ella se había abierto por completo y había derramado sus confidencias ante él la noche que la había traído a casa. Ahora ella se desangraba, sin permitirse ser sanada. Ella esperaba complacerlo trabajando como una esclava, cuando lo único que él quería era su amor.

Se pasó una mano peinándose el cabello y apoyó su cabeza. *Entonces, ¿qué hago, Señor? ¿Qué hago?*

Cuida a mi oveja.

"¿Cómo?" le preguntó Miguel al cielo estrellado.

Entró en silencio a la cabaña y vio que se había quedado dormida en la silla. La levantó con suavidad y la metió en la cama. Ella parecía tan joven y vulnerable. ¿A qué distancia estaba de la niñita violada a los ocho años? No tan lejos. No era extraño que nunca hubiera visto al sexo como algo que tuviera que ver con el amor. ¿Cómo habría podido? Se daba cuenta de que no conocía ni la mitad de las cosas por las que ella había pasado. Sabía que el único que podía reparar un alma rota era Dios y ella no quería aceptarlo.

¿Cómo le enseño a una niña herida que confíe en ti cuando el único padre que conoció la odiaba y deseaba su muerte? ¿Cómo enseñarle que el mundo no era del todo malo, si hasta el sacerdote había rechazado a su madre? Señor, ella fue vendida como esclava a un hombre que parece al mismo Satanás. ¿Cómo la convenzo de que en el mundo hay buenas personas, cuando todas las que ha conocido la usaron y luego la condenaron por eso?

Miguel recogió un mechón de ese cabello rubio y lo frotó entre sus dedos.

No le había hecho el amor desde que la trajo de regreso a casa. Quería hacerlo. Su cuerpo la ansiaba. Pero entonces recordó su voz sin vida, diciéndole, "El Duque tenía debilidad por las niñitas," y el deseo se evaporó.

¿En qué pensaba ella esas veces que habían estado juntos? ¿Fui como los demás, buscando mi placer a costa de ella?

Ella siempre había parecido tan fuerte. Y lo era. Tan fuerte como para aceptar abusos impronunciables y sobrevivir. Tan fuerte como para adaptarse a cualquier cosa. Tan fuerte como para encerrarse entre paredes que pensaba que la mantendrían a salvo. ¿Qué alternativa había tenido? ¿Cómo podía comprender lo que él le ofrecía ahora?

No era más que una niña, Señor. ¿Por qué permitiste que pasara eso? Jesús, no lo entiendo. ¿Por qué? ¿No se supone que tú proteges a los débiles y a los inocentes? ¿Por qué no la protegiste a ella? ¿Por qué no la ayudaste? ¿Por qué?

¿En qué se diferenciaba Ángela a Gómer, la mujer de Oseas, vendida al profeta por su propio padre? Una hija de la prostitución. Una adúltera. ¿Acaso Gómer fue redimida por el amor de su esposo? Dios había redimido a Israel una innumerable cantidad de veces. Cristo había redimido al mundo. *¿Pero qué con Gómer, Señor? ¿Qué con Ángela? ¿Qué hay acerca de mi esposa?*

Cuida a mi oveja.

Sigues diciendo eso, pero no sé cómo. No sé qué quieres decir. No soy un profeta, Señor. Soy un simple granjero. No estoy preparado para la tarea que has dispuesto para mí. Mi amor no bastó. Ella sigue en el pozo, moribunda. Yo me acerco a ella, pero no toma mi mano. Está matándose para ganar mi amor cuando ya es suyo.

Confía en mí con todo tu corazón y no te apoyes en tu propio entendimiento.

Estoy tratando, Jesús. Eso trato.

Miguel se sentó desanimado al borde de la cama. La blusa de Telma se deslizó y cayó al piso. La levantó y vio la tela raída. Frunciendo el ceño, la lanzó sobre la cama nuevamente. Levantó la camisola desteñida y la miró. La frotó entre sus dedos. La primera vez que había ido a ver a Ángela en el cuarto de la planta alta, estaba vestida de raso y encaje. Ahora se vestía con harapos que ni siquiera eran de ella, sino de su hermana muerta.

Ni una sola vez Amanda le pidió otra ropa para reemplazarla y él había estado demasiado metido en sus pensamientos sombríos y en su trabajo como para dedicarle tiempo a eso. Bien, eso cambiaría. No estaban tan lejos de Sacramento como para hacer un viaje y visitar a José, quien con su visión de comerciante astuto estaría bien preparado para recibir a la afluencia de las familias de los mineros.

Miguel fue a buscar a Pablo y le pidió que cuidara de los animales mientras él y Amanda estuvieran afuera. Cuando mencionó su nombre, Pablo empalideció. —¿La trajiste de vuelta?

—Sí, la traje a casa.

Pablo se quedó callado con el rostro rígido cuando Miguel le recordó que ella era su esposa. Aceptó cuidar su propiedad.

—Arreglaremos las cuentas con José cuando estemos en Sacramento —dijo Miguel.

—Gracias de todas maneras, pero haré mis propios arreglos.

Miguel dudó, luego asintió. Se dio cuenta que la fisura entre ambos se ensanchaba. Pablo y su orgullo insufrible y obstinado. Pablo y su culpa.

Miguel cargó el carro con bolsas de papas, cajas de cebollas y cajones de manzanas de invierno, mientras Amanda permanecía en la puerta del granero, con los hombros envueltos en su chal. No hizo preguntas.

—Pablo cuidará a los animales —dijo Miguel y tapó los productos con una lona.

—Yo puedo hacer eso. No tenías que pedírselo.

—Tú irás conmigo. —Eso la tomó por sorpresa. Él sonrió—. Cocina unos pastelitos de más esta noche. Llevaremos un par de latas de porotos y saldremos por la mañana.

Partieron al amanecer. Amanda habló muy poco durante el camino. Al mediodía pararon para almorzar y volvieron a partir, conduciendo hasta el crepúsculo, cuando Miguel hizo una tienda a unos cien metros del camino. Hacía frío y el cielo estaba despejado. Amanda juntó leña mientras que Miguel cavó un hoyo y tiró un cobertizo sobre él. Después de cenar, él cargó la pala con brasas encendidas y las depositó en el hoyo en la tierra. Desparramó una capa de polvo sobre ellas y esparció ramas de pino y lonas antes de colocar las frazadas. Ángela se metió agradecida dentro de la cama, con el cuerpo dolorido por los saltos de la carreta.

Aulló un coyote y ella se apretó contra Miguel. Él la rodeó con sus brazos, encajando como la pieza de un rompecabezas. Él giró hacia ella y la besó, hundiendo los dedos en su cabello, pero después de un momento, se retiró y quedó de espaldas, observando las estrellas.

Ángela se apartó. —¿Ya no me deseas, verdad?

No la miró mientras hablaba. —Te deseo demasiado. Sólo que no puedo dejar de pensar lo que debe haber sido para ti, siendo una niña.

—No debería habértelo contado.

Giró la cabeza hacia ella. —¿Por qué no? ¿Así yo podía seguir obteniendo placer sin entender jamás el costo que significaba para ti?

—No me cuesta nada, Miguel. Ya no.

—Entonces, ¿por qué tuve que obligarte para que digas mi nombre?

Ella no pudo responder a eso.

Miguel se dio vuelta hacia ella y le acarició tiernamente el rostro. —Yo quiero tu amor, Amanda. Quiero que sientas placer cuando te toco. Quiero complacerte tanto como tú a mí.

—Siempre quieres demasiado.

—No me parece. Creo que va a llevar algo de tiempo, nada más. Será necesario que nos conozcamos mejor uno al otro. Necesitaremos confiar el uno en el otro.

Ángela miró el cielo estrellado. —Conozco palomas manchadas que se enamoraron. Nunca funcionó.

—¿Por qué no?

—Porque se obsesionaron, como Mamá, y vivieron tan miserables como ella. —Ángela se consideraba afortunada por su falta de amor. Creyó que una vez lo había sentido, pero fue meramente una ilusión. Hasta Juancito había resultado ser un medio para escapar.

—Ya no eres una prostituta, Amanda. Eres mi esposa. —Miguel sonrió tristemente y jugó con un zarcillo de cabello rubio—. Puedes amarme todo lo que quieras y sentirte a salvo.

Enamorarse significaba perder el control de sus emociones, de su voluntad y de su vida. Significaba perderse uno mismo. Y Ángela no se arriesgaría a eso, ni siquiera con este hombre.

—¿Qué sientes cuando te toco? —le preguntó Miguel, haciendo correr sus dedos por su mejilla.

Ella lo miró. —¿Qué quieres que sienta?

—Olvida lo que yo quiero. ¿Qué ocurre dentro de ti?

Ella sabía que él esperaría hasta que le contestara y que se daría cuenta si mentía. —Supongo que no siento nada.

Arrugando el ceño, siguió acariciándola. Amaba sentir su piel suave y tersa. —Cuando te toco le das vida a todo mi cuerpo. Siento que el calor me atraviesa. No puedo siquiera describir lo maravilloso que es cuando hacemos el amor.

Ella volvió a apartar la mirada. ¿Tenía que hablar él de eso?

—Tenemos que encontrar la forma de que a ti te guste tanto como a mí —dijo él y se tendió de espaldas nuevamente junto a ella.

—¿Es tan importante? ¿Por qué tendría que importar si yo siento algo o no?

—A mí me importa. El placer fue inventado para ser compartido. —Miguel la rodeó con su brazo—. Ven aquí. Deja que sólo te abrace.

Ella se dio vuelta para acurrucar la cabeza en su hombro y se relajó. Apoyó su brazo sobre el ancho pecho de Miguel. Él era tan cálido y fuerte. —No sé por qué te interesa —le dijo. Jamás le había importado a nadie lo que ella pensara o sintiera, siempre que hiciera lo que se suponía que tenía que hacer.

—Me interesa porque te amo.

Tal vez él no entendía bien las cosas de la vida. A lo mejor, estaba funcionando bajo cierta ilusión. —No se supone que las mujeres tengan que disfrutar del sexo, Miguel. Es sólo una actuación.

—¿Quién te dijo eso?

—Algunos.

—¿Un hombre o una mujer?

—Ambos.

—Bien, yo sé que no es así como el Señor quiso que fuera.

Ella se rió burlonamente. —¿Dios? Eres tan ingenuo. El sexo es el gran pecado original. Él echó a Adán y a Eva del Edén justamente por causa del sexo.

Así que ella sabía algo de la Biblia. Probablemente de su madre. Y tenía la misma teología retorcida. —El sexo no tiene nada que ver con la razón por la que fueron expulsados. El pecado de Eva fue tratar de *ser* Dios. Por eso ella quería la manzana, para poder saberlo todo y ser como el Señor. Ella fue engañada. Adán fue débil y siguió adelante con lo que ella decía, en lugar de hacer caso de lo que Dios le había dicho.

Ángela se alejó un poco y volvió a mirar al cielo. Deseó no haber sacado el tema. —Lo que digas. Tú eres el experto.

Él sonrió. —Estudié las Escrituras antes de la primera vez que estuvimos juntos.

Lo miró sorprendida. —¿Tu Biblia te dijo qué hacer?

Él se rió. —El problema no era saber *qué* hacer. El *cómo* era lo que me preocupaba. Los Cantares de Salomón me enseñó que se supone que la pasión del hombre y de la mujer sea mutua. —Su sonrisa se disolvió y parecía preocupado—. Una bendición compartida.

Ángela se alejó de su abrazo y miró las estrellas del cielo. Se sentía incómoda cuando él empezaba a hablar de Dios. El gran YO SOY rondándola y observándola. Mamá había dicho que Dios podía ver todo, hasta cuando estaba apagada la lámpara, incluso cuando estabas en la cama con alguien. Había dicho que Dios sabía hasta lo que estabas pensando. El gran "espía en el cielo," escuchando a escondidas tus pensamientos.

Ángela se estremeció. La vasta oscuridad del cielo nocturno la asustaba. Cada sonido parecía amplificado y ominoso. En realidad, no había nadie ahí arriba, ¿verdad? Todo estaba en la cabeza de Mamá. En la de Miguel, también.

¿No era así?

—Estás temblando. ¿Tienes frío?

—No estoy acostumbrada a dormir al aire libre.

Miguel la acercó a él y señaló la constelación de Orión, la Osa Mayor y Pegaso. Ángela escuchaba la resonancia profunda de su voz. Él no estaba intranquilo por la oscuridad o los sonidos y después de un rato en sus brazos, ella tampoco lo estuvo. Bastante después de que él se quedara dormido, ella seguía despierta, mirando las figuras que él había trazado en el cielo, pero era Dios a quien ella no se atrevía a contemplar.

A la mañana siguiente partieron después del amanecer. A medida que iban bajando las faldas de las montañas, la hierba se veía verde brillante por la lluvia que había caído. El paisaje estaba salpicado por una gran cantidad de robles. Una diligencia los pasó en una colina, caballos a todo galope. Miguel se inclinó, protegiéndola, mientras pasaba el rugido, salpicando barro en su carrera.

Conforme se acercaban a las afueras de Sacramento, Ángela se asombró por todo lo que veía. Un año atrás había viajado a través de un asentamiento de lonas y maderas con la Duquesa, Mai Ling y Fortunata. Ahora era una metrópolis próspera con un aspecto de solidez. Las calles estaban llenas de carretas y de hombres a pie. Algunos se veían prósperos en sus trajes, mientras que otros parecían recién llegados de los campos de oro, cargando mochilas y palas en la espalda. Incluso había algunas mujeres vestidas con ropa de gabardina y capas de lana. Unas pocas llevaban niños con ellas.

Mientras Miguel doblaba hacia una calle amplia, Ángela vio la gran fachada de un hotel, dos restaurantes, media docena de salones, una peluquería con una fila de hombres esperando afuera y una oficina inmobiliaria. En la cuadra siguiente había una compañía constructora y una tienda que exhibía pantalones, abrigos y sombreros de ala ancha. A la izquierda de Ángela había un negocio de artículos para mineros, un teatro y una oficina de compradores de oro. Del otro lado había un edificio de dos plantas que ofrecía alambres de púa, clavos y herraduras. A continuación, había más tiendas de suministros para mineros y una de semillas, flanqueados por una rueda de carreta y un almacén de toneles. Detrás de un aviso de boticario había más de una docena de hombres haciendo fila en la vereda.

Pasó otra diligencia, salpicando más barro.

"Pablo dijo que José se había instalado cerca del río," comentó Miguel, doblando en otra esquina. "Para él es más fácil conseguir su mercadería de los barcos que suben desde San Francisco."

Miguel vio cómo los hombres a lo largo del recorrido por el pueblo miraban a Ángela. Ella era una gema poco frecuente en una ciudad de barro. Se detenían y la observaban, algunos quitándose el sombrero, a pesar de la lluvia que había comenzado. Ángela iba sentada al lado de él, con la espalda derecha, la cabeza en alto, completamente ignorante de ello. Estirándose hacia atrás sobre el asiento, Miguel tomó una frazada. "Envuélvete con esto. Te mantendrá seca y en calor." Ella lo miró y él vio la inquietud en su expresión mientras se cubría los hombros con la frazada.

A la distancia, Ángela vio mástiles de barcos. Miguel dobló hacia arriba en una calle que corría paralela al río. La tienda de Hochschild, ubicada al lado de un gran salón, era el doble del tamaño del almacén de Pair-a-Dice. Sobre la puerta había un letrero que decía, "De todo bajo el sol." Miguel dirigió su carro hasta el frente de la tienda y puso el freno. Saltó, dio la vuelta alrededor de la carreta y levantó a Ángela del asiento, cargándola hasta pasar el barro y dejarla en la vereda.

Dos hombres jóvenes salieron del almacén. Cuando la vieron, dejaron de hablar. Sacándose el sombrero, la miraron fijamente como dos mulas atontadas; ninguno tomó en cuenta a Miguel, que estaba sacudiéndose el barro de las botas. Cuando levantó la mirada, sonrió y la tomó del brazo. "Caballeros, si nos disculpan." Pidieron disculpas tartamudeando y se hicieron a un lado de la puerta.

Ángela se fijó en una estufa Franklin que había cerca de la parte de atrás de la tienda y le dijo a Miguel que se quedaría al lado del calor mientras él hacía su negocio. Le dio un vistazo a José, que estaba en lo alto de una escalera, bajando latas de comida de un estante alto y arrojándoselas a un asistente que las metía en una caja para un cliente. Notó que los dos hombres jóvenes volvían a entrar a la tienda mientras Miguel se abría paso para llegar al mostrador, sorteando varias mesas que exhibían herramientas, artículos domésticos, chaquetas y botas.

—¿Qué clase de tendero eres tú? No hay ni una papa en este lugar.

José miró hacia abajo sobresaltado y entonces sonrió de oreja a oreja desde la escalera.

—¡Miguel! —Bajó ágilmente y le tendió la mano. Indicó a su asistente que terminara de ordenar y se llevó a Miguel a un lado. Dirigió una vez la mirada hacia Ángela y volvió a mirar, obviamente sorprendido. Miguel se dio vuelta y también la miró, sonriendo y guiñándole un ojo, mientras le decía algo a José.

Apartando la mirada, ella se quedó tan cerca como pudo de la estufa. Uno de los jóvenes se acercó. Ella lo ignoró, pero podía sentir que estaba mirándola fijamente. El otro se les unió. Se ciñó más fuerte el chal y les dirigió una mirada fría, esperando que captaran la indirecta y la dejaran en paz. Ambos se veían delgados, con sus abrigos remendados.

"Soy Santiago," dijo uno. Era tan lampiño como el otro, pero tenía la piel muy bronceada. "Acabo de volver de Tuolumne. Disculpe que me quede mirándola, señora, pero hace mucho que no veo a una dama." Movió la cabeza hacia su compañero. "Este es mi socio, Fernando."

Ángela miró a Fernando y este se sonrojó. Ella se frotó el brazo, tratando de calmar el frío y deseando que se fueran. No le interesaba quiénes eran, de dónde venían, o qué habían estado haciendo. Guardó silencio para desalentarlos, pero Santiago lo tomó como un estímulo y habló de su casa en Pennsylvania, sus dos hermanas, tres hermanos menores y sus padres, quienes habían quedado allá.

"Les he escrito contándoles lo buena que es esta tierra," dijo. "Están pensando en mudarse y traer con ellos a la familia de Fernando."

Miguel venía hacia ellos con una expresión inescrutable. Ángela temió que él pudiera pensar que ella estaba ofreciéndoles sus servicios. Puso su mano posesivamente debajo del brazo de ella, pero sonrió. Santiago volvió a presentarse, lo mismo que a Fernando. —Espero que no le moleste que estemos hablando con su esposa, señor.

—En absoluto, sino que estaba a punto de ofrecerles algo de trabajo para que me ayuden a descargar mi carro. —Aceptaron rápidamente y Ángela se sintió aliviada de que se ocuparan en otra cosa. Miró a Miguel para evaluar su humor. Él sonrió—. Eran inofensivos y estaban solos. Si te hubiesen mirado como un pedazo de carne, podría haberles caído encima para romperles la cabeza. Pero no lo estaban haciendo, ¿verdad?

—No —respondió ella con una risa leve y burlona—. Uno dijo que hacía mucho tiempo que no veía a una *dama.*

—Bueno, eres una señora casada. —Él inclinó la cabeza hacia unas mesas—. José tiene algo de ropa que me gustaría que mires. Escoge lo que te guste. —La guió por entre unas mesas llenas de herramientas para mineros y se detuvo frente a una cargada de rollos de tela—. Que alcance para tres vestidos. —Él salió a ayudar a los muchachos con la descarga.

Pensando qué podía gustarle a Miguel, escogió uno gris oscuro de gabardina y otro marrón. Cuando él regresó, no pareció complacido con lo que ella había elegido. —Que Telma usara marrón y negro no quiere decir tú tengas que hacerlo. —Arrojó los rollos en otra mesa y levantó del fondo un rollo de gabardina celeste—. Esto te quedará mejor.

—Es más cara.

—Podemos pagarla. —Él sacó otro rollo marrón claro y un amarillo apagado que combinaban. A continuación, sacó uno en color verde malva y una tela de algodón floreada. José trajo dos rollos más de algodón floreado. —Acabo de recibir estos, más a la moda. Estoy proveyéndome como puedo. Los hombres traen a sus esposas e hijos ahora. —Él movió la cabeza y le sonrió—. Hola, Ángela. Es un placer volver a verla. Tengo una caja de botones, un rollo de lino blanco y dos de franela roja, también, si le interesa mirarlos.

—Sí, nos interesa —dijo Miguel—. Ella también necesita medias de lana, botas, guantes y un buen abrigo. —José fue a buscar esas cosas. Miguel tomó un rollo de tela a cuadros azules y blancos—. ¿Qué te parece esto para unas cortinas?

—Quedaría bonito —dijo ella y lo observó apilar los otros rollos de tela. José volvió con los botones y se los dio para que ella eligiera—. ¿Cuánto tiempo demorarás en conseguirnos una cocina?

—Estoy esperando un envío en cualquier momento. Dime de qué tamaño la quieres y te la conseguiré.

Miguel le dio las dimensiones y Ángela le apoyó la mano en el brazo.

—Miguel, es demasiado grande —susurró—. Además, tenemos la chimenea.

—Una cocina es más eficaz y no quema tanta madera. Servirá para mantener cálida la cabaña durante la noche.

—Pero, ¿cuánto cuesta?

—No le discuta, Ángela. Al precio que vende las papas y las zanahorias, puede pagar una cocina.

—Mientras no marque las cocinas como lo hace con las verduras —replicó ella.

Los hombres rieron. —A lo mejor debo dejar que mi esposa haga los negocios —dijo Miguel. Cuando dijo que quería un juego de platos, Ángela volvió a la estufa Franklin. Si él quería gastar cada centavo que tenía, no era asunto de ella.

José les pidió que se quedaran a cenar e insistió en que pasaran la noche en su casa. Era lo mínimo que podía hacer después de vaciar los cofres de Miguel. "No hay un cuarto de hotel donde quedarse en todo el pueblo, porque están bajando los hombres de las montañas para pasar el invierno aquí," les dijo José, acompañándolos escaleras arriba. "Además, hace mucho que tú y yo no conversamos un rato," le dijo a Miguel, palmeándole la espalda.

El departamento en la planta alta estaba bien amueblado y era cómodo. "Compré todo esto por casi nada. Un tipo del este vino navegando cargado hasta el techo con chippendales y sofás extravagantes, pensando que iba a equipar las mansiones de los nuevos millonarios. También tenía una tonelada de tela mosquitera y sombreros Panamá para venderle a la población durante una década." Los hizo pasar a un salón prolijo con vista al río. Una cocinera mexicana les sirvió un plato apetitoso de rosbif y papas, en elegante vajilla de porcelana. José les sirvió un té importado fino. Hasta los cuchillos, tenedores y cucharas eran de plata.

José era quien más hablaba. —Creo que estoy a punto de convencer a mi familia que dejen Nueva York y vengan al oeste. Mamá dijo que de la única forma que lo haría es si me caso.

Miguel le hizo una amplia sonrisa del otro lado de la mesa.

—¿Le dijiste que te traiga esposa?

—No tuve que hacerlo. Ya tiene una elegida y empacada, lista para venir al oeste.

La cena terminó y José sirvió café. Los hombres hablaron sobre política y religión. Ninguno estaba de acuerdo con el punto de vista del otro, pero la charla continuó amistosamente. Ella tenía sueño. No le interesaba que California se hubiera convertido en un estado o que las compañías mineras tuvieran el control del país del oro, o que José insistiera en que Jesús había sido un profeta y no el Mesías que estaba esperando. No le importaba si el río estaba creciendo con las lluvias. Tampoco si una pala costaba trescientos dólares mientras que un arado costaba setenta.

"Hicimos dormir a Ángela," observó José, echando un tronco más al fuego. "El dormitorio está después de esa puerta." José observó como Miguel levantaba tiernamente a su esposa y la cargaba. Revolvió el café que le quedaba en la taza y se lo terminó. Había estado mirando atentamente a Ángela desde que la vio al lado de su estufa Franklin. Ella era una de esas raras bellezas que le quitaban la respiración a un hombre, sin importar cuántas otras veces la hubiera visto antes.

Cuando Miguel volvió y se sentó, José sonrió. —Nunca olvidaré la expresión en tu rostro la primera vez que la viste. Creí que te habías vuelto loco cuando me dijiste que te casarías con ella. —Con frecuencia, los hombres buenos se echaban a perder por su obsesión con una mujer caída y él se había preocupado por Miguel. José nunca había conocido una pareja más desigual. Un santo y una pecadora—. No pareces haber cambiado.

Miguel se rió y levantó la taza. —¿Esperabas que lo hiciera?

—Me imaginaba que ella haría un banquete con tu corazón.

La sonrisa de Miguel cambió, insinuando sufrimiento. —Lo hace —dijo, e inclinó su taza.

—Se la ve diferente —dijo José. Ella no resplandecía como una mujer enamorada. No había brillo en su mirada ni se ruborizaban sus mejillas. Pero había algo diferente en ella—. No puedo decir exactamente qué es; no parece tan dura como la recordaba.

—Nunca fue dura. Estaba fingiendo.

José no discutió, pero él recordaba bien a esa hermosa mujer de la vida alegre que caminaba todos los lunes, miércoles y viernes por la Calle Principal. Él salía a mirarla, como los otros, embelesado por su rostro pálido y perfecto. Pero ella era bien dura, dura como el granito. Sólo que Miguel la veía mucho más con ojos de hombre enamorado que como merecía ser tratada por el tipo de mujer que era. Pero entonces, quizás era la clase de amor que le daba Miguel lo que estaba cambiándola. Dios sabía que Ángela nunca antes se había encontrado con un hombre como él. No en su oficio. Él era algo nuevo para ella. José se rió de sí mismo.

Miguel había sido algo nuevo para *él,* también. Era uno de esos hombres raros que vivían lo que creían, no de vez en cuando, sino a cada hora del día, incluso cuando las cosas no eran fáciles. Aunque era un hombre amable y de corazón tierno, Miguel Oseas no era débil. Era el hombre más firme que José había conocido. Un hombre como Noé. Un hombre como el pastor-rey, David. Un hombre conforme al corazón de Dios.

José oró que Ángela no le arrancara el corazón y lo destruyera para el resto de la raza humana.

Dieciocho

Así que en todo traten ustedes a los demás
tal y como quieren que ellos los traten a ustedes.

JESÚS, MATEO 7:12

A la mañana siguiente, con la carreta cargada con las cosas que habían comprado, Miguel y Ángela partieron a casa muy temprano. Miguel hizo una parada en la tienda de semillas y compró lo que necesitaba para la siembra de primavera. En su paso por el pueblo, volvió a detenerse frente a un edificio pequeño. Se bajó de la carreta y la ayudó a bajar a ella. Ángela no se había dado cuenta de que él intentaba ir a la iglesia hasta que estuvo prácticamente en la puerta y escuchó cantar. Retiró su mano de la de él y negó con la cabeza. —Ve tú. Yo te espero aquí afuera.

Miguel sonrió. —Dale una oportunidad. Hazlo por mí. —Volvió a tomarla de la mano. Cuando entraron, el corazón le latía tan rápido que pensó que se asfixiaba. Algunas personas levantaron la vista hacia ella, mirándola fijamente. Podía sentir que iba poniéndose colorada mientras más personas se daban cuenta de su llegada. Miguel encontró lugar para que se sentaran.

Ángela apretó las manos sobre su regazo y mantuvo la cabeza agachada. ¿Qué estaba haciendo en una iglesia? Una mujer en el banco se inclinó hacia delante para mirarla. Ángela siguió mirando hacia adelante. Otra persona del otro lado del pasillo se dio vuelta para mirarla por arriba del hombro. El lugar parecía lleno de mujeres sencillas, mujeres trabajadoras como aquellas que le habían dado la espalda a Mamá. Si supieran lo que era, también se la darían a ella.

Una dama de cabello oscuro con una capota marrón estaba estudiándola. Ángela sintió la boca seca. ¿Ya lo sabían? ¿Acaso llevaba la marca en la frente?

El predicador miraba directamente hacia ella y hablaba del pecado y la condenación. Empezó a transpirar y sintió frío. Sintió que iba a enfermarse.

Todos se pusieron de pie y comenzaron a cantar. Nunca antes había escuchado cantar a Miguel. Tenía una voz profunda y rica, y conocía la letra sin necesidad del himnario que le ofreció el hombre que estaba a su lado. Él pertenecía a este lugar. Él creía en todo esto. Cada palabra. Ella volvió a mirar hacia delante y observó los ojos oscuros del predicador. *Él lo sabe, tal como sabía el cura de Mamá.*

¡Tenía que salir de ahí! Cuando todos volvieran a sentarse, probablemente el cura apuntaría a ella directamente y le preguntaría qué estaba haciendo en su iglesia. Presa del pánico se abrió paso entre los que estaban en su banco. "Déjenme pasar, por favor," dijo, frenética por salir. Ahora todos estaban mirándola. Un hombre le sonrió ampliamente mientras ella se apuraba para salir por la puerta trasera. No podía respirar. Se recostó contra la carreta y trató de controlar las náuseas.

—¿Estás bien? —le preguntó Miguel.

Ella no esperaba que él la siguiera. —Estoy bien —mintió.

—¿Te sentarás a mi lado?

Se dio vuelta y lo miró a los ojos. —No.

—No tienes que participar del servicio.

—La única manera en que me llevarás de vuelta ahí dentro será si me arrastras.

Miguel estudió su rostro tenso. Se aferró a sí misma y le dirigió una mirada fulminante.

—Amanda, hace meses que no voy a una iglesia. Necesito a los hermanos.

—Yo no dije que tú tenías que irte.

—¿Estás bien?

—Sí —le contestó y alzó sus manos al asiento de la carreta. Miguel la levantó. Se sintió más estable con su roce. Lamentando su crudeza, trató de explicarle, pero cuando se dio vuelta, él ya estaba entrando en la iglesia. Se sintió desolada.

Estaban cantando nuevamente, a un volumen que podía escucharse desde afuera.

"Firmes y adelante, huestes de la fe . . ." Esta era una guerra. Una guerra contra Dios y Miguel y el mundo entero. Algunas veces ella deseaba no tener que pelear más. Deseaba volver al valle. Deseaba que fuera como había sido al principio, sólo ella y Miguel. Deseaba que Pablo se hubiera quedado en las montañas. Tal vez, de esa manera, las cosas habían funcionado.

No por mucho tiempo. Tarde o temprano el mundo te ataca. **Tú no perteneces a este lugar, Ángela. Nunca pertenecerás.**

Cuando por fin terminó el servicio, los otros salieron antes que Miguel. Todos la miraban, sentada en el asiento de la carreta, esperando a Miguel. Algunas mujeres se detuvieron a conversar en un pequeño grupo. ¿Estaban hablando de ella? Ángela siguió mirando hacia la puerta, buscando a Miguel. Cuando apareció, estaba con el ministro. Hablaron durante algunos minutos y luego se despidieron. Miguel bajó los escalones y el hombre de traje oscuro la miró.

Su corazón volvió a latir con fuerza. Sintió que comenzaba a transpirar mientras Miguel caminaba hacia ella con largos pasos. Subió, tomó las riendas y arrancó sin decir una palabra.

—Ni siquiera parecía una iglesia de verdad —dijo ella mientras bajaban de la colina hacia el camino del río—. No había cura.

—El Señor no está atado por las denominaciones.

—Mi madre era católica. No dije que yo lo fuera.

—Entonces, ¿por qué tienes tanto miedo de estar dentro de una iglesia?

—No tenía miedo. Me enferma. Todos esos hipócritas.

—Estabas muerta de miedo. —La tomó de la mano—. Todavía te transpiran las manos. —Ella trató de soltarse, pero él se la aferró—. Si estás convencida de que no hay Dios, ¿de qué tienes miedo?

—¡No quiero tener nada que ver con el gran ojo en el cielo que está esperando la oportunidad de aplastarme como a un insecto!

—Dios no condena. Perdona.

Ella soltó su mano. —¿De la manera que perdonó a mi madre?

Él la miró con esa seguridad tranquila y exasperante. —Tal vez ella nunca se perdonó a sí misma.

Sus palabras fueron como un golpe. Ángela miró fijamente hacia delante. ¿De qué servía que Miguel se preocupara? Él no entendía nada. Era como si este pobre tonto nunca hubiera vivido en el mundo real.

Él decidió insistir. —¿Crees que hubo algo de eso?

—Lo que sea que mi madre haya creído, no significa que yo pertenezca a una iglesia.

—Si Rahab, Rut, Betsabé y María pertenecieron, pienso que podría haber un lugar para ti.

—No conozco a ninguna de esas mujeres.

—Rahab era una prostituta. Rut dormía a los pies de un hombre con el cual no estaba casada, en un terreno público. Betsabé era una adúltera.

Cuando se enteró de que estaba embarazada, su amante hizo un complot para asesinar a su esposo. Y María quedó embarazada de Alguien que no era el hombre con quien estaba comprometida para casarse.

Ángela lo miró fijamente. —No sabía que tenías la costumbre de andar con mujeres ligeras.

Miguel se rió. —Ellas están mencionadas en el linaje de Cristo. Al principio del libro de Mateo.

—Ah —respondió ella suavemente y lo miró resentida—. Tú crees que puedes arrinconarme, ¿no? Bueno, dime una cosa. Si toda esa basura es cierta, ¿por qué el cura no habló con mi madre? Creo que ella encajaba bien en esa compañía exaltada.

—No lo sé, Amanda. Los curas son solamente hombres. No son Dios. Tienen sus propios prejuicios y faltas personales como cualquier otro. —Él chasqueó las riendas suavemente sobre el lomo de los caballos—. Lamento lo de tu madre, pero estoy preocupado por ti.

—¿Por qué? ¿Tienes miedo de que si no salvas mi alma, me iré al infierno?

Estaba burlándose de él. —Pienso que ya has tenido una buena prueba de ello. —Volvió a sacudir las riendas—. No quiero predicarte, pero tampoco me propongo renunciar a lo que creo para que te sientas cómoda. Por nada del mundo.

Sus dedos se aferraron a la baranda. —No te pido que lo hagas.

—No con palabras, pero para un hombre significa una presión que su esposa se sienta y lo espera afuera, en la carreta.

—¿Qué pasa cuando un hombre arrastra a su mujer a la iglesia?

Él la miró. —Creo que tienes razón. Lo lamento.

Ella volvió a mirar hacia delante y se mordió el labio. Soltando un suspiro agitado dijo, —No pude quedarme adentro, Miguel. Simplemente no pude.

—Tal vez no en esta ocasión.

—Nunca.

—¿Por qué no?

—¿Por qué debería sentarme yo con los niños que me insultaron? Son todos iguales. No importa si es en los muelles de Nueva York o en las calles enlodadas de California. —Rió con tristeza—. Había un chico cuyo padre visitaba a Mamá en la choza. Venía muy seguido. Su hijo nos insultaba a Mamá y a mí con palabras obscenas. Así que le conté dónde iba su padre los miércoles por la noche. No me creyó, claro, y Mamá dijo que yo le había hecho algo terrible y cruel. No me parecía que la verdad pudiera empeorar las cosas, pero unos días después, muerto de curiosidad, supongo, ese chico siguió a su padre y descubrió por sí mismo que era verdad. Yo pensé, ahora lo sabe y nos dejará en paz a Mamá y a mí. Pero no. Él me *odió* a partir de entonces. Él y sus simpáticos amiguitos solían esperar al final del callejón, y cuando yo iba al mercado, me arrojaban basura. Y cada domingo a la mañana los veía en la misa, todos limpios y vestidos, sentados junto a sus papás y mamás. —Miró a Miguel—. El cura les hablaba a *ellos*. No, Miguel. Nunca me sentaré en una iglesia. Jamás.

Miguel volvió a tomarla de la mano y entrelazó sus dedos con los de ella. —Dios no tiene nada que ver con eso.

Sintió que sus ojos le ardían y se ponían arenosos. —Él tampoco lo detuvo, ¿verdad? ¿Dónde está la misericordia de la que tú siempre estás leyendo? Jamás vi que mi madre la recibiera. —Miguel permaneció en silencio por un largo rato.

—¿Alguna vez alguien te dijo algo agradable?

Ángela torció su boca con una sonrisa irónica. —Muchos hombres me dijeron que era bonita. Decían que esperaban a que yo fuera mayor. —Le tembló el mentón y miró hacia otra parte.

Su mano estaba fría en la de él. A pesar de su agresividad, podía sentir que ella sufría. —¿Qué ves cuando te miras al espejo, Amanda?

Ella no contestó por un largo rato y cuando lo hizo, habló con tanta suavidad que casi no pudo escucharla. —A mi madre.

❧

Se detuvieron junto a un arroyo. Mientras Miguel desenganchaba los caballos, Ángela extendió la frazada y abrió la canasta. La cocinera de José les había provisto de pan, queso, una botella de sidra y algunas frutas secas. Cuando terminó de comer, Miguel se puso de pie y apoyó su mano sobre una rama. No parecía tener apuro por atar los caballos y volver al camino.

Ángela lo observó. Su camisa de lana azul estaba tirante en los hombros y su cintura era estrecha y firme. Ángela recordó la fascinación de Teresa y comenzó a comprender. Le gustaba mirarlo. Era fuerte y hermoso y no resultaba amenazante. Cuando él le devolvió la mirada, ella desvió sus ojos y fingió estar ocupada guardando las cosas en la canasta.

Miguel se metió las manos en los bolsillos y se reclinó contra el gran tronco. —A mí también me insultaron, Amanda. La mayoría de las veces lo hizo mi propio padre.

Ella levantó la mirada hacia él. —¿Tu *padre*?

Él miró a la distancia, hacia el río. —Mi familia tenía la hacienda más grande del distrito. Heredamos la tierra de mi abuelo. Teníamos esclavos. Cuando yo era un niño, no le daba mucha importancia a eso. Las cosas eran así y nada más. Mi madre me decía que ellos eran nuestra gente y que teníamos que cuidarlos, pero cuando yo tenía diez años, tuvimos una mala cosecha y mi padre vendió algunos obreros. Cuando se los llevaron, una de las esclavas de la casa desapareció. Ni siquiera puedo recordar su nombre. Mi padre salió a buscarla. Cuando volvió, tenía dos cuerpos atados al caballo. El de ella y el de uno de los esclavos que había vendido. Descargó los cuerpos delante de los cuartos de los esclavos y los colgó para que los demás pudieran verlos cada vez que salían al campo. Era una vista horripilante. Soltó los perros para que los atacaran.

Apoyó la cabeza sobre la corteza del gran roble. —Le pregunté por qué había hecho eso y me contestó que era para que les sirviera de ejemplo.

Nunca lo había visto tan pálido y eso le provocó una nueva emoción. Quería ponerse de pie y abrazarlo. —¿Tu madre sentía lo mismo que él?

—Mi madre lloró, pero nunca dijo una palabra contra mi padre. Yo le dije que lo primero que haría cuando él muriera sería liberar a nuestros esclavos. Fue la primera vez que me golpeó. Me contestó que si los quería tanto, podría irme a vivir con ellos un tiempo.

—¿Lo hiciste?

—Durante un mes. Luego me ordenó que volviera a la casa. Para entonces, mi vida había cambiado. El viejo Esdras me llevó al Señor. Hasta ese momento, para mí Dios representaba una práctica que mi madre realizaba los domingos en la mañana en la sala de la casa. Esdras me enseñó cómo es el Dios verdadero. Si no hubiera sido tan viejo, mi padre lo habría vendido. En lugar de eso, lo liberó. Fue un destino peor. El viejo no tenía adonde ir, así que se retiró a vivir en los pantanos. Yo solía ir a verlo cada vez que podía y le llevaba cosas.

—¿Y tu padre?

—Intentó otras maneras de cambiar mi manera de pensar. —Su boca se torció irónicamente—. Quería que yo conociera todos los privilegios de ser el dueño. —La miró—. Eligió una esclava joven y hermosa para mí, que yo podía usar a mi antojo. Le dije que se marchara, pero ella no lo hizo. Mi padre le había ordenado que se quedara. Entonces me fui yo. —Rió suavemente y sacudió la cabeza—. No fue exactamente así. En realidad, huí. Yo tenía quince años y ella era una tentación más grande de lo que yo podía soportar.

Miguel se acercó y se agachó delante de ella. —Amanda, mi padre no era del todo malo. No quiero que pienses que lo era. Él amaba la tierra y sí cuidaba a su gente. Excepto en esa ocasión, era correcto con los esclavos. Amaba a mi madre y nos amaba a nosotros. Sólo que quería las cosas hechas a su manera. Y en mí hubo algo desde el principio . . . yo no encajaba con el molde. Yo sabía que algún día iba a decidir mi propio rumbo, pero pasó mucho tiempo hasta que junté el coraje para dejar a todos los que amaba, especialmente porque no sabía hacia dónde iría.

Ella levantó sus ojos hacia él. —¿Piensas alguna vez en volver?

—No. —No había duda en su expresión.

—Debes haberlo odiado.

Él la miró solemnemente. —No, yo lo amaba y estoy agradecido de que haya sido mi padre.

—¿Agradecido? Te trató como a un esclavo, te quitó la herencia, a tu familia, todo. ¿Y tú estás *agradecido*?

—Si no hubiera sido así, nunca hubiera conocido al Señor. Y, al final, mi padre tuvo más razones para odiarme —dijo Miguel—. Pablo y Telma vinieron conmigo. Telma era especial para él. Muy especial. Y ahora está muerta.

Ángela vio lágrimas en sus ojos. Él no trató de ocultarlas.

—Te habría gustado —dijo él, estirándose y tocándole la mejilla—. Ella podía ver el interior de las personas. —Sin pensarlo, Ángela puso su mano sobre la de él, conmovida por su tristeza. Su sonrisa le retorció el estómago—. Amada mía. Tus murallas están cayendo.

Ella retiró su mano. —Josué soplando su cuerno.

Miguel se rió. —Te amo —dijo—. Te amo mucho. —La atrajo hacia sus brazos y se recostó sobre la hierba con ella. Se recostó sobre ella y la besó delicadamente al principio, luego con más fuerza. Ella sintió en su interior una aceleración, un suave serpenteo de calor en su vientre y a pesar de ello no se sintió amenazada ni usada. Cuando él se retiró un poco hacia atrás, ella pudo ver su mirada. *Ah.*

"A veces olvido lo que estoy esperando," dijo de pronto. Se puso de pie, levantándola con él. "Vamos. Amarraré los caballos."

Desconcertada, Ángela dobló la frazada y guardó la canasta debajo del asiento. Descansando sus brazos en un costado de la carreta, observó a Miguel de regreso con los caballos. Había poder en la manera que se movía. Mientras arreaba los caballos, ella se detuvo a mirar la fuerza de sus hombros y sus manos. Se enderezó y giró hacia ella. La subió al asiento y se trepó a su lado. Él tomó las riendas y le sonrió y ella se descubrió a sí misma devolviéndole la sonrisa sin la menor vacilación.

Mientras viajaban, comenzó a llover. Miguel se detuvo para cubrir la carreta con la lona y Ángela se envolvió con la frazada. Cuando volvió a sentarse junto a ella, pasó otra frazada por encima de los dos. Se sentía muy cómoda al lado de él.

A los ocho kilómetros, se encontraron con una carreta averiada. Un hombre macilento y una mujer estaban tratando de levantarla como para ponerle una rueda reparada. Cerca de allí, protegidos bajo un gran roble, una muchacha de cabello oscuro abrazaba a cuatro niños pequeños alrededor de ella.

Miguel detuvo la carreta a un lado del camino. "Trae a esos niños y mantenlos sentados en la parte posterior," le dijo a Ángela mientras bajaba. Ella fue a buscarlos. La mayor parecía apenas unos años menor que ella. Tenía el cabello oscuro pegado al rostro pálido, dominado por sus grandes ojos marrones. Vio que era hermosa cuando sonrió.

—Estarán más secos si se sientan en la parte posterior —les dijo Ángela—. Tenemos otra manta.

—Gracias, señora —respondió la muchacha, aceptando inmediatamente la invitación y haciendo que los niños corrieran al refugio de la carreta. Llena de ansiedad, Ángela se subió con ellos. Le dio una manta a la chica, quien se la puso alrededor de los hombros mientras arropaba a los cuatro niños alrededor de ella como una gallina.

Le sonrió a Ángela. —Somos la familia Altman. Yo soy Miriam; este es Jacob —dijo, mirando al chico más alto, que tenía los mismos ojos y cabello que ella—, que tiene diez años. Y Andrés . . .

—¡Yo tengo ocho! —El muchacho se presentó muy serio.

Miriam volvió a sonreír. —Ella es Lea —dijo, acercándola hacia ella y, luego, besando a la más pequeña—, Rut.

Ángela miró al grupo empapado y con frío, apiñados debajo de una sola manta. —Oseas —dijo con poca convicción—. Yo soy . . . la señora Oseas.

—Gracias a Dios que llegaron en el momento que lo hicieron —dijo Miriam—. Papá estaba teniendo problemas con esa rueda y Mamá ya estaba agotada. —Se sacó la manta y la colocó alrededor de los cuatro niños—. ¿Puede cuidar un rato a los chicos, señora Oseas? Mamá ha estado enferma los últimos cuatrocientos kilómetros y no debería estar afuera, bajo la lluvia.

Saltó fuera de la carreta antes de que Ángela pudiera protestar. Ángela volvió a mirar a los niños y vio que la observaban con ojos grandes y curiosos. Pocos minutos después, Miriam regresó con su madre. Era una mujer cansada, de cabello oscuro, con hombros vencidos y con ojeras. Los chicos la rodearon con actitud protectora.

"Mamá," dijo Miriam, pasándole un brazo alrededor, "esta es la señora Oseas. Ella es mi madre."

La mujer sonrió cálidamente y asintió con la cabeza. "Elisabet," dijo, sonriendo. "Que Dios la bendiga, señora Oseas." Las lágrimas se agolpaban en sus ojos, pero no las dejó salir. "No sé qué habríamos hecho si usted y su esposo no hubieran llegado." Abrazó a sus cuatro hijos mientras Miriam miraba hacia afuera para ver si los hombres necesitaban ayuda. "Todo va a estar bien. Papá y el señor Oseas están arreglando la carreta. Pronto estaremos en marcha."

—¿Tenemos que ir a Oregón? —lloriqueó Lea.

El dolor se manifestó en el rostro de la mujer. —No pensemos en eso ahora, querida. Viviremos un día a la vez.

Ángela buscó a tientas dentro de la canasta. —¿Tiene hambre? Tenemos pan y un poco de queso.

—¡Queso! —exclamó Lea con el rostro iluminado. De repente, el viaje a Oregón quedó en el olvido—. Ay, sí, por favor.

Entonces, aparecieron las lágrimas y Elisabet sollozó. Miriam le acarició el brazo y le susurró algo. Mortificada, Ángela no sabía qué hacer o decir. Sin mirar a la mujer que lloraba, cortó unas rebanadas de queso para los niños más pequeños. Elisabet volvió a toser y dejó de llorar. "Disculpe," susurró. "No sé qué me pasa."

"Es que estás exhausta," dijo Miriam. "Es la fiebre," le explicó a Ángela. "Ha estado débil desde que comenzó a sentirla."

Ángela extendió una porción de queso y de pan, y Elisabet le tocó tiernamente la mano antes de aceptársela. La pequeña Rut se deslizó de la falda de su madre y se quedó frente a Ángela. Ella se sintió alarmada y luego sorprendida cuando la niña se estiró y le tocó la trenza dorada que se había deslizado por encima de su hombro y colgaba hasta su cintura. —¿Es un ángel, Mamá? —Ángela sintió que se ruborizaba.

Elisabet sonrió a través de sus lágrimas. Su risa suave estaba llena de placer. —Sí, querida. Un ángel de compasión.

Ángela no podía mirarlas. ¿Qué diría Elisabet Altman si supiera la verdad? Se levantó y fue a la parte posterior de la carreta para mirar hacia afuera. Miguel había levantado la carreta de los Altman y el hombre estaba colocando la rueda. Ella quería bajar, pero la lluvia ahora caía como una cortina;

Miguel no haría otra cosa que volver a enviarla adentro. Cada músculo del cuerpo se le tensó cuando vio a Elisabet con sus hijos cariñosos alrededor de ella.

Se sobresaltó cuando Miriam la tomó de la mano. "La arreglarán en poco tiempo," le dijo. Sus ojos parpadearon sorprendidos y avergonzados cuando Ángela retiró la mano de prisa.

El señor Altman apareció atrás del carro; la lluvia se escurría sobre su sombrero.

—¿Está todo bien, Juan? —preguntó Elisabet.

—Podremos seguir camino. —Inclinó hacia Ángela el ala de su sombrero mientras Elisabet los presentaba—. Estamos en deuda con usted y su esposo, señora. Estaba casi acabado, hasta que llegaron. —Volvió a mirar a su mujer—. El señor Oseas nos ha invitado a pasar el invierno en su propiedad. Le dije que sí. En la primavera iremos a Oregón.

—Oh —exclamó Elisabet con visible alivio.

Ángela no lo podía creer. ¿El invierno en la cabaña de Miguel? ¿Nueve personas en una casa de veinticinco metros cuadrados? Elisabet la tocó y ella dio un salto. Se sentó pasmada mientras la mujer le agradecía antes de que Juan se levantara y saliera. Siguieron los niños y las niñas, luego Miriam, quienes le tocaron el hombro al pasar y le brindaron sonrisas cálidas y emocionadas. Con los dientes apretados, Ángela se acurrucó en la manta en la parte posterior de la carreta, preguntándose qué diablos estaba pensando hacer Miguel con toda esta gente. Él se subió al asiento, empapado hasta los huesos, y ella le dio la frazada mientras volvían a arrancar.

—Dejaremos que se queden en la cabaña —dijo él.

—¿La cabaña? ¿Y dónde se supone que dormiremos nosotros?

—En el granero. Estaremos cómodos y abrigados.

—¿Por qué no duermen *ellos* en el granero? *Tú* construiste la cabaña. —A ella no le gustaba mucho la idea de dormir en otro sitio que no fuera en esa cama acogedora y agradable cerca del fuego.

—Hace nueve meses que no han dormido en una casa. Y la mujer está enferma. —Él inclinó la cabeza hacia delante—. Estuve pensando. Hay una buena franja de tierra en el límite con la de Pablo. Tal vez podría pedirles a los Altman que se queden. Sería bueno tener otra familia en el valle. —Él la miró con una sonrisa—. Podrías acostumbrarte a tener amigas cerca.

—¿Amigas? ¿Qué supones que tenga en común con ellas?

—¿Por qué no esperamos y lo averiguamos?

Acamparon junto a una saliente de granito, que los refugió de la lluvia.

Miguel y Juan ataron los caballos y tendieron una carpa, mientras Ángela, Elisabet y Miriam organizaban el lugar. Los niños juntaron suficiente leña como para pasar la noche y le trajeron un poco a Miriam donde ella y los demás estaban reunidos en la carpa. Ella abrió una pequeña ventana en el techo. "Esto lo aprendí de los indios," dijo con una amplia sonrisa, mientras preparaba un fuego en una palangana dentro de la carpa. Asombrosamente, el humo subía y salía por el agujero.

Elisabet parecía tan agotada que Ángela insistió en que se acostara. Miguel trajo algunas de sus provisiones y con todas preparó una comida. Aun despierta, Elisabet estaba callada, observándola. Con preocupación, Ángela la miró, preguntándose qué estaría pensando.

—Me siento tan inútil —dijo Elisabet temblorosa y Miriam se acercó para acariciarle el rostro con suavidad.

—Tonterías, Mamá. Nos arreglaremos. Tú descansa. —Le dirigió una sonrisa pícara—. Cuando estés mejor, dejaremos que hagas todo por ti misma de nuevo. —Su madre sonrió por la cariñosa broma—. Traeré un poco de leña más gruesa —dijo Miriam y salió. Regresó con un gran tronco y lo puso en el fuego—. La lluvia está amainando.

Elisabet se incorporó. —¿Dónde están los chicos?

—Papá se los llevó. Lea y Rut se quedarán aquí. No tienes que preocuparte. Ahora, vuelve a acostarte, Mamá. —Miró a Ángela—. Siempre está preocupada por los indios—susurró—. Un muchachito se alejó de las carretas cuando estábamos a unos ciento cincuenta kilómetros de Fort Laramie. No encontraron ni rastro de él. Desde entonces, Mamá tiene miedo de que nos secuestren. —Miró hacia atrás a la madre descansando en el jergón—. Ahora que puede descansar, se pondrá mejor.

Miriam se calentó las manos sobre el fuego, sonriéndole a Ángela. —Lo que sea que estés cocinando, huele bien. —Ángela siguió revolviendo sin hacer comentarios—. ¿Cuánto tiempo hace que estás en California?

—Un año.

—Oh, así que no te casaste con Miguel hasta que llegaste aquí. Él dijo que vino en '48. ¿Viniste por tierra?

—No. En barco.

—¿Tu familia está en el valle que Miguel ha estado describiéndole a mi padre?

Ángela sabía que las preguntas llegarían y que inventar mentiras sólo le produciría más tensión. ¿Por qué no cortarlo ahora, así la niña la dejaba en paz? Quizás si todos ellos sabían la verdad, pasarían el invierno en otra parte. Ciertamente, esa mujer no querría dormir en la misma cama que había dormido una prostituta. —Yo vine sola a California. Conocí a Miguel en un burdel en Pair-a-Dice.

Miriam se rió y luego, viendo que Ángela hablaba en serio, se quedó callada. —Lo dice en serio, ¿verdad?

—Sí. —Elisabet la observaba con una expresión indefinible. Ángela bajó la vista y siguió revolviendo.

Miriam no dijo nada durante largo rato y Elisabet volvió a cerrar los ojos. —No necesitabas decirlo —dijo Miriam finalmente—. ¿Por qué lo hiciste?

—Para que ustedes no tuvieran ninguna sorpresa desagradable durante el viaje —respondió Ángela con amargura, con la garganta seca.

—No —dijo Miriam—. Yo estaba fisgoneando nuevamente, es por eso. Mamá dice que es uno de mis defectos, siempre quiero saber sobre los asuntos de los demás. Perdóname.

Ángela siguió revolviendo, molesta por la disculpa de la niña.

—Me gustaría que fuéramos amigas —dijo Miriam.

Ángela levantó la mirada sorprendida. —¿Por qué querrías ser amiga mía?

Miriam la miró asombrada. —Porque me caes bien.

Sorprendida, Ángela la observó con atención. Luego miró a Elisabet. La mujer las había estado observando con una sonrisa cansada en su rostro. Sonrojándose, Ángela miró a la niña y dijo suavemente, —No sabes nada de mí, salvo lo que te he contado. —Ahora deseaba no haber dicho nada.

—Sé que eres sincera —dijo Miriam con una sonrisa triste—. Brutalmente sincera —agregó más seria. La miró amablemente, estudiándola.

Los niños entraron y con ellos una ráfaga de aire frío. Las niñas se despertaron y Rut empezó a llorar. Elisabet se sentó y la mantuvo cerca de ella, reprendiendo a los niños para que charlaran en voz baja. Juan entró y con una sola palabra los silenció. Ángela vio a Miguel detrás de él. Cuando él le sonrió, ella sintió alivio. Entonces se preocupó por lo que él diría cuando se enterara de que ella había soltado la verdad.

Los hombres se quitaron los abrigos mojados y se sentaron frente al fuego mientras ella servía los platos y Miriam los alcanzaba. Cuando todos tuvieron su comida, Juan inclinó la cabeza y su familia lo imitó.

"Señor, gracias por proveer para nosotros hoy y enviarnos a Miguel y a Amanda Oseas. Por favor, dale nuevas fuerzas a Elisabet. Mantennos bien a todos y fuertes para el viaje que tenemos por delante. Amén."

Juan preguntó sobre la tierra, los cultivos y el mercado de California,

mientras Jacob y Andrés pedían una segunda ración de porotos y pastelitos. Ángela se preguntaba cuándo estaría listo Miguel para que volvieran
a su carreta. Sentía que Miriam la observaba. No quería saber qué clase de
preguntas corrían por la cabeza de la chica ahora que había tenido tiempo
de pensar en ello.

—Dejó de llover, Papá —dijo Andrés.

—¿No sería el momento de irnos a nuestra carreta? —le susurró Ángela
a Miguel.

—Quédense aquí con nosotros —les pidió Juan—. Tenemos espacio
suficiente. Con este fuego en marcha, estarán más abrigados aquí.

Miguel aceptó y a Ángela se le desmoronó el corazón cuando él fue a
buscar sus mantas. Excusándose rápidamente, salió detrás de él. —Miguel
—le dijo, buscando las palabras para convencerlo de que debían dormir en la
carreta y no en la carpa con los Altman. Él se acercó y la besó ruidosamente.
Luego le dio vuelta hacia la tienda, hablándole al oído. —Tarde o temprano
aprenderás que en el mundo hay personas que no quieren usarte. Ahora,
¡arriba ese ánimo! Ármate de coraje, vuelve allí y conócelos un poco.

Ángela se ciñó fuertemente el chal alrededor de sus hombros; volvió a
escabullirse dentro de la tienda. Miriam le sonrió. Ángela se sentó tímidamente cerca del fuego y no miró a nadie mientras esperaba que Miguel
volviera. Los dos niños le suplicaron a su padre que les leyera un poco de
Robinson Crusoe. Juan tomó de una mochila un libro con tapas de cuero raído
y comenzó a leer, mientras Miriam tendía la ropa de cama. La pequeña Rut,
con el pulgar en la boca, arrastró su manta de donde estaba y la puso al lado
de Ángela. —Quiero dormir aquí.

Miriam rió. —Bueno, me parece que será mejor que le preguntes al señor
Oseas, Rut. Tal vez él también quiera dormir ahí.

—Él puede dormir del otro lado —dijo Rut, dejando bien en claro su
demanda.

Miriam se acercó con dos acolchados y le dio uno a Ángela. Agachándose,
dijo, "¿Ves? A ella también le agradas."

Ángela sintió una extraña punzada en el estómago. Miró alrededor a todos
ellos. Miguel entró con más frazadas. "Se acerca una tormenta. Si tenemos
suerte, para la mañana habrá pasado."

Mientras los demás dormían, Ángela, tendida junto a Miguel, permanecía despierta. El viento aullaba y la lluvia caía a cántaros contra la tienda.
El sonido de la tormenta y el olor a lona mojada le recordaban su primera
semana en Pair-a-Dice.

¿Dónde estaría la Duquesa? ¿Y Teresa y Rebeca? ¿Qué les habría pasado a ellas? Trató de no pensar en Fortunata muriendo en el incendio. Seguía recordándola decir, "No te olvides de mí, Ángela. No me olvides."

Ángela no podía olvidarse de ninguna de ellas.

Cuando la lluvia cesó, Ángela escuchó la respiración de las personas que dormían alrededor de ella. Dándose vuelta lentamente sobre su costado, los miró. Juan Altman estaba acostado junto a su frágil esposa, rodeándola con sus brazos protectores. Los niños dormían cerca, uno tumbado de espalda, el otro enrollado sobre su costado con la frazada sobre su cabeza. Miriam y Lea estaban entrelazadas como cucharas. El brazo de Miriam descansaba alrededor de su hermana.

Los ojos de Ángela se posaron sobre el rostro dormido de Miriam. Esta muchacha era algo nuevo.

Ángela no había conocido muchas chicas *buenas*. A las de los muelles sus madres les habían advertido que se alejaran. Sandra había dicho una vez que las chicas buenas eran aburridas y criticonas y, por eso, cuando crecían y se casaban, sus maridos frecuentaban los burdeles. Miriam no era aburrida ni criticona. Había demostrado tener buen sentido de humor divirtiendo a su padre a lo largo de toda la velada, a la vez que cuidaba a su madre enferma. Sus hermanos y hermanas claramente la adoraban. Sólo Jacob se había resistido cuando ella le dijo qué tenía que hacer y, sólo con una mirada de su padre, el asunto terminó. Cuando se hizo la hora de acostar a los niños, fue Miriam quien los metió en la cama y oró con ellos silenciosamente, mientras los hombres conversaban.

"Me gustaría que fuéramos amigas."

Ángela cerró los ojos; le dolía la cabeza. ¿Qué tendrían ella y Miriam para charlar? No tenía ni idea, pero parecía que iba a tener que lidiar con eso. Los hombres ya habían simpatizado fácilmente. Los dos amaban el campo. Juan Altman hablaba de Oregón como si fuera una mujer codiciada y Miguel hablaba de la misma manera acerca del valle. —Papá —le había dicho Miriam con fastidio divertido—, tú estabas convencido de que California era el paraíso, hasta que pasamos las Sierras.

Él negó con la cabeza. —Hay más población aquí que en Ohio. Todo el territorio está plagado de caza fortunas.

—Todos esos chicos bien de buenos hogares —dijo Miriam y se le marcó un hoyuelo en la mejilla—. Tal vez algunos hasta sean de Ohio.

—Se han vuelto locos —remarcó Juan Altman con severidad.

Miriam alzó un hombro. —Tú también estarías lavando oro en un arroyo,

Papá, si no tuvieras que cuidar de todos nosotros. Yo vi el brillo de la ambición en tus ojos cuando ese señor te hablaba de dar un buen golpe en el arroyo. —Ella se dirigió también a Miguel y a Ángela—. El hombre ahora es dueño de una gran tienda de artículos para los balseros. Dijo que había llegado a California con sólo una pala y la ropa que tenía puesta.

—Una oportunidad en un millón —le dijo Juan.

—Ah, pero piénsalo, Papá —continuó Miriam dramáticamente, con una mano en el corazón y un brillo travieso en sus ojos oscuros—. Tú y los chicos podrían tamizar oro y trabajar en el Long Tom, mientras que Mamá y yo atenderíamos un café en el campamento y serviríamos a todos esos pobres, encantadores, oprimidos y apuestos jóvenes solteros.

Miguel se rió y Juan le dio un tirón de pelo a su hija.

A Ángela le fascinaban los Altman. Había cariño entre ellos. Juan Altman era el que claramente estaba a cargo y no toleraba faltas de respeto ni rebeldía, pero era visible que no dominaba a su familia por el temor. Hasta la pequeña rebelión de Jacob la había manejado con buen sentido del humor. "Cada vez que no escuches, habrá una disciplina más severa," había dicho el padre. "Yo me encargaré de la disciplina y tú de lo severa que sea." El muchacho cedió y Altman le despeinó el cabello cariñosamente.

¿Qué pasaría si decidían quedarse en el valle? Ángela se masajeó las sienes que le palpitaban. ¿Qué tenía en común con ellos? Especialmente con una joven virgen con ojos de cervatilla. Al desembuchar su profesión y la manera en que ella y Miguel se habían conocido, sinceramente esperaba impresionar a la niña, y que la dejara en paz. Lo último que hubiera esperado era esa mirada de preocupación inquisidora y un ofrecimiento de amistad.

Ángela sintió un movimiento a su lado y abrió sus ojos a pesar del dolor de cabeza que sentía. Rut se acurrucó contra ella buscando calor en su sueño. Se le había resbalado el pulgar fuera de la boca. Ángela tocó su mejilla suave y rosada y de pronto vio el rostro enfurecido del Duque flotando ante sus ojos. Volvió a sentir la bofetada cruzándole el rostro. "¡Te dije que tomaras precauciones!" Podía sentirlo agarrándola del cabello mientras la arrastraba de la cama para mirarla cara a cara. "La primera vez fue fácil," dijo él hablando entre dientes. "Esta vez me voy a asegurar de que nunca vuelvas a quedar embarazada."

Cuando vino el doctor, ella había pateado y luchado, pero no le había servido de nada. El Duque y otro hombre la habían atado a la cama con unas correas. "Hágalo," le dijo al doctor, y se quedó observando para estar seguro de que lo hiciera. Cuando ella empezó a gritar, le pusieron una correa en la boca. El Duque todavía estaba ahí cuando terminó el calvario. Consumida por el dolor y débil por la pérdida de sangre, se negaba a mirarlo.

"En unos días estarás bien," le dijo, pero ella sabía que nunca estaría del todo bien. Lo insultó con la peor palabra que sabía, pero él se limitó a sonreír. "Esa es mi Ángela. Sin llorar. Solamente odio. Eso es lo que me mantiene caliente, dulzura. ¿Acaso no lo sabes ya?" La besó ásperamente. "Volveré cuando estés mejor." Le dio una palmada en la mejilla y se fue.

El recuerdo tenebroso torturó a Ángela mientras miraba a la pequeña Rut Altman. Desesperadamente quería abandonar la carpa, pero tenía miedo de despertar a los demás al levantarse. Mirando fijamente el techo de lona, trató de pensar en otra cosa. La lluvia comenzó nuevamente y con ella llegaron sus viejos fantasmas.

"¿No puedes dormir?" susurró Miguel. Ella negó con la cabeza. "Date vuelta." Cuando ella lo hizo, él la atrajo hacia sí, rodeándola con su cuerpo. La niña cambió de lugar, acurrucándose más entre los cobertores y apretándose contra el estómago de Ángela. "Tienes una amiga," murmuró Miguel. Ángela abrazó a Rut y cerró los ojos. Miguel las rodeó a las dos con su brazo. "A lo mejor tendremos una como ella algún día," le susurró en el oído.

Ángela miró hacia el fuego con desesperación.

Diecinueve

Ama a tu prójimo como a ti mismo.

JESÚS, MATEO 19:19

Miguel instaló a los Altman en la cabaña y cargó al hombro su baúl. Ángela lo siguió hasta el granero, evitando protestar. Ella se daba cuenta que él estaba decidido. ¿Qué diablos sacaría con todo este asunto? ¿Por qué hacer esto por unos desconocidos?

Llovía día tras día. Después de las primeras noches, Ángela encontró consuelo en los sonidos que hacía el búho en las vigas del techo y en el suave movimiento de los ratones en el heno. Miguel la mantenía en calor. A veces exploraba su cuerpo, despertando extrañas sensaciones que la turbaban. Cuando el deseo de Miguel era demasiado fuerte, se alejaba de ella y hablaba de su pasado y especialmente del antiguo esclavo al que todavía amaba. En esos momentos calmados y silenciosos, Ángela se encontraba contándole lo que Sandra le había enseñado.

Apoyando la cabeza en la mano, Miguel jugueteaba con su cabello.

—¿Crees que ella tenía razón en todo, Amanda?

—No según tus reglas, supongo.

—¿Con qué reglas prefieres vivir?

—Con las mías —dijo después de pensar.

Fuera de los límites del granero y de los brazos protectores de Miguel, Miriam siempre la abordaba afectuosamente. La muchacha aprovechaba cada oportunidad para vencer la determinación de Ángela de permanecer distante. Miriam la hacía reír. Era joven y estaba llena de inocente picardía. Lo que Ángela no comprendía era por qué esta muchacha quería ser *su* amiga. Sabía que debía disuadirla, pero Miriam se empeñaba ante su rechazo y continuaba haciéndole bromas y divirtiéndola.

Privada de toda vida familiar en su infancia, Ángela no sabía qué esperaban de ella cuando junto con Miguel pasaban los atardeceres en la cabaña con la familia. Se quedaba sentada en silencio, observando. La cautivaba la respetuosa camaradería entre Juan y Elisabet Altman y sus cinco hijos. Juan era un hombre serio que rara vez sonreía, pero era evidente que adoraba a sus hijos y que tenía un afecto especial por su hija mayor, a pesar de que discutían constantemente.

Andrés, de ojos oscuros, se parecía mucho a su padre en el aspecto y en la manera de ser. Jacob era sociable y dado a las bromas. Lea era seria y tímida. La pequeña Rut era franca y luminosa y la mimada de la familia. Por alguna razón que Ángela no entendía, la niña la amaba. Lo que embelesaba a la pequeña Rut era tal vez su cabello rubio. Lo que fuera, cada vez que ella y Miguel venían a visitar a la familia, Rut se sentaba a sus pies.

Eso divertía a Miriam. "Dicen que los perros y los niños siempre detectan a las personas de buen corazón. Contra eso no se puede discutir, ¿verdad?"

Durante toda una semana después de que se mudaron a la cabaña, Elisabet estuvo demasiado débil como para levantarse. Ángela cocinaba y se ocupaba de los quehaceres de la casa mientras Miriam cuidaba de su madre y de los niños. Miguel y Juan desenterraban tocones de raíces en el campo. Cuando entraban para la cena, Juan se sentaba con su esposa y le tomaba la mano, hablándole suavemente, mientras los niños jugaban a los palitos chinos y a saltar con la cuerda.

Contemplando a Juan, Ángela recordaba esos días en que Miguel la había cuidado después de la golpiza de Magowan. Recordaba su tierno cuidado y consideración. Había soportado sus peores insultos con callada paciencia. Con gente como esta, Miguel estaba en su elemento. Ella era la que desentonaba.

Ángela no podía evitar hacer comparaciones. Su padre la había odiado incluso antes de nacer al punto de querer arrojarla como si fuera una bolsa de basura. Su madre estaba tan obsesionada con él que prácticamente había olvidado que tenía una hija. De su vida con las prostitutas, Ángela se había acostumbrado al tipo de mujeres que se preocupaban excesivamente por la figura y por la edad. Estaba acostumbrada a las mujeres que se ocupaban del cabello y de la ropa y hablaban del sexo como si fuera del tiempo.

Elisabet y Miriam eran diferentes y fascinantes para ella. Se amaban. No usaban palabras hirientes, eran limpias y prolijas sin estar preocupadas de su apariencia, y hablaban de todo menos del sexo. Aunque Elisabet estaba demasiado débil para hacer cualquier trabajo, organizaba y dirigía las jornadas de Miriam y de los niños. A instancias de ella, Andrés hizo una trampa para peces para poner en el arroyo. Lea traía agua. Jacob sacaba las malas hierbas de la huerta. Incluso la pequeña Rut ayudaba, tendiendo la mesa y juntando flores para el jarrón. Miriam lavaba, planchaba y remendaba mientras cuidaba a sus hermanos. Ángela se sentía inútil.

Cuando por fin Elisabet se levantó, recuperó el mando. Desempacó su horno holandés y sus cacerolas y se hizo cargo de la cocina. Los Altman habían reabastecido sus provisiones en Sacramento y con ellas hacía comidas deliciosas de tocino frito con salsa, frijoles en salsa dulce, pan de harina de maíz y estofado de liebre. Cuando funcionaba la trampa para peces preparaba trucha frita en especias. Amasaba tortas de maíz mientras asaba dos patos al horno. Casi todos los días horneaba galletas para el desayuno. Como postre especial, remojaba manzanas secas y preparaba un pastel.

Una noche suspiró al poner la comida sobre la mesa. —Algún día —dijo—, volveremos a tener una vaca y tendremos leche y mantequilla.

—Teníamos una cuando dejamos nuestra casa —le explicó Miriam a Ángela—. Pero los indios se quedaron con ella cerca de Fort Laramie.

—Yo daría el reloj de Papá por una cucharada de dulce de ciruelas —dijo Jacob, haciendo que su madre se riera y le diera un suave coscorrón.

Después de la cena la familia Altman tenía la costumbre de hacer devocionales. Generalmente Juan pedía a Miguel que leyera la Biblia. Los niños eran inteligentes y hacían muchas preguntas. Si Dios había creado a Adán y Eva, ¿por qué permitió que pecaran? ¿Dios realmente había querido que anduvieran *desnudos* por el huerto del Edén? ¿Aun en el invierno? Si hubo sólo un Adán y una Eva, ¿con quiénes se casaron sus hijos?

Con sus ojos vivaces, Juan se acomodaba para fumar su pipa mientras Elisabet intentaba contestar las interminables preguntas. Miguel compartía sus propias opiniones y creencias. Relataba historias en lugar de leerlas.

"Serías un buen predicador," decía Juan. Ángela estuvo a punto de protestar y luego se dio cuenta que era un cumplido.

Ángela nunca se sumaba a esas conversaciones. Incluso cuando Miriam le preguntaba qué pensaba, hacía caso omiso o le respondía con otra pregunta.

Luego, una noche, la pequeña Rut fue directo al grano. —¿Es que no crees en Dios?

Sin saber bien cómo contestar, Ángela dijo, —Mi madre era católica.

—El hermano Bartolomé dijo que los católicos adoran ídolos —dijo Andrés sorprendido. Elisabet se sonrojó ante el comentario y Juan tosió. Andrés se disculpó.

—Para nada —dijo Ángela—. No recuerdo que mi madre adorara ídolos, pero oraba mucho. —*Lo que no significa que le había servido de algo,* pensó.

—¿Por qué cosas oraba? —preguntó la imparable Rut.

—Por liberación —Decidida a no participar de una discusión religiosa, Ángela recogió las telas que Miguel había comprado para su nuevo vestido. Había un silencio estático que le provocaba un cosquilleo en la piel.

—¿Qué quiere decir *liberación*? —preguntó Rut.

—Hablaremos de ello más tarde —sugirió Elisabet—. Ahora, chicos, tienen tarea escolar para hacer. —Se levantó y tomó los libros de los niños. Ángela levantó la vista y se encontró con la mirada amable de Miguel. El corazón se le agitó de manera singular. Anhelaba estar en la callada y tranquila oscuridad del granero sin que nadie se diera cuenta de su presencia, ni siquiera ese hombre que había llegado a significar demasiado para ella.

Volvió la mirada a la tela que tenía sobre la falda. ¿Cómo debía comenzar? Nunca antes se había confeccionado su propia ropa y no sabía por dónde empezar. No podía dejar de pensar en el dinero que había gastado Miguel y temía cortar mal y arruinar la tela.

"Te ves pensativa," dijo Miriam sonriendo. "¿No te gusta coser?"

Ángela pudo percibir que le subía el color por las mejillas. Se sentía humillada por su propia ignorancia e inexperiencia. Por supuesto, Miriam y Elisabet sabrían exactamente qué hacer. Cualquier muchacha *decente* sabría hacer una falda o un vestido.

Miriam se sintió repentinamente incómoda, como si hubiera comprendido que había llamado la atención hacia donde no debía. Ensayó una sonrisa dirigida a Ángela. —A mí tampoco me gusta mucho coser. Mamá es la costurera de la familia.

—Me encantaría ayudarte —se ofreció Elisabet.

—Tienes demasiado trabajo —dijo Ángela con brusquedad.

Miriam se iluminó. —Deja que Mamá lo haga, Amanda. A ella le encanta coser y hace mucho tiempo que no lo hace. —Sin esperar una respuesta tomó la tela y se la alcanzó a su madre.

Elisabet rió encantada. —¿Te molestaría, Amanda?

—Supongo que no —respondió Ángela con un gesto de sorpresa cuando Rut se trepó a su falda.

Miriam sonrió divertida. "No te aflijas, sólo muerde a sus hermanos."

Ángela acarició el cabello oscuro y sedoso de la niña y se sintió fascinada. La pequeña Rut era tierna y adorable con sus mejillas rosadas y sus ojos marrones luminosos. Ángela sintió congoja. ¿Qué aspecto hubiera tenido su propia criatura? Borró el horrible recuerdo del Duque y el médico y disfrutó el afecto de la pequeña Rut. La niña parloteaba como una urraca y Ángela asentía y escuchaba. Al levantar la vista se encontró con la mirada de Miguel. *Él quiere tener hijos,* pensó, y la idea le golpeó en la boca del estómago. ¿Y si supiera que no podía tenerlos? ¿Dejaría entonces de quererla? No pudo sostener su mirada.

—Papá, ¿podrías tocar el violín para nosotros? —preguntó Miriam—. Hace mucho tiempo que no lo haces.

—Papá, *por favor* —rogaron Jacob y Lea.

—Está guardado en el baúl —dijo, con los ojos entrecerrados. Ángela pensaba que ese sería el fin de la conversación, pero Miriam estaba empecinada.

—No, no lo está. Yo lo desembalé esta mañana. —Juan dio una mirada severa a su hija, pero ella sonrió, se arrodilló a su lado y puso la mano sobre sus rodillas—. Por favor, Papá. —Su voz era muy amable—. "Para todas las cosas hay sazón, y todo lo que se quiere debajo del cielo, tiene su tiempo," ¿recuerdas? ". . . Tiempo de llorar, y tiempo de reir; tiempo de endechar, y tiempo de bailar."

Elisabet se había quedado tranquila donde estaba, con las manos sobre la tela extendida en la mesa. Cuando Juan la miró, tenía los ojos llenos de dolor. Los de ella estaban bañados en lágrimas. "Ha pasado mucho tiempo, Juan; estoy segura que a Miguel y a Amanda les gustará escucharte."

Miriam le hizo un gesto a Lea que entonces fue a buscar el instrumento y el arco y se los dio a su padre. Después de un largo momento él los tomó y los puso sobre sus rodillas.

"Lo afiné esta tarde mientras estabas en el campo," admitió Miriam cuando su padre pasó los dedos sobre las cuerdas. Luego, levantándolo, lo ubicó bajo el mentón y comenzó a tocar. Con las primeras notas de la melodía, los ojos de Miriam se inundaron de lágrimas y comenzó a cantar con una voz aguda y limpia. Cuando Juan terminó de tocar volvió a apoyarlo sobre sus rodillas.

—Estuvo hermoso —dijo, visiblemente conmovido. Acarició el cabello de su hija—. Por David, ¿sí?

—Sí, Papá.

Elisabet levantó la cabeza; las lágrimas corrían por sus mejillas. —Nuestro hijo —explicó a Ángela y a Miguel—. Sólo tenía catorce años cuando . . . —Su voz se quebró y miró hacia otro lado.

—Era un buen tenor —aclaró Miriam—. Tenía una hermosa voz.

Prefería las melodías más animadas, pero "Sublime Gracia" era su himno favorito. Estaba lleno de vida y de gusto por las aventuras.

—Murió cerca del acantilado de Scout —logró decir Elisabet—. Su caballo lo arrojó cuando perseguía un búfalo. Se golpeó la cabeza.

Nadie habló por un largo rato. —La abuela murió en la Depresión de Humboldt —dijo finalmente Jacob, rompiendo el silencio.

Elisabet se sentó. —Éramos la única familia que le quedaba a la abuela y cuando decidimos venirnos al oeste, nos acompañó. Nunca estuvo muy bien.

—Pero no lamentaba haber venido, Lisa —opinó Juan.

—Lo sé, Juan.

Ángela se preguntó si Elisabet sí lo lamentaba. Tal vez nunca había querido dejar su hogar. Tal vez todo esto era idea de Juan. Ángela miró a uno y a otro preguntándose si Juan no estaría pensando en lo mismo, pero Elisabet recuperó su compostura y miró a su esposo, al otro lado de la cabaña, sin ningún resentimiento en su expresión. Juan levantó el violín y tocó otra melodía. Miguel se unió al canto esta vez. Su voz sonora y profunda llenó la cabaña y los niños quedaron fascinados.

"¡Bueno!" dijo Elisabet, sonriendo complacida. "¡Dios sí que bendijo al señor Oseas!"

Los niños querían cantar melodías populares y su padre accedió. Cuando agotaron su repertorio, Miguel les contó acerca de Esdras y de los esclavos que cantaban en los campos de algodón. Cantó una canción que recordaba. Era una melodía profunda y triste. *"Mécete, dulce carroza, ven a llevarme a mi hogar . . ."* La voz de Miguel penetró en el corazón de Ángela.

Ángela estaba tensa cuando, finalmente, ella y Miguel regresaron al ático del granero. Los *"Y si . . ."* le daban vueltas en la cabeza. ¿Y si Mamá se hubiera casado con un hombre como Juan Altman? ¿Y si ella hubiera crecido en un hogar como ése? ¿Y si ella hubiera conocido a Miguel cuando era pura e íntegra?

Pero nada había ocurrido así y desearlo no mejoraba las cosas.

—Te hubiera ido muy bien en la taberna Dólar de Plata —dijo ella, luchando por mostrarse animada—. El cantante que tenían no era nada bueno comparado contigo. Cantaba algunas de las mismas melodías —dijo ásperamente—, pero las letras eran diferentes.

—¿De dónde crees que la iglesia tomó muchas de sus primeras melodías? —dijo Miguel riéndose—. Los predicadores necesitan melodías reconocibles para que las congregaciones puedan cantar —agregó, mientras se ponía las manos en la nuca—. ¡Tal vez hubiera podido convertir a algunos con mi canto!

Estaba bromeando y ella no quería ablandarse más frente a él. Así como estaba ya le causaba dolor. Cuando lo miraba, sentía los nervios en carne viva. —Las letras que yo podría cantar serían ofensivas para ti —dijo. Percibió su pensativo silencio mientras se desvestía y se deslizaba bajo las mantas. Le latía tan fuerte el corazón que se preguntaba si él lo escucharía—. Y no trates de enseñarme tus letras —agregó—. No estoy para cantar alabanzas a Dios.

Miguel no se apartó como ella lo hubiera deseado. La rodeó con sus fuertes brazos y la besó hasta dejarla casi sin respiración. —No todavía —dijo mientras sus manos avivaban la chispa que crecía en ella hasta que se convirtió en fuego, pero no lo apagó. Le dio el espacio y la libertad que ella quería, dejándolo arder.

A los pocos días Elisabet tenía una camisa de tela escocesa amarilla y una falda marrón para que Ángela se probara. Vaciló en desvestirse, incómoda por el mal estado de la ropa interior gastada de Telma. —Necesita otro pliegue aquí, Mamá —opinó Miriam, ajustando unos centímetros la camisa.

—Sí, y ampliarla un poco en la parte de atrás —agregó Elisabet, soltando la tela de la falda.

Ángela se sentía turbada porque se estaban tomando tanto trabajo por ella. Cuanto menos trabajaran, menos en deuda se sentiría. —Voy a trabajar en la huerta con esta ropa —comentó.

—Pero no tienes por qué parecer una fregona —respondió Miriam.

—No quiero ser una molestia para ustedes. El traje está hermoso así. No necesita quedar perfecto.

—¿Una molestia? —dijo Elisabet—. Tonterías, ¡hace mucho que no me divertía tanto! Puedes quitártelo ahora, ten cuidado con los alfileres.

Ángela se quitó el vestido y rápidamente tomó la ropa gastada de Telma, mientras observaba la mirada compasiva que daba Elisabet a la enagua gastada y las calzas raídas. Si hubiera vestido la ropa del Palacio, aquellas mujeres hubieran quedado impresionadas. Probablemente jamás habían visto ropa interior de satén y encaje traída de Francia, o batas de seda de China. El Duque la vestía con lo más fino. Incluso la Duquesa, tacaña como era, jamás hubiera pensado en vestirla tan toscamente. Pero en cambio, tenía que mostrarse ante ellas con ropa interior hecha con bolsas de harina usadas.

Deseaba explicar que las cosas que usaba no eran de ella, que pertenecían a la hermana de Miguel, pero eso sólo despertaría preguntas que no quería responder. Y lo peor sería que perjudicaría a Miguel. No quería que pensaran mal de él. No sabía por qué le importaba tanto, pero así era. Se vistió de prisa, tartamudeó un agradecimiento y corrió a refugiarse en la huerta.

¿Dónde estaba Miguel? Ansiaba que estuviera cerca. Se sentía más segura cuando él andaba por allí. Él y Juan habían estado en el campo desenterrando tocones esta mañana, pero ahora no los veía. Los caballos no estaban en el corral. Tal vez Miguel había llevado a Juan a cazar.

Lea estaba juntando achicoria silvestre alrededor de los robles y Andrés y Jacob estaban pescando. Ángela se puso a quitar las malas hierbas y trató de no pensar en nada.

—¿Puedo jugar aquí? —preguntó la pequeña Rut de pie frente a la cerca—. Mamá está lavando y dice que soy una plaga.

Ángela rió. —Entra, cariño.

La niña se sentó en el sendero entre los surcos y habló incesantemente mientras arrancaba los yuyos que le indicaba Ángela. —No me gustan las zanahorias. Me gustan las arvejas.

—Conque estás ahí —dijo Miriam, abriendo el portón de par en par—. Le dije a Mamá que sabía dónde encontrarte —dijo, señalando a su hermanita con el dedo. Agachándose, pellizcó la barbilla de Rut—. No debes irte sin decir adónde vas.

—Estoy con Mandy.

—¿*Mandy*? —dijo, enderezándose mientras miraba a Ángela—. Bueno, *Mandy* está trabajando.

—Está ayudando —dijo Ángela, mostrando la pequeña zanahoria del canasto.

Miriam envió a la niña con su madre y se puso en cuclillas para trabajar con Ángela. —Te queda mejor —señaló mientras entresacaba las plantas de porotos.

—¿Qué cosa? —preguntó Ángela.

—Mandy —dijo Miriam—. Amanda no parece apropiado, por alguna razón.

—Mi nombre era Ángela.

—¿Sí? —preguntó Miriam levantando las cejas dramáticamente. Sacudió la cabeza con los ojos brillantes—. Ángela tampoco te va bien.

—¿Tal vez "Oye tú"?

Miriam le arrojó un terrón. —Creo que te llamaré señorita Remilgada —decidió—. De paso —agregó, arrojando unos yuyos en el balde—, yo no estaría tan incómoda con tus prendas innombrables. —Ante la mirada sorprendida de Ángela agregó—, ¡Deberías ver las *mías*!

Unos días después Elisabet le dio a Ángela algo envuelto en una funda de almohadón y le dijo que no lo sacara frente a otra persona. Ante la mirada curiosa de Ángela se ruborizó y volvió apresuradamente a la cabaña. Curiosa, Ángela entró al granero y vació el contenido. Al levantar las cosas encontró una hermosa enagua y unas calzas. La confección y los bordados eran muy bellos.

Apretando los hermosos objetos sobre su falda, Ángela sintió que el calor le subía por sus mejillas. ¿Por qué había hecho eso Elisabet? ¿Por lástima? Nadie jamás le había regalado alguna cosa sin esperar nada a cambio. ¿Qué quería Elisabet? Todo lo que tenía era de Miguel. Ya ni siquiera se pertenecía a sí misma. Poniendo las cosas nuevamente en la funda, salió afuera. Miriam estaba acarreando agua del arroyo y Ángela la detuvo.

—Lleva estas cosas a tu madre, Miriam. Dile que no las necesito.

Miriam bajó el balde. —Mamá temía que te ofendieras.

—No es eso. Es que no las necesito.

—Estás enojada.

—Sólo lleva estas cosas, Miriam. No las quiero —dijo Ángela mientras se las alcanzaba bruscamente.

—Mamá las hizo especialmente para ti.

—¿Por tenerme lástima? Bueno, dile que muchas gracias y que las puede usar ella.

Miriam estaba ofendida. —¿Por qué estás tan decidida a pensar lo peor de nosotros? La única intención de Mamá fue complacerte. ¡Mamá está tratando de agradecerte porque le han dado un techo después de meses de vivir en esa miserable carreta!

—No tenía por qué agradecerme. Si quiere agradecer a alguien, dile que se lo agradezca a Miguel. Fue idea de *él*. —Inmediatamente se arrepintió de sus palabras duras cuando los ojos de la muchacha se llenaron de lágrimas.

—Bueno, supongo que *él* puede usar la enagua y las calzas, ¿verdad? —dijo Miriam, recogiendo nuevamente los baldes con las pálidas mejillas mojadas de lágrimas—. No deseas querernos, ¿no es así? ¡Ya lo tienes decidido!

Mortificada por el dolor en el rostro de Miriam, Ángela dijo con más suavidad, —¿Por qué no guardas la ropa para ti?

Miriam no se calmó. —Si estás decidida a herir a Mamá, entonces hazlo tú misma, Amanda Oseas. No lo haré por ti. Ve y dile que no quieres el regalo que hizo para ti porque te quiere como a uno de sus hijas. Y es exactamente lo que eres. ¡Una niña tonta que no reconoce algo valioso cuando lo tiene delante de los ojos! —Se le quebró la voz y se fue apurada.

Ángela corrió de regreso al granero.

Apretando la enagua y las calzas, se sentó contra la pared. No se había imaginado que unas pocas frases cortantes de una niña ingenua la podrían herir tan profundamente. Arrojando las cosas se apretó los puños contra los ojos.

Miriam entró silenciosamente y las recogió. Ángela esperó que se retirara con ellas, pero en lugar de eso se sentó.

—Lamento haberte hablado así —dijo con docilidad—. Soy demasiado directa.

—Dices lo que piensas.

—Sí. Por favor, acepta el regalo de Mamá, Amanda. Se sentirá dolida si no lo haces. Estuvo días cosiendo y le llevó toda la mañana animarse a dártelos. "Toda novia joven debe tener algo especial," dijo. Si se los devuelves se dará cuenta que te ha ofendido.

Ángela se apretó las rodillas contra el pecho. Se sentía atrapada por la súplica de Miriam. —Yo no los hubiera tomado en cuenta ese día, cuando los cruzamos en el camino. —Incómoda, sostuvo la mirada de Miriam—. Lo sabías, ¿verdad?

Miriam sonrió débilmente. —Ahora no te molesta que estemos aquí, ¿no es así? No creo que hayas sabido qué hacer con nosotros al principio. Pero ahora es distinto, ¿verdad? La pequeña Rut supo cómo eras de inmediato. Contrario a lo que tal vez pienses, no se encariña con cualquiera que conoce. No como lo ha hecho contigo. Y yo también te quiero, te guste o no.

Ángela apretó los labios y no dijo nada.

Miriam tomó la enagua y las calzas y las dobló sobre su falda. —¿Qué dices?

—Son hermosas, deberías quedártelas.

—Yo ya tengo unas guardadas en mi baúl para el ajuar. Hasta que sea una novia recién casada, me basta con las que hacemos de bolsas de harina.

Ángela comprendió que no llegaría a ninguna parte con esa muchacha.

—No sabes qué hacer con nosotros, ¿verdad? —dijo Miriam—. A veces me miras de un modo tan extraño. ¿Tuviste una vida muy diferente a la mía?

—Más diferente de lo que jamás podrías imaginar —dijo Ángela en tono sombrío.

—Mamá dice que es bueno hablar las cosas.

Ángela arqueó una ceja. —No hablaría de mi vida con una niña.

—Tengo dieciséis. No soy mucho menor que tú.

—La edad no tiene nada que ver con los años en mi oficio.

—Ya no es tu oficio, ¿verdad? Te has casado con Miguel. Esa parte de tu vida pertenece al pasado.

Ángela miró hacia otro lugar. —Nunca se va del todo, Miriam.

—No cuando lo llevas a todas partes como una pesada carga.

Ángela la miró sorprendida. Rió tristemente mientras decía, —Tú y Miguel tienen mucho en común. —Él le había dicho lo mismo en alguna oportunidad, pero ninguno de los dos podía entender. No sale uno caminando como si no hubiera pasado nada. Las cosas *pasaron* y dejaron abiertas heridas profundas. Aunque las heridas sanen, siempre quedarían cicatrices—. ¿Simplemente partir y olvidarse? —dijo burlonamente—. No es así de simple.

Miriam jugueteaba con una brizna de paja y cambió de tema. —Me imagino que debe hacer falta mucho esfuerzo, pero ¿no valdría la pena intentarlo?

—Siempre te vuelve a alcanzar.

—Tal vez todavía no tienes suficiente fe en Miguel.

Ángela no quería hablar sobre Miguel, especialmente con una muchacha casadera como Miriam, mucho más apta para él de lo que jamás sería ella.

—El otro día salí a caminar y vi una cabaña —dijo Miriam—. ¿Sabes quién vive allí?

—Pablo, el cuñado de Miguel. Su esposa murió cuando venían al oeste.

Los oscuros ojos de Miriam brillaban de curiosidad. —¿Por qué nunca viene a visitar a Miguel? ¿Están enojados?

—No, simplemente no es muy sociable.

—¿Es mayor o menor que Miguel?

—Menor.

—¿Cuán menor? —preguntó con una sonrisa juguetona.

—Tiene veinte y pico, supongo —dijo, encogiéndose de hombros. Podía adivinar a dónde llevaba la conversación y no le gustaba. Miriam le recordaba a Rebeca, la prostituta que se había interesado tanto en Miguel.

—¿Es apuesto? —insistió Miriam.

—Supongo que para una muchacha joven e inocente cualquiera que no tenga verrugas y dientes salidos sería apuesto.

Miriam rió. —Bueno, tengo dieciséis. La mayoría de las muchachas están casadas a mi edad y ni siquiera tengo un pretendiente en el horizonte. Naturalmente me interesa todo lo que esté disponible. ¡Tengo que encontrar un novio para poder usar todas esas hermosas prendas innombrables que Mamá me ha preparado y están esperando en el baúl!

Pensar en esa dulce muchacha con Pablo perturbó mucho a Ángela. —Las ropas bonitas no significan mucho, Miriam. Para nada. Espera a alguien como Miguel. —Casi no podía creer lo que había dicho.

—Sólo hay un Miguel, Amanda, y lo tienes tú. ¿Cómo es Pablo?

—Es lo opuesto a Miguel.

—Eso significa . . . ¿feo, débil, aburrido e irreverente?

—No es gracioso, Miriam.

—Eres peor que Mamá. No me dice una sola palabra acerca de los hombres.

—No hay mucho para saber. Todos comen, defecan, tienen sexo y mueren —dijo Ángela sin pensar.

—Estás amargada, ¿no es así?

Ángela se estremeció interiormente. Esta muchacha jamás entendería. No sin haber conocido al Duque. Tendría que haberse guardado sus pensamientos en lugar de soltarlos sin pensar. ¿Qué podía decir? *¿"Fui violada a los ocho años por un hombre mayor"? ¿"Cuando se cansó de mí, me entregó a Sandra para que me enseñara a hacer las cosas que una buena muchacha no podría ni siquiera imaginar"?*

Esta muchacha debía permanecer inocente, conocer a un hombre joven, casarse con él virgen, criar sus hijos y tener una familia tal como esta en la que había nacido. No tenía por qué contaminarse.

—No me preguntes nada sobre los hombres, Miriam. No te gustaría lo que podría contarte.

—Espero que algún día un hombre me mire de la forma que Miguel te mira a ti.

Ángela no le dijo que los hombres la habían mirado así desde hacía mucho más tiempo del que quería recordar. No significaba absolutamente nada.

—Papá dice que necesito un hombre fuerte que tenga mano firme conmigo —dijo Miriam—, pero yo quiero un hombre que también me necesite. Quiero alguien que pueda ser tierno además de fuerte.

Ángela observó a Miriam mientras seguía sentada soñando con su Príncipe Azul. Tal vez las cosas habrían sido diferentes si Miguel hubiera conocido antes a Miriam. Habría sido imposible que no la amara. Era vivaz, inmaculada y ferviente. Miriam no tenía fantasmas. No cargaba un demonio sobre los hombros.

Miriam se puso de pie y sacudió la paja de su falda. —Será mejor que deje de soñar y ayude a Mamá con el lavado. —Se agachó y puso la enagua y las calzas sobre la falda de Ángela—. ¿Por qué no te pruebas estas cosas antes de decidir?

—No querría por nada herir a tu madre, Miriam.

—Sabía que no querrías hacerlo —dijo con lágrimas en los ojos y se fue.

Ángela echó hacia atrás la cabeza. Desde el primer momento el Duque le había comprado un guardarropas completo de vestidos con volantes y delantales con encajes blancos y le había llenado los cajones de la cómoda de cintas y lazos de satén. La mayoría de sus vestidos habían sido confeccionados en París.

"Muestra gratitud," le había dicho Sandra mientras la bañaba y la vestía meticulosamente para la inminente visita del Duque. "Trata de recordar que estarías muerta de hambre en el puerto si no fuera por el Duque. Di gracias y sé sincera. Debes *estar contenta* para él. Si te pones difícil, el Duque hallará otra niñita buena y ¿qué crees que pasará contigo entonces?"

Esa advertencia todavía le producía escalofríos. A los ocho años Ángela pensaba que el Duque ordenaría a Federico que la estrangulara con el delgado cordón negro y la arrojara al callejón para que la comieran las ratas. De manera que trataba de ser encantadora, pero nunca funcionaba. Le tenía miedo al Duque y lo odiaba. Mucho más tarde su terrible dependencia de la buena voluntad de él la había hecho creer que lo amaba. No le había llevado mucho tiempo descubrir la verdad.

Y ahora el Duque todavía la perseguía. Todavía era dueño de su alma.

No, no es así. Estoy en California. Está a seis mil kilómetros y no me puede encontrar. Estaba con Miguel y los Altman y podía decidir cambiar de vida. ¿Acaso no podía?

Miró las prendas impecables que tenía sobre la falda. Elisabet no quería nada de ella. A diferencia del Duque, ella le había hecho un regalo libremente, sin esperar nada a cambio.

Las palabras del Duque se burlaban de ella desde muy adentro. *Todo el mundo quiere algo, Ángela. Nadie te da nada sin esperar algo a cambio.*

Al cerrar los ojos vio el rostro dulce y pensativo de Elisabet. "Ya no te creo más, Duque."

¿Segura?

Rebelándose contra el eco de su voz, se puso de pie rápidamente y se quitó la ropa. Se puso la enagua y las calzas nuevas. Le quedaban perfectas. Se estrechó a sí misma. Se vestiría y buscaría a Elisabet y le agradecería adecuadamente. Fingiría ser pura e íntegra y no permitiría que las pesadillas de los últimos diez años la destruyeran.

No esta vez. No si lo podía impedir.

Veinte

De todas las bajas pasiones,
el temor es el más execrable.

SHAKESPEARE

Miguel estaba preocupado por el creciente apego de Amanda a la familia Altman. Juan seguía hablando sobre Oregón como si fuera el cielo, y la primavera se estaba aproximando rápido. Tan pronto como el tiempo se mantuviera despejado, Juan estaría preparado para seguir adelante. Miguel sabía que no podía contar con que Elisabet y Miriam lo retuviera. Una buena tierra era la única forma de hacerlo cambiar de idea.

Era evidente que la joven Miriam quería a Amanda como a una hermana y la pequeña Rut era su sombra permanente. Elisabet veía el apego de su hija menor con Amanda como algo simpático, pero Miguel veía un peligro en ello. Amanda estaba abriendo cada día más su corazón. ¿Qué sucedería con ella si los Altman levantaban campamento y seguían viaje?

Se enderezó y, dejando de desenterrar tocones, miró hacia la cabaña. Amanda acarreaba dos baldes desde el arroyo. Elisabet mantenía encendido el fuego sobre el que había una gran tina y Miriam seleccionaba la ropa para lavar. La pequeña Rut brincaba alrededor de Amanda, parloteando alegremente.

Lo que necesita es una criatura propia, Señor.

—Realmente le tomó cariño, ¿verdad? —dijo Juan, descansando sobre el mango del pico mientras contemplaba a Amanda y a la pequeña Rut.

—Claro que sí.

—¿Te preocupa algo, Miguel?

Miguel puso la bota sobre la pala y arrojó la tierra a un lado. —Te vas al norte con tu familia y vas a romper el corazón de mi esposa.

—Y qué decir del de Lisa. Lisa adoptó a tu esposa, ¿lo observaste?

—Hay buena tierra aquí.

—No tan buena como en Oregón.

—No encontrarás lo que buscas en Oregón y tampoco en otra parte.

Esa noche Miguel habló con Amanda sobre la posibilidad de vender una parte de su tierra a los Altman. —Quería conversarlo contigo antes de mencionárselo a él.

—No hará ninguna diferencia, me parece. Pasó toda la tarde hablando sobre Oregón. No ve la hora de partir.

—Todavía no ha visto el extremo oeste del valle —dijo Miguel—. Puede cambiar de idea después de verlo.

Ángela se sentó. Se le encogía el corazón ante la idea de que Miriam y Rut partieran hacia Oregón. —¿De qué vale? Cuando un hombre se ha decidido por algo, nada puede hacerlo cambiar.

—Juan está buscando una buena tierra para cultivar.

—¡Juan está buscando el tesoro en el extremo del arco iris!

—Entonces se lo daremos. —Miguel se sentó detrás de ella y la apretó contra su pecho—. Quiere lo mejor para su familia. Ese extremo oeste es lo mejor que tenemos.

—Se pasa el día hablando sobre Oregón. Pero Elisabet no quiere ir, lo mismo que Miriam.

—Piensa que el valle de Willamette es el Edén.

Ángela se soltó de sus brazos y se puso de pie. —Entonces debería haber ido directamente allá en lugar de detenerse aquí —dijo, apoyándose en la pared mientras miraba hacia la cabaña. Estaba oscuro y el farol se había apagado. Los Altman estarían durmiendo—. Ojalá nunca hubieran venido aquí. Ojalá no los hubiera conocido.

—No se han ido todavía.

Ángela se volvió y lo miró, tenía la cara pálida a la luz de la luna. —¿Es Oregón tan maravilloso? ¿Es el Edén que él piensa?

—No lo sé, Tirsá. Nunca estuve allí.

Tirsá. Su deseo por ella estaba en ese nombre. Ángela sintió un cálido cosquilleo en el vientre al escucharlo. *Tirsá.* Trató de no pensar en lo que significaba, pero al oír el suave crujido que hacía el heno cuando él la tocó, le saltó el corazón. Lo miró mientras se acercaba y casi no podía respirar. Cuando la tocó sintió una ráfaga de calor y tuvo miedo. ¿Qué era ese poder que tenia él sobre ella?

"No pierdas la esperanza," dijo Miguel, sintiendo su rigidez mientras la apretaba entre sus brazos. Quería decirle que podrían tener un niño propio, pero había tiempo para eso y este no era el momento. Todavía no. "Juan puede cambiar de idea cuando vea lo que le ofrecemos."

Ángela no creía que Juan estuviera dispuesto siquiera a mirar el lugar, pero lo hizo. Los dos hombres cabalgaron hasta allí al día siguiente apenas amaneció. Ángela vio a Miriam correr por el jardín, con su chal puesto en los hombros descuidadamente. Abrió de par en par la puerta del granero y subió a mitad de la escalera llamándola. —Mandy, yo también quiero conocer el lado oeste del valle. Son apenas unos kilómetros, por lo que oí decir a Miguel.

—No va a hacer ninguna diferencia —respondió Ángela, bajando la escalera.

—Eres igual que Mamá. Todavía no hemos empacado ni estamos andando.

Miriam estuvo hablando buena parte del camino, inventando toda clase de planes descabellados para impedir el éxodo de su padre. Ángela sabía después de un mes de convivencia que en cuanto Juan dijera "Vamos," tanto Miriam como Elisabet lo harían.

—Allá están Papá y Miguel —dijo Miriam—. Pero ¿quién es ese hombre que está con ellos?

—Pablo —dijo Ángela, armándose de valor. No lo había visto desde aquel desgraciado viaje de regreso a Pair-a-Dice y ahora no tenía ningún deseo de enfrentarlo. Pero ¿qué excusa tendría ahora para volver atrás?

Miriam ni siquiera percibió su inquietud; la curiosidad la urgía a seguir. Los tres hombres las vieron y Miguel agitó la mano. Ángela apretó los dientes, no podía hacer otra cosa que seguir adelante. Se preguntaba hasta dónde llegaría esta vez el ataque de Pablo.

Miguel vino a recibirla. Ella forzó una sonrisa y mantuvo el mentón en alto. —Miriam quería venir.

Él la besó en la mejilla. —Me alegro que te haya arrastrado hasta aquí.

Los hombres habían estado cavando. Miriam levantó un poco de tierra. La desmenuzó en la mano y la olfateó. Le brillaban los ojos al mirar a su padre. —Es tan rica que se la puede comer.

—No podría ser mejor.

—¿Ni siquiera en Oregón?

—Ni siquiera en Oregón.

Miriam se lanzó a sus brazos con una exclamación, riendo y llorando. —¡Quiero contarle a Mamá!

—Mamá no debe saber nada de esto. No hasta que hayamos construido una cabaña para ella. Prométemelo.

Miriam se secó las lágrimas. —Si vuelves a hacer una sola mención de Oregón, Papá, se lo cuento.

Ángela le echó una mirada a Pablo. Su mirada rozó la de ella. Estaba llena de un odio sordo. Ángela se apretó el chal. Aquel día en el camino lo había hecho sentir como si se desangrara. Le había clavado el cuchillo lo más profundo posible. Él la volvió a mirar, esta vez una mirada más larga. Un animal herido, enfurecido, peligroso.

"Pablo es apuesto," dijo Miriam en el camino de regreso. "Tiene ojos oscuros y perturbadores."

Ángela no dijo nada. Antes de alejarse, Pablo la había saludado levantando la punta de su sombrero. Nadie más que ella se había dado cuenta; tampoco habían visto la expresión de sus ojos, una expresión que la condenaba al infierno.

Los hombres comenzaron el trabajo al día siguiente. Pablo los esperaba con su hacha y su azada. Miguel encontró cuatro grandes piedras para los cimientos. Comenzaron a cortar árboles.

Jacob supo el secreto tres días después cuando siguió a Miriam con el almuerzo. Lo hicieron prometer silencio y lo pusieron a trabajar. Para cuando Miguel y Juan volvieron a casa con él, el muchacho estaba demasiado cansado para hablar.

—¿Qué le han hecho? —preguntó su madre—. Casi no puede levantar la cabeza del plato.

—Despejar la tierra es un trabajo duro.

Ángela trabajaba con Elisabet. Quería evitar a Pablo, pero más todavía quería estar cerca de Elisabet y de Rut. Elisabet lo advirtió y le pidió que cuidara a los niños mientras ella cocinaba. Ángela aprendió a jugar al "corre que te agarro," a las "escondidas," a la "gallinita ciega" y a "saltar al potro." Se paraba al borde del arroyo y cruzaba saltando rocas con la pequeña Rut y Andrés. Sobre todo, pensaba en el escaso precioso tiempo que le quedaba para compartir con ellos.

"Los niños la siguen como pollitos," comentó Elisabet a Juan. "Es como una hermana mayor para ellos."

Miriam llevó a Ángela a un lado. "Ya están levantadas las paredes." Luego, "Ya está listo el techo." Con cada informe que escuchaba, a Ángela se le hundía el alma. "Pablo ha preparado suficientes tejas de madera como para todo el techo." Después, "Miguel y Pablo están haciendo la chimenea." En unos pocos días la cabaña estaría terminada y los Altman se mudarían. Tres kilómetros comenzaron a parecerle tres mil.

Pablo sería su vecino más próximo. ¿Cuánto tardaría en envenenar su afecto?

El tiempo estaba despejado y cálido. "No hay razón para seguir aprovechándonos de la hospitalidad de los Oseas," dijo Juan un día. "Es hora que encontremos un lugar para nosotros." Y ordenó a Elisabet que comenzara a empacar.

Pálida y con los labios apretados, Elisabet comenzó a trabajar.

"Jamás la he visto tan enojada," comentó Miriam. "No le ha dirigido una sola palabra a Papá desde que dijo que nos iríamos. Ahora ya es su maldita terquedad lo que le impide a Papá decirle la verdad."

Ángela ayudó a Miriam a cargar la carreta. Andrés llenó el barril de agua que colgaba al costado y Jacob ayudó a Juan a enganchar los caballos. Cuando Elisabet vino a abrazarla, Ángela no podía hablar.

—Te voy a echar de menos, Amanda —susurró Elisabet con la voz quebrada. Le acarició las mejillas como a sus hijos—. Cuida mucho a tu hombre. No hay muchos como él.

—Sí, señora —respondió Ángela.

Miriam le sujetó la mano y susurró, "Eres una magnífica actriz. Realmente parece que te estás despidiendo para siempre de nosotros." La pequeña Rut no tenía consuelo y se aferraba a Ángela hasta que le pareció que se le partiría el corazón. ¿Por qué no se iban de una vez? Miriam se llevó a la niña y le susurró algo que la acalló, luego la subió a la carreta junto con Lea. Rut miró a Ángela con la cara radiante. Ahora todos los niños sabían el secreto.

—Te ayudo a subir, Lisa —dijo Juan.

Ella no lo miró. —Gracias, pero creo que voy a caminar un poco.

No bien comenzaron a andar, Miguel fue a ensillar su caballo. Ángela se quedó en el patio mirando partir la carreta. Ya comenzaba a echarlos de menos y podía sentir que la brecha se ensanchaba como un abismo que no podría cruzar. Recordaba continuamente a su madre enviándola al mar con Claudia. Entró a la casa y preparó una canasta con bizcochos dulces y manzanas. Ya nada sería igual.

Pablo estaba en la cabaña cuando ellos dos llegaron. Tenía medio venado en el asador. Ángela colgó las cortinas que Elisabet había cosido para la cabaña de Miguel mientras los hombres hablaban. Miguel salió a ver si divisaba a los Altman. Ángela pudo sentir la fría mirada de Pablo en su espalda.

—Apuesto a que no saben nada de ti, ¿verdad, Ángela?

Se volvió y lo enfrentó. No le creería si le contara la verdad. —Los quiero mucho, Pablo, y no quisiera herirlos.

—Eso significa que esperas que mantenga en secreto tu sórdido pasado —dijo desdeñosamente.

Ella vio que era inútil contar con él. —Significa que harás lo que creas que debes hacer —dijo en tono sombrío. ¿Cuánto demoraría en hacer que la conocieran como realmente era? No tardarían en descubrir la animosidad que sentía contra ella y preguntarían el motivo. ¿Qué podría decirles ella? *¿"Quería que le pagara el viaje y le pagué con la única moneda que tenía"?*

¿Por qué se había mezclado con esta gente? ¿Por qué diablos se había permitido encariñarse con ellos? Sabía que era un error desde el principio.

—El amor debilita —le había advertido Sandra.

—¿Alguna vez has estado enamorada? —había preguntado Ángela.

—Una vez.

—¿De quién?

—Del Duque —dijo, riéndose amargamente—. Pero siempre he sido demasiado vieja para él.

Una voz fría irrumpió en sus pensamientos. "Estás asustada, ¿verdad?" La sonrisa de Pablo era fría como el hielo. Ángela salió. No podía respirar en la cabaña. Ya comenzaba a doler. Era el mismo dolor que había sentido aquel día que oyó decir a su padre que deseaba que ella jamás hubiera nacido, el mismo dolor que cuando murió Mamá, el mismo que cuando supo de la muerte de Fortunata. Incluso había sentido ese dolor la primera vez que el Duque la entregó a otro hombre.

Todas las personas a quienes ella se acercaba la abandonaban. Tarde o temprano se iban. O morían. O perdían interés. Ama a alguien y tendrás la garantía de perderlo. Mamá, Sandra, Fortunata. Ahora Miriam, la pequeña Rut y Elisabet.

¿Cómo pude olvidar lo que se sentía?

Porque Miguel alimentó tu esperanza. Y la esperanza es mortal.

Sandra le había dicho en una oportunidad que había que ser de piedra porque la gente te va sacando astillas —ser una piedra lo suficientemente grande para que jamás te lleguen al corazón.

Ángela vio a Miguel de pie contraluz. Fuerte y bello. Se le estrujó el corazón. Él había logrado desastillarla más que nadie, y tarde o temprano él también saldría de su vida, dejando un vacío en su corazón.

Miguel se acercó a ella y cuando vio la mirada en su rostro, adquirió un aire sombrío. —¿Dijo Pablo algo que te lastimara?

—No —carraspeó—. No dijo nada.

—Algo te perturbó.

Me estoy enamorando de ti. Oh Dios, no quiero enamorarme, pero es así. Te estás convirtiendo en el aire que respiro. Estoy perdiendo a Elisabet y a Miriam y la pequeña Rut. ¿Cuánto tardaré en perderte a ti? Miró en otra dirección. —Nada me perturbó. Sólo me preocupa lo que pensará Elisabet de todo esto.

La respuesta no tardó en llegar. La carreta apareció por la cuesta y se acercó. Elisabet miraba sin poder creerlo, mirando de la cabaña a Juan, que saltó del asiento de la carreta con una amplia sonrisa en el rostro. Entonces Elisabet comenzó a llorar y se arrojó en sus brazos, diciéndole que era un bandido y que lo adoraba.

"Deberías disculparte, Mamá," dijo Miriam riendo. "Lo has estado maltratando desde que salimos." Juan tomó a su esposa de la mano y la llevó a conocer su nueva tierra.

Miriam se puso inmediatamente a trabajar en la cabaña, pero no tardó en detenerse y mirar a Ángela. —Tú y Pablo no están en buenos términos, ¿verdad?

—No muy buenos —respondió Ángela. Rut le tiró de la falda y Ángela la levantó, acomodándosela sobre la cadera.

—Ah, no. Nada de eso —Miriam se secó las manos y volvió a poner a la niña en el piso—. Mandy tiene que ayudarme a hacer una torta. Y para eso necesita las dos manos. Y no me saques la lengua, señorita —dijo, dándole una suave palmada en las nalgas—. Miguel está afuera, ¡pídele que te haga caballito! —Preparó las fuentes y miró a Ángela—. Ahora, dime de qué se trata.

—¿Qué cosa?

—Ya sabes. De ti y de Pablo. ¿Estaba enamorado de ti antes de que te casaras con Miguel?

Ángela se rió con sarcasmo. —¡Qué va!

Miriam frunció el ceño. —Entonces no estaba de acuerdo.

—No lo está —reconoció Ángela—. Y por buenas razones.

—Dime una.

—No tienes que saberlo todo, Miriam. Ya sabes mucho más de lo conveniente.

—Si le pregunto a él, ¿me lo diría?

—Probablemente —dijo Ángela con un gesto de dolor.

Miriam se quitó un mechón de cabello de los ojos, dejando una marca de harina en la mejilla. —Entonces no preguntaré.

Ángela la amaba. Por un momento era una criatura como Rut, llena de picardía y entusiasmo, al siguiente era una mujer con ideas propias.

—No pienses tan mal de él —dijo—. Trata de proteger a Miguel. Conocí a una muchacha a la que le regalaron un trozo de amatista. Era hermoso. Cristales de púrpura intensa. El hombre le dijo que venía de un huevo de piedra que había partido y parte de la cáscara seguía adherida. Gris, fea y áspera. —Miró a Miriam—. Es como yo, Miriam. Sólo que a la inversa. Toda la belleza está aquí —dijo, tocándose el cabello y la cara perfecta—. Adentro es oscuro y feo. Pablo vio esa parte.

Las lágrimas bañaron los ojos de Miriam. —Entonces no miró muy al fondo.

—Eres muy dulce pero también muy ingenua.

—Soy las dos cosas y ninguna. No creo que me conozcas la mitad de lo que te imaginas.

—Nos conocemos una a la otra lo suficiente.

El día se puso tan cálido y limpio que Miriam sacó mantas para hacer una merienda al aire libre. Ángela vio a Miguel y a Pablo conversando. Se le heló el estómago imaginando las cosas feas que Pablo podría contarle a Miguel con maligno placer; de la sangre fría con la que ella había actuado en el camino. Lo grotesco de la idea le produjo náuseas. ¿Cómo veía Pablo lo que había ocurrido entre ellos? ¿Como una simple propuesta de negocios? ¿Como un acto licencioso despojado de sentimientos? No era de extrañar que sólo viera una sucia negrura en su interior, la lepra de su alma. Ella no le había mostrado otra cosa.

Miró a Miguel disimuladamente, anhelando que mirara en dirección de ella, sólo para mostrarle que todo estaba bien, pero él estaba escuchando atentamente lo que Pablo decía.

Trató de serenar su corazón. Miguel la había visto en un lugar peor del que Pablo pudiera imaginar y aun así la había aceptado. Incluso después de haberlo traicionado y abandonado, había luchado por ella. Nunca podría comprenderlo. Había pensado que los hombres como él eran débiles, pero Miguel no lo era. Era sereno y firme, implacable como una roca. ¿Cómo podía seguir mirándola sin otra cosa que odio después de todo lo que ella le había hecho? ¿Cómo podía *amarla*?

Tal vez la realidad de *Ángela* todavía no lo había alcanzado. Cuando lo hiciera, Miguel miraría a Ángela de la misma manera que Pablo. Lo que veía ahora estaba nublado por su propia fantasía de una mujer redimida.

Pero es todo una mentira. Sólo estoy representando otro papel. Un día el soñador se despertará y la vida volverá a ser como antes.

Mientras trabajaba y hablaba con Miriam, fingía que nada le ocurría. Pero el oscuro silencio interior fue creciendo, pesado y familiar, agobiándola por dentro. Reforzaba las grietas de sus paredes, preparándose para el inminente ataque. Pero cada vez que miraba a Miguel, se debilitaba.

Y el pasado seguía alcanzándola. No importaba cuánto huyera. A veces sentía como si estuviera en un camino y pudiera escuchar los golpes secos de los cascos de los caballos que se acercaban, como si el carruaje viniera directamente hacia ella y ella no pudiera salirse del camino. Podía imaginarlo corriendo hacia ella, y adentro iban el Duque, Sandra, Fortunata, la Duquesa, y Magowan. Y en el asiento superior estaban Alex Stafford y Mamá.

Y todos la atropellarían.

Elisabet y Juan regresaron. Ángela observó la ternura con la que Juan acariciaba a su esposa y cómo ella se ruborizaba. Ángela había visto esa expresión en otros hombres, pero ninguno la había mirado a ella de esa manera. Con ella se trataba de negocios.

La cabaña estaba llena de gente, de manera que ella salió al campo de flores de mostaza y se sentó. Quería vaciar su mente. Quería que la angustia la abandonara. La pequeña Rut se le unió. Los tallos de mostaza eran más altos que ella y para la niña era toda una aventura abrirse camino en la selva dorada. Ángela la observó mientras cortaba flores y perseguía una mariposa blanca. Se le oprimía el corazón.

Esta noche, ella y Miguel se irían y sería el fin de todo. Ya no vería a la niña. Ni a Miriam. Ni a Elisabet. Ni a los otros. Se apretó las rodillas contra el pecho. Deseó que la pequeña regresara a sus brazos. Quería cubrir su dulce carita de besos, pero la niña no entendería y no podría explicarle.

La pequeña regresó, con los ojos luminosos de entusiasmo infantil. Se echó al lado de Ángela. —¿Viste, Mandy? La primera mariposa.

—Sí, cariño —dijo mientras le acariciaba el sedoso cabello oscuro.

La niña la miró con sus ojos marrones chispeantes. —¿Sabías que vienen de *gusanos*? Me lo dijo Miriam.

—¿Es cierto? —dijo Ángela sonriendo.

—Algunas son peludas y bonitas, pero no muy agradables —afirmó Rut—. Comí una cuando era pequeña. Pero era muy fea.

Ángela se rió y sentó a la niña sobre sus rodillas. Le hizo cosquillas en el vientre. —Bueno, entonces supongo que no comerás otra, ¿verdad, pequeño ratoncito?

Rut soltó una risita y se puso nuevamente de pie para recoger más flores de mostaza. Arrancó una planta de raíz. —Ahora que tenemos una cabaña, ¿vendrán Miguel y tú a vivir con nosotros?

—No, tesoro.

Rut la miró sorprendida. —¿Por qué no? ¿No quieres?

—Porque ahora cada uno tiene su propia cabaña.

Rut regresó y se puso frente a ella. —¿Qué te pasa, Mandy? ¿No te sientes bien?

Ángela le acarició el cabello. —Estoy muy bien.

—Entonces ¿me cantarías una canción? Nunca te he oído cantar.

—No puedo. No sé cantar.

—Papá dice que *todo el mundo* puede cantar.

—Tiene que salir de adentro y yo ya no tengo nada adentro.

—¿Verdad? —preguntó sorprendida—. ¿Cómo ocurrió eso?

—Simplemente se vació.

Rut frunció el ceño, estudiando a Ángela de pies a cabeza. —Yo te veo bien.

—Las apariencias engañan.

Todavía perpleja, Rut se sentó en la falda de Ángela. —Entonces yo te cantaré. —Las palabras y las melodías estaban mezcladas, pero a Ángela no le molestaba. Estaba contenta de tener a la niña sobre la falda y de sentir la fuerte fragancia de las flores de mostaza que la rodeaban. Apoyó la cabeza sobre la niña y la apretó sin advertir la presencia de Miriam hasta que habló.

"Mamá te está buscando, picarona."

Ángela levantó a la niña y le dio una palmadita para enviarla con su madre.

—¿Por qué te aíslas de nosotros? —preguntó Miriam, sentándose a su lado.

—¿Qué te hace pensar eso?

—Siempre haces eso. En lugar de responder, haces otra pregunta. Es muy fastidioso, Amanda.

Ángela se puso de pie y se quitó el polvo de la falda.

Miriam también se puso de pie. —No respondes ni me miras a los ojos, y ahora huyes.

Ángela la miró de frente. —Tonterías.

—¿Qué crees que ocurrirá? ¿Piensas que simplemente porque tenemos una cabaña propia ahora se termina nuestra amistad?

—Estaremos muy ocupados con nuestras propias vidas.

—No *tanto*. —Miriam quiso tomarla de la mano pero Ángela se apartó, fingiendo no haberse dado cuenta.

—A veces por tratar de evitar ser herido, ¡uno puede herirse a sí mismo mucho más! —dijo Miriam siguiéndola.

Ángela lo tomó a broma. —Sabias palabras.

—¡Eres imposible, Amanda Oseas!

—Ángela —dijo por lo bajo—. Me llamo Ángela.

Todo el mundo se reunió sobre las mantas cuando Elisabet, Miriam y Ángela trajeron la comida. Ángela daba vueltas con la comida para que los demás pensaran que disfrutaba la reunión, pero cada vez que intentaba tragar un bocado se le cerraba la garganta.

Pablo la miraba fríamente. Ángela intentaba no dejarse influir por él. Era su propia debilidad lo que lo llevaba a odiarla de esa manera.

Recordó algunos hombres jóvenes que habían pagado por sus servicios y se habían enfrentado a su propia hipocresía cuando se estaban vistiendo para irse. Repentinamente caían en la cuenta de lo que habían hecho. No a ella. Eso no importaba. Sino a sí mismos.

"¿Olvidaste algo?" decía en esas oportunidades, buscando el momento para clavar el cuchillo directamente al corazón. *Deberían* saberlo. Primero el rubor en sus mejillas. Luego la oscura mirada de odio.

Bueno, ella le había empujado directo y a fondo la hoja del cuchillo a Pablo, pero ahora sabía que era ella la que había sido atravesada. Hubiera sido mejor hacer a pie todo el camino hasta Pair-a-Dice ese día. Tal vez así Miguel la hubiera alcanzado antes de que fuera demasiado tarde. Así tal vez Pablo no la odiaría tanto. Tal vez no tendría tanto para lamentar.

Toda su vida era un gran lamento. Desde el mismo principio. *"Jamás debería haber nacido, Marisol."*

Miguel la tomó de la mano. —¿En qué estás pensando? —le preguntó suavemente.

—En nada. —Al contacto con su mano la recorrió una tibieza. Perturbada, retiró la mano.

Él frunció ligeramente el ceño. —Algo te está inquietando.

Ángela se encogió los hombros sin mirarlo a los ojos.

Miguel la estudió pensativo. —Pablo no dirá ni hará nada que te hiera.

—No habría diferencia si lo hiciera.

—Si te hace daño a ti, me lo hace a mí.

El tono de su voz captó toda la atención de Ángela. Había intentado herir a Pablo y en lugar de eso había herido a Miguel. Ese día no había pensado una sola vez en lo que significaría para él. Había pensando únicamente en ella misma y en su ira y en su desesperación. Tal vez podría enmendar algo.

—No tiene que ver con Pablo —le aseguró—. Es que la verdad siempre nos alcanza.

—Eso espero.

Miguel observó a Amanda todo el día. Se encerraba cada vez más en sí misma. Trabajó con Elisabet y con Miriam, pero prácticamente en silencio. Estaba preocupada, en franca retirada, levantando paredes otra vez. Cuando la pequeña Rut le tomó la mano, Miguel vio el dolor en sus ojos y comprendió lo que ella esperaba. No podía prometerle que no ocurriría. A veces las personas quedaban tan atrapadas en los problemas diarios que no podían ver el dolor en los demás.

Pero la joven Miriam sí lo veía. —Está aquí, pero no está. No me deja acercarme, Miguel. ¿Qué le pasa hoy? Actúa como cuando recién llegamos a tu casa.

—Tiene miedo de que la hieran.

—Se está hiriendo a sí misma ahora.

—Lo sé. —No iba a revelar su pasado ni comentar los problemas de su esposa.

—Pablo no la quiere. Eso es parte del asunto. Ya no es una prostituta, pero cree que todos la ven así y la tratan como si lo fuera —opinó Miriam.

—¿Pablo te dijo eso? —exclamó mientras lo recorría una ola de furia.

Miriam negó con la cabeza. —Ella me lo dijo la primera noche y lo suficientemente fuerte como para que Mamá la oyera. —Se le llenaron de lágrimas los ojos—. ¿Qué vamos a hacer con ella, Miguel? Me parte el corazón ver como abraza a Rut.

Miguel sabía que Miriam tendría mucho que hacer para ayudar a Elisabet y a Juan a instalarse en el lugar. No podía pedirle que le hiciera visitas frecuentes a Amanda para que ella pudiera ver que el afecto era real y no un asunto de conveniencia, y la muchacha ya estaba mirando a Pablo como si fuera un dios griego venido del Olimpo, a pesar de sus defectos. Sabía que Pablo también la encontraba atractiva. Estaba claro por la forma estudiada en que la evitaba. No importa cual fuera el desenlace, las lealtades de Miriam serían puestas a prueba duramente.

Juan sacó su violín. Nada de melodías tristes esta vez, sino unas alegres danzas escocesas y irlandesas de Virginia. Miguel tomó a Ángela y comenzó a hacerla girar vertiginosamente. Estar entre sus brazos era embriagador.

El corazón de Ángela se desbocaba. Sentía que se le encendía la cara y no se atrevía a mirar a Miguel. Jacob bailaba con su madre mientras Miriam bailaba con la pequeña Rut. Juan empujó a Andrés suavemente con la bota en dirección de su hermana Lea. Pablo observaba apoyado indolente contra la cabaña. Se veía tan solo que Ángela le tuvo lástima.

—Es la primera vez que bailo contigo —dijo Miguel.

—Sí —dijo Ángela, casi sin aire—, eres muy bueno.

—Y eso te sorprende —dijo Miguel riéndose—. Soy bueno en muchas cosas —agregó mientras la apretaba, haciéndole acelerar el pulso.

Jacob se acercó y se inclinó ante Ángela y Miguel renunció a ella con una ligera sonrisa. Luego de mirar alrededor, Ángela aceptó bailar. Bastó una mirada a Miriam para comprender que la muchacha quería bailar con alguien más que su hermanita o sus hermanos menores. Pero Miguel había bailado con Elisabet, con Lea y con Rut, pero no con Miriam. Una sensación desagradable recorrió el cuerpo de Ángela. ¿Por qué evitaba Miguel a Miriam? ¿Tenía miedo de acercarse demasiado a ella? Cuando regresó para reclamarla, Ángela retiró la mano. —Todavía no has bailado con Miriam. ¿Por qué no bailas con ella?

Miguel frunció levemente el ceño y asió con firmeza la mano de Ángela, atrayéndola hacia sus brazos. —Pablo se ocupará de eso.

—No ha bailado con nadie todavía.

—Y no sentirá la necesidad si yo lo hago por él. Puedo adivinar que está pensando en Telma. La conoció en un baile. Pronto caerá en la cuenta de que la joven Miriam necesita un compañero de baile.

Pablo bailó finalmente con Miriam, pero estaba tenso, serio y casi no habló con ella. Miriam estaba visiblemente perpleja. No bien terminó el baile, Pablo se despidió y salió a buscar su caballo.

"Nosotros también deberíamos ir a casa," comentó Miguel.

Miriam abrazó a Ángela y susurró. "Te iré a visitar en unos días. Tal vez puedas contarme qué le pasa a ese hombre."

Ángela levantó a la pequeña Rut y la apretó contra su pecho, besándole las tiernas mejillas de bebé y acariciándole el cuello con la nariz. "Adiós, cariño. Pórtate bien."

Miguel subió a Ángela a la montura y montó detrás de ella. La sujetaba firmemente mientras regresaban a casa a la luz de la luna. Ninguno de los dos habló en todo el camino. Ángela estaba abrumadoramente consciente del cuerpo de Miguel apretado contra el de ella y confundida por las sensaciones que experimentaba. Hubiera querido caminar. Cuando divisó la cabaña entre los árboles se sintió aliviada. Miguel desmontó y le tendió los brazos. Inclinándose, puso las manos sobre sus fuertes hombros. La sujetó y cuando rozó su cuerpo con el de él sintió que la vida la recorría salvaje, excitante y nueva.

—Gracias —dijo tensa.

—De nada —dijo sonriendo y a Ángela se le secó la boca. Cuando él no le quitó los brazos de la cintura comenzó a latirle aceleradamente el corazón—. Has estado muy callada todo el día —dijo pensativo.

—No tengo nada que decir.

—¿Qué te está perturbando? —preguntó, apartando la gruesa trenza de su hombro.

—Nada.

—Estamos solos otra vez. ¿Será eso? —Le tomó la mejilla y la besó. Ángela sintió que en su interior algo se derretía, que le temblaban las rodillas. Cuando Miguel levantó la cabeza le rozó tiernamente la cara—. Entraré enseguida.

Apretándose la mano contra el tembloroso estómago, lo observó mientras se llevaba el caballo. ¿Qué le estaba pasando? Entró a la cabaña y se puso a encender el fuego. Una vez terminado eso miró alrededor, buscando algo para hacer y sacarse de la cabeza a Miguel, pero todo estaba en orden. Elisabet se había dado tiempo hasta para rellenar los colchones con paja nueva. De uno de los tirantes colgaba un ramillete de hierbas que llenaban la cabaña de un aroma fresco y dulce. Sobre la mesa había un jarrón con flores de mostaza, indudablemente colocado allí por la pequeña Rut.

Miguel entró, transportando todas sus cosas del granero. —Está muy silencioso aquí sin los Altman, ¿no es así?

—Sí.

—Vas a extrañar especialmente a Miriam y a Rut. —Volvió a colocar el baúl en la esquina. Ángela estaba inclinada sobre el fuego. Miguel le puso las manos sobre la cadera y ella se enderezó—. Te quieren mucho.

Ángela parpadeó y alejándose de él dijo, —Hablemos de otra cosa, ¿quieres?

Él la tomó de los hombros. —No. Hablemos de lo que te preocupa.

—No hay nada que me preocupe. —Él esperó, obviamente insatisfecho, hasta que ella dijo con un suspiro entrecortado—, No debería haberme acercado a ellos. —Alejó las manos de él y se apretó el chal.

—¿Crees que te quieren menos ahora que viven en su propia casa?

Lo miró, a la defensiva. —A veces quisiera que me dejaras sola, Miguel. Que me enviaras de regreso al lugar de donde vine. Todo sería mucho más fácil.

—¿Porque ahora estás empezando a *sentir*?

—*Sentí* antes. Y lo superé.

—Adoras a Miriam y a la pequeña.

—¿Y qué? —Eso también podría superarlo.

—¿Qué harás cuando venga Rut con otro puñado de flores de mostaza? ¿Señalarle la puerta? —preguntó con aspereza—. Ella también tiene sentimientos. Lo mismo que Miriam. —Por la expresión de los ojos de Ángela vio que ella no creía que vendrían. La tomó en sus brazos, sujetándola allí aunque percibió su resistencia—. He orado incesantemente para que pudieras aprender a amar y ahora lo has hecho. Sólo que te has enamorado de ellos en lugar de mí. —Se rió suavemente como burlándose de sí mismo—. Hubo momentos en que deseé no haberlos traído jamás. Estoy celoso.

A Ángela le ardían las mejillas y no podía detener su alocado corazón por mucho que lo intentara. Si él se daba cuenta del poder que tenía sobre ella, ¿qué haría con él? —No quiero enamorarme de ti —dijo, alejándose.

—¿Por qué?

—Porque terminarás usándolo en mi contra. —Pudo ver que lo había ofendido.

—¿Cómo?

—No lo sé. La verdad es que tal vez ni siquiera te darías cuenta al hacerlo.

—¿De qué verdad estamos hablando? ¿La del *Duque*? La verdad nos libera. ¿Fuiste libre alguna vez con él? ¿Siquiera por un minuto? Te llenó la cabeza de mentiras.

—¿Y qué de mi padre?

—Tu padre era egoísta y cruel. Eso no significa que todos los hombres del mundo son como él.

—Todos los hombres que he conocido lo son.

—¿Eso me incluye a mí? ¿Y qué de Juan Altman? ¿Y José Hochschild y miles de otros?

El rostro de Ángela se estremeció de dolor. Consciente de que ella sufría, Miguel se moderó. —Eres un pájaro que ha estado en la jaula toda la vida; de repente los barrotes han desaparecido y te encuentras en campo abierto. Estás tan asustada que buscas cualquier medio para volver a la jaula. —Pudo ver las emociones que le recorrían el pálido rostro——. Pienses lo que pienses, no es más seguro allá, Amanda. Incluso si trataras de volver, no creo que ahora pudieras sobrevivir allá.

Miguel tenía razón. Ella sabía que la tenía. Había llegado al límite de lo que podía aguantar incluso antes de que Miguel la conociera. No obstante, estar aquí no le ofrecía ninguna seguridad.

¿Y si no podía volar?

Veintiuno

Cual ciervo jadeante en busca del agua,
así te busca, oh Dios, todo mi ser.

SALMO 42:1

La tierra se despertó con la llegada de la primavera. Las laderas estaban salpicadas de lupinos color púrpura y amapolas amarillas, el blanco de los rabanitos silvestres y el rojo de otras flores silvestres. Ángela también descubrió que algo extraño se agitaba en ella. Lo sintió primero mientras miraba a Miguel remover la tierra de la huerta. El movimiento de sus músculos bajo la camisa le hizo correr una tibieza por el cuerpo. Bastaba con que la mirara para que se le secara la boca.

De noche yacían uno al lado del otro, apenas rozándose, tensos y en silencio. Percibía la distancia que él ponía entre ambos y la mantenía. "Esto cada vez se pone más difícil," había dicho él, y ella no le había preguntado qué quería decir.

Su propia soledad crecía. Tenía que ver con Miguel, y en lugar de mejorar con el tiempo el dolor aumentaba. A veces cuando él dejaba de leer en la noche y levantaba los ojos, casi no podía respirar por la intensidad de su mirada. El corazón le latía salvajemente, lo que la hacía mirar a otro lado por temor a que él percibiera el fuerte anhelo que sentía. Todo su cuerpo lo delataba. Vibraba en su interior como un gran coro, llenándole la mente de pensamientos sobre él. Casi no podía responder cuando le hacía una simple pregunta.

¡Cómo se reiría el Duque! "*El amor es una trampa, Ángela. Aférrate al placer. No requiere compromiso.*"

Ahora se preguntaba si Miguel no sería la respuesta a todas las cosas para ella. Pensando en eso, tenía miedo. De noche, cuando se volvía hacia ella, rozándola con su cuerpo fuerte, recordaba la forma en que solía hacerle el amor, con gozoso abandono, explorando su cuerpo como lo hacía con la tierra que le pertenecía. Entonces no sentía nada. Ahora en cambio, el mínimo contacto hacía que sus sentidos se arremolinaran. Los anhelos de él se estaban convirtiendo en sus propios anhelos.

Miguel abría sus manos cada día más, pero ella estaba congelada de temor. ¿Por qué no podían dejar las cosas como estaban? Dejar que ella fuera *así*. Dejarla encerrada en sí misma. Que las cosas siguieran como siempre. Pero Miguel seguía empujando, dulce pero implacablemente, y ella se retorcía de temor porque lo único que veía por delante era un gran misterio.

No puedo amarlo. ¡Ay, por favor, no puedo amarlo!

Ella no podría ser mejor que su madre, y Marisol no había podido retener a Alejandro Stafford. Todo su amor no había sido suficiente para impedir que él se fuera de su vida. Ángela todavía podía ver su figura oscura, con la capa al viento, mientras se alejaba a caballo por el camino de la casa y de la vida de su madre. ¿Había venido en persona a decirle a Mamá que empacara sus cosas y se fuera? ¿O le había encargado a ese joven sirviente que lo hiciera por él? Ángela no lo sabía. Mamá jamás habló y ella nunca había preguntado. Alejandro Stafford era tierra sagrada sobre la que Ángela jamás se había atrevido a pisar. Sólo Mamá pronunciaba su nombre y solamente cuando estaba ebria y abatida. Y siempre lo sentía como sal en una herida abierta. "¿Por qué me dejó Alejandro?" lloraba Mamá. "¿Por qué? No entiendo. *¿Por qué?*"

El dolor de Mamá había sido muy grande, pero su culpa había sido mayor. Nunca se había recuperado de lo que había entregado para obtener *amor*. Nunca se había recuperado de *él*.

Pero yo le devolví el cien por cien, Mamá. ¿Puedes escucharme dondequiera que estés? Yo lo hice añicos como lo hizo él contigo. ¡Ah! La expresión de su rostro.

Ángela se cubrió la cara.

¡Ay, Mamá! Eras tan hermosa y perfecta. Eras tan piadosa. ¿Acaso te ayudaron las cuentas de tu rosario? ¿O la esperanza? El amor no hizo otra cosa que traerte dolor. Y está haciendo lo mismo conmigo.

Ángela se había jurado jamás amar, y ahora le estaba ocurriendo a pesar de que se resistía. Se agitaba y crecía contra su voluntad, abriéndose paso a través de la oscuridad de su mente hacia la superficie, como una semilla que busca la luz del sol primaveral. Miriam, la pequeña Rut, Elisabet. Y ahora Miguel. Cada vez que lo miraba le perforaba el corazón. Quería aplastar esos nuevos sentimientos, pero seguían apareciendo, buscando lentamente su camino.

El Duque tenía razón. El amor tenía un efecto insidioso. Era una trampa. Crecía como la hiedra, abriéndose paso hasta en las mínimas grietas de sus defensas, y si ella lo permitía terminaría desgarrándola. Si es que ella lo permitía. Tenía que matarlo ahora.

Todavía hay una salida, escuchaba la oscura voz aconsejándola.

Dile lo peor que has hecho. Dile acerca de tu padre. Eso lo envenenará. Eso detendrá el dolor que está creciendo en tu interior.

De manera que decidió confesarlo todo. Una vez que Miguel lo supiera, se acabaría. La verdad metería una cuña tan profunda entre ellos que estaría a salvo para siempre.

Encontró a Miguel cortando leña. Se había quitado la camisa y Ángela se quedó en silencio mirándolo trabajar. Su ancha espalda ya estaba bronceada y los fuertes músculos se flexionaban bajo la dorada piel. Era poder, belleza y majestuosidad cada vez que balanceaba el hacha en un amplio arco, haciéndola caer con fuerza y partiendo en dos el taco. Las mitades se separaban del bloque. Cuando se volvió para recoger otro la vio.

"Buen día," dijo sonriendo. A Ángela se le encogió el estómago. Se lo veía complacido y sorprendido al comprobar que ella lo observaba.

¿Por qué estoy haciendo esto?

Porque estás viviendo una mentira. Si él supiera todo te detestaría y te echaría afuera.

No tiene por qué saberlo.

¿Prefieres que algún otro se lo cuente? Eso sería peor.

—Tengo que decirte algo —dijo débilmente. Lo único que podía escuchar eran los latidos de su corazón y esa oscura voz que la arrastraba en su desesperación.

Miguel frunció ligeramente el ceño. Se la veía tensa, jugueteando con un pliegue de la falda. —Te escucho.

Ángela sentía frío y calor, a la vez, por todo el cuerpo. Tenía que hacerlo.

Sí, hazlo, Ángela.

Tenía que hacerlo. Se le humedecieron las manos. Miguel sacó el pañuelo del bolsillo y se secó el sudor de la cara. Cuando la miró, a Ángela se le hundió el corazón.

No lo puedo hacer.

Sí puedes.

No lo quiero hacer.

¡Tonta! ¿Quieres acabar como tu madre?

Miguel la estudiaba. Se la veía pálida. La frente llena de pequeñas gotas de transpiración. —¿Qué ocurre? ¿Te sientes mal?

Díselo. Y acaba de una vez, Ángela. Eso es lo que realmente quieres, hacer que te suelte ahora que todavía lo puedes soportar. Si esperas, te dolerá más. Te partirá el corazón y lo trinchará para la cena.

—Nunca te he dicho lo peor que hice.

Miguel tensó los hombros. —No es necesario que confieses todo. No a mí.

—Deberías saberlo. Eres mi esposo y todo eso.

—Tu pasado es asunto tuyo.

—¿No te parece que tienes que saber con qué clase de mujer estás viviendo?

—¿Por qué este ataque, Amanda?

—No estoy atacando. Estoy siendo *honesta*.

—Estás volviendo a empujar. Y fuerte.

—Deberías saber que . . .

—¡No quiero saberlo!

—Que tuve sexo con mi propio padre.

Miguel soltó un profundo suspiro como si le hubieran dado un puñetazo. La miró durante un largo momento, con un temblor en los músculos de las mejillas. —Pensé que habías dicho que se fue de tu vida cuando tenías tres años.

—Así fue. Pero volvió cuando tenía dieciséis.

Miguel se sintió enfermo. *¡Dios mío! ¿Hay algún pecado que esta mujer no haya cometido?*

No.

¿Y me pides que la ame?

Como yo te he amado.

¿Por qué lo había dicho? ¿Por qué no podía llevar sola algunas de sus cargas? —¿Te hace sentir mejor arrojarme esto en la cara?

—No mucho —dijo apagadamente. Se volvió y se encaminó a la casa, enferma consigo misma. Bueno, estaba hecho. Terminado. Quería esconderse. Alargó el paso. Empacaría algunas cosas y estaría preparada para irse.

Miguel temblaba de ira. El idilio se había terminado. La tormenta lo había golpeado.

Como yo te he amado, Miguel, setenta veces siete.

Miguel lloró y hundió el hacha profundamente en el tronco. Se quedó respirando con dificultad por un largo rato, luego tomó su camisa y se la echó encima con indiferencia mientras caminaba hacia la cabaña. Abrió de par en par la puerta y la vio sacando cosas de la cómoda que había hecho para ella después de la partida de los Altman.

"No lo dejes ahí, Amanda. Dime el resto de lo que has hecho. Quítatelo de adentro. Vuelca todo sobre mí. Dame todos los detalles sangrientos."

Miguel, mi amado.

¡No! No te estoy escuchando ahora. ¡Quiero saber todo de una vez por todas!

Cuando ella no dejó de hacer lo que estaba haciendo, la tomó del brazo y la obligó a volverse. —Hay más, ¿verdad, Ángela?

El nombre fue como una cachetada en la cara. —¿No fue suficiente? —dijo con voz débil—. ¿Necesitas más?

Miguel vio las emociones que ella intentaba esconder desesperadamente, pero ni siquiera eso lo calmó. —Saquemos todos los trapos sucios al sol de una vez.

Ella retiró el brazo de su contacto perturbador y tomó el desafío. —Bueno. ¡Si eso quieres! Hubo un tiempo en que pensé que me había enamorado del Duque. Asombroso, ¿verdad? Toda mi vida parecía depender de él. Le contaba todo, todo lo que me dolía. Todo lo que me importaba. Pensé que él arreglaría todo.

—Y en cambio, él usó todo lo que sabía en tu contra.

—Lo has adivinado. Jamás pensé en la vida del Duque fuera de la casa de piedra ni en la gente que tenía por amigos. No hasta que vino con uno que quería que yo conociera. "Sé buena con él, Ángela. Es uno de mis más antiguos y mejores amigos." ¿Y quién aparece? Alejandro Stafford. Cuando miré al Duque pude ver que se reía de ambos. Horrible, ¿verdad? El Duque sabía cuánto odiaba yo a Stafford por lo que le había hecho a mi madre. Quería ver qué hacía yo en esa situación.

—¿Sabía tu padre quién eras?

—Mi padre se quedó ahí mirándome como si fuera un fantasma —dijo Ángela, riendo sombría y entrecortadamente—. Y ¿sabes lo que dijo? Que yo le recordaba a alguien.

—¿Y después?

—Se quedó. Toda la noche.

—¿Te detuviste a pensar por un momento?

—*Sabía* lo que estaba haciendo, ¡y lo hice igual! ¿Acaso no entiendes? Lo hice *disfrutando,* esperando el momento en que le diría quién era yo.

—Ángela no pudo sostener la mirada de Miguel. Temblaba violentamente y no podía detenerse—. Cuando lo hice, le dije también lo que había pasado con Mamá.

La ira de Miguel se esfumó. Ella se quedó mucho tiempo en silencio hasta que Miguel finalmente la tocó. —¿Y qué dijo él?

Ángela volvió a retroceder, tragando convulsivamente. Tenía los ojos muy abiertos y atormentados. —*Nada*. No dijo nada. No en ese momento. Se quedó largo tiempo mirándome. Luego se sentó en el borde de la cama y lloró. *Lloró*. Parecía un hombre viejo y arruinado. *"¿Por qué?"* me preguntó. *"¿Por qué?"* —Ángela tenía los ojos afiebrados—. Le dije que Mamá me hacía la misma pregunta. Me pidió que lo perdonara. Y le dije que podía pudrirse en el infierno. —Ángela dejó de temblar y se sintió fría por dentro, muerta. Cuando levantó los ojos hacia Miguel, él estaba de pie allí, quieto y callado, mirándola y esperando el resto.

—¿Sabes qué mas? —dijo ella con tono monótono—. Se suicidó tres días después. El Duque dijo que era porque le debía dinero a todo el mundo, incluyendo al mismo diablo, pero yo sé por qué lo hizo. —Cerró los ojos, avergonzada—. Yo sé.

—Lo siento mucho —dijo Miguel. ¿Cuántas pesadillas más encerraría Ángela en su interior?

Ángela lo miró. —Es la segunda vez que te disculpas por algo que no tiene nada que ver contigo. ¿Cómo puedes siquiera mirarme?

—De la misma manera que me miro a mí mismo.

Ángela sacudió la cabeza y se apretó el chal. —Una cosa más —dijo—. Esto te importará. —Miguel se paró como un soldado que marcha a la guerra—. No puedo tener hijos. Quedé embarazada dos veces. En las dos oportunidades el Duque consiguió un médico que me sacara el bebé. La segunda vez le pidió al médico que se asegurara de que jamás pudiera volver a quedar embarazada. *Nunca,* Miguel. ¿Lo comprendes? —Ángela se dio cuenta que comprendía.

Miguel se quedó ahí, aturdido. Pasando alternativamente del frío al calor. Sus palabras le habían atravesado el pecho.

Ángela se tapó los ojos con la mano porque no podía soportar la mirada de él.

—¿Algo más? —preguntó él suavemente.

—No —dijo ella con labios temblorosos—. Creo que eso es todo.

Miguel se quedó quieto un largo momento. Recogió la ropa que ella había sacado. La arrojó nuevamente en el cajón, lo cerró de un golpe y luego salió.

Estuvo afuera tanto tiempo que Ángela fue a buscarlo para preguntarle qué quería que hiciera. No estaba en el campo ni en el granero. No estaba en el arroyo. Se preguntó si habría ido donde los Altman. Tal vez había cabalgado hasta donde Pablo para decirle que tenía razón acerca de ella, toda la razón.

Pero los caballos estaban en el establo.

Seguía pensando en su padre y tenía miedo.

Trató de pensar y se le ocurrieron uno o dos lugares donde podría haber ido. Se puso un abrigo y tomó una manta y se encaminó hacia la loma donde él la había llevado a mirar la salida del sol. Allí estaba Miguel, sentado con la cabeza entre las manos. No la miró cuando ella llegó. Ella le puso la manta sobre los hombros. —¿Quieres que me vaya? Ahora conozco el camino. —De vez en cuando pasaban carretas—. Podría encontrar el camino de regreso.

—No —dijo con voz ronca.

Ángela se quedó mirando la puesta del sol. —¿Has pensado alguna vez que Dios te está haciendo una mala jugada?

—No.

—Entonces, ¿por qué si lo amas como lo haces, te haría algo tan terrible como esto?

—Se lo he estado preguntando.

—¿Qué te dijo?

—Ya lo sé. —La tomó de la mano y la hizo sentarse a su lado—. Para fortalecerme.

—Ya eres fuerte, Miguel. No necesitas esto. No me necesitas a *mí*.

—No soy lo suficientemente fuerte para lo que vendrá.

Ángela no se atrevía a preguntarle a qué se refería. Cuando se estremeció, Miguel la rodeó con el brazo. —No nos ha dado un espíritu de temor —dijo—. Me mostrará el camino cuando llegue el momento.

—¿Cómo puedes estar tan seguro?

—Porque siempre lo ha hecho.

—Ojalá pudiera creer. —Los grillos y las ranas hacían un coro a su alrededor. ¿Cómo podía haber pensado que sólo había silencio allí—? Todavía oigo a Mamá llorando —dijo ella—. De noche, cuando las ramas de los árboles rozan la ventana, puedo oír el chasquido de su botella contra una copa y casi puedo verla sentada en esa cama arrugada, mirando afuera, a la nada. A mí me gustaban más los días de lluvia.

—¿Por qué?

—Los hombres no venían tanto cuando había mal tiempo. Se quedaban en algún lugar seco y cálido y se bebían todo su dinero, como Ramón. —Ángela le contó cómo juntaba latas vacías en el callejón y las lustraba, luego las ponía debajo de las goteras del techo—. Tenía mi concierto privado.

Se levantó una suave brisa. Miguel corrió un mechón del cabello de Ángela y se lo acomodó detrás de la oreja. Ella seguía callada, exhausta. Él era pensativo.

"Vamos," dijo Miguel y se puso de pie. La tomó de la mano y la ayudó a levantarse. Cuando entraron a la cabaña Miguel buscó algo en el cajón de herramientas. "Volveré enseguida. Hay algo que quiero hacer en el granero."

Ángela se puso a preparar la cena, procurando estar ocupada para no tener que pensar. Miguel estaba martillando el alero de la cabaña. ¿Acaso estaba desarmando el lugar a su alrededor? Ángela se asomó a la puerta mientras se secaba las manos. Estaba colgando pedazos de metal y de hierro, clavos y una vieja herradura.

Desde un peldaño de la escalera, Miguel pasó la mano por la línea de cosas colgadas. "Tu concierto privado," dijo mientras le sonreía. Sin decir una palabra lo vio llevar nuevamente la escalera al granero.

Ángela entró nuevamente a la cabaña y se sentó porque se sentía demasiado débil para estar de pie. Ella había destruido sus sueños y él le fabricaba un móvil sonoro.

Cuando entró, ella le sirvió la cena. *Te amo, Miguel Oseas. Te amo tanto que me muero de amor.* El viento agitaba los metales colgantes que llenaban la cabaña de un agradable repique. Se las arregló para emitir un tímido "Gracias." Miguel no parecía esperar más. Cuando terminaron de cenar, Ángela echó agua caliente de la marmita que estaba sobre el fuego para lavar los platos.

Miguel la tomó por la muñeca y la volvió hacia él. "Deja los platos para después." Cuando comenzó a soltarle el cabello, Ángela apenas podía respirar.

Ángela temblaba y se sentía incómoda. ¿Dónde estaba su calma, su control? Miguel estaba haciendo añicos sus defensas a fuerza de ternura.

Pasando sus dedos por el cabello de Ángela, le inclinó la cabeza hacia atrás. Vio el temor en sus ojos. —Prometo amarte y cuidarte, honrarte y sostenerte, en salud o enfermedad, en riqueza o en pobreza, en lo malo que pueda oscurecer nuestros días, en lo bueno que pueda iluminar nuestro camino. Tirsá, bien amada, prometo serte fiel en todo hasta la muerte. E incluso más allá, si es la voluntad de Dios.

Ángela se quedó mirándolo, conmovida hasta la médula. —¿Y qué puedo prometerte yo?

Los ojos de Miguel se iluminaron de un cálido humor. —¿Obedecer? —dijo, acercando su boca a la de ella. Cuando la besó, Ángela se perdió en una jungla de sensaciones nuevas. Nunca lo había sentido así, cálido y maravilloso, excitante y bueno. Ninguna de las viejas reglas tenía aplicación. Se olvidó de todo lo que había aprendido con sus antiguos amos. Se sentía como tierra seca que se empapa con la lluvia de primavera, un pimpollo que se abre al sol. Miguel lo comprendió y la persuadió suavemente con una corriente de palabras tiernas como el bálsamo dulce de Galaad, sanándole las heridas.

Y voló, junto a Miguel, a los cielos.

Miguel sonrió, una vez más con los pies en la tierra. —Estás llorando.

—¿Lo estoy? —Se tocó las mejillas y las sintió húmedas.

—No me mires así —dijo él, besándola—. Es una buena señal.

Pero cuando Miguel despertó por la mañana, Ángela se había ido.

Humildad

Veintidós

Sólo porque algo te parece difícil,
no pienses que es imposible.

Marco Aurelio

El sonido metálico de los jarros y las cacerolas a los costados de la carreta de
Samuel Teal le recordó a Ángela las campanillas que Miguel había colgado
para ella. Cerrando los ojos, podía ver el rostro de Miguel. *Mi amado, ¡ay, mi
amado!* No podía permitirse pensar en él. Tenía que olvidar. Mejor pensar en
lo que el amor le había producido a Mamá y mantener la cabeza despejada.

El viejo vendedor ambulante no había dejado de hablar desde que la
levantó en el camino al amanecer. Ángela agradecía ese aluvión de palabras.
No había vendido nada de su mercadería en este viaje hacia las montañas. Su
provisión de alimentos era pobre y su reumatismo le provocaba fuertes dolores. Lo mejor que le había pasado a Samuel en el último mes había sido ver
una preciosidad como ella sentada en un tocón a la vera del camino. Samuel
era limpio y prolijo, pero estaba gastado y encorvado. Le faltaba casi todo el
cabello, lo mismo que las posibilidades. Pero tenía unos ojos amables debajo
de las pobladas cejas grises. Mientras Ángela se mantuviera escuchando, no
necesitaba pensar.

—¿De quién estás huyendo, jovencita?

Ángela se quitó un mechón rubio de cabello de la cara y esbozó una sonrisa
sin compromiso. —¿Qué te hace pensar que estoy huyendo de alguien?

—La forma en que miras continuamente hacia atrás por sobre el hombro.
Se te veía muy preocupada cuando te encontré. Me imaginé que estarías
escapando de tu esposo.

—¿Cómo sabes que soy casada?

—Tienes un anillo de casamiento.

Ángela se ruborizó y se cubrió rápidamente la mano. Había olvidado quitárselo. Lo hizo girar en el dedo preguntándose cómo se lo haría llegar a Miguel.

—¿Te maltrataba?

Miguel jamás lo habría pensado. —No —dijo débilmente.

El hombre la miró con curiosidad. —Tiene que haber hecho algo para empujarte a huir.

Ángela miró hacia otro lado. ¿Qué podía decir? *Hizo que me enamorara de él.* Si le decía a este viejo que Miguel jamás había hecho otra cosa que tratarla con la mayor amabilidad y consideración, comenzaría a hacerle preguntas. —No quiero hablar de eso, señor Teal —dijo, girando una y otra vez el anillo en el dedo y con ganas de llorar.

—Samuel. Llámame Samuel, jovencita.

—Mi nombre es Ángela.

—Simplemente quítate el anillo y arrójalo si eso te hace sentir mejor —opinó Samuel.

Jamás haría eso. El anillo había sido de la madre de Miguel. —No me lo puedo quitar —mintió. Tendría que encontrar la manera de devolvérselo.

—¿Vas camino a Sacramento?

Sacramento era tan bueno como cualquier otro lugar para comenzar. —Sí.

—Bien, yo voy hacia allá. Me detendré en algunos campamentos mineros en el camino para ver si puedo vender algo de lo que tengo —dijo, azuzando al caballo—. Se te ve muy cansada, jovencita. ¿Por qué no entras a la carreta y duermes un rato? La cama está plegada contra el costado —le indicó—. Sólo tienes que soltar el pasador.

Estaba muy cansada, así que le agradeció el ofrecimiento. Bajó la cama y se trepó en ella, pero no podía dormir. La carreta se balanceaba, rebotaba y la cabeza le daba vueltas. No podía dejar de pensar en Miguel. No comprendería por qué lo había dejado y seguramente se enojaría. ¡Estaba tan confundida! Algo en su interior la tironeaba para que regresara, hablara con él y le contara lo que sentía. Pero sabía que ahí estaba la locura. ¿Acaso su madre no le había abierto su corazón a Alejandro Stafford? ¿Acaso no le había expresado una y otra vez su amor? Todo cuanto había hecho el amor era quitarle su dignidad y avergonzarla.

Pero no podía dejar de pensar en la última noche. Estar con Miguel la había hecho sentir plena, no vacía. Había sentido integridad en los brazos de Miguel. La sensación de que era justamente allí donde debía estar.

Tu madre sentía lo mismo en brazos de Alejandro Stafford y mira en qué terminó.

Gimió suavemente y se enrolló más.

Si Samuel Teal no hubiera llegado en el momento en que lo hizo, probablemente se habría arrepentido y habría regresado. Se habría aferrado a Miguel lo mismo que Mamá se había aferrado a su padre. Tarde o temprano Miguel se habría cansado de ella de la misma manera que Alejandro Stafford se había cansado de Mamá.

Pensó que la distancia mitigaría el dolor, pero en lugar de eso empeoraba. Su mente y su cuerpo, todo su ser, anhelaba su presencia.

¿Por qué tuve que conocerlo? ¿Por qué tuvo él que venir a Pair-a-Dice? ¿Por qué tenía que estar en la calle ese día que pasé frente a él? ¿Por qué volvió al burdel después de que lo eché?

Podía ver sus ojos, llenos de ternura y pasión. *"Te amo,"* había dicho. *"¿Cuándo vas a comprender que estoy comprometido contigo?"*

"Dijo que me amaba," había dicho Mamá. *"Dijo que me amaría para siempre."*

Ángela podía sentir que se le estaban formando lágrimas y las contuvo. Bien, se había enamorado de Miguel y por eso las lágrimas, pero había sido lo suficientemente inteligente como para huir antes de que las cosas se pusieran peor. Esta vez estaba mejor preparada. Dejaría todo atrás. Se iría al este, al oeste, al norte o al sur. Lo que se le ocurriera.

"Lo lograré," susurró. "Lo lograré por mi cuenta."

¿Haciendo qué? se burló una voz.

"Algo. Encontraré algo."

Seguro que podrás, Ángela. Haciendo lo que mejor sabes.

"Encontraré otra forma de vivir. No volveré a eso."

Sí lo harás. ¿Qué otra cosa sabes hacer? ¿Acaso estaba tan mal? Tenías comida y techo, ropas hermosas, la adoración de todos. . . .

La oscura voz seguía el ritmo del caballo en el polvoriento camino. Cuando se durmió, volvió a soñar con el Duque. Hacía todo lo que solía hacer. Y Miguel no estaba allí para detenerlo.

Samuel Teal la despertó. Compartió su comida con ella y le dijo que pronto llegarían a un campamento. "Voy a intentar una vez más. Si no vendo algunas de estas cosas, estaré quebrado para cuando llegue a Sacramento. Me las dieron en consignación. Si no vendo algo no consigo un centavo. Tal vez el buen Dios esté conmigo esta vez."

Ángela vio que Samuel llevaba el plato de ella y lo lavaba en el arroyo. El buen Dios no había hecho nada por este pobre viejo. No más de lo que había hecho por ella. Samuel Teal reunió las cosas y volvió a cargarlas en la carreta. Estaba esperando al lado de la misma y la ayudó a subir como si fuera una dama.

"Es mejor que te quedes escondida adentro. Algunos de estos tipos jóvenes pueden ponerse un poco pesados cuando ven a una mujer." Hizo una sonrisa irónica y como pidiendo disculpas. "Y yo estoy demasiado viejo para defenderte."

Le dio la mano y se trepó a la carreta.

Cuando llegaron al campamento escuchó a Samuel pregonar sus mercaderías. Los hombres proferían insultos y ridiculizaban su caballo y su carreta. Hacían comentarios desdeñosos sobre sus mercaderías. Peores comentarios sobre él. Samuel se sentía acosado. Aunque seguían los insultos, Samuel continuaba, jurando sobre la calidad de lo que ofrecía. Los hombres se divertían humillando al pobre viejo. Por el tono de la voz de Samuel, Ángela comprendió que se estaba esfumando su última esperanza. Sabía lo que era sentirse así. Sabía cómo podía llegar a doler el alma.

"Aquí no se necesita más que una cacerola," dijo alguien. Otro llamó idiota a Samuel. Ángela frunció el ceño. Tal vez lo era, pero no merecía eso. Lo único que quería era ganarse honestamente la vida.

Ángela corrió la cortina y salió. Su aparición enmudeció inmediatamente a los hombres. —¿Qué haces? —susurró Samuel. Se veía que estaba aterrorizado—. Entra, jovencita. Estos hombres son *malos*.

—Lo sé —dijo ella—. Dame esa cacerola, Sam.

—No puedes imponerte a todos.

—Dame la cacerola.

—¿Qué harás con ella?

—Venderla —dijo. Le quitó la cacerola de las manos—. Siéntate, Samuel. —Desconcertado, hizo lo que Ángela le dijo. Ella se ubicó frente a Samuel y puso la cacerola en alto, pasándole la mano como si fuera un objeto de gran valor—. Caballeros, Samuel conoce su mercadería, pero no sabe nada de cocina. —Sonrió ligeramente y vio como respondían sonriendo.

Algunos se rieron, pensando que estaba haciendo alguna broma picaresca. Ángela habló de pollo y de buñuelos, chuletas de cerdo fritas con salsa agridulce, huevos revueltos y tocino. Cuando vio que se les hacía agua la boca, comenzó a hablar tranquilamente sobre la necesidad de tener una cacerola de calidad para preparar una buena comida. Habló del excelente hierro fundido, el reparto parejo del calor, el fácil manejo. Samuel lo había dicho todo antes, pero esta vez los hombres la escucharon embelesados.

—Además de todas las buenas comidas que pueden preparar con esta cacerola, tiene otros usos. Cuando se queden sin municiones y necesiten defenderse, tienen un arma —dijo a la vez que fingía amenazar con la cacerola a un hombre que se había acercado demasiado. Los demás se rieron. Ella también rió, bromeándolos—.¿Qué dicen entonces, caballeros? ¿Hay algún comprador?

—¡Sí! —los hombres comenzaron a empujarse para llegar más cerca de ella. Hubieran estado dispuestos a comprarle una lata abollada. En el medio del grupo se desató una pelea. Mientras eso ocurría Ángela se acercó a Samuel y le preguntó el precio de la cacerola. Samuel indicó una suma modesta."¡Ay no! Creo que podemos obtener más que eso," dijo, y esperó que los dos bravucones que peleaban se separaran antes de anunciar el precio. Alguien protestó en voz alta, haciendo que los otros se detuvieran.

Ángela sonrió y se encogió de hombros, como diciendo que no le preocupaba si compraban o no. Colgó la cacerola otra vez al costado de la carreta y se sentó. "Vámonos, Samuel. Estabas equivocado en cuanto a estos caballeros. No reconocen la calidad cuando la tienen delante."

Samuel estaba boquiabierto. Varios hombres protestaron. Ángela volvió a mirarlos. "Opinan que pedimos mucho," dijo Ángela. "Francamente, no veo ningún sentido en tratar de convencerlos de algo que su propia inteligencia debería indicarles que es necesario. ¿Samuel?" dijo, alcanzándole las riendas. Un minero sujetó el arnés del caballo y le pidió a Ángela que esperara. Quería comprar una cacerola.

Ángela accedió gentilmente y vendió todas las cacerolas de la carreta.

La muchedumbre no comenzó a dispersarse hasta que Samuel tomó las riendas y condujo por el camino que salía del pueblo. Sonreía y bromeaba.

—Tienes talento para esto, jovencita.

—Bueno, algo tengo —dijo lacónicamente. No es tanto lo que se dice, sino la forma en que se dice y la mirada de los ojos cuando se habla. Vender una sartén no era muy diferente de venderse a sí misma. Y de eso ella sabía todo lo necesario.

Ángela preparó la cena mientras Samuel Teal contaba el oro. Se sentaron a comer y cuando Ángela dejó a un lado su plato vacío, Samuel le arrojó algo. Ella lo atrapó, sorprendida. —¿Qué es? —preguntó sosteniendo una bolsita de cuero.

—Tu parte de lo que hemos ganado hoy.

Lo miró sorprendida. —Pero las cacerolas eran tuyas.

—Todavía estarían colgando de mi carreta si no hubiera sido por ti.

Necesitarás algo para comenzar, ahí lo tienes —dijo, mientras tomaba una manta y se acostaba bajo la carreta para dormir.

Al amanecer se pusieron en marcha hacia Sacramento. Llegaron a mitad del segundo día. Había una carrera y Samuel apenas alcanzó a ubicar su carreta a un costado del camino cuando pasaron galopando tres corredores. Luego la calle se llenó de carretas y de hombres. Ángela pudo ver edificios en construcción por todas partes. El aire estaba lleno de ecos de golpes de martillo y de carretas cargadas de madera.

—Primero hubo un incendio —dijo Samuel mientras maniobraba la carreta entre el tráfico—. Luego una inundación. Se perdieron la mayor parte de los edificios a la orilla del río —dijo, haciendo chasquear las riendas—. ¿Tienes familiares aquí?

—Amigos —respondió Ángela con una evasiva, fingiendo interés en la actividad de la construcción.

—¿Puedo llevarte a algún lugar en particular? —dijo, visiblemente preocupado por ella.

—No. En cualquier lugar es lo mismo. Yo me arreglo. Samuel, no te preocupes por mí. Sé cuidarme.

Samuel se detuvo frente a una gran ferretería. —Hasta aquí llego yo. —Ayudó a Ángela a bajar y le estrechó la mano—. Estoy agradecido por tu compañía, jovencita, y por tu ayuda en el campamento. Creo que se terminaron los viajes para mí. Es hora de que me quede detrás de un mostrador. Tal vez ponga un negocio y consiga algunas muchachas guapas como vendedoras.

Ángela le deseó suerte y se fue rápidamente. Caminó por la senda de tablones entre hombres que levantaban el sombrero a su paso. No miró a ninguno; tenía la cabeza ocupada tratando de pensar qué hacer ahora que estaba en Sacramento. Pasó frente a una taberna y la música desenfrenada y sus recuerdos volvieron en tropel hacia el Dólar de Plata y al Palacio. Parecía que había pasado toda una vida, pero el recuerdo la perturbó.

Terminó cerca del río. Esa ironía la hizo sonreír amargamente. ¿Acaso Mamá no había terminado en el puerto? Y allí estaba ella, como atraída por el embarcadero donde se estaban acercando algunos barcos. Vio gente bajar por los tablones y otros que descargaban los baúles.

Mientras seguía andando vio los edificios que se estaban construyendo a lo largo de la calle en reemplazo de los que se había llevado la inundación. Algunos de ellos todavía funcionaban. Uno era una gran taberna. Ángela sabía que si cruzaba la puerta batiente, estaría trabajando en las habitaciones de la planta alta en menos de una hora.

Sin rumbo fijo siguió andando por la calle. ¿Qué haría? El oro que Samuel le había dado le duraría una o dos semanas. ¿Y después? Necesitaba encontrar una manera de ganarse la vida, pero la idea de volver a la prostitución le resultaba insoportable.

No puedo hacerlo nunca más. No después de Miguel.

Miguel no es más que un hombre igual que todos.

No. No es como los demás.

Un hombre alto salió de un negocio y le dio un vuelco el corazón. No era Miguel, pero tenía sus colores y su constitución. Cruzó la calle, riendo con otros hombres.

Tenía que dejar de pensar en Miguel. Lo primero que debía hacer era encontrar un lugar para vivir. Pero todo lo que veía era demasiado tosco o demasiado caro. Su mente continuaba traicionándola y volviendo a Miguel. ¿Qué estaría haciendo ahora? ¿La estaría buscando o habría renunciado y vuelto a trabajar el campo? Pasó frente a otro burdel.

Entra, Ángela. Se harán cargo de ti. Tendrás una habitación y comida.

Le sudaban las manos. Se estaba haciendo tarde y hacía frío. ¿Cuánto tiempo había andado deambulando? Se hizo a un lado cuando salió un hombre. La miró sorprendido. —Perdón, jovencita. No deberías estar parada frente a un lugar como este.

—Mi esposo está adentro —dijo, valiéndose de lo primero que se le vino a la mente para librarse de él.

—¿Tu esposo? —La miró y sacudió la cabeza—. ¿Qué hace allí adentro con alguien como tú en casa? ¿Cómo se llama?

—¿Su nombre? Ah, Charles. —No bien el hombre entró nuevamente y subió las escaleras llamando al inexistente Charles, Ángela se apresuró a seguir, cruzando la calle y tomando otra. Los hombres la miraban cuando los cruzaba corriendo. Alcanzó a ver un cartel recién pintado —*Almacén General Hochschild*. Se encaminó directamente allí como hacia un faro en la oscuridad.

Una anciana corpulenta salió con una escoba, barriendo las escaleras y el entarimado. Trabajaba con diligencia y ceño adusto, quitando el polvo de la calle y golpeando la escoba contra las tablas. Levantó la vista cuando Ángela se acercó al entarimado. "Hombres," carraspeó con una débil sonrisa. "Ni siquiera usan el felpudo antes de entrar con sus botas embarradas al negocio." Su mirada fue a dar al atado que Ángela llevaba en la mano. Ángela asintió con timidez y entró. Buscó a José, pero no se lo veía en ninguna parte.

—¿Puedo ayudarte a encontrar lo que buscas? —preguntó la mujer al lado de la puerta con la escoba como un rifle en descanso.

—Un bolso de tela. Uno pequeño.

—Aquí —dijo la mujer, guiándola hacia una estantería en la pared—. Este es lindo. —Tomó uno y se lo alcanzó a Ángela. Otra mujer robusta y de cabello oscuro apareció detrás de una cortina y depositó una caja en el mostrador. Le caía el sudor de la frente. "José," llamó, "¿podrías traerme ese baúl, por favor? No puedo levantarlo."

Ángela deseó no haber entrado. ¿Por qué no había pensado un poco antes de meterse ahí? José apreciaba a Miguel. ¿Qué diría cuando supiera que había huido de esa manera? Él no podría ayudarla. ¿Y quiénes eran esas mujeres? ¿Acaso no había dicho que vendría su madre y traería una esposa?

—¿Te gusta? —preguntó la mujer.

—¿Qué? —tartamudeó Ángela. Tenía que salir de allí.

—El bolso —dijo la mujer, ahora con curiosidad.

—Cambié de idea —dijo, devolviéndoselo.

José cruzó la cortina con el baúl y la vio inmediatamente. La cara se le iluminó con una amplia sonrisa y dio una rápida ojeada por el negocio en busca de Miguel. Ángela se volvió rápidamente y se encaminó a la puerta, dándose contra la mujer mayor. —Perdón —tartamudeó, tratando de estabilizarse mientras pasaba apurada.

—¡Ángela! ¿Dónde vas? ¡Espera!

Ángela no lo hizo. José arrojó el baúl, saltó por encima del mostrador y la alcanzó. —¡Espera! —dijo, poniéndole la mano sobre el hombro—. ¿Qué ocurre?

—¡Nada! —dijo ella, con la cara ardiendo—. Sólo vine a comprar un bolso.

—Elige tranquila entonces. ¿Dónde está Miguel?

—En casa —dijo Ángela, tragando saliva.

—¿Qué ha ocurrido? —preguntó José frunciendo el ceño.

—Nada —respondió ella, bajando el mentón.

La madre se unió a ellos, todavía con la escoba en la mano. —¿Quién es esta joven, José? —Estudiaba a Ángela con un nuevo interés y cierta desaprobación.

—Es la esposa de mi amigo —dijo, sin dejar de mirar a Ángela. Ángela deseaba que José dejara de sondearla con sus astutos ojos. La sujetaba del hombro—. Ven, siéntate y cuéntame lo que está pasando. —Hizo una rápida presentación—. Mi esposa, Meribá, y mi madre, Rebeca.

"¿Quieres un café?" preguntó Meribá y José contestó que sí por ella. Hizo señas a su madre para que siguiera con lo suyo y ella continuó barriendo, mirándolos furtivamente.

—No debí haber venido aquí —dijo Ángela secamente.

—¿Sabe Miguel dónde estás?

—Por supuesto —mintió.

—De veras —dijo, con una multitud de afirmaciones contenidas en esas dos palabras. Se sentó en un barril, todavía sujetándola del brazo—. Huiste de él, ¿verdad?

—No funcionaba. —Se apartó de él, a la defensiva.

—¿No? —Se quedó callado un largo rato—. Eso no es tan inesperado, supongo, pero es una lástima.

Adoptando una actitud desafiante y ensayando su vieja y practicada sonrisa, dijo como al pasar. —¿Tienes idea de cómo se puede ganar la vida en una ciudad como esta una mujer de la vida alegre reformada? —Cuando lo vio fruncir el ceño, se imaginó que tal vez le preocupaba que le pidiera dinero—. No te preocupes —dijo rápidamente—. Fue una mala broma. Es mejor que me vaya.

José volvió a sujetarla del brazo. —Siéntate. Meribá ya viene con la bandeja. —Su esposa le sirvió una taza de café. Cuando tomó la taza, a Ángela le temblaron las manos. Trató de tranquilizarse, percibiendo que José la examinaba. Meribá le ofreció un trozo de torta que Ángela no aceptó. La madre de José había terminado de barrer y se les unió. Ángela deseaba no haber puesto un pie en ese lugar. Con la censura de tres pares de ojos sintió que se marchitaba por dentro. Hablaron de la inundación, de la reconstrucción y el reabastecimiento del negocio. Aunque no le hicieron preguntas personales, percibía su mirada inquisitiva.

Entró un cliente y Meribá fue a atenderlo. Entró otro y Rebeca, viendo que José no tenía ninguna intención de ocuparse, se excusó.

—¿Tienes donde quedarte? —preguntó.

—Todavía no —dijo Ángela, levantando el mentón—. Pero no debe ser tan difícil encontrar.

—Te quedarás aquí —dijo él, observando su aspecto.

—¿Qué dirán de eso tu esposa y tu madre? —preguntó sarcásticamente, sin darse cuenta de la mirada de niña perdida que lucía en los ojos.

—Se harían más preguntas si te despidiera sin que tengas dónde parar. No podemos ofrecerte muchas comodidades, pero sí una cama limpia, mantas y comida kosher. ¿Qué dices?

Se mordió los labios y miró a las dos mujeres.

José se dio unas palmadas sobre las rodillas y se puso de pie. "No les molestará." Y si se molestaban, él se aseguraría de que no lo manifestaran. Era lo suficientemente tarde como para que pudiera cerrar el negocio un poco más temprano que lo acostumbrado.

Ángela se sentó con ellos en el comedor del piso superior. Jugó con la comida en el plato, fingiendo comer pero sin el más mínimo apetito. Meribá y Rebeca no hicieron preguntas, pero Ángela percibía su gran curiosidad. Meribá recogió la mesa y Ángela se levantó para ayudar. José y su madre comenzaron a hablar en voz baja pero agitada no bien ella pasó al otro lado de la puerta. Dejaron de hacerlo cuando Ángela entró de nuevo por el resto de la vajilla. Cuando terminó se acercó.

—No necesito quedarme más que esta noche —dijo—. Si va a ser motivo de problema entre ustedes me voy a primera hora mañana.

—Te quedarás el tiempo que José considere necesario —dijo Rebeca en un tono que no admitía discusión—. Va a poner tu catre abajo, cerca de la cocina a leña. Estarás bien allí.

José instaló el catre. Subió nuevamente y le dijo a Meribá que saldría por un rato. Estaría de regreso en un par de horas. Sorprendida, Meribá no le preguntó nada. —Nunca sale de noche —dijo cuando él cerró tras de sí la puerta. Meribá empezó a trabajar en el bordado.

—Asuntos del negocio —dijo Rebeca, tejiendo ágilmente.

Ángela se sentó con las dos mujeres en la sala. El único ruido era el tictac del reloj sobre la repisa y el tableteo de las agujas de Rebeca.

"Si no les molesta, creo que me iré a dormir," dijo finalmente Ángela. Rebeca asintió. Ángela cerró la puerta tras de ella y se detuvo. Las mujeres comenzaron a hablar. Probablemente sobre ella. Ángela bajó y se acostó en el catre en la oscuridad. Durmió de manera entrecortada, soñando con el Duque.

Rebeca bajó al amanecer. Ángela se despertó y se vistió rápidamente. —No dormiste bien, ¿verdad? —dijo Rebeca mientras la observaba juntar sus cosas.

—Estuve muy bien. Gracias por permitirme quedar anoche. —Dobló las mantas y cerró el catre, guardándolo entre los estantes. Percibía los ojos negros de Rebeca estudiando cada uno de sus movimientos.

—José dijo que estás buscando trabajo —comentó Rebeca—. Tenemos mucho trabajo para ti aquí.

Ángela se enderezó sorprendida y la miró de frente. —¿Me estás diciendo que puedo trabajar para *ustedes*?

—A menos que tengas algo mejor en mente.

—No, no tengo otra cosa —dijo apresuradamente Ángela—. ¿Qué desearían que haga?

Rebeca hizo animadamente una lista.

Ángela limpió vidrios y barrió fuera del negocio. Apiló latas de conservas, dobló camisas de franela roja y colgó arreos en las paredes. Cuando se le acercaban hombres, Rebeca o Meribá los interceptaban, respondiendo a sus preguntas y mostrándoles las mercaderías. Rebeca le pidió que trajera cajas del depósito y las apilara detrás de los mostradores. Ángela trabajó duro, haciendo un alto para el almuerzo y retornando luego a sus tareas hasta que José cerró y puso el candado en la puerta después de la puesta del sol.

Después de la cena Rebeca le extendió un sobre. "Tu salario," dijo simplemente, y Ángela parpadeó, sintiendo que se le cerraba la garganta. Miró a José, a Meribá y luego a Rebeca. Rebeca asintió, mirando a su hijo. "Trabaja muy bien." Ángela dejó caer la cabeza, sin poder hablar. Rebeca le sirvió un plato. "Come, necesitas alimentarte."

Más tarde esa noche Ángela se sentó en el catre, encendió una lámpara y contó el dinero. Solía ganar más en media hora en el Palacio, pero nunca se había sentido tan limpia y con tanto orgullo.

Al día siguiente Rebeca le pidió que pesara porotos y los pusiera en bolsas de dos kilos y que luego las atara y las apilara. Cuando terminó, Ángela estiró los rollos de tela y los puso parados en lugar de apilarlos. Meribá entró y observó que el arreglo quedaba muy bonito y que sería más fácil manejar los rollos de esa manera. "José recibió un cargamento de baldes, ¿me ayudarías a traerlos? Podemos colocarlos en la esquina de atrás."

Cada día Rebeca daba a Ángela tareas diferentes para hacer y cada noche cuando se cerraba la puerta y se colocaba el cartel de CERRADO, Rebeca le pagaba.

—Miren lo que acaba de llegar —dijo José, golpeando suavemente una caja.

Ángela dejó la escoba y se acomodó los mechones de cabello que se le escapaban del pañuelo atado a su cabeza. —¿Qué es?

—La cocina de Miguel.

Ante la mención de ese nombre, a Ángela le dio un vuelco el corazón.

—Será mejor que termine de barrer. —José la observó unos momentos y luego volvió a su trabajo.

A la hora del almuerzo Ángela se veía distraída. No bien los platos estuvieron retirados y lavados, se excusó. Poco después bajó Meribá. —José y

Rebeca están haciendo las cuentas —dijo. Y, dudando, agregó—. Casi no has comido en el almuerzo. ¿Te sientes bien?

—Estoy muy bien. —Pero no podía dejar de pensar en Miguel. Mientras estuviera moviéndose y trabajando, podía mantener la nostalgia a raya. Miró la caja grande que estaba contra la pared. Tendrían que avisarle y entonces Miguel vendría a recogerla.

Tendré que irme antes de que venga.

Meribá se sentó sobre una caja y se calentó las manos cerca de la estufa Franklin. —Estás pensando marcharte, ¿verdad?

—Sí.

—¿No estás a gusto con el trabajo?

—No es el trabajo. Es . . . —¿Qué podía decir? Suspirando, hizo un gesto en dirección a la caja grande—. Es la cocina de Miguel. Pronto vendrá a buscarla.

—¿Y no quieres verlo?

—No puedo.

—¿Era tan terrible?

Era maravilloso. Demasiado maravilloso para que pudiera durar. —Es mejor que no lo vea.

—¿Dónde irás?

Ángela se estremeció. —A San Francisco, no sé. No importa.

—José piensa muy bien de tu esposo —dijo Meribá, cruzando sus manos sobre la falda.

Ángela asintió y miró en otra dirección. —Lo sé. —La sola mención de su nombre despertaba muchas emociones en ella. Pensaba que la añoranza iría disminuyendo. Pensaba que la distancia disolvería lo que sentía por él. Hacía ya tres semanas que estaba lejos de él y ansiaba verlo más que la noche que lo había dejado.

—Yo estuve casada antes —dijo Meribá—, con un hombre muy difícil. Mi madre murió cuando yo era niña y Papá quería verme bien establecida antes de que le llegara la hora. De manera que eligió un hombre que, según las apariencias, era próspero y amable. Pero mi esposo no era ni lo uno ni lo otro. Yo oraba para que Dios me liberara de él. Y lo hizo. —Se quedó callada por un momento—. Luego aprendí que la vida puede ser muy cruel con una mujer sola.

—Yo he estado sola toda mi vida —comentó Ángela.

—Si tu esposo es la mitad de lo que José considera que es, deberías volver y arreglarte con él.

Ángela se retrajo. —No me digas qué debo hacer —dijo a la defensiva—. No sabes nada sobre mi vida ni de dónde vengo.

Meribá se quedó en silencio por un momento y Ángela lamentó la dureza con que la había tratado.

—Tienes razón —dijo finalmente Meribá—. No conozco todas tus circunstancias, pero conozco lo poco que José me ha contado.

—¿Qué te dijo? —preguntó Ángela percibiendo el tono crispado de su propia voz pero incapaz de calmarse.

Preocupada, Meribá la miró con tristeza. —Que tu esposo te sacó de un burdel. Que se enamoró de ti la primera vez que te vio y que seguramente todavía te ama.

Esas palabras produjeron una ráfaga de dolor en Ángela. —El amor no dura —dijo, sin saber cuanto revelaba su pálido rostro.

La expresión de Meribá se suavizó. —A veces sí, cuando es el verdadero.

Ángela se quedó acostada en la oscuridad después que Meribá se fue y repasó lo que había dicho. Mamá se había esforzado por mantener vivo el amor de Alejandro Stafford. Había hecho lo imposible por complacerlo y mantener despierta su pasión. Ángela se preguntaba si no habían sido precisamente esos esfuerzos los que lo habían ahuyentado. Mamá estaba tan *hambrienta* de amor. Toda su vida giraba en torno a las visitas de Alejandro Stafford a la pequeña cabaña. Su felicidad dependía únicamente de él. Había sido su obsesión.

¿Era diferente lo que ella sentía por Miguel? No podía dejar de pensar en él. Su corazón ansiaba estar a su lado, escuchar su voz, ver cómo se iluminaban sus ojos cuando la miraba. Todo su cuerpo añoraba su presencia, su calor y su contacto. Sus sentimientos eran confusos.

A la mañana siguiente le advirtió a José que se iría. —No puedes irte ahora —dijo, visiblemente preocupado por ella—. Meribá se golpeó la espalda anoche, ¿verdad, Meribá? —Meribá se veía un poco confundida—. No quiere admitirlo —dijo José. Meribá extendió las manos—. ¿Ves? —señaló José—. Además he recibido un embarque y no puedo trasladarlo todo yo solo.

—Está bien, José —aceptó Ángela—. Pero ni bien esté todo adentro tengo que irme.

José estuvo todo el tiempo diciéndole que lo tomara con calma, que no quería tener otra mujer con dolor de espalda en el negocio. Cuando interrumpieron para almorzar, dio tantas vueltas con la comida que Ángela comenzó a impacientarse. Cuando se levantó para seguir trabajando, José le dijo que esperara hasta tomar un café. Si estaba tan nervioso con lo del cargamento, ¿por qué perdía tanto tiempo? Y no parecía haber nada malo en la espalda de Meribá cuando se levantó y recogió la pesada fuente de la mesa.

Cuando se pusieron a trabajar, José dijo que había cambiado de idea sobre el lugar de las lámparas y quería trasladarlas al otro lado del negocio. También había que cambiar algunas de las mercaderías de la mesada. Ángela hizo todo lo que le pidió, sintiéndose cada vez más tensa a medida que trascurría el día.

Vete de aquí, Ángela. Vete ahora.

Pero se quedaba, trabajando con José, queriendo terminar la tarea, incluso si cambiaba de idea cada media hora. ¿Qué le pasaba a José hoy?

Finalmente le puso una mano sobre el hombro, diciendo, —Eso es todo por hoy. ¿Podrías cerrar?

—Pero es temprano, ¿no es así?

—Es bastante tarde —dijo sonriendo. Indicó a Meribá y a su madre que lo siguieran y juntos pasaron al otro lado de la cortina. Ángela se volvió, desconcertada.

Miguel estaba en el umbral de la puerta.

Veintitrés

Ángela se paralizó de sorpresa cuando Miguel caminó hacia ella. Estaba cubierto de polvo del camino, tenía la cara cansada y surcada de arrugas.

—José me mandó a decir que estabas aquí.

—¿Por qué viniste? —logró decir Ángela, con el corazón desbocado.

—Para llevarte a casa.

Ángela retrocedió. —No quiero volver —dijo, con la intención de sonar firme e indiferente, pero no logró ninguna de las dos cosas porque le temblaba la voz.

Él continuó acercándose. Ella tropezó con una pila de botas que había detrás, haciendo caer algunas. —Sabía que no volverías a Pair-a-Dice —dijo Miguel.

Ángela se sujetó de una mesa para sostenerse. —¿Qué te hizo estar tan seguro? —se burló. Él no respondió. Ángela no lograba identificar la expresión de sus ojos. Cuando él extendió los brazos, ella contuvo el aliento. Le tocó vacilante la mejilla y ella apretó los labios para evitar que le temblaran.

—Sencillamente lo sabía, Amanda.

Incapaz de soportar el flujo de emociones, se abrió paso frenéticamente. —Ni siquiera sabes por qué te dejé.

Miguel la sujetó y la obligó a volverse. —¡Claro que lo sé! —La atrajo hacia sus brazos—. Te fuiste por esto —dijo, cubriéndole la boca con la suya. Intentó zafarse, pero él le sostuvo la cabeza con el hueco de la mano. Ángela luchó con más fuerzas hasta que ese traicionero calor la venció.

Cuando finalmente se calmó, Miguel le quitó el pañuelo, soltando la cinta deslizó sus dedos entre el cabello de Ángela y le inclinó hacia atrás la cabeza. Ángela podía percibir los intensos latidos del corazón de Miguel en la palma de sus manos.

—Era eso, ¿no es así? —dijo Miguel con voz ronca. Avergonzada, intentó soltarse, pero él se lo impidió—. ¿No es así?

—No quiero sentirme así —susurró ella con voz quebrada.

Alguien carraspeó. —¿Está abierto el negocio?

Miguel se volvió mientras deslizaba las manos por los brazos de Ángela; antes de soltarla le apretó tiernamente las manos. —No, disculpe, está cerrado —dijo mientras señalaba amablemente la puerta al posible comprador. Cerró firmemente la puerta y giró el cartel de la ventana.

Cuando Miguel regresó, vio a Amanda al fondo del salón. Estaba recogiendo algo cerca de la estufa. La siguió y vio que tenía un bolso y estaba juntando sus cosas. —Nos iremos a casa por la mañana.

Ella no lo miró. —Ve tú. Yo me voy a San Francisco.

Miguel apretó los dientes, luchando por mantener la paciencia. Ángela tenía el rostro muy pálido y cansado. Cuando intentó volver a tocarla, ella se movió rápidamente, poniendo un barril entre ambos. Amontonaba frenéticamente sus cosas en la bolsa. —Estás enamorada de mí. ¿Crees que puedes huir de eso?

Ante esas palabras, Ángela se congeló. Con la cabeza gacha, las manos sujetando firmemente el bolso, temblaba violentamente. El efecto que Miguel tenía sobre ella era tremendo. Continuó poniendo las cosas en el bolso, tratando de meter allí también sus sentimientos. Cuanto antes se alejara de él, tanto mejor. —Te dije que jamás me permitiría enamorarme de alguien, ¡y lo decía en serio!

—Pero milagro de milagros, ocurrió, ¿verdad? —dijo Miguel, más implacable y decidido que nunca.

—Vete, Miguel.

—Ni lo sueñes.

—¡Déjame tranquila! —Levantó la última falda y la apretó con las demás cosas. Cerró el bolso y levantó los ojos—. ¿Quieres saber lo que significa el amor para mí? Siento como si me desgarraras el corazón.

A Miguel le relampaguearon los ojos. —Comenzaste a sentir así desde que te *fuiste*. No cuando estabas conmigo. —Ángela intentó pasar frente a él pero Miguel le cerró el paso—. Lo percibí en la forma que comenzaste a mirarme, Amanda. Lo sentí en la forma que respondiste la última noche. Lo sentí en todo mi cuerpo.

—Y te dio un sentimiento de poder, ¿verdad? ¿*Verdad*?

—¡Sí! —admitió torpemente, y la tomó del brazo cuando intentó regresar a la puerta del fondo—. Pero no es un poder que usaría contra ti.

—Tienes razón —dijo ella, intentado librarse—. ¡Porque no te daré oportunidad!

Miguel le arrancó el bolso y lo arrojó contra la pared. —¡No soy tu padre! ¡No soy el Duque! ¡No soy cualquier tipo que paga por estar media hora en tu cama! ¡Soy tu *esposo*! No tomo tus sentimientos a la ligera. Te amo. ¡Eres mi esposa!

Mordiéndose los labios, Ángela trató de evitar las lágrimas.

Miguel se suavizó. Le tomó la cara entre las manos para que no pudiera mirar a otra parte y percibió su desgarradora lucha contra las emociones. Las emociones siempre la habían traicionado. No podía darse el lujo de sentir si quería sobrevivir. Miguel lo entendía, pero debía hacerla comprender que las emociones no eran un enemigo.

—Amanda, el día que te vi supe que me pertenecías.

—¿Sabes cuántas veces me han dicho lo mismo? —murmuró, tratando de alejarlo.

Miguel continuó obstinadamente como si las palabras de ella no lo hubieran apuñalado. —Me gusta tanto mirarte crecer y cambiar. Ya no eres la misma. Me gusta la forma en que encaras cosas nuevas, tu interés por aprender. Me encanta cómo trabajas, esa cara de niña que tienes cuando terminas algo que nunca antes hiciste. Me gusta verte correr por el prado con la pequeña Rut. Me gusta verte reír con Miriam y estar atenta a la sabiduría de Elisabet. Me gusta la idea de envejecer contigo y despertarme contigo cada mañana el resto de mi vida.

—No sigas —susurró ella en forma entrecortada.

—Ni siquiera he comenzado. —La sacudió tiernamente—. Amanda, me gusta darte placer. Me gusta percibir que te derrites. Me gusta escucharte decir mi nombre. —Ángela enrojeció y él la besó—. El amor limpia, tesoro mío. No destruye. El amor no produce culpa. —Volvió a besarla, deseando tener las palabras adecuadas para decirle lo que sentía. Pero las palabras nunca alcanzarían para mostrarle lo que quería expresar—. Mi amor no es un arma. Es una cuerda de seguridad. Sujétate a ella y no la sueltes.

Esta vez, cuando él la estrechó entre sus brazos, ella no se resistió. Cuando ella lo rodeó con sus brazos Miguel suspiró y la tensión de las últimas semanas se desvaneció. —Esto nos hace sentir bien, ¿verdad? Y en lo correcto.

—No podía dejar de pensar en ti —admitió ella penosamente, apretándose más contra él, aspirando el dulce aroma de su cuerpo. Había echado de menos esa sensación de seguridad que sólo sentía cuando estaba con él. Estaba tan decidido a tenerla. Entonces ¿por qué no permitírselo? ¿Acaso no era lo que ella también quería? Pertenecerle. Estar con él para siempre. ¿Acaso no era precisamente esto lo que había añorado cada momento desde que se fue?

—Me haces tener esperanzas, Miguel. Y no sé si eso es bueno o malo.

—Es bueno —dijo, apretándola y disfrutando su aceptación. Era un comienzo.

Se fueron al amanecer. Ángela viajó en el caballo detrás de Miguel, sujeta firmemente a su cinturón. Miguel prácticamente no habló, salvo para preguntarle cómo había llegado a Sacramento. Ella le contó en detalle de Samuel Teal y su mala suerte. Él rió cuando le relató de su venta de cacerolas en el campamento minero. Ella también rió. —No sabía que podía ser buena en algo.

—Te dejaré manejar las cuentas con José la próxima vez que traiga un cargamento para vender.

—José es algo totalmente diferente. No se dejaría convencer tan facilmente.

—Le agradas, ¿sabes?

—¿Verdad? —dijo, visiblemente satisfecha—. Pensé que me recibía como un favor a ti.

—En parte. Dice que vio la mano de Dios sobre ti en el momento que entraste a su negocio ese día.

Ángela no respondió. No pensaba que Dios pusiera su mano en nada que tuviera que ver con ella. Se las había lavado de ella hacía mucho tiempo. Deslizó las manos alrededor de la cintura de Miguel y apoyó la cabeza en su fuerte y ancha espalda. Estaba peligrosamente al borde de las lágrimas. Temblando, luchó contra un temor nebuloso que la roía. Miguel lo percibió, pero esperó a que se detuvieran para hablar.

Desmontando, la bajó del caballo. Levantándole el mentón, le buscó los ojos. —¿Qué pasa, Amanda?

—Fue de pura casualidad que encontré a José, Miguel.

Miguel sabía que era mucho más que eso, pero decírselo no cambiaría las cosas.

Ángela no quería pensar en lo que hubiera ocurrido si no hubiera encontrado al dueño del negocio. Era demasiado débil. Le resultaba odioso reconocerlo. Un solo día a cargo de sí misma y hubiera vuelto al burdel. Un día.

Tal vez ni siquiera tanto. —Me salvaste nuevamente —dijo, luchando por claridad. Avergonzada de ser tan vulnerable, miró hacia otro lado.

Miguel le hizo volver la cara. ¡Ay! Los ojos de Miguel. Tan llenos de esperanza. Tan llenos de amor. —Yo soy sólo un instrumento, amor mío. No soy tu Salvador.

Cuando la estrechó entre sus brazos ella lo aceptó gustosa. Se quedaron allí hasta el anochecer y cabalgaron el resto del camino de noche a la luz de la luna.

Miguel se dedicó a trabajar en los campos, haciendo los últimos preparativos antes de la siembra. Ángela ayudaba, acarreando piedras y desarmando terrones de tierra en los campos para el trigo. Cuando llegó el día de la siembra Miguel cargó las semillas y subió a Ángela a la carreta. Le explicó cómo sembrar y luego condujo hacia atrás y hacia delante por el campo mientras Ángela arrojaba las semillas, dudando de que pudieran crecer.

Plantar el maíz fue más trabajo. Miguel atrapó pescados y los desmenuzó para enterrarlos junto con los granos. Sembrar el campo los ocupó desde el amanecer hasta el crepúsculo, pero cuando Ángela miró la tierra enriquecida se sintió satisfecha. La mañana siguiente vio una bandada de aves en el campo del trigo. Dejando el balde de agua, corrió al sembrado para echarlos.

Riendo, Miguel apoyó los brazos en la cerca del corral que estaba arreglando. —¿Qué estás haciendo?

—Miguel, ¡esos horribles pájaros! ¿Qué vamos a hacer? Se están comiendo las semillas que plantamos. —Arrojó un terrón contra otro pájaro que salió volando a posarse en un árbol cercano.

—Déjalos. Sólo sacarán su parte.

—¿Su parte? —preguntó, alejándose—. ¿Por qué tienen que tener alguna?

—En pago justo. Son los guardianes de la tierra —señaló Miguel—. Las golondrinas, los vencejos y los halcones cuidan el aire, llenándose con los insectos que, de lo contrario, lo inundarían. Los pájaros carpinteros, los trepadores y los carboneros se alimentan de larvas y escarabajos que destruirían nuestros árboles. La urraca y el papamoscas se alimentan de insectos que atacan las hojas. Los urogallos y las martinetas se comen a las langostas que se alimentarían de nuestras cosechas

—¿Cuáles son esos que picotean ahí?

—Mirlos —dijo riendo.

—Esos no sirven para nada, ¿no es así?

—Cuidan la superficie del suelo, con ayuda de los tordos, las alondras y los zorzales. Las agachadizas y las chochas comen las larvas que se ocultan bajo la tierra —dijo, tirándole suavemente de la trenza—. Deja a los pájaros, Amanda; no perderemos nuestra cosecha. Además, tengo otras cosas para que hagas. —Saltó sobre la cerca y la levantó en sus brazos.

—Miguel, ¿y si no llueve?

—Lloverá —dijo, bajándola—. Te estás preocupando de cosas que no puedes controlar. Ocúpate de cada día.

Las semanas siguientes efectivamente llovió, humedeciendo suavemente la tierra. "Miguel, ¡ven a ver!" Brotes verdes asomaban de la tierra y Ángela iba y venía por los surcos de maíz con visible entusiasmo. Los brotes eran pequeños y frágiles. Un solo día caliente y se marchitarían, pero Miguel no se preocupaba. Reparó la cerca del corral, terminó de construir la despensa y salió de caza. Cazó un ciervo y le enseñó a Ángela a faenarlo. Colgaron la carne en el ahumadero.

A veces, cuando Ángela menos lo esperaba, Miguel se acercaba donde ella estaba trabajando. "Busquemos un lindo lugar soleado," decía, rodeándola con sus brazos. "Ven conmigo y sé mi amor."

Estaban acostados un día en el pajar cuando Ángela oyó a Miriam que llamaba. —¡Ay! —exclamó, incómoda. Miguel se rió, la sujetó por la cintura y la arrojó nuevamente sobre el heno. —¿Adónde vas?

—¿Qué pensará Miriam? Tú y yo aquí arriba a mitad del día . . .

—Tal vez piense que estamos juntando heno.

—Miriam es una muchacha muy despierta.

—Entonces tal vez se escabulla a tiempo —dijo él sonriendo.

—No lo hará —dijo Ángela, poniéndose de pie de un salto y quitándose heno del cabello.

—Dile que fui a cazar y que tú estabas haciendo una siesta —dijo, besándola en la nuca. Ruborizándose, lo apartó de sí.

Miriam entró en el granero y vio a Ángela bajando por la escalera. —¡Ah! Ahí estabas.

—Sólo estaba tomando una siesta —dijo Ángela, nerviosa y arreglándose el cabello.

Los ojos de Miriam parpadearon. —Veo que los campos de ustedes también están plantados.

Ángela se aclaró la garganta. —Sí.

—Y están creciendo muy bien.

—Vamos a la cabaña; prepararé café.

—Me gusta la idea —dijo Miriam y rompió a reír—. ¡Miguel! Papá quiere que tú y Mandy vengan a cenar una de estas noches. Vamos a celebrar nuestra primera siembra.

—Dile que iremos con gusto —respondió Miguel, riendo desde el pajar.

Miriam tomó la mano de Ángela. —Mamá siempre se ve sonrojada cuando vuelve de un paseo largo con Papá. Como te ves tú ahora.

—No deberías hablar de eso tan tranquilamente —dijo Ángela, ruborizándose.

Miriam hizo detener a Ángela y la abrazó con fuerza. —¡Te eché mucho de menos!

—Yo también te eché de menos —dijo Ángela con un nudo en la garganta y devolviéndole el abrazo.

Miriam se echó atrás con los ojos llenos de lágrimas. —Bueno, eso no fue tan difícil de admitir, ¿verdad? —Se veía muy complacida.

Los Altman habían terminado de plantar y Miriam dijo que ahora disponía de más tiempo. Los niños estaban muy bien. Habían visto a Pablo en varias oportunidades. Los había ayudado a cavar el pozo.

—Tomemos el café afuera, bajo ese manzano —dijo Miriam. Miguel estaba cortando leña. Ángela le ofreció café pero él dijo que no.

—Mamá está esperando familia —dijo Miriam mientras se acomodaban—. Siempre se pone linda cuando está esperando un bebé.

—¿Cómo lo ha tomado tu padre? —preguntó Ángela, pensando en el suyo.

—Bueno, está muy orgulloso —respondió Miriam con picardía—. ¿Tú y Miguel van a tener familia?

La pregunta le produjo a Ángela una punzada de dolor. Se estremeció y miró hacia otro lado.

Miriam tomó la mano de Ángela. —¿Por qué te fuiste? Todos estábamos muy preocupados.

—No puedo explicarlo —dijo Ángela.

—¿No puedes o no quieres? ¿Sabes tú misma el por qué?

—En parte. —No quería dar más explicaciones. ¿Cómo podría hacérselo entender a esa muchacha inocente? Era tan franca, tan libre. Ángela deseaba ser como ella.

—Nunca se lo dijimos a Rut —dijo Miriam—. Sólo le dijimos que tú y Miguel estaban muy ocupados y no vendrían por un tiempo.

—Gracias —dijo Ángela, con el corazón dolorido, mientras miraba a Miguel amontonar leña.

—Estás terriblemente enamorada de él, ¿verdad? —preguntó Miriam sonriendo.

—Terriblemente. Me consume. A veces sólo basta con que me mire . . . —Se detuvo, comprendiendo que estaba expresando en voz alta sus pensamientos más íntimos.

—¿Acaso no está bien que sea así? —dijo Miriam mirándola.

—No lo sé, ¿será?

—Espero que sí —dijo Miriam con ojos soñadores—. Realmente espero que lo sea.

La próxima vez que vino, Miriam trajo a Rut. Ángela dejó de trabajar en la huerta cuando vio a la niña bajar corriendo por la ladera tapizada de flores. Quitándose la tierra de las manos, salió por el portón y corrió unos pasos para encontrarse con la pequeña.

—¡Mandy, Mandy! —exclamó Rut gozosa y Ángela la levantó y la abrazó.

—Hola, cariño —dijo con voz ronca, besando a la niña en ambas mejillas y en la nariz—. ¿Te has portado bien desde la última vez que te vi?

—¡Sí! —respondió Rut, apretando a Ángela en el cuello con sus bracitos como si no tuviera ninguna intención de soltarla—. ¿Por qué te escapaste? Te fuiste mucho tiempo. Pablo dijo que *siempre* te escapas y que Miguel siempre te está buscando y trayendo de nuevo. Dijo que Miguel es un tonto porque a ti te gusta tu antigua vida más que ser esposa de un granjero. ¿Cuál es tu antigua vida, Mandy? No quiero que vuelvas allá. Quiero que te quedes *aquí*.

Ángela la bajó lentamente. El estómago le dio un vuelco cuando Rut comenzó a repetir lo que evidentemente había escuchado decir. *No le dijimos nada a Rut.* No podía mirar a Miriam cuando se reunió con ellas.

—¿Qué ocurre? —preguntó Miriam. Cuando Ángela no respondió miró a su hermanita—. ¿Qué estuviste diciendo?

Ángela acarició tiernamente el cabello oscuro de la pequeña. —Me encanta ser la esposa de un granjero —dijo en tono muy suave—. Y no quiero volver más a mi antigua vida.

Miriam se quedó boquiabierta y se sonrojó.

Rut asintió y rodeó las piernas de Ángela con sus brazos. Ángela miró con frialdad a Miriam.

—¿Qué ha estado diciendo? —preguntó Miriam.

—Sólo lo que ha escuchado decir.

—Rut, ¿qué escuchaste?

—A ti y a Pablo —dijo, envuelta en la falda de Ángela.

—No te preocupes —dijo Ángela en tono sombrío—. Déjala tranquila.

—¡No lo haré! Estuviste escuchando a escondidas, ¿no es así? —dijo Miriam con los brazos en jarra mientras miraba a su hermanita.

—Mamá me envió —dijo Rut, levantando sus ojos y haciendo sobresalir el labio inferior—. Quería que te llamara.

—¿Cuándo fue eso?

—Un día que estuvo Pablo. Dijo que habías estado mucho afuera y que debías volver a la casa.

Miriam enrojeció furiosa. —¿Y?

—Él estaba hablando y tú estabas enojadísima. Me di cuenta porque se te puso la cara toda roja como ahora. Tú le dijiste que se lleve sus historias a otra parte y él dijo . . .

Ángela puso una mano temblorosa en su frente, su rostro estaba muy pálido.

—Está bien —dijo Miriam rápidamente, haciendo callar a su hermanita. Levantó la vista, con lágrimas en los ojos—. Amanda . . .

Ángela se estremeció, temblorosa.

—Ve a saludar a Miguel, Rut —Miriam alejó a la pequeña y le dio una ligera nalgada.

—¿Estás enojada conmigo? —preguntó Rut, mordiéndose el labio y con lágrimas en los ojos.

—Estás perdonada —respondió Miriam, inclinándose—. Y ahora vete —dijo, besándola—. Hablaremos más tarde. Ve a ver a Miguel. —Cuando Rut llegó donde estaba Miguel, él la sentó sobre la cerca.

—Lo siento —dijo Miriam, afligida—. Dime *algo,* Amanda. No me mires así.

¿Qué podía decir? —¿Quieres café?

—*No,* no quiero café. —Cuando Ángela comenzó a caminar hacia la cabaña, Miriam se puso a su lado—. No estaba contando chismes de ti. Te lo aseguro.

—Tampoco Pablo —dijo Ángela—. Simplemente te estaba diciendo cómo ve él las cosas.

—¿Cómo puedes defenderlo?

—He herido a Miguel más de una vez y Pablo lo sabe.

—Eso no significa que vuelvas a hacerlo.

—Tampoco significa que no lo haré.

Miriam y Rut se quedaron casi toda la tarde, y durante todo ese tiempo, Ángela no pudo sacarse de la cabeza un pensamiento. ¿Podría cambiar? ¿Era diferente sólo porque Miguel la amaba? ¿O era esto la calma antes de la verdadera tormenta?

Miguel comprendió que algo estaba mal. Un mes de dicha y felicidad y ahora percibía que Ángela se estaba alejando de él otra vez. Tenía miedo. *Señor, no permitas que se vaya otra vez. Ayúdame a retenerla.*

"Ven conmigo," dijo, colocando una manta frente a la chimenea. Ella se acercó de buena gana, pero había algo sombrío y secreto en su mirada. ¿Qué la atormentaba?

Ángela se apoyó contra el sólido amparo del pecho musculoso de Miguel. Le gustaba que la rodeara con sus brazos.

—¿Qué ocurre? —preguntó Miguel, acariciándole el cuello—. Algo te ha estado afligiendo toda la tarde. ¿Tal vez Miriam o Rut dijeron algo que te dolió?

—No intencionalmente. —No quería contarle sobre Pablo. No quería decirle lo mucho que pueden herir las palabras. Había negado ese poder toda su vida. Pero cada nombre hería—. Es que estoy tan feliz —dijo con voz temblorosa—. No logro dejar de pensar que no merezco todo esto.

—¿Y crees que yo sí?

—¿Qué puedes haber hecho de lo que te puedas avergonzar, Miguel? Ni una sola cosa.

—He cometido un crimen. —Percibió la sorpresa que su confesión había provocado en ella. Se apartó de él y se volvió con los ojos muy abiertos.

—*¿Tú?*

—Cientos de veces. Cuando volví a buscarte la primera vez y vi lo que Magowan te había hecho. Y el Duque. Los he matado cientos de veces de otras tantas maneras. Cada una peor que la otra.

Ella comprendió y se relajó. —Pensar en hacer algo malo no es lo mismo que hacerlo.

—¿No lo es? ¿Dónde está la diferencia? Es el mismo deseo, alimentándose de sí mismo y de mí. —Le tironeó suavemente la trenza—. ¿No lo ves? Ninguno de los dos *merece* esto. No tiene nada que ver con que lo merezcamos o no. Todas las bendiciones nos vienen del Padre, no en pago por lo bueno que hayamos hecho, sino como un regalo.

Miguel vio que le parpadeaban los ojos ante la mención de Dios. Percibió su creciente resistencia. *Dios,* la mala palabra. El ser que no tenía otro significado en la vida de Ángela que no fuera el de castigar los pecados cometidos, incluso algunos ajenos. Para ella Dios era la ira y continuamente la castigaría por llevar una vida a la que había sido forzada por un viejo sórdido y ebrio que no sabía lo que hacía. Dios era implacable y disfrutaba de infligir castigo.

¿Cómo podía hacerle ver que Dios el Padre era la única salida que tenía para dejar de vivir en un infierno, cuando el único padre que había conocido hubiera querido que la sacaran del vientre su madre y la arrojaran lejos?

—Muéstrame este Padre tuyo, Miguel —dijo, incapaz de cambiar el tono áspero de su voz.

—Lo estoy haciendo —dijo Miguel suavemente.

—¿Dónde? No lo veo. Tal vez si se pusiera frente a mí podría creer que existe. —Así también podría escupirle en la cara por todo lo que les había hecho a su madre y a ella.

—Está en mí. Te lo estoy mostrando cada hora de cada día, de la única manera que sé hacerlo. —Sentía que no estaba haciendo un buen trabajo.

Comprendió que lo había herido y se suavizó. ¡Era tan sincero! Y la amaba tanto. . . . Ella también lo amaba, aunque había luchado en su contra. Él había conseguido que lo amara simplemente por ser quien era. Pero eso no tenía nada que ver con Dios. ¿O sí?

—El amor no es suficiente —dijo Ángela, acariciando el rostro amado—. Si lo fuera, tendría que haber bastado para mi madre, pero no fue así. Yo tampoco sería suficiente para ti.

—No, no lo serás. Y yo tampoco seré suficiente para ti, Amanda. No quiero ser el centro de tu vida. Quiero ser parte de ella. Quiero ser tu esposo, no tu dios. Las personas no siempre podrán estar a tu disposición, aunque quisieran. Y eso me incluye a mí.

—¿Y Dios sí lo está? —dijo burlonamente—. Dios *nunca* estuvo cerca para mí—. Se apartó de su abrazo y se alejó hacia la cama. Él la observó soltarse el cabello. Ella lo miró y se quedó muy quieta—. Me alegro que te guste mi cabello —dijo suavemente.

Ella no lo desalentaría tan fácilmente. —Tu belleza pudo tener algo que ver la primera vez que te vi —admitió, poniéndose de pie. Puso la manta sobre el respaldo de una silla.

—¿Sólo algo? —preguntó sin engreimiento. Hasta conocer a Miguel, siempre se había visto a sí misma como pasto para la lujuria de los hombres.

—Sólo un poco —repitió con firmeza. Cuando ella levantó los ojos, Miguel la miró solemne, sin dejar traslucir su humor—. En realidad creo que fue tu temperamento tranquilo, tu disposición a acomodarte a mi modo de vida, tu constante deseo de complacerme . . . —Cruzó la habitación mientras hablaba y se sentó a su lado en la cama mientras ella reía.

Ante la encantadora sonrisa de Miguel, se derrumbaron sus defensas. —Entonces —dijo ella—, no eres más que otro tipo que acepta un desafío. —Su sonrisa se desvaneció antes de que sus palabras terminaran de salir de sus labios. ¿Por qué todo lo que decía tenía que llevar la marca de su pasado? Miró hacia otro lado y siguió desarmándose la trenza. La mano de Miguel descansaba tranquilamente sobre su muslo. Incluso ese ligero contacto la derretía interiormente—. ¿Qué sientes ahora que soy arcilla blanda en tus manos, Miguel?

—Gozo —dijo él—. Puro gozo. —Miguel percibió cómo se le aceleraba el pulso y la besó en el cuello. Sintió cómo su suave respiración se agitaba y dejó que el calor con que su cuerpo respondía lo ganara también a él. La deseaba. Siempre la desearía. Y, gracias a Dios, ella también lo deseaba. Lo sentía cada vez que la tocaba.

—Amor mío —susurró, sintiendo una abrumadora ternura en la mirada vacilante de los ojos azules de ella—, si alguien supiera cómo o por qué la gente se enamora, lo embotellaría y lo vendería a una de esas boticas ambulantes. No fue tu aspecto. No se trata de que tu aroma y tu sabor sean tan embriagadores para mí ahora. Sabes que no es eso —dijo, besándola.

—Es parte de ello —dijo Ángela suspirando.

—Dios sabe que es cierto. Pero es algo que va más allá. Algo que no se ve. Me llamaste ese día al pasar a mi lado y yo no podía hacer nada más que responder.

—Así me lo dijiste.

—Y todavía no me crees.

—¡Ay, Miguel! La vida me ha hecho cosas. Estoy tan llena de . . . —Se detuvo, tratando de tragar y apretando los labios firmemente, mirando más allá de él, incapaz de mirarlo a los ojos.

—¿De qué? —preguntó, haciendo a un lado los rulos que le caían en las sienes.

—Vergüenza —logró decir con voz ronca. Le ardían los ojos y luchaba por ahogar las emociones. No podía permitirse llorar, ni una lágrima, pero quería que él supiera cómo se sentía—. No sé qué hice mal. Nunca lo supe, pero comprendí desde que tengo memoria que nunca sería lo suficientemente buena como para merecer una vida decente. —Y que su misma presencia deshacía la decencia de los demás. ¿Se llevaría con el tiempo la de Miguel también? No soportaba la idea de que eso ocurriera.

—¿Cómo lo explicas?

Ángela se estiró y le tocó la cara. —No lo sé. No puedo. Sólo sé que no puede durar.

A Miguel se le llenaron los ojos de lágrimas. Ella le partía el alma. Siempre lo había hecho. —Nunca te he dejado. Nunca te dejaré. Siempre ha sido a la inversa.

—Lo sé, pero aunque te diera todo lo que tengo, no sería suficiente. No tengo lo suficiente para un hombre como tú.

Miguel le tomó la mano y se la puso apretadamente sobre el corazón. —Entonces toma de mí lo que te falta. Deja que lo que yo tengo sume la diferencia.

El corazón de Ángela estallaba. —Eres tan bello —susurró temblorosa. ¿Cómo podía ser que ella, entre todas las mujeres, tuviera el amor de un hombre como él? *¡Oh Dios! Si estás escuchando, ¿por qué le hiciste esto a él?*

Por ti, amada.

Un escalofrío le recorrió el cuerpo y sintió que el cabello se le erizaba.

No fue por mí. Nunca fue por mí. Cerró su mente a la voz suave y tranquila.

"¿Qué ocurre?" preguntó Miguel, viendo su repentina palidez.

Él era apuesto, pero era otra cosa lo que la atraía de él. Tal vez era como él decía. Algo que no se ve. Había algo en su interior que la atraía como la luz de la llama a las mariposas. Pero era una llama que no quemaba ni destruía. Encendía algo muy dentro suyo que la hacía sentir que estaba llegando a ser parte de él. Él le daba sentido a su vida. Ya no se trataba sólo de sobrevivir. Era algo más que todavía no podía definir ni comprender, pero que seguía llamándola.

¿Y Pablo, Ángela?

Apenas frunció el ceño. Miguel estaba tendido a su lado y tocándole el mentón hizo que girara hacia él. "Cuéntame."

Se maravilló de la percepción que tenía él de cada pensamiento suyo. Pero, ¿podía revelar eso sin hundir la cuña más entre él y su amigo? Pablo no estaba equivocado con respecto a ella. La veía como seguramente lo hacía todo el mundo, como a una mujer que vendía su cuerpo por dinero y nada más.

Sacudió la cabeza y Miguel la besó como alentándola. —Quisiera poder cambiar las cosas —dijo tristemente cuando él levantó la vista, buscando sus ojos—. Quisiera haber podido llegar a ti pura e íntegra.

—¿Para que te ame más de lo que te amo ahora? —preguntó con una tierna sonrisa.

Para poder merecerte. Le tomó la cabeza y lo besó. —Puedo darte placer.

—Me complaces tal como eres.

Lo que ella más quería era complacerlo en todo aspecto.

Recuerda todo lo que te enseñé, Ángela, apareció espontáneamente la voz de el Duque. *Úsalo con él y úsalo a él.*

Cuando Miguel le sonrió, la oscura voz perdió su poder. "Sin barreras," dijo Miguel. "Que nada se interponga entre nosotros."

Y Ángela se rindió. No tenía otro pensamiento que no fuera Miguel. Siempre había encontrado feo el cuerpo de los hombres. Pero Miguel era bello y ella lo adoraba.

Miguel se regocijaba en ella. "Eres como la tierra, las montañas, el valle fértil, el mar . . ." La acercó de modo que quedaron sentados en la cama con las piernas cruzadas, frente a frente. Ángela no sabía lo que Miguel tenía en mente hasta que le tomó las manos e inclinó la cabeza. Oró en voz alta, dando gracias por el placer que encontraban uno en el otro.

A Ángela le martillaba violentamente el corazón. ¿Qué pensaría de *esto* el Dios de Miguel? Cuando terminó de orar la miró sonriendo y el brillo de sus ojos la hizo perder el temor.

"No vendrán rayos, amor mío," dijo comprensivo. "*Todo* lo bueno desciende del Padre. Incluso esto." Se recostó y la atrajo hacia sí, apretándola entre sus brazos hasta que ambos se durmieron.

Veinticuatro

Porque les digo a ustedes, que no van a entrar en el reino de los cielos
a menos que su justicia supere a la de los fariseos y
de los maestros de la ley.

JESÚS, MATEO 5:20

Pablo estaba sentado frente a su chimenea rezongando tristemente, con una jarra sobre las rodillas y una fotografía de su boda en la mano. Hacía ya dos años que Telma no estaba, pero él quería mantener vivo su recuerdo. No quería olvidar su aspecto. Últimamente, sin embargo, hasta que encontró la fotografía, todo lo que lograba recordar era que tenía tez oscura y la sonrisa de Miguel. Trataba de recordar la textura de su piel y el sonido de su voz, pero todo se estaba desvaneciendo, todo salvo ese dulce recuerdo de lo que habían compartido tan brevemente. Esa soledad vacía y dolorosa que había dejado era lo único firme. Dejando a un lado la fotografía, Pablo bebió un largo trago de whisky. Inclinando la cabeza hacia atrás, cerró los ojos cansados. No había visto a Miguel desde el día que le pidió ayuda para buscar a Ángela. No podía olvidar ese día ni su remordimiento.

—¿Se ha escapado otra vez?

—Sí. Tengo que encontrarla.

—Déjala ir. Estás mejor sin una mujer así.

Los ojos de Miguel centellaron. —¿Cuándo abrirás los ojos?

—¿Cuándo los abrirás *tú*? —le devolvió Pablo—. Si te amara, ¿no crees que se quedaría? No podrías sacártela de encima. Miguel, ¿cuándo vas a reconocer lo que ella es? —Cuando Miguel volvió su caballo en otra dirección, su ira había estallado—. Búscala en un burdel. ¿Acaso no es allí donde la encontraste la primera vez?

Maldiciendo, continuó trabajando la tierra y desde entonces no se había podido librar de esa odiosa sensación en su corazón. Ni siquiera cuando Miguel regresó.

Era evidente que no había encontrado ningún rastro de Ángela. Entonces le tuvo lástima. No lamentaba que Miguel no hubiera encontrado a Ángela. Lamentaba que eso destrozara a Miguel. Ella no valía tanto sufrimiento.

"Ella me ama, Pablo. Me ama. No la comprendes."

Pablo no insistió. No quería saber de Ángela más de lo que ya sabía. Un día en su compañía había sido suficiente para amargarle el alma de por vida.

Miguel se quedó y hablaron de las cosechas y de la tierra. Pero ya no era igual a antes que Ángela entrara en sus vidas. No importaba que se hubiera ido. Lo mismo estaba entre ellos. —Estás avanzando —dijo Miguel antes de partir—. Ese campo se ve muy bien.

—Trabajaría más rápido con un caballo. Lástima que perdí el mío en la jornada.

—Quédate este. —Le quitó la montura mientras Pablo se quedaba atónito—. Tan pronto como vendas tus cosechas podrás comprar otro. —Avergonzado, Pablo no lograba hablar por el nudo que tenía en la garganta. Miguel cargó la montura al hombro—. Harías lo mismo por mí, Pablo, ¿no es así? —dijo, encaminándose a su casa.

Unos días después Pablo llevó una pata de venado a los Altman y se enteró de que Miguel iba camino a Sacramento para buscar a Ángela. José había mandado el mensaje de que estaba trabajando en un almacén. Una historia probable. Hubiera apostado a que estaría vendiéndose a los mineros. Ciento cincuenta gramos de oro por quince minutos. Tal vez un poco más para recuperar el tiempo perdido con Miguel.

—No pareces muy contento con las noticias —opinó Miriam, observándolo atentamente.

—Seguro que Miguel está contento —dijo, y fue por su caballo—. Es un tonto —murmuró entre dientes.

Miriam lo siguió. —La ama mucho.

—¿A eso llamas amor?

—¿Cómo lo llamarías *tú*?

Le echó una mirada a Miriam mientras sujetaba las riendas del caballo pero no dijo nada.

—¿Por qué no quieres a Amanda? —preguntó Miriam.

Pablo casi soltó que su nombre no era Amanda sino Ángela y que era cualquier cosa menos un ángel, pero se contuvo. —Tengo mis razones —dijo. La montura crujió cuando montó.

—Estuviste enamorado de ella, ¿no es así? —dijo, sin mostrar emoción alguna.

Pablo soltó una áspera carcajada mientras apretaba el puño en las riendas.
—¿Eso te dijo ella?

—No, lo adiviné.

—Bueno, adivinaste mal, pequeña Miriam —dijo, girando su caballo antes de que le pudiera hacer más preguntas.

Dando un paso al frente, le gritó, —No me llames pequeña Miriam. Tengo dieciséis.

Pablo no necesitaba que se lo recordaran. Bromeando, se levantó el sombrero. —Adiós, señora —dijo, arrastrando las palabras, y se fue.

Miriam llegó a su cabaña la mañana siguiente para invitarlo a almorzar. —Bifes de venado —dijo—. Y Mamá está horneando un pastel de manzanas. —Llevaba un lindo vestido amarillo que resaltaba las hermosas curvas de su cuerpo joven. Ella se dio cuenta de su mirada y se ruborizó. Los ojos oscuros de Miriam tenían un brillo aterciopelado—.¿Y bien?—le preguntó.

—¿Y bien qué? —dijo él, un tanto incómodo.

—¿Vendrás hoy? —preguntó sonriendo.

Su sonrisa era tentadora. Pablo se sentía inquieto y tenso. —No —dijo, señalando la parte del campo sin arar—. Estaré trabajando hasta el anochecer. —Mandó a seguir al caballo y empujó a fondo el arado, con la esperanza de que ella percibiera la indirecta y se fuera. Si hubiera sabido que vendría se habría puesto una camisa. Así las cosas, estaba desnudo hasta la cintura y llevaba puesto un pañuelo polvoriento en la frente para evitar el sudor en los ojos. Una magnífica imagen para una muchacha inocente.

Pablo no podía dejar de pensar que si Miriam Altman hubiera aparecido unos meses antes, Miguel no estaría metido en el desastre en que estaba. Miriam era perfecta para Miguel. Si esa ramera volvía a huir, lo que indudablemente haría, tal vez Miguel llegara a verlo así también. Esta muchacha llegaría a su noche de bodas virgen y le sería fiel hasta la muerte. No era el tipo de mujer que traería amargura a un hombre. Le daría los hijos que quisiera y lo haría feliz.

—Tienes que comer en algún momento —insistió Miriam, caminando a su lado.

Pablo no la miraba. Cuanto menos la mirara mejor.

—Papá y Mamá quieren agradecerte.

—Me dieron las gracias ayer. Diles que fue un placer ayudarlos.

—¿Es que no te gustan los niños?

—¿Los niños? —dijo, perdido—. Me gustan los niños. ¿Qué tiene eso que ver?

—Pensé que no querías venir a casa porque somos tantos —dijo, mientras caminaba con las manos sujetas atrás de la cintura. La mirada de Pablo surcó su figura y se le secó la boca.

—¿Cómo era tu esposa, Pablo?

La pregunta lo tomó por sorpresa. —Era dulce, muy dulce.

—¿Era alta?

—Más o menos de tu altura. —En realidad, Telma había sido más baja y con el cabello castaño claro en lugar de ese negro exuberante. Y sus ojos . . . no conseguía recordar exactamente el color de sus ojos cuando miraba los ojos marrones y profundos de Miriam.

—¿Era bonita?

Pablo miró a Miriam y se le aceleró el corazón.

—Tu esposa —insistió Miriam—. ¿Era bonita?

Intentó recordar el rostro de Telma y no podía. No mientras Miriam lo mirara de esa manera. La tímida fascinación que mostraba Miriam por su cuerpo le produjo un creciente pánico. —Era *muy* bonita —dijo, deteniendo bruscamente el caballo—. Deberías regresar a casa; estoy seguro que tu madre se estará preguntando por qué tardas tanto.

Miriam enrojeció. —Disculpa —tartamudeó—. No quería demorarte. Tal vez vengas a almorzar algún otro día. —Pablo alcanzó a ver sus lágrimas mientras se volvía y se alejaba rápidamente. Estuvo a punto de detenerla pero se contuvo. Apretó la mano sobre las riendas mientras la observaba alejarse; tenía un nudo en la boca del estómago. No había sido su intención ser cruel. Pero si se hubiera disculpado, ella se hubiera quedado y era demasiado tentadora.

Pablo no esperaba que regresara.

Se estaba lavando junto al aljibe cuando la vio venir por el campo cubierto de hierba. El corazón le dio un vuelco. Su hermana Lea estaba con ella esta vez. Se puso la camisa y la abotonó mientras esperaba que llegaran y le dijeran qué querían.

—Me envió Mamá —dijo Miriam, disculpándose. Sus ojos apenas se cruzaron. Le extendió la canasta que llevaba.

—Gracias —dijo torpemente mientas recibía la canasta. Sus manos rozaron levemente las de ella, entonces ella levantó los ojos—. Tu madre no debería haberse molestado —agregó Pablo.

—Bueno, fue idea de Miriam —dijo Lea, mortificando aún más a su hermana.

—*Shhh*, Lea —dijo·Miriam, ruborizándose mientras tomaba a su hermana de la mano—. Mejor nos vamos. Disfruta tu almuerzo, Pablo.

Pablo observó el suave balanceo de sus caderas. *No tengo derecho a tener estos sentimientos por una muchacha como ella,* pensó. —Dile a tu madre que le llevaré la canasta.

—No hay apuro —respondió Miriam—. Vendré a recogerla mañana.

Eso era precisamente lo que no quería que hiciera. Cabalgaría a primera hora y dejaría la canasta en la puerta de la casa. La dejó en el suelo y sacó otro balde de agua. Se echó agua en la cara y se fue calmando. Estaba perdido si la sola presencia de una muchacha bonita de dieciséis años lo ponía en ese estado. Debería ir hasta el campamento más cercano y parar en el primer burdel. Pero la sola idea hizo que se sintiera mal.

Entró a la cabaña con la canasta de Miriam. La estufa de hierro estaba fría. Encendió el fuego y comió. Sentía el mismo vacío que cuando Telma acababa de morir. Esos primeros meses sin ella habían sido duros, pero había tenido la mente ocupada en la lucha por sobrevivir y cruzar Las Sierras. Cuando él y Miguel llegaron a la tierra se había dedicado de lleno a construir su cabaña. Entonces el dolor lo había golpeado duramente. La terrible pena de la pérdida lo había vencido. No podía mirar los campos cubiertos de flores silvestres sin pensar en lo mucho que Telma lo hubiera disfrutado. Tener su propia tierra en California había sido un sueño compartido. Sin ella se sentía vacío y sin rumbo.

Cuando surgió la fiebre del oro, se decidió partir. Al comienzo, se había obsesionado con la idea de trabajar en los arroyos, entusiasmado por la posibilidad de enriquecerse que estaba al alcance de su mano. Pero el entusiasmo desapareció rápidamente. La vida se había convertido en trabajar desde el amanecer hasta el anochecer. Todo lo que lograba ganar apenas alcanzaba para comer y pasar un día en el pueblo, emborrachándose y yendo a algún burdel. Ni siquiera en esos momentos de placer podía librarse de la falta de sentido de su vida y de la vergüenza que le causaba vivir de esa manera. Sabía que todo lo que compraba era falso. Lo sabía porque había tenido lo real con Telma.

Las palabras de Ángela le vinieron a la mente como un torrente frío. *"Yo sé lo que soy, pero tú te haces llamar su hermano."*

Cuando renunció a la búsqueda de oro y volvió a su tierra, sintió que había llegado al fondo del pozo. Había estado mal. Se juró que haría las paces con Miguel. Dejaría tranquila a Miriam Altman para que cuando llegara el momento y Ángela volviera a huir, hubiera una muchacha decente esperándolo.

Intentó dormir pero no pudo. No podía quitarse a Miriam de la cabeza. Cerraba los ojos y veía los ojos oscuros y risueños de ella. Renunciando a dormir, agregó leña al fuego y tomó la foto de matrimonio de la repisa. Volvió a mirar el rostro de Telma. Aunque todavía le era muy querido, no le producía ninguna emoción fuerte, no como un año antes.

Un año atrás no se había imaginado que el dolor pudiera desaparecer alguna vez. Pero un año atrás tampoco había imaginado que pudiera volver a enamorarse.

—¡Amanda! —gritó Miriam, bajando la ladera a prisa—. Ven pronto, ¡es la pequeña Rut!

Ángela corrió a su encuentro. —¿Qué ha ocurrido?

—Está arriba de un árbol y no puedo bajarla. ¿Me ayudas?

Ángela se recogió la falda y corrió ladera arriba detrás de Miriam. Le faltaba el aire para cuando llegaron al viejo y nudoso roble. Con el corazón en la boca, Ángela miró arriba a la niña sentada en una gruesa rama a seis metros de altura. —¿Cómo llegaste hasta ahí, pequeño ratoncito?

La niña la saludó, agitando la manito.

—¡Rut! —gritó alarmada Ángela—, ¡Sujétate! No te muevas. ¡Te bajaremos!

—Yo intenté trepar y no pude —dijo Miriam—. Inténtalo tú.

—¿Yo? ¡Jamás he trepado un árbol en mi vida!

—Mandy, ¿vas a bajarme? —llamó Rut.

—Apresúrate —dijo Miriam, empujándola—. No hay tiempo que perder. —Se inclinó y juntó las manos.

Las faldas de Ángela eran un estorbo. —Espera un momento, no puedo así. —Se agachó, tomó el dobladillo de atrás y tras pasarlo entre las piernas lo sujetó del cinto. Trepó hasta la primera rama con la ayuda de Miriam. —No tengas miedo, Rut. ¡No te muevas!

—No me moveré —dijo la niña, balanceando los pies, divertida.

—¿Qué estoy *haciendo*? —murmuró Ángela, agitada mientras trataba de subir más arriba. Le pareció escuchar una risa.

—¡No mires hacia abajo! —le gritó Miriam—. Lo estás haciendo muy bien.

Ángela no estaba segura si Miriam le hablaba a ella o a Rut mientras se abría paso entre las ramas. Cuando estaba a un par de metros, vio que la niña tenía una cuerda atada en la cintura que la sujetaba al tronco. No hubiera podido caerse aunque hubiera querido. Lo que era peor, la pequeña diablilla le sonreía de oreja a oreja. —¿Es divertido, verdad, Mandy?

—¿Alguna vez viste tu cabaña desde este punto panorámico? —gritó Miríam, debajo de ella.

La cara de Ángela ardía de ira. —¡Por poco me matan de susto! ¿Qué creen que están haciendo?

Miriam trepó más arriba que Ángela y se sentó a horcajadas sobre una gruesa rama. —Tú lo has dicho. Jamás en tu vida te subiste a un árbol —dijo, sonriendo maliciosamente—. ¡Era hora de que lo hicieras!

—¿La subiste tú sola? Se podría haber lastimado.

—Nosotros ayudamos —dijo Jacob, bajando de una rama más alta. Andrés estaba un poco más alto que él y Lea asomaba por detrás del tronco. Todos se veían tan satisfechos que Ángela olvidó su enojo y se echó a reír. Un árbol lleno de urracas. Subiendo un poco más, se sentó en una gruesa rama.

—Estuviste muy bien para ser la primera vez —dijo Andrés, caminando por una rama.

Ángela fingió fruncir el ceño. —Deberías estar ayudando a tu padre.

—Me dio el día libre. Quería llevar a pasear a Mamá.

Miriam se echó a reír. —Les dije que en lugar de ellos *nosotros* iríamos de paseo. —Bajó la voz para que sólo Ángela pudiera oír—. Una de las desventajas de tener una casa con una sola habitación es la falta de privacidad. —Apoyó la cabeza contra el tronco—. Cuando me case, mi esposo y yo construiremos un altillo para los niños y nosotros tendremos un dormitorio calentito junto a la cocina.

—¡Allá está Miguel! —señaló Rut. Los niños gritaron y silbaron hasta que se volvió y miró hacia la loma. Caminó hacia ellos. Cuando llegó al árbol miró hacia arriba, con los brazos en jarra. —¿Qué es esto? —Vio a Ángela arriba y se rió—. ¿Tú también?

—Me hicieron una broma —dijo con gran dignidad.

Miriam le guiñó el ojo a Ángela y llamó a Miguel. —Tendrás que subirte a bajarla. ¡Se quedó atascada!

Ángela se echó a reír cuando vio que Miguel se quitaba las botas y comenzaba a trepar. Cuando llegó debajo de ella, deslizó la mano por su pantorrilla. —¿Ato la cuerda de Rut a tu cintura y te descuelgo? —preguntó, sabiendo perfectamente que ella podía bajar por su cuenta.

—Aquí se podría hacer un buen columpio —dijo Lea, trepando junto a Miguel—. ¿Ves esa rama gruesa? Podrías colgar allí la cuerda.

—Mmmm, buena idea —admitió Miguel. Bajó a Rut y mandó a Andrés al cobertizo del granero en busca de otra cuerda. Trepando nuevamente, ató los dos extremos en una rama gruesa—. Luego prepararé un asiento de madera —dijo, bajando.

Los niños discutieron entusiasmados sobre quién tendría el primer turno, pero Miguel alzó a Ángela y la sentó en la cuerda. "Sujétate," le dijo, antes de que pudiera detenerlo, y la empujó. El vértigo del balanceo la hizo reír. Miguel le dio otro empujón y luego se encaminó a seguir trabajando en el campo.

Cuando todos, incluso Miriam, hubieron tenido su turno en el columpio, Ángela llevó a los niños a la cabaña y les preparó algo de comer. Los varones fueron a acompañar a Miguel mientras trabajaba; Lea y Rut fueron a recoger flores a la ladera.

Miriam se apoyó en el marco de la puerta y observó a sus hermanos que, sentados sobre la cerca del corral, miraban cómo Miguel trabajaba con el caballo. —Miguel sabe disfrutar de la vida; no se la pasa sentado rumiando todo el día.

Ángela se acercó a ella. La inquietaba la forma en que Miriam miraba a Miguel. Un incómodo sentimiento le dio una punzada en el estómago.

—Estaba pensando lo maravilloso que debe ser amar a alguien y que te amen. Seguro que cuando Miguel te desea hace algo para tenerte. —Ruborizándose, se enderezó—. Mamá se desmayaría si me oyera hablar así.

Ángela miró a Miguel y la punzada de celos desapareció; en lugar de ello la invadió un tierno afecto. Miró pensativamente a Miriam; la quería como a una hermana. —Quieres casarte, ¿verdad?

—Sí, pero no quiero casarme con cualquiera —respondió Miriam—. Quiero un hombre maravilloso. Quiero un hombre que me ame como Miguel te ama a ti. Quiero que esté dispuesto a luchar por mí. Que no permita que me aleje de él.

Viendo las lágrimas en los ojos de Miriam, Ángela le tomó la mano. —¿Amas a Miguel?

—Claro que lo quiero. ¿Cómo no quererlo? Es único, ¿no es así? —Miriam apoyó la cabeza en el marco y cerró los ojos—. Los otros deberían ser más como él, pero no lo son. —Sonrió—. Jamás olvidaré la noche que Mamá y yo cantamos "Sublime Gracia" y hablamos sobre David. Miguel tenía lágrimas en los ojos y no se sentía incómodo por eso. No le preocupaba que viéramos cuánto se conmovía. —Se secó las lágrimas de las mejillas—. Miguel es el único hombre que he conocido que no teme *sentir* las cosas. Él no se entierra vivo.

Ángela miró por la ventana a Miguel. —Es una lástima que lo haya conocido antes que tú —dijo.

Miriam se echó a reír. —Bueno, si encuentras el molde, ¿harás otro como él? —Abrazó a Ángela—. Los quiero a ambos mucho. —Se apartó de ella y agregó—, Y ahora te he hecho sentir incómoda. —Se mordió el labio con incertidumbre—. Mamá dice que debería guardar mis sentimientos en lugar de soltarlos todo el tiempo, pero no puedo. Así soy. —Besó a Ángela en la mejilla—. Es mejor que reúna a los indios salvajes y me vaya. —Salió y llamó a sus hermanos y hermanas.

Con los brazos cruzados y apoyada en el marco de la puerta donde había estado Miriam, Ángela los observó mientas se iban. Estuvo toda la tarde preocupada por el asunto y trató de hablarlo con Miguel esa noche. —¿Crees que podríamos encontrar un hombre para Miriam?

—¿Miriam? Todavía es demasiado joven, ¿no te parece?

—Tiene edad suficiente como para estar enamorada. ¿Podríamos ir a Sacramento y buscar a alguien?

—¿Quién? —dijo distraídamente, jugando con el cabello de Ángela.

—Alguien para Miriam.

—¿Y Pablo?

—¡Pablo! —Horrorizada, Ángela se puso a distancia—. Miriam no es de ese tipo. Ella necesita alguien como tú.

—Yo ya tengo dueña, ¿lo recuerdas? —Miguel la acercó—. Déjalo en manos del Señor.

—"Déjalo en manos del Señor" —murmuró ella—. Siempre quieres dejar las cosas en manos del Señor.

Miguel comprendió que ella no se rendiría. —El Señor ya tiene alguien en mente para Miriam. Estoy seguro. Ahora, quítate eso de la cabeza.

Ángela estuvo a punto de decirle que Miriam estaba enamorada de él, pero lo pensó dos veces. No hay nada más tentador para un hombre que una jovencita enamorada. —Sólo quiero verla feliz y establecida.

Miguel la estudió. —Lo será, Tirsá. Una muchacha como Miriam no se quedará sola mucho tiempo.

Una muchacha como Miriam, pensó Ángela. —Si no me hubieras encontrado Miguel, ¿te hubieras . . . ?

—Pero te encontré, ¿no es así?

—Sí, lo hiciste. —Ángela se estiró y le acarició la cara—. ¿Alguna vez te has arrepentido?

—Algunas veces —dijo solemnemente, consciente de que quería saber la verdad. Le tomó la mano e hizo girar el anillo de boda, mirándola—. Me hiciste vivir algunos momentos oscuros —dijo, sonriendo tiernamente—. Pero eso pertenece al pasado. —Le besó la mano y la puso contra su mejilla—. Tirsá, sé lo que quiero y sé quién tiene el control de mi vida. Tú y yo no somos un accidente.

Ángela le tomó la cabeza entre las manos y lo besó, complacida con su respuesta. Se sentía bien cuándo él asumía el control. —Creo que jamás podré abarcar todo lo que eres, Miguel, ni en toda mi vida.

—Ni yo a ti.

∽∾∽

Los Altman hicieron una reunión para celebrar la siembra de primavera. Cuando Ángela y Miguel llegaron, los niños corrieron a recibirlos. Elisabet los saludó desde la puerta.

"Ven a ver nuestro nuevo pozo," dijo Lea, tirando de la mano de Miguel. Miriam estaba sacando un balde de agua. Lo dejó a un lado. "Es fantástico, ¿verdad?" dijo con orgullo. "Pablo nos ayudó a cavarlo hace algunas semanas. Estaba echando de menos un pozo para cantar adentro. Escuchen." Se inclinó y cantó hacia las profundidades. La melodiosa tonada de "Roca Eterna" se elevó desde allí, amplificada.

Ángela apoyó los brazos en el borde de piedra y escuchó. Sonriéndole, Miguel se inclinó sobre el borde y se unió a Miriam; su profunda voz armonizaba con la de ella. Ángela jamás había oído algo tan hermoso como la manera en que combinaban las voces de Miriam y Miguel.

"¿Acaso no suena hermoso?" dijo Miriam riendo. "Cantemos otra. Si pones la cabeza bien abajo el sonido te rodea por completo. Canta con nosotros esta vez, Amanda; quedará mejor todavía." Miriam no estaba dispuesta a aceptar una negativa. "Y no me digas que no puedes. Porque sí puedes. Si no sabes la letra, sólo abre la boca y canta con 'aaaa.' 'Roca Eterna' otra vez. La has escuchado algunas veces y podrás recordar algunas palabras."

Ángela se sumó con reservas. Antes de que terminaran, el resto de los niños estaban colgados sobre el pozo y cantando hacia adentro. Si Miguel no hubiera sujetado a Rut del vestido, hubiera caído de cabeza. "'Oh Susana' esta vez," pidió Andrés. De allí pasaron a otras tonadas populares con letras divertidas. Finalmente se enderezaron riéndose.

La expresión de Miriam cambió notablemente y tomó la mano de Ángela. "Viene Pablo." Con el corazón abatido, Ángela levantó la vista y lo vio caminando hacia ellos atravesando el campo. "Estaba tan tenso cuando lo invité que no pensé que vendría," dijo Miriam. Ángela no recordaba haber visto un hombre con una expresión tan sombría. "Mejor voy a recibirlo, de lo contrario se irá antes de haber llegado," dijo Miriam.

Pablo vio venir a Miriam y se armó de valor. Llevaba el mismo vestido amarillo. Cuando le sonrió, a él se le tensaron los músculos de la cara. "Me alegro mucho que hayas venido, Pablo," dijo, sonriendo y abanicándose con la mano. "Hace calor, ¿verdad? Ven a tomar un poco de sidra."

Demasiado perturbado por lo que sentía frente a Miriam, Pablo echó una mirada a su alrededor. Ángela lo estaba mirando. Pablo le hizo una sonrisa sarcástica, esperando que ella le devolviera otra igualmente cínica. Pero no lo hizo. La odiaba tanto que hasta sentía el sabor amargo.

—¿Cuándo terminaste de sembrar? —le preguntó Miriam, obligando a Pablo a mirarla.

—Ayer por la tarde —dijo cuando llegaban junto a los demás. Miguel lo saludó con un firme apretón de manos que hablaba de su inalterable afecto. Rodeó a Ángela por la cintura y la apretó contra sí, esperando.

Los azules ojos de Ángela parpadearon cuando levantó la vista. —Hola, Pablo —dijo.

Pablo hubiera querido ignorarla, pero sabía que no podía hacerlo sin ofender a Miguel. —Amanda —dijo, devolviendo el saludo. El rostro de Ángela no mostraba la más mínima emoción. Eso no lo sorprendió. ¿Qué podía saber ella sobre los sentimientos?

Miriam había regresado con una taza de aluminio y observaba de cerca el intercambio. Le alcanzó la sidra de manzana a Pablo y tomó la mano de Ángela. "Mandy, ¿me ayudas a esconder las pistas para la búsqueda del tesoro?" Pablo las observó mientras se alejaban, tomadas de la mano.

"Miriam es bonita, ¿verdad?" dijo Miguel, sonriendo levemente. "Tiene unos ojos oscuros muy lindos."

Pablo bebió la sidra en silencio. No esperaba que Miguel se hubiera dado cuenta tan pronto.

Cuando los niños se fueron a buscar las pistas de Miriam para el tesoro, una canasta de tartaletas de frambuesa, Elisabet, Miriam y Ángela tendieron la mesa de tablones en el jardín. Ángela había traído una fuente llena de carne de venado en una salsa de arvejas y zanahorias al caramelo. Elisabet había asado dos faisanes rellenos de pan sazonado.

Miriam trajo dos pasteles de manzana.

Ángela estaba demasiado consciente del odio de Pablo hacia ella como para poder participar de la alegría del momento. Durante la tarde había logrado evitarlo, pero ahora estaba sentada frente a él en la mesa. Juan dio las gracias, y cuando ella levantó la vista se encontró con los ojos de Pablo. Comprendió inmediatamente el mensaje de su mirada. *¿Tú, orando? ¡Es una burla!*

Era una hipócrita. Inclinaba la cabeza como todos los demás, fingiendo orar aunque no tuviera parte en ello. Tampoco quería tenerla. Lo hacía porque sería doloroso para Miguel que ella estuviera sentada a su lado, con la espalda y la cabeza en alto mientras se daban las gracias. Y sería incómodo para los Altman. La pequeña Rut seguramente haría preguntas. Ángela sostuvo la mirada de Pablo.

¿No puedes comprender?

Si algo mostraba, era su desprecio. Resignándose a que jamás la comprendería, a que probablemente nunca lo intentaría, se sirvió una tajada de faisán y pasó la fuente.

—¿Quieres que hable con Pablo? —le preguntó Miguel más tarde cuando Juan tocaba el violín y Ángela y él bailaban.

—No —dijo, temerosa de ser la causa de una brecha mayor entre ambos hombres. Ya había causado demasiado daño.

—Pablo es un hombre decente, Amanda. Ha estado a mi lado en momentos muy duros. Está confundido ahora.

Ángela sabía que Pablo no estaba confundido. Estaba lleno de ira justificada y de animosidad por culpa de ella. Estaba sufriendo por culpa de ella. ¿Por qué no había renunciado a su venganza aquel día? ¿Acaso no podía haber ignorado sus insultos? Sabía que estaba celoso. Ya sabía también que el no la consideraba digna de ser la esposa de Miguel. Había advertido muchas cosas de Pablo a primera vista.

"Sé paciente con él," sugirió Miguel.

Como Miguel había sido paciente con ella. Se tragaría su orgullo si hacía falta. Por el bien de Miguel, aceptaría cualquier cosa que Pablo le arrojara.

Miguel bailaba con Miriam y Ángela fue a servirse sidra. Pablo se le acercó, con un destello en sus ojos oscuros. Señalando con la cabeza a Miguel y a Miriam, que giraban y se reían, dijo, —Se ven muy bien juntos, ¿no es así?

Ángela observó a Miriam y volvió a sentir esa punzada en su interior. Así era. —Se quieren mucho el uno al otro —dijo, y sirvió otra taza de sidra que ofreció a Pablo.

Sonriendo burlonamente, él aceptó la sidra. Volvió su mirada a Miguel y a Miriam. —Si ella hubiera venido unos meses antes, las cosas hubieran sido muy diferentes ahora.

—Miguel dice que no hubieran cambiado.

—Eso es lo que *dice,* por supuesto.

La espada entró muy adentro. Ángela no dijo nada.

—Oí que estuviste trabajando en un almacén —dijo con una mueca sarcástica—. ¿Qué vendías?

—Un poco de todo.

—Como siempre, ¿o no?

Ángela ocultó su dolor y habló tranquilamente. —No tengo ninguna intención de volver a herir a Miguel, Pablo. Lo juro.

—Pero lo harás, ¿no es así? Está en tu naturaleza. Lo exprimirás y luego arrojarás la cáscara vacía. Te quedarás dando vueltas por un tiempo, por las apariencias. Y cuando la cosa se ponga difícil, harás tus valijas y te marcharás campante otra vez.

Ángela parpadeó y miró hacia otra parte. Casi no podía respirar por la opresión que sentía en el pecho. —No lo haré.

—¿No? Entonces ¿por qué estabas tan apurada por volver a Pair-a-Dice? ¿Por qué huiste a Sacramento?

—Esta vez me quedo.

—Por un año o dos. Hasta que te aburras de ser la esposa de un granjero. —Terminó de tomar su sidra y dejó a un lado la taza. Frunció el ceño y miró a Miguel y a Miriam—. ¿Sabes, Ángela? No he visto a Miguel sonreír de esa manera en mucho, mucho tiempo. —Se alejó en dirección de Juan.

Ángela apretó la taza de sidra entre las manos. Levantando la cabeza, vio a las dos personas que más amaba en el mundo bailando juntas y se preguntó si Pablo no tendría la razón.

Veinticinco

Pablo procuraba minar la confianza de Ángela cada vez que se encontraban y Ángela se decidió a soportar todo lo que le hiciera. Se prometió no vengarse cada vez que él lanzara una afirmación hiriente o un vaticinio insultante sobre lo que ella estaría haciendo dentro de diez años. Defenderse sólo heriría a Miguel. Y no cambiaría lo que Pablo pensaba de ella. No importa lo que trajera el mañana, hoy tenía a Miguel.

Ángela se negaba a defenderse de Pablo. ¿De qué serviría? Era amable con él. Guardaba silencio. Se mantenía firme aunque en el fondo hubiera querido salir corriendo y esconderse en un lugar oscuro, donde pudiera hacerse un apretado ovillo.

Ya no soy una ramera. ¡No lo soy!

Pero la forma en que Pablo la miraba la hacía recordar y sentir como si todavía lo fuera, no importaba lo mucho que se esforzaba. Un año no borraba diez, y Pablo le traía a la memoria los oscuros años con el Duque, los años de temor y soledad y la lucha por sobrevivir. Y por todo eso, el abuso de Pablo la empujaba cada vez más a los brazos de Miguel. Cuanto más se esforzaba Pablo por echarla, más se aferraba ella a lo que tenía. Miguel le había dicho que no se preocupara por el mañana y se concentrara en absorber la vida de cada momento con él. Le había dicho que no tuviera temor, y no lo tendría mientras él estuviera con ella.

Miguel la amaba *ahora* y eso era todo lo que le importaba. Él hacía que su vida tuviera sentido y la llenaba de cosas asombrosas. Aunque la vida era de duro trabajo desde el amanecer hasta el anochecer, él se las arreglaba para que fuera emocionante. Le abría la mente a cosas que nunca había observado. Y una voz queda en su interior la llamaba continuamente. *Ven, ven aquí, amada.*

¿Aquí, adónde?

No alcanzaba a comprender todo lo que había en Miguel. Él le llenaba la mente y el corazón. Era su vida. La despertaba a besos antes del amanecer y se quedaban en la silenciosa oscuridad escuchando la sinfonía de grillos, ranas y del colgante de campanillas al viento. El cuerpo de Ángela temblaba con el contacto del de Miguel y cantaba con su posesión. Cada momento de cada día era precioso para ella.

La primavera trajo una explosión de colores. Manchas brillantes de amapolas doradas y lupinos color púrpura teñían las laderas y los valles sin arar. Miguel hablaba del rey Salomón y de cómo, a pesar de todas sus riquezas, no podía vestirse como Dios vestía a las montañas con sencillas flores silvestres. "No voy a arar esa parte," le había dicho Miguel. "La dejaré como está." Miguel veía a Dios en todo. Lo veía en el viento, en la tierra y en la lluvia. Lo veía en los cultivos que crecían, lo veía en la naturaleza de los animales que poblaban la tierra. Lo veía en las llamas de su chimenea.

Ángela sólo veía a Miguel y lo adoraba.

Cuando Miguel leía en voz alta por las noches junto al fuego, Ángela se perdía en la profunda resonancia de su voz. Las palabras pasaban por sobre ella como una ola pesada pero suave y desaparecían otra vez en el distante mar. Jonatán, que trepaba un acantilado para derrotar a los filisteos. David el pastor, que mataba a un gigante de más de dos metros llamado Goliat. Jesús que resucitaba muertos. ¡Lázaro, ven fuera! *¡Ven fuera!*

Miguel hacía que hasta las tonterías sonaran como poesía.

Ángela tomó la Biblia y la volvió a poner sobre la repisa. "Ámame a *mí,*" le dijo, tomándole de la mano. Y Miguel no pudo hacer otra cosa.

Elisabet vino un día con los niños. "Pablo nos habló de un pueblo que no queda a más de quince kilómetros de aquí. No es muy grande, tiene poco para ofrecer, pero Juan se ha ido con él a comprar mercadería."

Ángela observó el bulto en el vientre de Elisabet. Les ofreció café y bizcochos, y se sentó a conversar. La pequeña Rut quería sentarse en su falda y la levantó. —¿Cuándo vas a tener un bebé? —preguntó la niña, haciendo que el rostro de Ángela se tiñera de un rojo ardiente y que Elisabet tragara saliva incómoda.

—Rut Ana Altman, *jamás* debes preguntar cosas así —dijo su madre, levantándola de la falda de Ángela y poniéndola firmemente sobre sus pies.

—¿Por qué no? —Rut no se veía incómoda en absoluto y evidentemente no entendía por qué su madre y Ángela sí lo estaban.

—Porque es un asunto muy personal, jovencita.

Rut miró a Ángela con ojos sorprendidos. —¿Quiere decir que no deseas tener un bebé?

Miriam contuvo la risa y tomó a su hermanita de la mano. —Creo que iremos al columpio un rato —dijo.

Elisabet volvió a sentarse y se abanicó el calor de la cara. —Esa niña sencillamente suelta todo lo que piensa —se disculpó.

Ángela se preguntó si debía decirle a Elisabet que no podía tener hijos, pero se contuvo.

—Vine a pedirte ayuda —dijo Elisabet—. El bebé llega en diciembre y quiero que hagas de partera.

Ángela no podía estar más sorprendida y aturdida. —¿*Yo?* Pero, Elisabet, no tengo la menor idea de cómo ayudar a tener un bebé.

—Yo sé lo que se tiene que hacer. Miriam quiere ayudar, pero no creo que una muchacha joven e impresionable deba asistir un alumbramiento. Puede asustarla innecesariamente.

Ángela se quedó en silencio por unos momentos. —No veo cómo podría ser de alguna ayuda.

—Yo he pasado por esto antes. Podré decirte qué hacer. Allá en casa tenía una partera, pero aquí sólo está Juan, y Juan no podría hacerlo —dijo, sonriendo levemente—. Juan puede ayudar a nacer a un ternero o un potrillo, pero es totalmente inútil cuando se trata de sus propios hijos. Se desmaya no bien muestro algo de dolor y, bueno, no puedo completar la tarea sin alguna molestia, ¿verdad? Se desmayó cuando nació Miriam.

—¿En serio? —De alguna manera no podía imaginar al estoico Juan desmayándose por nada.

—Se desmayó precisamente al lado de mi cama y yo quedé allí impotente como una tortuga de espaldas y con mi propio trabajo de parto que atender. —Se rió suavemente—. Volvió en sí cuando ya todo había terminado.

—¿Será muy duro? —preguntó Ángela, comenzando a preocuparse. Recordaba a una joven que había logrado ocultar su embarazo hasta que fue demasiado tarde para un aborto—. ¿No hay algún médico en el pueblo?

—Tal vez sí. Pero para cuando llegue todo habrá terminado. A Rut le llevó solamente cuatro horas nacer. Este bebé puede ser más rápido todavía.

Ángela aceptó con reservas ayudar en el parto. —Si estás absolutamente segura que quieres que yo lo haga.

—Lo estoy —dijo Elisabet, abrazándola. Se la veía muy aliviada.

Cuando los Altman se fueron, Ángela salió en busca de Miguel. Inclinada sobre la cerca, lo observó mientras herraba un caballo. —Elisabet quiere que la ayude con el nacimiento del bebé —dijo, mientras miraba las líneas que se marcaron en las mejillas bronceadas de Miguel cuando sonrió.

—Miriam me dijo que te lo pediría. Estaba un poco fastidiada de no ser ella quien ayude a su madre a traer al mundo a su hermanito o hermanita.

—A Elisabet le preocupaba que Miriam pudiera impresionarse —explicó—. A mí, en cambio, nada debería impresionarme.

Miguel captó el matiz mordaz en el tono de Ángela, un matiz que había estado ausente por semanas. La miró. ¿Se lo habría provocado su referencia a Miriam? ¿O estaba realmente asustada por esa responsabilidad adicional?

—Si hay algún problema . . . yo he ayudado a nacer a algunos potrillos.

—Elisabet dice que Juan se desmayó.

Miguel se rió mientras ponía el último clavo y cortaba la punta.

—No es gracioso, Miguel. ¿Y si algo anda mal? Una muchacha del burdel de Nueva York ocultó su embarazo lo suficiente como para que el Duque no pudiera obligarla a abortar. Sandra insistió en que le permitiera quedarse, pero cuando le llegó el momento, la chica gritaba. Yo la podía oír a través de las paredes. Era un domingo por la tarde y había muchos clientes y . . . —Miró la expresión de Miguel cuando él levantó el rostro y dejó de hablar. Ay, ¿*por qué* había vuelto a sacar el tema?

—¿Y qué?

—No importa —dijo Ángela y se dio vuelta.

—Tu pasado es parte tuya. Y yo te amo, ¿lo recuerdas? —dijo, aproximándose a la cerca—. Ahora, dime, ¿qué ocurrió con la muchacha y su bebé?

Con la garganta apretada que apenas la dejaba hablar, dijo, —Sandra la amordazó para que no perturbara a nadie. Fue muy largo. Toda la noche y hasta el día siguiente. La chica quedó enferma durante varios días después y la bebé . . .

Sandra había mantenido alejadas a las otras muchachas, pero hizo entrar a Ángela a la habitación para que la ayudara con la madre y el niño. La joven prostituta estaba blanca como la muerte y se quedaba callada mientras a su lado la bebé lloriqueaba constantemente, envuelta en una manta color rosa. Ángela quería levantar a la bebé, pero Sandra la alejó bruscamente de un empujón. "¡No lo toques!" le susurró. Ángela no comprendió por qué hasta que Sandra desenvolvió cuidadosamente al bebé.

—¿Qué pasó con el bebé? —preguntó Miguel, quitando un mechón de cabello rubio de la cara pálida de Ángela.

—Era una niña. Vivió sólo una semana —dijo con aire sombrío. No le dijo que la niña estaba cubierta de llagas y que había muerto sin tener un nombre. La madre desapareció poco después. Cuando le preguntó a Sandra qué había sido de ella, le había dicho: "No te corresponde cuestionar lo que hace el Duque." Ángela supo que la muchacha había fallecido y que era pasto de las ratas en algún oscuro y sucio callejón. Igual que Ramón. Tal como le pasaría a ella si no obedecía. Y se estremeció.

—Elisabet ha tenido seis hijos, Amanda —le recordó Miguel.

—Sí, y todos saludables.

Miguel vio que lentamente le volvía el color a las mejillas. Se preguntaba qué había estado pensando, pero no averiguó. Si ella quería hablar sobre eso, lo haría. Si no, respetaría su silencio. Pero necesitaba sentirse segura. Miguel lo percibía. —Cuando al bebé le llega el momento de nacer, no hay nada que lo pueda detener.

Ángela sonrió. —Sabes todo sobre esto también, ¿verdad?

—No por experiencia personal —dijo—. Telma ayudó a nacer a un bebé en la caravana de carretas. Dijo que no tuvo que hacer otra cosa que asegurarse de que no cayera al piso. Los bebés son un poco resbaladizos cuando recién nacen. Cuando llegue la hora de Elisabet, yo iré también y le sostendré la mano a Juan.

Ángela se rió y la tensión que tenía la abandonó. Mientras Miguel estuviera con ella, todo andaría bien.

—De paso —dijo Miguel, sacando un paquete del bolsillo—, Miriam me pidió que te diera esto.

Ángela había observado a Miriam inclinada sobre la cerca hablando un largo rato con Miguel. —¿Qué es? —preguntó, mirando la escritura prolija que no podía leer. El Duque no había visto la necesidad de enseñarle a leer.

—Semillas para un jardín de verano.

A medida que la cálida primavera se convertía en caliente verano, Ángela supo que tenía el don de su madre para las plantas. Los canteros de flores que había preparado alrededor de la casa se convirtieron en un estallido de color. Todos los días llenaba el jarrón con flores rosadas de flox, milenramas amarillas, petunias rojas, espuelas de caballero azules y malvas blancas. La repisa se adornaba con varas de lino azul e impecables margaritas. Pero lo que la enorgullecía más que las flores era el campo de maíz.

Apenas podía creer que los pequeños y arrugados granos que Miguel le había dado para plantar se habían convertido en tallos más altos que él. Ángela caminaba entre las hileras, tocando las elevadas plantas y observando las espigas que iban creciendo. ¿Realmente había ayudado a que ocurriera todo eso?

—¡Amanda! ¿Dónde estás? —la llamó Miguel.

Riéndose, Amanda se puso en puntillas. —Aquí —respondió, y salió corriendo entre los surcos a esconderse.

—Está bien —dijo Miguel riéndose—. ¿Dónde te fuiste ahora?

Le silbó desde su escondite. Ella y la pequeña Rut habían estado jugando a las escondidas entre las hileras de maíz el día anterior y hoy estaba de buen humor, lista para bromear con Miguel.

—¿Qué me das si te encuentro?

—¿Qué tienes en mente?

—Bueno, de todo un poco. —Corrió entre las hileras y prácticamente asió la falda de Ángela. Pero ella lo eludió riendo y desapareció entre las hojas. Se escondió en un surco y sacó un pie cuando Miguel pasó para hacerlo tropezar. Riendo, corrió en la dirección opuesta.

—No voy a terminar de arreglar esa cerca nunca —dijo Miguel, acercándose hacia ella. Acababa de alcanzarla cuando alguien los llamó. Riéndose entre dientes Miguel bromeó, "Es Miriam otra vez, ¡quiere saber si Mandy saldrá a jugar!"

Miriam parecía consternada cuando los encontró, tenía los ojos rojos por el llanto.

—¿Qué ha pasado? —preguntó alarmada Ángela—. ¿Es tu madre?

—Mamá está bien. Todos estamos bien —dijo Miriam, sonriéndole débilmente—. Miguel, tengo que hablar contigo sobre algo. Por favor, es importante.

—Claro.

Miriam tomó la mano de Ángela y se la apretó. —Gracias —dijo—. No lo retendré mucho.

Ángela comprendió que estaba excluida. —Entren cuando terminen; preparé café.

Observó desde la ventana mientras Miguel y Miriam hablaban en el patio. Miriam lloraba. Miguel le puso la mano en el hombro y Miriam se echó en sus brazos. El estómago le dio un vuelco cuando lo vio sosteniéndola. Un amargo dolor le cruzó el pecho cuando vio a Miguel darle suaves palmadas en la espalda y decirle algo. Miriam se apartó y sacudió la cabeza. Miguel le levantó el mentón y le dijo algo más. Ella habló largo rato y Miguel continuó escuchándola. Cuando ella terminó, Miguel dijo algo breve. Miriam le rodeó el cuello con los brazos y le besó la mejilla. Luego se encaminó a casa. Miguel se quedó mirándola un momento. Se frotó la nuca y sacudió la cabeza. Luego se marchó a la cerca donde había estado trabajando antes.

Ángela esperaba que Miguel le contara lo que sucedía con Miriam cuando se reunieran a almorzar, pero no lo hizo. En lugar de ello habló del trabajo en el corral y de lo que haría en la tarde. Si Miriam le había dicho algo confidencial, Ángela sabía que Miguel no la traicionaría.

Cuando Miguel entró al final del día, estaba pensativo. La observó retirar la mesa. —Estás muy callada —dijo, acercándose por atrás y rodeándole la cintura con los brazos mientras ella vaciaba el agua caliente sobre los platos. Miguel hizo a un lado la trenza y le besó el cuello. —¿Por qué estás preocupada? ¿Por Elisabet?

—Por Miriam. —Sintió que él aflojaba los brazos. Volviéndose, lo miró a los ojos—. Y por ti. —Cuando él parpadeó y no dijo nada, ella pasó, rozándolo. Él la sujetó y con firmeza la obligó a volverse y enfrentarlo.

—No tienes por qué tener celos, aunque supongo que yo estaría rechinando los dientes si Pablo viniera y pidiera hablar contigo en privado.

—Es difícil que eso ocurra, ¿no es así?

—Supongo que tienes razón. —Se arrepintió de haber metido a Pablo en el asunto—. El hecho es que *te amo.*

—¿Y no te tienta en lo más mínimo una muchacha que adora hasta el suelo donde pisas?

—No —dijo, sin negar el afecto de Miriam—. Pero más bien soy un hermano mayor para ella.

Ángela se sintió mezquina. Quería tiernamente a Miriam, pero verlos juntos la había herido. Volvió a mirar los ojos de Miguel y no pudo dudar que la amaba. Su mirada la debilitó. Relajándose, le hizo una sonrisa compungida. —¿Está bien ella? ¿Qué ocurre?

—Se siente infeliz. Quiere un esposo e hijos, pero no sabe qué hacer. Quería la opinión de un hombre.

—Bueno, me alegro que no haya ido a preguntarle a Pablo —dijo sin pensarlo bien. Regresó a los platos. Con su cinismo, Pablo destruiría a una muchacha dulce e inocente como Miriam.

Miguel se quedó en silencio.

Se volvió a mirarlo y comprendió que no debía haber dicho algo contra su amigo. —Perdóname. Es que . . . —dijo con un escalofrío.

—Necesita un esposo.

—Sí —admitió Ángela—. Pero tiene que ser alguien muy, muy especial.

—La quieres mucho, ¿verdad? —preguntó él sonriendo.

—Es lo más cercano a una hermana que jamás he tenido. Tal vez por eso me dolió cuando los vi abrazados.

—No la abrazo de la manera que lo hago contigo. ¿Quieres ver la diferencia?

Se soltó de él sin aire y riéndose. —Ahora estás mojado. Ve a leer para que yo pueda terminar de lavar los platos.

Bajó la Biblia de la repisa y se sentó con ella frente al fuego. Inclinó la cabeza y Ángela se dio cuenta de que estaba orando. Era una costumbre suya y Ángela ya no lo hostigaba por eso. Ese gran libro negro estaba prácticamente destruido, pero él lo miraba como algo encuadernado en oro y con joyas preciosas en su interior. Nunca lo leía sin antes orar. En una oportunidad le había dicho que no leía hasta que su mente estuviera en condiciones de recibir. No sabía de qué estaba hablando, a veces sus palabras, por más claras que fueran, no tenían sentido para ella. Y luego decía algo maravilloso que la llenaba de calor y de luz. Ella era la más negra noche y él era como la luz de las estrellas que la atravesaba y creaba un diseño que crecía en su vida.

Terminó sus tareas y se sentó junto a él. Seguía en silencio. Ángela echó la cabeza hacia atrás, escuchando el chisporroteo del fuego, y esperó. Cuando finalmente leyó, estaba adormecida y contenta. Su voz era cálida y profunda, pero lo que leía le llamó la atención. Era la historia de una novia y un novio, y de su mutua pasión. Miguel leyó un largo tiempo.

Luego puso la Biblia en la repisa y agregó leña al fuego. Ardería durante la noche manteniendo la temperatura de la cabaña.

—¿Por qué una novia virgen haría el papel de una prostituta para su esposo? —preguntó Ángela perpleja.

Miguel la miró; había pensado que estaba dormida. —No estaba haciendo eso.

—Sí lo hacía. Ella bailaba para él y él le miraba el cuerpo. De pies a cabeza. Al comienzo él la miraba a los ojos.

Miguel estaba sorprendido de que hubiera escuchado con tanta atención. —Él disfrutaba de su cuerpo y ella también lo deseaba y bailaba para excitarlo y complacerlo.

—¿Y tu Dios dice que está bien atraer así a un hombre?

—Está bien atraer a tu esposo.

Se le nubló el rostro. No había querido decir cualquier hombre, pero él estaba bien consciente de que ella estaba entrenada para atraer. —¿Y si ellos piensan que tu intención es atraer, sólo por el aspecto que tienes?

Miguel empujó el tronco más adentro del fuego con la bota. —Los hombres siempre te van a mirar, Amanda. Eres hermosa. No hay nada que puedas hacer al respecto. —Incluso Juan Altman la había mirado al comienzo. Y Pablo. Miguel se preguntaba a veces qué estaría pensando Pablo cuando la miraba. ¿Recordaría lo que había ocurrido entre ellos en camino a Pair-a-Dice? Se deshizo de ese recuerdo perturbador. Pensar en eso le provocaba dudas que lo atormentaban.

—¿Te molesta? —le preguntó ella.

—¿Qué?

—Que los hombres me miren.

—A veces —admitió—. Cuando te miran como a un objeto y no como a un ser humano con sentimientos —agregó con un gesto de disgusto—. O como a una esposa enamorada de su esposo.

Ángela hizo girar el anillo de boda en el dedo. —Nunca me miran las manos.

—Tal vez deberíamos ponerte el anillo en la nariz.

Levantando los ojos, Ángela vio su sonrisa divertida. —Sí, o tal vez debería llevar uno grande en el cuello. Eso quizá los ahuyentaría.

Más tarde, mientras Miguel yacía dormido a su lado, Ángela escuchaba la brisa nocturna agitando los colgantes metálicos fuera de la ventana. Las melodías siempre cambiantes tenían un efecto tranquilizador.

La paja nueva tenía un aroma dulce, más dulce aún porque era en parte gracias a su trabajo que estaba allí. Ella y Miguel la habían cosechado juntos. ¡Qué trabajo tan agotador! Le había resultado fascinante observar a Miguel moviendo la enorme guadaña y cortando la dorada paja con golpes parejos. Ella la rastrillaba y amontonaba en pilas que subían a la carreta para luego almacenarla en el granero. Los animales tendrían paja para los meses fríos del invierno.

Todo lo que hacía Miguel tenía un propósito. Ángela pensaba en su propia vida y en lo miserable y sin sentido que había sido antes de conocerlo. Ahora en cambio su razón de vivir dependía de él. Y Miguel dependía de la tierra, de las lluvias, del calor del sol. Y de su Dios.

Especialmente de su Dios.

A estas alturas estaría muerta si Miguel no hubiera venido por mí. Estaría pudriéndome en una tumba común y sin nombre.

Estaba completamente agradecida y llena de una franca humildad de que este hombre la amara. ¿Por qué la había elegido entre las otras mujeres del mundo? No lo merecía en absoluto. Era inconcebible.

Pero me alegro tanto de que sea así. Y jamás volveré a hacer algo que lo entristezca. ¡Ay! Dios, lo prometo . . .

Una dulce fragancia colmó la cabaña a oscuras, una fragancia que desafiaba cualquier definición. Ángela se llenó los pulmones de ella. Era embriagadora y maravillosa. ¿Qué era? ¿De dónde venía? La cabeza le daba vueltas con palabras y frases que Miguel le había leído las últimas semanas, palabras que pensaba que no había escuchado pero que de alguna manera se habían abierto paso hasta lo más profundo de ella, algún lugar muy adentro, un lugar que no había podido cerrar. Y entonces un suave murmullo llenó la habitación.

Yo soy.

Ángela se sentó de golpe, con los ojos muy abiertos. Miró alrededor de la cabaña; no había nadie fuera de Miguel, que dormía a su lado. ¿Quién había hablado? La recorrió un frío temor que la hizo temblar. Luego pasó y volvió a sentir calma y un extraño cosquilleo en la piel.

"No hay nada," susurró. "Nada." Esperó una respuesta, inmóvil.

Pero no hubo respuesta. Ninguna voz llenó la quietud.

Ángela se acostó lentamente y se acurrucó lo más que pudo junto a Miguel.

Veintiséis

Dad palabras al dolor, a la pena que no habla.

SHAKESPEARE

Septiembre llegó rápidamente y el maíz estuvo listo para ser cosechado. Miguel condujo la carreta entre los surcos y la dejó allí. Ángela y Miguel separaron las espigas de los tallos y las arrojaron sobre el borde de la carreta. Pronto el granero estuvo lleno.

Los Altman vinieron gustosamente a ayudar a pelar las espigas. Era una buena excusa para reunirse y pasarlo bien. Todos cantaban, relataban historias y reían mientras trabajaban. Las manos de Ángela se ampollaron y se le hicieron cortes con las vainas, pero nunca en su vida había disfrutado tanto. La montaña de vainas doradas crecía a su alrededor y la invadió un sentido de orgullo de participar de ello. Había de sobra para semilla, para preparar harina de maíz y para vender en el mercado.

Cuando terminaron de pelar, Elisabet se sentó en la sombra y bebió un té de hierbas que Ángela le había servido. Su vientre estaba creciendo bien y las mejillas relucían de un saludable color. Ángela nunca la había visto tan bien ni tan animada.

"¿Quieres sentir cómo patea el bebé?" dijo Elisabet, tomando la mano de Ángela y poniéndola sobre el vientre abultado. "¡Ahí está! ¿Lo sentiste, Amanda?" Ángela rió sorprendida. "Juan quiere otro varón," comentó Elisabet.

A medida que conversaban, Ángela se fue poniendo melancólica. Pero Elisabet le dio una palmada en la mano, diciéndole, "Ya te llegará el momento, eres joven."

Ángela no respondió.

Miguel y Miriam treparon la loma para buscar a la pequeña Rut que se columpiaba. Elisabet los observó con el ceño levemente fruncido. —Miriam cita a Miguel como a la Biblia. Yo esperaba tanto que se enamorara de Pablo.

—¿Pablo? —preguntó Ángela, mirándola con sorpresa.

—Es joven, fuerte y apuesto. Trabaja duro en su lugar y va a lograr mucho. Le pregunté a Miriam qué piensa de él, y lo único que me dijo fue que le habló de lo hermosa que era su esposa y de cuánto la echaba de menos. Prácticamente no la mira cuando viene a ayudar a Juan —dijo suspirando—. Supongo que todavía está sufriendo la pérdida. Demasiado como para percatarse de una muchacha bonita en edad para él. Y Miriam está . . . —se detuvo al comprender lo que estaba por decir.

—Enamorada de Miguel —concluyó Ángela.

Elisabet se sonrojó. —Nunca lo ha dicho.

—No hace falta que lo diga, ¿verdad?

Elisabet se preguntó qué daño habría causado con sus divagaciones y su lengua. A veces hablaba con tan poca sabiduría y tacto como sus propios hijos. ¿Por qué no se había guardado sus preocupaciones? Con Amanda era tan fácil conversar. —Me lo preguntaba —admitió, sin ver cómo evitar el tema ahora. Se lo preguntaba especialmente hoy, al mirar a Miriam alejarse con Miguel y recordando cómo su hija se aferraba a cada una de sus palabras. ¿Se daba cuenta Miguel del afecto que le tenía la muchacha? ¿Cómo podía no percibirlo? Miriam era incapaz de ocultar algo.

Elisabet tomó la mano de Ángela. —Miriam jamás haría algo con esos sentimientos, incluso si los tuviera por Miguel. Te adora y es una buena muchacha. No es insensata, Amanda.

—Claro que no —Ángela observó a Miguel bajar la ladera con Miriam y pensó que hacían muy buena pareja. Ambos tenían cabello oscuro y muy buena figura. Tenían tanto en común. Ambos creían en el mismo Dios. Amaban su tierra. Ambos abrazaban la vida con energía y con gozo. Entregaban su amor sin condiciones.

Vio a Miriam pasar el brazo por el de Miguel y reír, mirándolo con un tranquilo compañerismo. El corazón de Ángela se contrajo con una punzada de celos, pero pasó rápidamente, superada por una abrumadora tristeza. Estudió cuidadosamente la expresión de Miriam a medida que se acercaban.

Elisabet se sintió inquieta al ver la manera en que Ángela observaba a su hija. —He sido una tonta —dijo abatida, segura de haber destruido la amistad de su hija—. Jamás debería haber hablado.

—Me alegro que lo hayas hecho.

Elisabet le tomó firmemente la mano. —Amanda, Miguel te ama verdaderamente.

—Lo sé —dijo Ángela, sonriendo con tristeza. ¿De qué le serviría eso a Miguel?

—Y Miriam también te quiere.

Ángela comprendió lo perturbada que estaba Elisabet y puso su mano sobre la de ella. —También eso lo sé, Elisabet. No tienes que preocuparte.

—Después de Miguel y la pequeña Rut, amaba a Miriam más que a nadie en el mundo. No por eso dejaba de querer a Elisabet. Lo que sentía era demasiado arrollador como para compartirlo.

Los ojos de Elisabet se llenaron de lágrimas. —Y ahora he arruinado tu confianza en ella.

—En absoluto. —Curiosamente, Ángela sabía que su convicción era verdadera. Se sentía segura del amor de Miguel. Pero ¿y Miriam? Lo que la inquietaba más, ¿qué ocurriría con los sueños de Miguel?

Ángela trató de alejar los perturbadores pensamientos. *Miguel sabía a lo que se exponía. Él mismo lo había dicho. No es mi culpa que no obtenga todo lo que esperaba. Como tener hijos.*

Ángela miró el vientre de Elisabet y apartó la vista, tratando de ocultar el dolor que sentía.

Miguel fue a visitar a Pablo y estuvo ausente casi todo el día siguiente. Ángela se preguntaba a qué habría ido y qué tendría Pablo para decirle. Cuando volvió, ella estaba trabajando en el jardín. No fue a recibirlo. Él saltó del caballo y se dirigió a ella con determinación. Apoyando la mano en el poste de la cerca, la saltó y tomó a Ángela, apretándola entre sus brazos mientras la besaba por todas partes. Cuando vio que le faltaba el aire aflojó los brazos y la miró sonriendo.

"¿Te tranquiliza esto?"

Ella rió y lo abrazó, el alivio y el gozo borrando toda la ansiedad del largo día que había pasado sin él. ¡Qué tormento era capaz de producir la mente!

Entró a la cabaña para ocuparse de la comida mientras Miguel se ocupaba de su caballo. Cuando él entró Ángela le sonrió. —¿Está todo bien con Pablo?

—No —dijo tristemente, con las manos en los bolsillos mientras se apoyaba en la repisa de la chimenea y la miraba—. Algo lo está corroyendo y no quiere hablar. Mañana iremos al pueblo para vender algo de nuestra producción.

Se le encogió el corazón de pensar en otro día de ausencia, pero no dijo nada.

—Mañana temprano me ocuparé de los animales y tú puedes pasar el día con los Altman —dijo—. Elisabet está preparando compota de manzanas.

—¿Viste a Miriam? —dijo Ángela, volviéndose para mirarlo.

—Sí. —Su expresión era inescrutable—. Qué lío —dijo, casi para sí mismo.

Ella no le preguntó nada más.

Pablo vino temprano. Miguel estaba terminando su café. Cuando se levantó puso una mano firme sobre el hombro de Pablo, obligándolo a sentarse. "Siéntate. Bebe un poco de café mientras me ocupo de los animales. La carreta ya está cargada. Te llamaré cuando esté listo para enganchar. Pasaremos por tu cabaña para cargar tus cajones y seguiremos viaje."

Pablo tenía una expresión tensa y parpadeó fríamente al mirar a Ángela cuando Miguel salió. —¿Fue idea tuya que tuviéramos este tiempo solos?

—No. Pero supongo que Miguel espera que arreglemos nuestras diferencias.

Pablo bebió en silencio su café, con los hombros tensos.

Ella lo miró. —¿Has desayunado esta mañana? Hay sémola. . . .

—No, gracias —dijo cortante. La miró sarcásticamente—. Pensé que para esta época ya te habrías ido hace rato.

Era evidente que eso era lo que deseaba. —¿Y un poco más de café?

—Tan amable. Tan correcta. Cualquiera pensaría que te criaron para ser la esposa de un granjero.

—Soy la esposa de un granjero, Pablo —dijo tranquila.

—No, eres una buena actriz. Cumples con todas las formalidades, pero por dentro estás lejos de ser lo que se espera de la esposa de un granjero —dijo, con la mano apretando la taza—. ¿No crees que Miguel reconoce la diferencia cada vez que está con Miriam Altman?

Ángela no dio ninguna señal de que sus palabras la hubieran herido. —Miguel me ama.

—Oh, sí, te *ama*. —Y sus ojos le recorrieron el cuerpo de arriba a abajo de forma reveladora—. Sabes lo que *eso* significa.

¿Cómo podía Miguel querer a este hombre como a un hermano? Intentó ver algo en él, algún matiz de amabilidad o humanidad, pero todo lo que veía era su frío odio. —¿Me odiarás para siempre por lo que hiciste, Pablo? ¿Jamás lo olvidarás?

Pablo empujó la taza y empujó hacia atrás la silla. Tenía la cara roja y los ojos llameantes. —¿Me estás culpando a *mí* por lo que pasó? ¿Te arrastré fuera de esa carreta? ¿Te violé? Te gustaría creer que fue culpa mía, ¿verdad? —dijo y salió.

Ángela no se movió. Tendría que haber callado; sabía que no podía defenderse.

Miguel entró brevemente para despedirse. "Pasaré por donde los Altman de regreso. Espérame y volveremos juntos a casa."

La pequeña Rut corrió a recibir a Ángela cuando venía por la pradera. "¡Pablo dijo que podíamos cosechar todas sus manzanas!" exclamó, mientras Ángela la levantaba y la sentaba en su cadera. "Mamá va a preparar compota de manzanas. Me encanta la compota de manzanas. ¿A ti?"

Miriam estaba en la puerta de entrada; se veía preciosa con un vestido de algodón a cuadros y un delantal blanco. Sonreía. "Nos ponen a trabajar," dijo, besando a Ángela.

Recogieron la carretilla y caminaron el kilómetro que las separaba del manzano. Mientras juntaban las frutas Miriam señaló todo el trabajo que Pablo había hecho en su tierra. "Tendrá una buena cosecha de calabazas y también cosechó mucho maíz. Lo ayudamos a pelarlo hace algunos días."

Cuando regresaron a la cabaña de los Altman, pasaron el resto de la mañana pelando y sacando las semillas de las manzanas para hervirlas. Elisabet agregó las especias mientras removía y el aroma dulce comenzó a llenar la cabaña. Mientras la cacerola hervía a fuego lento, preparó una canasta con comida campestre y envió a las chicas afuera. "Los varones ya están con su padre y yo podré descansar un rato," dijo cuando Miriam le preguntó si estaría bien.

Rut y Lea fueron con Miriam y Ángela. Las dos niñas caminaron por las frescas aguas del arroyo mientras Ángela se sentaba a la orilla hundiendo los pies en la arena, y Miriam se recostaba con los brazos abiertos, absorbiendo el calor del sol. "A veces extraño mi casa," afirmó. Habló de la granja, de los vecinos y de las reuniones que solían hacer. Habló del largo viaje hacia el oeste. Recordaba un incidente cómico tras otro y Ángela reía con ella. Miriam convertía un agotador viaje de tres mil kilómetros en un viaje de placer.

—Cuéntame del barco —dijo Miriam, rodando sobre el estómago y levantando la cabeza—. ¿Había muchas mujeres a bordo?

—Otras dos además de mí. Mi habitación no era más grande que una celda. Y era muy fría. Me ponía toda la ropa que podía, pero igual sentía frío.

Dar la vuelta al Cabo de Hornos fue lo más cerca del infierno que puedas imaginarte. Pensé que moriría por los mareos.

—¿Qué hiciste al llegar a San Francisco?

—Me congelé y por poco me muero de hambre. —Juntó las rodillas y miró a las dos niñas en el agua—. Luego comencé a trabajar de nuevo —dijo suspirando—. Miriam, no tengo muchas historias graciosas para contar, y las que tengo no son adecuadas para ti.

Miriam se sentó de piernas cruzadas. —No soy una niña, ya lo sabes. Puedes contarme cómo era.

—Espantoso.

—Entonces ¿por qué no escapaste?

¿Había una leve acusación en esas palabras? ¿Debía decirle a Miriam lo que era tener ocho años y estar encerrada en una habitación sabiendo que solamente dos personas tenían la llave, una señora que traía la comida y reemplazaba la bacinilla y el Duque? ¿Debería contarle el resultado desastroso cuando huyó con Juancito?

—Lo intenté, Miriam —dijo simplemente y no agregó nada más.

—Pero los hombres te deseaban. Los hombres se enamoraban de ti. Por lo menos una vez, me gustaría caminar por la calle y que los hombres se dieran vuelta a mirarme.

—No, no te gustaría.

Los ojos de Miriam se llenaron de lágrimas. —Una sola vez. Quisiera que un hombre me deseara.

—¿Lo crees? ¿Y si se tratara de un desconocido que ha pagado a otro por ti y tuvieras que hacer todo lo que te pidiera por degradante que fuera? ¿Y si fuera un hombre repugnante? ¿Y si no se hubiera bañado en todo el mes? ¿Y si le gustara el trato violento? ¿Te parecería romántico? —No había pensado hablar tan duramente y estaba temblando.

Miriam había empalidecido. —¿Era así?

—Peor —dijo Ángela—. Desearía no haber conocido jamás a un hombre antes que a Miguel.

Miriam le tomó la mano y no hizo más preguntas.

Miguel llegó al atardecer. Miriam fue la primera en salir a recibirlo. —Pensé que Pablo vendría de regreso contigo.

Miguel saltó de la carreta. —Decidió quedarse en el pueblo uno o dos días.

—Típico de un hombre —dijo Miriam, pero se le había ido la alegría.

Elisabet insistió en que Miguel y Ángela se quedaran a cenar. Miriam se sentó del otro lado de Miguel en la mesa y prácticamente no dijo una palabra en toda la cena. Apenas probó un bocado. Ángela vio a Miguel poner su mano brevemente sobre la de Miriam y susurrarle algo al oído. Los ojos de Miriam se humedecieron y excusándose, se retiró de la mesa.

—¿Qué le pasa últimamente? —preguntó Juan, perplejo.

—Déjala en paz —dijo Elisabet con una mirada a Miguel y a Ángela, y pasando la fuente de calabaza.

Miguel iba pensativo en la carreta camino a casa. Tomó la mano de Ángela, sujetándola firmemente. —Qué no haría por tener un poco de sabiduría en este momento —murmuró—. ¿Qué te dijo Pablo esta mañana?

—Estaba sorprendido de que yo siguiera aquí —dijo ella, sonriendo para hacerlo pensar que ese comentario no le había dolido.

Pero eso no consiguió engañar a Miguel. —Te traje algo del pueblo. —Cuando llegaron a la casa sacó las cosas de la carreta y se las entregó a Ángela. Al comienzo no comprendió de qué se trataba. Unas ramas con espinas parcialmente envueltas en arpillera—. Estacas de rosales. El hombre juró que eran rojas pero lo sabremos recién en primavera. Las plantaré mañana temprano. Sólo dime dónde las quieres.

Ángela recordó el aroma de las rosas esparciéndose en una sala asoleada. —Una bajo la ventana —dijo—. Y la otra al lado de la puerta principal.

Cuando le pasó por la mente una imagen de su madre en bata de dormir inclinada a la luz de la luna en el jardín, trató de olvidarla rápidamente.

❧

El día de Acción de Gracias se acercaba y el vientre de Elisabet creció tanto que a Ángela se le ocurría que estaba a punto de estallar. Ella y Miriam se ocuparon de los preparativos para la celebración mientras Elisabet observaba y daba consejos. Cuando llegó el día, la mesa estaba cargada de faisán relleno horneado, arvejas y zanahorias a la crema, papas y nueces confitadas. Juan había comprado una vaca, de manera que había jarras con leche en ambos extremos de la mesa. Ángela no había probado un vaso de leche en meses y ese manjar la tentaba más que cualquier otro de los que había ayudado a preparar.

—Pablo fue a celebrar al pueblo —dijo Miriam con poca entonación en la voz—. El otro día dijo que está pensando en volver a los arroyos en la primavera.

—Hay un arroyo al lado de su casa —señaló Lea.

Jacob dio a su hermana una mirada desdeñosa. —No con oro, tonta.

—Suficiente, Jacob —lo reprendió Elisabet mientras ponía el pastel sobre la mesa. Miriam puso la calabaza en el otro extremo de la mesa. Cuando todos terminaron, los niños se dispersaron rápidamente antes de que los pusieran a ayudar en la cocina. Juan y Miguel salieron para que Juan pudiera fumar su pipa. El humo descomponía a Elisabet por su embarazo. Miriam fue al pozo por agua.

Elisabet se sentó a descansar en un sillón y puso la mano sobre su vientre abultado. —Juraría que este niño ya está escribiendo sus iniciales en las paredes.

—¿Cuánto te falta? —preguntó Ángela, raspando las sobras de los platos y juntándolos sobre la mesa.

—Demasiado —dijo sonriendo Elisabet—. Juan y Miriam tienen que ayudarme a salir de la cama por la mañana.

Ángela echó agua caliente sobre los platos sucios. Mirando a Elisabet comprendió que la pobre mujer estaba agotada y semidormida. Secándose las manos, se le acercó. "Elisabet, debes recostarte y descansar." La ayudó a levantarse y la tapó con una manta cuando se acostó en la cama de la otra habitación. Se quedó dormida casi de inmediato.

Ángela permaneció un rato al lado de la cama. Elisabet se había vuelto de costado, con las rodillas recogidas y la mano descansando de manera protectora sobre el bebé que estaba en su vientre. Un abrazo. Ángela se miró el vientre plano y pasó por él sus manos. Le ardían los ojos y se mordió el labio. Dejando caer los brazos a los lados se volvió para retirarse cuando vio a Miriam de pie en el umbral de la puerta.

Miriam sonrió pensativa. "Yo también me he preguntado cómo será. Es la razón de ser de una mujer, ¿verdad? Nuestro divino privilegio. Traer una nueva vida al mundo y alimentarla." Volvió a sonreír a Ángela. "A veces me parece que no puedo esperar."

Ángela vio las lágrimas que Miriam intentaba ocultar. Después de todo, ¿de qué servía ese privilegio divino a una muchacha virgen?

¿O a una mujer estéril?

Veintisiete

El corazón humano genera muchos proyectos,
pero al final prevalecen los designios del Señor.

PROVERBIOS 19:21

Antes de ir de caza, Miguel trajo a la cabaña varios sacos de maíz seco para que Ángela los desgranara. Ella se sentó frente al crepitante fuego y frotó entre sí dos mazorcas hasta que unas hileras se aflojaron y pudo separar fácilmente el resto de los granos. Algunas le cayeron en la falda. Dejando a un lado las mazorcas desgranadas, levantó un grano de maíz. Sonriendo, hizo girar entre los dedos su forma dura.

Tienes que morir para volver a nacer.

Levantó la cabeza, escuchando con atención. El corazón le latía alocadamente, pero los únicos sonidos a su alrededor eran los del colgante metálico agitado por el viento. Volvió a mirar el grano seco en sus manos. Era igual que los muchos que había plantado la última primavera y de los que había brotado un bosque de tallos y hojas verdes. Arrojó el grano a la canasta con los demás y se sacudió la falda.

Tal vez estaba un poco loca después de todo. Las antiguas voces rara vez volvían, pero ahora venía esta otra, como un suave susurro, y lo que decía no parecía tener ningún sentido. ¿La vida viene de la muerte? Imposible. Pero allí, a sus pies, estaba la canasta con granos de maíz para semilla. Frunció levemente el ceño. Inclinándose, metió la mano en la canasta, recogiendo un puñado de maíz. ¿Qué querría decir?

"¡Amanda!" llamó Miriam jadeando e irrumpió en la cabaña. "¡El bebé está por nacer!"

Ángela se puso el chal y salió. Miriam la detuvo riendo. "¿No querrás volver a una casa incendiada, verdad?" Ángela tomó una de las bolsas de maíz seco y la arrastró lejos de la chimenea. Puso la canasta sobre la mesa y arrastró la otra bolsa cerca de la cama. Corrieron buena parte del camino.

—¡Ay! —dijo Miriam— ni pensé en decirle a Miguel . . .

—Se dará cuenta —dijo Ángela, caminando rápidamente para recuperar el aliento antes de recogerse las faldas y echar a correr nuevamente.

Tratando de recuperar el aire, Ángela entró corriendo a la cabaña de los Altman con Miriam a sus talones. Elisabet estaba sentada tranquilamente frente a la chimenea, cosiendo una camisa. Los niños levantaron la vista de sus tareas. Estaban sentados alrededor de la mesa con sus libros.

Sólo Juan estaba agitado y se levantó de un salto. "¡Gracias a Dios!" Ayudó a Ángela a quitarse el chal y lo colgó apresuradamente en el gancho de la pared. Bajó la voz. "Tiene los dolores más seguido ahora, pero no consigo que se acueste. ¡Dice que tiene que remendar algunas cosas!"

"Casi termino, Juan," dijo Elisabet, dejando a un lado una camisa y tomando otra. Cosía muy lento y el rostro se le tensó mientras seguía concentrada y en silencio. Ángela la miraba, atenta a los signos de agonía, esperando un alarido espeluznante. Elisabet cerró los ojos por unos momentos, luego suspiró suavemente y continuó trabajando. Los niños prácticamente no lo notaron hasta que su padre gruñó.

—Lisa, *¡ve a la cama!*

—Cuando termine, Juan.

—*¡Ahora!* —bramó tan abruptamente que Ángela dio un salto. Jamás había oído a Juan Altman hablar así a nadie en su familia.

Elisabet levantó la cara con dignidad. —No te preocupes, Juan. Ve a alimentar a los caballos o a cortar leña. Puedes limpiar el establo, o cazar algo para la cena. Pero no me molestes en este momento. —Lo dijo todo con una voz tan calmada que Ángela casi se echó a reír. Juan levantó las manos y abandonó la habitación murmurando algo sobre las mujeres—. Tranca la puerta, Andrés.

—¿Mamá?

—Es que volverá a entrar inmediatamente si no lo haces —dijo Elisabet con una sonrisa. Los niños rieron y continuaron con sus tareas. Miriam estaba tensa y visiblemente preocupada.

Vinieron varios dolores más y Elisabet cosía apresuradamente. Anudó el hilo y cortó la punta. Mientras doblaba la camisa vino otra contracción y Miriam estaba cada vez más pálida. Miraba ansiosamente a Ángela, pero Ángela pretendía esperar hasta que Elisabet lo dispusiera. Si ella quería quedarse allí sentada y tener el bebe en la silla, era asunto suyo.

Cuando las contracciones se hicieron más prolongadas, Ángela se inclinó y puso la mano sobre las rodillas de Elisabet. —¿Cómo puedo ayudarte? —dijo, con más firmeza de la que sentía.

Elisabet no respondió; tenía la mano aferrada fuertemente al brazo de la silla. Finalmente respiró hondo y tocó la mano de Ángela. —Ayúdame a ir a la habitación —dijo suavemente—. Miriam, ocúpate de los niños y de tu padre.

—Sí, Mamá.

—Necesitaremos abundante agua caliente. Jacob puede ir a traerla. Y trozos de tela. Lea, están en el baúl. Y el rollo de hilo que está en el armario. Rut, ¿puedes traerme eso, cariño?

Los niños respondieron afirmativamente y se dispersaron para hacer sus encargos.

Ángela cerró suavemente la puerta tras de sí. Elisabet se sentó cuidadosamente al borde de la cama y comenzó a desabotonarse el vestido. Necesitó ayuda para quitárselo, por debajo tenía sólo una delgada enagua. "Está viniendo," dijo. "Rompí la bolsa esta mañana cuando fui al baño," dijo, riendo suavemente. "Por un momento temí que el niño cayera directamente al hueco." Se tomó de la mano de Ángela. "No estés tan preocupada. Todo está bien." Aspiró profundamente, apretando la mano, mientras la frente se le cubría de transpiración. "Esta estuvo fuerte."

Miriam entró a la habitación con un cubo de agua caliente y un canasto lleno de trozos de tela. —Papá fue a buscar más agua. Otros dos baldes aparte de los de Jacob. Tenemos la olla sobre el fuego.

—Supongo que tu padre piensa que un buen baño de agua caliente resuelve todo —dijo Elisabet, parpadeando. Besó a Miriam en la mejilla—. Gracias, tesoro. Dependo de ti para que cuides la casa. Lea tenía un poco de dificultades con la aritmética y Jacob tiene que practicar escritura.

Los dolores se hicieron más frecuentes y más largos. Elisabet no decía nada pero Ángela percibía la tensión que soportaba. Estaba pálida y transpiraba continuamente. Tomando una toalla fresca, Ángela le lavó la cara.

Miriam asomó una hora después. "Miguel está aquí," anunció.

Ángela dejó escapar un suspiro de alivio y Elisabet sonrió. "Lo estás haciendo perfectamente bien, Amanda." Ángela rió, ruborizándose.

Elisabet prácticamente no habló durante la hora siguiente y Ángela respetó su silencio. Le daba palmadas tiernamente y le sostenía la mano cuando venían los dolores. Cuando Elisabet se relajaba, escurría la toalla y le secaba el sudor de la frente.

—No falta mucho —dijo Elisabet cuando un dolor vino seguido del otro. Esta vez gimió suavemente, tomándose fuertemente del respaldo de la cama—. No pensé que tardaría tanto.

—¡Dime qué debo hacer! —pidió Ángela, pero Elisabet no tenía aliento para hacerlo. Suspiró, pero inmediatamente aspiró hondo, recogiendo las rodillas. Gimió más fuerte, contrayendo el rostro que se le había puesto rojo.

Ángela no se detuvo a pensar en el pudor. Levantó la manta. "¡Elisabet, ahí viene! ¡Puedo ver la cabeza!" Ángela sostuvo al niño cuando Elisabet pujó por última vez. Ángela se puso de rodillas, con el recién nacido berreando en sus brazos.

"¡Un varón, Elisabet! ¡Un varón! Y es perfecto. Diez dedos en las manos, diez en los pies . . ." Se puso de pie, temblando de júbilo y asombro.

Elisabet lloraba de alegría mientras Ángela le acomodaba el bebé sobre el pecho, pocos momentos después, con las últimas contracciones, Elisabet se relajó, agotada. —Ata el cordón con el hilo antes de cortarlo —dijo débilmente y sonrió—. Tiene buenos pulmones.

—Sí, claro que sí. —Ángela lavó cuidadosamente al bebé antes de envolverlo en una manta suave y entregárselo a su madre. Comenzó a mamar inmediatamente y Elisabet sonrió satisfecha. Poniendo agua tibia en un tazón, Ángela lavó cuidadosamente a Elisabet, haciendo todo lo posible por no causarle dolor, cosa inevitable, pero Elisabet no se quejó. Inclinándose, besó a Elisabet en la mejilla. "Gracias," susurró a la mujer que ya estaba casi dormida.

Salió silenciosamente de la habitación. Todos estaban en la sala esperando. —Tienes un hermoso hijo, Juan. Felicitaciones.

—¡Alabado sea Dios! —dijo, arrojándose en su silla—. ¿Cómo dices que se llama?

Ángela rió y toda la tensión contendida aflojó. —Bueno, no sé, Juan. Se supone que *tú* debes decidir eso.

Todo el mundo se rió, incluyendo a Juan, que se puso rojo como un tomate. Sacudiendo la cabeza, entró en la habitación. Miriam y los niños lo siguieron en silencio.

Miguel le sonrió de una manera que hizo palpitar el corazón de Ángela. "Te brillan los ojos," dijo.

Ángela estaba tan emocionada que no podía hablar. Su expresión era tan tierna, tan llena de promesas. Lo amaba tanto que sentía que su amor la consumía. Cuando él se le acercó, ella levantó la cara y Miguel le rozó la boca con la suya. "¡Ay, Miguel!" dijo, rodeándolo con sus brazos.

"Algún día . . ." comenzó a decir Miguel, helándose al comprender su cruel error. La apretó con firmeza.

Ángela sabía lo que estaba pensando. Nunca tendrían un niño. Miguel se apartó un poco, pero ella no pudo mirarlo, ni siquiera cuando le sostuvo la cara entre las manos. —Amanda, perdóname —dijo suavemente—. No quería herirte . . .

—No te disculpes, Miguel.

¿Por qué no pensó antes de hablar? —Les diré a los Altman que nos vamos a casa. —La dejó sólo el tiempo suficiente como para felicitar a los Altman. El bebé era hermoso.

Elisabet le tomó la mano. —Amanda estuvo maravillosa. Dile que me honrará asistirla cuando sea el momento para ella.

—Se lo diré —dijo con tristeza, sabiendo que no lo podría hacer.

Caminaron a casa en silencio. La observó agregar leña al fuego.

—Elisabet dijo que estuviste maravillosa.

—Ella estuvo magnífica —dijo Ángela—. Podría haberse arreglado sin ayuda. —Lo miró, sonriendo con tristeza—. De eso se trata ser mujer, ¿verdad? Miriam opina que tener hijos un privilegio divino —dijo, mirando a otra parte—. La semilla de Juan fue plantada en tierra fértil.

—Amanda —dijo, tomándola del brazo para detenerla.

—No digas nada, Miguel, por favor . . .

No se negó cuando la estrechó entre sus brazos. La sostuvo firmemente, con la mano en su cabeza. Quería quitarle el dolor pero no sabía cómo. —Falta poco para la Navidad.

—No lo recordé hasta esta noche en casa de los Altman. —Elisabet y Miriam ya habían decorado la cabaña con moños rojos y piñas. Lea y Rut habían preparado un pesebre con muñecos hechos de hojas de espigas de maíz. Ángela no había pensado en nada. El Duque siempre decía que la Navidad era igual que cualquier otro día y que también se dormía ocho horas.

Mamá había hecho algo con la la Navidad en esos primeros años. Incluso cuando vivían en el puerto y tenían muy poca comida y nada de dinero, Mamá consideraba a la Navidad como un día santo. El día de Navidad no se admitían hombres en la casucha. Mamá solía contarle cómo era la Navidad cuando ella era una niña. Pero a Ángela no le gustaba hablar de eso porque siempre hacía llorar a Mamá.

—Navidad —dijo Ángela, apartándose de Miguel.

Miguel vio su angustia y pensó que él era la causa. —Amanda . . .

Ella lo miró sin reconocer la expresión de su rostro en la oscuridad.

—¿Qué puedo darte en Navidad, Miguel? ¿Qué puedo darte cuando lo único que realmente quieres es un hijo? —El pecho se le estremecía mientras luchaba por contener las emociones que la invadían—. Quisiera, quisiera . . .

—No —dijo Miguel con voz quebrada.

—¡Quisiera que el Duque no me hubiera estropeado! ¡Quisiera que ningún hombre me hubiera *tocado*! ¡Quisiera ser como Miriam!

—Yo *te amo*. —Cuando ella se alejó, él la tomó de la cintura y la sujetó entre sus brazos—. Te amo a *ti*. —La besó y sintió cómo Ángela se aflojaba en sus brazos, aferrándose desesperadamente a él.

—Miguel, quisiera ser íntegra. Quisiera ser íntegra para ti.

¿Por qué, Dios, por qué? Juan y Elisabet tienen seis hijos. ¿Nunca podré engendrar siquiera uno de mi esposa?¿Por qué permitiste que sucediera esto?

"No importa," le repitió una y otra vez. "No importa."

Pero ambos sabían que sí importaba.

Veintiocho

No hagan nada por egoísmo o vanidad;
más bien, con humildad consideren a los demás
como superiores a ustedes mismos.

FILIPENSES 2:3

Pablo vino a casa de los Altman para la reunión de Navidad. A Ángela le dio un vuelco el estómago cuando lo vio y se preguntó qué dardos le arrojaría esta vez. Se mantuvo alejada de él, decidida a que nada arruinaría esta Navidad. Jamás había participado en una verdadera fiesta de Navidad y esta familia quería incluirla. Si Pablo la llamaba ramera en la cara, lo aceptaría y no diría nada. Por otra parte, sabía que en todo caso lo haría de manera que no lo escucharan los demás.

Para su sorpresa, la dejó tranquila. Parecía igualmente decidido a mantenerse alejado de ella. Trajo regalos para los niños, pequeños sacos con golosinas del nuevo almacén general. Los niños estaban encantados, todos menos Miriam, que se veía furiosa cuando Pablo le entregó uno. "Gracias, Tío Pablo," dijo irónicamente y le besó la mejilla. Los músculos de la cara de Pablo se tensaron cuando ella se alejó.

Ángela esperó hasta después de la gran cena que ella y Miriam habían preparado para entregar los regalos de ella y de Miguel. Había estado trabajando dos días en las muñecas de trapo para Lea y Rut y contuvo la respiración mientras las desenvolvían. Sus gritos la hicieron reír. Los niños estaban igualmente fascinados con las hondas que Miguel había hecho para ellos. Inmediatamente se instaló un blanco para hacer puntería afuera.

Miriam abrió cuidadosamente su paquete y levantó la guirnalda de flores secas que Ángela había hecho. Acarició las cintas de satén que colgaban por atrás. —Es hermosa, Amanda —dijo con lágrimas en los ojos.

Ángela sonrió. —Estuve todo el tiempo pensando en ti, cuando bajas corriendo por la ladera entre todas esas flores silvestres. Me pareció apropiado para ti.

Miriam se soltó rápidamente el cabello y lo sacudió hasta que los rizos cayeron por la cara, los hombros y la espalda. Se puso la guirnalda en la cabeza. —¿Cómo me queda?

—Salvaje y bella —dijo Miguel.

Pablo se levantó y salió. La sonrisa de Miriam disminuyó levemente. —Es un imbécil —dijo en voz baja.

—¡Miriam! —dijo Elisabet sorprendida, con el bebé contra el hombro—. No es una palabra que debas usar.

Miriam no se mostró arrepentida en lo mínimo mientras miraba por la puerta hacia Pablo. Se quitó la guirnalda y la puso sobre la falda. "Me encanta y la voy a usar en lugar de un velo el día de mi boda."

Cuando oscureció, la familia se reunió alrededor del fuego y cantaron villancicos. Juan le pasó la Biblia a Miguel sin decirle lo que quería que leyera. Miguel abrió la Biblia en la historia del Nacimiento. Ángela escuchó con los brazos rodeando sus rodillas recogidas. La pequeña Rut se le acurrucó, somnolienta. Ángela la recibió sonriendo y la subió a su falda. Rut se contoneó hasta encontrar una posición cómoda con la cabeza apoyada en el regazo de Ángela. Ángela le acarició el cabello. *Si puedo amar tanto a una niña que no es mía, ¿cuánto más podría amar a mi propio bebé?*

La voz de Miguel se elevó, sonora y profunda. Todos lo miraban en silencio. Ángela recordó cuando su madre le relataba la historia del nacimiento de Jesús en el establo y de los pastores y los tres reyes que vinieron a adorarlo, pero viniendo de los labios de Miguel tenía más belleza y misterio. A pesar de todo eso, no encontraba gozo en el relato. No como les ocurría a los demás. ¿Qué clase de padre permitiría que su hijo naciera para el único propósito de ser clavado en una cruz?

La oscura voz apareció inesperadamente. **Tú sabes qué clase de padre, Ángela. Tuviste uno así.**

Se estremeció. Apartando la mirada de Miguel vio a Juan en la penumbra, al lado de Elisabet. Tenía la mano sobre el hombro de su mujer. No todos los padres eran como Alex Stafford. Algunos eran como Juan Altman. Volvió a mirar a Miguel. Él también sería un padre maravilloso. Fuerte, cariñoso, perdonador. Una vez le había leído el relato del hijo pródigo no mucho después de traerla de vuelta de Pair-a-Dice. Si su hijo se apartara, él le daría la bienvenida otra vez al hogar. No sería como ese padre que echó a su madre.

Miguel terminó de leer y cerró la Biblia. Cuando levantó la vista la miró directamente a los ojos. Se sonrieron mutuamente, pero había una pregunta en los ojos de Miguel.

"Miriam," dijo Juan suavemente. Ella se acercó a su padre que le dijo algo. Elisabet le pasó el bebé. Miriam lo tomó y lo colocó en brazos de Miguel. El bebé levantó una manito y Miguel la acarició suavemente pasando el dedo por la palma, y sonrió cuando el niño se lo apretó con firmeza. —Bien, Elisabet y Juan, ¿ya han decidido un nombre para él?

—Sí. Se llamará Benjamín Miguel, en tu honor.

Miguel quedó anonadado y luego conmovido. Le brillaban los ojos por las lágrimas contenidas. Miriam le puso las manos en el hombro y se inclinó para besarle la mejilla. "Esperamos que al crecer haga honor al nombre."

El corazón de Ángela se contrajo al observar a Miguel con el bebé en brazos, y a Miriam con la mano todavía apoyada en su hombro. Parecían pertenecerse uno al otro.

Desde la oscuridad exterior, Pablo pensaba lo mismo.

Los rosales que Miguel había comprado para Ángela florecieron temprano. Ángela acarició los pimpollos escarlata y recordó a su madre. Ángela se parecía mucho a Marisol. Era buena para cultivar flores, verse bonita y dar placer a los hombres. Fuera de eso, ¿qué de bueno tenía?

Miguel debería tener un hijo. Quería tener hijos.

La noche de Navidad supo lo que debía hacer. Pero le resultaba insoportable la sola idea de dejarlo y vivir sin él. Quería quedarse y olvidar la mirada en sus ojos cuando tenía en brazos a Benjamín. Quería aferrarse a él y gozar de la felicidad que él le ofrecía.

Fue justamente ese egoísmo suyo el que la hizo comprender que no lo merecía.

Miguel le había dado todo. Ella estaba vacía y él la había hecho rebalsar con su amor. Ella lo había traicionado, y él la había recuperado y la había perdonado. Había sacrificado su orgullo para amarla. ¿Cómo podía dejar de lado las necesidades de él después de todo eso? ¿Cómo podría aceptarse después de haber ignorado los deseos de su corazón? ¿Y Miguel? ¿Qué era lo mejor para él?

La oscura voz hablaba con frecuencia. **¡Quédate! ¿Acaso no mereces un poco de felicidad después de tantos años de vivir en la miseria? Dice que te ama, ¿no es así? ¡Que lo demuestre!**

Ya no podía escucharla más. Cerró la mente y en lugar de eso pensó en

Miguel. Y en Miriam, su hermana del alma. Pensó en los hijos que Miriam y Miguel podrían tener, morenos y hermosos, fuertes y cariñosos. Y así en las siguientes generaciones. Se recordó a sí misma que no tenía nada para dar. Si se quedaba, Miguel le sería fiel hasta la muerte y sería su fin.

No podía permitir eso.

Cuando Miguel le dijo que iría con Pablo al pueblo, Ángela tomó la decisión. Juan había dicho el día anterior que el pueblo había crecido tanto que venía una diligencia dos veces por día. Viajaba por la carretera que pasaba a sólo tres kilómetros de la cabaña, detrás de la línea de la sierra. Todavía tenía el oro que le había pagado Samuel Teal y el que había ganado con José Hochschild. Miguel había insistido en que lo guardara para ella. Era suficiente para llegar a San Francisco y mantenerse por un tiempo. No pensaría más allá de eso.

Tengo que pensar en lo que es mejor para Miguel.

Cuando Miguel llegó del campo, Ángela tenía preparada una deliciosa cena de venado para él. La cabaña estaba adornada con flores. La repisa, la mesa, la cama. Miguel miraba desconcertado. —¿Qué estamos celebrando?

—La vida —dijo besándolo. Trató de absorber la imagen de él, guardando en la memoria cada ángulo de su rostro y de su cuerpo. Lo deseaba desesperadamente. Lo amaba. ¿Sabría él alguna vez cuánto lo amaba? No podía decírselo. Si lo hacía, iría a buscarla. La traería de regreso. Mejor que la creyera carnal y vil. Pero al menos tendría esta última noche para recordar. Le pertenecería siempre aunque él jamás lo supiera. Se llevaría los dulces recuerdos hasta la tumba.

—Llévame a la colina, Miguel. Llévame al lugar donde me mostraste la salida del sol.

Miguel vio el hambre en su mirada. —Hace frío esta noche.

—No tanto.

No había nada que pudiera negarle, pero sentía una extraña inquietud en la boca del estómago. Algo andaba mal. Tomó las mantas de la cama y emprendió la marcha. Tal vez ella hablara y le contara lo que afligía su mente. Tal vez por fin le abriría el corazón.

Pero Ángela cambió de ánimo, de pensativa a suelta. Corrió delante de él hasta la cima de la loma y comenzó a girar con los brazos abiertos. A su alrededor cantaban los grillos y la brisa suave agitaba la hierba. —Es bello, ¿verdad? La inmensidad. Soy insignificante.

—No para mí.

—Sí —dijo, volviéndose a él—. Incluso para ti. —Cuando él frunció el ceño ella miró hacia otra parte—. No tendrás dioses delante de mí —exclamó, mirando al cielo—. Ninguno sino tú, mi señor. —Se volvió y miró directamente a Miguel. *Ninguno sino tú, Miguel Oseas,* pensó.

Miguel frunció el ceño. —¿Te estás burlando, amor mío?

—En absoluto. —Y lo decía en serio.

Se soltó el cabello. Se derramó sobre sus hombros y su espalda, casi blanco a la luz de la luna. "¿Recuerdas cuando me leíste sobre la novia sulamita que bailaba para su esposo?"

Miguel casi no podía respirar mientras la observaba a la luz de la luna. Cada movimiento lo atraía y lo ponía en guardia. Cuando intentó sujetarla, ella lo esquivó con los brazos abiertos a modo de invitación. El cabello flotaba en la brisa y la voz sonaba ronca y tentadora.

"Haré cualquier cosa para ti, Miguel. Cualquier cosa."

Y repentinamente Miguel comprendió lo que estaba haciendo. Estaba diciendo adiós. Tal como la última vez. Estaba adormeciendo su mente con placer físico.

La próxima vez que se le acercó, Miguel la sujetó. —¿Por qué haces esto?

—Para ti —dijo ella, tomándole la cabeza y besándolo.

Hundiendo sus dedos entre su cabello, la besó apasionadamente. Quería consumirla. Las manos de ella eran como brasas sobre su cuerpo.

Dios, ¡no la dejaré irse otra vez! ¡No puedo!

Ella se apretó contra él y él no tuvo otro pensamiento fuera de ella, y aun así no era suficiente.

Dios, ¿por qué me haces esto de nuevo? ¿Das sólo para volver a quitar?

—Miguel, Miguel —dijo ella suspirando y Miguel sintió el sabor salado de sus propias lágrimas en las mejillas de ella.

—Me necesitas —dijo, mirando la cara iluminada por la luna—. *Me necesitas,* Tirsá, dímelo.

Déjala ir, amado.

¡Dios, no! ¡No me pidas eso!

Entrégamela.

¡No!

Se aferraron el uno al otro, buscando consuelo en el dulce abandono. Pero el dulce abandono no dura.

Cuando pasó el momento, Miguel la sostuvo firmemente. Trató de retenerlo todo, pero eran dos seres separados nuevamente. No tenía el poder para mantenerlos unidos para siempre.

Ella temblaba violentamente; Miguel no sabía si era de frío o de la pasión agotada. No preguntó. Puso la manta alrededor de ambos y sintió la decisión de ella como una herida abierta.

Estaba cada vez más frío y tenían que volver. Se vistieron en silencio, ambos atormentados, ambos fingiendo no estarlo. Ella le rodeó la cintura con el brazo apretándose contra él, como una criatura buscando consuelo.

Miguel cerró los ojos contra el temor que se iba instalando en su estómago. *La amo, Señor, no puedo renunciar a ella.*

Miguel, amado, ¿la tendrías clavada en su cruz para siempre?

Miguel soltó un suspiro estremecido. Cuando ella levantó el rostro vio algo en él que le provocó el deseo de llorar. Lo amaba. Realmente lo amaba. Pero había otra cosa en su rostro iluminado por la luna. Una inquietante tristeza que él no podía evadir, un vacío que no podía llenar. Recordó las angustiantes palabras de la noche del nacimiento de Benjamín. *¡Quisiera ser íntegra!* Él no la podía hacer íntegra.

Levantándola, la sostuvo contra su pecho. Ella le rodeó el cuello con los brazos y lo besó. Miguel cerró los ojos. *Señor, si te la entrego ahora, ¿me la devolverás algún día?*

No obtuvo respuesta.

¡Señor, por favor!

El viento se agitó suavemente, pero sólo hubo silencio.

Ángela acompañó a Miguel al granero al día siguiente y lo observó ensillar el caballo. —¿Cuándo esperas estar de regreso?

Le echó una mirada enigmática. —Lo antes posible. —Llevando el caballo fuera del establo, rodeó los hombros de Ángela con sus brazos. Ella le sonrió. La estrechó entre sus brazos y la besó. Ella le devolvió el beso con toda la intensidad de la última oportunidad. Cuando Miguel hundió los dedos en sus hombros, se sintió sorprendida. —Te amo —dijo torpemente—. *Siempre* te amaré.

Ángela se preguntó el motivo de tanta vehemencia y lo acarició tiernamente. —Cuídate.

Miguel no sonrió. —Lo mismo tú —dijo mientras montaba y se alejaba. Ella no entró a la casa hasta que Miguel desapareció detrás de la loma.

No se iría antes de dejar todo en orden. Tendió la cama, lavó la vajilla y la guardó y limpió los pisos. Las flores seguían frescas y agregó leña al fuego para que la casa se mantuviera caliente hasta el regreso de Miguel. Dio un salto cuando alguien llamó a la puerta. Era Miriam.

—¿Qué haces aquí? —preguntó sorprendida.

Miriam se mostró desconcertada. —¿No me esperabas?

—No.

—Bueno, es extraño. Miguel pasó por casa camino a la de Pablo y dijo que era un buen día para una visita.

Ángela se volvió hacia el bolso abierto que tenía sobre la cama.

Rápidamente puso una de las camisas de Miguel y la cubrió con un vestido doblado. Miriam la observaba.

—Miguel no me dijo que ibas a alguna parte.

—No lo sabe. —Cerró decididamente el bolso y lo levantó—. Lo dejo, Miriam.

—¿*Qué?* —exclamó Miriam, mirándola—. ¿Otra vez?

—Lo dejo del todo esta vez.

—Pero ¿*por qué?*

—Porque tengo que hacerlo —dijo Ángela, echando una última mirada alrededor de la cabaña. Había sido feliz aquí, pero eso no significaba que debía quedarse. Salió en silencio.

Miriam la alcanzó. —¡*Espera!* —Caminó a su lado mientras Ángela se dirigía hacia las montañas—. Amanda, no lo entiendo.

—No tienes que entenderlo, sólo ve a casa, Miriam. Despídeme de todos.

—Pero ¿dónde irás?

—Al este, al oeste, da lo mismo. No he decidido.

—Entonces, ¿por qué estás tan apresurada? Quédate y vuelve a hablar las cosas con Miguel. Cualquier cosa que te haya hecho . . .

Ángela no quería que su amiga pensara que Miguel había cometido algún error. —Miriam, Miguel jamás ha hecho algo malo en toda su vida.

—Entonces, ¿por qué haces esto?

—No quiero hablar de ello —dijo Ángela mientras seguía caminando. Ansiaba que Miriam la dejara sola.

—Lo amas. Yo *sé* que lo amas. Si te vas sin un motivo, ¿qué pensará Miguel?

Ángela sabía lo que pensaría. Pensaría que había regresado a su antigua vida. Tal vez sería mejor que creyera eso. Lo detendría de ir a buscarla. Era suficiente con que ella supiera que jamás volvería a la prostitución. Incluso si eso significaba morirse de hambre.

Miriam insistió y suplicó todo el camino hasta la carretera y se detuvo sólo porque se había quedado sin aire. Ángela miró a la distancia, buscando la diligencia. Apenas había pasado el mediodía. Debía llegar pronto. No soportaría esperar mucho. ¿Por qué Miguel habría sugerido a Miriam que viniera precisamente hoy?

—Pensé que Miguel era tan perfecto —dijo Miriam, sintiéndose desgraciada—, pero no puede serlo si estás huyendo así de él.

—Es todo lo que parece y mucho más, Miriam. Juro por mi vida que no me ha hecho ningún daño. No ha hecho más que amarme desde el comienzo, incluso cuando yo detestaba verlo.

—Entonces ¿por qué lo dejas ahora?

—Porque no soy como él, Miriam. Nunca lo fui. —Viendo que Miriam diría algo más, le puso la mano sobre el brazo para detenerla—. *Por favor,* Miriam, no puedo tener hijos. ¿Sabes lo que eso significa para un hombre como él? Él quiere tener hijos. Los *merece.* Quedé arruinada para ser madre hace mucho tiempo. —Luchó para esconder su dolor—. Te lo suplico, Miriam, no hagas esto más difícil de lo que ya es. Me voy porque es mejor para Miguel. Trata de comprender —dijo con la voz quebrada—. Miriam, debo pensar en lo que es mejor para *él.*

Por fin venía la diligencia. Ángela se acercó rápidamente al borde de la carretera e hizo señas para detenerla. Mientras el cochero frenaba los seis caballos, Ángela se quitó el anillo de boda y se lo pasó a Miriam. —Entrega esto a Miguel por mí. Era de su madre.

Con lágrimas corriendo por sus mejillas, Miriam movió la cabeza negándose a recibir el anillo. Ángela le tomó la mano y la forzó a cerrar los dedos sobre él. Volviéndose rápidamente, extendió el bolso al cochero, que lo puso entre el resto del equipaje.

Ángela miró el rostro pálido y desolado de su amiga. —Tú lo amas, ¿verdad, Miriam?

—Sí, lo quiero. Sabes que lo quiero —dijo, acercándose a Ángela—. Está mal que hagas esto. Está mal, Amanda.

Ángela la abrazó firmemente. —Ayúdame a ser fuerte. —La retuvo un momento—. Te quiero mucho. —La soltó y trepó rápidamente a la diligencia.

—¡No te vayas! —lloró Miriam, poniendo las manos en la ventanilla. La diligencia comenzó a moverse.

Ángela la miró, luchando con su propio dolor. —Dijiste que lo amas, Miriam. Entonces, *ámalo.* Y dale los hijos que yo no puedo.

Miriam soltó el brazo, conmocionada. El rostro se le puso ardientemente rojo y después blanco. —¡Ay no! *¡No!* —Comenzó a correr tras la diligencia pero esta empezó a tomar velocidad—. ¡Espera, Amanda! *¡Amanda!*

Era demasiado tarde. El polvo que se levantaba tras la diligencia la ahogaba, y cuando pudo seguir corriendo la diligencia estaba demasiado lejos como para alcanzarla. De pie en medio de la carretera, miró el anillo que tenía en la mano y se echó a llorar.

⁕

Lo que Pablo menos esperaba ver cuando él y Miguel se acercaban a su cabaña esa tarde era a Miriam saliendo de ella. El corazón le dio un salto y luego comenzó a darle vueltas en el pecho cuando ella corrió hacia él. ¿Qué pensaría Miguel al verla allí?

Pero ella corrió hacia Miguel, no hacia él. Pablo sintió el estómago como una piedra. Miguel desmontó.

—¡Amanda se ha ido! —exclamó Miriam, con la cara pálida y surcada de lágrimas. Estaba cubierta de polvo y despeinada—. He estado esperando aquí todo el día, Miguel. Sabía que vendrías primero adonde Pablo. Tienes que ir a buscarla. Tomó la diligencia de la mañana. ¡Tienes que traerla!

Pablo se quedó sobre el caballo. Así que Ángela se había ido de nuevo. A pesar de todas sus promesas, había abandonado a Miguel tal como él lo suponía. Debería ponerse contento con la noticia. Pero cuando Miguel puso el brazo sobre el hombro de Miriam, lo invadió una oleada ardiente y completamente inesperada de celos.

Miguel estaba pálido y crispado. —No la buscaré, Miriam.

—¿Se han vuelto locos tú y Amanda, *ambos*? —exclamó Miriam; las lágrimas le nublaban los oscuros ojos—. No comprendes . . . —¿Cómo podía explicarle? Dios, ¿qué debía hacer? Sintió que Pablo los miraba y no podía decirle a Miguel todo lo que Amanda le había dicho confidencialmente—. Tienes que ir por ella *¡ahora!* Si no lo haces, tal vez nunca la vuelvas a encontrar.

—No la buscaré. No esta vez.

—¿No esta vez?

—Quiere decir que ya lo ha hecho antes y no le ha servido de nada —opinó Pablo—. Ángela no ha cambiado desde el día que la conoció.

Miriam se volvió hacia Pablo con la cara lívida. —*¡No te metas en esto!* ¡Ve y enciérrate en tu cabaña! ¡Ve y mete la cabeza bajo la arena como siempre lo haces!

Pablo se movió hacia atrás, impresionado por su furia.

Miriam se volvió a Miguel, sujetándolo de la camisa. —Miguel, *por favor,* ve por ella antes de que sea demasiado tarde.

Miguel la tomó de las manos. —No puedo, Miriam. Si ella quiere volver, volverá. Pero si no quiere, entonces . . . no quiere.

Miriam se tapó la cara con las manos y lloró.

Miguel miró a Pablo y comprendió que no tenía intenciones de consolar a la muchacha. Suspirando pesadamente, Miguel la tomó en sus brazos. Todo su cuerpo se sacudía por los sollozos.

Pablo los miró y sintió una punzada de dolor que lo partía por el medio. Esto era lo que quería, ¿verdad? Esto era lo que había planeado. ¿Acaso no había estado esperando a que esa bruja se fuera para que Miguel le prestara atención a Miriam y tuviera la esposa que merecía? ¿Por qué entonces se sentía tan solo por primera vez?

Cualquiera fuera su idea, no soportaba verlos aferrados uno al otro. Dolía demasiado. Volviendo su caballo, los dejó solos.

Veintinueve

Miré, ¡y apareció un caballo amarillento!
El jinete se llamaba Muerte,
y el Infierno lo seguía de cerca.

APOCALIPSIS 6:8

San Francisco ya no era un miserable pueblo al lado de una bahía sino una ciudad que se extendía por las lomas azotadas por el viento. Happy Valley ya no era un campamento de tiendas sino una comunidad de casas. Muchos de los barcos que habían sido arrastrados a la orilla y convertidos en negocios, tabernas y pensiones se habían incendiado. Habían sido reemplazados por estructuras firmes y construcciones de ladrillos. Veredas de tablones ahora cubrían las calles barrosas.

El barquero estaba parado de cara al viento. "Cada vez que la ciudad se incendia, la reconstruyen mejor que antes," le explicó mientras cruzaban la bahía. Le advirtió del agua salobre de los pozos poco profundos y le dijo que podía encontrar mejor alojamiento subiendo más lejos del puerto. Ángela estaba demasiado cansada para aventurarse lejos y terminó en un pequeño hotel en la muelle.

El olor del mar y la basura le recordaron a la casucha de su infancia en el puerto, parecía siglos atrás. Cenó en el pequeño comedor donde soportó las miradas atrevidas de varios hombres jóvenes. Comió el estofado para llenar el vacío del estómago, pero el vacío del corazón seguía allí.

Hice lo correcto al dejar a Miguel. Sé que es lo correcto.

Regresando a su pequeño cuarto, intentó dormir en la cama angosta. La habitación estaba fría y no lograba entrar en calor. Se hizo un ovillo bajo la manta y pensó con añoranza en el agradable calor de Miguel a su lado. No podía dejar de pensar en él. ¿Apenas habían pasado tres días desde que bailó para él bajo la luna? ¿Qué estaría pensando Miguel de ella? ¿La odiaría? ¿La maldeciría?

303

Si pudiera llorar, tal vez se sentiría mejor. Pero no tenía lágrimas. Se abrazó con fuerza, sufriendo. Cerrando los ojos, intentó ver la cara de Miguel, pero la imagen no era suficiente. No podía tocarlo. No podía sentir sus brazos rodeándola.

Levantándose, buscó en su bolso hasta encontrar la camisa de Miguel. Volvió a recostarse y hundió la cara en la tela de lana que Miguel había usado, aspirando el aroma de su cuerpo.

"¡Ay, Mamá!" susurró en la oscuridad, "el dolor hace que te quieras morir."

Pero una vocecita en su interior le decía constantemente, *Vive. Sigue adelante. No renuncies.*

¿Qué haría? Le quedaba un poco de oro, pero no duraría mucho. El viaje en la diligencia, los alojamientos y la balsa habían costado más de lo que esperaba. Lo que tenía que pagar por este hotel malo era demasiado caro. El oro que tenía le serviría para dos o tres días a lo sumo. Después de eso tendría que encontrar la manera de ganarse la vida.

Finalmente se durmió. La noche estuvo llena de sueños extraños y desconcertantes. Despertó varias veces, temblando violentamente. Era como si una fuerza malévola estuviera cerca, esperando.

Por la mañana Ángela juntó sus pocas pertenencias y se fue. Vagó durante horas por las calles de San Francisco. La calle Portsmouth había cambiado completamente. La casucha en la que había vivido ya no estaba. Lo mismo que todas las demás. Otro tanto había ocurrido con las tiendas que se extendían como plaga alrededor de la plaza. Ahora había una variedad de puestos que daban a la calle el aspecto de un gran bazar. Estuvo mirando objetos de todo el mundo.

Había varios burdeles, uno con el elegante aire de Nueva Orleans. En el otro extremo de la calle había florecientes hoteles, tabernas y casinos. La casa Parker, la casa de cambio Dennison, la Crescent City y el Empire ahora surgían de la mugre que Ángela recordaba. Al suroeste de la calle Clay ahora estaba el Hotel Brown.

Pasó frente a consultorios de médicos y dentistas, despachos de abogados y empresarios, oficinas de investigadores e ingenieros. Vio varios bancos nuevos y una gran agencia de corredores de bolsa. Hasta había una escuela pública con niños que jugaban en los patios. Ángela se quedó mirándolos un rato, pensando en la pequeña Rut, en Lea y en los niños. Los echaba mucho de menos.

En la calle Clay había hombres en fila para el correo, esperando la correspondencia. En la esquina de Washington y Grant había una nueva lavandería china. Los obreros fregaban ropa en grandes tinas mientras otros apilaban ropa blanca limpia en canastas. Poniendo esas cestas en equilibrio sobre barras de bambú, salían apurados a hacer las entregas.

Hacia el mediodía estaba hambrienta y cansada. Y no había avanzado nada en cuanto a qué hacer para ganarse la vida. Lo único que le venía a la mente era lo que ya sabía hacer. Cada vez que pasaba por un burdel, sabía que podía entrar por la puerta y tendría comida y techo. Tendría comodidades físicas. Todo lo que tenía que hacer era vender su cuerpo —y traicionar a Miguel.

Miguel nunca lo sabrá, Ángela.

Yo lo sabré. Un hombre le echó una mirada curiosa al pasar. ¿Se convertiría en una mujer loca que habla sola?

Un minero la detuvo y le pidió que se casara con él. Se desprendió rápidamente de él. Dijo que tenía una cabaña en las Sierras y que necesitaba una esposa. Ángela le dijo que buscara en otra parte y se alejó de prisa.

La aglomeración de gente la ponía cada vez más nerviosa. ¿A dónde se dirigían todos? ¿Qué hacían para ganarse la vida? La cabeza le latía con fuerza. Tal vez era el hambre. Tal vez la preocupación de lo que haría cuando se le terminara el oro. Tal vez era el saber que era débil y que probablemente volvería a ser una ramera con tal de sobrevivir.

¿Qué voy a hacer? Dios, no sé qué hacer.

Entra en ese café y descansa.

Ángela levantó la vista y vio un pequeño café al final de la calle. Suspirando, se encaminó al mismo y entró. Eligió una mesa en la esquina del fondo y puso el bolso a los pies. Frotándose la sien, se preguntó dónde pasaría la noche.

Alguien golpeó sobre una mesa cerca de ella haciéndola dar un salto. Un hombre barbudo de aspecto tosco gritó, "¿Por qué demoran tanto? Estoy esperando hace una hora. ¿Dónde está el bife que pedí?"

Un hombre bajito y pelirrojo salió apresurado del cuarto del fondo y trató de tranquilizar al cliente enojado, susurrándole una explicación por la demora, pero eso sólo enardeció más al hombre. Con la cara roja, sujetó al hombre más bajo y lo levantó hasta tenerlo frente a frente. "¿Que el cocinero no se siente bien? ¡Claro! ¡Está borracho!" Bajó nuevamente al hombrecito, golpeándolo contra otra mesa. El cliente se encaminó a la puerta, dando un golpe tan fuerte tras de sí que hizo temblar los vidrios.

El hombrecito se refugió nuevamente en la habitación de atrás, probablemente para escapar del escrutinio de la docena de clientes que todavía esperaban ser atendidos. Varios se levantaron y se marcharon. Ángela no sabía si debía imitarlos. Estaba agotada, no tenía alternativas y estar sentada allí era tan bueno como estarlo en cualquier parte. No tenía ánimo para salir otra vez al gentío. Saltar una comida no la mataría.

Otros cuatro hombres renunciaron a esperar la comida y se fueron. Ángela y tres hombres permanecieron en el lugar. El hombrecito volvió a aparecer, con una sonrisa tensa y forzada. "Tenemos pastelitos y porotos," dijo. Los cuatro hombres abandonaron el lugar protestando y diciendo que ya habían comido de eso lo suficiente como para toda la vida.

El hombrecito bajó los hombros en señal de derrota. No se dio cuenta de la presencia de Ángela en un rincón y habló al aire. "Bueno, Señor, este es el fin, estoy fuera de servicio." Se encaminó a la puerta y dio vuelta el cartel, dejándose caer contra la pared.

Ángela sintió pena por él. Sabía lo que era estar de mala racha.

—¿Debo retirarme? —preguntó suavemente. El hombrecito se volvió con la cara roja.

—No sabía que estabas allí. ¿Te sirvo pastelitos y porotos?

—Sí, por favor.

Desapareció por un momento. Cuando regresó puso un plato frente a Ángela y se alejó. Los pastelitos estaban duros como piedra y los porotos quemados. Ángela lo miró, frunciendo el ceño. —¿Café? —preguntó el hombrecito mientras le servía un poco en el jarro. Estaba tan fuerte que Ángela hizo una mueca.

—Señor, usted necesita una nueva cocinera —dijo con una sonrisa lacónica, alejando el plato y poniendo el jarro en la mesa.

—¿Estás pidiendo empleo?

Ángela abrió los ojos como platos. —¿*Yo*?

El hombre advirtió su sorpresa y volvió a echarle una ojeada. —Supongo que no.

Ángela sintió que le subía el calor a la cara. ¿Acaso su pasado era tan evidente? ¿Lo tenía estampado en la frente para que todo el mundo se diera cuenta? ¿Haber estado con Miguel todo un año no había hecho diferencia en ella?

Sintiendo tensión en la espalda, respondió. —A decir verdad, estaba buscando empleo. —Soltó una risa y agregó—, y aunque estoy lejos de ser la mejor cocinera del mundo, creo que puedo hacer algo mejor que esto —dijo, señalando la masa de porotos grasientos que comenzaban a endurecerse.

—En ese caso, ¡estás contratada! —Bajó de golpe la cafetera y le extendió la mano antes de que ella pudiera decir una palabra—. Me llamo Virgilio Harper, señora.

Ángela estaba tratando de hacerse a la idea de que tenía trabajo y que le había caído del cielo en las manos como una fruta madura. ¿Cómo había sucedido? Hacía un momento estaba desesperada pensando en qué hacer para ganarse la vida y al siguiente estaba empleada por un enano gallito. —Espere un momento —dijo, haciendo un gesto con la mano—. Tengo que encontrar dónde alojarme primero. Tal vez ni me quede en San Francisco.

—No tienes que buscar ningún lugar, jovencita. Puedes ocupar la habitación del cocinero ni bien saque sus cosas, y lo hará de inmediato. Su habitación está al lado de la mía arriba de la cocina. Abrigada, buena cama y un ropero.

Ángela achicó los ojos. Tendría que haber imaginado que había alguna trampa.

—Tiene una buena cerradura con llave —agregó el hombrecito—. Puedes probarla primero si quieres. ¿Sabes preparar tartas? Las piden mucho.

Ángela apenas podía respirar al paso que iba el hombre. —¿Cuánto me costará esa habitación?

—Nada —dijo, sinceramente sorprendido—. Viene con el trabajo. ¿Qué de las tartas? ¿Sabes prepararlas o no?

—Sí, puedo hacer pan y tartas —dijo. Elisabet y Miriam le habían enseñado todo lo que sabían—. Tiene que conseguirme harina, manzanas, frambuesas . . .

Harper echó la cabeza atrás y alzó las manos. "Señor Jesús, ¡te amo!" Dio unas vueltas y zapateó. "¡Te amo! ¡Te amo!"

Ángela se quedó mirándolo moverse como un saltamontes y se preguntó si el hombre no estaría chiflado. Él vio su mirada y se rió. —He estado de rodillas toda la semana preguntándome qué hacer. ¿Sabes lo que hizo ese borracho? Orinó en la sopa y la estuvo sirviendo todo el lunes. Me lo confesó en la noche. Pensé que para la mañana yo ya estaría colgado de un poste mientras que él simplemente se reía y decía que estaba condimentando el caldo. No te diré lo que hizo esta mañana.

Ángela miró el plato de porotos que tenía al frente. —¿Hizo algo con los porotos?

—Nada, que yo sepa.

—Eso no me tranquiliza.

—Ven a la cocina. Te mostraré lo que tengo en materia de provisiones y tu puedes ver qué se puede hacer con ellas. ¿Cómo te llamas, jovencita? No se me ocurrió preguntarlo antes.

—Oseas. Señora Oseas —dijo.

Miguel hundió el hacha tan profundamente en el tronco que pasó directamente al otro lado y se clavó en el taco. Le dio un fuerte tirón y la liberó de nuevo. Puso otro tronco y lo partió de un solo hachazo. Una y otra vez hizo lo mismo hasta que la leña se fue apilando alrededor del taco. Miguel la empujaba con el pie y continuaba cortando con más fuerza que antes partiendo los troncos de un solo golpe. Por poco se dio en la pierna.

Temblando, arrojó el hacha y cayó de rodillas. El sudor le inundaba los ojos. Se lo secó con el dorso de la manga. Escuchando algo, levantó la vista, entrecerrando los ojos al sol, y vio a Juan sobre su caballo observándolo. Miguel ni siquiera lo había visto llegar. —¿Hace cuánto estás ahí? —preguntó con el pecho agitado.

—Un par de minutos.

Miguel intentó ponerse de pie pero no pudo. No bien hubo terminado su frenético trabajo con el hacha, todas sus fuerzas lo habían abandonado. Volvió a caerse y se apoyó en el taco. Mirando hacia arriba, le sonrió irónicamente a Juan. —No te había escuchado llegar. ¿Qué te trae por aquí?

Juan apoyó los antebrazos en la montura. —Tienes suficiente leña para dos inviernos ahí.

—Trae la carreta y carga lo que necesites.

La montura crujió cuando Juan desmontó. Se agachó frente a Miguel. —¿Por qué no la buscas?

Miguel respondió levantando una mano temblorosa. —Déjalo así, Juan. —No tenía deseos de hablar.

—Deja a un lado tu orgullo. Toma tu caballo y ve a buscarla. Yo cuidaré tu lugar.

—No tiene nada que ver con el orgullo.

—Entonces, ¿qué te detiene?

Miguel inclinó la cabeza hacia atrás y dijo respirando hondo. —La sensatez.

Juan frunció el ceño. —Entonces es como dice Pablo.

—¿Qué dijo Pablo? —preguntó Miguel, mirándolo.

—No mucho —dijo con cautela—. Miguel, las mujeres son emocionales. A veces hacen cosas estúpidas. . . .

—Esta vez lo pensó. No fue un impulso.

—¿Cómo lo sabes?

Miguel se pasó los dedos por el cabello. Había repasado muchas veces las cosas que Ángela había dicho y hecho aquella última noche. Todavía podía ver su delgado cuerpo a la luz de la luna, su cabello claro flotando al aire. Cerró los ojos. —Sencillamente lo sé.

—Miriam se culpa a sí misma de todo esto. No nos dice por qué piensa eso, pero está totalmente convencida.

—No tiene nada que ver con ella. Díselo de mi parte.

—Lo hice. Quiso convencer a Pablo de que fuera a buscar a Amanda.

Miguel podía adivinar el resultado de esa conversación. Por lo menos Pablo había sido lo suficientemente sensible las últimas dos semanas como para no venir a regodearse. —A Pablo nunca le cayó bien Ángela.

—¿Ángela? —preguntó Juan sin comprender.

—Mara, Amanda, Tirsá . . . —se le quebró la voz y se agarró la cabeza—. ¡Jesús! —dijo con voz ronca—. Jesús —*Ángela*—. Ella jamás había confiado lo suficientemente en él como para decirle su verdadero nombre. ¿O es que él había estado pensando en ella como Ángela todo el tiempo sin siquiera saberlo? ¿Era por eso que lo había dejado? *Oh Dios, ¿era por eso que querías que la dejara ir?*

Juan Altman se sentía impotente frente al dolor de su joven amigo. No podía ni siquiera imaginar su vida sin Elisabet. Había visto lo mucho que Miguel amaba a Amanda y Miriam había jurado que Amanda lo amaba. Puso la mano sobre el hombro de Miguel. —Tal vez ella vuelva por su propia cuenta. —Sus palabras le sonaron vacías. Miguel ni siquiera levantó la vista—. ¿Qué puedo hacer para ayudarte?

—Nada —dijo Miguel. ¿Cuántas veces había dicho eso Ángela? *Nada.* ¿Acaso también ella había sentido como si le desgarraran las entrañas? ¿Había sido tan grande el dolor que sólo el mencionarlo lo empeoraba? ¿Cuántas veces había intentado sondear sus heridas, como Juan estaba haciendo ahora? Intentando ayudar y sólo provocando más dolor . . .

—Vendré mañana —dijo Juan.

En lugar de él vino Miriam.

Se sentó con Miguel bajo el sauce sin hablar. Miguel podía escuchar su mente trabajando, la pregunta que pendía del aire. *¿Por qué no haces algo?* Pero no preguntó. Metió la mano en el bolsillo y extrajo algo que le tendió a Miguel. El corazón le dio un vuelco cuando vio el anillo de su madre en la palma de la mano.

—Tómalo —dijo.

—¿Dónde lo hallaste? —preguntó con voz ronca mientras lo tomaba.

Los ojos de Miriam se empañaron. —Me lo dio antes de subir a la diligencia. Olvidé entregártelo el primer día. Luego . . . me dio vergüenza.

Miguel cerró el puño con el anillo. —Gracias —dijo, sin hacer más preguntas.

—¿Has cambiado de idea, Miguel? ¿Intentarás buscarla?

La miró con firmeza. —No, Miriam, y no vuelvas a preguntármelo.

Miriam no se quedó mucho tiempo más. Había dicho todo lo que pudo el día que Amanda lo dejó y no logró convencerlo.

Miguel conocía todos los motivos posibles para la partida de Amanda. Pero más allá de eso, más allá de la comprensión, sabía que Dios estaba obrando. "¿Por qué así?" clamaba angustiado. "¿Por qué me dijiste que la amara sólo para quitármela?"

Se enfurecía con Dios y sufría por su esposa. Dejó de leer su Biblia. Dejó de orar. Se volcó a su interior buscando respuestas. No encontró ninguna. Y soñó sueños oscuros, sueños confusos de fuerzas que se cerraban sobre él.

El suave murmullo ya no le hablaba; pasaron semanas y meses. Dios estaba en silencio y oculto; su propósito era un misterio. La vida se convirtió para él en un páramo estéril al punto que Miguel no lo pudo soportar más y clamó, "¿Por qué me has abandonado?"

Amado mío, estoy siempre contigo, hasta el fin de los tiempos.

Miguel aminoró el ritmo de trabajo y buscó consuelo en la Palabra de Dios. *Ya no entiendo nada, Señor. Perderla es como perder la mitad de mí mismo. Ella me amaba. Lo sé. ¿Por qué te la llevaste?*

La respuesta le llegó lentamente, con el cambio de las estaciones.

No tendrás dioses delante de mí.

Eso no podía ser cierto.

La ira de Miguel creció. "¿Cuándo he adorado a otro que no seas *tú*, Señor?" rugió. "Te he seguido toda mi vida. *Nunca* puse a nadie antes a ti," dijo llorando con los puños apretados. "La amo, pero nunca la hice mi dios."

En la calma que siguió a su angustiado torrente de palabras, Miguel oyó —y finalmente comprendió.

Tú te convertiste en su dios.

Ángela estaba de pie en medio de la calle envuelta en oscuridad, mirando cómo ardía el Café Harper. Todo aquello por lo que había trabajado los últimos seis meses se quemaba junto con él. Lo único que le quedaba era el gastado vestido de algodón a cuadros que usaba y el delantal manchado que lo cubría.

Prácticamente no hubo advertencia. Virgilio había irrumpido en la cocina, gritando que había un incendio. Ángela no había tenido tiempo de hacer preguntas mientras la arrastraba afuera. Otros dos edificios ardían al lado. Luego vino una brisa que llevó el fuego a las demás construcciones de la cuadra. La gente corría atropelladamente, algunos con pánico, otros dando órdenes, otros pasando baldes con agua frenéticamente en un vano intento de contener las llamas. Las cenizas y el humo llenaban el aire y las llamas se elevaban cada vez más, en un rojo fosforescente contra el cielo oscuro.

Impotente, Ángela vio derrumbarse el bar en una explosión de chispas y llamas. Virgilio lloraba. El negocio andaba bien. Aunque el menú era limitado, lo que ofrecían era excelente y ese dato había corrido rápidamente.

Ángela se sentó en un barril que alguien había hecho rodar desde uno de los edificios. Los hombres habían arrastrado todo lo que podían desde las casas. La calle estaba atestada de cajas, muebles, bolsas. ¿Por qué no había hecho lo mismo ella? Ni se le había ocurrido correr escaleras arriba y empacar sus cosas. Podría haber metido todo lo que tenía en el bolso y salir a tiempo.

Cuando el fuego llegó al final de la cuadra se detuvo. La brisa se calmó y lo mismo ocurrió con la agitación. A lo largo de la calle la gente se veía desesperada, contemplando la desaparición de lo que quedaba de sus sueños. Virgilio estaba sentado en el suelo, con la cabeza entre las manos. La depresión se instaló sobre Ángela como una manta fría. ¿Qué haría ahora? Miró alrededor y comprendió que los demás estaban en la misma situación que ella. ¿Qué haría Miguel si estuviera aquí? Sabía que jamás se dejaría invadir por la desesperación y que haría algo por la gente. Pero ¿qué podía hacer ella? Una mujer, ella misma en la miseria. Una cosa que sabía que no podía hacer era quedarse ahí mirando llorar a Virgilio en medio de la calle.

Se sentó a su lado en el suelo. —No bien se apague el fuego iremos a revolver las cenizas para ver si quedó algo de valor que se pueda rescatar.

—¿De qué sirve? No tengo dinero para reconstruir —gemía.

Ángela lo rodeó con su brazo. —El terreno vale algo. Tal vez puedas conseguir un préstamo por él y comenzar de nuevo.

Durmieron contra un montón de bultos abrigados con mantas prestadas. Al amanecer, escarbaron entre las cenizas. Asfixiándose con el hollín, Ángela encontró cacerolas y sartenes metálicas fundidas. La cocina todavía servía. La vajilla estaba derretida, pero algunos de los platos estaban intactos. Una buena fregada los pondría en condiciones.

Ángela descansaba, con la cara cubierta de ceniza y la garganta dolorida por aspirarla. Estaba hambrienta y agotada. Le dolían los músculos, pero por lo menos Virgilio se veía más esperanzado, aunque todavía no había encontrado un lugar para que ambos se hospedaran. Los hoteles de la zona ya estaban llenos con los clientes que pagaban y era poco probable que les dieran lugar en los pasillos a los que no podían pagar. La idea de dormir en la calle bajo la fría niebla de la bahía era desalentadora, pero se daba cuenta que las cosas podían haber sido peores. Alguien les había alcanzado otro par de mantas.

Quitaron las maderas chamuscadas. Ángela juntó los fragmentos de vidrio de las ventanas rotas en un balde y los fue volcando en una pila para ser llevados más tarde en una carreta. Virgilio se veía pálido por el agotamiento.

—Supongo que debo acampar aquí mismo hasta conseguir un préstamo para reconstruir el lugar. El sacerdote tiene lugar en la iglesia si quieres quedarte allí.

—No gracias —dijo. Prefería dormir en el barro antes que ir a pedir ayuda a la iglesia.

Señalando una hilera de hombres frente a una puerta del otro lado de la calle, Virgilio le informó, —El padre Patricio ha abierto un comedor transitorio allá. Ve a comer algo.

—No tengo hambre —mintió. No quería pedirle nada a un sacerdote.

Pero necesitaba desesperadamente un trago de agua. Se habían instalado algunos barriles afuera para que la gente se sirviera. Quería lavarse la cara, pero la única agua disponible para eso era el abrevadero. Suspirando, decidió que probablemente el lugar estuviera más limpio que ella. Inclinándose sobre el abrevadero, recogió agua con las manos y se lavó la cara. El agua la refrescó.

"Hola, Ángela. Ha pasado mucho tiempo."

Se le detuvo el corazón. Seguramente sería su imaginación. Levantó lentamente la cara mojada con el corazón latiéndole aceleradamente.

Allí estaba el Duque, con la boca torcida en una sonrisa siniestra.

Treinta

Aun si voy por valles tenebrosos,
no temo peligro alguno
porque tú estás a mi lado.

SALMO 23:4

La mirada burlona del Duque recorrió el gastado vestido de Ángela y su boca se curvó en una sonrisa sarcástica. "Te he visto más presentable, querida."

Ángela se heló ante la vista del Duque. Cuando se acercó y la tocó, creyó que se desmayaba.

—Parece que por mucho que huyas, no puedes alejarte de mí, ¿no es así? —Volvió a mirarla de arriba abajo—. Te has convertido en una hermosa mujer debajo de todo ese hollín —dijo, mirando alrededor a los edificios quemados—. ¿Trabajabas en uno de estos miserables tugurios?

Cuando volvió a mirarla, Ángela había recuperado el habla. —Cocinaba para el Café Harper. —Le temblaba el estómago.

—¿Cocinar? ¿Tú? —Rió—. Vamos, eso suena gracioso, querida. ¿Cuál es tu especialidad? —Mientras hablaba miró a los hombres que trabajaban despejando los edificios quemados—. Me preocupé por ti. Temí que terminaras con otro debilucho como Juancito. —Detuvo los ojos sobre Virgilio, que estaba removiendo escombros—. En lugar de eso fuiste a parar con una rata miserable.

Reconoció esa oscura mirada y supo que no presagiaba nada bueno para Virgilio, que a ella sólo le había mostrado bondad. Le sudaban las palmas de las manos, pero tenía que desviar la atención del Duque del hombrecito que la había ayudado. —Imagino que no viniste hasta California sólo para encontrarme. Tú que tienes tantas cosas importantes que hacer.

—Mira a tu alrededor, querida. Aquí se puede hacer una fortuna. —Tenía una sonrisa provocadora—. Vine a tomar mi parte.

Virgilio los vio y se acercó. La mirada de Ángela no logró prevenirlo. Por el contrario, se apresuró a venir. Miró al Duque de arriba abajo y luego a Ángela con preocupación. —¿Estás bien, jovencita? ¿Te está molestando este señor?

¿Creía este pobre ingenuo que podría hacer algo? —Estoy bien, Virgilio.

El Duque le dirigió una fría sonrisa. —¿No nos vas a presentar, querida?

Ángela lo hizo. Era evidente que Virgilio había oído el nombre antes y se mostró sorprendido. —¿*Conoces* a este hombre?

—Ángela y yo somos viejos y queridos amigos.

Virgilio la miró y Ángela sintió la necesidad de decir algo más, de intentar explicar. Pero era poco lo que podía decir. —Nos conocimos en Nueva York, hace mucho tiempo.

—No hace tanto tiempo —dijo el Duque en tono posesivo.

—¿Es usted el dueño de ese lugar, del otro lado de la calle? —preguntó Virgilio—. Ese edificio grande.

—Efectivamente —dijo el Duque, arrastrando las palabras—. ¿Has frecuentado mis mesas?

—Nunca me lo he podido permitir —respondió Virgilio lacónicamente.

—¿Vamos, Ángela? —dijo el Duque, ciñendo la mano en el brazo de ella.

—¿Irse? —Virgilio la miró—. ¿Irse adónde?

—No creo que sea asunto tuyo —dijo el Duque en tono de advertencia.

Virgilio se estiró forzando su metro y medio. —¿Y si ella no quiere irse?

El Duque se rió.

Ángela se sintió sorprendida y conmovida de que Virgilio estuviera dispuesto a defenderla, incluso contra un hombre como el Duque, que podía destruirlo sin mucho esfuerzo. —Yo . . . —Sintió los dedos del Duque hundirse en su brazo y temió lo que pudiera ocurrirle a Virgilio si ella vacilaba en ir con él—. Lo siento, Virgilio. —El pobre hombre quedó confundido y dolido. La miró y Ángela sintió que lo había traicionado, también, al no ser honesta desde el principio. ¿Acaso pensaba que realmente podía tener una vida diferente? ¿Qué derecho tenía?

—Tendrás que buscarte otra cocinera —dijo el Duque—. Ella regresa a donde pertenece.

—¿Estás segura, jovencita?

Los oscuros ojos del Duque relampaguearon fastidiados de que este miserable dueño de un café creyera que podía contradecirlo. —Tal vez deba ocuparme de este como lo hice con Juancito —dijo, echándole una mirada a Ángela con ojos impacientes.

—¿Qué Juancito? —preguntó Virgilio, mostrándose sereno y listo para desafiarlo. Por más que le faltara altura, no le faltaba coraje. Lo único que realmente le faltaba era sentido común.

—¡No! —suplicó Ángela—. Por favor, Duque. Iré contigo.

—Te has vuelto muy educada, querida. —Otra vez benevolente, sonrió a Virgilio—. ¿Eres dueño de este terreno?

—Así es —dijo Virgilio con cautela.

—¿Quieres venderlo?

—¡Ni muerto!

El Duque se rió. —¿Conque no? Bueno, si necesitas dinero para reconstruir, pasa y hablaremos. Si tienes dificultades en encontrar una cocinera para reemplazar a Ángela, en eso también puedo ayudar. —Se veía maliciosamente divertido.

—Gracias —dijo Virgilio, pero Ángela vio que no se fiaría en nada del Duque—. Señora Oseas, ¿estás segura de esto?

—¿Señora Oseas? —preguntó tranquilamente el Duque, levantando las oscuras cejas mientras la miraba. Ángela tenía el corazón en la boca.

—Sí, Virgilio. Estoy segura.

El Duque se la llevó, riéndose como si se tratara de una gran broma. Ángela intentaba pensar qué hacer, pero la mano firme bajo el brazo le paralizaba el cerebro. *Miguel, ¡ay, Miguel!* Miguel había luchado para sacarla de la taberna de Pair-a-Dice, pero no estaría aquí para luchar por ella esta vez. Estaba sola y el Duque la sujetaba con tanta fuerza que comprendió que no tenía intenciones de dejarla ir otra vez.

"¿Así que te has casado, querida? ¿Fue entretenido mientras duró? ¿O sólo fingido?" La empujó al interior de una gran casa de juego. Ángela casi no percibió lo que la rodeaba mientras la conducía entre las mesas. Era opulento; el Duque siempre hacía las cosas a lo grande.

Los hombres lo saludaban y la miraban descaradamente. Caminó con el rostro erguido y la mirada al frente. Subieron las escaleras y entraron a un corredor suntuosamente revestido. El pánico se apoderó de Ángela al recordar otro corredor a cuatro mil kilómetros y de lo que le esperaba al final del mismo. El Duque abrió una puerta y la empujó al interior delante de él.

Una hermosa morena dormía en una cama de bronce. El Duque se acercó y le dio una fuerte cachetada. La muchacha despertó con un doloroso gemido.

"Sal de aquí." La joven prostituta saltó de la cama, tomó su bata y salió rápidamente. El Duque sonrió a Ángela mientras decía, —Esta será tu habitación.

No podía rendirse tan fácilmente. —¿Puedo escoger?

—Sigues desafiante —dijo, arrastrando las palabras, y se acercó. La sujetó fuertemente de la cara, mirándola a los ojos. Ángela intentó ocultar su temor devolviéndole la mirada, pero no podía engañarlo. Era evidente que sabía que estaba fingiendo y sonrió. "Estás en casa, querida. Donde perteneces. Deberías estar contenta." Deslizó las manos y las apretó alrededor de la garganta de Ángela. "Pareces tranquila, pero el corazón te late como el de un conejo asustado."

Encendió un puro y la miró entre el humo. "Estás muy pálida, querida. ¿Crees que voy a lastimarte?" Le besó la frente con afectación paternal, burlándose de ella como siempre lo había hecho cuando ella se atrevía a desafiarlo. "Hablaremos más tarde, ¿quieres?" Le dio unas palmadas en las mejillas como si fuera una criatura y salió de la habitación.

Miguel se despertó bañado en sudor frío. Ángela lo había llamado. La había visto de pie en medio del fuego, llamándolo una y otra vez. No podía llegar hasta ella por mucho que lo intentara, en cambio vio una figura negra caminando hacia ella entre las llamas.

Pasó las manos temblorosas por el cabello húmedo. El sudor le corría por el pecho. No podía dejar de temblar. "Es sólo un sueño."

La premonición que sentía era tan fuerte que le dieron náuseas. Oró. Luego se levantó de la cama y salió. Pronto amanecería. Las cosas se verían mejor a la luz del día. Cuando llegó el amanecer, la sensación de que algo estaba mal no desaparecía, de manera que volvió a orar, fervientemente. Estaba lleno de temor por su esposa.

¿Dónde estaría? ¿Cómo estaría sobreviviendo? ¿Pasaría hambre? ¿Tendría techo? ¿Cómo se las arreglará sola?

¿Por qué no volvía con él?

Algo ominoso pendía del aire y siguió así todo el día. Lo sentía como una negrura que cubría el alma y supo sin lugar a dudas que tenía que ver con Amanda. Oró incesantemente por ella.

Comprendió que estaba impotente. No había nada que pudiera hacer si ella estaba en dificultades. No sabía dónde estaba ni qué tipo de ayuda necesitaba. Soltarla era muy difícil. Todavía la amaba. Siempre había confiado en Dios para que lo protegiera y lo guiara. ¿Por qué no podía confiar en que Dios haría lo mismo por *ella*?

Porque sabía que ella no creía.

Ángela quiso abrir la puerta. Pero estaba con llave. Fue hasta la ventana y corrió las elegantes cortinas de encaje para poder mirar. Tampoco había salida por allí. Al Duque le gustaba asegurar su propiedad.

Dio vueltas por la habitación con las manos húmedas mientras se preguntaba qué podría hacerle el Duque. Ángela no se engañaba. El Duque bullía de furia por debajo de su apariencia amable. Dejarla sola obraba a favor de él. Sabía que las preguntas la carcomerían. "Esta vez no," se susurró a sí misma. "Nunca más."

Mirando alrededor, decidió que podía tender la cama y ordenar la habitación. Podía *hacer* algo para alejar la mente de lo que era inevitable. Después de terminar esas pequeñas tareas, se sentó cerca a la ventana mirando la gente que circulaba abajo. El temor volvió a aparecer. Cerrando firmemente los ojos, luchó con él. "Miguel, Miguel, muéstrame qué hacer." Se lo imaginó trabajando en el campo. Lo veía enderezándose, azada en mano, sonriente. Lo veía sentado frente a la chimenea, con la Biblia sobre las rodillas. "Confía en el Señor," le decía. *Confía en el Señor.*

Se abrió la puerta y Ángela se obligó a seguir sentada tranquila donde estaba mientras entraba el Duque. Venía seguido de un hombre fornido. Fingió indiferencia mientras el hombre juntaba las cosas de la otra muchacha y las sacaba de la habitación. El Duque la estudiaba pasivamente. Ángela levantó los ojos y le sonrió débilmente. *No harás que me arrastre, maldito. No me darás vuelta la cabeza esta vez. Pensaré en Miguel. Seguiré pensando todo el tiempo en Miguel.*

Un sirviente chino vino a sacar las sábanas y a poner ropa de cama limpia.

Ángela se quedó sentada tranquila en la silla de respaldo, con las manos apoyadas en los brazos de la silla y el corazón latiéndole violentamente. El Duque no se había movido ni había dicho nada, pero ella conocía esa mirada, y el temor le produjo un nudo en el estómago. ¿Qué venganza estaba planeando?

"Suban la bañadera," ordenó, y el chino asintió. "Asegúrate que tenga suficiente agua caliente." El chino volvió a asentir con una reverencia y salió. Los ojos del Duque se achicaron mientras estudiaba el rostro de Ángela. "Enviaré a alguien para que se ocupe de ti," dijo y salió.

Soltó el aire, sorprendida. Su actitud parecía haberlo inquietado. Nunca antes lo había podido engañar. Pero también habían pasado casi tres años desde la última vez que la vio. Tal vez había olvidado su estrategia.

Y tal vez eso sólo empeoraría las cosas.

Una muchacha joven entró para ayudarla a desvestirse. No tenía más de trece años. Ángela se dio cuenta que no era la amante del Duque, aunque bien podría haberlo sido alguna vez. Era bastante bonita. Pero Ángela sabía que mientras una muchacha fuera exclusivamente del Duque, tendría la cara limpia, usaría polvos de tono pastel, trenzas y moños en la cabeza. Esta muchacha tenía los labios y las mejillas con maquillaje rojo y el cabello le caía en una cascada de rizos sobre los delgados hombros. Tenía la mirada de quien ha pasado por el infierno.

Llena de compasión, sonrió a la joven muchacha. —¿Cómo te llamas?

—María —dijo, arrojando el vestido y las enaguas de Ángela frente a la puerta.

—Me gustaría recuperar esas ropas después que las hayan lavado.

—El Duque dijo que debía tirarlas.

—Y siempre hay que obedecer al Duque —afirmó Ángela, no queriendo que la muchacha se metiera en dificultades—. ¿Te trajo a California con él?

—A mí y a otras tres chicas —dijo, probando la temperatura del agua—. No está demasiado caliente; puedes bañarte.

Ángela se quitó la ropa interior. Suspiró mientras se introducía en el agua tibia. Pasara lo que pasara, estaría limpia llegado el momento. Por lo menos por fuera.

—¿Cuánto hace que estás aquí? —preguntó Ángela.

—Ocho meses.

Ángela frunció el ceño. Había estado viviendo todo ese tiempo a pocas cuadras del Duque sin siquiera saberlo. Tal vez era su destino estar con él.

—Eres hermosa —comentó María.

Ángela miró a la muchacha con ojos sombríos. —También tú. —Era una muchacha muy pálida y bonita con ojos azules atemorizados. Sintió mucha compasión por ella.

—¿Quieres que te lave el cabello? —preguntó María.

—Lo que quiero es encontrar una manera de salir de aquí. —María se paralizó de sorpresa y Ángela sonrió como burlándose de sí misma—. Pero supongo que eso es imposible —dijo, tomando la esponja y la barra de jabón de lavanda de manos de la muchacha.

El Duque entró sin tocar. María dio un salto, empalideciendo. Ángela puso su mano sobre la de la muchacha y la sintió fría. Varias batas de satén colgaban del brazo del Duque quien las depositó con gran ceremonia sobre el extremo de la cama. "Déjanos, María," ordenó, y la muchacha salió de prisa.

Enojada, Ángela reunió todas sus fuerzas y continuó bañándose como si el Duque no estuviera allí. La miraba. Incómoda bajo ese oscuro escrutinio, se levantó y se envolvió con una toalla grande. El Duque le pasó otra más pequeña para el cabello.

Ella se la enrolló como un turbante. El Duque abrió una amplia bata de satén azul. Poniéndosela, se la ciñó. El Duque le puso la mano sobre el hombro, volviéndola hacia él.

—Ya no eres mi pequeña Ángela, ¿verdad?

—No podía seguir siendo niña para siempre —dijo, helada por el contacto de su mano.

—Es una pena. —Acercó una silla para ella. Respirando hondo, Ángela se obligó a mantener la calma mientras se sentaba.

"Debes estar muerta de hambre," dijo, tirando de la cuerda de la campana. El sirviente chino entró con una bandeja. En cuanto la puso en la mesa frente a ella, el Duque le indicó que se fuera. Quitando la tapa de plata, el Duque sonrió. "Todas tus cosas favoritas, querida."

Era un banquete: un bife particularmente grueso, papas a la crema y una variedad de verduras con mantequilla. También una gruesa porción de torta de chocolate. No había probado una comida como esa desde que abandonó el burdel en Nueva York. Se le humedeció la boca y el estómago le crujió.

Duque levantó la jarra de plata, llenó un vaso de cristal con leche y se lo pasó a Ángela. —Siempre la preferiste al champagne, ¿no es así?

Ángela recibió el vaso. —¿Estás engordando al becerro antes de sacrificarlo, Duque?

—¿El becerro de *oro*? ¿No te parece que sería un imbécil si así fuera?

Ángela no había comido desde antes del incendio y se había negado testarudamente a la oferta del sacerdote. Si tomaba su sopa, estaría obligada a confesar para recibir la respuesta de que, de todos modos, carecía de salvación. Estaba muerta de hambre.

"Vendré más tarde," dijo el Duque, sorprendiéndola nuevamente. Había pensado que se quedaría. No bien cerró la puerta, atacó la suntuosa comida. No había probado algo tan sabroso en tres años. El Duque siempre se había asegurado de tener una buena cocina. Se sirvió un segundo vaso de leche.

Recién después de terminar, comprendió lo que había hecho y la invadió la vergüenza.

¡Ay, Miguel! Soy débil. ¡Soy tan débil! Hice bien en dejarte. ¡Mírame! Llenándome con la comida del Duque. Estoy vendiendo mi alma por un bife y una porción de torta de chocolate, cuando juré que prefería morir de hambre antes que volver a mi antigua vida. ¡No sé cómo ser buena! Sólo lo lograba cuando estaba contigo.

—Te ves angustiada, querida. ¿Qué ocurre? ¿Algo de lo que comiste?

—La voz del Duque la sorprendió. Ni siquiera lo había escuchado entrar a la habitación—. ¿O estás preocupada por cuál será mi castigo?

Ángela empujó a un lado el plato, con la cara ardiendo de humillación, enferma por lo que había hecho. —No me importa lo que hagas —dijo con voz apagada. Se puso de pie y le dio la espalda. Corriendo las cortinas de encaje, miró hacia abajo, a la gente que pasaba por la calle. *¿Qué se ha hecho de toda la buena fuerza moral que tenía cuando estaba contigo, Miguel? Se ha ido. He vuelto a ser Ángela. ¡Todo en pocas horas y con un plato de comida!*

Cerró los ojos. *Dios, si estás ahí, haz que me muera ahora mismo. Quítame la vida para que no me rinda del todo. No tengo la fuerza para luchar contra este demonio. No tengo nada de fuerza.*

—Estaba preocupado por ti —dijo el Duque con voz engañosa—. Sintió sus manos sobre los hombros, los pulgares del Duque presionando sus músculos tensos—. Sólo me interesa tu bien.

—Como siempre —dijo Ángela lacónicamente.

—¿Alguna vez has tenido que tratar con las clases bajas, querida? Siempre tuviste lo mejor. ¿Cuántas chicas de dieciséis años reciben la visita de un senador y un juez de la suprema corte como ocurría contigo? ¿O un magnate de puertos? Carlos se quedó desolado cuando desapareciste. Contrató sus propios contactos para buscarte. Fue él quien me dijo que estabas en un barco rumbo a California.

—El bueno de Carlos —dijo Ángela, recordando al joven consentido. Sacudiéndose sus manos, Ángela lo enfrentó. —¿Y si te dijera que yo quería irme?

Hizo un leve gesto con la boca. —Háblame de ese hombre Oseas.

Ángela se puso tensa. —¿Por qué quieres saber de él?

—Por curiosidad, querida.

Tal vez hablar de Miguel le daría las fuerzas para resistir lo que viniera. —Es un granjero.

—¿Un granjero? —preguntó el Duque, sorprendido y divertido a la vez—. ¿Aprendiste a trabajar la tierra? ¿Sabes ordeñar una vaca y coser buena ropa? ¿Disfrutas la tierra bajo las uñas? Le tomó la mano y miró la palma. Ángela se quedó en silencio. —Callos —dijo con disgusto y la soltó.

—Sí, callos —dijo con orgullo—. Incluso cubierta de sudor y de tierra, estaba más limpia con él de lo que jamás estuve contigo.

El Duque le dio una cachetada y ella se tambaleó hacia atrás. Enderezándose, vio algo en su expresión que le hizo perder un poco el miedo. No sabía bien qué era pero no se lo veía tan seguro de sí mismo ni de tener el control de la situación.

—Dime todo, querida.

Ella lo hizo.

—¿Lo amabas?

—Todavía lo amo. Siempre lo amaré. Es lo único bueno que jamás me ha ocurrido en toda la vida y me aferraré a eso hasta que muera.

El rostro del Duque se ensombreció. —¿Estás apurada para que eso ocurra?

—Haz lo que tengas que hacer, Duque. Haz lo que quieras. ¿Acaso no lo has hecho siempre? —Se alejó de él nuevamente, esperando que la sujetara y la arrastrara por la habitación golpeándola, pero no lo hizo. Se sentó al borde de la cama y lo miró con curiosidad.

—¿Dónde está ahora este dechado de virtudes y de hombría? —preguntó el Duque.

—En su granja. —Tal vez para estas alturas Miguel estaría con Miriam.

—Lo dejaste.

—Sí, lo dejé.

El Duque sonrió satisfecho. —Te aburriste.

—No. Uno de los sueños de Miguel era tener hijos y, como tú y yo sabemos, no puedo tenerlos. —No pudo evitar la amargura de su voz, tampoco lo intentó.

—¿De manera que no me has perdonado por eso?

—Le dije a Miguel que no podía tener hijos y por qué. Me respondió que no importaba.

—¿No?

—No. Pero a mí sí. Yo quería que Miguel tuviera todo lo que deseaba y merecía.

El rostro del Duque se endurecía con cada palabra de Ángela. Ella ignoró la advertencia. Sólo pensaba en Miguel. —No es la primera vez que lo dejo. Me casé con él cuando no podía hacer otra cosa, y me fui en la primera oportunidad. Quería alejarme de él. Quería volverme y cobrar el dinero que me debían. Para cuando llegué, el burdel ya no estaba. Se había incendiado y la dueña se había ido. Terminé trabajando para el dueño de una taberna. Ahí tuve trato con toda esa gente de clase baja de la que hablas con tanto desprecio. ¿Sabes qué hizo Miguel cuando supo dónde estaba? Vino a buscarme. *Luchó* para sacarme de allí. Y me llevó a casa. Y me *perdonó*.

Ángela se rió tristemente. —Pero seguí huyendo. Miguel me hacía sentir cosas, cosas maravillosas. Era como si estuviera dándome una vida nueva. Amándome, siempre amándome a pesar de todo lo que descubría sobre mi pasado. Sin importar lo que yo hiciera. Sin importar cuánto lo hiriera. Él nunca se daba por vencido.

El Duque le sujetó el mentón. —Yo tampoco. —Los ojos le quemaban como brasas—. ¿Acaso has olvidado que también huiste de mí varias veces y yo siempre te traje a casa y te perdoné?

Ángela se soltó y lo miró. —¿Perdonarme? Te *adueñaste* de mí. Me ves como una posesión. Algo para vender al mejor postor. Algo para usar. Miguel *me amaba*. Siempre pensaste que eras el dueño de mi alma. Miguel me mostró que nadie lo es.

—¿No? —Le tocó suavemente la mejilla que antes había golpeado—. ¿No te sientes en casa aquí, Ángela? ¿Acaso no echaste de menos la buena comida, las ropas hermosas, los muebles lujosos, las *atenciones*?

Ángela se movió inquieta y lo vio sonreír. —Te conozco —dijo él—. Por más que protestes, te gusta sentir la seda contra el cuerpo. Disfrutas de tener una sirvienta personal que te asista. —Recogió de la mesa la jarra vacía—. Te gusta la *leche* —agregó, riéndose de ella.

Ángela tenía el rostro encendido. La expresión del Duque era de un malicioso placer a medida que la presionaba. —Yo solía observar el modo en que jugabas con los hombres que venían. Como arcilla en tus manos. Estaban obsesionados contigo.

—Y eso te daba poder sobre ellos —agregó Ángela.

—Sí, así era —admitió rápidamente—. Un gran poder. —Le tocó torpemente la cara—. Te he echado de menos. He echado de menos el poder que me dabas porque los hombres que te traía caían bajo tu hechizo y, cuando eso pasaba, me pertenecían.

—Me das demasiado crédito.

—Nadie podía tocarte.

—Miguel lo hizo. —Vio la chispa de ira en los ojos oscuros del Duque. Extrañamente, no tenía miedo. Había en su interior cierta quietud. El sólo pensar en Miguel le daba valor, pero sabía que no era un coraje que pudiera durar. No cuando el Duque comenzara. El Duque no era como Magowan, no perdería el control y nunca la mataría.

El Duque se puso de pie. —Te dejo por ahora, querida. Descansa. Volveré y seguiremos hablando. Tenemos que discutir negocios. Después de todo, tienes que ganarte la estadía.

Cuando se inclinó para besarla, ella volteó el rostro. Los fuertes dedos del

Duque le sujetaron firmemente las mejillas obligándola a levantar la cabeza. La besó fuerte. No sintió en él pasión alguna, ni cuando se alejó. Se había cansado de ella cuando fue un poco mayor que María.

El Duque se detuvo en la puerta. —De paso, Ángela, si tu Miguel viene a buscarte, lo mataré de la misma manera que maté a Juancito —dijo con una leve sonrisa—. Y te lo haré presenciar. —A Ángela se le esfumó el coraje. El Duque se dio cuenta y volvió a sonreír.

Ángela sintió el sonido de la llave al girar en la cerradura y se hundió en la cama.

El Duque no vino al día siguiente, ni al otro. María le traía comida y un guardia se aseguraba de cerrar la puerta con llave cada vez que se iba.

Ángela sabía qué estaba haciendo el Duque. Pero el saberlo no la ayudaba.

Le volvieron las pesadillas.

Estaba corriendo y se hacía de noche. Detrás de ella se oía el eco de unas fuertes pisadas por el callejón. Por delante el muelle y los mástiles de los barcos llenaban el horizonte. Corría de uno a otro, suplicando que la dejaran subir. "Disculpe, señorita, no hay lugar," respondían los marineros, uno tras otro.

Corrió por el último embarcadero y vio frente a ella un lanchón lleno de basura. Alguien estaba desatando las cuerdas. Volteó desesperada a mirar y vio al Duque. La estaba llamado con su oscura voz.

Las ratas trepaban por los desperdicios del lanchón, regodeándose con la carne y las verduras podridas. El olor nauseabundo le invadió los sentidos, pero de todas maneras saltó al interior. Sus dedos se hundieron en una masa lodosa mientras una multitud de ratas huían chillando en todas direcciones. A punto de desmayarse por el fétido olor, se aferró fuertemente del lanchón que comenzaba a moverse. Se apartó del muelle en el momento en que el Duque lo alcanzaba.

"No puedes escapar, Ángela. No puedes escapar."

Finalmente la voz se perdía y Ángela se hallaba en medio de un mar azotado por la tormenta. Las olas rompían a su alrededor, salpicando sobre los bordes del lanchón. Buscó un lugar más seguro, pero no había. Trepó más arriba para evitar el frío del agua que la salpicaba. Allí estaba Ramón, echado de espaldas. La cuerda negra seguía alrededor de su cuello y las ratas estaban tironeando su carne muerta. Gritando de terror, se dejó resbalar nuevamente sobre el montón de desperdicios, acurrucándose en el lugar más alejado que pudo.

Temblando de frío, se cubrió la cabeza. "Ojalá estuviera muerta. Ojalá estuviera muerta . . ."

"Querida, ¿dónde está?"

Ángela miró hacia arriba y vio a su madre de pie frente a ella, destellando blancura.

—¿Dónde está, querida? ¿Dónde está mi rosario?

Ángela revolvió la pila de basura, buscando frenéticamente. —¡Lo encontraré, Mamá! ¡Lo encontraré! —Vio algo que brillaba y trató de recogerlo—. Sí, aquí está, ¡aquí está! —El lanchón se sacudió con violencia y se levantó de un extremo, volcando parte de la basura al mar. Ángela gritó, tratando de alcanzar el rosario de su madre mientras tropezaba con los desperdicios. Sus dedos alcanzaron a rozar el crucifijo y las cuentas antes de que resbalara, cayendo al turbulento mar. Ángela sintió que ella también resbalaba. Instintivamente se sujetó de algo, pero nada era lo suficientemente sólido como para sostenerla. Todo cedía. Cayó chapoteando al agua fría; a su alrededor remolinaban restos putrefactos. Luchó y pataleó para subir a la superficie y cuando lo logró, el mar estaba calmo. Vio una playa y nadó hacia ella. Cuando la alcanzó, casi no podía ponerse de pie bajo el peso de la mugre que tenía adherida. Tambaleó hasta la orilla y se arrojó exhausta. Tenía la piel manchada con feas heridas y llagas desagradables, como el bebé de la joven prostituta.

Cuando levantó la vista, vio a Miguel de pie en su campo. La brisa suave hacía que el trigo pareciera un mar dorado a su alrededor. El aire era dulce y limpio. Miriam se dirigía hacia él, con un bebé en brazos, pero él no le prestaba atención. —¡Amanda! —gritaba, corriendo hacia ella.

—No, Miguel, ¡vuélvete! ¡No te me acerques! —Sabía que si Miguel la tocaba, se le pegaría la suciedad que la cubría—. ¡Aléjate!

Pero él no escuchaba. Seguía avanzando.

Ella estaba demasiado débil como para correr. Se miró y vio su piel descomponiéndose y cayendo a pedazos. Miguel caminaba hacia ella sin vacilar. Estaba tan cerca que podía ver sus ojos. *Oh, Dios, déjame morir. Déjame morir, por él.*

No. Escuchó una voz suave.

Levantó la vista y vio a Miguel de pie junto a ella. En el lugar de su corazón había una pequeña llama encendida. ***No, amada.*** Miguel no había movido la boca y la voz no era la suya. La llama creció y se intensificó, extendiéndose hasta que todo su cuerpo brillaba. Luego esa luz se separaba de Miguel y se acercaba a ella. Era un hombre, magnífico y glorioso, del que emanaba luz en todas direcciones.

"¿Quién eres?" murmuró Ángela, aterrada. "¿Quién eres?"

Yahweh, El Shaddai, Jehová-mekoddishkem, El Elyon, El Olam, Elohim . . .

Los nombres continuaban apareciendo, moviéndose al unísono como una música, fluyendo en su sangre, llenándola. Temblaba de temor y no podía moverse. El hombre se acercó y la tocó, y Ángela sintió que la invadía un calor y el temor se disolvía. Se miró y vio que estaba limpia y vestida de blanco.

"Entonces estoy muerta."

Para que vivas.

Parpadeando, miró otra vez hacia arriba y vio al hombre de luz cubierto con su suciedad. "¡No!" lloró. "Oh, Dios, perdóname. Perdóname. Te sacaré la suciedad. Haré cualquier cosa . . ." Pero cuando ella intentó acercarse, la suciedad desapareció y el hombre estaba frente a ella perfectamente limpio.

Yo soy el camino, Sara, sígueme.

Cuando se puso de pie y avanzó hacia él, hubo un relámpago y Ángela despertó en la oscuridad.

Se quedó tendida en silencio, mirando hacia arriba, con el corazón latiéndole aceleradamente. Cerró firmemente los ojos, intentando volver al sueño, queriendo ver la conclusión, pero ya no era posible. Ahora apenas lo recordaba. La visión la eludía.

Luego oyó el ruido que la había despertado. Venía de la otra habitación y le era tan familiar que le desgarró el corazón. El Duque hablaba en voz baja y seductora y una niña lloraba.

Treinta y Uno

Pablo sabía que debía volver a las montañas. No podía quedarse donde estaba ni una semana más. No podía estar tan cerca de Miriam sin enloquecer. Mejor la desilusión y la monotonía de colar oro que verla cruzar el campo en dirección a la cabaña de Miguel.

Pero necesitaba dinero para comprar provisiones.

Tragándose el orgullo, fue donde Miguel y trató de venderle su campo.

—No pido mucho. Lo suficiente como para establecerme allá. Es una buena tierra. De todas maneras debería ser tuya, Miguel. La retuviste para mí cuando me fui.

— No necesito tierra —contestó Miguel y rechazó la oferta—. Espera hasta la primavera, cuando coseches tus cultivos, entonces tomarás las ganancias y te irás si tienes que hacerlo. La tierra te estará esperando cuando regreses.

—No regresaré, Miguel. Esta vez no.

Miguel puso su mano sobre el brazo de Pablo. —¿Por qué te torturas? ¿Por qué te dejas llevar por cualquier viento que sopla?

Apartándose con disgusto, Pablo respondió. —¿Y tú, por qué te empeñas en esperar a una ramera que nunca volverá? —Se fue antes de decir algo más que lamentar.

No le quedaba otra alternativa ahora que ir donde Juan Altman.

Juan lo invitó a pasar a la cabaña. Elisabet estaba acunando al bebé y Miriam se inclinaba sobre el fuego, removiendo una cacerola de estofado que bullía. Al ver a la muchacha se le aceleró el pulso. Ella se enderezó y le sonrió, haciendo que a Pablo se le aflojaran las rodillas.

—Siéntate, Pablo —dijo Juan, dándole una palmada en la espalda—. Hace tiempo que no te vemos.

Pablo volvió la mirada hacia Miriam. Perdió la cuenta de lo que decía Juan al observarla estirar una masa, cortar los pastelitos y colocarlas en una fuente para horno. El silencio de Juan lo hizo prestarle atención nuevamente. Elisabet le sonreía, lo mismo que Juan. Pablo sintió que le subía el color a su rostro.

—Vine a ofrecerte mi tierra, Juan. —Por el rabillo del ojo vio que Miriam se enderezaba y lo miraba. Se le tensaron los músculos de la cara—. He decidido volver a las montañas —dijo con determinación.

Juan levantó las cejas.

Elisabet frunció el ceño. —Es algo repentino, ¿no es así?

—No —dijo, sintiendo que Miriam lo miraba con las manos en las caderas.

—¿Lo has pensado bien? —preguntó Juan—. Has invertido mucho trabajo en esa tierra.

—Lo he pensado. Supongo que no sirvo para ser granjero. —Miriam se volvió y arrojó una tapa sobre la fuente. Juan y Elisabet dieron un salto y la miraron sorprendidos—. No pido mucho por la tierra —dijo Pablo, tratando de ignorarla. Dijo el precio, sorprendiéndolos todavía más.

—Vale mucho más que eso —dijo Juan. Se frotó el mentón, preocupado por la oferta—. ¿Por qué haces esto?

Miriam se volvió hacia ellos. —¡Porque es un tonto!

—¡*Miriam*! —exclamó Elisabet pasmada.

—Perdón, Mamá. ¡Pero es un tonto, un imbécil, un burro, un idiota!

—¡Ya basta, Miriam! —dijo Juan, levantándose de la silla con la cara encendida por el enojo—. Pablo es un invitado en nuestra casa.

Miriam sólo miraba a Pablo. Los ojos le quemaban con las lágrimas que se agolpaban y corrían por sus mejillas. —Perdón, Papá. Perdí la compostura. Perdón. —Cruzó la sala corriendo, tomó su abrigo y antes de salir se volvió a mirar a Pablo—. Adelante. Escapa a tus montañas y a tu oro. —Y golpeó tras ella la puerta.

Pablo se quedó mudo, anonadado. Quería correr tras ella y explicarle, pero ¿qué podía decir? ¿Que estaba enamorado de ella y que eso lo estaba volviendo loco? ¿Que Miguel algún día olvidaría a Ángela y ella haría bien en esperarlo?

Juan volvió a sentarse. —Pido disculpas —dijo—. No sé qué le está pasando.

—Estoy segura que no quiso decir eso, Pablo —agregó Elisabet.

Hubiera sido más fácil que de verdad lo pensara. —¿Qué dices, Juan? ¿Aceptas la oferta o voy al pueblo a ver si alguien tiene interés? Cuanto antes se fuera sería mejor.

Frunciendo el ceño, Juan miró a Elisabet antes de responder. —Déjame pensarlo. Te lo haré saber hacia el final de semana.

Tres días más. ¿Podría aguantar tres días más? —Gracias —dijo Pablo, poniéndose de pie.

—Visítanos más seguido —dijo Juan, poniendo la mano en el hombro de Pablo mientras salían—. Y pase lo que pase, siempre serás bienvenido aquí. —Lo acompañó afuera—. No sé lo que ocurre con Miriam, pero lo superará.

Pablo la vio caminado a campo traviesa, en dirección a donde Miguel. —Claro que lo hará —dijo, sonriendo débilmente—. Vendré en unos días, Juan. —Se puso el sombrero y se encaminó a su cabaña.

—¿Qué dices de eso? —le preguntó Juan a Elisabet cuando volvió adentro.

—Juan, desde que Amanda se fue, no le encuentro sentido a nada.

Esperaron que Miriam volviera y que finalmente se confiara a ellos como siempre lo hacía. Ya había oscurecido cuando abrió la puerta. —Estábamos preocupados —dijo Elisabet en tono de reprimenda. No esperaban que estuviera afuera tanto tiempo.

—¿Dónde has estado? —preguntó Juan.

—Fui donde Miguel. Luego estuve caminando. Luego me senté. Y luego oré. —Miriam se encogió y comenzó a llorar. Juan y Elisabet se miraron entre ellos sorprendidos. Aunque su hija era muy sensible, nunca había tenido esos estallidos emocionales.

—¿Qué ocurre, hija? —preguntó Elisabet, rodeándola con el brazo—. ¿Qué anda mal?

—¡Ay, Mamá! Lo quiero tanto que me duele.

Elisabet miró a su esposo. —Pero está casado, lo sabes.

Miriam se irguió con la cara roja. —¡A *Pablo,* Mamá! No a Miguel.

—¡*Pablo!* —dijo Elisabet, visiblemente aliviada—. Pensábamos que . . .

—*Siempre* ha sido a Pablo y sé que me quiere también. Es demasiado testarudo para admitirlo, incluso a sí mismo. —Miró a su padre—. No puedo dejar que se vaya, Papá. Si le compras la tierra, no te lo perdonaré jamás.

—Si no lo hago yo, lo hará algún otro —dijo, tratando de entender lo que pasaba—. Si te ama, ¿por qué vendería su tierra para irse?

—Creo que por las mismas razones por las que Amanda dejó a Miguel.

—Nunca nos dijiste lo que ella te confió —le recordó su madre.

—No puedo —dijo ruborizándose. Se hundió en un sillón, cubriéndose la cara—. Sencillamente no puedo. —Elisabet se arrodilló a su lado y trató de consolarla.

—¿Qué propones hacer para impedir que Pablo se vaya? —preguntó su padre—. Está decidido, Miriam, y así son las cosas.

Miriam levantó la mirada. —Puedo hacerlo cambiar de idea.

Estudiando la expresión decidida de su hija, Juan frunció el ceño. —En concreto, ¿qué tienes en mente?

Miriam se mordió el labio y miró a su madre y a su padre. —Algo de la Biblia. —Se secó las lágrimas y se enderezó.

—¿Qué parte de la Biblia? —preguntó Juan gravemente.

—Yo sé lo que haré, Papá. Pero ustedes tendrán que confiar en mí.

—¿Qué edad tiene, Duque?

Duque torció la boca burlonamente. —¿Estás celosa, Ángela?

Quería matarlo. —¿Ocho? ¿Nueve? Seguramente no más que eso, de lo contrario no despertaría tu *interés*.

Su expresión se volvió peligrosa. —Harías bien en dominar tu pequeña lengua sucia, querida. —Le acercó una silla—. Siéntate, tenemos que discutir algunas cosas.

Ángela vestía un vestido de satén rosa con encajes. Aunque la prenda calzaba perfecta en su esbelto cuerpo, Ángela la odiaba. Odiaba que cada curva suya estuviera expuesta al escrutinio del Duque. Estaba evaluando su mercadería, buscando la mejor manera de disponerla para su provecho.

—Ya no te sienta el rosa —dijo, y Ángela se sintió inquieta de que sus pensamientos fueran tan coincidentes—. Rojo, creo. O azul zafiro. Incluso verde esmeralda. Te verás como una diosa con esos colores. —Le tocó el hombro desnudo antes de sentarse también él.

Ángela lo enfrentó desde el otro lado de la mesa, dominando el rostro para que no expresara nada. El Duque la estudió con una sonrisa tensa.

—Has cambiado, Ángela. Siempre fuiste obstinada y distante. Era parte de tu encanto. Pero ahora también eres indiferente. No es prudente serlo en tu posición.

—Tal vez ya no me preocupa lo que ocurra.

—¿Quieres que te demuestre lo contrario? Podría hacerlo, ¿sabes? Fácilmente. —Se tocó las puntas de los dedos. Ángela estudió sus manos aristocráticas, manos sin callos, pálidas y cuidadas. Manos bellas pero capaces de indescriptible crueldad.

Recordó las manos de Miguel, grandes y fuertes, acostumbradas al trabajo duro. Tenían callos y eran ásperas. Sus manos parecían crueles y sin embargo eran tiernas. Su contacto le había sanado el cuerpo y abierto el corazón.

El Duque entrecerró los ojos. —¿Por qué sonríes así?

—Porque nada de lo que me hagas realmente importa.

—¿Eso te dijo tu Miguel? Has estado demasiado tiempo lejos de mí.

Todas esas horribles pesadillas, los secretos y la culpa que cargaba. Miguel le había dicho una vez que tendría que deshacerse de ese viejo equipaje. Eso era el Duque. Equipaje viejo. —No, Duque. Te llevé conmigo a todas partes. —Vio su sonrisa triunfante y agregó—, Qué pérdida de tiempo precioso.

Él apretó la boca en una tensa línea. —Te voy a dar a elegir, querida. Puedes manejar a las chicas o ser una de ellas.

—¿Quieres decir ocupar el lugar de Sandra? ¿Qué pasó con ella, Duque? No la volví a ver desde que me trasladaste.

—Sigue en Nueva York, se las arregla muy bien en la casa de piedra. Sigue siendo muy bella. Aunque demasiado exuberante para mi gusto, por supuesto.

—Pobre Sandra. Te amó. ¿Acaso nunca lo supiste? Creo que sí. Sencillamente no te importaba. Es demasiado mayor para ti, ¿verdad, Duque? Demasiado mujer.

El Duque se levantó de la silla, tomándola del cabello la empujó hacia atrás y le acercó el rostro a pocos centímetros. —¿Qué ha pasado contigo, querida? —dijo en un tono engañosamente suave—. ¿Qué hace falta para recuperar a mi pequeña Ángela?

Ángela sentía que le ardía el cuero cabelludo y tenía el corazón en la boca. El Duque podía quebrarle el cuello en un segundo si quería. Deseó que lo hiciera para terminar con todo. Sus oscuros ojos cambiaron mientras miraba los de ella.

Frunciendo el ceño levemente, aflojó la tensión de sus dedos. —No me sirves muerta. —¿Acaso podía leer sus pensamientos? La soltó de golpe y la apartó de sí. Cruzó la habitación y se volvió a mirarla fríamente—. No me empujes, Ángela. Por mucho que me gustes, no me eres indispensable.

Ángela pensó en la niña. —¿Quién está a cargo de las llaves ahora? —Se acomodó la falda para que no se notara lo asustada que estaba o qué motivos tenía para preguntar. El Duque se quedó perplejo. Prefería eso y no su expresión sádica.

—Yo —dijo, metiendo la mano en el bolsillo y extrayendo un llavero.

—Creo que prefiero la posición de Sandra. —Si pudiera descubrir qué llave pertenecía al cuarto de la niña tal vez podría sacarla de ese antro infernal.

El Duque sonreía, pero sus ojos se burlaban de ella. Arrojó el manojo de llaves a la mesa. —El sótano de los vinos, la despensa, los armarios de ropa blanca y el vestuario. —Se desabrochó el cuello y sacó una cadena de oro del que pendía una llave—. Esta es la que quieres.

Todavía sonriendo, se acercó y le puso las manos pesadamente sobre los hombros. —Creo que después de todo sí necesitas una lección —dijo en voz baja—. Te presentaré esta noche. Vestirás un vestido azul y dejarás suelto tu glorioso cabello. Serás la sensación. Todas mis muchachas son bellas, pero tú eres algo poco común y muy especial. Cada hombre que esté en la casa querrá tenerte.

La piel de Ángela se iba helando con cada palabra. Quería salir corriendo de la silla pero sabía que aunque lo hiciera, de nada serviría. Era más prudente quedarse quieta y esperar.

—Serás el ama de llaves la semana que viene, querida, pero esta semana, servirás también a nuestros clientes. Tengo varios en mente que me serán útiles —dijo sonriendo—. Además, te he tenido con demasiada exclusividad. Tienes que tomar conciencia de lo privilegiada que has sido.

Cuando el Duque se alejó y lo miró a los ojos, comprendió que había dicho en serio cada una de sus palabras.

Cuando Pablo despertó encontró a Miriam removiendo brasas y agregando leña al fuego. Las mantas resbalaron de su pecho desnudo cuando se sentó rápidamente y la miró. Estaba soñando. Seguro. Frotándose los ojos, miró alrededor y vio el chal de Miriam sobre el respaldo de la silla y una maleta sobre la mesa.

Ella se volvió y mirándolo dijo, —Buen día. Está amaneciendo.

Era perfectamente real. Pablo se asustó. —¿Qué haces aquí?

—Vine a vivir contigo.

—¿Qué?

—Dije que me vine a vivir contigo. —Pablo la miraba como si ella hubiera perdido el juicio. Miriam se sentó al borde de su cama y Pablo se cubrió el pecho con las mantas.

Miriam miró a Pablo y no pudo evitar reír de lo absurdo de la situación. Era culpa de él. Si no fuera tan terco . . .

—Esto no tiene nada de gracioso —dijo Pablo entre dientes.

—No, no lo tiene —reconoció con más solemnidad—. Te amo, y no permitiré que te vayas a las montañas y arruines tu vida. —Pablo se veía enternecedoramente confundido. Tenía el cabello revuelto en todas direcciones, como si fuera un niño. Miriam se acercó y se lo alisó. Pablo se echó atrás, mirándola alarmado.

—Vuelve a tu casa, Miriam —dijo desesperado. ¡Tenía que sacarla de allí! ¿Sabía ella el efecto que tenía en él lo que acababa de decir? Si no se iba ahora, tal vez no podría resistirse. Pero ella no se movía. Seguía sentada ahí mirándolo con una paciente sonrisa. Pablo rugió—, ¡Dije que vuelvas a *tu casa*!

—No —dijo ella—, y tampoco te entregaré tu ropa.

A Pablo se le secaron los labios.

Miriam cruzó los brazos y apoyó las manos recatadamente sobre la falda mientras le sonreía. La mirada de sus ojos le produjo un calor en todo el cuerpo. Apenas lograba respirar. ¡Esto era una locura! —¿A qué estás jugando, Miriam Altman? ¿Qué dirá tu padre de todo esto?

—Él ya lo sabe.

—¡Ay, Dios! —dijo Pablo en voz alta, esperando que Juan irrumpiera en cualquier momento con una escopeta en la mano.

—Papá pasó casi toda la noche tratando de convencerme que no lo hiciera pero finalmente se dio por vencido. De no haber sido por eso hubiera estado aquí más temprano. —Su sonrisa lucía traviesa—. ¿Recuerdas el libro de Rut, Pablo? ¿Recuerdas lo que hizo Rut? Bueno, Booz, aquí estoy, a tus pies. ¿Qué harás ahora? —Le puso la mano sobre el muslo, haciéndolo dar un salto.

—¡No me toques! —dijo con gotas de sudor deslizándose por su frente—. Te lo repito, quiero que salgas inmediatamente de aquí.

—No, no es eso lo que quieres.

—¿Cómo sabes lo que quiero? —Procuró mostrarse enfadado.

—Lo sé cada vez que me miras. Me deseas.

—No hagas esto —le suplicó.

—Pablo —dijo Miriam con amabilidad—, Quiero mucho a Miguel. Es como un hermano mayor para mí. Pero no estoy enamorada de él y jamás lo estaré. Estoy enamorada de ti.

—No estás hecha para mí —dijo angustiado.

—No seas absurdo —dijo Miriam como hablando con un niño caprichoso—. Claro que lo estoy.

—Miriam . . .

Miriam le puso la mano sobre el hombro desnudo, haciendo que Pablo contuviera la respiración. —Siempre he querido tocarte —dijo con voz suave y ronca—. Ese día en el campo, cuando estabas arando la tierra . . .

Pablo tragó y le sujetó la mano. Los ojos de Miriam se encontraron con los suyos. —Y siempre he querido que me toques —agregó Miriam.

—Miriam —dijo con voz quebrada—, no soy un santo.

—Lo sé. ¿Crees que yo lo soy? —Los ojos le brillaban por las lágrimas—. Esto no es fácil, ¿sabes? Pero soy una mujer, Pablo, no una niña, y sé lo que quiero. Te quiero a ti. Que seas mi esposo. Para vivir contigo toda la vida.

Pablo temblaba. —No me hagas esto. —Vio cómo una lágrima rodaba por las mejillas de Miriam y no pudo resistir; estiró la mano para secarla. Pero ella puso su mano sobre la suya sujetándola contra su mejilla, pero sólo brevemente. Su piel era tan suave, su cabello tan sedoso. Pablo dejó deslizar el pulgar sintiendo el agitado pulso en la garganta de Miriam—. Miriam. Ay, Miriam, ¿qué estás tratando de hacer?

—Nada que no hayas anhelado por largo tiempo, admítelo. —Le rodeó el cuello con los brazos y lo besó. Cuando Miriam separó su boca de la de él, Pablo ya no podía detenerse. Le sujetó la cara entre las manos y la devolvió el beso. Suavemente al comienzo, luego con todo el amor largamente contenido.

La besó como el hombre hambriento que era. La forma en que ella se entregaba le avivaba los sentidos. Ella era firme, suave, cálida y tenía sabor a cielo.

—Te amo —susurró apenas, con miedo de expresar en voz alta las palabras—. Me estaba volviendo loco. No podía soportarlo. Tenía que huir de ti.

—Lo sé —dijo ella temblando, con las manos sobre su cabello y comenzando a llorar—. Te amo, Pablo. Pablo . . .

Pablo tomó distancia, mirándole la cara, observando sus mejillas ruborizadas, sus ojos llenos de amor, y pensó que le estallaría el corazón. Era suya. ¡Era para él! Casi no podía creerlo.

Ella vio la mirada en sus ojos ardientes y le acarició la mejilla con expresión de ternura. —Quiero que comencemos bien. Cásate conmigo *primero,* Pablo. Sé mi esposo. Quiero compartir todo contigo sin que haya sombras sobre nosotros. Sin tener que lamentarnos. Si me haces el amor ahora te avergonzarás mañana. Sabes que sí. No podrás enfrentar a Papá y a Mamá. Sentirás que te has aprovechado de mí. —Ella sonrió trémula—. Aunque es al revés.

—Pensé que podía dejarte. —Aunque sabía que la hubiera llevado consigo el resto de su vida, un tormento del que nunca lograría escapar—. Supongo que tendré que cabalgar hasta Sacramento y ver si consigo un predicador.

—No, no hace falta.

La miró sorprendido.

Sonrió tímidamente sonrojándose, volviendo a ser más la Miriam que conocía y no tanto la mujer audaz que se había metido en su cabaña.

—Papá dijo que podía casarnos él mismo. Cuando me fui estaba revisando su baúl. Buscaba su *Libro de Oración Común*; creo que estaba un poco apurado.

Pablo volvió a besarla. —No tengo ninguna alternativa, ¿verdad?

—No, no la tienes —dijo, sonriendo satisfecha—. Miguel siempre dijo que terminarías por reconocerlo. Pero yo me cansé de esperar.

Desde donde estaba, de pie, detrás de la cortina a la izquierda del escenario, Ángela podía escuchar a los hombres que se agolpaban en el casino. El lugar era un circo y el Duque la pondría en el centro de la pista.

Les había dado un show de bailarinas, malabaristas y acróbatas. Ángela ni siquiera imaginaba dónde había encontrado a esa gente, pero el Duque tenía sus modos y sus medios. Tal vez había girado la mano y los había hecho salir de entre el fuego y el humo.

Se movía inquieta y la mano que le sujetaba el brazo se tensó. No había estado sin un guardia desde que Duque la había instalado en las habitaciones del piso superior. No tenía escapatoria y se sentía enferma de miedo.

Cerrando los ojos, trató de dominar las náuseas. Tal vez no debiera luchar; tal vez debería ir al centro de la pista y vomitar. Eso enfriaría el ardor que el Duque estaba provocando en el público. Casi se rió, pero sabía que si lo hacía terminaría en la histeria.

Podía oír al Duque, preparando a su audiencia. Tenía voz de orador. Le había servido bien en la política y después, cuando decidió trabajar detrás del escenario, era más lucrativo. Estaba encendiendo a los hombres que esperaban, enardeciéndolos. Casi podía oler su lujuria. En unos momentos tendría que enfrentarlos. Cientos de ojos mirándola, desnudándola, imaginando todo lo que harían con ella. Y el Duque permitiría que sus imaginaciones se hicieran realidad. Por un precio. Cualquier cosa, si estaban dispuestos a pagar lo que él pidiera.

"Durante una semana, servirás a nuestros clientes."

Ángela cerró los ojos. *Dios, si estás ahí, ¡mátame! Por favor, envía un rayo y bórrame de la faz de la tierra. Hazme perder la conciencia. Envía fuego. Conviérteme en una estatua de sal. Hazlo. Por favor, Dios, ayúdame. ¡Ayúdame!*

"Calma, señorita," dijo su guardia, sonriéndole fríamente.

¡Oh, Dios! ¡Oh Jesús, ayúdame!

"El Duque ya los tiene preparados para ti."

Entonces, cuando pensó que el corazón se le detendría de terror, lo oyó.

Sara, amada mía.

Era la misma voz suave que había oído en la cabaña de Miguel. La que había oído en su sueño . . .

No temas, yo estoy aquí.

Miró alrededor. Pero sólo estaban su guardia y los actores. El corazón le latía enloquecidamente y la piel se le puso de gallina como esa extraña noche en la cabaña.

—¿Dónde? *¿dónde?* —susurró frenéticamente.

El guardia la miró curioso. —¿Qué ocurre?

—¿Escuchaste hablar a alguien?

—¿Con todo ese jaleo ahí afuera? —preguntó riéndose.

—¿Estás seguro? —preguntó Ángela, sacudiéndose violentamente.

El hombre apretó la mano dándole un fuerte tirón. —Es mejor que te prepares. Hacerte la loca no te servirá de nada. El Duque tiene casi todo preparado para que salgas. Escucha a esos hombres. Parecen leones hambrientos, ¿no es así?

Ángela estaba preparada para plantarse donde estaba, pero ¿de qué serviría? Cerró los ojos de nuevo, tratando de rechazar a la muchedumbre enloquecida que estaba frente al escenario, procurando enfocar la voz suave y atemorizante que sentía en su interior y que la llamaba por el nombre que había escuchado una sola vez desde que su madre muriera.

¿Qué quieres que haga, Dios? Dime, Dios, ¡dímelo!

Mi voluntad.

La invadió la desesperación. No sabía cuál era.

—Ahora es tu turno —dijo el guardia—. ¿Irás por tu cuenta?

Aunque pudiera evitarlo, ¿hacia dónde podría correr? Abrió los ojos y repentinamente cesó el temblor que la sacudía. No podía explicarlo, pero sintió calma. Algo que no podía ser natural. Dio al guardia una mirada imperiosa. —Si me sueltas el brazo —dijo. El hombre parpadeó desconcertado y la soltó. Ángela dio un paso adelante y el guardia corrió la cortina para darle paso.

No bien apareció, el gentío se enardeció. Los hombres silbaban y gritaban. Ángela mantuvo la cabeza en alto y la vista al frente. El Duque se inclinó a su lado, con la boca al lado de su oído para que pudiera escucharlo por encima del ruido. "¿Sientes el poder, Ángela? Puedes compartirlo conmigo. ¡Podemos ponerlos de rodillas!" Luego la dejó sola en el centro de la pista.

El ruido era ensordecedor. ¿Estaban todos locos? Quería correr y esconderse. Quería morir.

Míralos.

Ángela se forzó para mostrar su antigua arrogancia y desdén mientras su mirada recorría la sala atestada.

Míralos a los ojos, Sara.

Lo hizo, primero a los hombres que estaban más cerca del escenario, luego a los de más atrás. Eran jóvenes. Había una mirada vacía e inquietante en sus ojos. Reconoció esa mirada. La desilusión y los sueños rotos, despecho. ¿Acaso ella no había sentido la misma soledad y desesperación que veía a su alrededor? Miró a los hombres que estaban junto a las mesas de juego, que le clavaban la vista. Miró a los hombres inclinados sobre la barra de caoba con vasos de whisky en las manos. Era su imaginación ¿o el ruido estaba disminuyendo?

"¡Cántanos algo!" gritó un hombre desde el fondo. Los demás exclamaron afirmativamente. Se le hizo un blanco en la mente, recordaba sólo una canción. Una totalmente inadecuada. Completamente fuera de lugar. "¡Canta, Ángela!" El ruido volvió a crecer como una ola y el pianista comenzó a tocar una canción de tono subido que los hombres reconocieron. Algunos de ellos comenzaron a cantar también, a voz en cuello, riéndose desenfrenadamente.

Canta, amada mía.

Cerró los ojos para no ver a los hombres y comenzó a cantar. No la canción que tocaba el piano, otra. Una de mucho tiempo atrás. Y mientras cantaba, estaba nuevamente junto al pozo, con Miguel y Miriam inclinándose sobre el borde, cantando hacia adentro; la armonía y la música se elevaban del fondo y la envolvían. Imaginó a Miguel y a Miriam a cada lado. Casi podía oír la cálida risa de Miriam. *Más fuerte, Ángela. ¿De qué tienes miedo? Claro que puedes cantar.*

Y luego la voz de Miguel. *Más fuerte, Tirsá. Canta como si lo creyeras.*

Pero no creo. Tengo miedo de creer. Se detuvo abruptamente y abrió los ojos, de pronto con la mente en blanco. Las palabras de la canción se habían ido. Habían desaparecido.

El lugar estaba en silencio, todos los hombres mirándola, sola en el escenario vacío. Sentía que las lágrimas le quemaban en los ojos. *¡Oh, Dios, ayúdame a creer!*

Alguien comenzó a cantar en su lugar, retomando la letra donde ella la había dejado. Era una voz potente y profunda, tan parecida a la de Miguel que su corazón dio un salto. Lo buscó y pudo verlo cerca del bar, un hombre alto, de cabellos grises y un traje oscuro.

Tan rápido como habían desaparecido, las palabras le volvieron a la mente, y continuó cantando con él. El hombre caminaba lentamente entre la multitud que se abría a su paso. Se detuvo frente al escenario y le sonrió. Ella le devolvió la sonrisa. Luego volvió a mirar a la multitud, todos en silencio ahora, anonadados. Algunos no podían mirarla a los ojos y miraban en otra dirección, avergonzados.

"¿Por qué están todos aquí?" preguntó Ángela, con las lágrimas a punto de ahogarla. "¿Por qué no están en sus hogares con sus esposas y sus hijos, o sus madres y sus hermanas? ¿Saben acaso lo que es este lugar? ¿Saben dónde están?"

Detrás de ella se abrieron de golpe las cortinas y las bailarinas irrumpieron en el escenario. El pianista comenzó de nuevo y las jóvenes comenzaron a cantar en voz alta a su alrededor, levantando rítmicamente las piernas desnudas. Algunos de los hombres comenzaron a aplaudir y aclamar. Otros se quedaron allí en silencio y avergonzados.

Ángela salió del escenario. Vio al Duque esperándola, con una mirada en los ojos que nunca antes había mostrado. Tenía la frente cubierta de sudor y el rostro pálido de furia. La sujetó violentamente del brazo y la arrastró hacia la oscuridad. —¿Qué te hizo hacer una cosa tan estúpida?

—Creo que Dios —dijo pasmada. Sentía júbilo, y la presencia de un poder tan grande que la hacía temblar. Miró al Duque y ya no le tuvo miedo.

—¿Dios? —dijo, escupiendo la palabra. Le centelleaban los ojos—. Te voy a matar. Debí haberte matado hace tiempo.

—Tienes miedo, ¿verdad? Lo huelo. Tienes miedo de algo que no puedes ver. ¿Y sabes por qué? Porque lo que tiene Miguel es más poderoso de lo que jamás fuiste tú, de lo que jamás podrás ser.

El Duque levantó la mano para golpearla, pero un hombre habló con voz tranquila detrás de él. "Si tocas a esa joven haré que te cuelguen."

El Duque se dio vuelta. El hombre que había cantado con Ángela estaba a un par de metros. Era un poco más bajo que el Duque y más delgado, pero había algo en él que le daba un aire de fuerza y autoridad. Ángela miró al Duque para ver si él también lo percibía y efectivamente era así. El corazón de Ángela comenzó a latir aceleradamente.

—¿Quiere marcharse? —preguntó el desconocido.

—Sí —dijo—. Es lo que quiero. —No preguntó el destino ni las intenciones. Era suficiente con tener una vía de escape y la tomó. Esperaba que el

Duque amenazara al hombre por su interferencia, pero se quedó allí, pálido y silencioso, con los dientes apretados. ¿Quién *era* aquel hombre?

Más tarde lo averiguaría. Ángela se encaminó hacia él pero luego se detuvo en seco. No podía irse. Se volvió hacia el Duque. "Dame la llave, Duque." Los dos hombres la miraron, uno interrogativamente, el otro con furia. Y algo más. Temor. "La llave," dijo nuevamente, extendiendo la mano.

Como el Duque no se la entregaba, Ángela le abrió la camisa de un tirón, tomó la cadena y la rompió. El Duque la miraba anonadado, con sudor en las sienes. Lo miró a los ojos. "No puedes retenerla." Sostuvo la llave frente a su nariz. "Arde en el infierno, Duque." Miró al caballero que los observaba.

—Espéreme, por favor.

—No me iré a ninguna parte sin usted —dijo con calma.

Ángela corrió escaleras arriba a la habitación contigua a la suya y la abrió. La niña que dormía en la cama despertó y se sentó inmediatamente, sus ojos azules llenos de temor. Retrocedió, frunciendo los pliegues de la bata rosa que vestía. Llevaba el cabello rubio claro sujeto con moños de satén, también rosados.

Ángela se mordió los labios. Era como mirar en un espejo y verse ella misma diez años atrás, pero no podía quedarse allí. No ahora. Se adelantó diciendo, "Todo está bien, cariño. Soy Ángela y vienes conmigo." Extendió la mano. "Vamos ya." Se inclinó, asiéndola. "No tenemos mucho tiempo."

Al salir al corredor, Ángela vio a María de pie a pocos metros, la boca abierta de sorpresa y desesperada ilusión. —Ven con nosotras —dijo Ángela—. No tienes por qué quedarte aquí, pero debes venir *ahora.*

—Pero el Duque . . .

—Ven *ahora,* o pasarás el resto de tu vida en este lugar. O en alguno peor.

—Espera que busque mis cosas.

—Olvida las cosas. Déjalas. Ni mires atrás —dijo mientras corría hacia las escaleras. María se quedó indecisa por un momento pero luego corrió tras ellas. Bajaron las escaleras y el desconocido estaba allí esperándolas. No se veía al Duque por ninguna parte. Cuando el desconocido vio a las dos niñas con Ángela su rostro se llenó de ira.

—No me iré sin ellas —dijo Ángela.

—Claro que no.

Ángela indicó la puerta que daba detrás del escenario. —Podemos salir por allí.

—No. —Los ojos del hombre mostraban firmeza—. Saldremos por encima del escenario y por la puerta del frente.

—¿Qué? —preguntó Ángela. ¿Acaso había perdido el juicio?—. ¡No podemos!

—Lo haremos, vamos. —Tenía el rostro lívido—. Expondremos a este hombre por lo que es—. La niña lloraba y se aferraba a la falda de satén azul de Ángela y María se apretaba también a ella—. Yo llevaré a la niña —ofreció el desconocido—. Pero cuando intentó acercarse, la niña se ocultó con terror detrás de Ángela.

—No dejará que la toque —explicó Ángela, inclinándose a calmarla—. Sujétate bien a mí, yo te llevaré. —Miró al desconocido y dijo con decisión—, No permitiremos que nadie te lastime. El Duque no nos detendrá. —La niña rodeó la cintura de Ángela con las piernas y Ángela se enderezó. Los delgados brazos de la pequeña se aferraron al cuello de Ángela intentando ocultarse—. Sería más seguro salir por otro lugar.

—Por aquí es seguro —dijo el hombre, haciendo a un lado las cortinas.

—Más de un hombre nos cerrará el paso.

—Ningún hombre de esta sala me tocará.

—¿Quién se cree que es? ¿Dios?

—No, señorita. Sólo Jonatán Axle. Soy dueño de uno de los bancos más grandes de San Francisco. ¿Podemos seguir ahora?

No le daba opciones. Ángela abrazó con más fuerza a la temblorosa niña. "Cierra los ojos, cariño. Te sacaremos de aquí." *O moriremos en el intento.*

María se quedó apretada a su lado mientras Jonatán Axle las guiaba cruzando el escenario. La música se interrumpió en un final discordante y las bailarinas se detuvieron confundidas. Ángela miró alrededor, observando las expresiones desconcertadas de los hombres. El Duque no estaba allí. Tampoco el guardia que vigilaba a Ángela. "Sigamos," dijo con tranquilidad Axle, tomando a Ángela del brazo con firme amabilidad. Ángela bajó los escalones que conducían al centro de la sala. Los hombres les abrían paso.

Muchos de los clientes miraban a María, vestida como una mujer de mala vida aunque era apenas una niña. Los hombres retrocedían, abriéndoles paso, mientras los gemidos de la niña parecían llenar la sala.

Los hombres comenzaron a hablar en voz baja y pasmados. Ángela logró oír algunas afirmaciones a su paso y a alguien que preguntó, —¿Por qué habría de tener una niña así en un lugar como este?

Ángela se detuvo y lo miró. —¿Por qué cree usted? —preguntó suavemente, con todo el dolor contenido, y vio en la boca del hombre una expresión horrorizada.

Detrás de ella se elevaban las voces como una oleada y percibió la violencia que había en su tono. Querían sangre. Pero no la de ella. Ángela salió y respiró hondo, sin siquiera darse cuenta que había estado conteniendo la respiración.

—Por aquí —dijo Axle—. Lamento, pero no tengo coche. Son varias cuadras. ¿Podrán llegar?

Ángela asintió y acomodó mejor el peso de la niña. Lo siguió a cierta distancia en silencio antes de atreverse a preguntar, —¿Dónde nos lleva?

—A mi casa.

—¿Para qué?

—Para que mi esposa y mi hija vean qué necesitan mientras yo pienso qué hay que hacer con ese lugar. Debería ser quemado con ese demonio adentro.

Ángela se sintió incómoda por su falta de confianza, pero no sabía nada de este hombre a pesar de su aparente amabilidad. Que fuera un banquero no significaba que fuera un hombre de bien. Ya conocía a otros banqueros.

El peso de la niña parecía aumentar a cada paso; le dolían los músculos, pero siguió andando. María seguía mirando atrás preocupada. —¿Crees que nos seguirá?

—No —le aseguró Ángela, luego se dirigió a Axle—. ¿Por qué me ayudó? Ni siquiera me conoce.

—Fue la canción. El Señor no pudo haberme indicado con más claridad que tenía que sacarte de allí.

Ángela lo miró sorprendida. No dijo nada por un rato, pero no podía dejar de pensar. —Señor Axle, debo ser honesta con usted.

—¿Sobre qué?

—No creo en Dios. —Mientras lo afirmaba sintió un dolor punzante. *¿No crees?*

La pregunta surgió desde muy adentro y la hizo fruncir el ceño. Había llamado a Dios en su temor y había pasado todo esto. Y estaba esa voz . . . ¿se la había imaginado? Las palabras siguientes de Axle repitieron su confusión.

—¿No? Parecías muy convencida allá.

—Estaba terriblemente asustada y era la única canción que recordaba.

Axle sonrió. —Eso significa algo.

—No creo en un viejito arrugado y de barba blanca que me vigila desde un trono en el cielo.

—Yo tampoco. —Rió—. Yo creo en algo mucho más grande que eso. Y te diré algo más. —Sonrió con bondad—. No pienses que por no creer en el Señor su poder no esté trabajando en tu favor.

Ángela parpadeó. Se le cerró la garganta, y se sintió avergonzada. Había hecho todos los intentos por escapar del Duque sin lograrlo. Y esa noche, una sencilla canción que Miguel le había enseñado había sido la clave. ¿Por qué? No parecía tener sentido. Esa voz había dicho *Mi voluntad,* pero ella hizo lo primero que le vino a la mente. Y este hombre había aparecido de la nada.

Recordó palabras que Miguel le había leído: *"Aunque ande en valle de sombra de muerte, no temeré mal alguno; porque tú estarás conmigo."*

El Duque le había tenido miedo *de ella* —en eso no se había equivocado. *No de ti, Sara, de mí.*

Se estremeció y se le puso la piel de gallina nuevamente cuando abrió su corazón por completo. *Oh Dios, te he negado tantas veces. ¿Cómo pudiste rescatarme ahora?*

Aunque me niegues, yo te amo con amor eterno.

¿Qué ocurrió allá? Jesús, no lo entiendo. ¿Cómo pudimos escapar? Sencillamente no sé cómo lo hiciste.

Comenzó a lloviznar y la densa niebla de la bahía los rodeó. María se apretó a Ángela mientras caminaban. "Tengo frío."

—¿Falta mucho, señor Axle? —dijo Ángela temblando, pero no de frío.

—Subiendo un poco esta pendiente.

Ángela vio una casa grande frente a ellos. Era evidente que era adinerado. Ahora llovía fuerte y la esperanza de un techo la animó a seguir. En las ventanas había lámparas encendidas. Le pareció ver una mujer asomarse detrás de las cortinas. Jonatán Axle abrió el portón. La puerta de la casa se abrió antes de que llegaran, y apareció ante ellos una mujer esbelta y de cabello recogido. Ángela no alcanzaba a ver la expresión de la mujer, pero repentinamente se le fue el alma al piso. ¿Qué diría esa dama al saber que su esposo traía a su casa a tres prostitutas, aunque dos de ellas fueran todavía niñas?

"Pasen antes de que enfermen," ordenó la mujer. Se veía agitada. Ángela no supo si le hablaba al señor Axle o a todos, por lo que se detuvo en seco, dudando qué hacer. "Pasen, pasen," dijo la mujer, señalando a Ángela.

"No tienes por qué tenerle miedo," dijo Axle divertido. "Sólo ladra."

Ángela se armó de valor mientras subía por la escalinata. Tal vez la mujer les permitiría secarse antes de echarlas. Entró seguida de María. Ángela echó una mirada alrededor antes de enfrentar a la mujer que curiosamente resultó ser joven y atractiva a pesar de su vestido apagado y poco favorecedor. "Está encendida la chimenea," dijo mientras las conducía a una sala grande con muebles sencillos pero cómodos. "Siéntense, por favor."

Ángela obedeció. Levantó la vista, la mujer la miraba con franca curiosidad. Las miró a todas de pies a cabeza. "Todo está bien," susurró Ángela a la temblorosa niña, frotándole suavemente la espalda. Pero, ¿era así?

La niña se relajó en sus brazos, y levantando la cabeza miró a su alrededor. María estaba sentada en el sofá a su lado, la espalda tiesa, el rostro pálido y asustado. La joven mujer miró a Jonatán Axle, buscando una explicación. Si estaba impresionada por lo que a todas luces eran, no lo mostraba. —¿Qué ocurrió, Papá?

—Mi hija, Susana —la presentó Axle. La joven asintió y ofreció una sonrisa incierta—. Temo que no sé cómo se llaman —agregó Axle, disculpándose.

—Mi nombre es Ángela, ella es María y . . . —se detuvo repentinamente al darse cuenta que ni siquiera sabía el nombre de la niña—. Cariño —dijo suavemente, levantándole el mentón a la niña—. ¿Cómo te llamas? —Le temblaron los labios y murmuró algo antes de volver a esconder la cara contra el hombro de Ángela—. Luz —dijo Ángela—. Se llama Luz.

—Harán falta algunas mantas, Susana. ¿Podrás ocuparte de eso mientras busco a tu madre?

—Mamá está en la cocina calentando tu cena —dijo sonriendo y salió rápidamente.

"Excúsenme un momento," dijo Jonatán, dejándolas solas.

Apenas quedaron solas, María se encorvó y comenzó a llorar. —Tengo miedo. El Duque me matará.

—El Duque no volverá a tocarte —le aseguró Ángela, tomándole la mano—. Todas estamos asustadas —agregó suavemente—. Pero creo que podemos confiar en esta gente. —Tenían que hacerlo, ¿qué otra cosa podían hacer?

Jonatán volvió con una mujer baja de luminosos ojos azules. Se llamaba Priscila. Ángela observó el parecido entre madre e hija. Priscila se hizo cargo de todo inmediatamente. "Lo primero que debemos hacer es quitarle la ropa mojada a esas niñas," dijo, conduciéndolas a la planta alta. "Luego vendrán a la cocina a comer algo con Jonatán y conmigo."

Del lado derecho del pasillo abrió una puerta que conducía a una espaciosa habitación. "Ustedes dos jovencitas compartirán esta habitación," dijo. "Y Ángela podrá dormir con Susana. Está cruzando el pasillo."

Ángela se preguntó qué pensaría Susana de ello.

Priscila encontró ropa seca para todas, sorprendiendo todavía más a Ángela. ¿Tenía ropa de todas las tallas o es que tenía otras hijas que todavía no habían aparecido? La ropa era sencilla, de tela abrigada y de diseño cómodo.

Ángela reunió la ropa que ella, María y Luz se habían quitado y la puso en el cubo junto a la chimenea. Susana las esperaba para acompañarlas a la cocina donde Priscila les sirvió un grueso bife, sopa de verdura y galletas. Jonatán cenó con ellas. Ángela prefirió un vaso de leche fresca en lugar del café. Luz se estaba durmiendo a su lado. A María se le corría la pintura de los ojos. Se la veía pálida pero menos asustada.

Priscila puso sus manos sobre los hombros de María y acariciándole la mejilla, le dijo, "Vamos, niña, estás lista para dormir." Le tendió la mano también a Luz y la niña la tomó, para sorpresa de Ángela. Sintió un gran alivio.

Susana retiró la mesa. —¿Por qué no van al salón y se sientan cómodamente, Papá? No decidan nada importante hasta que yo vaya.

—Está bien, cariño —dijo Jonatán sometiéndose divertido, y le guiñó un ojo a Ángela mientras se ponía de pie—. Es mejor que hagamos lo que se nos ordena.

Ángela se sentó junto al fuego, nerviosa y preocupada. ¿Qué sería de todas ellas mañana? Jonatán se acercó a un pequeño escritorio en una esquina del salón. Lo vio servir un trago. La miró y preguntó, —¿Quieres sidra?

—No, gracias.

Jonatán sonrió y dejó a un lado la botella. Se sentó cómodamente frente a ella. —Estás a salvo aquí.

—Lo sé. Pero no sé hasta cuándo. —Sorprendió a sí misma por esa brusquedad.

—Nadie te echará, Ángela. Puedes quedarte aquí mientras quieras.

Se le secaron los labios. Le quemaban los ojos y se mordió la boca, pero no pudo hablar. Él sonrió. —Eres bienvenida —dijo. Ángela inclinó hacia atrás la cabeza apoyándola contra el asiento, tratando de recuperar el control de sus emociones.

—Me pregunto qué hará él —murmuró Ángela como para sí misma.

Jonatán no necesitó preguntar a quién se refería Ángela. —Si estaba en algún lugar de ese edificio cuando salimos, ya estará colgado de un poste. Lamentablemente no creo que sea tan estúpido.

—No, el Duque no tiene nada de estúpido —dijo, suspirando pesadamente—. Usted es muy amable con nosotras, muchas gracias.

—"Porque tuve hambre, y me disteis de comer; tuve sed, y me disteis de beber; fuí huésped, y me recogisteis; desnudo, y me cubristeis; enfermo, y me visitasteis; estuve en la cárcel, y vinisteis á mí" —citó—. ¿Te suena familiar?

Miguel le había leído esas palabras en una oportunidad, poco después de llevar a casa a los Altman, y ella le había preguntado el motivo. Sus recuerdos eran tan fuertes que no pudo responder.

Jonatán Axle pudo ver el gran sufrimiento en los ojos de la joven y quería aliviarlo. Ángela parecía totalmente inconsciente de la magnitud de sus acciones, del valor que había requerido. "Nos da gusto compartir lo que tenemos contigo," dijo, pensativo. Era consciente de que nada de lo que tenía le pertenecía realmente, sólo era su mayordomo.

Hablaron hasta muy entrada la noche. Ángela relató más de lo que jamás había compartido con otro ser humano, incluso con Miguel. Tal vez era porque Jonatán seguía siendo un desconocido benevolente y se había sentido con mucha libertad para hablarle. Por otra parte, no parecía un desconocido en absoluto.

Finalmente, Ángela inclinó hacia atrás la cabeza, cansada. —¿Qué haré ahora, señor Axle?

—Eso es una decisión tuya —dijo sonriendo—, y del Señor.

Priscila despertó cuando Jonatán entró al dormitorio. Jonatán se desvistió y se cubrió con las mantas, acercándose cariñosamente a ella y rodeándola con sus brazos. El cuerpo de ella era tibio y suave y colocó la mano sobre pecho de él.

—Tengo que preguntarte, Jonatán. ¿Qué hacías en un lugar como ese?

Rió suavemente y la besó. —En verdad, mi amor, no lo sé.

—Porque tú no bebes, ni juegas —dijo ella—. ¿Qué te llevó allí?

—Tuve un día muy extraño, Priscila. Algo me atormentaba desde el mediodía. No podía descubrir qué era.

—¿Está todo bien en el banco?

—Más que bien. Sentí la necesidad de caminar. Por eso te mandé a decir que llegaría tarde. Pasé por ese lugar y oí a ese demonio haciendo un discurso. Había mucho barullo. Entré para escuchar lo que decía.

—Pero, ¿por qué? Lo aborreces.

—No lo sé. Algo me *empujaba*. Estaba presentando a Ángela. Era obsceno. No precisamente las palabras. Sino la forma. Lo que insinuaba. No puedo explicarlo. Me sentí como si estuviera en un templo pagano y él fuera el sacerdote presentando a la nueva prostituta del templo.

—¿Por qué no te retiraste?

—Pensé hacerlo, pero cada vez que intentaba, algo me decía que esperara. Luego salió Ángela.

—Es muy hermosa —dijo suavemente Priscila.

—No fue su belleza lo que me retuvo, mi amor. Era tan joven y caminó hacia el centro del escenario con una callada dignidad. No puedes siquiera imaginarlo, Priscila. Esos hombres, eran como si todos los sabuesos del infierno aullaran. Y entonces cantó. Al comienzo suavemente, nadie podía escucharla. Luego todos se fueron callando hasta que el lugar quedó en silencio excepto la voz de ella.

Sintió que se le cerraba la garganta y le quemaban las lágrimas. —Estaba cantando "Roca Eterna."

Treinta y Dos

Dios se mueve de manera misteriosa,
realizando así sus maravillas.

WILLIAM COWPER

Miriam observó mientras Pablo daba vueltas a la comida. Prácticamente no había probado un bocado del estofado y su jarro de café se había enfriado. Ni siquiera necesitaba preguntarle qué pasaba. —Fuiste a ver a Miguel.

—Sí —dijo amargamente. Alejó el plato mientras fruncía el ceño—. No lo entiendo. No lo entiendo en absoluto.

Miriam aguardó, esperando que dijera algo, que esta vez se explicara. Estaba enojado y frustrado, pero algo más lo carcomía, algo profundo y oculto, algo paralizante. Una llaga en el alma.

Pablo habló entre dientes. —¿Cuándo renunciará? No soporto verlo de rodillas por esa mujer. —Soltó el aire resoplando—. Miriam, sentía ganas de pegarle —dijo él, apretando el puño—. Quería sacudirlo. Estaba orando cuando llegué. De rodillas en el granero. Orando por *ella*.

Miriam no comprendía su animosidad. —¿Por qué no habría de hacerlo, Pablo? Es su esposa y todavía la ama.

Pablo endureció el rostro. —¿Una esposa? ¿Acaso no ves lo que ella le ha hecho?

—Me dijo que lo dejaba porque era mejor para él.

Pablo arrastró la silla abruptamente. —¿Eso crees? Nunca la conociste. No de verdad. Era fría como el acero, Miriam. Era una prostituta de Pair-a-Dice. Nunca tuvo otros sentimientos por Miguel que no fueran los de su conveniencia. Ni al comienzo ni al final. ¡No seas necia!

Miriam abrió muy grandes los ojos ante ese ataque. Había visto a su padre enojado muchas veces, pero nunca atacaba a sus seres queridos. No podía dejarlo pasar. —Tú eres el que no la conoce, Pablo. Nunca intentaste conocerla. . . .

—¡No la defiendas! Claro que la conocía —dijo con dureza—. La conocía mejor que tú o que Miguel. Ustedes dos veían lo que ella quería que vieran. Yo vi lo que realmente era.

Miriam levantó la cara. No se quedaría callada mientras Pablo pisoteaba a su amiga. —¡Tú veías a Amanda como una vil criatura que no merecía ni siquiera la mínima cortesía!

El rostro de Pablo se tornó lívido. —¿Me estás reprendiendo por no caer bajo su embrujo como todos ustedes? ¿En *mi propia casa*?

A Miriam se le secaron los labios. Era como si le hubiera atravesado una espada en el corazón. —¿Así que ahora es sólo *tú* casa, aunque estamos casados? —dijo con la voz entrecortada—. Soy sólo una visita hasta que decidas echarme. Que Dios me ayude si hago algo mal. Si me equivoco en algo.

Pablo se arrepintió de sus palabras incluso antes de que Miriam comenzara a hablar. —Miriam, no quería . . .

Pero la ira de Miriam también crecía rápidamente. —Supongo que no tengo derecho a tener pensamientos ni creencias si contradicen los tuyos. ¿Es eso, Pablo? —Se puso de pie y señaló la puerta—. Si quiero decir lo que pienso, tengo que salir. ¿O mejor todavía, debo asegurarme de estar al otro lado de tu frontera?

La culpa ahogó el remordimiento. Las palabras de Miriam le tocaron la conciencia y atacó nuevamente en el intento de defenderse. —¡Sabes que no quise decir eso! —Cuando ella comenzó a sollozar, Pablo se ablandó—. Miriam, no . . . —dijo con voz ronca.

—Ya no sé qué quieres decir, Pablo. Te carcome la amargura. Llevas tu odio como una bandera, desplegándola todo el tiempo. No dices qué te hizo Amanda para que la odies tanto, ¡me pregunto si no eras parte del problema! —Pablo podía sentir el calor que le subía a la cara, igual que su furia. Iba a comenzar a defenderse, pero Miriam no había terminado—. Nunca me habría acercado a ti como lo hice si no hubiera sido por Amanda.

—¿De qué hablas?

Miriam se suavizó. —No habría tenido el valor. —Miriam podía ver que Pablo no entendía, pero ella no podía explicarse. Tenía la garganta apretada de pena y sólo quería sentarse y hundir la cara entre sus manos. Incluso si se lo dijera, no la escucharía. Estaba sordo a todo lo que se pudiera decir de bueno acerca de Amanda.

El rostro de Miriam se contraía como el de una niña herida y Pablo sintió que algo en su interior se estrujaba de dolor. —Te amo —dijo con voz entrecortada—. Miriam, te amo.

—No actúas como si lo hicieras.

—Ángela se interpuso entre Miguel y yo. No dejes que lo haga entre nosotros.

—¡Tú la pusiste allí!

—No, no lo hice —dijo Pablo con enojo—. ¿Acaso no ves lo que ella hace? —Quería suplicarle que lo escuchara. No soportaba la mirada de sus ojos—. Destruyó a Miguel —dijo y se le quebró la voz.

—Miguel es más fuerte ahora de lo que jamás fue.

—¿Por eso estaba de rodillas?

—Está luchando por ella de la única manera que puede.

—Miriam, ella le clavó las uñas y luego lo destrozó.

—¿Estás tan ciego? Es Miguel quien ha atravesado todas las defensas de *ella*. ¡Por eso ahora *lo ama*!

—Si eso fuera cierto, ¿no se hubiera quedado a su lado? Nada podría haberla alejado. Pero no lo hizo, ¿verdad? Lo dejó en un instante, así. —Chasqueó los dedos—. Y tú estás tratando de decirme que tiene buen corazón.

Miriam se dejó caer pesadamente en la silla y miró el rostro amargado de su esposo. ¿Se había creído capaz de salvarlo por sí misma? ¡Que arrogancia la suya! Ahora estaba más lejos de ella que si se hubiera ido a las montañas en busca de oro. Todo lo que ella sabía era lo que ella misma sentía. —Yo también la quiero, Pablo, tanto como a cualquiera de mis hermanas. Sea lo que fuere lo que pienses de ella, yo la *conozco* y voy a orar todos los días de mi vida para que vuelva.

Pablo salió dando un portazo.

❦

Ángela yacía en la cama, mirando el techo. Sabía que había hecho lo correcto, pero a veces echaba tanto de menos a Miguel que le producía dolor físico. ¿Estaría bien? ¿Sería feliz? Seguramente que a estas alturas ya había renunciado a ella. Se habría convencido de que no estaban hechos el uno para el otro. Sabía que jamás la perdonaría pero podría seguir adelante con su vida. Tendría a Miriam. Podría tener hijos.

Pero no podía seguir pensando en eso. Si lo hacía, se ahogaría en su autocompasión. Era cosa del pasado. Estaba todo terminado y acabado. Tenía que seguir adelante. Cerró los ojos, empujando atrás el dolor. Se levantó y se vistió, recordando las cosas asombrosas que habían ocurrido.

A María la habían instalado con un matrimonio que tenía una panadería. Estaba feliz y se estaba adaptando a su nueva vida. A la pequeña Luz la había adoptado una familia bautista y ahora vivía en Monterrey con sus nuevos hermanos y hermanas. Estaba aprendiendo a leer y a escribir, por las cartas que le habían llegado.

Por mucho que disfrutara viviendo con los Axle, Ángela sabía que no podía permanecer para siempre con ellos. Habían sido demasiado amables, proveyéndole techo, protección y amistad. Incluso le habían dado ropa nueva, permitiéndole decidir a su criterio. Había escogido prendas de estilo sencillo y tonos adecuados.

Susana había insistido en darle clases particulares. Ángela no tenía muchas esperanzas de aprender lo que Susana le enseñaba, pero su nueva amiga le repetía, "Eres lista, lo entenderás. No te exijas tanto al comienzo." Las lecciones eran difíciles y Ángela se preguntaba si tanto esfuerzo valdría la pena.

Pensó en volver a trabajar con Virgilio, pero luego lo descartó. De alguna manera sabía que ese no era su lugar. Pero ¿cuál era?

Susana la llevaba cuando hacía las compras para la familia. Recorría los mercados comprando carne, verduras, pan y artículos de limpieza. Ángela aprendió a buscar buenos precios. No era tan diferente a vender cacerolas a los mineros. Aprendió a regatear. Sabía cómo mostrar indiferencia. Y generalmente conseguía a precios de saldo lo que Susana buscaba.

—Una mirada a tus ojos azules inocentes y prácticamente te entregan las cosas gratis. Se atropellan entre ellos por atenderte —decía riéndose Susana—. ¡Hasta te hicieron una proposición en medio del mercado!

—No era una proposición, Susana, era una propuesta, una oferta. ¡Hay mucha diferencia!

—Bueno, no te pongas tan seria. Dijiste que no y con mucha cortesía.

Tal vez si vestía harapos los hombres no la tendrían en cuenta. Incluso con ropa gris y marrón los hombres se volvían para mirarla. Eran pocos los que la molestaban y ella sospechaba que era porque iba con Susana Axle más que por méritos propios. Los Axle eran bien conocidos y sumamente respetados en la comunidad. Se preguntaba qué ocurriría si estuviera fuera de sus alas protectoras. ¿Volvería a debilitarse ante la menor dificultad? Ese pensamiento la hacía tragarse el orgullo y seguir aceptando la buena voluntad de los Axle.

Incluso comenzó a asistir con ellos a la iglesia, sintiéndose aislada y protegida con el matrimonio Axle a un lado y Susana al otro. Escuchaba con atención las palabras de salvación y redención aunque sentía que no tenía derecho a nada de eso. Estaba tan hambrienta y sedienta que jadeaba como una gacela en busca del agua de vida —recordando mientras escuchaba el sueño que había tenido en el burdel de Duque en la calle Portsmouth.

Oh, Dios, eras tú quien me hablaba, ¿verdad? Eras tú. Y esa noche en la cabaña hace tanto tiempo, cuando aspiré esa maravillosa fragancia y pensé que alguien me hablaba, eras tú.

Todo lo que Miguel le había dicho, todo lo que había hecho, ahora tenía sentido para ella. Había representado a Cristo para que ella pudiera comprender.

Oh, Dios, ¿por qué fui tan ciega? ¿Por qué no podía oír? ¿Por qué he tenido que sufrir tanto para comprender que siempre estuviste allí tratando de alcanzarme?

Cada domingo, después de la predicación, el pastor invitaba a los que querían recibir a Cristo como Salvador y Señor. Cada vez que daba la oportunidad a pasar al frente, Ángela sentía que se le tensaban los nervios.

La voz como un suave murmullo la invitaba tiernamente.

Ven a mí, amada. Ponte de pie y ven a mí.

Una tibieza la envolvía. Ese era el amor que había estado buscando toda su vida. Pero no podía moverse. *Ay, Miguel, si estuvieras ahora conmigo. Si estuvieras aquí para acompañarme a pasar al frente, tal vez así tendría el valor.*

Cada domingo, cerraba los ojos, intentando reunir el coraje para responder al llamado, pero no podía hacerlo. Se quedaba temblando, convencida de que no era digna, sabiendo que después de todo lo que había dicho contra Dios, no tenía derecho a ser su hija.

El cuarto domingo, Susana se inclinó y le susurró. "Quieres pasar al frente, ¿verdad? Hace semanas que quieres hacerlo."

Con los ojos ardientes, la garganta apretada, Ángela asintió y dejó caer la cabeza con los labios apretados. Tenía miedo, tanto miedo que se sacudía. ¿Qué derecho tenía a presentarse ante Dios y recibir su favor? ¿Qué derecho?

"Iré contigo," dijo Susana, tomándola de la mano firmemente.

Fue la caminata más larga de su vida. Bajó por la nave de la iglesia y enfrentó al pastor que esperaba en el otro extremo. Sonreía y sus ojos brillaban. Ángela pensó en Miguel y sintió una punzada de angustia. *Ay, Miguel, quisiera que estuvieras conmigo ahora. Quisiera que estuvieras para ver esto. ¿Sabrás alguna vez que encendiste la cerilla que trajo luz a mi oscuridad?* Sintió que la gratitud le invadía el corazón. *Ay, Dios, Miguel realmente te ama.*

No lloró. Tenía años de práctica en contener las lágrimas y no lo haría ahora frente a toda la gente, ni siquiera con Susana Axle a su lado. Sentía la mirada de todo el mundo en la iglesia sobre ella, observando sus movimientos, atentos a cualquier temblor de su voz. No quería ponerse en ridículo.

—¿Crees que Jesús es el Cristo, el Hijo del Dios Viviente?

—Creo —dijo con una profunda dignidad y cerró brevemente los ojos. *Ay Dios, perdona mi incredulidad. Haz que mi fe sea más grande que una semilla de mostaza, Jesús. Que crezca, por favor.*

—¿Entregas tu vida a Jesús frente a estos testigos? Puedes expresarlo públicamente diciendo *"Sí, lo hago."*

Las palabras eran como las de una ceremonia de boda. Una sonrisa triste asomó a sus labios. Con Miguel había dicho *"¿Por qué no?"* en lugar de *"Sí, lo hago."* Había llegado al final de su resistencia cuando sintió que no tenía elección. Ahora sentía lo mismo. Había llegado al final de su lucha, al final de su esfuerzo por sobrevivir. Necesitaba a Dios. Anhelaba a Dios. Dios la había sacado de su antigua vida cuando no tenía fe. Y ahora que sabía que realmente estaba ahí, Dios le extendía su mano, haciéndole una propuesta.

Oh, Miguel, esto es lo que querías para mí, ¿verdad? A esto es a lo que te referías cuando decías que algún día yo debía tomar una decisión.

—¿Ángela? —dijo el pastor perplejo. Nadie respiraba ni se movía.

—Sí, lo hago —respondió—. Les aseguro que sí.

El pastor rió. Presentándola a la congregación, dijo, —Esta es Ángela, nuestra nueva hermana en Cristo. Le damos la bienvenida.

Y así lo hicieron.

Pero las cosas no podían quedar como siempre. Ángela lo sintió muy adentro. No podía quedarse en esa burbuja segura, protegida por los Axle. Tarde o temprano debía dejarlos y comprobar que podía pararse sobre sus propios pies.

Primero debía decidir qué hacer con su vida.

Después de guardar las compras en la cocina, Ángela subió a su habitación. Se quitó el abrigo oscuro y lo colgó de la puerta. Priscila le había dado la habitación que habían compartido María y Luz. Era espaciosa, cómoda, bien amueblada y tenía una chimenea en la esquina. Alguien había encendido el fuego. Ángela corrió las cortinas y miró por la ventana.

La niebla iba subiendo, empujando ráfagas que cruzaban frente a la casa. Podía ver el embarcadero y un bosque de barcos abandonados en el puerto. Uno por uno eran desmantelados y hundidos para relleno.

Recordó otra oportunidad en la que se había quedado en la ventana de una habitación de la planta alta, mirando a Miguel alejarse de Pair-a-Dice. Recordaba su voz en medio de la agonía que se había acarreado ella misma con Magowan. Recordó a Miguel riendo y persiguiéndola entre las hileras de maíz. Recordó su compasión, su ira justa, su tierna comprensión, su fuerza. Recordó su amor abrasador. Y supo lo que Miguel la haría hacer para encontrar las respuestas que necesitaba. *Orar.* Casi podía ver la expresión de su rostro diciéndole, *"Ora."*

Cerrando los ojos, suspiró cansada. "Sé que no tengo derecho a pedirte nada, Señor, pero Miguel dijo que debía hacerlo. Por eso lo hago. Jesús, si estás escuchando, ¿podrías indicarme qué hacer de ahora en adelante? No sé qué hacer. No puedo quedarme aquí para siempre viviendo de esta buena gente. No es correcto. Tengo que ganarme la vida. ¿Qué quieres que haga, Jesús? Debo hacer algo o me volveré loca. Te lo ruego, ¿qué debo hacer? Amén."

Se quedó sentada más de una hora, esperando.

No llegó ninguna luz desde el cielo. Ninguna voz. Nada.

Algunos días después, Susana vino a su habitación después de la cena.

—Has estado muy callada toda la semana, Ángela. ¿Qué te ocurre? ¿Estás preocupada por tu futuro?

A Ángela no le sorprendió que Susana supiera lo que andaba mal. Parecía adivinar los pensamientos y los sentimientos de la gente. —Tengo que hacer algo —dijo con franqueza—. No puedo quedarme aquí viviendo de tu familia el resto de mi vida.

—No lo harás.

—Han pasado seis meses, Susana y no he avanzado nada en cuanto a saber qué debo hacer, desde la noche que llegué.

—¿Has orado por eso?

Ángela se ruborizó.

—Bueno, no hace falta que sientas como si te hubieran descubierto en alguna indiscreción —dijo Susana, riendo con ojos brillantes.

—No te alegres tanto —dijo Ángela lacónicamente—. Dios no me ha contestado.

—Tal vez no todavía —dijo Susana, encogiéndose de hombros—. Dios siempre responde, a *su* tiempo, no según el nuestro. Sabrás lo que debes hacer cuando llegue el momento.

—Quisiera tener tu fe.

—Puedes pedirla —dijo Susana sonriendo.

Ángela sintió una punzada de dolor. —Me recuerdas a Miriam.

—Lo tomo como un cumplido —dijo Susana, suavizando su expresión—. La fe en Dios no me ha llegado con facilidad tampoco, aunque no te lo parezca. —Se puso de pie—. Ven, quiero mostrarte algo —dijo, tomándola del brazo.

Entraron a la habitación de Susana, donde habían conversado muchas veces antes. Soltando el brazo de Ángela, Susana se arrodilló y buscó algo debajo de las mantas. Tomó una caja y la dejó sobre la cama. "Tengo que arrodillarme para sacarla," dijo, sacudiéndose las manos mientras se ponía de pie. "Uno de estos días debería quitar el polvo de ahí abajo." Corrió un mechón de cabello oscuro que le caía en la frente y se sentó. "Siéntate," dijo, indicando la cama. Ángela hizo lo que le pedía, mirando la caja con curiosidad.

—Esta es mi caja de Dios —dijo Susana, poniéndola sobre su falda—. Cuando algún problema me ha estado preocupando, lo escribo, doblo la hoja de papel y lo pongo por la ranura. Una vez que está en esta caja, ya es asunto de Dios y no mío.

Ángela se rió. Susana seguía sentada mirándola solemnemente. El alborozo de Ángela se esfumó. —Estás bromeando, ¿verdad?

—No, lo digo en serio —respondió con las manos sobre la caja—. Sé que parece ridículo, pero funciona. Me preocupo por todo, Ángela. Nunca he podido dejar que las cosas se arreglen. Quiero jugar a ser Dios, si me permites decirlo. —Torció ligeramente la boca burlándose de sí misma—. Pero cada vez que lo hago, lo echo todo a perder. Por eso tengo esto —dijo, tocando la caja.

—Una simple caja para sombrero —dijo Ángela con sequedad.

—Si, una caja común para sombrero, pero me recuerda que debo poner la fe en Dios y no en mí misma. Lo bueno viene cuando veo que mis oraciones han sido respondidas. —Sonrió—. Veo que crees que estoy un poco mal de la cabeza. ¿Te muestro algunos? —Sacó la tapa de la caja. En el interior había decenas de pequeños papeles, cuidadosamente doblados. Los mezcló y sacó uno al azar.

—"María necesita un hogar" —leyó después de abrirlo. La nota estaba fechada—. Me gusta ver cuánto le lleva a Dios contestar —dijo, riéndose de sí misma—. Como ya he recibido respuesta, no la volveré a poner —agregó, dejándola a un lado y sacando otra.

—"Dios, dame paciencia con Papá. Si trae otro posible pretendiente a casa creo que terminaré en un convento. Y sabes que no sería una buena monja." —Ángela rió con ella—. Es mejor que deje esta en la caja —dijo, extrayendo otra. Se quedó en silencio unos momentos antes de leer. —"Por favor haz que Luz no tenga más pesadillas. Protégela del maligno." —La dobló y la puso nuevamente en la caja—. ¿Comprendes lo que quiero decir?

—Creo que sí —dijo Ángela—. Pero ¿qué pasa si Dios dice no?

Esa posibilidad no la perturbaba. —Entonces es que tiene otra cosa en mente, algo mejor de lo que uno considera adecuado. —Frunció el ceño y miró a la caja—. Ángela, no siempre es fácil aceptarlo. —Cerró los ojos y suspiró lentamente—. Yo tenía todo planeado para mí alguna vez. Cuando conocí a Esteban me di cuenta de lo que quería y de lo que haría. Era apuesto y enérgico. Estudiaba para ser pastor, estaba lleno de celo y pasión —dijo sonriendo—. Teníamos pensado ir al oeste y llevar el evangelio a los indígenas. —Se tomó la cabeza con los ojos llenos de dolor.

—¿Te dejó?

—Es una forma de decirlo. Lo mataron. De una manera absurda. Solía ir a los sectores más bajos de la ciudad y hablar con los hombres en las tabernas. Decía que ellos necesitaban a Dios más que otros. No quería ser pastor de una iglesia de gente pudiente. Una noche un hombre estaba recibiendo una paliza en un callejón, Esteban intentó detenerlos. Lo acuchillaron —dijo, sacudiendo la cabeza y mordiéndose los labios.

—Lo siento mucho, Susana —dijo Ángela, sintiendo el dolor de su amiga como si fuera propio.

Susana le tomó la mano; los ojos se le llenaron de lágrimas que corrieron lentamente por sus mejillas. —Culpé a Dios; estaba muy enojada. ¿Por qué Esteban? ¿Por qué alguien tan bueno, alguien con tanto para dar? Incluso estaba enojada con Esteban. ¿Por qué había sido tan necio como para ir a esos lugares horribles? ¿Por qué molestarse por esa gente? Ellos habían elegido esa vida, ¿verdad? —dijo suspirando—. Tenía las emociones revueltas, los sentimientos encontrados. No me consolaba en absoluto saber que Esteban estaba con el Señor. Yo quería que estuviera conmigo. —Después de unos momentos de silencio agregó—, Todavía quiero eso.

Ángela le apretó la mano. Sabía lo que era anhelar a alguien con todo su ser y saber que estaba fuera del alcance para siempre.

Susana la miró. "Dijiste que no sabes qué harás de ahora en adelante. Bueno, en realidad estamos en la misma situación." Volvió a sonreír. "Pero ya llegará, Ángela. Sé que llegará."

La tapa de la caja resbaló de la cama y Susana soltó la mano de Ángela para recogerla. Al inclinarse, las notas se desparramaron por el piso. Ángela se arrodilló para ayudarla a recogerlas y ponerlas en la caja. Tantos trozos de papel. Tantas oraciones.

Susana recogió una y la miró. Se sentó sobre los talones y sonrió mientras el color volvía a sus mejillas y el brillo a sus ojos. La retuvo con ella mientras Ángela terminaba de poner las demás en la caja y la tapaba. Susana deslizó la caja bajo la cama.

"A veces responde rápido," dijo sonriendo mientras le daba la nota a Ángela. "Lee esto."

Ángela la recibió y trabajosamente descifró las palabras escritas con prolijidad. "Dios por favor, *POR FAVOR*, necesito una amiga con quien hablar."

Estaba fechada el día antes de que Ángela llegara a la casa con Jonatán.

Miguel cargó su carreta con los sacos de maíz y se encaminó hacia Sacramento. En el camino había un molino donde podía hacer moler el maíz y embolsarlo adecuadamente para la venta. La cosecha había sido buena. Podría obtener lo suficiente como para comprar algunas cabezas de ganado y un par de lechones. Para el próximo año tendría jamón para ahumar y carne para vender.

Pasó la noche junto a un arroyo donde él y Ángela se habían detenido a descansar. Sentado a la luz de la luna, mirando el agua, lo invadieron los recuerdos. Casi podía percibir la suave fragancia de su piel en la brisa nocturna. Un cosquilleo cálido le recorrió el cuerpo. Recordó su sonrisa vacilante y la mirada desconcertada cada vez que rompía alguna de sus muchas defensas. A veces bastaba nada más que una palabra o una mirada y en esos momentos sentía un júbilo, como si fuera él, y no Dios, quien había logrado lo imposible. Bajando la cabeza, comenzó a llorar.

Sí, había aprendido que era totalmente impotente. También había aprendido que un hombre puede vivir después de que una mujer le ha roto el corazón. Había aprendido que podía vivir sin ella. Pero, ¡ay! Dios, *la echaré de menos hasta que muera*. Sentía ese dolor en su interior, preguntándose si estaría bien, si estaría cuidando de sí misma, si estaría fuera de peligro. No ayudaba mucho recordar que Dios también la estaba cuidado. Las palabras de la propia Ángela siempre lo asaltaban. *"Yo sé como es Dios. Haz algo malo y te aplastará como a un bicho."*

¿Todavía lo creería? ¿Es que su fe y su propia convicción habían sido tan débiles que no la habían ayudado a ver? ¿Acaso la crueldad que había sufrido y su propia impotencia frente a eso no le habían enseñado nada? ¿Pensaría todavía que tenía el control de su propia vida?

Mientras esos pensamientos atormentaban su mente, se aferró a un sencillo pasaje de las Escrituras. *"Fíate de Jehová de todo tu corazón, y no estribes en tu prudencia."* El sudor le bañaba la frente y juntó las manos. *Fíate de Jehová, fíate de Jehová.* Se lo repitió una y otra vez hasta que su mente se tranquilizó y su cuerpo se relajó.

Y entonces pudo orar por Ángela, no que volviera con él alguna vez, sino que pudiera encontrar a Dios por sí misma.

Cuando se levantó por la mañana, se juró que por fuerte que pudiera ser la tentación, no buscaría a su esposa cuando llegara a Sacramento.

Y jamás pondría un pie en San Francisco.

"¡Ángela! ¡Ángela!"

Todo el cuerpo de Ángela se sacudió cuando alguien gritó su nombre. ¿Por qué había sentido ese impulso de venir a la plaza? Debería haber vuelto a casa después de visitar a Virgilio. Había despedido a otra cocinera y trató de convencerla de volver a trabajar con él. Casi hubiera preferido no haber venido y alimentado sus esperanzas.

Se encontró de nuevo recorriendo las calles, cruzando frente a un teatro y una taberna. Su antiguo e inquietante ambiente. No sabía por qué estaba allí. Había salido a dar un paseo para pensar, para intentar hacer algún plan y se había sentido impulsada a llegar allí. Era muy desalentador.

Y ahora, alguien de su pasado se abría paso entre la gente y corría tras ella. Sintió la tentación de correr y no mirar atrás.

—¡Ángela, espera!

Apretándose los dientes, se detuvo y se volvió. Reconoció inmediatamente a la joven que venía hacia ella. Al verla, sintió que todo su cuerpo se tensaba y se puso la máscara del desdén y la calma. —Hola, Teresa —dijo, levantando ligeramente el mentón.

Teresa la recorrió de arriba abajo con la mirada. —No podía creer que eras tú. Te ves tan *diferente.* —Se la veía desconcertada—. ¿Sigues casada con aquel granjero?

Ángela sintió pena antes de aparentar indiferencia. —No, ya no.

—Qué lástima. Era bastante especial. Había algo en él . . . —dijo, encogiendo los hombros—. Bueno, así es la vida, supongo. —Miró el abrigo y la falda oscura de Ángela y, mordiéndose el labio inferior, agregó—, Ya no estás en el oficio, ¿no es así?

—No, no he estado en los últimos dos años.

—¿Supiste lo de Fortunata?

Ángela asintió. Fortunata. Querida Fortunata.

—Mai Ling también estuvo en el incendio.

—Lo sé. —Ángela quería cortar la conversación y volver a la casa de la colina. No quería pensar en su pasado. No quería mirar a Teresa y ver cómo había envejecido. No quería reconocer la desesperanza en su mirada.

—Bueno, por lo menos Magowan recibió lo que merecía —dijo Teresa. Miró el vestido impecable de Ángela.

—Magui está muriendo de sífilis —continuó Teresa—. La Duquesa la echó ni bien lo supo. Solía verla de vez en cuando; dormía en un zaguán con una botella de ginebra en la mano. Pero no últimamente —agregó, levantando los hombros.

—¿Sigues con la Duquesa?

Teresa soltó una risa. —Nada cambia. Al menos para algunas de nosotras —agregó, prolongando una sonrisa cínica—. No se está tan mal en realidad. Construyó un lugar nuevo y contrató una buena cocinera. Me va bien. Hasta tengo algo de dinero para el futuro.

Ángela sintió una opresión en el pecho. ¿Acaso Teresa fingía que estaba bien cuando interiormente se estaba desangrando? Teresa siguió hablando, pero Ángela no oyó ni una de sus palabras. Siguió mirando tras los ojos de Teresa y viendo cosas que nunca antes había reconocido. Y con ello todo su pasado. Todo lo que había experimentado desde que tenía ocho años. El dolor y la soledad . . . todo estaba también en los ojos de Teresa.

—Bueno, te entretuve demasiado hablando de los viejos buenos tiempos —dijo Teresa, sonriendo tristemente—. Es mejor que vuelva al trabajo. Uno más hoy y podré descansar.

Cuando comenzaba a volverse, Ángela sintió surgir en su interior una extraña urgencia. La invadió una tibieza, luego un estallido de energía y seguridad como nunca había experimentado. Rápidamente la alcanzó y la detuvo.

—Ven a almorzar conmigo —dijo, tan entusiasmada que temblaba.

—¿Yo? —Teresa estaba tan sorprendida como Ángela.

—¡Sí, tú! —dijo Ángela sonriendo. Sentía que estallaba de ideas que crecían en su interior. Se dio cuenta. ¡Se dio cuenta lo que Dios quería que hiciera! *Exactamente* lo que él quería—. Conozco un pequeño café a la vuelta de la esquina. —Tomó a Teresa del brazo y la llevó consigo—. El dueño se llama Virgilio. Te gustará. Y también sé que se alegrará de conocerte.

Teresa estaba demasiado desconcertada como para protestar.

—¿Dijo dónde iba? —preguntó Jonatán a su preocupada hija.

—No, Papá. No sabes lo inquieta que ha estado estos últimos días. Esta mañana dijo que saldría a caminar. Quería estar sola para pensar. No ha vuelto desde entonces. Tiene que haberle pasado algo.

—No lo sabes —comentó Priscila—. Estás dejando que te invadan las emociones. Ángela sabe cuidarse.

—Tu madre tiene razón, Susana —opinó Jonatán, pero no podía evitar las preguntas. Si Ángela no estaba de regreso en una hora, saldría a buscarla en su coche.

Susana dejó de caminar y miró por la ventana. —Se está haciendo tarde. ¡Ahí viene! ¡Está subiendo la colina! —anunció, volviéndose con los ojos iluminados—. ¡Saludó con la mano y viene sonriendo! —Susana cerró las cortinas y se dirigió al vestíbulo—. Le diré que nos tuvo muy preocupados.

Pero Ángela irrumpió en la casa y abrazó a Susana antes de que pudiera pronunciar una palabra de reprimenda. —Ay, Susana, ¡no vas a creerlo! —dijo Ángela riendo—. Bueno, retiro lo dicho, sí lo vas a creer. —Se quitó el abrigo y lo colgó, luego agregó la capota despreocupadamente.

Jonatán vio inmediatamente la diferencia en ella. El rostro le resplandecía y sonreía con verdadero júbilo. "Sé lo que Dios quiere que haga con mi vida," dijo, sentándose al borde del sofá. Juntó las manos sobre las rodillas y los miró como si fuera a estallar de entusiasmo. Jonatán observó a su hija mientras se sentaba lentamente a su lado. Parecía percibir que estaba a punto de perder a su mejor amiga. Y tal vez así era.

"Necesitaré su ayuda," le dijo Ángela a Jonatán. "Jamás podré devolver lo que ya han hecho, pero les voy a pedir algo más." Sacudió la cabeza. "Voy demasiado rápido. Primero tengo que contarles lo que ocurrió hoy." Les relató sobre su encuentro con Teresa. Del desánimo y la falta de esperanza de la joven prostituta y cómo ella misma se había sentido así tantos años atrás.

—Podría haber trabajado con Virgilio si hubiera sabido cocinar. Como están las cosas, fue muy amable en permitirle quedarse si yo trabajo con ella unas semanas hasta que sepa hacerlo. Es rápida para aprender. Pronto podrá manejarse sola.

—Nos estás mareando —dijo Jonatán. Ángela estaba tan entusiasmada que no lograba explicarse.

—Teresa dijo que si encontraba una manera de salir de donde estaba, lo haría. Virgilio le preguntó si sabía cocinar y Teresa dijo que no. Y se me ocurrió ahí mismo donde Virgilio. *¿Por qué no?*

—¿Por qué no *qué*? —preguntó Susana exasperada—. No te entendemos.

—¿Por qué no ayudarla a encontrar una salida? —dijo Ángela—. Enseñarle a cocinar. Enseñarle a coser. Enseñarle a hacer sombreros. Enseñarle todo lo que pueda ayudarla a ganarse la vida. Jonatán, quiero comprar una casa donde otras como Teresa puedan vivir seguras y aprender a ganarse la vida sin tener que vender su cuerpo.

Jonatán se quedó pensativo. —Tengo algunos amigos que podrían ayudar. ¿Cuánto dinero crees que hará falta para comenzar?

—Hay una casa a un par de cuadras del puerto. —Ángela le dijo cuánto costaba.

Jonatán levantó las cejas. Era mucho dinero. Miró a Priscila pero ella no lo ayudó en nada. Miró otra vez a Ángela y se dio cuenta que no podía decir que no, borrando de un plumazo la mirada de esperanza y propósito que veía en sus ojos. —Veré qué se puede hacer mañana por la mañana.

Ángela se inclinó con ojos luminosos y lo besó en la mejilla. —Gracias, querido amigo.

—Papá tiene amigos que pueden ayudar a sostener la casa —afirmó Susana.

Jonatán miró a su hija y vio que su expresión también había cambiado. No le había visto ese brillo en los ojos desde la muerte de Esteban. *Oh, Dios,* pensó, con el pecho oprimido ante la idea de lo que podría ocurrir. *Después de todo la voy a perder, no por un joven desbordante y entusiasta que la quiera llevar al desierto a convertir indios paganos, sino por Ángela y otras como ella.*

Quería ver a su hija casada e instalada con hijos propios. Quería que viviera en una casa en las proximidades para poder visitarlos con frecuencia. Quería que fuera más como Priscila y menos como él.

Observó a Susana ir y venir; los planes parecían salir a borbotones como de una fuente. Ángela sonreía y lanzaba sus ideas, una tras otra. Las dos mujeres eran tan hermosas que costaba mirarlas, porque su luz encandilaba en la oscuridad.

Jonatán cerró los ojos. *Oh, Dios, no es así como yo había planeado las cosas.*

Por otra parte, ¿qué otra cosa podría haber de valor permanente y real?

Treinta y Tres

Cuando yo era niño, hablaba como niño,
pensaba como niño, razonaba como niño;
cuando llegué a ser adulto, dejé atrás las cosas de niño.

1 Corintios 13:11

Pablo se encaminó a Sacramento en busca de Ángela. Si quería salvar su matrimonio debía encontrar a esa bruja y llevarla de vuelta. Era evidente que Miguel no iría a buscarla y Miriam no estaría tranquila hasta que no estuviera en casa. Pablo ya no soportaba ver a Miriam sufriendo por la ausencia de Ángela. No comprendía cómo podía seguir pensando bien de Ángela después de todo este tiempo, pero era así. Tal vez por eso la amaba. ¿Acaso no había visto lo bueno en él también?

Sentía que estaba dispuesto a hacer cualquier cosa por ella, incluso dejar su hogar y salir en busca de Ángela, si con eso lograba que se tranquilizara y cuidara su salud.

Se imaginaba que Ángela estaría ejerciendo su oficio en la comunidad floreciente más cercana. Primero averiguó en los burdeles, pensando que con su rara belleza sería fácil de localizar. Sin embargo, "Ángela" parecía ser un nombre muy común entre las prostitutas. Encontró muchas, pero ninguna era ella.

Después de una semana, Pablo abandonó Sacramento y se dirigió al oeste, a San Francisco. Tal vez Sacramento le había resultado poca cosa a Ángela. Por si acaso, y temiendo estar equivocado, se detuvo en cada pueblo del camino. Ni rastro de ella.

Para cuando llegó a San Francisco, estaba convencido que la búsqueda sería infructuosa. Hacía demasiado tiempo que Ángela había abandonado el valle. Habían pasado casi tres años. Probablemente ya habría abordado un buque a Nueva York o a China. No sabía si sentirse agradecido por su fracaso o seguir averiguando hasta encontrar alguna información. Miriam se había mostrado tan segura, tan convencida.

"Sé que está todavía en California. Lo sé."

Alguien tendría que saber de ella. ¿Cómo podía desaparecer de esa manera una joven como Ángela?

Toda la situación le molestaba enormemente. ¿Y si la encontraba? ¿Qué le diría? *¿Queremos que regreses al valle?* Ella sabría inmediatamente que estaba mintiendo. Él no quería que regresara. No quería volver a verla jamás. Tampoco podía imaginar que Miguel siguiera esperándola después de tanto tiempo. Tres años. Sabe Dios qué habría estado haciendo todo ese tiempo y con quién.

Pero Miguel quería que volviera. Ese justamente era el problema. Miguel todavía la amaba. Siempre la amaría. Esta vez no era terquedad ni orgullo lo que lo había retenido de ir a buscarla. Miguel había dicho que ella tenía que decidir. Tenía que volver por su propia cuenta. Bueno, no lo había hecho. Con un año hubiera bastado para que Miguel se convenciera. Dos tendrían que haber hecho el milagro. Al tercero, hasta Miriam había perdido las esperanzas de que volviera por su cuenta. Dijo que alguien debía buscarla.

"Quiero que vayas, Pablo," había dicho Miriam. "Tienes que ser tú."

Al escucharla, había odiado más que nunca a Ángela.

Finalmente llegó a San Francisco. Mientras Pablo buscaba con poco entusiasmo, la niebla cubría la ciudad. Encontrar a Ángela en realidad traería más problemas que no encontrarla. ¿Acaso tendría que arrastrarla hasta el valle como lo había hecho Miguel la primera vez que se había marchado? ¿Qué sentido tendría? Sólo volvería a escapar. Una y otra vez. ¿No podía entenderlo Miriam? Una vez prostituta, siempre prostituta. Aparentemente algunas verdades eran demasiado difíciles de captar para una muchacha dulce e inocente como su esposa. O para un hombre tan puro como Miguel. Pablo los amaba a ambos y no entendía de qué manera encontrar a Ángela podría ser de ayuda.

¿Por qué había insistido tanto Miriam en que fuera *él* quien la hallara y la trajera a casa? No se lo había explicado. Decía que él lo descubriría por su cuenta. Al comienzo se había negado y eso la había enojado. Estaba sorprendido de que su esposa, generalmente razonable, se mostrara tan porfiada. Sus palabras lo habían lastimado como los cortes de una espada. Luego Miriam había llorado, afirmando que no podía seguir así. Cuando le suplicó que fuera en busca de Ángela, no pudo soportarlo y terminó accediendo.

Y ahí estaba, a más de cien kilómetros de casa y echando tanto de menos a Miriam que sentía dolor físico. Se preguntaba por qué diablos había cedido. Era mejor perder Ángela que encontrarla.

Distraído por su desalentador resentimiento, vagó sin rumbo, mirando alrededor sin prestar verdadera atención a lo que veía. De pronto, observó a una joven vestida de gris. Estaba del otro lado de la calle mirando una vidriera y algo en ella le recordó a Telma. Hacía meses que no pensaba en ella y resurgió la antigua tristeza, inundándolo de dolor. La muchacha se inclinó, permitiéndole ver unos zapatos gastados, negros y abotinados como los que usaba Telma.

Miriam, ¿qué estoy haciendo aquí? Quiero estar en casa contigo. Te necesito. ¿Por qué me embarcaste en esta loca búsqueda?

La muchacha se enderezó y se ató la capa. Se volvió y esperó hasta que pasara una carreta antes de cruzar la calle. Pablo alcanzó a vislumbrar brevemente su rostro y se le paralizó el corazón.

¡Ángela!

Al principio no podía creer que fuera ella. Seguramente era su imaginación que ponía su rostro en otra figura después de tantas semanas de buscarla. La joven cruzó la calle y se alejó de él rápidamente. Levantándose el sombrero, la volvió a mirar, preguntándose si había visto bien. Seguramente era un error. No podía ser ella, no vestida así . . . de todas maneras la siguió, sólo para echarle otro vistazo.

La joven caminaba con brío, la cabeza en alto. Los hombres se fijaban en ella todo el tiempo. Algunos la saludaban sujetándose el sombrero al pasar. Unos pocos silbaban y le hacían propuestas audaces. Ella no se detenía ni hablaba con ninguno. Era evidente que tenía un destino determinado. Cuando llegó al centro de la ciudad, entró a un gran banco que se erigía en una esquina principal.

Pablo esperó afuera media hora bajo la fría niebla antes de que saliera. *Era* Ángela. Estaba totalmente seguro. Iba con un caballero elegante, un hombre considerablemente mayor y mucho más próspero que Miguel. Pablo apretó los dientes. Los observó mientras hablaban durante algunos minutos y luego el hombre le besó la mejilla.

Clientela de clase alta, pensó cínicamente Pablo. A pesar de su ropa modesta y formal, Ángela seguía tan descarada como siempre. Ninguna mujer decente permitiría que un hombre la besara en la calle. Ni siquiera en la mejilla.

Las palabras de Miriam lo asaltaron. *"Siempre la has juzgado equivocadamente."*

Pablo apretó los labios. Miriam no estaba aquí para ver la escena. Ella no sabía nada de mujeres como Ángela. Y él jamás había podido convencerla.

Miriam nunca había podido creer en la existencia de una muchacha de nombre Ángela y lo que había hecho en un burdel de Pair-a-Dice. "Ni siquiera hablas de la misma persona," le había dicho. Pero él sabía lo que era Ángela, aunque Miriam y Miguel jamás pudieran enfrentar la verdad.

¿Qué cosa de la viña del Señor habían visto ellos en esa despreciable mujer, para amarla con esa devoción tan sólida e inalterable? Nunca lo entendería.

Siguió a Ángela hasta una sencilla casa de madera de dos pisos no lejos de la plaza Portsmouth. Había un letrero en la puerta de entrada. Tuvo que cruzar la calle para leerlo. *Casa Magdalena*. Eso era. A la vista de todos los hombres. Lo sabía desde el comienzo. ¿Qué haría ahora? Aunque se lo dijera a Miriam, jamás le creería. Tratar de convencerla sólo la lastimaría más.

Desalentado y enojado, Pablo siguió caminando largo rato. ¡Era culpa de Ángela que estuviera en esa situación! Había sido su destrucción desde el momento mismo que la vio por primera vez. Primero se había interpuesto entre él y su dinero. Había tirado su oro en un vano intento de pasar media hora con ella en el Palacio. Luego se había metido entre él y Miguel. ¡Ahora se estaba interponiendo entre él y su esposa!

Pasó la noche en un hotel barato. Pidió la comida pero luego no pudo probar bocado. Cuando se fue a la cama, no podía dormir. Se imaginaba todo el tiempo la cara bañada en lágrimas de Miriam. "Jamás trataste de entenderla, Pablo. Tampoco la entiendes ahora. ¡A veces me pregunto si alguna vez lo harás!"

Entiendo perfectamente bien y ¡quiero sacar esa bruja de mi vida para siempre! Ojalá estuviera muerta, enterrada y olvidada.

Pablo durmió en forma irregular y despertó antes del amanecer con la clara determinación de volver al valle. Le mentiría a Miriam. Era la única manera de no herirla. Le diría que la había buscado por todas partes sin encontrarla. O tal vez podría decirle que había averiguado que Ángela había muerto de sífilis o de escarlatina. No, de sífilis no. Neumonía o difteria. Cualquier cosa menos sífilis. O podría decirle que se había embarcado hacia el este por el Cabo de Hornos. Eso sería creíble. Pero no podría decirle jamás que la había visto entrar a un burdel a pocas cuadras del puerto.

Sintiéndose asqueado por tener que mentir, empacó sus pocas cosas. Le indignaba pensar en todas las semanas que había pasado sin la dulce compañía de su esposa por culpa de Ángela. Antes de llegar a casa se le ocurriría alguna manera de convencer a Miriam de que era una causa perdida. Tenía que hacerlo.

Camino a la barcaza que lo cruzaría al otro lado de la bahía, comenzó a dudar. Miriam querría saber el nombre del barco. Querría saber con quiénes había hablado. Querría saber cientos de detalles que tendría que inventar. Podía manejar una única mentira grande, pero no un entramado de muchas mentiras pequeñas.

De pie bajo la densa niebla, comenzó a sentir un intenso frío interior. Eso no funcionaría. No importa qué historia pudiera inventar, Miriam lo sabría. Siempre sabía. Tal como Miguel supo lo que había pasado entre Ángela y Pablo en la carretera sin que jamás se hubiera hablado una palabra de ello.

Furioso, volvió al edificio de madera. Sin encontrar motivo para golpear, entró directamente. Frente a la entrada había un pequeño vestíbulo escasamente amueblado con dos bancos y un perchero para sombreros. No había ningún sombrero. En realidad, no había nadie que lo recibiera.

Oyó voces de mujeres. Quitándose el sombrero, pasó a una gran sala de estar y se congeló. Estaba lleno de mujeres, la mayoría jóvenes, y todas lo miraban. El calor se le subió a la cara.

Se le presentaron varias cosas a la vez. Las muchachas estaban todas sentadas en bancos de madera. No había ningún hombre en la sala fuera de él. Y el lugar se parecía más a un aula escolar que al salón de un burdel. Todas vestían el mismo tipo de ropa sobria como el que llevaba Ángela el día anterior. Y Ángela no estaba entre ellas.

Una mujer alta que estaba de pie frente a las muchachas le sonrió. Sus ojos marrones brillaban divertidos. —¿Estás perdido, amigo? ¿O es que has venido a enmendarte? —Las muchachas más jóvenes rieron.

—Yo . . . yo . . . pido disculpas, señora —tartamudeó, confundido y avergonzado. ¿Qué lugar *era* este?

—Piensa que esto es un hotel —dijo una de las muchachas, observando la bolsa en su espalda. Las otras volvieron a reír.

—Apuesto a que piensa que esto es algo totalmente diferente, ¿verdad, cariño? —dijo otra, mirándolo de arriba a abajo.

Alguien comentó entre risas, —¡Se está ruborizando! No he visto un hombre ruborizándose en mucho tiempo.

—Muchachas, por favor —dijo la mujer alta, haciéndolas callar. Dejó a un lado la tiza, se sacudió el polvo blanco de las manos y se acercó a Pablo—. Soy Susana —dijo, tendiéndole la mano, que Pablo tomó sin pensar. Tenía las manos frescas y una sonrisa firme—. ¿En qué te puedo ayudar?

—Estoy buscando a alguien. Ángela. Se llama Ángela. Por lo menos así se hacía llamar. Creí verla entrar aquí ayer en la tarde.

"¿Pablo?"

Se volvió bruscamente y la vio de pie en el umbral de la puerta. Parecía sorprendida y desconcertada. "Ven conmigo, por favor," dijo. La siguió por un corredor hasta una pequeña oficina. Se sentó detrás de un escritorio de roble. Había papeles apilados y varios libros. En un extremo había una sencilla caja de sombreros con una ranura en la tapa. "Siéntate, por favor."

Se sentó y miró alrededor el arreglo sencillo y limpio. No lograba verle el sentido a nada. ¿Por qué una regenta de burdel tendría una oficina que era más adecuada para una monja? ¿Qué tipo de clases se impartían en la otra sala? En la pizarra había visto problemas de aritmética, pero ahora que se enfrentaba a Ángela no se le ocurrió preguntar. La vieja animosidad había vuelto con toda su fuerza.

Si no fuera por ella, estaría tranquilamente en casa con Miriam.

Ángela lo miraba con la misma franqueza, pero de alguna manera era diferente. Pablo la miró fríamente, tratando de descubrir qué era. Seguía siendo bella, increíblemente bella . . . pero eso lo había sido siempre: bella, fría y dura como una piedra.

Frunció el ceño. Eso era. La dureza había desaparecido. Ahora había ternura en ella. Estaba en sus ojos azules, en su suave sonrisa, en sus modales tranquilos.

Está serena.

La idea lo desconcertó y trató de descartarla. *No, serena no. Sencillamente no siente nada. Nunca tuvo sentimientos.* Recordó aquel día en la carretera. No lo podía borrar. Quería decir algo pero no se le ocurría ni una sola palabra. Estaba enojado, resentido, deprimido, pero trató de recordarse que no estaba allí por voluntad propia. Estaba por Miriam. Cuanto antes dijera las cosas que tenía que decir, más pronto Ángela podría negarse a volver y él podría retirarse con la conciencia tranquila.

Ángela habló primero.

—Te ves muy bien, Pablo.

Tuvo la extraña sensación de que ella estaba tratando de tranquilizarlo. ¿Por qué querría hacer eso? —Sí, tú también —dijo y sonó formalmente cortés. Era cierto. Incluso vestida de gris se veía muy bien. Mejor que nunca. Era de esas mujeres que seguirían siendo bellas hasta los sesenta. Un demonio disfrazado.

—Me sorprendió mucho verte —dijo ella.

—Sí, me lo imagino.

Los ojos de Ángela lo estudiaban. —¿Qué te trajo a Casa Magdalena?

La dejaría con la duda. —¿De quién es esta casa?

—Mía —dijo sin entrar en detalles. Esperó que él dijera algo.

—Te vi en la calle ayer y te seguí hasta aquí.

—¿Por qué no entraste?

—No quería interrumpir —dijo—. ¿Te sigues haciendo llamar Ángela?

Pablo no lograba evitar el matiz de su voz y tampoco podía entender la expresión de los ojos de ella, como si cada palabra que dijera la apenara profundamente. ¿Por qué? Nada solía apenarla antes. Era otra de sus actuaciones.

—Me sigo llamando Ángela —dijo ella—. Me parecía apropiado.

De nuevo esa franqueza. Esa forma directa y concisa, pero de alguna manera mucho más amable de que jamás la hubiera visto. —Te ves diferente —dijo, mirando a su alrededor—. Esperaba encontrarte viviendo con un estilo superior a este.

—Inferior, querrás decir. —Se la veía divertida, pero no a la defensiva.

Pablo dejó traslucir una expresión desdeñosa. —Nada cambia, ¿verdad?

Ángela lo estudió. Tenía razón, en un sentido. Por lo menos en lo que concernía al odio que él le tenía. Sabía que él tenía razones que lo justificaban. Así y todo, dolía. —No, supongo que no —dijo suavemente—. No es para menos. —Tenía que dar cuenta de tantas cosas. Miró hacia otro lado. No podía dejar de pensar en Miguel. Tenía miedo de preguntar por él, especialmente a este hombre que lo quería tanto y la odiaba a ella con la misma intensidad. ¿Qué hacía aquí?

Pablo no sabía qué decir. Sentía que la había herido. Ángela suspiró y volvió a mirarlo y Pablo se preguntó si estaría tan calmada como aparentaba, si alguna cosa realmente la conmovía. Esa era una de las cosas por las que la despreciaba. Ninguna de las flechas que le había disparado antes la habían tocado.

—¿Alguna vez vuelves al valle?

La pregunta lo tomó de sorpresa. —Vivo allí.

—¡Ah! —dijo, visiblemente sorprendida.

—Nunca me fui.

Ángela no reaccionó al tono acusatorio. —Miriam me había dicho que planeabas volver a los campos de oro y probar suerte una vez más.

—Por desesperación —dijo—. Miriam me hizo cambiar de idea.

La expresión de Ángela se suavizó. —Sí, me imaginé que lo intentaría. Miriam siempre andaba tratando de ayudar a otros. ¿Cómo está ella?

—Va a tener un bebé este verano. —Observó cómo el color desaparecía del rostro de Ángela y le volvía lentamente.

—Gracias a Dios.

¿Gracias a Dios?

Ángela sonrió, pero su sonrisa era triste y nostálgica. Pablo nunca antes la había visto sonreír así. Hubiera querido saber lo que pasaba por su mente.

—Qué buena noticia, Pablo. Miguel seguramente estará muy contento.

—¿Miguel? —Se rió suavemente, confundido—. Bueno, supongo que sí. —Se sintió impulsado a decir—, Se ha estado manejando muy bien estos últimos años. Compró un poco más de tierra y unas cabezas de ganado la primavera pasada. En el otoño agrandó el granero. —Ángela no tenía por qué saber que se había llevado la mitad de su corazón cuando se fue. Miguel todavía tenía fe en Dios y Dios le encontraría una buena esposa.

No esperaba que Ángela sonriera ante esas noticias, pero lo hizo. No pareció sorprendida en lo más mínimo. Más bien se la veía aliviada y contenta.

—Miguel siempre se las arreglará bien.

La bruja sin corazón. ¿Eso era todo lo que podía decir? ¿Acaso no sabía cuánto la amaba Miguel, cuánto le había arrancado cuando lo dejó?

—¿Y tú, Pablo? ¿Has arreglado las cosas con él?

La odió por recordarle lo que había ocurrido. La odiaba tanto que sentía sabor a acero en la boca. —No bien te fuiste, las cosas volvieron a lo que eran antes —dijo, sabiendo que mentía. Miguel jamás le había guardado rencor. Era *él* quien no podía superarlo. Nada había vuelto a ser igual. Ella seguía entre ambos.

—Me alegro —dijo ella, y lo demostraba—. Siempre te ha querido, tú lo sabes. Nunca dejó de quererte. —Ángela vio su expresión y cambió de tema—. Podrás ayudarlo a ampliar la cabaña. Lo necesitará ahora.

—¿Una ampliación? ¿Para qué?

—Con el bebé en camino —dijo ella—, él y Miriam necesitarán más espacio. Y con el tiempo vendrán más niños. Miguel siempre dijo que quería tener muchos hijos. Ahora los tendrá.

Pablo no podía respirar. Se sintió helado y enfermo.

Ángela frunció el ceño. —¿Qué te pasa, Pablo?

Pablo vio la verdad y lo que sentía en la boca del estómago era nada comparado con la punzada de dolor en el pecho. *¡Ay, Dios, Dios! ¿Es por eso que lo dejó?*

Podía sentir la presencia de Miriam y oír sus palabras. *"Nunca la entendiste, Pablo. Ni siquiera lo intentaste."* Miriam con los ojos llenos de lágrimas. *"Tal vez si lo hubieras intentado, una sola vez, las cosas hubieran sido diferentes. Amanda nunca se abre completamente conmigo. Creo que jamás ha permitido que alguno sepa el dolor que tiene, ni siquiera Miguel. ¡Tal vez tú podrías tratar de ayudarla!"* Miriam firme frente a su desdén. *"Yo no conocí a Ángela. Sólo conozco a Amanda, y si no hubiera sido por ella, yo nunca habría tenido el valor de acercarme a ti."* Miriam el día que llegó a su cabaña. *"Tengo que hacer lo que es mejor para ti."*

Ángela estudiaba el rostro de Pablo. —¿Qué ocurre, Pablo? ¿Qué pasa? ¿Hay algún problema con Miriam?

—Miriam es *mi* esposa. No la de Miguel.

Ángela se encogió pasmada. —¿*Tuya*?

—Sí, mía.

—No lo entiendo —dijo temblorosa—. ¿Cómo puede ser tu esposa?

Pablo no podía responder. Sabía lo que Ángela quería decir. ¿Cuántas veces había pensado que no era lo suficientemente bueno como para merecerla? Que Miriam era adecuada para Miguel. Lo había pensado todo el tiempo hasta el día mismo en que Miriam vino a su cabaña. —Ángela, Miguel todavía espera que vuelvas a casa.

El rostro de Ángela empalideció de muerte. —Han pasado tres años. No puede estar esperando.

—Lo está.

Las palabras de Pablo le dieron directamente en el pecho. *¡Oh Dios!* Cerró por un momento los ojos. Se puso de pie y se volvió. Corrió las cortinas para mirar por la ventana. Llovía. No podía respirar por el dolor en el pecho. Tenía los ojos enrojecidos.

Pablo vio la forma en que los dedos de Ángela apretaban las cortinas hasta volverse blancos. —Creo que comprendo —dijo tristemente—. Pensaste que si te ibas, Miguel se volvería a Miriam. Que con el tiempo se enamoraría de ella y te olvidaría. ¿No es así? —¿Acaso no era eso lo que él había esperado al comienzo? ¿No era precisamente esa posibilidad lo que le carcomía las entrañas durante ese tiempo?

—Lo hubiera hecho.

Ni siquiera necesitaba decirlo. *"Si tú no hubieras interferido."* En una oportunidad Pablo le había dicho a Miriam que no creía que Ángela tuviera capacidad para sufrir ni para amar. Ahora esas palabras lo asaltaban nuevamente. ¿Cómo podía haber estado tan equivocado acerca de ella? Cuando ella se volvió y lo miró, estaba completamente avergonzado.

—Miriam es perfecta para él —dijo Ángela—. Es el tipo de esposa que necesita. Es pura, inteligente y tierna. Tiene una enorme capacidad para amar.

Esta vez Pablo vio mucho más allá de las palabras. —Todo eso es muy cierto. Pero Miguel te ama *a ti*, Ángela.

—Miguel quiere tener hijos y Miriam se los podría haber dado. Se entienden bien entre ellos.

—Porque son *amigos*.

Le destellaron los ojos. —Podrían haber sido más.

—Tal vez —aceptó, enfrentando su propio egoísmo—. Si yo hubiera tenido tu coraje y me hubiera ido. Pero no lo hice. No pude. —Hasta ese momento pensaba que era porque amaba tanto a Miriam, pero ahora veía claramente que se había amado más a sí mismo. Ángela había comprendido que había un amor más elevado: el sacrificio.

Inclinándose, puso la cabeza entre las manos. Ahora comprendía por qué Miriam había insistido tanto en que fuera él quien la buscara. —Estaba equivocado —gimió—. Estuve equivocado acerca de ti todo el tiempo. —Se le nublaron los ojos. Levantó nuevamente la vista—. Te he odiado, mucho. Yo . . . —se quebró, incapaz de seguir hablando.

Ángela se sentó otra vez detrás del escritorio, entristecida. —Tenías razón acerca de mí en muchos sentidos.

Sus palabras sólo confirmaban lo que ahora sabía. Rió tristemente. —Jamás intenté acercarme. Y sé por qué. Ese día en la carretera, sabía que tenías razón. Tenías razón. Lo traicioné a *él*.

—Yo podría haber dicho que no —dijo Ángela con los ojos llenos de lágrimas.

—¿Lo sabías en ese momento?

No respondió de inmediato. —Alguna parte de mí tiene que haberlo sabido. Tal vez simplemente no quise saberlo. Tal vez era mi manera de herirte. No lo sé. Fue hace mucho tiempo. Nunca he querido pensar en ello, pero cada vez que te veía estaba ahí. No podía huir de eso.

Recordó la oscuridad en la que había vivido. Recordó todos los meses que Pablo se había mantenido alejado y cómo su ausencia había entristecido a Miguel. También podía imaginar el dolor de Pablo por esa distancia y su vergüenza. Y la terrible culpa de todo. ¿Acaso ella no había ocultado la suya?

Todo estaba en su cabeza. Ella había dado lugar a que eso ocurriera. No importa por qué motivo. ¿Qué importaba ahora? No podía cargar a nadie con la culpa, salvo a ella misma. Ella había elegido. Jamás había pensado en las consecuencias. Las repercusiones habían sido como cuando se arroja una piedra al agua. Primero la salpicadura. Luego los círculos que se van ampliando. Había pasado mucho tiempo antes que las aguas se aquietaran.

Y la piedra seguía ahí, fría y silenciosa en el fondo del agua. Miguel. Pablo. Ella misma. Almas partidas, desesperadas por volver a unirse.

El tormento y la brecha entre Pablo y Miguel habían crecido, no porque Miguel no pudiera perdonar, sino porque Pablo no podía perdonarse a sí mismo. ¿No le había ocurrido eso a ella durante la mayor parte de su vida? ¿Que todo lo que le había ocurrido de alguna manera había sido su culpa, que era culpable hasta de haber nacido? En los últimos años había aprendido que no era la única que tenía esos sentimientos. Lo oía todos los días de otras mujeres que habían experimentado los mismos abusos que ella. Perdonar a otros por lo que le habían hecho resultaba mucho más fácil que perdonarse a sí misma. Todavía tenía momentos de lucha.

Le temblaba la boca. "Pablo, perdóname por el sufrimiento que te he causado. Realmente lo siento."

Pablo se quedó sentado largo tiempo, incapaz de hablar, pensando en la persecución que ella había soportado tanto tiempo. De parte de él. Y ahora *ella* se disculpaba. Había conspirado para su destrucción y se había destruido a sí mismo en el proceso. Desde ese momento lo había consumido el odio, lo había enceguecido. Había sido insufrible, altanero y cruel. La revelación le resultaba amarga y dolorosa, pero también era un alivio. Había una extraña libertad en estar frente a un espejo y verse claramente a sí mismo por primera vez en su vida.

Si no hubiera sido por Miriam, ¿en qué se habría convertido? Amarla lo había ablandado. Miriam había visto algo en él que jamás imaginó que alguien que no fuera Telma pudiera ver. Y había visto algo en Ángela que él no había sido capaz de percibir. Se había preguntado qué sería, pero se había aferrado tercamente a sus propias convicciones. La esposa de Miguel siempre había sido Ángela para él, la muy preciada mujer de la vida alegre de Pair-a-Dice, y siempre la había tratado acorde con eso.

Ahora que miraba hacia atrás, no podía recordar una sola oportunidad en que ella se hubiera defendido. ¿Por qué no lo había hecho? También sabía la respuesta a eso. Se la había dado Ángela misma al decir que él tenía razón acerca de ella. No era el desprecio ni la arrogancia lo que la habían hecho callar, era la vergüenza. Ella creía todo lo que él decía de ella. Realmente creía que era sucia e indigna, apta sólo para que la usaran.

Y yo la ayudé a convencerse. Hice el papel que Miguel se negó a hacer.

Lo invadió el remordimiento. Le dolía mirarla. Más todavía ver la verdad. Él también tenía gran parte de la culpa del sufrimiento de Miguel. Si hubiera hecho el intento de acercarse una sola vez, como decía Miriam, tal vez las cosas hubieran sido diferentes, pero había tenido demasiado orgullo, había estado seguro de tener razón.

—*Yo* lo siento mucho —dijo—. ¡Lo siento tanto! ¿Podrás perdonarme?

Ángela se preguntó si Pablo sabría que le caían lágrimas por las mejillas y sintió una repentina e inexplicable ternura hacia este hombre. El hermano de Miguel. También *su* hermano. —Te perdoné hace mucho tiempo, Pablo. Abandoné el valle y a Miguel por mi propia voluntad. No te eches la culpa de ello.

Ángela se inclinó hacia adelante, uniendo las manos firmemente sobre el escritorio. —Dejemos todo eso atrás. Por favor. Dime todo lo que ha ocurrido desde que me fui —dijo sonriendo y, bromeando amablemente, agregó—, Especialmente cómo un hombre como tú consiguió ganar el corazón de una muchacha como Miriam.

Pablo rió por primera vez en meses. —Sólo Dios sabe —dijo, sacudiendo la cabeza. Suspiró profundamente y se relajó—. Me ama. Dice que supo que se casaría conmigo desde el día que me conoció. —Al hablar sobre Miriam le volvió la sensación de tibieza—. Yo la miraba y la deseaba, pero encontraba todo tipo de razones por las que yo no era suficientemente bueno ni siquiera para acercarme a ella. Luego vino a la cabaña un amanecer. Dijo que se mudaba conmigo y se dedicó a convencerme de que yo la necesitaba. No tuve fuerzas para mandarla de regreso a su casa.

Ángela se rió suavemente. —No puedo imaginar a Miriam con ese coraje.

—Dice que aprendió a tener coraje de ti. —En ese momento no había comprendido lo que ella había querido decir. Ahora lo entendía. Ángela había amado lo suficiente a Miguel como para dejarlo cuando creyó que era lo mejor para él. Miriam se había acercado a él por el mismo motivo. Si no lo hubiera hecho, él se hubiera vuelto a los lavaderos de oro, a beber, a perder dinero en los burdeles y probablemente hubiera muerto en las montañas con la cara hundida en el barro.

—Miriam me envió a buscarte. Amanda, quiero llevarte a casa. —Y lo decía en serio.

Amanda. Se le hizo un nudo en la garganta y sonrió. Una carga menos y estaba agradecida. Pero no era tan sencillo. No podía. —No puedo volver, Pablo. Nunca.

—¿Por qué no?

—Hay mucho de mí que todavía no sabes. —¿Cuánto debía saber para comprender y ser su aliado?

—Entonces cuéntamelo.

Ángela se mordió el labio. ¿Cuánto bastaría? —Me vendieron para la prostitución a los ocho años —dijo lentamente, mirando al vacío—. Jamás conocí otra forma de vida hasta que Miguel se casó conmigo. —Miró a Pablo—. Y nunca lo comprendí, no de la manera que él esperaba. No puedo cambiar lo que fui. No puedo deshacer las cosas que ocurrieron.

Pablo se inclinó hacia delante. —Tú eres ahora la que todavía no entiende, Amanda. Hay algo que yo ni siquiera comprendí hasta ahora porque era demasiado testarudo, celoso y orgulloso. . . . Que Miguel *te eligió* a ti. Con todo tu pasado, con todas tus fragilidades, con todo. Sabía de entrada de dónde venías y no le importó. Había muchas mujeres donde vivíamos que hubieran saltado ante la posibilidad de casarse con él. Muchachas dulces, sensibles, vírgenes de familias temerosas de Dios. Nunca se enamoró de ninguna de ellas. Te vio una vez y lo *supo*. Desde el primer momento. Tú. Ninguna otra. Me dijo todo eso, pero yo pensaba que era sólo por sexo. Ahora sé que no. Que era mucho más.

—Un loco accidente . . .

—Creo que es porque sabía cuánto lo necesitabas.

Ángela sacudió la cabeza. No quería oír más. Pero Pablo estaba decidido. —Amanda, te compró de la esclavitud donde estabas con su propio sudor y sangre, y lo sabes. No me digas que no puedes volver con él.

Dolía tanto porque todavía lo amaba y lo necesitaba. A veces sentía que iba a morir por la ausencia de la voz de Miguel. Cerraba los ojos y veía su rostro y su manera de andar y su sonrisa. Le había enseñado a jugar, a cantar y a disfrutar, cosas que jamás había experimentado. Y la dulzura de esos recuerdos era desesperante, una separación insoportable.

A veces trataba de no pensar en él porque el dolor que sentía era demasiado grande. Pero el anhelo de él estaba siempre presente, un hambre interminable, punzante. Sólo él se había dejado usar por Cristo en su vida. Por medio de él Cristo la había podido llenar hasta rebalsar. Miguel siempre había dicho que era obra de Dios; ahora sabía que era cierto.

Y el saber que Miguel había sido el puente entre ella y su Salvador sólo aumentaba su anhelo por él.

Pero no podía permitirse pensar en todo eso. Tenía que pensar en lo que era mejor para él, no en lo que quería para sí misma. Ahora tenía un propósito y estaba satisfecha de la vida. Ya no la atormentaban las pesadillas y las dudas. Por lo menos no hasta ahora. Y tenía que decirle a Pablo toda la verdad para que pudiera entender.

"No podré darle hijos a Miguel, Pablo. Nunca podré. Me hicieron algo cuando era muy joven. Para asegurarse." Tuvo que detenerse y mirar hacia otra parte para poder seguir hablando. "Miguel quiere tener hijos. Lo sabes. Era su sueño." Volvió a enfrentar a Pablo. "¿Comprendes ahora por qué no puedo volver? Sé que me recibiría de nuevo. Sé que podría seguir siendo su esposa. Pero no sería justo, ¿verdad? No para un hombre como él."

Luchó para controlar las lágrimas que últimamente estaban siempre al borde de la superficie. No cedería. No podía hacerlo. Si lo hiciera, lloraría hasta derretirse.

Pablo no sabía qué decir.

"Por favor," dijo ella. "Cuando vuelvas, no le digas a Miriam que me viste. No digas nada. Dile que abandoné el país. Dile que morí." Pablo se encogió por dentro, recordando sus propios pensamientos que volvían a asaltarlo.

—Por favor, Pablo. Si le dices, ella hablaría con Miguel y Miguel sentiría que debe venir a buscarme. No le permitas saber dónde estoy.

—No te preocupes. Le dijo a Miriam que no te arrastraría de vuelta esta vez. Dijo que era una decisión tuya, que tenías que volver por tu propia cuenta; de lo contrario jamás comprenderías que eres libre. —Ahora más que nunca quería convencerla de que debía volver—. ¿Alguna vez le dijiste que no podías tener hijos?

—Sí —dijo en voz baja.

—¿Y qué dijo él?

Ángela movió la cabeza, descartando una idea. —Ya conoces a Miguel.

Así era, verdaderamente. Se levantó y puso las manos sobre el escritorio. —Se casó contigo, Amanda. Para bien y para mal, para toda la vida y hasta que la muerte los separe. Y hasta entonces te estará esperando y más allá, si es cierto que conozco a Miguel. Si por lo menos supieras cuánto sufre . . .

—No sigas.

—Lo conoces. ¿Alguna vez renunció a ti? No lo hará ahora. Jamás renunciará a esperarte.

Ángela sacudió la cabeza, pálida y angustiada. —No puedo volver.

Pablo se enderezó. No sabía si la había motivado a pensar o sólo había aumentado su dolor. —Dije todo lo que pude. Ahora es asunto tuyo, Amanda. Pero no tardes demasiado en decidir. Echo de menos a mi esposa. —Escribió el nombre y la dirección del hotel donde había parado la noche anterior—. Querría salir mañana alrededor de las nueve. Avísame lo que decidas.

Pablo recogió su bolsa y la cargó al hombro. —De cualquier manera, ¿qué clase de lugar es este? ¿Una pensión?

Ella lo miró, dejando a un lado su dilema. —En un sentido, sí. Es un hogar para mujeres descarriadas, mujeres como yo que quieren cambiar de vida. Hemos sido afortunadas. Varios vecinos pudientes nos han dado ayuda financiera.

El hombre del banco, pensó Pablo. *Dios, perdóname. Qué imbécil he sido.* —Tú lo comenzaste, ¿no es así?

—No estuve sola. He tenido mucha ayuda en el camino.

—¿Qué les enseñan ahí? —preguntó, señalando la sala al otro lado del corredor.

—A leer, a escribir y a hacer cuentas. A cocinar, a coser y tener algún oficio. Cuando están preparadas, les conseguimos empleo. Hemos encontrado la forma de hacerlo con la ayuda de varias iglesias.

El padre Patricio la había visitado con frecuencia. Algunos sacerdotes católicos eran parecidos a Miguel. Dedicados a Dios, humildes, pacientes y llenos de amor.

Ángela vaciló un momento. —Magdalena es una de las cosas que tengo que considerar, Pablo. Aquí me necesitan.

—No importa cuán buena sea la causa, ahora es sólo una excusa. Puedes pasarle la antorcha a otra persona. La joven con los ojos divertidos da la impresión de poder hacerse cargo —dijo, dirigiéndose a la puerta—. Tu primera obligación es con Miguel. —Había dicho todo lo que podía—. Esperaré hasta mañana al mediodía. Después me volveré a casa.

Después que Pablo se fue, Ángela se quedó largo tiempo sentada, pensando. Se puso el sol y no encendió la lámpara. Recordaba cuando, sentados en la colina cerca de la granja, Miguel había dicho, "Esta es la vida que quiero darte." Y lo había hecho.

¿Cómo podía saber cuánto le había dado? ¿Cómo podría siquiera imaginar que ella tenía una vida nueva porque él le había mostrado el camino?

Pablo creía que había vuelto a la prostitución. ¿Y si Miguel pensaba lo mismo? No soportaba que creyera eso. Todo lo que había hecho por ella perdería sentido si lo creía.

Dios, ¿estuve equivocada? ¿Debería volver? ¿Cómo puedo enfrentarlo después de todo este tiempo? ¿Cómo podría mirarlo de nuevo? ¿Qué quieres que haga? Yo sé lo que quiero. Oh, Dios, lo sé. Pero ¿qué quieres tú que haga?

Cruzando los brazos se meció en la silla, mordiéndose los labios y conteniendo el dolor. *¿Cómo no voy a agradecerle? ¿Alguna vez le expliqué lo que había* *sido para mí? ¿Qué otra cosa le di que no fuera sufrimiento?* Ahora tenía algo para ofrecerle. Se había mantenido firme frente al Duque. Había caminado por el sendero que Miguel le había enseñado. Gracias a eso la gente había confiado en ella y la habían ayudado a iniciar la Casa Magdalena. Estaba llevando bien su vida y era todo gracias a él, por lo que había visto en él. "Buscad, y hallaréis," le había leído, y eso era lo que había hecho. Tal vez si pudiera contarle, le daría paz.

Sara, amada mía.

Dios, no pediré otra cosa. Cerró los ojos con fuerza. *No te pediré más.*

Cuando salió de la oficina, hacía rato que habían terminado las clases. Las muchachas habían cenado y se habían retirado a dormir. Ángela subió las escaleras. Vio luz en la habitación de Susana y llamó.

"Entra."

—¿Qué pasó? —preguntó Susana, levantándose y acercándose a ella. Le tomó las manos—. Te ves pálida. Te echamos de menos en la cena. ¿Quién era ese hombre?

—Un amigo, Susana. Quiero que manejes Magdalena por mí.

—¿Yo? —dijo pasmada. Se la veía con menos confianza de la que Ángela había imaginado. Le soltó las manos y se apartó—. No estás hablando en serio. ¡No podría!

—Lo digo en serio y sí que puedes. —Sabía que Susana era perfectamente capaz de manejar el lugar. Pero no lo había descubierto todavía. Pasaría por el fuego y saldría fortalecida del otro lado. Ángela estuvo de pronto muy segura de eso.

—Pero ¿por qué? ¿Adónde vas?

—A casa —dijo Ángela—. Me voy a casa.

Treinta y Cuatro

¡Vengan, volvámonos al SEÑOR!
Él nos ha despedazado, pero nos sanará;
nos ha herido, pero nos vendará.

OSEAS 6:1

—¡Pablo! —Miriam salió volando de la cabaña para rodearle el cuello con los brazos, llorando de alegría. —¡Te he echado tanto de menos! —Le cubrió la cara de besos. Él rió y la besó en la boca, sintiendo que su cuerpo recuperaba su integridad. ¡Estaba en casa! Toda la tensión de las últimas semanas y la culpa de los últimos meses se habían esfumado. Miriam se apretó a él, despertando en su cuerpo otras sensaciones. Tener a Miriam nuevamente entre sus brazos era verdaderamente embriagador.

Cuando la soltó, Miriam estaba acalorada y sin aire. Nunca le había parecido tan hermosa. La miró nuevamente y observó que su embarazo comenzaba a notarse. —¡Vaya! Cómo has crecido —dijo, acariciando el bulto.

Miriam rió y puso su mano sobre la de él. —¿La hallaste?

—En San Francisco. —Pablo sintió más ligero el corazón todavía al ver la mirada en los ojos de Miriam.

Miriam le sonrió tiernamente. —Veo que las cosas han salido bien. —Se la veía aliviada y jubilosa. El enojo con él había desaparecido por completo—. ¿Dónde está? —preguntó, mirando por sobre los hombros de Pablo.

—Quiso quedarse unos minutos en el camino. Creo que se está preparando para la prueba. Prácticamente no ha dicho una palabra en los dos últimos días de viaje. Ha cambiado, Miriam.

Miriam buscó su mirada y le sonrió. —También tú, amor mío. Has hecho las paces contigo mismo, ¿verdad?

—Tuve ayuda en el camino.

Miriam vio entonces a Amanda y lo dejó mientras corría camino arriba, con los brazos extendidos para encontrarse. Las dos jóvenes se abrazaron cariñosamente mientras Pablo sonreía. Cuando se separaron, Miriam hablaba alegremente, con lágrimas en las mejillas. Ángela se veía pálida y cansada, hasta incómoda. Miraba hacia el campo de Miguel y Pablo sabía por qué. Tenía miedo de enfrentarlo después de tanto tiempo.

Señor, que todo salga bien entre ella y Miguel. Por favor. Lo pido como algo personal.

—Traeré agua y podrás bañarte —decía Miriam, tomándola del brazo mientras caminaban hacia Pablo—. Hice pan esta mañana y hay sopa caliente. Debes estar muerta de hambre por el viaje.

—No puedo quedarme, Miriam.

—¿No puedes? ¿Por qué?

—Tengo que ir con Miguel.

—Sí, por supuesto. Pero puedes descansar unos minutos y lavarte. Podemos hablar.

—No puedo —repitió Ángela—. Si espero más, tal vez no me atreva a ir —agregó con una sonrisa leve.

Miriam la estudió. Miró a Pablo y otra vez a Ángela. La estrechó con fuerza. —Te acompañaremos —dijo, suplicando a Pablo con la mirada.

—Claro que sí —afirmó él y Ángela asintió. Ahora que había llegado el momento, todos temían lo que pudiera ocurrir. ¿Hasta dónde llegaría la paciencia de Miguel? Peor aún, ¿se enojaría con ellos por haber interferido y haberse ocupado del problema? ¿O habían estado haciendo la voluntad de Dios todo el tiempo?

Cuando tuvieron la cabaña de Miguel a la vista Ángela se detuvo. "Tengo que ir sola el resto del camino," les dijo. "Gracias por acompañarme hasta aquí."

Miriam pareció dispuesta a protestar, pero cuando miró a Pablo él sacudió la cabeza. Amanda tenía razón.

Ángela besó a Miriam en la mejilla y la estrechó. "Gracias por enviar a Pablo," le susurró al oído.

La observaron alejarse sola.

Pablo rodeó los hombros de Miriam mientras la miraban. Recordó la forma en que siempre había caminado Ángela, con la espalda erguida y la cabeza en alto. Arrogancia, había pensado, pero era el orgullo que la había ayudado a sostenerse tanto tiempo y que la había mantenido alejada también. Ahora había en ella una serena gracia, una bella humildad.

—Tiene miedo —dijo Pablo suavemente.

—Siempre ha tenido miedo —dijo Miriam, apoyándose en él—. ¿Crees que hicimos lo correcto, Pablo? Tal vez deberíamos haberla dejado volver por su cuenta.

Era la primera vez que veía a Miriam vacilante. —No lo hubiera hecho. Ya lo tenía decidido. Pensaba que estabas casada con Miguel.

—Porque me dijo que lo hiciera. Quería que le diera hijos. —Lo miró con los ojos bañados en lágrimas—. Yo sólo quería tener los tuyos.

—Amor mío —dijo, estrechándola—. Tenemos que recordar la clase de hombre que es Miguel.

—Sí —dijo Miriam, rodeándolo con los brazos—. Es asunto de ellos ahora, ¿no es así?

Pablo le tomó la cara entre las manos y la besó con toda el ansia de las semanas de separación. —No sé que haría sin ti.

Miriam le devolvió el beso. Esta vez era el beso de una amante. —Vamos a casa.

Ángela vio a Miguel trabajando en el campo. Estaba tan llena de emociones contradictorias que apenas podía soportar. Inseguridad, enojo consigo misma, orgullo, temor. Todas las cosas que la habían hecho huir hace tanto tiempo y otras que le habían impedido volver a Miguel antes. No podía permitir que la detuvieran otra vez.

Oh Dios, dame fuerzas. Por favor, dame fuerzas. Ayúdame. No sé si puedo pasar por esto.

No te he dado un espíritu de temor.

Se dio cuenta en el momento que Miguel la vio. Levantó la vista cuando ella cruzaba la pradera. Se quedó muy quieto, observándola en la distancia.

No debo llorar. No debo llorar.

Siguió caminando hacia él. Miguel no se movió. Las dudas volvieron a la superficie, pero logró dominarlas. Quería librarse de todas las barreras que la separaron de él. Todos esos meses de rebeldía, temor e inseguridad. Quería hacer desaparecer los horribles recuerdos de su infancia y la culpa que se había echado encima por cosas que no había tenido el poder de evitar.

Si todo hubiera sido diferente. Quería con desesperación estar limpia para él, ser nueva. Quería complacerlo. Dedicaría el resto de su vida a eso si se lo permitía. Quería arrancar el pasado. ¡Ay, si pudiera ser Eva de nuevo! Una nueva criatura en el paraíso. Antes de la caída.

Con manos temblorosas se despojó de los adornos. Dejó caer el chal y se quitó el abrigo de lana. Luchó con los pequeños botones de la blusa. La abrió y la dejó caer mientras caminaba. Se desabrochó la falda y la dejó resbalar hasta el suelo.

Siguió caminado hacia él sin vacilar.

Nunca había dicho todo lo que tenía que decir. Miguel no sabía lo que había hecho por ella. Él había sido como el mar, a veces agitado por la tormenta, con olas que se estrellaban contra un acantilado; otras como el constante chapoteo del oleaje. Siempre como la marea que baña la playa, remodelando la línea de costa.

Señor, no importa lo que él haga o diga, tengo que darle gracias. Siempre fue tu siervo bueno y fiel y jamás le agradecí. No lo suficiente.

Se quitó la camiseta y la enagua, el corsé y las calzas. Con cada prenda que se quitaba y dejaba caer, iba despojándose de la ira, del temor y de su incapacidad de ver las alegrías de la vida, de su desesperado orgullo. Tenía un único y obstinado propósito: mostrarle a Miguel que lo amaba y se desprendía de las capas de orgullo una por una hasta quedar humillada por la desnudez. Por último, sacó los pies de los zapatos de cuero y se quitó los broches que le sujetaban el cabello.

A medida que se acercaba, vio las canas en sus sienes y las líneas nuevas en su amado rostro. Cuando lo miró a los ojos, todo lo que sentía se derramó. Siempre había conocido su propia pena y soledad, sus propias necesidades. Ahora se enfrentaba a las de él.

¿Qué le había provocado al negarle su amor y abandonarlo? Se había puesto en el papel de Dios, haciendo lo que creía mejor para él, y lo único que había logrado era causarle dolor. Creyó que él era demasiado fuerte como para sufrir una herida, que era capaz de esperar. ¿Cuánto le había costado su martirio?

Todas las palabras que había pensado cuidadosamente se esfumaron. Tantas palabras para decir una única cosa sincera. *Te amo y lo siento mucho.* Ni siquiera pudo hablar. Afloraron las lágrimas que había tenido congeladas en su interior toda la vida y el último bastión se desarmó en un aluvión.

Llorando, cayó de rodillas. Las lágrimas calientes caían sobre las botas de Miguel. Las secó con su cabello. Se dobló, desconsolada y puso las manos sobre sus pies. —¡Ay! Miguel, Miguel, perdóname. . . .

Oh, Dios, perdóname.

Sintió su mano sobre la cabeza. —Amor mío —dijo Miguel, levantándola. Ángela no podía mirarlo a la cara y quería esconder la suya. Miguel se quitó la camisa y le cubrió los hombros. Cuando le tomó el mentón no tuvo otra opción que mirarlo a los ojos. Estaban húmedos como los suyos pero llenos de luz—. Esperaba que volvieras a casa algún día —dijo sonriendo.

—Tengo tanto para decir. Tanto para contarte.

Miguel hundió los dedos en el cabello de Ángela y le inclinó la cabeza. —Tenemos el resto de la vida.

Ángela comprendió que aunque había dudado que la perdonara una vez más, él ya lo había hecho. Aunque viviera con él para siempre no llegaría a conocer toda su profundidad. *Oh, Dios, gracias, ¡gracias!* Se echó en sus brazos, rodeando su ancha espalda con los suyos, estrechándose lo más que podía. Era tal su gratitud. Miguel era calor, luz y vida. Quería ser carne de su carne. Sangre de su sangre. Para siempre. Cerrando los ojos, aspiró su dulce aroma y sintió que finalmente estaba en casa.

Comprendió que el amor de él la había salvado y en parte era así. La había limpiado, sin culparla jamás. Pero eso había sido sólo el comienzo. Lo que la había sacado de la oscuridad era devolverle ese amor con su propio amor. *¿Qué otra cosa podría darle? Quería darle todo.*

—Amanda —dijo tiernamente Miguel—. Tirsá . . .

Sara, vino el suave murmullo. Y supo cuál era el único regalo que tenía para dar: ella misma. Ángela se separó de Miguel y lo miró. —Sara, Miguel. Mi nombre es Sara. No sé nada más. Sólo eso, Sara.

Miguel parpadeó. Todo su cuerpo se inundó de júbilo. El nombre era perfecto para ella. Errante en tierras desconocidas, mujer estéril llena de dudas. Pero la Sara de la Biblia se había convertido en un símbolo de confianza en Dios y finalmente la madre de una gran nación. Sara. Una bendición. Una mujer estéril que concibió un hijo. Su hermosa, atesorada esposa que algún día le daría un hijo.

Es una promesa, Señor, ¿no es así? Miguel sintió el calor y la seguridad de la promesa invadir cada uno de las células de su cuerpo.

Mirándola, le tendió la mano. —Hola, Sara. —Ángela se sintió tiernamente confundida cuando puso su mano en la de él. Se la estrechó, sonriendo, y agregó—, Estoy encantado de conocerte por fin.

—Eres un hombre tan, tan loco, Miguel —dijo ella riéndose.

Miguel rió con ella y la atrajo a sus brazos para besarla. Sintió que ella lo rodeaba con los suyos mientras le devolvía los besos. Esta vez estaba definitivamente en casa. Ni la muerte los separaría.

Cuando recuperaron el aire, Miguel la alzó en vilo y la hizo girar a su alrededor con júbilo. Ella echó atrás la cabeza y abrió los brazos para abarcar el cielo, mientras lágrimas de celebración le corrían por las mejillas.

Miguel le había leído una vez cómo Dios había echado a una mujer y un hombre del paraíso. Sí, pero a pesar de todas sus fallas y fracasos humanos, Dios les había mostrado el camino de regreso.

Amen al Señor su Dios y ámense los unos a los otros. Ámense como él ama. Amen con fuerza, con determinación y con pasión no importa qué se les interponga. No cedan. Manténganse firmes frente a la oscuridad y amen. Ese es el camino para volver a Edén. Ese es el camino a la vida.

Epílogo

Si por la noche hay llanto,
por la mañana habrá gritos de alegría.

SALMO 30:5

Sara y Miguel compartieron juntos muchos años felices. En su séptimo aniversario sus oraciones fueron contestadas con el nacimiento de un hijo, Esteban. Esteban fue seguido de Lucas, Lidia y Ester. Miriam y Pablo también vivieron felices y tuvieron tres hijos varones, Marcos, David y Natán.

Las dos familias prosperaron y fueron amigos de por vida. Juntas construyeron una iglesia y una escuela para la comunidad y recibieron a muchos otros pobladores en el valle.

Susana Axle permaneció en la Casa Magdalena hasta su muerte en 1892. Con su ayuda, decenas de jóvenes, antes atrapadas en la prostitución, cruzaron el umbral hacia una vida mejor. Varias de ellas se casaron y fueron ciudadanas ejemplares.

Aunque la familia de Sara creció y prosperó, incluyendo con el tiempo médicos, embajadores, misioneros e inclusive a un veterano de San Juan Hill con muchas condecoraciones, ella pasaba todos los años una semana en la Casa Magdalena. Mientras su salud se lo permitió, solía caminar por la Costa de Berbería y el puerto, conversando con las prostitutas, animándolas a cambiar de vida. Cuando le preguntaban por qué lo hacía, decía: "No quiero olvidar jamás de dónde salí y todo lo que Dios hizo por mí." Con frecuencia volvía del puerto a la Casa Magdalena llevando a una "Ángela" de la mano.

Después de sesenta y ocho años de matrimonio, Miguel fue llevado con el Señor. Sara lo siguió un mes más tarde. Cumpliendo sus deseos, sólo una sencilla cruz señalaba el lugar de su tumba. No obstante, pocos días después del entierro de Sara, apareció un epitafio tallado en la suya:

Aunque cayó muy bajo
Dios la puso muy en alto.
Un ángel.

Una Nota de Francine Rivers

Por qué escribí *Amor Redentor*

Muchos cristianos nacidos de nuevo hablan de una única experiencia de conversión que cambió para siempre sus vidas. Pueden señalar el día y la hora en que tomaron la decisión de vivir para el Señor. Yo no lo puedo hacer.

Crecí en un hogar cristiano. Asistí a la escuela dominical y a campamentos de iglesia. Cuando me tocaba llenar algún formulario en el que se preguntaba a qué religión pertenecía, marcaba el casillero de "Protestante." Sin embargo, para mí, la verdadera conversión vino lentamente —como el paso de las estaciones— y con un poder que todavía me mueve a la humildad.

No entraré en detalles sobre los errores que cometí. Basta decir que me sentía agobiada y con el alma hambrienta, lo mismo que mi esposo, Rick. Ambos reuníamos tanta carga como para hundir un matrimonio si Dios no hubiera tenido otras intenciones.

Escribir era mi manera de huir del mundo y los tiempos difíciles. Era el aspecto de mi vida donde yo creía (equivocadamente) que tenía todo el control. Podía crear personajes y relatos a mi gusto. Escribía romances para el público secular y los leía con voracidad.

En una oportunidad Rick me dijo, "Si tuvieras que elegir entre los niños y yo y escribir, elegirías escribir." En la época que lo dijo, era tristemente cierto. Con frecuencia me figuraba cuánto más sencillo sería vivir por mi cuenta, en una cabaña apartada de todos, con una máquina de escribir eléctrica como única compañía.

Con el tiempo, Rick y yo decidimos que teníamos que hacer algunos cambios en nuestra vida. Nunca hemos hecho cosas a medias, de manera que vendimos nuestra casa, regalamos gran parte de nuestros muebles y nos mudamos al norte, al condado de Sonoma, para comenzar otro negocio. Como podrán observar, eran todos cambios externos, no los internos, del alma. Aunque la empresa floreció, nuestro matrimonio se estaba desintegrando.

No obstante, puedo mirar atrás y ver que Dios mostró su amor y su cuidado hacia nosotros, incluso en los peores momentos. Constantemente nos extendía sus brazos diciéndonos, "Vengan a mí." Un mensaje así vino por medio de un niño que vivía en la casa vecina. Acabábamos de llegar con nuestro furgón y estábamos descargando cajas en la pequeña casa alquilada en Sebastopol cuando el pequeño Eric se acercó a saludarnos y se ofreció a ayudar. "¡Tengo una iglesia para ustedes!" dijo, y Rick y yo nos miramos de reojo, deseando que se fuera a molestar a otra parte.

De pura curiosidad, algunas semanas después visité la iglesia de Eric. Después de todo, no había encontrado paz en ninguna otra cosa. Bueno, ¡nuestro pequeño vecino estaba en lo cierto! La calidez y el amor que sentí en la congregación me atrajeron desde el primer momento. Oí predicar la Palabra de Dios; sentí la verdad y el amor de Dios en acción a mi alrededor. Muchas iglesias parecen ser simples museos de cristianos de plástico, o predican la realización desde el punto de vista humano —un "evangelio de la prosperidad." Esta iglesia era diferente. Era un hospital para pecadores arrepentidos; su único programa para la vida era la Biblia, que todos llevaban y lo más sorprendente de todo, ¡la leían! La iglesia no estaba vinculada a ninguna organización. Se llamaban a sí mismos "cristianos" y decían que vivir según el ejemplo de Cristo era un proceso de toda la vida.

Comencé a llevar a los niños conmigo a la iglesia. Luego comenzó a venir Rick. Nuestra vida comenzó a cambiar, no en lo exterior, sino desde adentro. Todos fuimos bautizados por inmersión, no simplemente en agua, sino en el Espíritu. No ocurrió rápidamente, y todavía tenemos luchas, pero pertenecemos al Señor y él nos está modelando y formando según su voluntad.

Creo que todos servimos a alguien en esta vida. Durante los primeros treinta y ocho años de la mía, yo me serví a mí misma. Mi conversión no fue una experiencia fuertemente emocional. Fue una decisión consciente, pensada, que me cambió el enfoque, la dirección, el corazón y la vida. Pero no quiero que me entiendan mal. Lo que siguió no fue todo paz y luz. Lo primero que ocurrió fue que no podía escribir. Lo intentaba, pero no me satisfacía. Sencillamente ya no funcionaba. No podía volver a escaparme en la escritura. Me había entregado al Señor y él tenía otra cosa en mente. Finalmente acepté que tal vez no estaba en su propósito que yo volviera a escribir. Y me rendí. Lo que llegué a comprender fue que él quería que lo conociera primero. No quería otros dioses en mi vida. Ni mi familia, ni mis libros, ni nada.

Comencé a tener ansias de la Palabra de Dios. Leí página tras página de tapa a tapa, de tapa a tapa, de tapa a tapa. Comencé a orar. Comencé a escuchar y a aprender. La Palabra de Dios es como alimento, como agua limpia y pura. Llenó el vacío que tenía en mi interior. Me renovó. Abrió mis ojos y mis oídos y mi mente y mi corazón y me llenó de gozo.

Abrimos nuestra casa para un estudio bíblico y nuestro pastor comenzó un estudio de los Evangelios. Luego hicimos un estudio sobre el materialismo. Más adelante comenzamos un estudio sobre los profetas menores. Con el tiempo llegamos al profeta Oseas. Esa parte de la Palabra de Dios me impactó tan profundamente que supe que ¡esa era la historia de amor que Dios quería que escribiera! La historia, una historia profundamente conmovedora de su apasionado amor por cada uno de nosotros —incondicional, perdonador, inalterable, permanente, abnegado— la clase de amor que la mayoría de las personas ansían desesperadamente toda su vida, pero que nunca encuentran.

Escribir *Amor Redentor* fue para mí como un acto de adoración. Por medio de eso pude agradecer a Dios por amarme a pesar de que yo era rebelde, desafiante, despectiva de aquello que yo pensaba que significaba ser cristiano, y temerosa de entregar mi corazón. Había querido ser mi propio dios y tener el control de mi vida tal como lo hizo Eva en el jardín del Edén. Ahora entendí que ser amada por Cristo es el máximo gozo y la verdadera plenitud. Todo en *Amor Redentor* fue un don de Dios: el argumento, los personajes, los recursos. No pudo reclamar como propio nada de él.

Muchas personas luchan por sobrevivir en la vida. Muchas que han sido usadas y abusadas en nombre del amor, muchas que han sido sacrificadas en los altares del placer y la "libertad." Pero la libertad que el mundo ofrece es, en realidad, falsa. Demasiadas personas han despertado un día para descubrir que son esclavas y no tienen la menor idea cómo escapar. Es para estas personas que he escrito *Amor Redentor*: personas que luchan, como lo hice yo, para ser sus propios dioses, sólo para encontrar al final que están perdidas, desesperadas y terriblemente solas. Quiero acercar la verdad a aquellos que están atrapados en mentiras y oscuridad, decirles que Dios está ahí, que es real, y que los ama, no importa lo que pase.

Solía pensar que el propósito de la vida es hallar la felicidad. Ya no lo creo. Creo que todos hemos recibido dones de nuestro Padre y que nuestro propósito es ofrecérselos a él. Él sabe cómo quiere que los usemos. Luchaba por encontrar la felicidad. Me esforzaba para obtenerla. Según los criterios humanos, tenía éxito. Pero era todo vanidad. Ahora tengo gozo. Tengo todo lo que jamás anhelé o soñé tener: un amor que es tan precioso que no tengo palabras para describirlo. No lo he conseguido por mis propios esfuerzos. No hice nada digno para ganarlo y mucho menos para merecerlo. Lo recibí como un regalo del Señor, el Dios eterno. Es el mismo regalo que te ofrece a ti, cada minuto, cada hora, cada día de tu vida.

Espero que esta historia te ayude a ver quién es Jesús y cuánto te ama. Y que el Señor te atraiga hacia él.

Querido lector,

Esperamos que hayas disfrutado la novela *Amor Redentor* de Francine Rivers. Esta eterna historia de amor entre Dios y el hombre nos recuerda el profundo vacío en nuestro interior que clama para ser llenado con un amor redentor incondicional. Como siempre, es el deseo de Francine Rivers que el lector encuentre las respuestas a las increíbles circunstancias de la vida en la Palabra de Dios por medio de una relación personal con él. La siguiente guía de estudio está destinada a estimular tu apetito y a animarte en tu viaje. En cada lección hay tres secciones:

DEBATE: El relato y los personajes
DESCUBRIMIENTOS: Los principios y el carácter de Dios
DECISIONES: La reflexión sobre los personajes y uno mismo

En Romanos 8:28 leemos: "Dios dispone todas las cosas para el bien de quienes lo aman, los que han sido llamados de acuerdo con su propósito." Ángela finalmente reconoció el llamado de Dios en su vida y descubrió el bien que tenía para ella. Sara y Miguel aprendieron a enfrentar la vida por medio de su confianza en la fidelidad de Dios y en su amor inquebrantable. Es mi deseo que puedas descubrir el llamado de Dios en tu vida y encontrar el gozo y el bien que Dios tiene para ti. Que Dios te bendiga en tu búsqueda de las respuestas para la vida en su palabra.

Peggy Lynch

Rechazo

[Jesús fue] despreciado y rechazado por los hombres,
varón de dolores, hecho para el sufrimiento. Todos evitaban mirarlo;
fue despreciado y no lo estimamos.

ISAÍAS 53:3

DEBATE

1. ¿Cómo fue rechazada y traicionada Sara/Ángela? ¿Cuáles fueron sus primeras experiencias con Dios y/o la iglesia?

2. ¿Qué experiencia tuvo Miguel con el rechazo y la traición? Compare los ejemplos de Miguel y Ángela en la forma que enfrentaron las circunstancias de la vida.

3. ¿Quiénes más en la historia sufrieron el rechazo y la traición y cómo lo enfrentaron?

4. ¿Con qué personaje te identificas más y por qué?

5. Describe una oportunidad en que fuiste rechazado y traicionado. ¿En quién buscaste apoyo y por qué?

DESCUBRIMIENTOS

Mis huesos no te fueron desconocidos cuando en lo más recóndito era
yo formado, cuando en lo más profundo de la tierra era yo entretejido.
Tus ojos vieron mi cuerpo en gestación: todo estaba ya escrito en tu libro;
todos mis días se estaban diseñando, aunque no existía uno solo de ellos.
¡Cuán preciosos, oh Dios, me son tus pensamientos!

SALMO 139:15-17

1. ¿Dónde estaba Dios cuando tú naciste? ¿Cómo te hace sentir eso? ¿Qué más aprendemos de Dios en estos versículos?

2. ¿Cómo relacionarías estos versículos con Ángela? Relaciona los mismos versículos contigo.

DECISIONES

Ahora bien, sabemos que Dios dispone todas las cosas para el bien de quienes lo aman, los que han sido llamados de acuerdo con su propósito.

ROMANOS 8:28

1. Cuando Ángela experimentó el rechazo y la traición, ¿estaba Dios llamándola? ¿Qué bien estaba obrando en su vida?

2. Cuando te tocó enfrentar el rechazo y la traición, ¿estaba Dios llamándote? ¿Qué bien ha obrado Dios en tu vida a partir de aquellas circunstancias?

Resignación

*Cuando falta el consejo, fracasan los planes;
cuando abunda el consejo, prosperan.*

PROVERBIOS 15:22

*A cada uno le parece correcto su proceder,
pero el SEÑOR juzga los motivos.*

PROVERBIOS 16:2

DEBATE

1. ¿Qué escena te parece que muestra mejor que Ángela estaba resignada a no confiar en nadie más que en sí misma? ¿Qué circunstancias la llevaron a pensar así? ¿Por qué piensas que nunca clamó a Dios?

2. Compara a Miguel con Ángela en relación con la autoridad.

Describe la relación de Miriam con Dios. ¿Por qué eran tan diferentes sus actitudes y creencias de las de Ángela?

4. ¿En quién confías tú y por qué?

DESCUBRIMIENTOS

Él librará al indigente que pide auxilio y al pobre que no tiene quien lo ayude. Se compadecerá del desvalido y del necesitado, y a los menesterosos les salvará la vida. Los librará de la opresión y la violencia, porque considera valiosa su vida.

SALMO 72:12-14

1. ¿Qué aprendemos acerca del carácter de Dios según estos versículos?

2. ¿Cuál parte nos corresponde para experimentar la ayuda de Dios? ¿Qué te impide hacerlo?

3. Analiza los personajes a la luz de estos versículos.

DECISIONES

Ahora bien, sabemos que Dios dispone todas las cosas para el bien de quienes lo aman, los que han sido llamados de acuerdo con su propósito.

ROMANOS 8:28

1. ¿De qué maneras estaba Dios llamando a Ángela mientras ella confiaba solo en sí misma? ¿Qué bendición estaba disponiendo para ella?

2. ¿De qué maneras te ha estado llamando Dios, no importa en quién hayas puesto tu confianza? ¿Cómo está Dios obrando para tu bien en este proceso?

Rescatado

Aunque pase yo por grandes angustias, tú me darás vida; contra el furor
de mis enemigos extenderás la mano: ¡tu mano derecha me pondrá a salvo!
El Señor cumplirá en mí su propósito. Tu gran amor, Señor, perdura
para siempre; ¡no abandones la obra de tus manos!

SALMO 138:7-8

DEBATE

1. ¿Quién ayudó a Miguel a escapar de su pasado? ¿De qué manera fue rescatado?

2. Ángela intentó varias veces escapar de sus circunstancias. Describe los diversos planes.

3. Compara a Esdras, el esclavo que ayudó a Miguel, con el Duque, traficante de esclavas.

4. Analiza el rescate de Ángela de manos de Magowan por Miguel.

5. ¿Por qué piensas que Ángela regresó a su antigua vida?

6. ¿De qué o quién estás tratando de huir y por qué?

7. ¿Qué te lleva a volver a tus antiguos hábitos?

DESCUBRIMIENTOS

Porque "todo el que invoque el nombre del Señor será salvo." Ahora bien, ¿cómo
invocarán a aquel en quien no han creído? ¿Y cómo creerán en aquel de quien
no han oído? ¿Y cómo oirán si no hay quién les predique?

ROMANOS 10:13-14

1. ¿Cómo aplicarías estos pasajes a Ángela? Según estos pasajes, ¿por qué Ángela jamás había clamado a Dios? ¿De quién era la responsabilidad?

2. ¿Qué te impide clamar a Dios? ¿Qué puedes hacer por ello ahora?

DECISIONES

*Ahora bien, sabemos que Dios dispone todas las cosas para el bien de quienes
lo aman, los que han sido llamados de acuerdo con su propósito.*

ROMANOS 8:28

1. Enumera las formas en que Dios estaba llamando a Ángela en cada
   coyuntura de su vida.

2. ¿Puedes ver el bien que Dios estaba obrando en ella? Descríbelo.

3. ¿Qué de tu vida? ¿Cómo te ha rescatado Dios? ¿Cómo te ha llamado y
   obrado para bien por medio de eso?

Redención

*Él [Jesús] se entregó por nosotros para rescatarnos de toda maldad y purificar
para sí un pueblo elegido, dedicado a hacer el bien.*

TITO 2:14

DEBATE

1. Ángela fue comprada y vendida en varias ocasiones. ¿Cuál fue la
   diferencia cuando Miguel la redimió? Analiza el papel de la confianza
   (o la falta de confianza) en Ángela.

2. Cuando Miguel y Ángela ayudaron a la familia Altman, ¿qué aprendió
   Ángela acerca de Miguel? ¿De sí misma? ¿De Dios?

3. Describe los cambios en las acciones y la forma de pensar que tuvieron
   lugar después que Ángela fue rescatada por segunda vez por Miguel.
   ¿Qué te parece que hizo la diferencia?

4. ¿En qué asuntos estás luchando con la confianza? ¿A quién ha puesto
   Dios en tu vida como ejemplo positivo?

DESCUBRIMIENTOS

Porque por gracia ustedes han sido salvados mediante la fe; esto no procede de ustedes, sino que es el regalo de Dios, no por obras, para que nadie se jacte. Porque somos hechura de Dios, creados en Cristo Jesús para buenas obras, las cuales Dios dispuso de antemano a fin de que las pongamos en práctica.

EFESIOS 2:8-10

1. Enumere todo lo que se aprende sobre la salvación en estos pasajes.

2. ¿Cuál es la parte de Dios? ¿Cuál es tu parte?

3. Aplica ese pasaje a Ángela.

4. ¿De qué manera Dios te está haciendo una nueva persona?

DECISIONES

Ahora bien, sabemos que Dios dispone todas las cosas para el bien de quienes lo aman, los que han sido llamados de acuerdo con su propósito.

ROMANOS 8:28

1. De acuerdo con este concepto, ¿Cómo ves el llamado de Dios en la vida de Ángela? ¿Qué descubre ella por su cuenta?

2. Enumera alguna de las cosas buenas que están sucediendo en la vida de ella.

3. ¿Qué descubrimientos concretos has hecho por tu cuenta en relación con el llamado de Dios?

4. Enumera algunas de las cosas que están ocurriendo para bien en tu vida.

Reconciliación

Por lo tanto, hermanos, tomando en cuenta la misericordia de Dios, les ruego
que cada uno de ustedes, en adoración espiritual, ofrezca su cuerpo como
sacrificio vivo, santo y agradable a Dios. No se amolden al mundo actual, sino
sean transformados mediante la renovación de su mente. Así podrán comprobar
cuál es la voluntad de Dios, buena, agradable y perfecta.

ROMANOS 12:1-2

DEBATE

1. ¿Qué hizo que Ángela se fuera una vez más?

2. ¿En qué difiere esta vez de las anteriores?

3. ¿Por qué era necesario que fuera Pablo quien buscara a Ángela?

4. ¿Qué aprendió él sobre sí mismo? ¿Cómo lo ayudó eso?

5. ¿Qué aprendió Ángela por medio de esta experiencia?

6. ¿Qué estaba aprendiendo Miguel durante ese tiempo difícil?

7. ¿Hay alguien que necesite reconciliarse contigo? ¿O eres tú quien debe reconciliarse con alguien, como hizo Pablo? Explica.

DESCUBRIMIENTOS

Sobre todo, ámense los unos a los otros profundamente,
porque el amor cubre multitud de pecados.

1 PEDRO 4:8

Humíllense, pues, bajo la poderosa mano de Dios, para que él los exalte a su
debido tiempo. Depositen en él toda ansiedad, porque él cuida de ustedes.

1 PEDRO 5:6-7

1. ¿Qué puede cubrir al pecado? ¿Hasta qué punto?

2. ¿Qué hace Dios por los que se humillan delante de él? ¿Por qué?

3. ¿Cómo aplicarías estos pasajes a los personajes, cuáles personajes y por qué?

4. ¿Por qué el orgullo nos impide experimentar la paz y el perdón?

DECISIONES

*Ahora bien, sabemos que Dios dispone todas las cosas para el bien de quienes
lo aman, los que han sido llamados de acuerdo con su propósito.*

ROMANOS 8:28

1. ¿Cómo influyó el llamado de Dios en la vida de Ángela?

2. Describe el bien que ahora emana de su vida.

3. ¿Tiene el llamado de Dios ese efecto en tu vida? ¿Por qué o por qué no?

4. ¿Qué bien compartes con otros?

Restauración

*Y después de que ustedes hayan sufrido un poco de tiempo, Dios mismo,
el Dios de toda gracia que los llamó a su gloria eterna en Cristo, los restaurará
y los hará fuertes, firmes y estables.*

1 PEDRO 5:10

DEBATE

1. ¿Qué pasos había dado Ángela para restaurar su espíritu?

2. ¿Cuáles fueron los efectos duraderos de la búsqueda espiritual
de Ángela?

3. ¿Qué pasos dio Ángela para restaurar su matrimonio? ¿Cómo respondió Miguel?

4. ¿En qué forma recompensó Dios a Sara y a Miguel?

5. ¿Qué has aprendido acerca del amor de un hombre por una mujer?

6. ¿Qué has aprendido acerca del amor de Dios por la humanidad, incluyéndote a ti?

DESCUBRIMIENTOS

[Pido] que por fe Cristo habite en sus corazones. Y pido que, arraigados y cimentados en amor, puedan comprender, junto con todos los santos, cuán ancho y largo, alto y profundo es el amor de Cristo; en fin, que conozcan ese amor que sobrepasa nuestro conocimiento, para que sean llenos de la plenitud de Dios. Al que puede hacer muchísimo más de lo que podamos imaginarnos o pedir, por el poder que obra eficazmente en nosotros.

EFESIOS 3:17-20

1. ¿Cómo describirías el amor de Dios según este pasaje? ¿Qué nos ofrece?

2. ¿Cómo descubrieron Miguel y Sara que esto era verdad en sus vidas?

3. ¿Qué quiere hacer Dios por ti? ¿Qué quiere Dios de ti?

DECISIONES

Ahora bien, sabemos que Dios dispone todas las cosas para el bien de quienes lo aman, los que han sido llamados de acuerdo con su propósito.

ROMANOS 8:28

1. ¿Cómo resumirías el llamado de Dios en la vida de Sara/Ángela? Describe los cambios en su vida que fueron una bendición del obrar de Dios.

2. Piensa en tu propio cambio. ¿Cómo resumirías el llamado de Dios en tu vida?

3. ¿Qué mejoras hubo en tu vida que puedas atribuir a que Dios está obrando para tu bien?

Que Dios siga obrando para bien en tu vida a medida que continúes respondiendo a su llamado.